# ENSEIGNEMENT 1RE
# SCIENTIFIQUE

NOUVELLE ÉDITION Conforme aux modifications du programme



**SOUS LA DIRECTION DE**
Caroline Escuyer
Académie de Strasbourg

Gianni Colamonico IA-IPR de Physique Chimie – Académie de Bordeaux
Sabine Ticaud IA-IPR de Sciences de la Vie et de la Terre – Académie d'Aix-Marseille

**ENSEIGNANTS DES ACADÉMIES DE BORDEAUX, STRASBOURG ET TOULOUSE :**

Cyril Chauvel
Jean-Luc Gomez
Christophe Gouchet
Emmanuelle Guerra
Philippe Hubert
Michel Paya
François Schlosser
Fabrice Tavera

**CONSEILLERS SCIENTIFIQUES :**

Jean-Nicolas Beisel (ENGEES - Université de Strasbourg)
Olivier Dequincey (ENS Lyon - DGESCO)

hachette
ÉDUCATION

Nous tenons à remercier les enseignant(e)s qui, par leurs avis exprimés lors de tables rondes ou de rencontres avec nos délégués pédagogiques dans les différentes académies, nous ont aidé(e)s à élaborer cet ouvrage.

**Édition :** Anne-Emmanuelle Félix et Sophie Lauret
**Relectures :** Alexandre Bertin et Marie-Solenne Félix
**Maquette de couverture :** Guylaine Moi
**Maquette intérieure :** Anne-Danielle Naname
**Mise en page :** Soft Office et Cyrille de Swetschin (pp. 6-15, 72-73, 140-141, 190-191)
**Fabrication :** Miren Zapirain
**Iconographie :** Geoffroy Mauzé
**Illustrations :** Soft Office, Thomas Haessig et Loan Nguyen Thanh Lan
**Cartographie :** AFDEC

hachette-education.com

58, rue Jean Bleuzen – 92178 Vanves Cedex
ISBN : 978-2-01-722723-6
ISBN à utiliser pour toute commande de l'ouvrage

La **nébuleuse de l'Hélice** (NGC 7293) est dans la constellation du Verseau située à environ 650 années-lumière de la Terre.

Spécialiste du zooplancton, l'océanographe espagnole **Ángeles Alvariño** (1916-2005) est considérée comme une précurseure, avec la découverte de 22 espèces maritimes.

Le physicien français **Vincent Tournat** avec un cornet acoustique dans une chambre sourde. Il travaille au laboratoire d'acoustique de l'Université du Mans/CNRS (France).

Au loin, la canopée à plus de 90 mètres de haut pour ces **séquoias californiens** pouvant vivre plus de 2 000 ans !

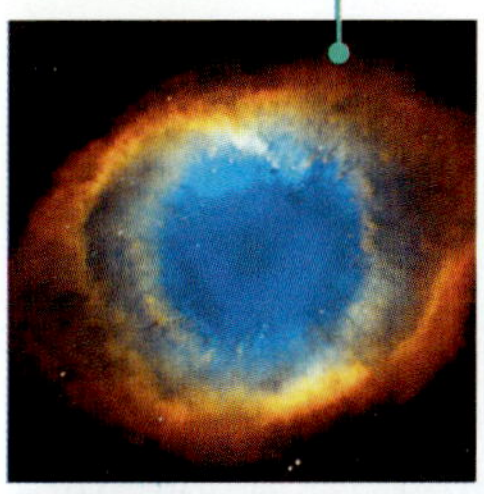

La physicienne et chimiste polonaise, naturalisée française, **Marie Curie** (1867-1934) est la première femme à avoir reçu le prix Nobel et, à ce jour, la seule femme à en avoir reçu deux.

Le savant grec **Ératosthène** (280 av. J.-C.-200 av. J.-C.) est connu pour plusieurs découvertes, dont son calcul de la circonférence terrestre très proche de la réalité.

La **photographie circumpolaire** met en évidence la rotation de la Terre dans le ciel : une longue exposition lors des prises de vue permet d'identifier clairement le mouvement des étoiles (filés d'étoiles).

L'astrophysicien franco-canadien **Hubert Reeves** (1932-2023) chez lui à Paris en juin 2004.

## Comment accéder aux ressources ?

Avec les QR-codes

Avec les mini-liens

hachette-clic.fr/24es1000

Avec le site collection

lycee.hachette-education.com/ens-scientifique/24-1re

# Sommaire


- S'informer avec un esprit critique 6
- Fiches méthodes, projet expérimental et numérique 16

## THÈME 1 Une longue histoire de la matière


**Chapitre 1** Un niveau d'organisation : les éléments chimiques 24

- Activité 1. Poussières d'étoiles, la matière dans l'Univers 26
- Activité 2. La radioactivité au service de la santé 28
- Activité 3. L'abondance des éléments chimiques dans l'Univers 30
- Le cours 31
- Exercices 34

**Chapitre 2** Des édifices ordonnés : les cristaux 40

- Activité 1. Des cristaux dans notre environnement 42
- Activité 2. Les propriétés des cristaux 44
- Activité 3. La lithothérapie, une pseudoscience 45
- Activité 4. La construction des savoirs sur les cristaux 46
- Le cours 47
- Exercices 50

**Chapitre 3** Une structure complexe : la cellule vivante 56

- Activité 1. La théorie cellulaire : histoire de la construction d'un savoir scientifique 58
- Activité 2. La cellule en interaction avec son environnement 60
- Activité 3. Les virus : une limite à la théorie cellulaire ? 62
- Le cours 64
- Exercices 66

**Pour comprendre le monde**
De la culture cellulaire à l'organe miniature 72

## THÈME 2 Le Soleil, notre source d'énergie


**Chapitre 4** Le rayonnement solaire 76

- Activité 1. Le Soleil, siège de réactions nucléaires 78
- Activité 2. La température de surface des étoiles 80
- Activité 3. La répartition de l'énergie solaire sur la Terre 82
- Activité 4. L'effet de la lumière du Soleil sur les humains 84
- Le cours 86
- Exercices 88

**Chapitre 5** Le bilan radiatif terrestre 94

- Activité 1. La puissance solaire reçue par la Terre : réflexion et absorption 96
- Activité 2. La température sur Terre : un équilibre dynamique 98
- Le cours 100
- Exercices 102

**Chapitre 6** De l'énergie pour tous les êtres vivants grâce à la photosynthèse 108

- Activité 1. L'utilisation de l'énergie solaire par les végétaux 110
- Activité 2. Devenir des produits de la photosynthèse dans le vivant 112
- Activité 3. Une alimentation équilibrée 114
- Activité 4. Facteurs de déséquilibre alimentaire et leurs conséquences 116
- Le cours 117
- Exercices 120

**Chapitre 7** Une diversité de sources d'énergie utilisables par l'humanité 126

- Activité 1. Origine des principales sources d'énergie utilisées 128
- Activité 2. Usages variés des énergies de flux et de stock 130
- Activité 3. Biomasse et énergies renouvelables 131
- Le cours 132
- Exercices 134

**Pour comprendre le monde**
Le phytoplancton : fascinant, indispensable, méconnu 140

# Sommaire

THÈME 3

## La Terre, un astre singulier


Chapitre 8 **La forme de la Terre** 144

Activité 1. Comprendre que la Terre est sphérique 146

Activité 2. Des méthodes géométriques pour déterminer le rayon de la Terre 148

Activité 3. Se repérer sur une Terre sphérique 150

Le cours 151

Exercices 154

Chapitre 9 **L'histoire de l'âge de la Terre** 160

Activité 1. L'âge de la Terre, un long cheminement de la pensée 162

Activité 2. Des débats du XIXe siècle jusqu'à la résolution actuelle 164

Le cours 166

Exercices 168

Chapitre 10 **La Terre dans l'Univers** 174

Activité 1. Représentation du Système solaire et place de la Terre 176

Activité 2. La Lune, notre satellite 178

Activité 3. La Terre, seule planète habitable ? 179

Activité 4. L'eau sur Terre, une ressource précieuse 180

Le cours 181

Exercices 184

Pour comprendre le monde

L'eau potable 190

THÈME 4

## Son et musique, porteurs d'information


Chapitre 11 **Son et musique** 194

Activité 1. Sons et instruments de musique 196

Activité 2. Cordes vibrantes et instruments à cordes 198

Activité 3. Intensité sonore et niveau d'intensité sonore 200

Activité 4. Construire un instrument de musique 202

Le cours 203

Exercices 206

Chapitre 12 **Le son, une information à coder** 212

Activité 1. Numérisation du son et échantillonnage 214

Activité 2. Numérisation du son : quantification et compression 216

Activité 3. Qualité de la restitution et impact énergétique des modes d'écoute 218

Le cours 219

Exercices 222

Chapitre 13 **Entendre et protéger son audition** 228

Activité 1. Protéger son système auditif 230

Activité 2. Des capacités auditives variables selon les individus 232

Activité 3. Le cerveau décode les informations sonores 234

Activité 4. Des techniques pour compenser les pertes auditives 236

Le cours 237

Exercices 240

Pour comprendre le monde

Langues des signes : écouter autrement ! 246

- Corrigés 248
- Programme 251
- Crédits photographiques 254
- Tableau périodique des éléments chimiques 256

# S'informer avec un esprit critique

# Penser de façon critique

## Une pensée difficile

Les informations issues du monde qui nous entoure sont abondantes, mais plus ou moins complètes et de qualité variable. Elles éveillent notre attention, certaines peuvent interpeller notre sens moral.
En tant qu'individus, nos facultés de raisonnement et nos sens sont faillibles et limités. En conséquence, notre capacité à traiter l'information est imparfaite : nous pouvons être victimes d'illusions, nous pouvons nous tromper. De plus, nos connaissances personnelles sont incomplètes, et notre motivation à vouloir bien réfléchir est variable.

**» Nos raisonnements peuvent être incorrects**
Voici un petit problème de réflexion simple : « Une raquette et une balle coûtent 110 euros. La raquette coûte 100 euros de plus que la balle. Combien coûte la balle ? » Si comme la plupart, votre réponse a été 10 euros, vous avez fait une erreur de raisonnement. La réponse correcte est 5 euros, ce que vous pouvez vérifier par le calcul.

*La tour de Pise*

**» Notre perception du monde est imparfaite**
Si vous trouvez que l'une de ces deux tours penche plus que l'autre, vous êtes victime d'une illusion !
Les deux photos sont identiques, et les tours similaires. Vous pouvez le vérifier avec une règle…

**DANGER !**

**Le monoxyde de dihydrogène (MODH) :**
- Est inodore et incolore
- Est toxique par inhalation
- Peut causer des brûlures sous forme gazeuse
- Est le constituant majeur des pluies acides
- Contribue à l'érosion des sols
- Corrode et oxyde de nombreux métaux
- Tue des milliers de personnes chaque année

**» Nos émotions peuvent nous égarer**
Le MODH (monoxyde de dihydrogène) est une substance chimique dont certaines propriétés sont exposées ci-contre.
Si vous pensez que cette molécule constitue un grand risque pour votre santé, vous avez peut-être été influencé par sa présentation alarmiste. Il ne s'agit en réalité que de $H_2O$… C'est-à-dire d'eau !

Tout cela nous expose à porter des jugements biaisés : des défauts d'appréciation de la situation nous conduisent à l'erreur. Pour chacun d'entre nous, il est difficile d'être réfléchi et raisonné.

Un mirage en mer évoquant un « bateau volant », un phénomène longtemps mystérieux pour les humains, expliqué de nos jours par la science

« Douter de tout ou tout croire sont deux solutions également commodes, qui l'une et l'autre nous dispensent de réfléchir.

Henri Poincaré

La pensée scientifique [...] réclame qu'on résiste à la première réflexion. [...] Il faut penser contre le cerveau.

Bachelard »

## Savoir se questionner

Face aux différentes situations du quotidien, la pensée critique nous permet de faire des choix réfléchis et raisonnés sur ce qu'il faut croire ou faire. Cela implique un équilibre délicat entre confiance, indécision et méfiance.

## Des principes pour surmonter les difficultés

Acquérir des connaissances favorise la pensée critique, mais nul ne peut prétendre être expert en tout. Dans le domaine des sciences, une solution a été trouvée : la pensée ne demeure pas solitaire, les erreurs et défauts individuels sont corrigés par le regard de la communauté.

→ *voir « Comment fait-on de la science ? »* p. 10

## EN BREF !!

Faute de maîtriser la plupart des sujets sur lesquels nous devons faire des choix, il est nécessaire d'accorder notre confiance. Quelles sont les pratiques à adopter afin d'accorder au mieux sa confiance ?

Les pages à suivre vous proposent des pratiques à adopter, favorables à la pensée critique.

# Être disposé à penser de façon critique

6

Nos émotions et nos intuitions ont une influence sur nos pensées. Ce n'est pas forcément mauvais, mais cela peut nous empêcher de vraiment réfléchir.
Si nous en sommes conscients, il devient possible d'adopter de bonnes attitudes, telles qu'accepter les connaissances vérifiées, tenir compte des preuves et des arguments valables, et être capable de modérer nos opinions, voire de changer d'avis. Il est aussi parfois raisonnable d'accepter de **suspendre son jugement**, c'est-à-dire de considérer qu'on ne dispose pas des informations nécessaires pour prendre parti.
Une attitude favorable à l'esprit critique consiste à faire preuve de **métacognition**, c'est à dire à se demander pourquoi on pense ce qu'on pense.

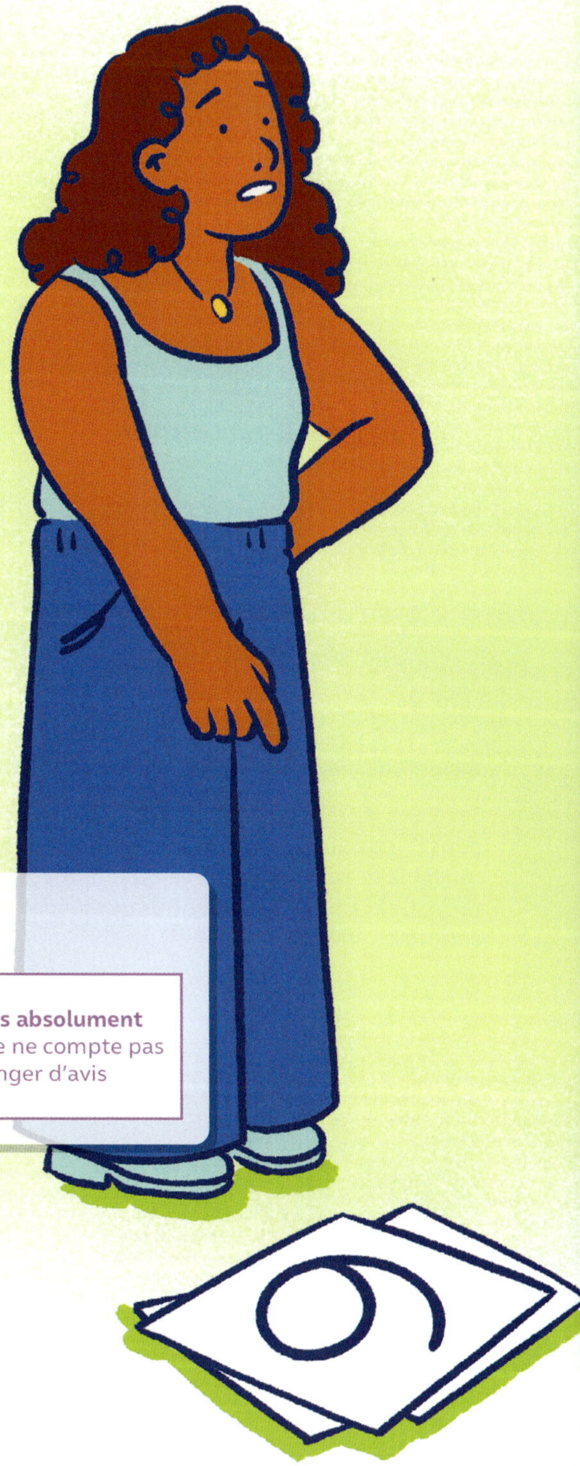

> « **Le jugement que nous portons sur un autre ne doit pas nous dispenser d'un sévère jugement sur nous-même.**
>
> **Montaigne** »

Ce curseur de confiance permet de se positionner en faisant preuve à la fois de nuance et de précision.

| Je ne sais pas | Je fais confiance (je peux cependant changer d'avis) | | | **J'en suis absolument certain,** je ne compte pas changer d'avis |
|---|---|---|---|---|
| | un peu | moyennement | beaucoup | |

## DES QUESTIONS CRITIQUES À SE POSER !!

Quels sont mes *a priori* sur la question ? Ma priorité est-elle vraiment de mieux savoir ?
Si une pensée m'est désagréable, pourquoi ? Pourquoi fais-je plus confiance à celui-ci qu'à celui-là ?
À quelles conditions pourrais-je changer d'avis ?

# Qu'est-ce que « savoir » ?

9

Lorsque nous évaluons la crédibilité des informations, nous acceptons de considérer que certaines sont vraies. Pour autant, être d'accord, ce n'est pas forcément faire preuve de connaissance. Cela peut aussi être une croyance, ou une opinion.
Il faut s'efforcer d'être avant tout lucide sur le statut de ce que nous considérons comme vrai.

## Distinguer croyance, opinion, et connaissance

### » La croyance

Croire, c'est tout simplement penser que quelque chose est vrai. Une croyance peut être spontanée, engager la confiance. Elle peut être effectivement vraie ou non, justifiée ou non, rationnelle ou non. Une croyance peut être plus ou moins forte. Elle peut éventuellement persister malgré des preuves contradictoires.

«Je crois que l'humain est responsable du dérèglement climatique en cours», «Je crois qu'il existe une vie extraterrestre intelligente»

### » L'opinion

C'est un jugement personnel que l'on porte sur un sujet. Une opinion repose sur de multiples fondements : nos propres croyances, notre vécu, nos émotions, nos valeurs... Une opinion peut être débattue, elle peut évoluer.

«Je pense qu'il faut rendre certains vaccins obligatoires», «Je pense que la lutte contre le réchauffement climatique nécessite de consommer moins»

### » La connaissance et le savoir

Une connaissance est une pensée réputée vraie car elle est justifiée, rationnelle. Les sciences respectent des règles particulières pour élaborer des connaissances. La connaissance est ouverte à la contradiction reposant sur des preuves solides, elle peut évoluer.
Notre expérience personnelle ainsi que les connaissances que nous assimilons constituent des savoirs.

«Les chercheurs en neurologie connaissent les principes de fonctionnement du système nerveux», «Je sais que la Terre tourne autour du Soleil»

→ *voir « Comment fait-on de la science ? »* p. 10

**hachette-clic.fr/24es1009** Vidéo « La philosophie en petits morceaux » (Université Lorraine)

## DES QUESTIONS CRITIQUES À SE POSER !!

En fonction de ce sur quoi s'appuie une information ou ma propre pensée, puis-je déterminer si elle relève de la croyance ? De l'opinion ? De la connaissance ?

# Comment fait-on de la science ?

« On construit la science avec des faits comme une maison avec des pierres. Mais une accumulation de faits n'est pas plus une science qu'un tas de pierres n'est une maison.

Henri Poincaré »

**La démarche scientifique a pour objectif de produire des connaissances, utiles à notre compréhension du monde. Elle aboutit à proposer des théories, c'est-à-dire des ensembles structurés de connaissances universellement valables sur des domaines particuliers. Il existe au moins trois manières de procéder pour « produire » de la connaissance scientifique.**

### 1. De nouvelles connaissances germent d'une intuition, de notre imagination, ou d'une découverte.

Cela peut être le fruit du hasard, une observation surprenante (un objet de curiosité comme la découverte de la pénicilline par Alexander Fleming) ou une motivation personnelle (Stephen Hawking en cosmologie et physique théorique). On parle de sérendipité quand on trouve ce que l'on ne cherchait pas, mais la production d'une connaissance par hasard n'a été possible que parce qu'on y a prêté attention et parce qu'on a imaginé une interprétation pertinente.

*L'équipe d'Yves Coppens, paléontologue, qui a découvert le squelette de Lucy, ne cherchait ni n'importe où, ni au hasard, mais elle a eu la chance de découvrir les restes de ce squelette. L'intuition d'un berceau africain des hominidés au sein du Grand Rift et la contrainte de ne pouvoir pratiquer la paléontologie sous certains climats l'ont conduit à chercher au bon endroit.*

Le squelette de Lucy a été découvert en 1974, en Éthiopie, un pays d'Afrique de l'Est. En analysant les 52 os retrouvés, les chercheurs (ici Yves Coppens) ont trouvé qu'il s'agit d'une jeune Australopithèque qui vivait il y a plus de 3 millions d'années.

### 2. Une autre manière de faire de la science consiste à aller plus loin dans les outils d'observation ou de mesure d'un phénomène.

Le microscope, les télescopes, l'usage des satellites, les scanners en médecine contribuent à lever des verrous techniques pour progresser sur des fronts de science.

L'IRM fonctionnelle a révolutionné la cartographie du cerveau en permettant la visualisation des régions cérébrales actives pendant des tâches spécifiques. Cette technique a conduit à des découvertes sur la localisation des fonctions cognitives telles que la vision, le langage, la mémoire et le mouvement.

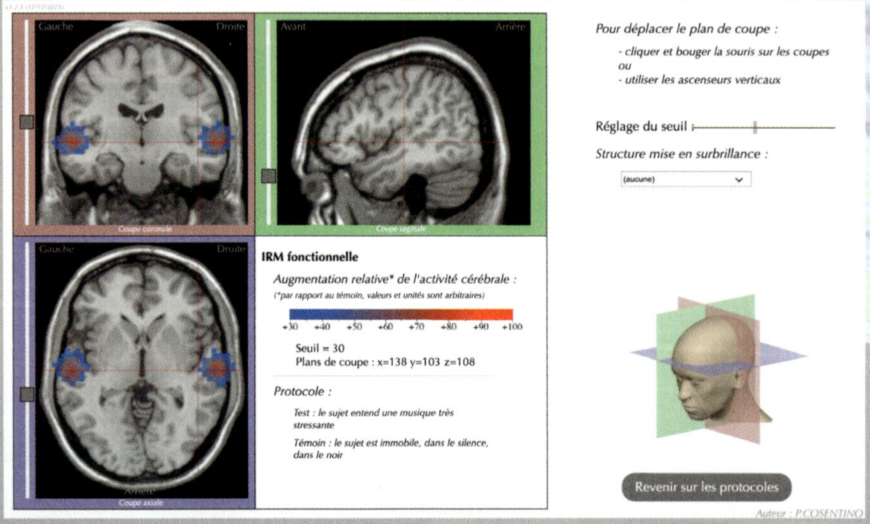


IRM fonctionnelle virtuelle montrant les régions du cerveau d'un patient stressé par du bruit dont l'activité est différente d'un patient dans un environnement calme.

**3. Une troisième voie consiste à investiguer, par exemple *via* une expérimentation, pour tester une hypothèse.**

Newton et Huygens avaient deux hypothèses différentes quant à la nature de la lumière : corpusculaire pour Newton et ondulatoire pour Huygens. Thomas Young imagina en 1801 une expérience basée sur le passage de la lumière à travers deux fentes : l'obtention d'une figure d'interférences sur un écran valida l'hypothèse de Huygens. Au XXe siècle, l'ajout d'un détecteur photoélectrique valida également la nature corpusculaire de la lumière ! Son expérience a donc joué un rôle clé dans l'établissement du concept de dualité onde-particule de la lumière, un aspect fondamental de la physique quantique.

**hachette-clic.fr/24es1011** Vidéo « La plus belle expérience de la physique »

**La validité d'une connaissance scientifique** dépend de la manière dont elle a été produite, vérifiée, validée par des spécialistes. Ce sont des chercheurs qui écrivent les publications scientifiques : ils maîtrisent le sujet, se sont documentés, ont de la méthode. Pour chaque nouvelle découverte, chaque test d'une hypothèse, chaque proposition de théorie, les publications sont validées par des spécialistes du domaine, indépendants de ceux qui produisent l'étude. Ces spécialistes connaissent à la fois le sujet et les lacunes de connaissances, et savent examiner si une démarche scientifique est correcte. Ce processus s'appelle « revue par les pairs ». Une fois publiés, les travaux sont examinés par le regard critique de l'ensemble de la communauté, avec quelques fois la présentation de nouveaux résultats qui amènent à revoir la théorie proposée. La science a besoin de méthode, mais également de temps, de confrontation et de débats.

Penzias et Wilson découvrent le fond diffus cosmologique en voulant éliminer un bruit de fond dans les observations faites avec leur radiotélescope.

## LA DÉMARCHE SCIENTIFIQUE !!

À partir d'une idée, le scientifique émet une hypothèse dans des termes qui permettent de la réfuter, c'est-à-dire de tester sa pertinence. Si l'hypothèse est validée, on peut rechercher à quel point une généralisation des résultats est possible sous la forme d'une théorie : des systèmes décrivant et expliquant le réel (par exemple : théorie cellulaire, théorie de la relativité restreinte, théorie de l'évolution de Darwin). La marche de la science est d'éprouver ces théories et de donner un cadre aux tests d'hypothèses, qui sont ainsi rejetées ou validées. Une théorie est finalement valide jusqu'à preuve du contraire, mais des progrès dans la connaissance ou des observations originales peuvent amener à la remettre en cause.

Processus de production d'une connaissance par une démarche scientifique et évaluation par les pairs.

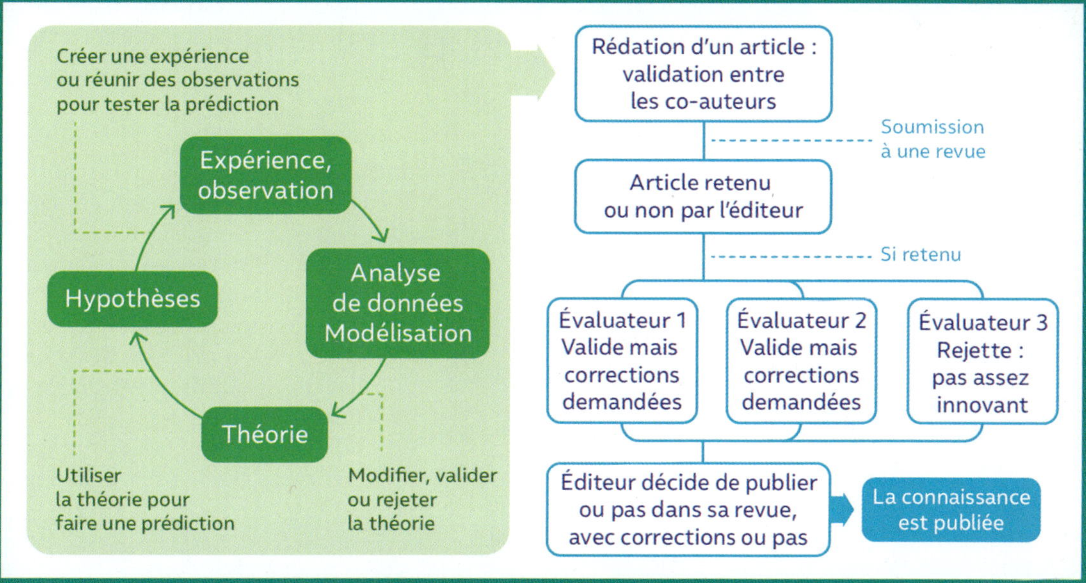

# Face à une controverse, mesurer la pertinence des choix

## Toutes les controverses ne sont pas de même nature…

### » Les controverses scientifiques

Ce sont des désaccords plus ou moins profonds concernant des théories scientifiques. Autrefois, des débats ont par exemple porté sur ce qui constitue le vivant ou sur la forme de la Terre. Ces débats portant sur les connaissances concernent essentiellement les spécialistes des domaines concernés, ils participent au fonctionnement des sciences et aboutissent plus ou moins lentement à un accord général, c'est-à-dire à un **consensus**.

### » Les controverses des applications techniques

Elles concernent la pertinence de l'utilisation de connaissances scientifiques pour des applications techniques. On peut citer par exemple l'obligation vaccinale, la taxation des carburants. Dans la mesure où ces controverses concernent la société, l'appréciation de ce qui est bien ou mal, juste ou injuste entre en compte.
Dans ces débats, il est donc nécessaire de s'assurer d'abord des connaissances, de réfléchir aussi au contexte, de prendre en compte les valeurs et les normes sociales et de penser aux conséquences.

**hachette-clic.fr/24es1012**
Site « Les controverses du moment »

## Évaluer les bénéfices, les risques et les dangers

Un danger correspond à un facteur susceptible de nuire et de causer des dommages plus ou moins graves (à la santé, à l'environnement…). Pour en tenir compte, il faut considérer le risque, c'est-à-dire la probabilité d'être exposé au danger.
L'évaluation du risque est l'objet de travaux scientifiques dont la synthèse est assurée par l'expertise des agences spécialisées.
Afin d'éclairer la prise de décision, les risques liés au choix ou au rejet d'une solution technique sont mis en balance avec les bénéfices qu'elle apporte.
Le choix peut être complexe à arbitrer car ses conséquences recouvrent divers aspects : sanitaires, économiques et environnementaux…

## DES QUESTIONS CRITIQUES À SE POSER !!

Le cadre est-il propice à une discussion argumentée ?

Peut-on se mettre d'accord sur un objectif prioritaire commun ?

Est-il possible d'évaluer et de comparer les différents risques et bénéfices ?

# Reconnaître et adopter de bons raisonnements

« La langue est la meilleure et la pire des choses.
Attribué à Ésope »

**Mener un raisonnement consiste à étayer sa pensée en faisant appel à des arguments. Ceux-ci incluent des opinions accompagnées de justifications plus ou moins solides.**

Protéger ou non le tigre ? Le tigre est un prédateur dangereux pour l'humain. Le risque n'est cependant pas le même pour quelqu'un qui visiterait un zoo ou pour quelqu'un qui se promènerait dans une forêt au Bengale !

Lorsqu'elle repose sur la logique ou sur des connaissances provenant de sources fiables et appuyées par des preuves de qualité, une justification rend l'argument rationnellement valide.

- Exemple d'opinion simple : « *Je pense que la consommation de charbon doit diminuer.* »
- Exemple d'argument solide : « *Je pense que la consommation de charbon doit diminuer car le consensus scientifique a montré que sa combustion libère des gaz à effet de serre aggravant le dérèglement climatique actuel.* »

De nombreux autres types de justifications peuvent être employés, certains peuvent être faibles ou forts selon le contexte, d'autres sont trompeurs.

**Des exemples de justifications pour des arguments s'opposant à la consommation de charbon :**

| | Justification faible | Justification forte |
|---|---|---|
| **Appel à une autorité (plus ou moins légitime)** | Des célébrités engagées | La communauté des climatologues |
| **Appel à des conséquences (plus ou moins réalistes)** | Les réserves s'épuiseront un jour ou l'autre | Le dérèglement climatique deviendra difficilement supportable |
| **Appel à une majorité (plus ou moins représentative)** | La plupart des Français | L'ensemble des pays qui luttent contre le réchauffement climatique |

**Des exemples de justifications trompeuses et s'opposant à la diminution de l'usage du charbon :**

| | |
|---|---|
| **L'attaque de la personne plutôt que la contradiction de ses arguments** | *« Ceux qui s'opposent au charbon sont payés par le lobby des éoliennes et du nucléaire. »* |
| **L'homme de paille, caricature de la position adverse** | *« Vous voulez abandonner tout ce qui permet notre confort de vie. »* |
| **L'emploi de figures de styles apportant de la confusion, telles que l'ironie ou l'emphase** | *« L'apocalypse qu'on nous prédit est d'une naïveté ridicule. »* |

## Faire la part des arguments

Face à des arguments contradictoires, une attitude critique consiste à clarifier les positions antagonistes, à entendre sérieusement les arguments contraires et à évaluer leur pertinence. Pour cela, il faut aussi s'interroger sur ses propres *a priori* et être disposé à éventuellement changer d'avis.
Une bonne stratégie peut être de faire la liste des arguments et d'évaluer leur importance relative.

## DES QUESTIONS CRITIQUES À SE POSER !!

Certains des arguments paraissent-ils trompeurs ?
Certains des arguments paraissent-ils moins convaincants que les autres ?
Peut-il y avoir des solutions aux obstacles que certains arguments invoquent ?
Si oui, ces solutions sont-elles pratiques (en considérant leur coût) ?
Un côté semble-t-il l'emporter ?
Un compromis vous paraît-il possible ?

# Juger de la fiabilité de la source d'une information

## Utiliser un moteur de recherche avec discernement

Les moteurs de recherche constituent le moyen le plus utilisé pour accéder à de l'information sur le web. En fonction des mots clés utilisés, la liste des liens proposés peut varier significativement.

Voici par exemple deux résultats bien différents concernant le chocolat et la santé.

- **Mots-clés saisis dans le moteur de recherche :** chocolat danger
Deux premières réponses obtenues :
« Les 6 méfaits du chocolat sur la santé » ; lestoilesenchantees.com
« Chocolat – quels risques ? Fiches santé et conseils médicaux » ; sante.lefigaro.fr
- **Mots-clés saisis dans le moteur de recherche :** chocolat bienfaits
Deux premières réponses obtenues :
« Le chocolat, un trésor de bienfaits pour la santé » ; passeportsanté.net
« Les cinq principaux bienfaits du chocolat noir pour la santé » ; bbc.com

## Évaluer la fiabilité d'un article Wikipédia

Faisant souvent partie des premières propositions par les moteurs de recherche, Wikipedia est une encyclopédie collaborative. Son fonctionnement particulier explique le très grand nombre d'articles, certains pouvant être d'une qualité supérieure à celle d'encyclopédies classiques tandis que d'autres sont peu fiables.

| Des questions critiques que l'on peut se poser | |
|---|---|
| Y a-t-il des bandeaux ou des des annotations d'avertissement ? | Permet de savoir si des défauts particuliers affectent tout ou partie du contenu. |
| Y a-t-il des références numérotées dans le contenu de la page ? | Permet de vérifier si le contenu s'appuie sur des sources vérifiables. |
| Y a-t-il des débats voire des polémiques dans l'onglet « Discussion » ? | Permet de vérifier si certains contenus suscitent un désaccord. |
| Dans l'onglet « Voir l'historique », que disent les sections « Auteurs et statistiques » et « Contributeurs suivant cette page » ? | Permet de vérifier si l'article a bénéficié de la coopération de nombreux contributeurs et si son évolution est bien surveillée. |

Afin de trouver plus facilement des sites fiables, il est donc prudent de choisir soigneusement ses mots clés, en prenant conscience de l'orientation qu'ils peuvent donner aux résultats.

## DES QUESTIONS CRITIQUES À SE POSER !!

Pour une source donnée, on peut s'interroger sur l'objectif que poursuit l'auteur, sur sa bonne foi, sur son degré d'expertise. On peut notamment se demander :
Quelle est la nature du support de l'information ?
Qui est l'auteur et quelle est son intention de publication ?
L'information est-elle récente ?
S'agit-il d'une synthèse ou d'une annonce faite à chaud ?
Les arguments qui supportent les raisonnements sont-ils valides ?
Ce qui est avancé est-il cohérent avec ce que d'autres sources disent ?

## Des sources de différentes qualités

Aucune source n'est parfaite, mais certaines sont plus fiables que d'autres, c'est-à-dire probablement plus fidèles à la réalité.
Croiser des sources différentes (sites web, articles de journaux, livres, encyclopédies, etc.) permet de recouper une information afin de s'assurer de sa véracité et de son intégrité.
Les logiciels utilisant une intelligence artificielle générative de texte, tels que ChatGPT, inventent leurs réponses en fonction de la question posée et de sources qu'ils ne citent pas. Actuellement, elles ne peuvent donc pas être considérées comme des sources fiables.

# Juger de la qualité des preuves appuyant l'information

## La preuve apportée par les coïncidences et les corrélations

On parle de coïncidence quand deux évènements se produisent simultanément. Dans le cas d'une **corrélation**, on peut établir que des données varient simultanément.

Cette étude parue en 1988 montre en Allemagne une corrélation entre l'évolution du nombre de nids de cigognes et l'évolution du nombre de naissances d'enfants.
Cette étude, bien que réelle, était une blague cherchant à démontrer que les corrélations peuvent être trompeuses.
Lorsque l'on constate une corrélation entre des données A et B, plusieurs explications concurrentes sont possibles :

- la variation de A cause de celle de B,
- la variation de B cause de celle de A,
- la variation d'une autre variable non évoquée est cause de la variation de A et de B,
- il y a tellement de variables dans le monde que certaines varient ensemble par le simple fait du hasard.

La seule constatation d'une corrélation ou d'une coïncidence n'est donc pas la preuve d'une relation de causalité, elle peut permettre de poser une hypothèse.
Dans le cas d'une expérimentation, on évite l'ambiguïté de la corrélation : faire volontairement varier un seul facteur permet de vérifier s'il est cause de variation d'un autre facteur qu'on a choisi à l'avance d'observer.

H. Sies, *Nature*, 1988

**Évolution comparée du nombre de nids de cigognes et de naissances d'enfants**

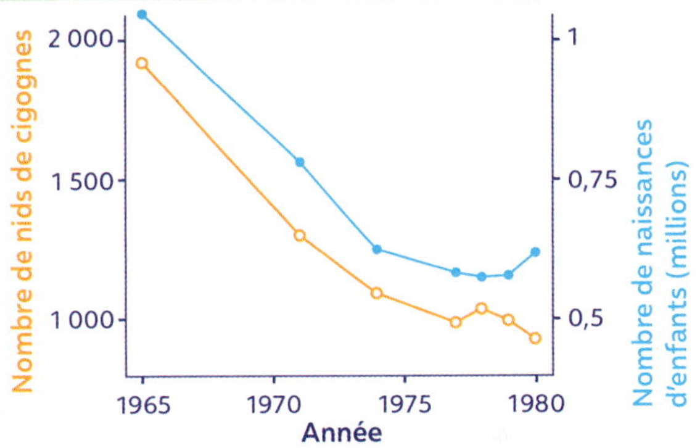


Cette corrélation est le fait du hasard.

Cellules d'épiderme d'oignon dans une solution au vert de méthyl, microscope optique

## La preuve apportée dans des conditions contrôlées

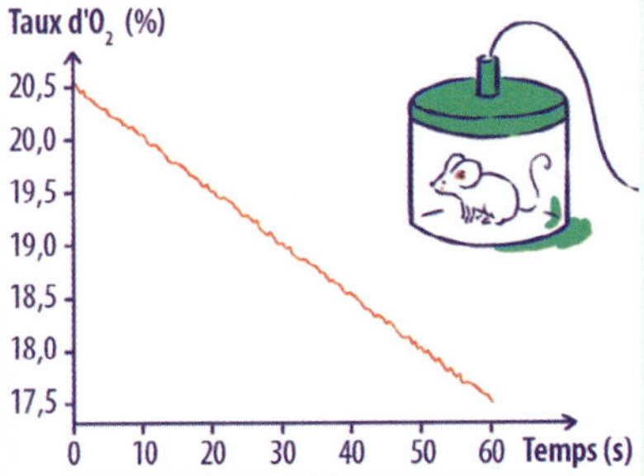


**Évolution du taux d'$O_2$ dans un bocal contenant une souris**

On parle de conditions contrôlées quand on dispose d'une référence permettant de faire une comparaison. Ici, on étudie l'effet de la présence d'une souris sur la concentration en dioxygène dans un bocal.
Cette courbe seule ne permet pas de démontrer que la souris a consommé du dioxygène. Il faudrait également réaliser un enregistrement **témoin**, sans souris. On pourrait alors vérifier s'il n'y a pas autre chose dans le dispositif qui serait susceptible de consommer du dioxygène.
D'une manière générale, les preuves les plus solides ne sont pas le fruit d'une observation réalisée au hasard, mais d'une attention portée aux conditions dans lesquelles elles ont été obtenues.

## Des preuves en quantité suffisante

L'observation microscopique de l'épiderme d'oignon permet de déceler des cellules. Avons-nous ici la preuve que tous les êtres vivants sont constitués de cellules ? Non, car une constatation isolée constitue un risque de généralisation abusive.
Certaines preuves paraissent convaincantes car elles illustrent bien une affirmation.
La fiabilité d'une information tient à l'accumulation des preuves qui la soutiennent, au fait que ces preuves aillent dans le même sens et qu'elles résistent aux tentatives de contradiction.

## DES QUESTIONS CRITIQUES À SE POSER !!

La preuve correspond-elle à une coïncidence ou à une corrélation seule ?
Les conditions d'obtention de la preuve ont-elles été rigoureuses ?
La preuve est-elle convergente avec d'autres ?
Est-il possible de vérifier la validité de la preuve ?

Fiche 1

# Concevoir un support de présentation

▶ Savoir présenter les résultats de son travail est une compétence importante pour convaincre l'auditoire. Choisir le support le plus adapté est alors un atout.

## Une affiche, un poster ou un panneau d'information

Le poster a l'avantage de présenter les différentes parties de votre travail en mettant en avant votre démarche et sa logique : il doit être linéaire et structuré. Si on peut imaginer des formes diverses, quelques règles sont à respecter.

**Méthode**

- **Être visible de loin**

Les titres dominent avec une police de 36 points. Les textes importants, courts et précis sont en 24 points, les autres étant dans une taille minimum de 18 points, et dans une police lisible (Calibri, Arial). Il faut éviter les italiques et textes tout en majuscules. L'utilisation de couleurs foncées sur fond clair (ou inversement) se fait avec des couleurs complémentaires. Les illustrations (photographies, graphiques, schémas, cartes, etc.) doivent être grandes.

- **Susciter et maintenir l'intérêt**

Le titre, court et bien visible, est facilement compréhensible. Les textes et illustrations sont attractifs. La présentation est aérée, propre et soignée. L'espace est judicieusement utilisé avec des documents bien répartis.

- **Contenir suffisamment d'informations**

Les textes courts doivent contenir les mots-clés et les idées essentielles. Les titres et sous-titres guident la lecture qui retrace la démarche explicative. Les illustrations (images ou graphiques) sont complémentaires du texte, sans redondance. Les dessins et schémas doivent être suffisamment clairs en évitant les légendes trop complexes.

## Un oral avec un logiciel de présentation assisté par ordinateur

La réalisation d'un diaporama se fait avec un logiciel approprié (Power-point, propriétaire et payant, ou des alternatives gratuites comme Impress, Prezi, Haiku Deck, CustomShow, SlideDog ou Genially). La vidéo-projection permet d'être visible par tout le public. Le diaporama a l'inconvénient d'imposer au public d'aller au rythme de l'orateur, sans pouvoir se raccrocher aux diapositives précédentes et sans cerner la cohérence globale. Une présentation n'est pas une performance informatique et une communication efficace passe par le respect de quelques règles simples.

**Méthode**

- **Simplifier le propos**

Les diapositives ne doivent pas être trop nombreuses. Chacune repose sur une idée-clé et une seule information importante. Les textes sont rédigés sans phrase, avec des mots-clés. Les documents (graphiques, schémas ou images de qualité) servent de supports pour les explications orales.

- **Être lisible**

Les mêmes règles de types de polices ou de couleurs que celles des posters s'appliquent ici. Les textes sont affichés en grand : 28 points pour les titres, 22 points pour le texte.

- **Simplifiez la présentation**

Il faut unifier la présentation (fond de diapositives pas trop chargé et identique) et limiter les effets de transition entre diapositives : un seul type d'animation par exemple. Le contenu doit être utile et il vaut mieux éviter les éléments qui détournent l'attention.

| Niveau de réussite | insuffisant | à consolider | satisfaisant | excellent |
|---|---|---|---|---|
| Logique de la démonstration : d'une problématique à sa résolution avec identification des étapes | | | | |
| Choix des supports : pertinence des illustrations par rapport au sujet, nombre, clarté | | | | |
| Appropriation = productions personnelles (photos, schémas, résultats d'expériences, etc.) | | | | |
| Qualité du travail : forme, orthographe, syntaxe | | | | |

Fiche 2

# Informations chiffrées Statistique descriptive

▶ Identifier et utiliser les différents indicateurs mathématiques nécessaires à l'étude d'une série de données.

## Comprendre la nature de la série de données à étudier

En statistique, on appelle **population un ensemble d'individus ou d'éléments partageant un ou plusieurs caractères** servant à les regrouper.
On étudie des caractères quantitatifs (des nombres : la taille, l'âge...) ou qualitatifs (du texte : des couleurs, des composants chimiques...).
Un caractère quantitatif peut être :

- soit discret, quand il prend un nombre fini de valeurs;
- soit continu, quand il peut prendre toute valeur d'un intervalle.

Selon la nature de la série statistique, les données sont représentées par des graphiques différents suivant en général cette typologie :

- **caractères quantitatifs discrets :** diagramme en bâtons ou en barres, nuage de points ;
- **caractères quantitatifs continus :** histogramme, courbes ;
- **caractères qualitatifs :** diagramme circulaire ou semi-circulaire, diagramme en bâtons ou en barres.

## Les indicateurs statistiques mathématiques

### Les indicateurs de position ou de tendance centrale

- La moyenne est égale au quotient de la somme de toutes les valeurs par l'effectif total.
  *Le calcul de la moyenne utilise l'ensemble des valeurs de la variable, dont les plus extrêmes. La moyenne correspond au point d'équilibre de la série de valeurs, c'est-à-dire que la somme des écarts entre la moyenne et les valeurs supérieures à celle-ci est égale aux écarts entre la moyenne et les valeurs inférieures à celle-ci.*
- La médiane est, pour un nombre impair de données, la valeur centrale après rangement (ordre croissant). Pour un nombre pair de données, on considère, en général, la demi-somme des deux valeurs centrales après rangement.
  *La médiane est principalement utilisée pour les distributions asymétriques des données (mauvaise répartition, par exemple {2, 15, 15, 15, 16, 18}). Elle est aussi moins sensible que la moyenne en présence de valeurs extrêmes.*
- Les quartiles : le premier quartile (respectivement le troisième quartile) correspond, après rangement des données dans un ordre croissant de valeurs, à la première donnée pour laquelle on atteint ou dépasse 25 % de l'effectif (respectivement 75 %).

*La connaissance du premier et du troisième quartile permet de situer la moitié (50 %) « centrale » de la population. Selon l'étendue de cette « moitié centrale », il est possible de comparer la dispersion de deux populations.*

### Les indicateurs ou indices de dispersion pour un caractère quantitatif

- L'étendue est la différence entre les deux valeurs extrêmes.
- L'écart interquartile est la différence entre le troisième quartile $Q_3$ et le premier quartile $Q_1$. Ce critère de dispersion, l'écart interquartile, est associé au critère de position, la médiane.
- L'écart type d'une population est un critère de dispersion associé au critère de position, la moyenne.

$$\sigma = \sqrt{\frac{\sum_{i=1}^{N}(x_i - m)^2}{N}}$$

avec $m$ la moyenne,
$x_i$ les différentes valeurs et
$N$ le nombre d'individus de la population

**hachette-clic.fr/24es1019** Pour en savoir plus sur « les indicateurs statistiques »

Fiche 3

# Mesures et incertitude

▶ Une mesure est une opération qui consiste à estimer la valeur d'une grandeur caractéristique d'un phénomène ou d'un système à un instant donné. Pour réaliser une mesure, on utilise un instrument de mesure et une unité associée à la grandeur dans laquelle s'exprime le résultat de la mesure. Une unité est une valeur étalon qui sert de référence pour exprimer toutes les valeurs possibles.

| Grandeur | Exemple d'instrument de mesure | Exemple d'unité d'expression du résultat |
|---|---|---|
| Durée | Chronomètre | Seconde, minute, heure, jour, année |
| Tension électrique | Voltmètre | Volt |
| Masse | Balance | Kilogramme, gramme |
| Température | Thermomètre | Degré Celsius ou kelvin |

Il existe plusieurs unités associées à une grandeur physique. On utilise généralement celle qui est la plus adaptée à l'ordre de grandeur de valeur de la mesure effectuée.

À titre d'exemple, une distance peut s'exprimer en centimètres (cm), en mètres (m), en kilomètres (km), en années-lumière, etc. La largeur d'une table s'exprimera aisément en centimètres ou en mètres, mais pas en années-lumière. Pour des distances entre des étoiles, on utilisera l'année-lumière.

Les scientifiques ont néanmoins bâti un système d'unités conventionnelles : le Système international (dont les unités de base sont le mètre, le kilogramme, la seconde, l'ampère, le kelvin, la candela et la mole).

## Incertitude de mesure

Comme la mesure est une opération d'estimation, son résultat n'est pas exact. On parle d'incertitude de la mesure. Les origines des incertitudes sont multiples : il peut s'agir, par exemple, de l'environnement de la mesure qui fluctue légèrement. L'incertitude est nécessairement liée à la mesure.

### Mesure directe et unique

– Cas d'un instrument gradué

Dans le cas d'un instrument gradué (règle, burette, etc.), on associe l'incertitude, de façon très simplifiée, à la demi-étendue de la distribution. On considère ainsi que l'incertitude est la moitié de la plus petite graduation de l'appareil. En enseignement de spécialité « physique-chimie », une autre estimation, plus précise et rigoureuse, est utilisée.

**De manière simplifiée, pour une lecture avec cette règle graduée, l'incertitude de la mesure effectuée sera estimée à 0,5 mm, c'est-à-dire la moitié de 1 mm, la plus petite graduation. Ainsi, on peut dire que $L = L_{lue} \pm 0,5$ mm.**

– Cas d'un instrument digital

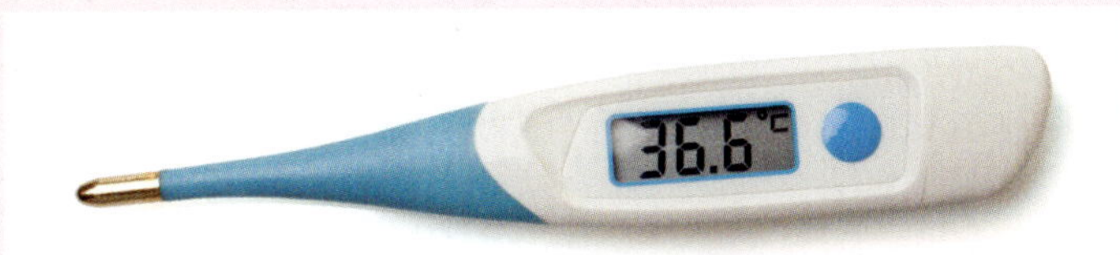


Sauf indication du constructeur, l'incertitude est basée sur le dernier chiffre stable de l'indication numérique à l'écran.

Pour ce thermomètre, l'incertitude sera estimée à 0,1 °C dans le cadre des mesures. Ainsi, $T = T_{lue} \pm 0{,}1$ °C.

## Cas d'une série de mesures

Si l'on effectue une série de mesures, dans des conditions identiques, on **estime l'incertitude par un traitement statistique des résultats de mesures à partir de la moyenne et de l'écart type des valeurs obtenues**.

Exemple de série de mesures d'une tension délivrée par une alimentation stabilisée (réglée à environ 10 V) reliée à un conducteur ohmique de 470 Ω. On relève la tension mesurée par le même voltmètre à 10 reprises (on débranche les câbles entre chaque mesure) :

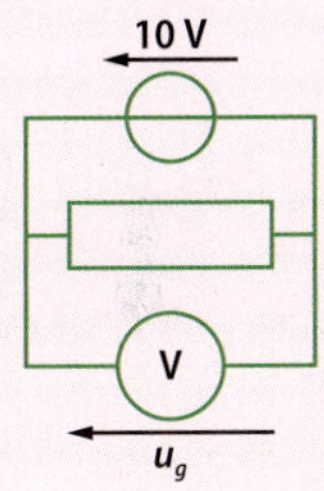


| $u_{g1}$ | $u_{g2}$ | $u_{g3}$ | $u_{g4}$ | $u_{g5}$ | $u_{g6}$ | $u_{g7}$ | $u_{g8}$ | $u_{g9}$ | $u_{g10}$ |
|---|---|---|---|---|---|---|---|---|---|
| 9,854 | 9,866 | 9,854 | 9,854 | 9,854 | 9,854 | 9,854 | 9,854 | 9,854 | 9,854 |

– La valeur de la mesure à retenir est la moyenne $m$ des valeurs avec $n$ le nombre de mesures et $x_i$ les différentes mesures : $m = \frac{\sum_{i=1}^{n} x_i}{n}$.

Exemple :

$$m = \frac{9{,}854 + 9{,}866 + 9{,}854 + 9{,}854 + 9{,}854 + 9{,}854 + 9{,}854 + 9{,}854 + 9{,}854 + 9{,}854}{10} = 9{,}8552$$

– Plus l'écart type est faible, plus les mesures sont regroupées autour de la valeur moyenne. La valeur de l'écart type d'un échantillon de $n$ valeurs est calculée par la formule :

$$s_x = \sqrt{\frac{\sum_{i=1}^{n} (x_i - m)^2}{n - 1}}$$

Exemple :

| | $u_{g1}$ | $u_{g2}$ | $u_{g3}$ | $u_{g4}$ | $u_{g5}$ | $u_{g6}$ | $u_{g7}$ | $u_{g8}$ | $u_{g9}$ | $u_{g10}$ |
|---|---|---|---|---|---|---|---|---|---|---|
| $x_i$ | 9,854 | 9,866 | 9,854 | 9,854 | 9,854 | 9,854 | 9,854 | 9,854 | 9,854 | 9,854 |
| $x_i - m$ | –0,0012 | 0,0108 | –0,0012 | –0,0012 | –0,0012 | –0,0012 | –0,0012 | –0,0012 | –0,0012 | –0,0012 |
| $(x_i - m)^2$ | $1{,}4 \cdot 10^{-6}$ | $1{,}17 \cdot 10^{-4}$ | $1{,}4 \cdot 10^{-6}$ | $1{,}4 \cdot 10^{-6}$ | $1{,}4 \cdot 10^{-6}$ | $1{,}4 \cdot 10^{-6}$ | $1{,}4 \cdot 10^{-6}$ | $1{,}4 \cdot 10^{-6}$ | $1{,}4 \cdot 10^{-6}$ | $1{,}4 \cdot 10^{-6}$ |

$$s_x = \sqrt{\frac{1{,}4 \cdot 10^{-6} + 1{,}17 \cdot 10^{-4} + 1{,}4 \cdot 10^{-6} + 1{,}4 \cdot 10^{-6} + 1{,}4 \cdot 10^{-6} + 1{,}4 \cdot 10^{-6} + 1{,}4 \cdot 10^{-6} + 1{,}4 \cdot 10^{-6} + 1{,}4 \cdot 10^{-6} + 1{,}4 \cdot 10^{-6}}{9}}$$

$s_x = 0{,}0038$

– L'incertitude $i$ est calculée à partir de l'écart type de la série de mesures et de la racine carrée du nombre de mesures effectuées : $i = \frac{s_x}{\sqrt{n}}$.

Exemple : $i = \frac{0{,}0038}{\sqrt{10}} = 0{,}0012$

On peut dire que $u_g = 9{,}8552 \pm 0{,}0012$ V.

## Cas d'une mesure indirecte

On parle de mesure indirecte d'une grandeur $X$ si cette opération nécessite de mesurer d'autres grandeurs à partir desquelles $X$ est calculée.

**On peut estimer l'incertitude pour chaque grandeur mesurée**. L'incertitude de $X$ est obtenue par une expression qui sera toujours donnée. Les scientifiques parlent de loi de propagation des incertitudes.

**Remarque**

Toutes les mesures ont été considérées dans des cas idéaux pour lesquels elles ont été réalisées avec du matériel fiable et bien réglé par des opérateurs qui manipulaient correctement sans se tromper.

Si ce n'est pas le cas, on estime que la valeur estimée est fausse.

**hachette-clic.fr/24es1019** Pour en savoir plus sur « Mesure et incertitudes »

# Projet expérimental et numérique

## Présentation générale

Le projet expérimental et numérique constitue le thème 5 du programme et se déroule sur environ 12 heures. Ces 12 heures peuvent être regroupées ou réparties dans l'année.

Son thème est libre : on peut choisir de prolonger un objet d'étude vu dans l'un des chapitres cette année en Enseignement scientifique, ou préférer traiter un autre thème scientifique. On peut par exemple reprendre un sujet abordé en classe de 2de, en mathématiques, physique-chimie, SVT ou SNT. On a aussi la possibilité de prendre tout autre sujet trouvé intéressant car le projet n'est pas obligatoirement en lien direct avec le programme.

Un projet expérimental et numérique peut être réalisé seul ou en équipe.

Il peut s'inscrire dans le cadre d'un projet de classe ou d'établissement, voire dans un cadre plus large. Par exemple : Vigie-Nature École, Sciences à l'école, les Savanturiers, etc.

Ce projet permettra peut-être de participer à un concours scientifique. Par exemple : CGénial, Science Factor, Concours cristaux, etc.

Pour les différentes étapes du projet, on pourra s'appuyer sur des personnes ressources au sein du lycée : enseignants et personnel de laboratoire, et éventuellement sur des partenaires extérieurs, tels que chercheurs, scientifiques ou laboratoires de l'industrie.

Le projet expérimental et numérique a pour objectif de faire travailler :

- la pratique d'une démarche scientifique expérimentale : choisir un objet d'étude, formuler une problématique, expérimenter, interpréter des résultats et conclure ;
- l'utilisation de matériels scientifiques, de capteurs et logiciels, pour effectuer des mesures et obtenir des données puis les traiter ;
- l'analyse critique de résultats.

Concrètement, trois dimensions doivent être présentes dans le projet, chacune étant plus ou moins développée. Ce sont :

- l'utilisation d'un capteur, éventuellement réalisé en classe ;
- l'acquisition numérique de données ;
- le traitement mathématique de ces données, leur représentation et leur interprétation.

## Les bonnes questions à se poser avant de se lancer

**Pour choisir un capteur :** quelle grandeur veut-on mesurer ? Quelles sont les contraintes recensées ? Un microcontrôleur devrait-il être associé au capteur ?

**Pour acquérir des données :** quel protocole élaborer pour effectuer les mesures ? Quelles précautions faut-il prendre et quels sont les biais éventuels ? Combien de mesures est-il nécessaire d'effectuer ? Quelle est la précision pertinente ? Quelles peuvent être les sources d'incertitudes ? Comment évaluer l'incertitude des mesures effectuées ? Quel logiciel (tableur, environnement de programmation) utiliser pour acquérir et/ou structurer les données ?

**Pour le traitement des données :** quel traitement statistique réaliser ? Comment représenter les résultats obtenus ? Quelle interprétation en faire ? Comment les communiquer ?

## Un peu de méthode ! La démarche de projet

Une démarche de projet est une activité individuelle ou collective qui aboutit à une production concrète. Elle comprend un ensemble de tâches qui nécessitent de savoir décider, planifier et coopérer si le projet est collectif.

Une fois le sujet du projet choisi, la problématique établie et formulée, la production finale décidée, il est temps d'établir le cahier des charges.

Un cahier des charges aide à la réalisation du projet. Il permet d'établir le programme à réaliser dans le temps imparti pour le projet.

## Les étapes de la démarche de projet

### ❶ Définition du projet

Elle engage l'élève individuellement ou les membres de l'équipe si le projet est collectif.

Elle peut être modifiée et, si c'est le cas, cette décision doit être prise par l'équipe. Une carte mentale peut être un bon outil pour organiser les étapes et assurer ensuite le suivi du projet.

Les rôles de ce travail préliminaire sont de :

- formuler clairement ce qu'il a été décidé de faire ;
  *Exemple : projet du thème 4*
  *« Tester l'efficacité de bouchons d'oreille pour les concerts ».*
- fixer des objectifs pour définir les recherches à faire et la production choisie ;
  *Exemple : projet du thème 4*
  *Il faut recenser les différents types de bouchons d'oreille existant sur le marché, se documenter sur les intensités sonores atteintes lors d'un concert, et connaître la législation.*
- cerner les contraintes : quand, comment et où réaliser le projet ?
- définir les étapes du projet et établir un planning prévisionnel sous la forme d'un tableau ; penser à réserver des temps de communication (au sein du groupe éventuellement) afin de pouvoir réguler l'avancée du projet.

### ❷ Conception du projet

Pensez à :

- rechercher des informations en lien avec la problématique choisie ; cette recherche peut amener à réorienter le cahier des charges ;
- choisir la forme définitive du projet ;
- établir la répartition des tâches dans l'équipe éventuelle.

### ❸ Réalisation du projet

Vous devez :

- mettre en œuvre les étapes définies ;
  *Exemple : projet du thème 4*
  *Étape 1 : tester l'atténuation en décibels des différents bouchons d'oreille pour les comparer.*
  *Étape 2 : tester l'atténuation d'un type de bouchon d'oreille en faisant varier la fréquence du son pour voir si la musique sera déformée ou non à l'écoute.*
- organiser une réunion de concertation de l'équipe à mi-planning ;
- adapter le projet si besoin pour en assurer la réalisation intégrale dans les délais.

### ❹ Rédaction de la production finale

Celle-ci peut prendre diverses formes : poster, présentation, article, dossier, pages Web, exposition, etc. Son objectif essentiel est d'assurer une bonne communication de votre projet.

Pour cela :

- répondre à la problématique initiale,
- respecter le projet de production,
- assurer la qualité scientifique,
- assurer la qualité formelle.

## Pistes de projets

**hachette-clic.fr/24es1021** Description détaillée des pistes de projets

**Thème 1** | Une longue histoire de la matière
Piste de projet n° 1 : **Les marais salants et la cristallisation du NaCl**
Piste de projet n° 2 : **Faire beaucoup de mousse**

**Thème 2** | Le Soleil, notre source d'énergie
Piste de projet n° 1 : **L'eau, un tampon thermique**
Piste de projet n° 2 : **La banane du sportif : verte ou mûre à point ?**

**Thème 3** | La Terre, un astre singulier
Piste de projet n° 1 : **Hauteur du Soleil, puissance reçue et saisons**
Piste de projet n° 2 : **La vitesse de refroidissement de la Terre... à la manière de Buffon**

**Thème 4** | Son, musique et audition
Piste de projet n° 1 : **Tester l'efficacité de bouchons d'oreilles pour les concerts**
Piste de projet n° 2 : **Étude des ultrasons des chauves-souris**

La nébuleuse de la « Carène » (NGC 3372) vue par le télescope spatial Spitzer de la NASA est située à environ 8 500 années-lumière de la Terre. Cette nébuleuse a été découverte par l'astronome français Nicolas-Louis de Lacaille (1752). Sur cette image, on voit les piliers sud où se forment de nombreuses étoiles.

THÈME 1

# Une longue histoire de la matière


1 Un niveau d'organisation : les éléments chimiques ..... 24

2 Des édifices ordonnés : les cristaux ..... 40

3 Une structure complexe : la cellule vivante ..... 56

## Déjà VU Déjà SU ?

**Pour chaque question, indiquer la ou les bonne(s) réponse(s).**

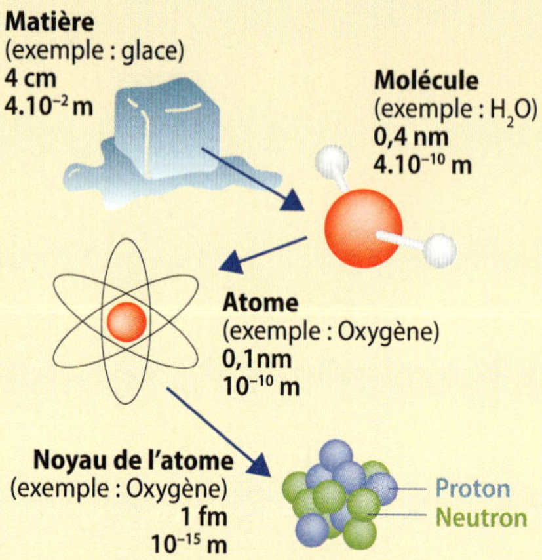


**1 Un noyau atomique est constitué :**
a. de neutrons.
b. de nucléons.
c. de protons ou de neutrons.
d. d'électrons.

**2 Qu'est-ce qui différencie deux éléments chimiques ?**
a. Leur nombre de nucléons A.
b. Leur nombre de protons Z.
c. Leur nombre de neutrons.
d. Leur nombre d'électrons.

**3 Les éléments $^{16}_{8}O$, $^{17}_{8}O$ et $^{18}_{8}O$ sont :**
a. des ions.
b. des isotopes.
c. des atomes.
d. des molécules.

**4 Un ion monoatomique provient d'un atome :**
a. sans électron.
b. ayant gagné un ou plusieurs électrons.
c. ayant perdu un ou plusieurs électrons.
d. radioactif.

**5 Quelle partie d'un atome contient quasiment toute sa masse ?**
a. Ses électrons.
b. Son noyau.

**6 Parmi les équations ci-dessous, distinguer celles qui relèvent d'une réaction chimique de celles qui modélisent une transformation nucléaire :**
a. $C (s) + O_2 (g) \rightarrow CO_2 (g)$.
b. $^{2}_{1}H + ^{3}_{1}H \rightarrow ^{4}_{2}He + ^{1}_{0}n$.
c. $CO_2 + H_2O (l) + CaCO_3 (s) \rightarrow Ca^{2+} (aq) + 2HCO_3^- (aq)$.
d. $^{235}_{92}U + ^{1}_{0}n \rightarrow ^{89}_{36}Kr + ^{144}_{56}Ba + 3^{1}_{0}n$.

**7 L'atome de chlore a pour écriture symbolique $^{35}_{17}Cl$.**
a. Son numéro atomique Z vaut 17.
b. L'atome possède 17 neutrons.
c. L'atome possède 35 nucléons.
d. L'atome possède 20 protons.

## Comprendre et pratiquer les sciences

### Nature et élaboration du savoir scientifique

Comprendre l'origine des éléments dans l'Univers. > **Activité 1**

Comprendre l'apport des progrès techniques dans la construction du savoir scientifique : la radioactivité. > **Activité 2, exercice 16**

### Des pratiques scientifiques

Utiliser la loi de décroissance radioactive. > **Activité 2, exercices 9, 12 et 15**

### Effets de la science sur les sociétés et sur l'environnement

Comprendre les applications médicales de la radioactivité. > **Activité 2, exercice 10**

Comprendre la datation grâce à la radioactivité. > **Exercices 11, 13 et 14**

Produire de l'énergie électrique en grande quantité avec un impact réduit sur l'environnement : « Le projet ITER : un projet ambitieux dans le domaine de la recherche sur la fusion ». > **Exercice 17**

Chapitre 1

# Un niveau d'organisation : les éléments chimiques

Sur cette photo de la NASA, on peut voir la nébuleuse de la « Tête de sorcière » (NGC 1909, constellation de l'Éridan), à environ 800 années-lumière de notre Soleil. Les atomes sont les particules constitutives de toute la matière.
Cette matière est apparue au moment du Big Bang. Comment, à partir du seul élément hydrogène, présent juste après le Big Bang, la centaine d'éléments chimiques connus sur Terre s'est-elle formée ?

# Activité 1 Poussières d'étoiles, la matière dans l'Univers

« Poussières d'étoiles » est une expression imaginée par l'astronome américain Carl Sagan et reprise par l'astrophysicien franco-canadien Hubert Reeves : elle évoque le lien entre la matière présente dans les étoiles et les atomes qui la composent.

**Comment, à partir de très peu d'éléments chimiques légers de l'Univers primordial, s'est formée la centaine d'éléments chimiques de l'Univers actuel ?**

**SAVOIR-FAIRE**

L'équation d'une réaction nucléaire stellaire étant fournie, reconnaître si celle-ci relève d'une fusion ou d'une fission.

## 1 L'apparition de la matière dans l'Univers

Les particules de matière sont apparues au cours des secondes qui ont suivi la naissance de l'Univers. Il s'agissait alors d'un « chaudron thermique » très dense, de plusieurs milliards de degrés. Ces conditions ont permis la formation des noyaux légers : hydrogène, hélium, lithium (dans une très faible proportion). On parle alors de nucléosynthèse primordiale. La masse connue de l'Univers est formée principalement d'hydrogène et d'hélium.

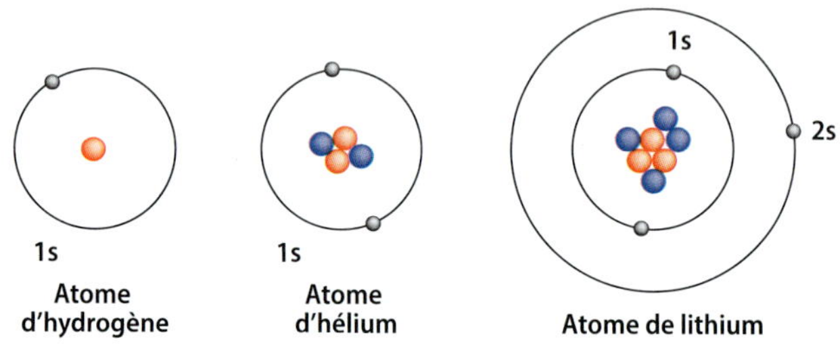


Structure de quelques atomes simples

## 2 Des réactions nucléaires dans les étoiles

Schématisation de la réaction

$$^{2}_{1}H + ^{3}_{1}H \rightarrow ^{4}_{2}He + ^{1}_{0}n$$

• En 1938 aux États-Unis, Hans Bethe est le premier à décrire des cycles de réactions nucléaires successives qui expliquent pourquoi les étoiles brillent. Il reçut d'ailleurs un prix Nobel pour ses travaux sur la nucléosynthèse dans les étoiles en 1967.
Pour des étoiles de masse égale à celle du Soleil, il propose un cycle hydrogène-hydrogène incluant la réaction ci-contre qui produit des noyaux d'hélium.
Le cycle hydrogène-hydrogène permet d'expliquer la formation d'éléments plus lourds, comme le carbone, l'azote et l'oxygène. Dans les étoiles plus massives que le Soleil, Bethe propose un autre cycle carbone-azote-oxygène incluant les réactions suivantes :

$$^{13}_{6}C + ^{1}_{1}H \rightarrow ^{14}_{7}N \qquad ^{14}_{7}N + ^{1}_{1}H \rightarrow ^{15}_{8}O$$

• En 1946, Fred Hoyle suggère que les éléments chimiques présents dans l'Univers sont synthétisés par réactions nucléaires dans les étoiles à partir des éléments issus de la nucléosynthèse primordiale.

• En 1957, quatre scientifiques, Geoffrey Burbidge, Margaret Burbidge, William Fowler et Fred Hoyle, présentent leur théorie de la nucléosynthèse stellaire : ils expliquent la formation des éléments chimiques jusqu'au fer dans l'Univers.

• Cette théorie sera complétée plus tard pour expliquer notamment la formation des atomes de lithium, béryllium et bore au cours du bombardement de noyaux lourds par des rayons cosmiques (protons) :

$$^{14}_{7}N + ^{1}_{1}p \rightarrow ^{10}_{5}B + ^{4}_{2}He + ^{1}_{1}p$$

V1331 Cyg est une étoile « T Tauri », une toute jeune étoile (télescope Hubble, 2015)

**hachette-clic.fr/24es1026** Vidéo pour en savoir plus sur la création de la matière par les étoiles

## 3 L'explosion d'une étoile en fin de vie

Si une étoile ne contient plus de noyau susceptible d'être transformé par des réactions qui produisent de l'énergie et lui permettre de rayonner, elle est en fin de vie et explose en projetant de la matière à travers l'Univers.
Dans le cas d'étoiles massives, l'explosion forme une supernova dans laquelle sont produits des noyaux plus lourds que le fer. Ce phénomène s'accompagne d'une augmentation brève mais très importante de sa luminosité. Ces supernovae jouent un rôle essentiel dans l'histoire de l'Univers : les éléments dispersés participent à la formation des planètes.

Supernova 1994 D (point brillant en bas à gauche) dans la galaxie NGC 4526

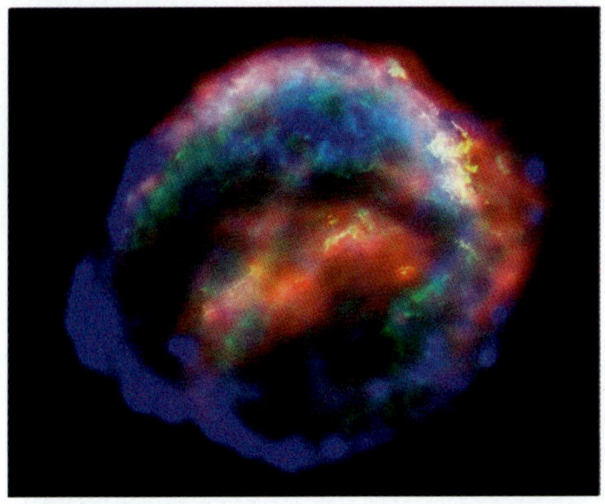

Nuage de matière issu de l'explosion ayant donné naissance à la supernova de Kepler (vue recombinée prise par trois télescopes spatiaux)

## 4 Origine de quelques éléments chimiques

**Légende :**
Élément formé à la naissance de l'Univers
Élément formé par nucléosynthèse dans les étoiles
Élément formé lors de l'explosion d'une étoile
Élément formé par un processus autre que les trois précédents

| | | | | | | | | | | | | | | | | | |
|---|---|---|---|---|---|---|---|---|---|---|---|---|---|---|---|---|---|
| H 1 | | | | | | | | | | | | | | | | | He 2 |
| Li 3 | Be 4 | | | | | | | | | | | B 5 | C 6 | N 7 | O 8 | F 9 | Ne 10 |
| Na 11 | Mg 12 | | | | | | | | | | | Al 13 | Si 14 | P 15 | S 16 | Cl 17 | Ar 18 |
| K 19 | Ca 20 | Sc 21 | Ti 22 | V 23 | Cr 24 | Mn 25 | Fe 26 | Co 27 | Ni 28 | Cu 29 | Zn 30 | Ga 31 | Ge 32 | As 33 | Se 34 | Br 35 | Kr 36 |

### VOCABULAIRE

**Fusion nucléaire :** transformation au cours de laquelle deux noyaux légers s'unissent pour former un noyau plus lourd en libérant de l'énergie.

**Fission nucléaire :** transformation au cours de laquelle un noyau lourd se scinde en deux noyaux plus légers en libérant de l'énergie.

## Consignes TRAVAIL EN GROUPE

1. **Préciser**, en justifiant, si les processus de synthèse des noyaux atomiques dans les étoiles sont principalement dus à des réactions de fusion ou de fission (docs 1 à 3).
2. **Identifier** la réaction relevant d'une fission nucléaire dans le doc 2.
3. **Décrire** les phénomènes de formation des éléments dans l'Univers à l'aide d'un schéma (doc 3).
4. **Compléter** les couleurs des cases du tableau périodique (doc 4), à l'aide du code couleur approprié, pour identifier l'origine des éléments chimiques (docs 1 à 3 et vidéo).
5. **Indiquer** quelles étoiles sont à l'origine de la synthèse de tous les éléments chimiques connus (docs 1 à 4).
6. À l'oral **Par groupe**, **effectuer** des recherches sur Internet et **préparer une présentation orale** de trois minutes sur l'une des thématiques suivantes :
   - les travaux de Fraunhofer sur le Soleil ;
   - les travaux de Hans Bethe ;
   - les travaux de Cécilia Payne ;
   - les travaux de Margaret Burbidge, Geoffrey Burbidge, William Fowler et Fred Hoyle ;
   - l'origine stellaire de l'or et du bore ;
   - la masse manquante de l'Univers.

Sciences et santé

# Activité 2 La radioactivité au service de la santé

La radioactivité naturelle du fluor 18 est utilisée en imagerie médicale (tomographie par émission de positons ou TEP) pour étudier le métabolisme de certains organes du patient et, ainsi, mettre en évidence la présence (ou non) de tumeur au niveau des poumons par exemple.

**Comment préparer le nombre adéquat de noyaux de fluor 18 pour réaliser l'examen d'un patient sans risque ?**

**SAVOIR-FAIRE**

- Calculer le nombre de noyaux restants au bout de *n* demi-vies.
- Utiliser une représentation graphique pour déterminer une demi-vie et une décroissance radioactive pour une datation.
- Expliquer l'utilisation de noyaux radioactifs dans un contexte médical et citer quelques précautions inhérentes à l'utilisation de substances radioactives.

## 1 Qu'est-ce que la radioactivité ?

Dans l'Univers, on dénombre 90 éléments chimiques stables, mais on observe sur Terre 331 types de noyaux différents, appelés nucléides. Les noyaux du même élément chimique qui ont donc le même nombre de protons, mais qui diffèrent par leur nombre de neutrons, sont appelés isotopes.

Les isotopes de certains éléments chimiques sont instables et dits radioactifs. Ils se désintègrent spontanément et de façon aléatoire en formant des noyaux d'autres éléments chimiques. Lors de ces réactions, ils dissipent de l'énergie, émise vers l'environnement sous forme de rayonnements.

Exemples de désintégrations naturelles :

$^{18}_{9}F \rightarrow ^{18}_{8}O + ^{0}_{1}e$  $^{40}_{19}K \rightarrow ^{40}_{20}Ca + ^{0}_{-1}e$

*Notation :* dans une réaction nucléaire, un électron, chargé négativement, est symbolisé par l'écriture $^{0}_{-1}e$ et un positon, chargé positivement et de même masse que l'électron, par l'écriture $^{0}_{1}e$.

## 2 La loi de décroissance radioactive

La désintégration radioactive d'un noyau de potassium 40 instable en calcium 40 stable est aléatoire et spontanée, c'est-à-dire qu'il est impossible de prévoir à quel moment un noyau se désintégrera. Cependant, l'évolution d'un très grand nombre de noyaux radioactifs présents dans un échantillon peut être modélisée par une loi mathématique statistique, appelée loi de décroissance radioactive.
T est appelée demi-vie (ou période radioactive).

**VOCABULAIRE**

**Demi-vie :** temps au bout duquel la moitié des noyaux radioactifs d'un échantillon s'est désintégrée. Elle est spécifique à chaque radionucléide. Exemples : Potassium 40 : $1{,}28 \cdot 10^9$ ans ; Carbone 14 : 5 760 ans ; Uranium 235 : 700 Ma, Cadmium 109 : 462,6 jours.

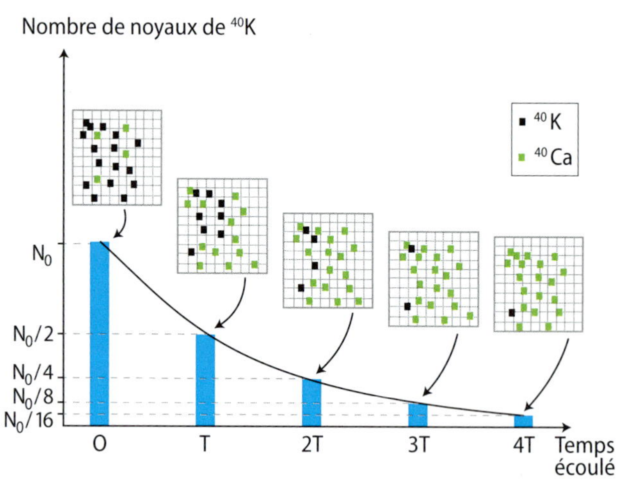


## 3 Précautions inhérentes à l'utilisation de substances radioactives

Ces phénomènes sont aussi à l'origine de leurs utilisations ! Un noyau radioactif au cours de sa désintégration émet des rayonnements ionisants : particules alpha (noyaux d'hélium), neutrons, photons très énergétiques (rayonnements X ou alpha), électrons, etc. Ces rayonnements interagissent avec la matière qui est alors dite irradiée. Les effets des rayonnements ionisants sur les humains dépendent de leur nature, de l'énergie qu'ils transportent, de la durée et du type d'exposition (rayonnement interne/externe, avec ou sans protection). Des mesures ont montré que les rayons ionisants pouvaient être plus ou moins absorbés par divers matériaux.

Pénétration de différents types de rayonnements ionisants pour différents matériaux

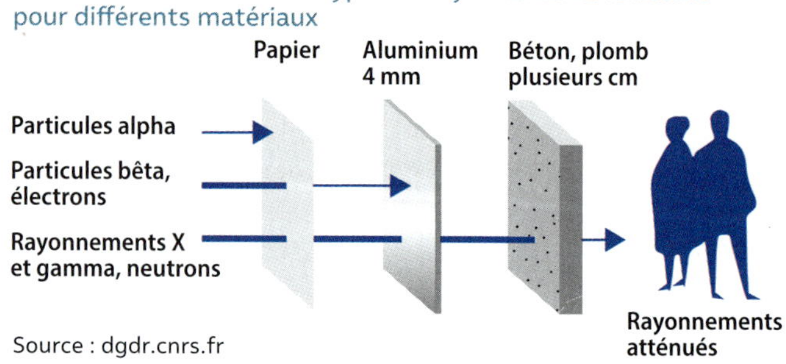


Source : dgdr.cnrs.fr

## 4 Évolution de la dose équivalente reçue par un observateur en fonction de sa distance à la source radioactive

La dose de rayonnement reçue par des personnes dépend de la distance à la source radioactive. Les professionnels exposés aux rayonnements ionisants doivent appliquer quelques règles élémentaires en matière de radioprotection. Ces personnes doivent également porter en permanence un dosimètre permettant de vérifier qu'elles ne reçoivent pas une dose équivalente supérieure aux normes en vigueur sur une année entière.

**VOCABULAIRE**

**Dose équivalente :** grandeur qui quantifie la dangerosité du rayonnement reçu par un être humain. Elle se mesure en sievert (Sv).

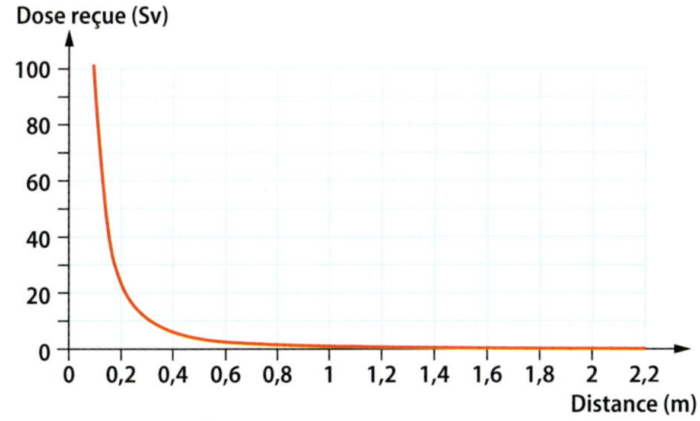


Source : dgdr.cnrs.fr

## 5 La tomographie par émission de positons

La tomographie par émission de positons (TEP ou PET-Scan) est un examen de médecine nucléaire. Il aide au diagnostic du cancer, à l'évaluation de l'efficacité d'un traitement ou au suivi après la fin des traitements. La TEP nécessite une injection pour permettre la présence dans le sang d'un radiotraceur émetteur de positons, comme le $^{18}$F-FDG (dérivé du glucose lié à un fluor 18, noyau radioactif). Les cellules cancéreuses consomment plus de glucose que les cellules saines. Après un temps d'attente, le $^{18}$F-FDG s'accumule davantage dans les cellules cancéreuses. Les positons émis vont être captés par l'appareil de TEP afin de les localiser dans l'organisme.

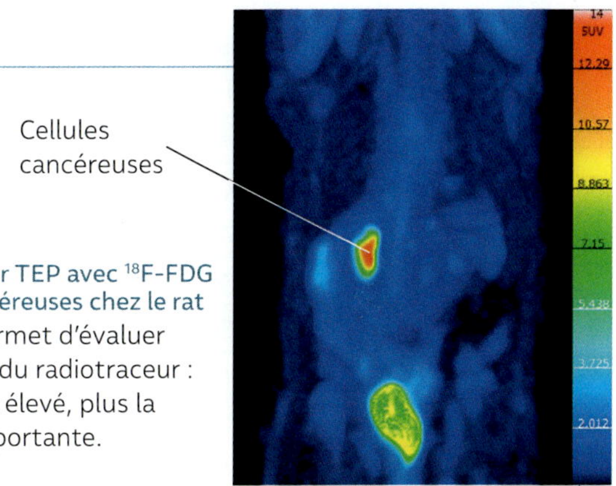


**Visualisation par TEP avec $^{18}$F-FDG de cellules cancéreuses chez le rat**
L'unité SUV permet d'évaluer l'hyperfixation du radiotraceur : plus le SUV est élevé, plus la fixation est importante.
Source : cnrs.fr

**hachette-clic.fr/24es1029** Pour en savoir plus sur la TEP

## 6 Loi de décroissance radioactive du fluor 18 ($^{18}$F) en oxygène 18 : évolution du nombre de noyaux de $^{18}$F au cours du temps

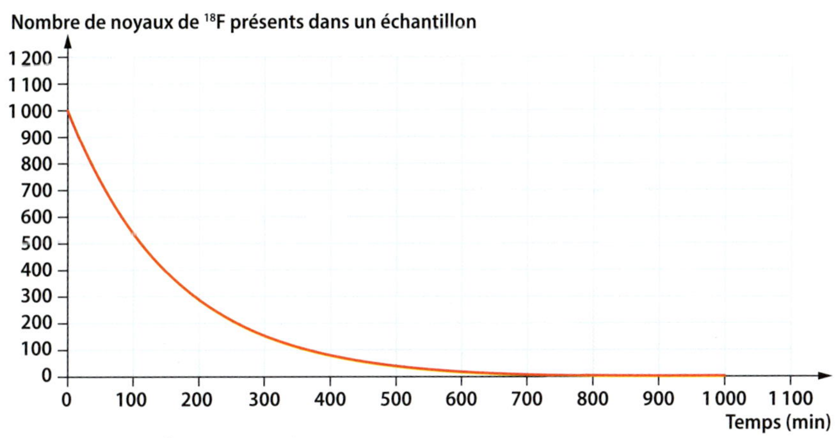


Source : taam.cnrs.fr

## Consignes

### Demi-vie et radioprotection (niveau *)

1. **Déterminer** la demi-vie du $^{18}$F (docs 1, 2 et 6).
2. **Montrer** que le fluor 18 est un émetteur de positons (docs 1 et 5).
3. **Donner** quelques règles élémentaires en matière de radioprotection (docs 3 et 4). **Justifier**.

### Mise en situation (niveau **)

4. À 9 h du matin, un patient reçoit une injection contenant $3{,}5 \cdot 10^{12}$ noyaux de $^{18}$F, puis passe les examens à partir de 10 h. Le $^{18}$F a été préparé sur place à 3 h 30.

a. **Déterminer** le nombre de demi-vies du $^{18}$F écoulées entre sa préparation et son injection au patient.

b. En **déduire** le nombre de noyaux de $^{18}$F préparés à 3 h 30 en vue de cet examen.

Numérique

# Activité 3 L'abondance des éléments chimiques dans l'Univers

Analyser la composition chimique des éléments sur Terre est possible, mais accéder à la connaissance chimique de l'Univers nécessite des outils d'analyse indirecte. Ces connaissances permettent de caractériser aussi la matière vivante.

**SAVOIR-FAIRE**

Produire et analyser différentes représentations graphiques de l'abondance des éléments chimiques (proportions) dans l'Univers, la Terre, les êtres vivants.

## Dans quelles proportions se répartissent les éléments chimiques dans l'Univers, la Terre et la matière vivante ?

### 1 Abondance des éléments dans l'Univers et sur Terre (% en nombre d'atomes)

| Éléments chimiques | Symboles | Dans l'Univers | Sur Terre |
|---|---|---|---|
| Hydrogène | H | 90 % | 0,2 % |
| Hélium | He | 9 % | < 0,01 % |
| Oxygène | O | 0,1 % | 48,8 % |
| Magnésium | Mg | 0,01 % | 16,5 % |
| Fer | Fe | 0,004 % | 14,3 % |
| Silicium | Si | 0,01 % | 13,8 % |
| Carbone | C | 0,06 % | 0,02 % |
| Soufre | S | 0,02 % | 3,7 % |
| Aluminium | Al | < 0,01 % | 1,6 % |
| Nickel | Ni | < 0,01 % | 0,6 % |

Source : OpenDataSoft.com

Observatoire de Calar Alto en Espagne

Associé à un télescope, le spectrographe capte la lumière provenant d'un objet céleste et la décompose tel un arc-en-ciel. Les différentes longueurs d'onde de cette lumière ainsi séparées renseignent sur la composition chimique de l'objet.

### 2 Abondance des principaux éléments chimiques du corps humain

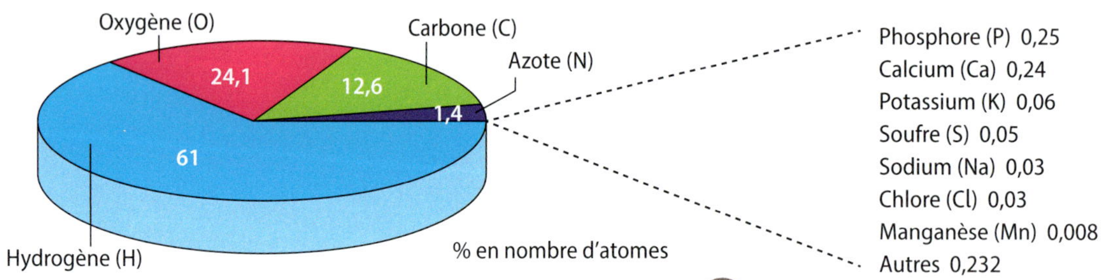


Source : AIPRI (2010)

## Consignes TRAVAIL EN GROUPE

**1. En groupe**, en choisissant soit l'Univers, soit la Terre, soit le corps humain, **représenter** les données fournies sous forme de diagrammes circulaires ou en bâtons (docs 1 et 2).

**hachette-clic.fr/24es1030** Coup de pouce pour la construction des graphiques

**2.** Mise en commun **Indiquer** la (ou les) représentation(s) des données la (ou les) plus pertinente(s) pour comparer les abondances relatives des éléments.

**3. Comparer** les données et **expliquer** les différences (docs 1 et 2).

# Le cours

## 1 La matière dans l'Univers

### a. Poussières d'étoiles

- La matière de l'Univers est constituée d'atomes, de molécules ou d'ions. Les noyaux atomiques contenus dans ces entités sont tous issus d'une centaine d'éléments chimiques.

Dans les premières secondes de l'Univers, n'existaient que les noyaux d'hydrogène. C'est à partir de cet hydrogène initial que les éléments chimiques jusqu'au fer se forment dans les étoiles par des réactions nucléaires de fusion : on parle de nucléosynthèse stellaire. Les éléments les plus lourds sont issus de réactions de fusion qui se produisent lors de l'explosion des étoiles massives.

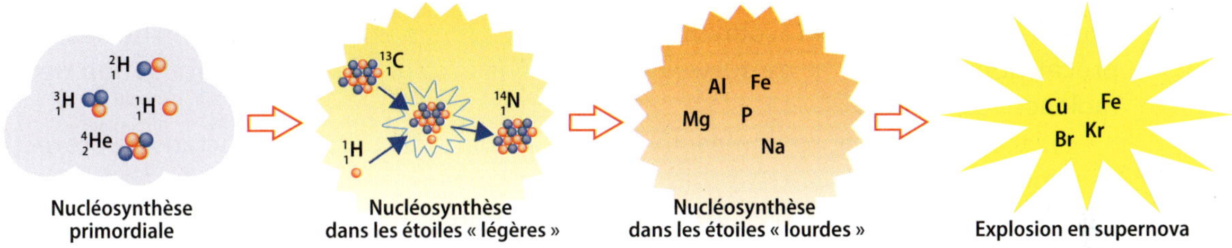


- Des observations de l'Univers, en lien avec la notion d'attraction gravitationnelle, laissent supposer la présence de matière que les scientifiques ne sont pas capables d'observer directement : c'est ce qu'on appelle la masse manquante de l'Univers.

### b. Fusion nucléaire et fission nucléaire

- La fusion nucléaire est une transformation au cours de laquelle deux noyaux légers s'unissent pour former un noyau plus lourd en libérant de l'énergie. $^{13}_{6}C + ^{1}_{1}H \rightarrow ^{14}_{7}N$
- La fission nucléaire est une transformation au cours de laquelle un noyau lourd se scinde en deux noyaux plus légers en libérant de l'énergie. $^{235}_{92}U + ^{1}_{0}n \rightarrow ^{148}_{57}La + ^{85}_{35}Br + 3\ ^{1}_{0}n$

## 2 La radioactivité

### a. Qu'est-ce que la radioactivité ?

- La découverte de la radioactivité par Henri Becquerel en 1896 est le fruit du hasard. En voulant étudier la fluorescence de l'uranium, il découvre un phénomène inconnu qu'il a su observer, décrire et présenter au reste de la communauté scientifique. Ce phénomène sera appelé la radioactivité.
- Les noyaux qui ont le même nombre de protons sont du même élément chimique. S'ils ne diffèrent que par leur nombre de neutrons, ce sont des isotopes. Par exemple, $^{1}_{1}H$, $^{2}_{1}H$ (deutérium) et $^{3}_{1}H$ (tritium) sont trois isotopes de l'hydrogène.

Les isotopes de certains éléments chimiques sont instables et se désintègrent spontanément en formant des noyaux d'autres éléments chimiques. Ce sont des radionucléides. Lors de ces réactions, les radionucléides dissipent de l'énergie, émise vers l'environnement sous forme de rayonnements. C'est le phénomène de radioactivité.

À l'échelle macroscopique, un échantillon de matière radioactive perd la moitié de ses noyaux instables au bout d'une durée toujours identique, appelée demi-vie (ou période). Celle-ci est caractéristique de la nature du noyau radioactif.

•••

## Le cours

•••

- La radioactivité est un phénomène aujourd'hui utilisé dans un grand nombre d'applications dans l'industrie, en médecine, en biologie, en archéologie, etc. Durant notre vie, nous assimilons des noyaux radioactifs et sommes nous-mêmes radioactifs ! Huit mille atomes de potassium 40 et de carbone 14 se désintègrent chaque seconde dans notre corps.

### b. Les applications de la radioactivité en médecine

Au cours d'une désintégration, il y a émission de rayonnements plus ou moins énergétiques. Ces rayonnements peuvent être particulièrement utilisés en médecine pour réaliser un diagnostic (tomographie par émission de positon ou TEP, scintigraphie, etc.).

Du fait de l'énergie des rayonnements émis au cours des désintégrations nucléaires, certaines précautions d'emploi et de surveillance doivent être prises lors de l'utilisation de substances radioactives, comme :

- placer entre la source radioactive et les personnes exposées des écrans de protection ;
- minimiser les durées d'exposition ;
- éloigner le plus possible les personnes des sources radioactives ;
- pour les professionnels, porter un dosimètre pour contrôler la dose équivalente reçue.

### c. Les applications de la radioactivité pour la datation

La demi-vie d'un échantillon de matière radioactive peut servir d'horloge pour la datation de certains phénomènes à partir de la mesure de la quantité de noyaux radioactifs présents à un instant *t* dans un échantillon (loi de décroissance radioactive).

Le carbone 14, par exemple, est un radionucléide souvent utilisé pour dater des objets anciens.

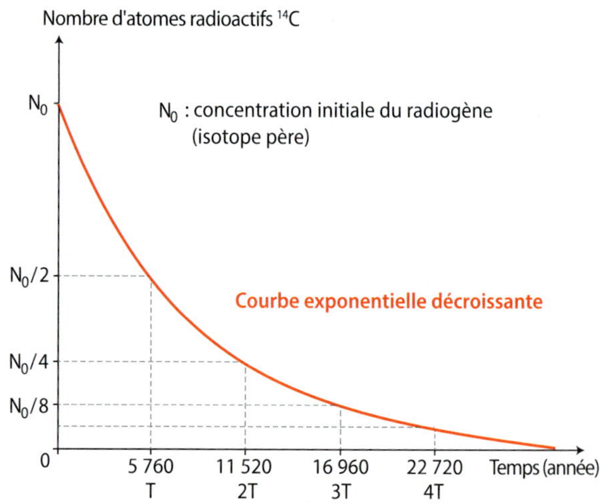


Représentation graphique de la loi de décroissance radioactive : exemple du carbone 14

## 3 Les éléments chimiques dans l'Univers

- L'abondance des éléments chimiques dans la matière est très variable. Elle dépend très sensiblement des systèmes considérés :
  - l'hydrogène reste l'élément le plus abondant dans l'Univers ;
  - la Terre minérale est constituée principalement d'oxygène, de magnésium, de fer, de silicium, de soufre et d'aluminium ;
  - les êtres vivants sont constitués en grande majorité d'hydrogène, d'oxygène, de carbone et d'azote.

# Carte Mentale

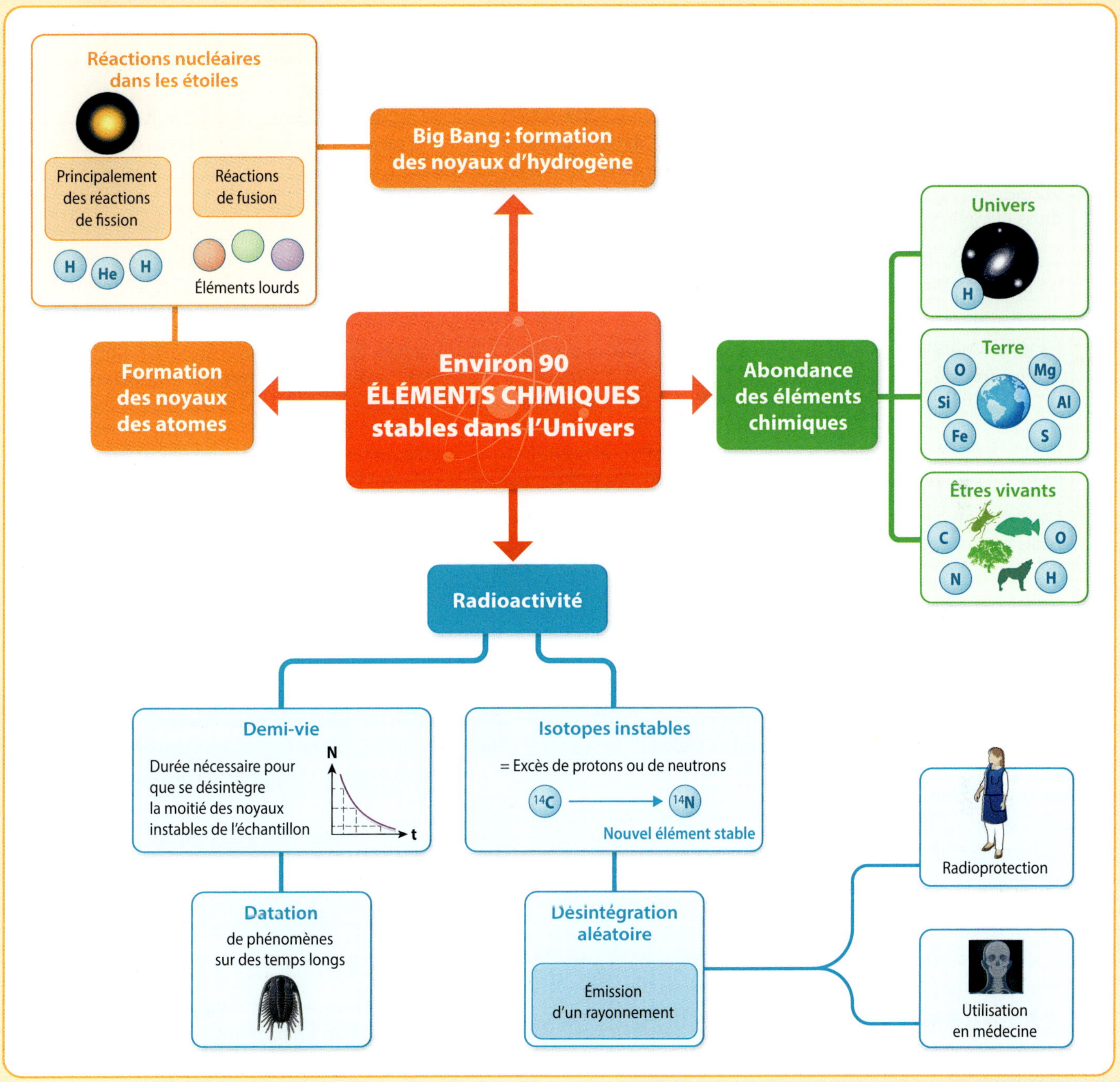


## MOTS-CLÉS

Mémorisez les mots-clés du chapitre grâce aux cartes mémo !

hachette-clic.fr/24es1033

- éléments chimiques
- nucléosynthèse stellaire
- masse manquante de l'Univers
- fission nucléaire
- fusion nucléaire
- radionucléide
- isotopes
- désintégration
- radioactivité
- demi-vie
- loi de décroissance radioactive

# Exercices Tester ses connaissances

## QCM

CORRIGÉ p. 248

Pour chaque question, indiquer la (ou les) bonne(s) réponse(s).

Version interactive hachette-clic.fr/24es1034

| | | a | b | c | d |
|---|---|---|---|---|---|
| 1 | L'élément chimique le plus abondant dans l'Univers est : | l'hélium. | l'hydrogène. | l'oxygène. | le carbone. |
| 2 | La radioactivité est un phénomène : | prévisible. | naturel. | dangereux. | qui se produit pour tous les éléments chimiques. |
| 3 | La demi-vie d'un radionucléide : | est la durée du phénomène de désintégration radioactive. | est le temps nécessaire pour que cesse la radioactivité d'un échantillon. | est le temps au bout duquel la moitié des noyaux radioactifs présents initialement est désintégrée. | est la durée au bout de laquelle un échantillon ne contenant qu'un seul type d'élément radioactif en perd la moitié. |
| 4 | La datation radioactive est : | une méthode de mesure de l'âge d'un échantillon. | une méthode de calcul du temps de désintégration d'un échantillon radioactif. | une méthode de calcul. | une méthode pour dater le Big Bang. |

## 5 Fusion ou fission ?

CORRIGÉ p. 248

**Identifier** parmi les réactions suivantes celles qui relèvent d'une fusion ou d'une fission en argumentant :

a. $^{235}_{92}\text{U} + ^{1}_{0}\text{n} \rightarrow ^{93}_{36}\text{Kr} + ^{140}_{56}\text{Ba} + 3\ ^{1}_{0}\text{n}$

b. $^{2}_{1}\text{H} + ^{2}_{1}\text{H} \rightarrow ^{3}_{1}\text{H} + ^{1}_{1}\text{H}$

c. $^{7}_{3}\text{Li} + ^{4}_{2}\text{He} \rightarrow ^{10}_{5}\text{B} + ^{1}_{0}\text{n}$

d. $^{210}_{83}\text{Bi} \rightarrow ^{210}_{84}\text{Po} + ^{0}_{-1}\text{e}$

e. $^{14}_{7}\text{N} + ^{1}_{1}\text{H} \rightarrow ^{15}_{8}\text{O} + \gamma$ ($\gamma$ est la notation du rayonnement électromagnétique gamma, très énergétique)

f. $^{226}_{88}\text{Ra} \rightarrow ^{222}_{86}\text{Rn} + ^{4}_{2}\text{He}$

## 6 Comprendre une courbe de décroissance radioactive

Le potassium 40 peut se désintégrer en argon 40.

Courbe de décroissance radioactive du potassium 40

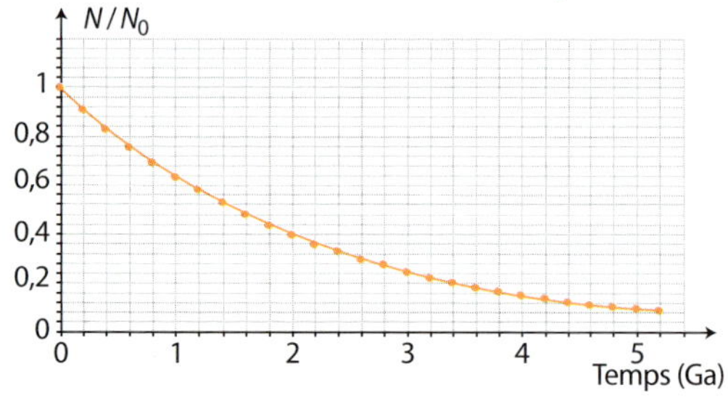


1. **Indiquer** ce que représentent les axes.
2. **Déterminer** graphiquement la demi-vie de l'élément radioactif $^{40}$K.

## 7 Les principaux atomes sur Terre

Abondance des principaux atomes pour deux échantillons

| | Matière terrestre A | Matière terrestre B |
|---|---|---|
| H | 9 | 0,22 |
| Si | 0,001 | 28 |
| O | 62,4 | 47 |
| C | 21,2 | 0,19 |
| Autres | 7,39 | 24,59 |

1. **Représenter** graphiquement les données du tableau.
2. **Attribuer** à chaque cas s'il s'agit de la croûte terrestre ou d'un être vivant.

## 8 Les éléments dans les végétaux

Abondance relative des éléments chimiques dans les végétaux

| | % atomes | % masse |
|---|---|---|
| H | 47,9 | 6 |
| O | 21,9 | 44 |
| C | 27,9 | 42 |
| N | 1,1 | 2 |
| Ca | 0,25 | 1,3 |
| P | 0,1 | 0,4 |
| K | 0,5 | 2,5 |

1. **Tracer** pour chaque type d'abondance un diagramme en barres à l'aide d'un tableur.
2. **Expliquer** la différence entre les deux types d'abondance relative.

# Exercice résolu

## 9 Un accident nucléaire à Fukushima

Lors de la catastrophe survenue le 11 mars 2011 à la centrale nucléaire de Fukushima au Japon, différents types de noyaux radioactifs sont rejetés dans l'atmosphère, dont des noyaux de césium 137, radionucléides présentant un grand risque pour la population. Une zone de 9 000 km$^2$ (équivalent de la surface de la Corse) est concernée par ces retombées de matière radioactive. Les scientifiques estiment que le césium 137 restera dans l'environnement pendant plus de 200 ans. Les autorités japonaises ont alors mené des travaux de décontamination inédits.

Entre 2011 et 2019, la surface des sols de la région contaminée a été décapée : 20 millions de mètres cubes de déchets (soit 8 000 piscines olympiques) sont alors stockés près de la centrale de Fukushima. Cette opération a permis une diminution de 80 % du nombre de noyaux de césium 137 présents dans la zone.

La centrale nucléaire de Fukushima produisait de l'énergie électrique à partir de l'énergie libérée par la réaction suivante :

$$^{235}_{92}U + ^{1}_{0}n \rightarrow ^{92}_{36}Kr + ^{141}_{56}Ba + 3\,^{1}_{0}n$$

**1** Déchets contaminés entreposés dans la région de Fukushima (2021)

**2** Courbe de décroissance radioactive du césium 137

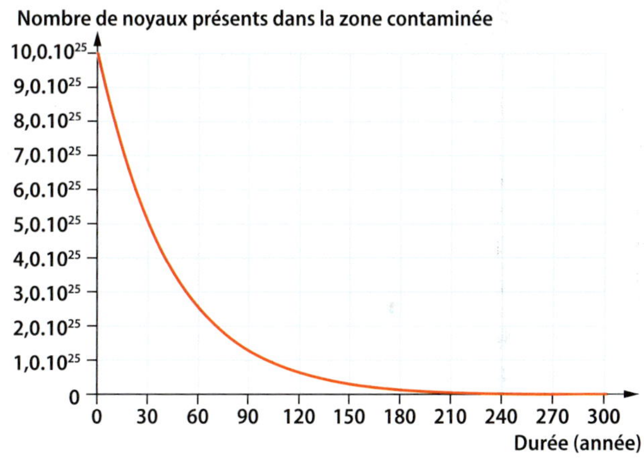


1. **Indiquer** si la réaction utilisée dans la centrale nucléaire est une réaction de fusion ou de fission. **Justifier**.
2. À l'aide de la courbe du doc 1, **déterminer** la demi-vie du césium 137.
3. **Déterminer** le nombre de noyaux restant de césium 137 dans la zone contaminée au bout de sept demi-vies. **Commenter** alors la phrase : « Les scientifiques estiment que le césium 137 restera dans l'environnement pendant plus de 200 ans. »
4. **Dire** si la méthode employée par les autorités japonaises a permis d'éliminer les effets de la radioactivité du césium 137 sur le long terme. **Proposer** alors une raison au choix de cette méthode.

## Conseils

**Identifier** le (ou les) noyau(x) en début de réaction ainsi que leur nombre de masse. Identifier le (ou les) noyau(x) en fin de réaction et leur nombre de masse. **Comparer**.

**Déterminer** l'abscisse $t = T$ telle que $N_{(t)} = \frac{N_0}{2}$.

**Calculer** la durée de sept demi-vies et **faire une lecture graphique** du nombre de noyaux restants. Pour comparer deux valeurs, il faut **calculer** le rapport entre ces deux valeurs.

## Solution

1. Il s'agit d'une réaction de fission : un noyau lourd $^{235}_{92}U$ se scinde en deux noyaux plus légers ($^{92}_{36}Kr$ et $^{141}_{56}Ba$).
2. La demi-vie du césium 137 est de 30 ans (lecture graphique).
3. Par lecture graphique le nombre de noyaux de césium au bout de 7 demi-vies (210 ans) est quasi-nul. Comme la demi-vie du césium 137 est de 30 ans, au bout de 200 ans, environ 99 % du césium présent initialement se sera désintégré, réduisant son impact sur l'environnement et la santé des êtres humains.
4. La méthode employée par les autorités japonaises permet de localiser en un même endroit l'ensemble des noyaux de césium 137... mais ils seront toujours radioactifs. Il faudra donc les mettre dans des contenants adaptés contre les rayonnements émis et les stocker pendant plusieurs dizaines d'années. Cependant, cette méthode va permettre à la population japonaise de réinvestir les zones précédemment contaminées.

# Exercices Développer ses compétences

## 10 Un usage médical de la radioactivité

CORRIGÉ p. 248

**Science et société**

On mesure le débit sanguin cérébral d'un patient en lui injectant du sérum marqué à l'oxygène $^{15}_{8}O$. Les radiations produites par les désintégrations sont suivies par une gamma-caméra qui reconstitue l'image du cerveau.
Le volume $V$ d'une injection de 5 cm$^3$ contient $N_0 = 6{,}41 \cdot 10^9$ noyaux radioactifs.
La demi-vie de $^{15}_{8}O$ est de deux minutes.

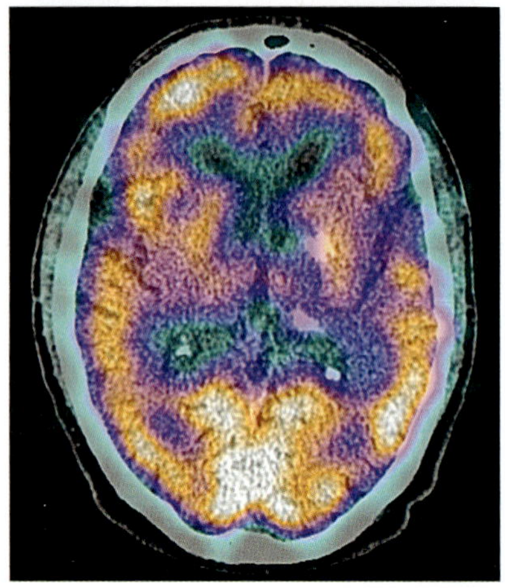

Une scintigraphie cérébrale

1. **Déterminer** le nombre de noyaux radioactifs présents au bout de 2 min.
2. On considère qu'une nouvelle injection est possible dès que le nombre de noyaux radioactifs a été divisé par 1 000. **Indiquer** au bout de combien de temps on pourra renouveler l'injection.
3. **Rappeler** les précautions que doit prendre le médecin en charge de cet examen médical.

## 11 La radioactivité, un outil du géologue

Lors d'explosions volcaniques en Auvergne, des forêts ont été enfouies sous les cendres. On peut aujourd'hui dater ces éruptions en déterminant par spectrométrie de masse la proportion résiduelle de carbone 14 dans les bois fossilisés.

Évolution du nombre $N$ d'atomes de carbone 14 au cours du temps par rapport au nombre initial $N_0$

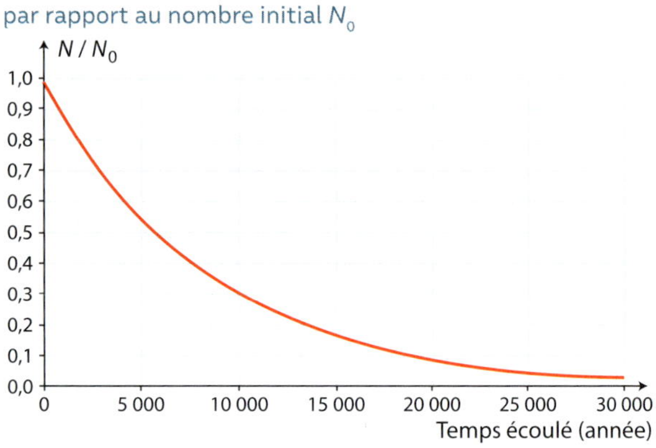


Échantillon de bois fossilisé trouvé en Auvergne

Proportion de carbone 14 dans les échantillons trouvés en Auvergne

| Lieu du gisement | $N/N_0$ |
|---|---|
| Montcyneire | 0,49 |
| Montchal | 0,44 |
| Lassolas | 0,39 |

**Déterminer** graphiquement l'âge des éruptions volcaniques sur les différents sites.

## 12 La disparition de la radioactivité des déchets nucléaires

**Science et société**

De l'uranium est utilisé pendant trois ans dans un réacteur nucléaire conventionnel de 1 gigawatt. Au bout de trois ans, le combustible est extrait et remplacé. Pendant les trois années d'exploitation, des réactions de fission ont eu lieu, générant, parmi d'autres, des noyaux radioactifs de césium $^{137}Cs$ et d'iode $^{129}I$. L'exploitation d'une tonne d'uranium initial génère ainsi 1,31 kg de $^{137}Cs$ de demi-vie 30 ans et 0,17 kg d'$^{129}I$ de demi-vie 15,7 millions d'années.

D'après *laradioactivite.com* consulté en janvier 2019.

1. **Calculer** la masse de noyaux radioactifs de $^{137}Cs$ et $^{129}I$ restants au bout de 4 demi-vies et 10 demi-vies.
2. **En déduire** si la masse des déchets radioactifs est le seul paramètre à prendre en compte pour leur gestion.

## 13 Datation des roches lunaires : mission Apollo 11

Lors de la mission Apollo 11, les astronautes ont rapporté des pierres lunaires recueillies sur le site de la Mer de la Tranquillité. Une des méthodes utilisées pour dater les roches lunaires est basée sur le couple $^{40}K/^{40}Ar$ (potassium/argon).
Dans un échantillon de 1 g, on a mesuré les quantités de $^{40}K$ (2,93 µg) et de $^{40}Ar$ ($82 \cdot 10^{-4}$ cm³) qui est retenu par la roche bien qu'il soit à l'état gazeux.
Soit, en nombre d'atomes, $N_K(t) = 4{,}41 \cdot 10^{16}$ et $N_{Ar}(t) = 2{,}06 \cdot 10^{17}$.

**Donnée**

$^{40}_{19}K \rightarrow \, ^{40}_{18}Ar + \, ^{0}_{1}e$

La roche ne contenait pas de $^{40}Ar$ lors de sa formation.

Évolution du rapport $N_K(t)/N_K(0)$ au cours du temps

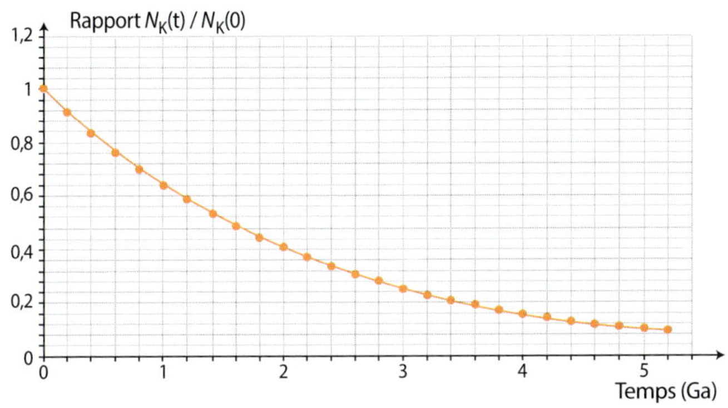

La mission Apollo 11

1. **Indiquer** si cette réaction nucléaire est une désintégration ou une fusion.
2. **Déduire** le nombre initial d'atomes de potassium : $N_K(0)$ puis le rapport $N_K(t)/N_K(0)$.
3. **En déduire** l'âge de l'échantillon. **Comparer** cette donnée à l'âge de la Terre (4,57 Ga).

## 14 Les terres rares

**Travail en groupe**

Les terres rares sont un groupe d'éléments chimiques (yttrium, lanthane, cérium, néodyme, etc.) possédant des propriétés chimiques très proches. C'est pourquoi on les retrouve souvent regroupées dans les mêmes minéraux.

Abondance massique sur Terre de quelques éléments

| | Terres rares | | | Autres métaux | | |
|---|---|---|---|---|---|---|
| **Élément chimique** | cérium | néodyme | lanthane | cuivre | nickel | or |
| **Abondance (pourcentage massique en ppm)** | 68 | 38 | 32 | 50 | 80 | 0,001 1 |

(ppm ou partie par million, soit 1 ppm équivaut à 1 pour 1 million soit 1 millionième)

Les terres rares ont de nombreuses utilisations dans l'industrie, notamment en lien avec les énergies renouvelables. Par exemple, on retrouve du néodyme dans certains aimants permanents (avec un pourcentage massique en néodyme de 26,7 %) utilisés dans les moteurs de voitures électriques ou les éoliennes.

**hachette-clic.fr/24es1037** Pour les recherches : « CNRS : les terres rares, le paradoxe environnemental »

1. En groupe, **effectuer** une recherche pour répondre aux questions suivantes :
   – **expliquer** le terme de « terres rares » pour les éléments chimiques tels que le cérium et le néodyme ;
   – **montrer** en quoi l'exploitation des terres rares est une industrie polluante.
2. **Mise en commun**
   **Justifier** l'expression de « paradoxe des terres rares » pour leur utilisation dans l'industrie des énergies renouvelables.

## 15 Datation au carbone 14 d'une œuvre d'art

L'icône dite « Notre-Dame de Grâce » (Cambrai, cathédrale) est une peinture sur panneau de cèdre. Un débat avait lieu sur la datation de cette œuvre d'art, allant du xe siècle au xixe siècle. Comment la datation au carbone 14 a-t-elle permis de montrer qu'il s'agissait bien d'un original du début du xiiie siècle ?

### 1 L'origine du carbone 14

Le carbone 14 est continuellement produit dans la haute atmosphère grâce à des réactions nucléaires entre les noyaux des atomes d'azote stables $^{14}N$ de l'air et des neutrons d'origine cosmique. Ces réactions maintiennent une teneur constante en $^{14}C$ dans l'atmosphère, mais cette quantité est très faible (1 atome de $^{14}C$ pour $10^{12}$ atomes de $^{12}C$ !). Le $^{14}C$ réagit rapidement avec le dioxygène de l'air et forme le dioxyde de carbone $^{14}CO_2$, qui peut être fixé par photosynthèse sous forme de matière organique, puis circuler entre les êtres vivants. Son retour dans l'atmosphère est dû à la respiration des êtres vivants. Lorsqu'un organisme meurt, il n'échange plus de matière (ni nutrition, ni respiration) : on dit que le système se ferme. Le taux de $^{14}C$ décroît alors parce que les noyaux de $^{14}C$ se désintègrent et ne sont plus renouvelés.

**hachette-clic.fr/24es1038** Vidéo pour en savoir plus sur la datation au carbone 14

### 2 Décroissance radioactive du carbone 14 au cours du temps

La courbe de décroissance radioactive du rapport $^{14}C/^{12}C$ permet de connaître « l'âge carbone 14 » d'un échantillon, basée sur la proportion d'un atome de $^{14}C$ pour $10^{12}$ atomes de $^{12}C$. Un prélèvement de 6 mg du cadre en bois du tableau a été analysé : le rapport $^{14}C/^{12}C$ valait $9{,}06 \cdot 10^{-13}$.

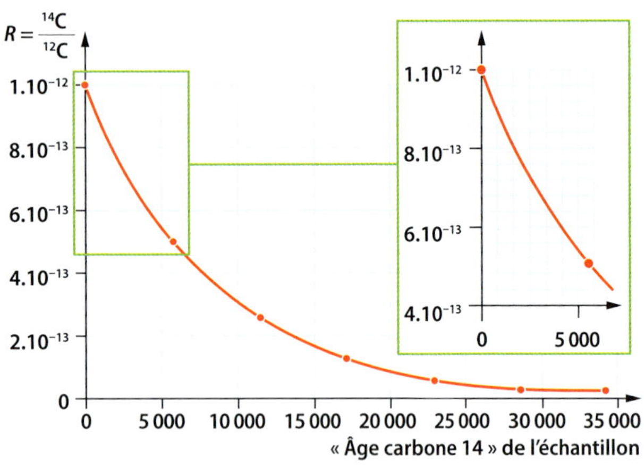


### 3 Courbe de calibration du carbone 14

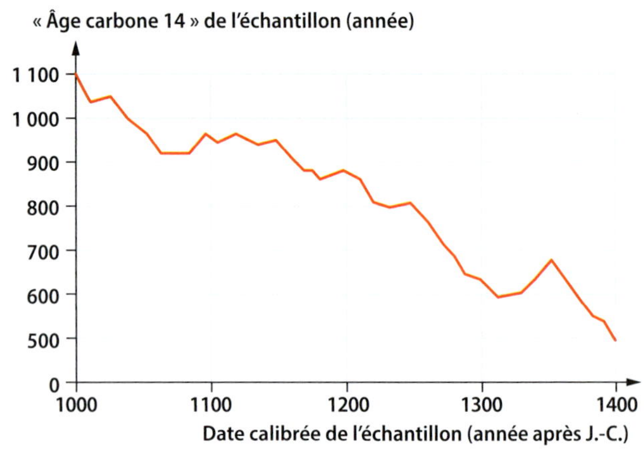


1. À l'aide du doc 2, **retrouver** la valeur de la demi-vie du carbone 14.
2. À l'aide du doc 1, **déterminer** « l'âge carbone 14 » du prélèvement pris sur le cadre en bois de l'œuvre d'art.
3. **En déduire** alors la date de réalisation de l'œuvre d'art (doc 3). Est-ce en accord avec le texte d'introduction ?
4. À l'aide de la vidéo du doc 1, **expliquer** pourquoi il faut utiliser une courbe de calibration pour une datation au carbone 14.
5. **Proposer** une explication sur le fait que la datation au carbone 14 ne permet pas de dater des objets âgés de plus de 50 000 ans.

## 16 La découverte fortuite d'Henri Becquerel

**Histoire des sciences**

Certaines découvertes scientifiques sont dues au hasard, la radioactivité en fait partie. En 1896, Henri Becquerel voulait étudier la fluorescence de sels d'uranium préalablement exposés à la lumière, c'est-à-dire les rayonnements émis par des sels d'uranium après avoir reçu la lumière du Soleil. Un jour de mauvais temps, il rangea les sels d'uranium dans un tiroir avec du papier photosensible. Quelques jours plus tard il se rendit compte que le papier, gardé dans le tiroir sombre, avait reçu un rayonnement…

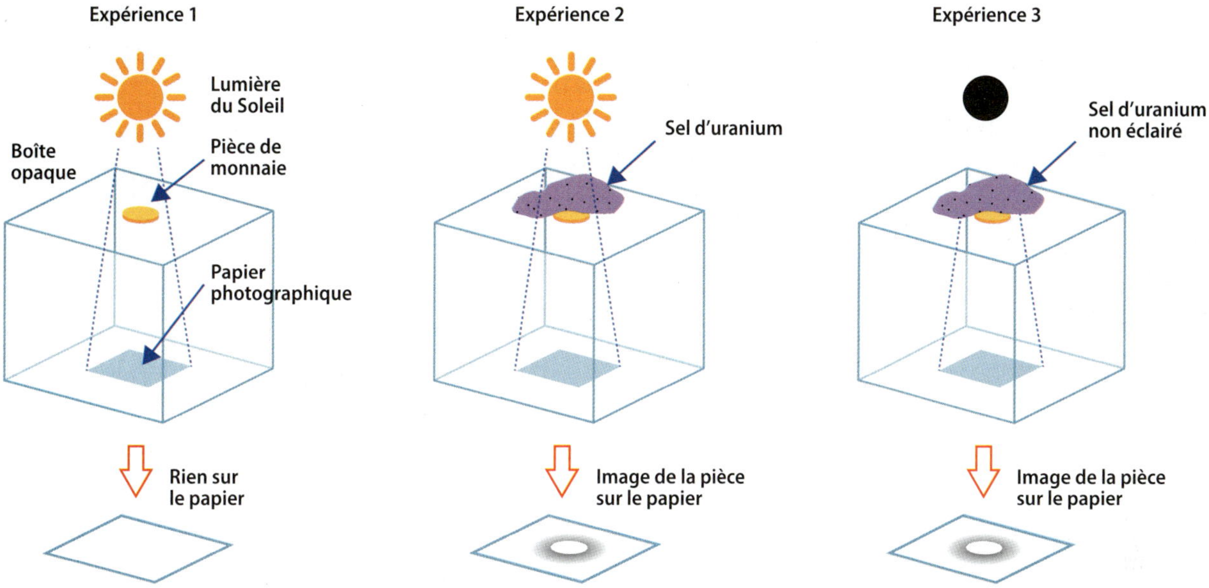


1. **Indiquer** le phénomène étudié par Henri Becquerel au début des expériences de 1896. **Expliquer** en quelques mots ce phénomène.
2. **Présenter** la découverte fortuite qu'il fit. Comment Henri Becquerel a-t-il interprété cette découverte ?
3. **Identifier** les scientifiques ayant travaillé sur la radioactivité en recherchant des informations sur Internet.
4. **Indiquer** depuis quand les effets de la radioactivité sur la santé sont connus.

## 17 Le projet ITER

**Site Internet du projet ITER :** https://www.iter.org/fr/proj/inafewlines

Trouver des sources d'énergie sans risque et sans conséquence pour l'environnement est un enjeu majeur de nos sociétés. Le projet ITER a cette ambition.

1. **Réaliser des recherches** afin de présenter le projet ITER en quelques lignes.
2. **Justifier** l'intérêt d'utiliser une réaction de fusion au lieu de la fission nucléaire de l'uranium 235 pour produire de l'énergie.
3. **Montrer** en quoi ce projet illustre que la science n'est pas le fait de génies isolés.

Illustration 3D d'un tokamak

## Déjà vu Déjà su ?

**Pour chaque question, indiquer la ou les bonne(s) réponse(s).**

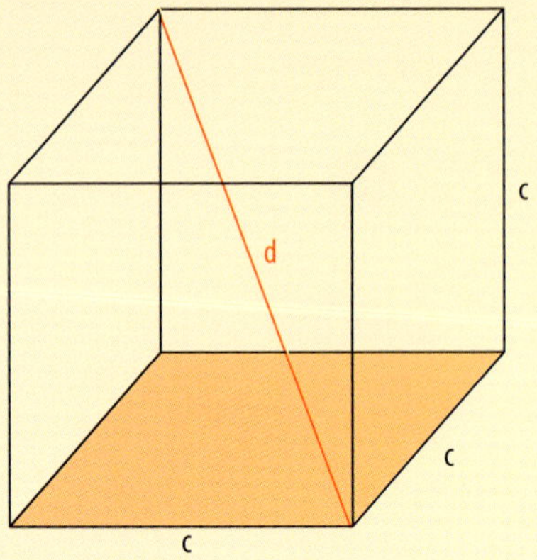


La géométrie du cube

**1 Le cube ci-dessus a :**

a. un volume égal à $c^2$.
b. un volume égal à $c^3$.
c. 10 arêtes.
d. 4 faces.

**2 Parmi les entités suivantes, identifier le (ou les) atome(s) :**

a. Cu
b. $Cu^{2+}$
c. $CuSO_4$
d. $O_2$

**3 Une entité chimique :**

a. est toujours un atome.
b. est toujours une molécule.
c. est toujours un ion.
d. peut être un atome ou un ion ou une molécule.

**4 Une roche :**

a. est toujours composée de cristaux.
b. peut être d'origine magmatique ou sédimentaire.
c. résulte toujours du refroidissement d'un magma.
d. contient toujours des fossiles.

**5 Dans une molécule, deux atomes sont liés entre eux par :**

a. des crochets, d'où l'expression « avoir des atomes crochus ».
b. une liaison de valence.
c. la force gravitationnelle.
d. la mise en commun de deux électrons de valence.

## Comprendre et pratiquer les sciences

### Nature et élaboration du savoir scientifique

Comprendre l'apport des progrès techniques dans la construction du savoir scientifique sur la structure des cristaux. > Activité 4

### Des pratiques scientifiques

Observer des raphides au microscope optique. > Activité 1
Modéliser l'influence de la température sur la formation de cristaux. > Activité 1

### Effets de la science sur les sociétés et sur l'environnement

Identifier les pseudosciences, distinguer science et croyance. > Activité 3, exercice 11
Comprendre les applications médicales ou techniques (matériaux bio-inspirés). > Activités 1 et 2, exercices 9, 14 et 15

Chapitre 2

# Des édifices ordonnés : les cristaux

Les cristaux sont présents partout dans notre environnement. Certains sont d'origine naturelle, comme les minéraux des roches ou les coquilles des huîtres. Certains sont utilisés en joaillerie du fait de leur aspect esthétique, d'autres encore sont devenus des matériaux indispensables dans l'industrie, comme le diamant, utilisé pour perforer des matériaux très durs, ou le quartz pour les montres.

Modélisation

# Activité 1 Des cristaux dans notre environnement

Les structures cristallines sont omniprésentes dans notre environnement : on trouve des cristaux dans de très nombreuses structures biologiques, ainsi que dans certaines roches. L'apparition de cristaux dans les roches volcaniques dépend de leurs conditions de formation.

**Dans quelles conditions des cristaux se forment-ils ? Où trouve-t-on des cristaux dans notre environnement ?**

**SAVOIR-FAIRE**

- Mettre en relation la structure amorphe ou cristalline d'une roche et les conditions de son refroidissement.
- Identifier des structures cristallines sur un échantillon ou une image.

## 1 Le granite, une roche entièrement cristallisée vue à différentes échelles

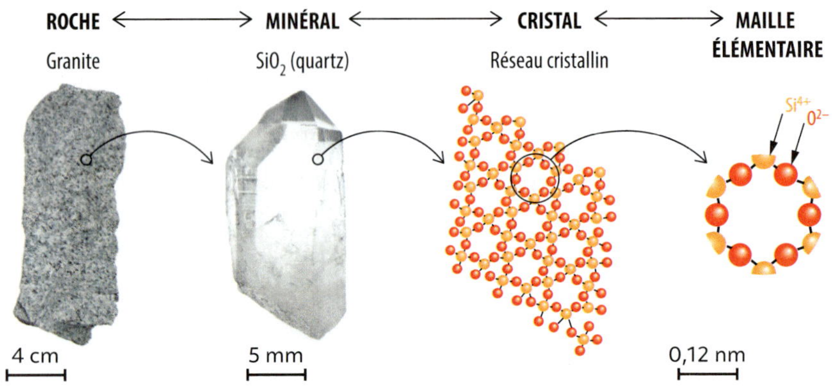


Le granite est une roche magmatique entièrement cristallisée, formée de plusieurs minéraux dont du quartz de composition $SiO_2$.

## 2 Disposition des entités chimiques dans un solide amorphe

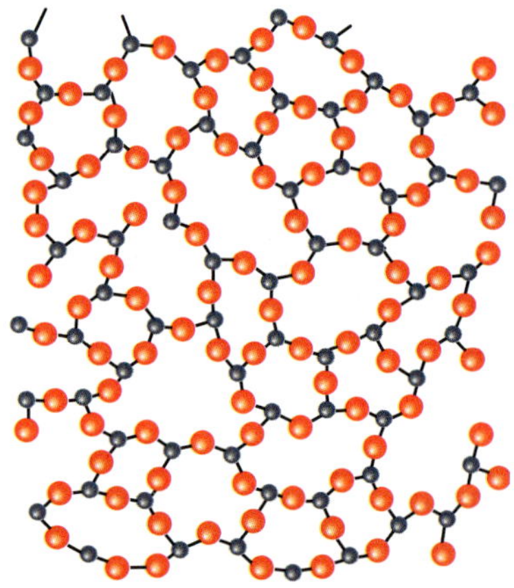

Un solide amorphe ne présente pas de structure atomique ordonnée.

## 3 Un même magma, différentes roches

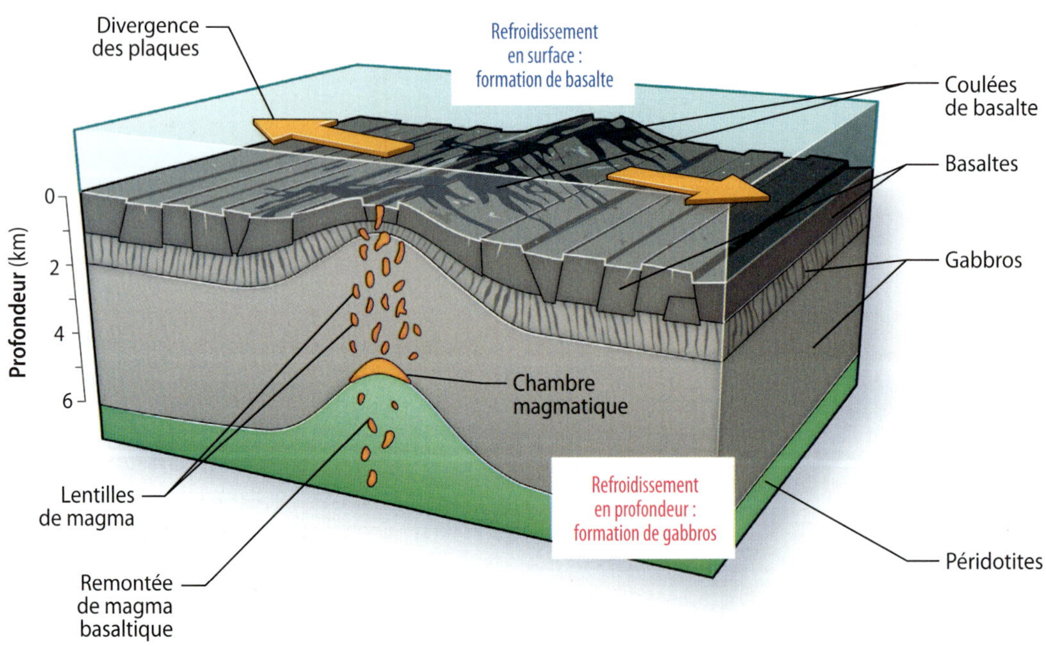


Les dorsales océaniques sont des chaînes de reliefs sous-marins au niveau desquelles les plaques tectoniques s'écartent l'une de l'autre. Elles sont à l'aplomb d'une zone de production de magma. Selon les conditions de cristallisation de ce magma, en surface ou en profondeur, les roches formées sont différentes.

## 4 Observation au microscope optique de lames minces de basalte et de gabbro en LPA (lumière polarisée analysée)

Lame mince de basalte

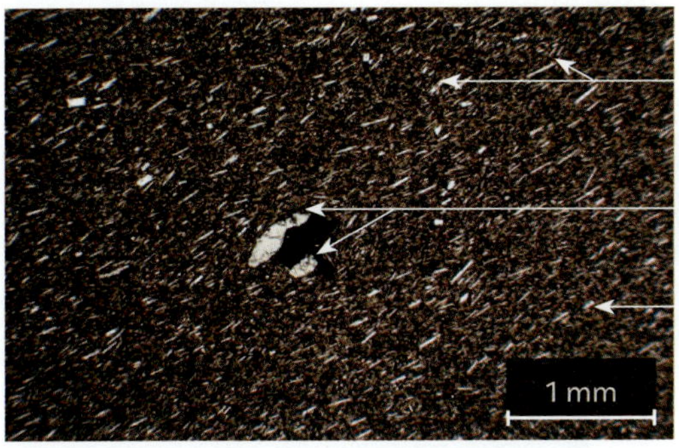


Lame mince de gabbro

Source : D. Mollex, ENS Lyon

## 5 Les raphides, des cristaux de défense

Les raphides sont des cristaux d'oxalate de calcium présents dans certaines cellules végétales. Lorsque les herbivores mâchent ces feuilles, les cristaux produisent de petites incisions dans les muqueuses de la bouche à travers lesquelles des substances toxiques peuvent pénétrer et engendrer de graves irritations. Les raphides participent donc à la défense des plantes contre leurs prédateurs.

Raphides (cristaux intracellulaires) en lumière polarisée

**hachette-clic.fr/24es1042** Protocole pour l'observation de raphides

## 6 Des cristaux dans le monde vivant : exemple de l'émail à différentes échelles

L'émail constitue la structure la plus dure du corps humain, capable de résister à des décennies de mastication.

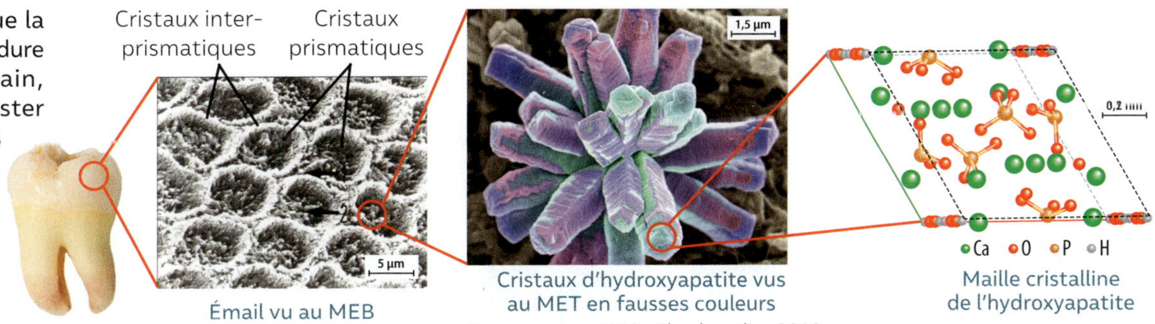


Émail vu au MEB

Cristaux d'hydroxyapatite vus au MET en fausses couleurs

Maille cristalline de l'hydroxyapatite

Source : Avery, 1992 ; *The dentalist*, 2016

## Consignes

### Comprendre la structure cristalline (niveau *)

1. **Comparer** la disposition des entités chimiques dans un solide amorphe et dans un cristal, puis **définir** la structure cristalline (docs 1 et 2).

### Conditions de formation des cristaux (niveau **)

2. Au niveau d'une dorsale océanique, **identifier** dans quelle situation le magma refroidit le plus rapidement (doc 3).

3. **Mettre en relation** la vitesse de refroidissement de la lave et la formation de cristaux dans les roches (docs 3 et 4).

4. **Vérifier** votre hypothèse en modélisant la formation de cristaux dans la vanilline en utilisant le lien suivant :

**hachette-clic.fr/24es1043**

### Des cristaux dans notre environnement (niveau *)

5. En recherchant deux autres exemples de cristaux dans le monde vivant, **construire** un tableau en indiquant la structure formée, la composition chimique et la fonction associée (docs 5 et 6).

Numérique

# Activité 2 Les propriétés des cristaux

Au sein d'un cristal, les entités chimiques s'organisent de manière ordonnée dans l'espace. Un cristal est engendré par la répétition périodique dans l'espace d'une structure élémentaire : la maille.

**En quoi l'étude de la structure microscopique d'un cristal permet-elle de comprendre ses propriétés ?**

**SAVOIR-FAIRE**

- Distinguer, en matière d'échelle et d'organisation spatiale, atome ou molécule, maille, cristal, minéral.

## 1 Diamant et graphite, des cristaux aux propriétés différentes

Le diamant et le graphite sont des composés chimiques constitués uniquement d'atomes de carbone. Cependant, leurs propriétés physiques et leur aspect sont différents.

Graphite

Diamant

| | Graphite | Diamant |
|---|---|---|
| **Composition chimique** | 100 % carbone | 100 % carbone |
| **Dureté** | faible | très forte |
| **Conductivité électrique** | conducteur électrique | isolant électrique |
| **Conductivité thermique** | faible | très forte |
| **Opacité** | opaque (utilisé pour écrire) | transparent (utilisé en joaillerie) |
| **Masse volumique** | 2,09 à 2,23 $g \cdot cm^{-3}$ | 3,52 $g \cdot cm^{-3}$ |

## 2 Les structures cristallines du graphite et du diamant

Un minéral est un solide naturel homogène avec une structure atomique ordonnée et une composition chimique définies.

Maille cristalline du graphite →

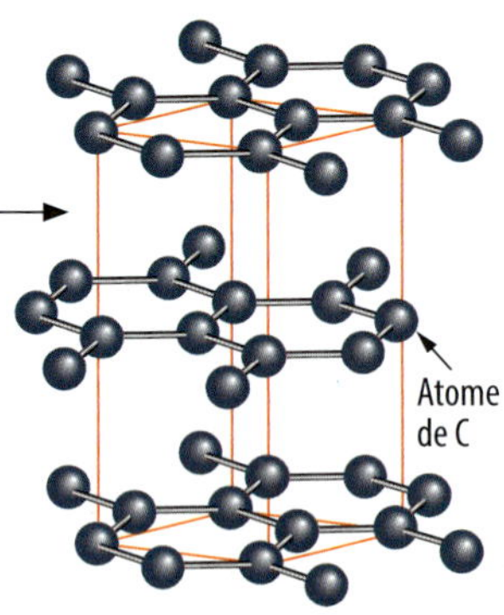


Chaque atome de carbone est relié à trois autres, formant une structure cristalline en feuillets qui peuvent glisser les uns par rapport aux autres. Cela explique que la moindre pression mécanique détache des feuillets d'atomes, permettant par exemple l'écriture.

Maille cristalline du diamant

Chaque atome de carbone est fortement lié à quatre autres, ce qui explique la forte dureté du diamant. Celui-ci est également un excellent isolant électrique car les électrons, tous impliqués dans les liaisons, sont indisponibles pour assurer la conduction électrique.

**hachette-clic.fr/24es1044** Vidéo pour en savoir plus sur les différentes structures cristallines

## Consignes

### Comprendre les propriétés d'un cristal (niveau *)

**1.** **Montrer** que les propriétés du graphite et du diamant s'expliquent par leurs structures cristallines (docs 1 et 2). Pour cela, **observer** la maille cristalline du diamant avec la simulation MinUSc.

### Déterminer des masses volumiques (niveau **)

**2.** **Retrouver** les valeurs de masse volumique du diamant et du graphite en suivant les étapes suivantes (docs 1 et 2) :
- dans l'onglet « Fichiers » : choisir diamant ou graphite ;
- dans l'onglet « Formule » : remplir le tableau en vous aidant de la simulation.

**libmol.org/minusc**

Esprit critique

# Activité 3 La lithothérapie, une pseudoscience

Les pseudosciences sont des approches, des pratiques ou des traitements qui prennent une apparence scientifique, mais qui ne s'appuient pas sur des travaux scientifiques rigoureux, reproductibles et réalisés en toute impartialité.

## Pourquoi la lithothérapie ne relève-t-elle pas de la science ?

### 1 La lithothérapie

La lithothérapie est une pseudoscience basée sur la croyance en un pouvoir qu'auraient certains cristaux au contact ou à proximité de l'être humain.

Marché aux minéraux

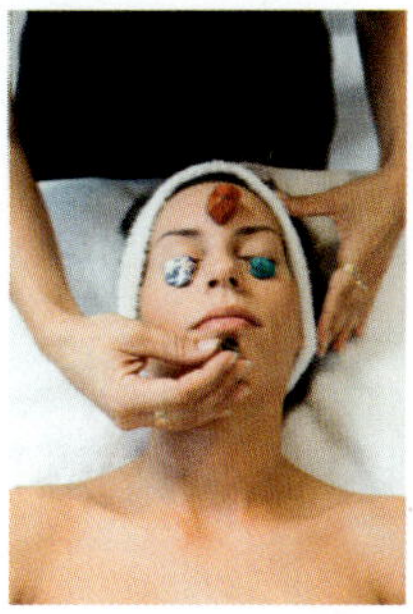

« Traitement » par les pierres

Exemples de sites Internet sur la lithothérapie :
france-mineraux.fr
la-vie-naturelle.com
123ambre.com
mineraux-lithotherapie.com

### 2 Sciences versus pseudosciences

Christian Chopin, directeur de recherche au CNRS, spécialisé en minéralogie, explique que le monde minéral est caractérisé par son inertie : « À la différence du monde vivant, il ne produit pas spontanément d'énergie (hormis les substances radioactives...). Vouloir parer les minéraux d'*énergies bénéfiques* ou d'une quelconque vertu thérapeutique par l'effet d'ondes spécifiques est du charlatanisme. Il n'y a tout simplement aucune interaction possible entre les cristaux et le corps humain. »

**Lithothérapie : la grande arnaque des pierres « guérisseuses »**

Source : extrait d'un article de C. Thibert, Figaro santé, 2019

**Lithothérapie : l'escroquerie « alarmante » de la guérison par les pierres**

« Dans l'adhésion des croyances marginales, les "gourous" mêlent toujours des éléments vérifiables à des croyances fallacieuses pour donner du poids à leur discours. [...]
Après avoir distribué à 80 volontaires un cristal de quartz avec lequel méditer, le résultat est clair comme de l'eau de roche : les participants ayant le plus fort niveau de croyance dans les phénomènes surnaturels ont ressenti les plus forts effets. Or, la moitié du panel avait en réalité écopé d'un simple bout de verre. »

Source : extraits d'un article de M. Menu, *Libération*, 2022.

**hachette-clic.fr/24es1045** Liens vers les articles complets

## Consignes TRAVAIL EN GROUPE

1. **Consulter** les ressources traitant de la lithothérapie (docs 1 et 2) et donner des arguments :

Groupe 1 au sujet de la fiabilité des sites consultés. | Groupe 2 montrant que la lithothérapie est une pseudoscience.

2. À l'oral Chaque groupe présente pendant 5 minutes ses arguments à la classe entière.

Histoire des sciences

# Activité 4 La construction des savoirs sur les cristaux

Comme tout savoir scientifique, la connaissance de la structure des cristaux s'est progressivement construite et affinée.

## Comment se sont construits les savoirs autour de la structure des cristaux ?

### 1 Les débuts de la cristallographie

En 1781, en examinant quelques minéraux, l'abbé René-Just Haüy, minéralogiste français, laisse, par maladresse, tomber un cristal de calcite ($CaCO_3$). À l'aide d'une loupe et d'un microscope optique, il observe que les fragments brisés ont conservé la même forme géométrique que le cristal de départ. Après cette observation, il représente des cristaux constitués d'un empilement régulier de petits parallélépipèdes, qui sont les constituants élémentaires du cristal.
À partir de ces observations, émerge l'idée que la structure des cristaux est périodique : un motif élémentaire, appelé maille élémentaire, se répète dans les trois directions de l'espace occupé par le cristal.

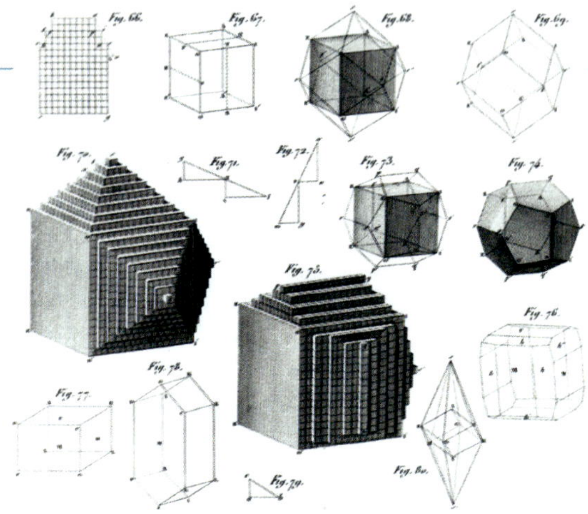

Source : R.J. Haüy, *Traité de cristallographie*, 1822

### 2 L'essor de la cristallographie

En 1912, le physicien allemand Max von Laue a l'idée d'utiliser des rayons X (découverts en 1895 par Wilhelm Röntgen) pour faire diffracter un cristal. L'image obtenue sur le détecteur fait apparaître un ensemble de taches dont les positions sont directement liées aux emplacements relatifs des entités chimiques présentes dans le cristal. La technique de la diffraction par rayons X permet alors de connaître les distances entre ces entités. En 1913, le physicien australien Lawrence Bragg a réussi à déterminer la structure des cristaux de chlorure de sodium.

Source : Bragg, *Science Progress*, 1916

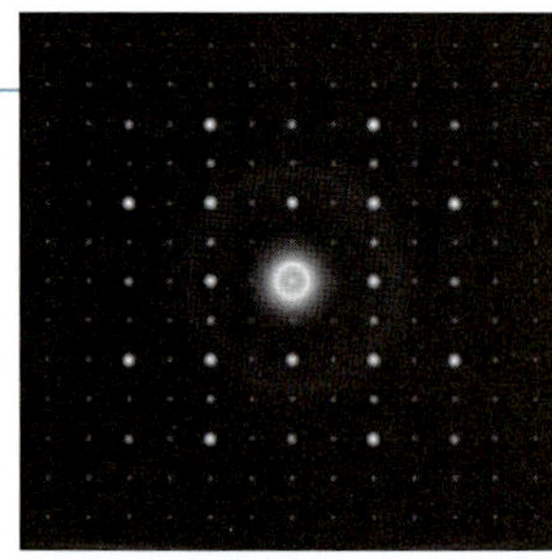

Taches de diffraction aux rayons X pour un cristal de chlorure de sodium

### 3 Observation au microscope des cristaux de sel de cuisine (chlorure de sodium, NaCl)

Cristaux de sel (NaCl) observés au microscope électronique à balayage

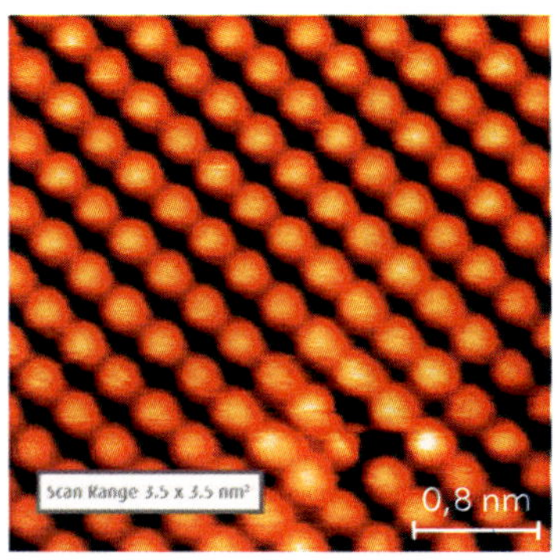


Cristal de sel (NaCl) observé au microscope à force atomique. Seuls les ions chlorure apparaissent : les ions sodium, deux fois plus petits, n'interagissent pas avec le capteur du microscope

Source : Z. Wang, *RHK Tech*, 2011

## Consignes À L'ORAL

La construction d'un savoir scientifique nécessite du temps, les travaux et observations de nombreux chercheurs, en relation avec les progrès techniques. **Montrer** que la connaissance de la structure des cristaux s'inscrit dans la construction d'un savoir scientifique.

# Le cours

## 1 La structure des cristaux

- Le chlorure de sodium, appelé communément sel ou sel de cuisine, de formule chimique NaCl, est présent sous sa forme solide dans certaines roches, ou obtenu après l'évaporation de l'eau de mer. Il possède une structure cristalline.
- À l'échelle des entités chimiques, les ions sodium $Na^+$ et chlorure $Cl^-$ qui le constituent s'organisent de manière ordonnée, c'est-à-dire périodique, dans l'espace. Ils constituent ainsi un cristal qui est conçu comme la répétition périodique d'une structure appelée « maille », caractérisée par sa forme géométrique et la présence d'entités chimiques situées en des points caractéristiques.

Cristal de chlorure de sodium (NaCl) à l'œil nu

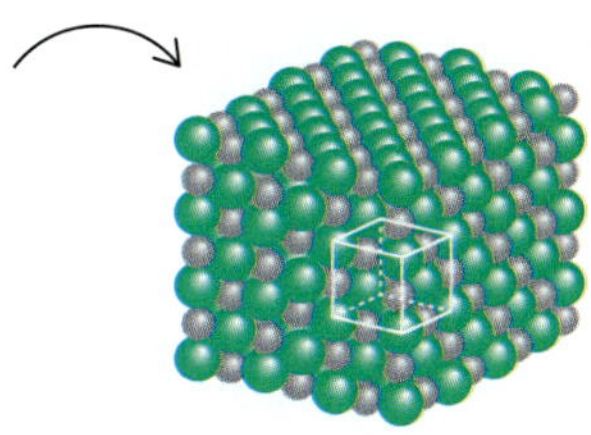

Empilement ordonné d'entités

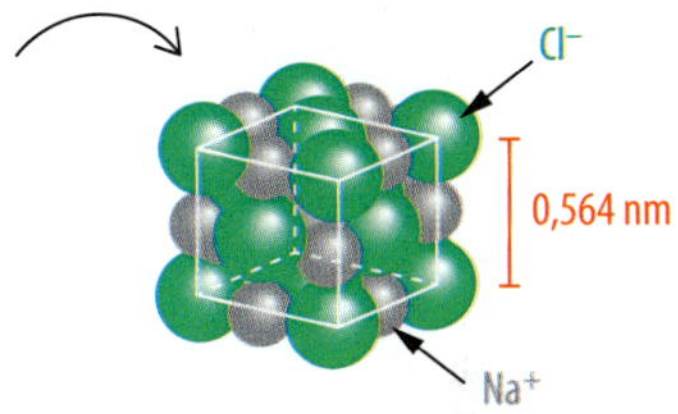


Maille élémentaire

- À l'inverse, l'état amorphe (non cristallisé) est caractérisé par une disposition désordonnée des éléments chimiques.

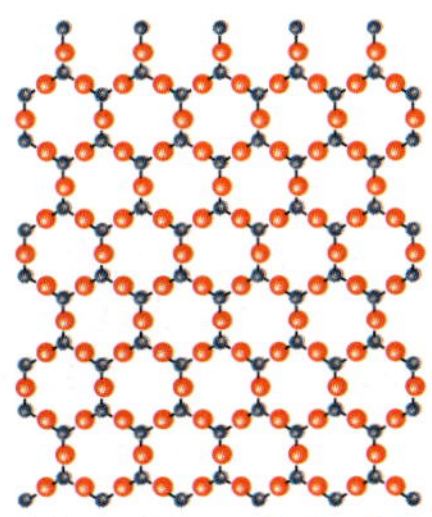

Disposition des entités chimiques dans un solide cristallin

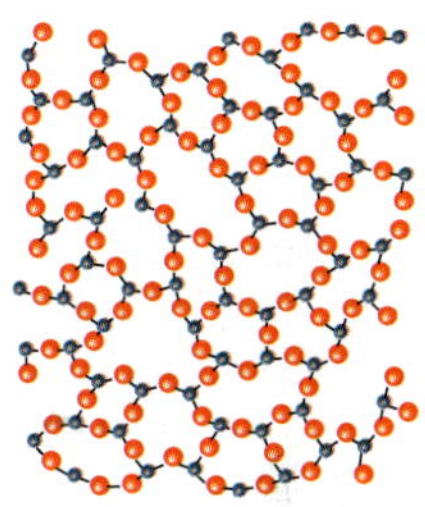

Disposition des entités chimiques dans un solide amorphe

## 2 Les propriétés des cristaux

- Un minéral se caractérise par sa composition chimique, ainsi que par sa structure cristalline.

Le diamant et le graphite sont deux minéraux différents : même s'ils possèdent la même composition chimique, leur forme cristalline diffère. L'agencement différent des atomes au sein des mailles cristallines explique leurs propriétés respectives : masse volumique, conductivité, dureté, etc.

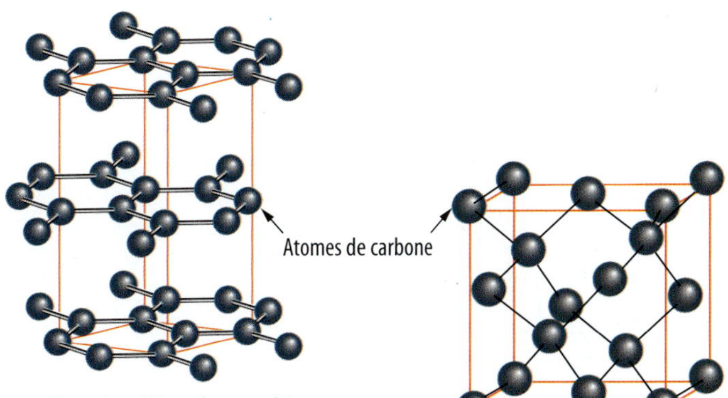


Maille cristalline du graphite

Maille cristalline du diamant

- Certaines propriétés attribuées aux cristaux relèvent de croyances et ne s'expliquent pas par leur structure cristalline : la lithothérapie est une pseudoscience, car elle ne s'appuie pas sur des travaux scientifiques rigoureux, reproductibles et réalisés en toute impartialité.

# Le cours

## 3 Des cristaux dans notre environnement

### a. La structure cristalline des roches

● L'observation d'une roche entièrement cristallisée, comme le granite ou le gabbro, montre qu'elle est composée de différents minéraux, qui adoptent diverses formes cristallines. De nombreuses roches ont ainsi une structure cristalline.

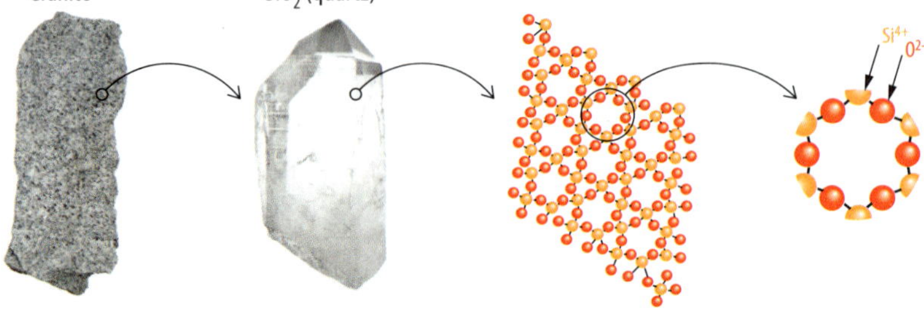


### b. La formation des cristaux

● La formation des cristaux dans les roches volcaniques dépend généralement de la vitesse du refroidissement du magma. Ainsi, les gabbros et les basaltes sont des roches issues du refroidissement d'un même magma. Alors que les gabbros sont entièrement cristallisés du fait du refroidissement lent en profondeur du magma, les basaltes contiennent un fond de verre dû au refroidissement rapide de la lave en surface.

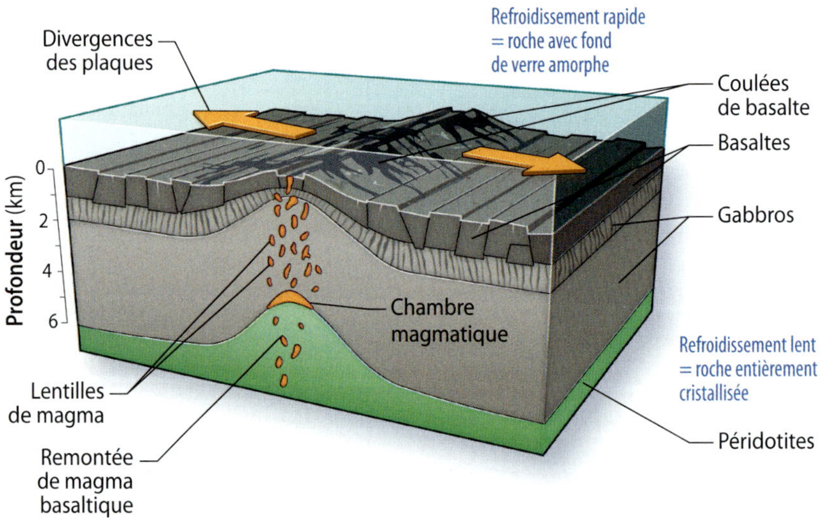


Contrairement à l'état cristallin, le verre est un solide amorphe dans lequel les entités chimiques occupent des positions sans périodicité dans l'espace.

### c. Les cristaux dans le monde vivant

● Les cristaux peuvent également se former dans le monde vivant, où ils ont des fonctions variées : squelettes (soutien), coquilles (protection), raphides (défense), etc.

Squelette d'étoile de mer

Coquille de coquillage

Squelette de tortue

Piquant d'ortie

Coquille d'œuf

Test d'oursin

# Carte Mentale

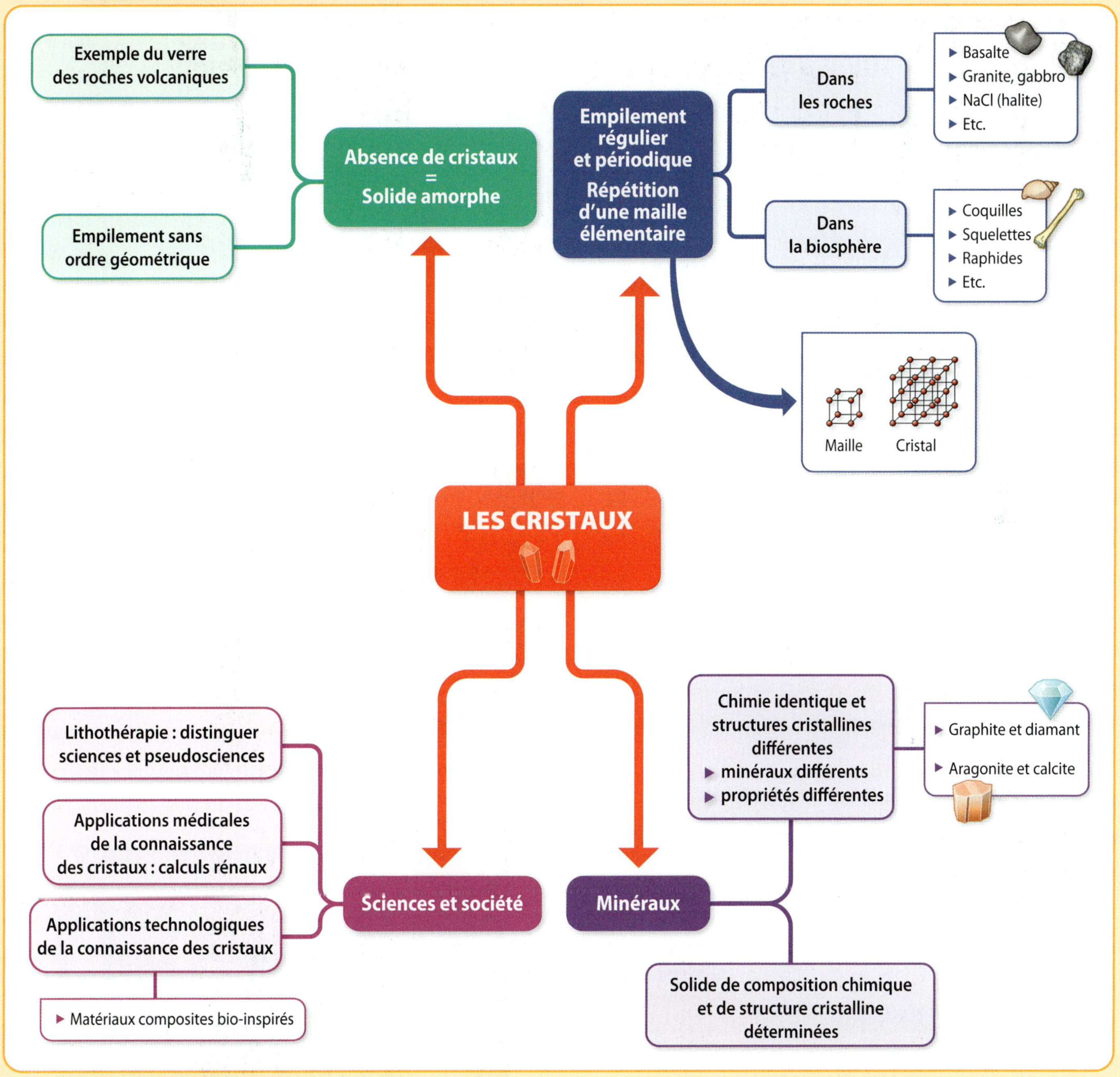


FLASH CARDS **MOTS-CLÉS**

**Mémorisez les mots-clés du chapitre grâce aux cartes mémo !**

hachette-clic.fr/24es1049

structure amorphe

pseudoscience

maille élémentaire

roche

structure cristalline

cristaux dans le monde vivant

verre

chlorure de sodium

minéral

# Exercices Tester ses connaissances

## QCM

CORRIGÉ p. 248

Pour chaque question, indiquer la (ou les) bonne(s) réponse(s).

Version interactive hachette-clic.fr/24es1050

| | a | b | c | d |
|---|---|---|---|---|
| **1** **Le chlorure de sodium solide :** | a une structure amorphe. | est constitué d'un assemblage désordonné d'ions $Na^+$ et $Cl^-$. | a une structure cristalline. | peut cristalliser suite à l'évaporation de l'eau de mer. |
| **2** **Une roche comportant du verre :** | a une structure entièrement cristalline. | a généralement refroidi rapidement. | ne contient que des gros cristaux. | est entièrement constituée de minéraux. |
| **3** **Une maille :** | est constituée d'entités chimiques régulièrement disposées. | constitue la structure élémentaire d'un cristal. | se retrouve dans un solide amorphe. | peut être répétée périodiquement pour former un cristal. |
| **4** **Les pseudosciences :** | constituent des savoirs scientifiques. | sont des approches qui prennent l'apparence d'une science. | relèvent de croyances. | sont des affirmations construites selon une méthode rigoureuse et reproductible. |

## 5 Affirmations à corriger

**Corriger les affirmations suivantes.**

a. Le chlorure de sodium solide a une structure amorphe.

b. Les pseudosciences énoncent des savoirs scientifiques.

c. On ne trouve des cristaux que dans les roches.

d. Le verre est visible sur des lames minces de roches ayant refroidi lentement.

## 6 Lithothérapie — À l'oral !

**Commenter l'introduction de cet article.**

**Lithothérapie : la grande arnaque des pierres « guérisseuses »**

Une pierre qui *« aide à traiter »* le sida, vraiment ? Ceci n'est malheureusement pas une blague, mais l'un des nombreux « conseils » parfaitement aberrants qui figure dans le *Guide pratique de lithothérapie* […] Pour l'association de lutte contre le sida *Act Up*, la pilule ne passe pas.

Source : Cécile Thibert, *Lefigaro.fr*, extrait

## 7 Image à annoter

**Annoter l'image suivante en repérant le verre et les cristaux. Indiquer la vitesse de refroidissement de cette roche.**

Lame mince de roche volcanique

Source : D. Mollex, ENS Lyon

## 8 Phrases à construire

CORRIGÉ p. 248

**Écrire une phrase en utilisant les termes suivants.**

a. Verre – amorphe – géométrique

b. Cristal – maille – périodique

c. Sciences – pseudosciences – esprit critique

d. Roche – cristaux – verre

# Exercice résolu

## 9 Les calculs rénaux, une cristallisation à éviter

M. W. se présente aux urgences avec une violente crise douloureuse au niveau de l'abdomen. Le diagnostic tombe : c'est une colique néphrétique due à un calcul rénal. Les médecins extraient le calcul, et conseillent à M. W. de s'hydrater suffisamment, et d'éviter de consommer certains aliments, comme le chocolat noir ou la betterave, riches en oxalate.

### 1 Observation à la loupe du calcul rénal de M. W., agrégat solide formé essentiellement de cristaux d'oxalate de calcium

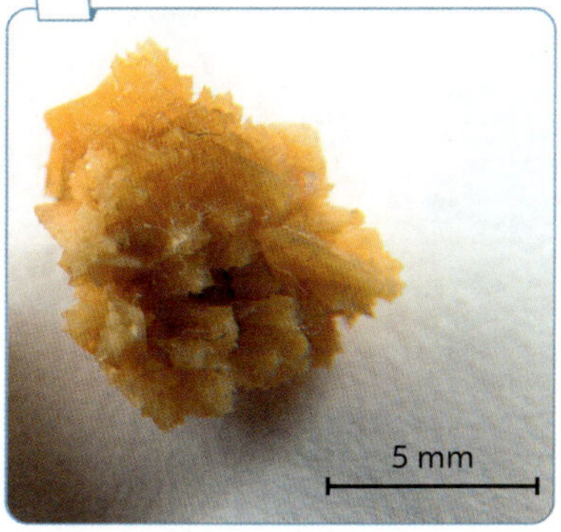


### 2 Conditions de formation d'un calcul rénal

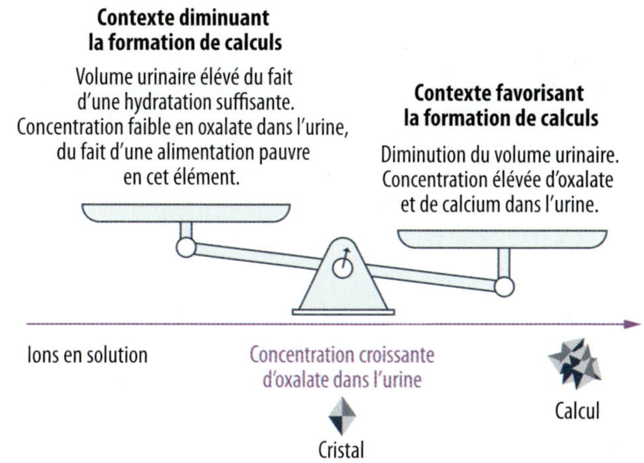


### 3 Uroscanner de M. W. et schéma de référence de l'organisation de l'appareil urinaire

L'urine se forme dans les reins (1) puis s'écoule dans un canal, l'uretère (2), qui aboutit à la vessie (3). Le diamètre d'un uretère varie de 3 à 5 mm. Au scanner, on distingue les éléments du squelette et l'urine apparaît en blanc.

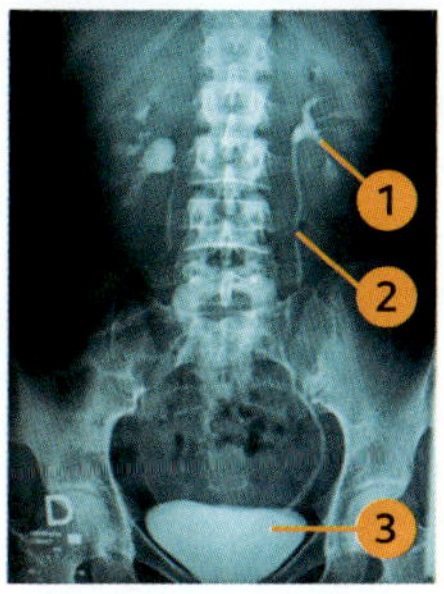


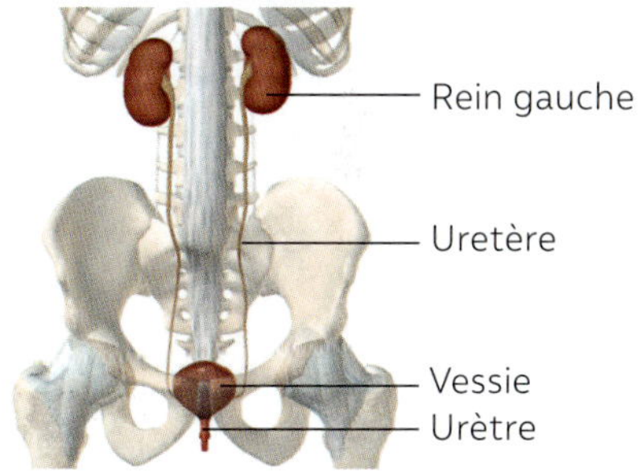


Source : info-radiologie.ch

**À l'aide des documents fournis, expliquer l'origine des douleurs de M. W. et justifier les recommandations des médecins.**

1. À l'aide des docs 1 et 2 ainsi que de vos connaissances, **expliquer** la formation de calculs rénaux.
2. **Repérer** la taille du calcul rénal observé à la loupe (doc 1) et **indiquer** s'il peut déclencher une colique néphrétique dans un uretère de diamètre interne de 3 mm.
3. **Observer** le scanner (doc 3) pour comparer le trajet de l'urine de chaque côté. **Proposer** une explication aux douleurs abdominales de M. W.

## Conseils

## Solution

**Saisir les informations des documents**

1. **Doc 1.** Le calcul rénal résulte d'une cristallisation d'oxalate de calcium.

   **Doc 2.** Un calcul rénal se forme lorsque la concentration en oxalate dans l'urine est élevée. Cette concentration résulte soit de la consommation d'aliments riches en oxalate, soit de la diminution du volume urinaire, par exemple du fait d'une hydratation insuffisante.

2. **Docs 1 et 3.** Le calcul rénal a un diamètre maximal d'environ 9 mm, supérieure au diamètre de l'uretère (3 à 5 mm).

   **Doc 3.** Sur l'uroscanner de M. W., l'uretère gauche apparaît en blanc, ce qui témoigne du passage de l'urine. Le trajet de l'urine est interrompu dans l'uretère droit : ce dernier est bouché.

**Mettre en relation les informations des documents**

3. M. W. a peut-être consommé des aliments riches en oxalate et/ou ne s'est pas suffisamment hydraté. L'augmentation de la concentration en oxalate dans ses urines a eu pour conséquence la cristallisation d'oxalate de calcium, ce qui a formé un calcul rénal.

   Ce « gros » calcul, ayant bouché l'uretère, est à l'origine de vives douleurs.

   Éviter les aliments riches en oxalate et s'hydrater suffisamment permet de limiter la concentration en oxalate dans les urines, et diminue donc le risque de colique néphrétique.

# Exercices Développer ses compétences

## 10 La lechateliérite

**À l'oral !**

La lechateliérite est un minéral constitué de silice ($SiO_2$) amorphe. Elle peut être formée par l'action de la foudre sur du sable contenant de la silice cristallisée.

### 1 Morceau de lechateliérite

### 2 Deux représentations de la structure microscopique de la silice

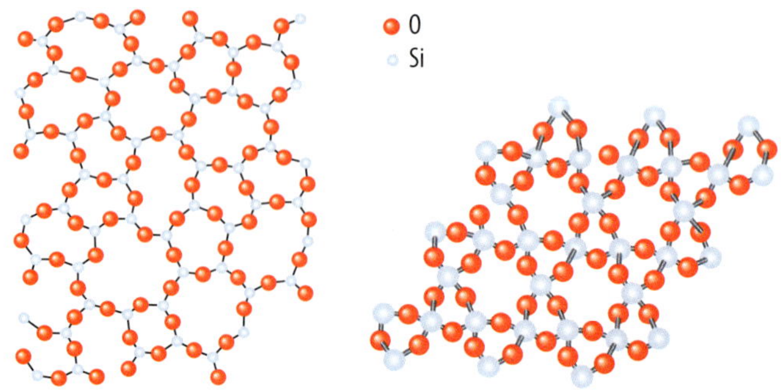


Représentation a — Représentation b

1. **Rechercher** l'étymologie du terme lechateliérite. **Présenter** brièvement le travail du scientifique à qui il est rendu hommage.
2. **Identifier**, en justifiant, la représentation correspondant à la silice contenue dans un grain de sable (quartz) et la silice contenue dans la lechateliérite.

## 11 Les vertus des cristaux

**Exercer son esprit critique**

### 1 « Vertus » spécifiques de deux pierres en lithothérapie

« Propriétés du bracelet en **pierre de lune**
– La pierre de lune équilibre les cycles menstruels ainsi que les hormones.
– Elle permet de conserver la lactation après accouchement.
– Elle apporte le fluide corporel ainsi que le magnétisme. »

« La **pierre orthose** […] serait très bénéfique pour les personnes qui manquent de volonté et celles qui ont tendance à se laisser influencer. […] Elle permettrait de renforcer le système osseux et d'en préserver le capital. Si vous avez une rage de dent causée par une dent de sagesse, la pierre va vous aider à diminuer la douleur. Elle serait aussi en mesure de réguler la température corporelle, aiderait à stabiliser la glycémie et stimulerait la circulation sanguine des individus qui ont un mauvais retour veineux. »

Source : france-mineraux.fr, 2023

### 2 Étude scientifique de la pierre de lune

La **pierre de lune** est un minéral de type feldspath potassique de formule $KAlSi_3O_8$. Il s'agit de l'**orthose**.

| | |
|---|---|
| Système cristallin | Monoclinique |
| Masse molaire | 278,33 g · mol$^{-1}$ |
| Dureté sur l'échelle de Mohs | 6,0 à 6,5 |
| Densité | 2,55 à 2,63 |
| Indice de réfraction | 1,517 à 1,540 |
| Température de fusion | 990 °C |
| Magnétisme | Aucun |
| Indice de dispersion | 0,012 |
| Radioactivité | Très faible |

### 3 Définition scientifique du magnétisme

Le magnétisme concerne l'ensemble des propriétés des aimants. On peut le produire par des matériaux naturellement aimantés ou par des charges électriques en mouvement (électro-aimants).

1. **Identifier** les différences entre les vertus de la pierre de lune et de l'orthose d'après le site cité dans le doc 1 et les **comparer** d'un point de vue géologique.
2. **Relever** les propriétés magnétiques citées par le site de lithothérapie.
3. **Confronter** les données à celles du tableau de caractéristiques physico-chimiques de la pierre de lune, appelée aussi orthose.
4. **Indiquer** quelles sont les données qui relèvent de croyance ou de savoir scientifique. **Argumenter**.

## 12 Fabriquer des obsidiennes comme dans MINECRAFT ?

**Exercer son esprit critique**

L'obsidienne est une roche volcanique issue du refroidissement d'un magma. Dans le jeu vidéo Minecraft, elle est recherchée pour construire des abris très résistants. Cependant, le joueur ne peut pas en fabriquer. Pour en obtenir, l'une des possibilités est de verser de l'eau sur de la lave.

hachette-clic.fr/24es1053
« Faire de l'obsidienne »

### 1 Observation de lames minces de basalte et d'obsidienne au microscope optique en LPA (lumière polarisée analysée)

Les prélèvements de roches proviennent de cœurs de coulées de lave de dimension similaire, ayant toutes les deux refroidi rapidement, en surface, au contact de l'air.

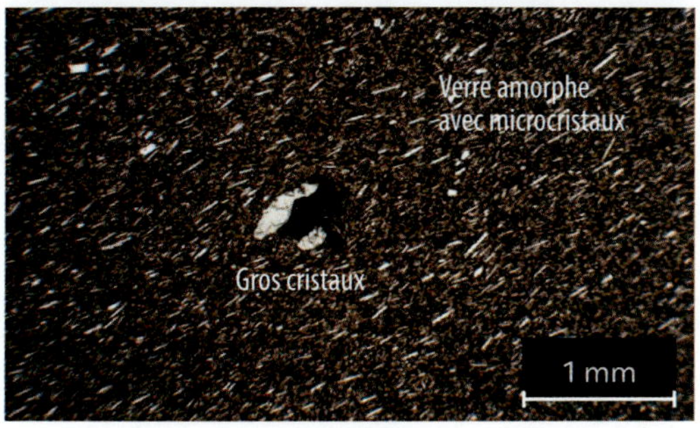

Basalte

Obsidienne

### 2 Échantillon d'obsidienne

1. **Observer** la lame mince et l'échantillon d'obsidienne et **justifier** le fait que Minecraft propose de « verser de l'eau sur de la lave » pour obtenir cette roche.
2. **Comparer** les lames minces de basalte et d'obsidienne pour **argumenter** le fait que le refroidissement rapide ne peut pas expliquer la structure totalement vitreuse (constituée de verre volcanique amorphe) de l'obsidienne.
3. **Expliquer** l'origine de la structure totalement vitreuse de l'obsidienne.

### 3 Extrait d'un article scientifique

« À la différence des verres basaltiques (vitrification d'une bordure de quelques millimètres à quelques centimètres suite à un phénomène de trempe), les obsidiennes sont vitreuses dans la masse, parfois sur plusieurs mètres. Dans le cas des obsidiennes, l'état vitreux ne peut donc pas résulter d'un refroidissement rapide, mais signifie que la cristallisation (c'est-à-dire la germination et la croissance cristalline) a été inhibée [du fait de la composition chimique particulière de la lave].

Hervé Bertrand, *https://planet-terre.ens-lyon.fr/ressource/obsidienne.xml (consulté en septembre 2023)*

## 13 De la glace qui coule ou qui flotte ?

**Spé PC**

À pression atmosphérique, l'eau se solidifie à des températures inférieures à 0 °C : elle forme alors un solide cristallin appelé glace. En conditions standards, la maille cristalline de la glace est hexagonale et sa masse volumique est de 917 kg·m$^{-3}$.
Cependant, si, à pression atmosphérique, de la vapeur d'eau est refroidie subitement :
- à – 193 °C, les molécules d'$H_2O$ se figent en solide amorphe ;
- à – 80 °C, les molécules d'$H_2O$ cristallisent en mailles cubiques et la masse volumique est de 930 kg·m$^{-3}$.

À forte pression, l'eau qui gèle peut adopter un système cristallin quadratique et sa masse volumique est alors de 1373 kg·m$^{-3}$.

Dans les cristaux, les entités chimiques forment des mailles qui peuvent adopter diverses géométries. On distingue ainsi les mailles cubiques, quadratiques, hexagonales, etc.

Illustration d'un cristal de glace de structure quadratique, en équilibre avec l'eau liquide à 0,9 GPa et à température ordinaire (295 K soit 22°C).

Source : P. Pruzan, cnrs.fr

1. **Rappeler** ce que signifie « solide amorphe ». **Expliquer** la formation de solide amorphe lors d'un refroidissement immédiat de vapeur d'eau à – 193 °C.
2. Connaissant la masse volumique de l'eau liquide, qui est de 10$^3$ kg·m$^{-3}$, **discuter** la flottabilité des trois différents types de glace.

## 14 Des écrans de smartphones nouvelle génération grâce au biomimétisme ?

### 1 Les coquilles, des structures cristallines

La coquille de l'huître perlière (*Pinctada sp.*) est constituée de carbonate de calcium ($CaCO_3$) cristallisant sous deux formes minérales différentes. La partie extérieure cristallise sous forme de prismes de calcite. La partie intérieure de la coquille est composée de nacre aux reflets irisés. Elle est constituée à plus de 95 % d'un empilement de cristaux de $CaCO_3$ cristallisant sous la forme de plaques hexagonales d'aragonite, soudées entre elles par des protéines. Lorsque la nacre subit un choc, ces plaques glissent les unes sur les autres, ce qui permet de dissiper l'énergie de l'impact. Cela confère au mollusque une très bonne résistance aux chocs.

*Source : Thèse de J. Nouet, 2014*

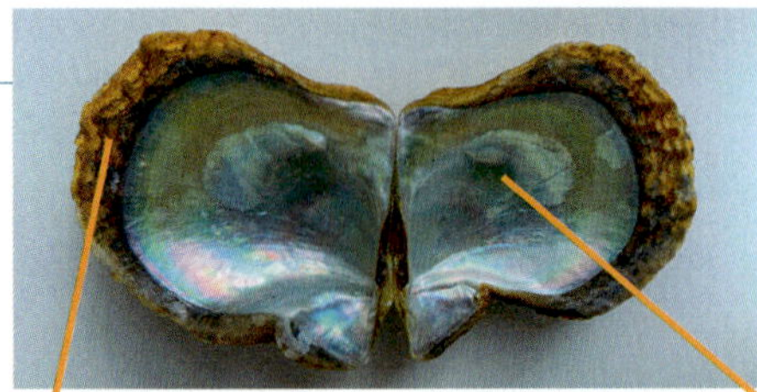

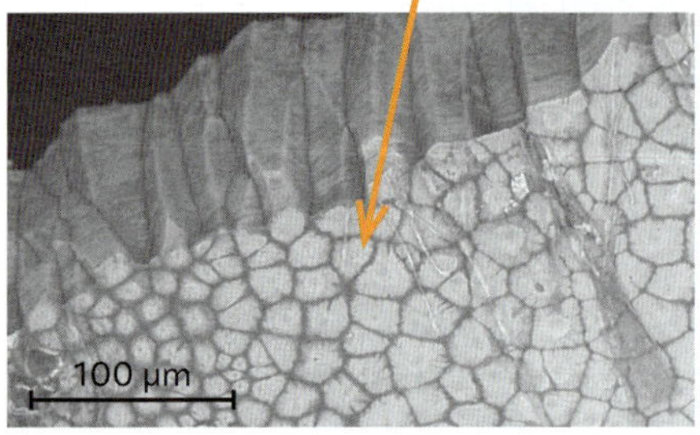


Vue au microscope électronique à balayage de la couche externe de la coquille

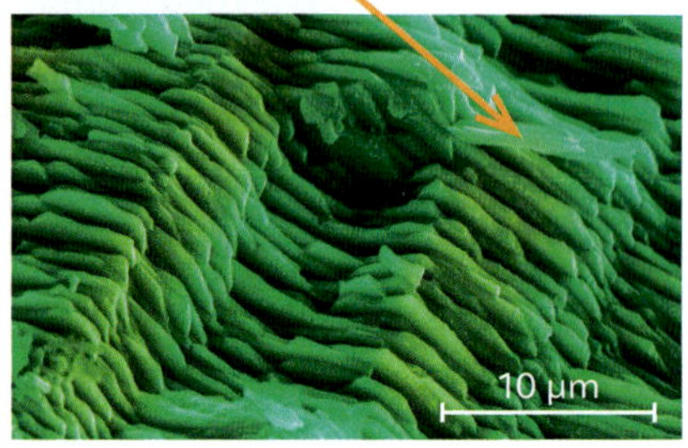


Vue au microscope électronique à balayage de la couche interne de la coquille

Source : Antonio G. Checa, University of Granada, Spain

### 2 Des écrans de smartphone bio-inspirés

Le verre qui constitue les écrans de smartphone est fragile : 96 écrans de smartphones sont cassés chaque minute soit 138 264 par jour aux États-Unis (étude de SquareTrade 2018). En s'inspirant de la structure de la nacre, des scientifiques canadiens ont créé un nouveau type de verre feuilleté en gravant des motifs hexagonaux au laser sur de fines feuilles de verre. En cas de choc, ces feuilles se brisent en hexagones microscopiques en suivant les motifs gravés : les dommages restent donc extrêmement localisés. Ce verre est par ailleurs très flexible : il se déforme et renvoie l'énergie du choc. Il est deux à trois fois plus résistant qu'un verre trempé, ce qui fait de lui un matériau idéal pour les écrans de smartphones.

**hachette-clic.fr/24es1054** Gif « Comportement d'un écran de verre inspiré de la structure de la nacre suite à l'application d'une contrainte »

1. **Indiquer** la composition chimique d'une coquille d'huître. **Justifier** que ses parties externes et internes aient des propriétés différentes.
2. **Donner un argument** montrant que la nacre a une structure cristalline.
3. À partir de cet exemple, **définir** la notion de biomimétisme.
4. **Recenser** les avantages du verre de smartphone bio-inspiré.

## 15 Les huîtres perlières, une cristallisation provoquée

### 1 Coquille d'une huître *Pinctada margaritifera*

**hachette-clic.fr/24es1055** Vidéo « Tout savoir sur les perles »

### 2 Comparaison d'une coupe de perle naturelle et de culture

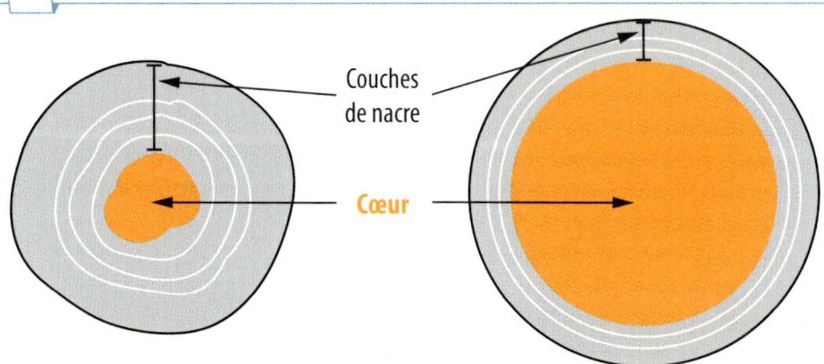


Perle naturelle : forme variée et irrégulière du cœur. La nacre est déposée par le coquillage sur une impureté (parasite ou fragment d'algue), qui disparaît ensuite par décomposition.

Perle de culture : forme rigoureusement contrôlée du cœur.

1. À l'aide du visionnage de la vidéo et des documents, **montrer** que les perles de culture résultent d'une cristallisation provoquée par l'être humain.
2. **Indiquer** la fonction biologique liée à la production d'une perle par l'huître.
3. **Justifier** que les perles naturelles ont une valeur bien supérieure à celle des perles de culture.

## 16 Lorsque les cristaux se dissolvent : menace sur les ptéropodes !

La plupart des organismes planctoniques possède une coquille (appelée test) constituée de carbonate de calcium ($CaCO_3$). Pour la majorité d'entre eux, le test est formé de cristaux de calcite. Les ptéropodes font partie des exceptions, avec une coquille constituée de cristaux d'aragonite. Ces organismes planctoniques vivent dans des eaux océaniques dont le pH actuel est d'environ 8,05. Des centaines d'espèces de poissons, coraux ou encore requins dépendent de ces petits organismes pour vivre. Et beaucoup de populations dépendent des océans pour leur alimentation, avec des économies basées sur la pêche. Depuis la révolution industrielle, il y a de plus en plus de $CO_2$ dans l'atmosphère. Environ 30 % du $CO_2$ émis se dissout dans les océans, entraînant des réactions chimiques qui diminuent le pH de l'eau : on parle d'acidification des océans. Cette acidification a des conséquences sur les tests des organismes planctoniques. En effet, l'aragonite se dissout lorsque le pH est inférieur à 7,52 contre 7,33 pour la calcite.

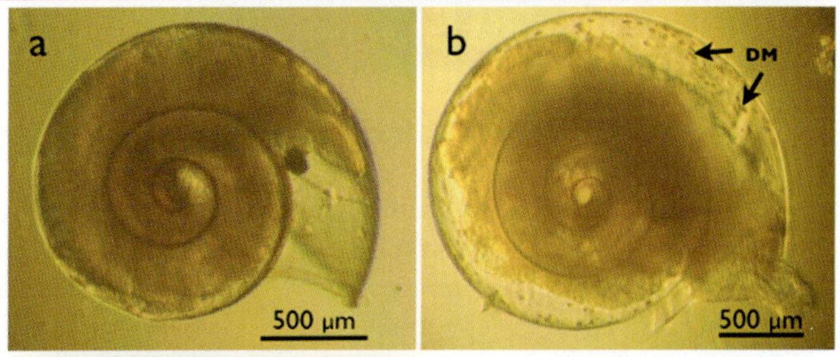


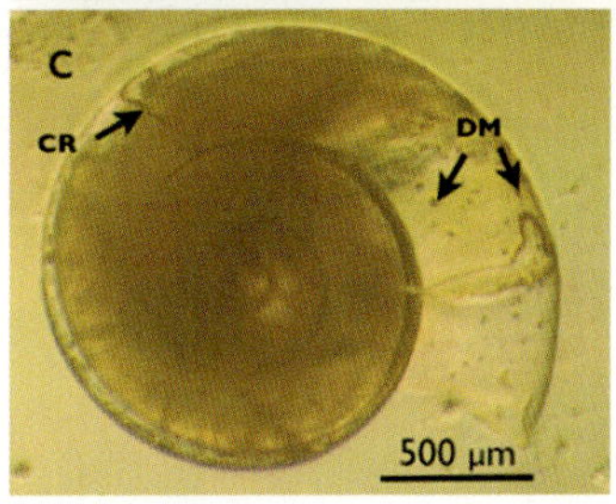


Des coquilles de ptéropodes ont été immergées dans de l'eau de mer à trois pH différents pendant seulement huit jours. a) pH = 8,05 : la coquille est intacte ; b) pH = 7,89 : la coquille présente des marques de dissolution (DM) ; c) pH = 7,76 : la coquille présente des marques très importantes de dissolution (DM) et des fissures (CR).

Source : Comeau et al, *Mar Ecol Prog Ser* 456 (2012)

1. **Justifier** le fait que les ptéropodes sont plus sensibles à l'acidification des océans que les organismes à test de calcite.
2. **Représenter sous forme de schéma** l'origine des menaces pesant sur les populations de ptéropodes, ainsi que leurs conséquences.

**hachette-clic.fr/24es1056** Vidéo « Différence de comportement entre deux ptéropodes (faibles ou fortes quantités de $CO_2$ dans l'eau) »

## 17 Arts et Sciences : des cristaux de fer

CORRIGÉ p. 248

À l'instar de la Tour Eiffel, construite pour l'Exposition universelle de 1889 à Paris, l'Atomium de Bruxelles devait être démonté à la fin de l'Exposition universelle de 1958. Il représente une maille du cristal de fer de type cubique centré agrandie 165 milliards de fois, avec une hauteur totale de 102 m, chaque sphère ayant un diamètre de 18 m et une longueur de tube apparent en arête de 29 m.

**Données**
Arête de la maille élémentaire d'un cristal de fer : $2{,}87 \cdot 10^{-10}$ m

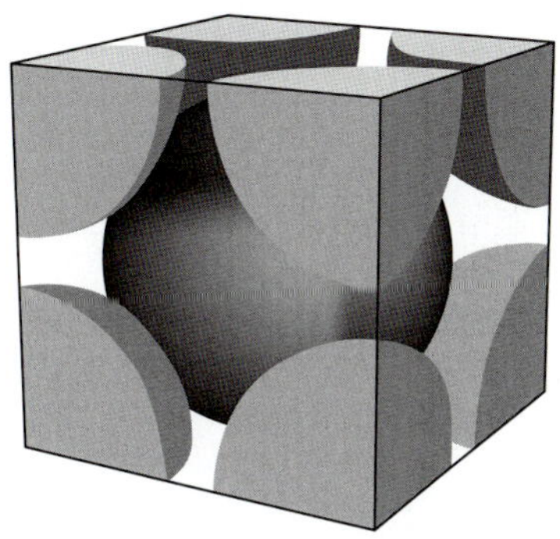

Modélisation de la maille élémentaire d'un cristal de fer

Le monument phare de l'exposition universelle de 1958 à Bruxelles est sans conteste l'Atomium

1. **Commenter** le nom de l'œuvre : l'Atomium. **Expliquer** en quoi elle peut être trompeuse.
2. **Décrire** la disposition des atomes de fer dans un cristal de type cubique centré.
3. À l'aide des données numériques, **déterminer** la longueur de l'arête de la maille de l'Atomium. **Vérifier** alors l'affirmation suivante : « il représente une maille du cristal de fer de type cubique centré agrandie 165 milliards de fois ».
4. **Décrire** les différences entre le modèle de la maille élémentaire du fer et la représentation choisie pour l'Atomium par le concepteur André Waterkeyn. **Proposer** une explication aux choix faits pour l'Atomium.

# Déjà VU Déjà SU ?

**Pour les questions 1 à 4, indiquer la ou les bonne(s) réponse(s).**

**1 Tous les êtres vivants sont constitués d'unités de structure et de fonction appelées :**
a. bactéries.
b. cellules.
c. virus.
d. protéines.

**2 Toutes les cellules sont délimitées :**
a. par un noyau.
b. par une paroi.
c. par une membrane plasmique.
d. par de l'eau.

**3 Toutes les cellules vivantes sont capables :**
a. d'échanger de la matière avec leur environnement.
b. de se reproduire à l'identique.
c. de tirer leur énergie de la lumière.
d. de vivre de manière isolée les unes des autres.

**4 Le métabolisme cellulaire :**
a. nécessite obligatoirement la présence d'organites.
b. concerne seulement les cellules autotrophes.
c. correspond à l'ensemble des transformations chimiques ayant lieu dans une cellule.
d. est toujours réalisé par des mitochondries.

**5 Replacer les annotations suivantes sur le schéma de la cellule ci-dessous.**
– Mitochondrie
– Chloroplaste
– Membrane plasmique
– Paroi
– Cytoplasme
– Noyau

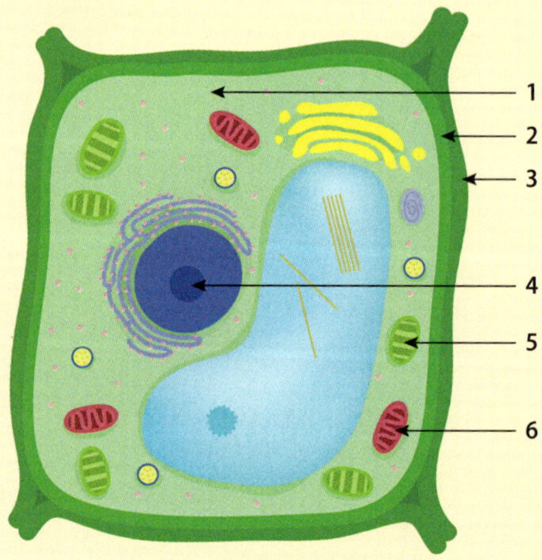

Schéma d'une cellule végétale chlorophyllienne

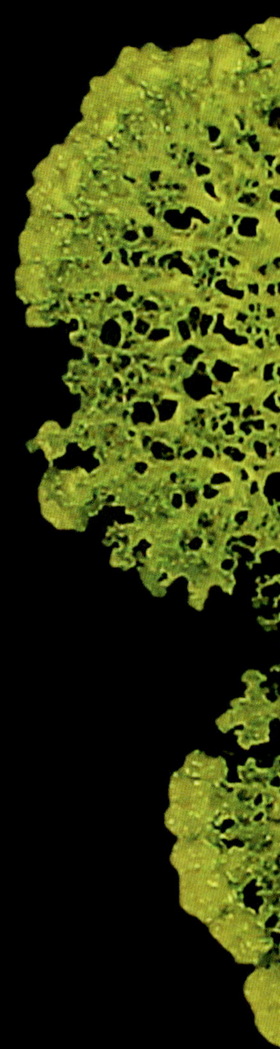

## Comprendre et pratiquer les sciences

### Nature et élaboration du savoir scientifique

Comprendre la construction de la théorie cellulaire : données prouvées et validées collectivement, arguments, controverses et progrès des techniques d'observation. > **Activité 1, exercices 10 et 13**

S'interroger sur le statut des virus. > **Activité 3, exercice 8**

Appréhender la construction du modèle de la membrane plasmique. > **Exercice 11**

### Des pratiques scientifiques

Observer des cellules au microscope et calculer les tailles de structures cellulaires et virus. > **Activité 1, exercices 7 et 9**

### Effets de la science sur les sociétés et sur l'environnement

Interpréter l'action d'espèces chimiques toxiques sur la membrane plasmique ou la composition du milieu intracellulaire. > **Activité 2, exercices 16 et 17**

Dépolluer avec l'aide de certaines bactéries. > **Exercices 12 et 15**

Soigner avec des virus. > **Exercice 14**

Chapitre 3

# Une structure complexe : la cellule vivante

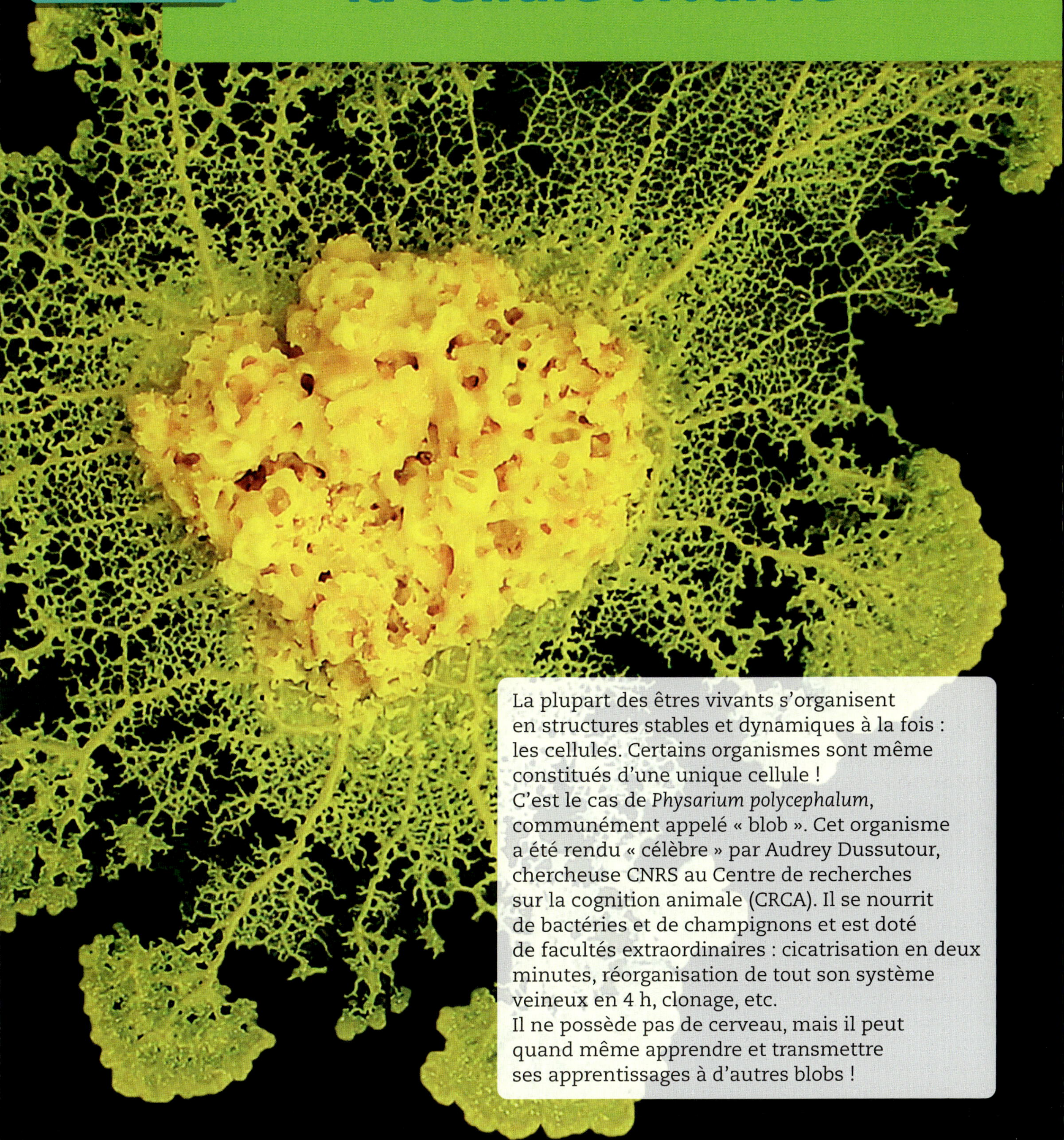

La plupart des êtres vivants s'organisent en structures stables et dynamiques à la fois : les cellules. Certains organismes sont même constitués d'une unique cellule !
C'est le cas de *Physarium polycephalum*, communément appelé « blob ». Cet organisme a été rendu « célèbre » par Audrey Dussutour, chercheuse CNRS au Centre de recherches sur la cognition animale (CRCA). Il se nourrit de bactéries et de champignons et est doté de facultés extraordinaires : cicatrisation en deux minutes, réorganisation de tout son système veineux en 4 h, clonage, etc.
Il ne possède pas de cerveau, mais il peut quand même apprendre et transmettre ses apprentissages à d'autres blobs !

Histoire des sciences

# Activité 1 La théorie cellulaire : histoire de la construction d'un savoir scientifique

Dès l'Antiquité, Aristote pense que les animaux et les plantes, si complexes soient-ils, sont formés de peu d'éléments qui se répètent. Des centaines d'années de construction du savoir scientifique permettent aujourd'hui de définir la cellule comme l'unité structurale et fonctionnelle du monde vivant.

**Comment se sont progressivement construites les connaissances autour de la théorie cellulaire ?**

**SAVOIR-FAIRE**

- Analyser et interpréter des documents historiques relatifs à la théorie cellulaire.
- Situer les ordres de grandeur : atome, molécule, organite, cellule, organisme.
- Relier l'échelle de la cellule, de ses organites et des molécules qui la constituent.

## 1 L'apport de Robert Hooke dans la construction de la théorie cellulaire

L'invention du microscope optique date du XVIIe siècle. L'Anglais Robert Hooke (1635-1702) est un des scientifiques pionniers. Son microscope à deux lentilles grossit 20 fois, mais, au-delà, l'objet devient flou. Il observe du liège (un tissu mort de l'écorce des arbres) et décrit des cavités délimitées par des parois : il nomme « cellules » ces petites unités, par analogie avec les chambres des monastères. Examinant alors au microscope divers fragments de végétaux, il retrouve la même structure en cellules.

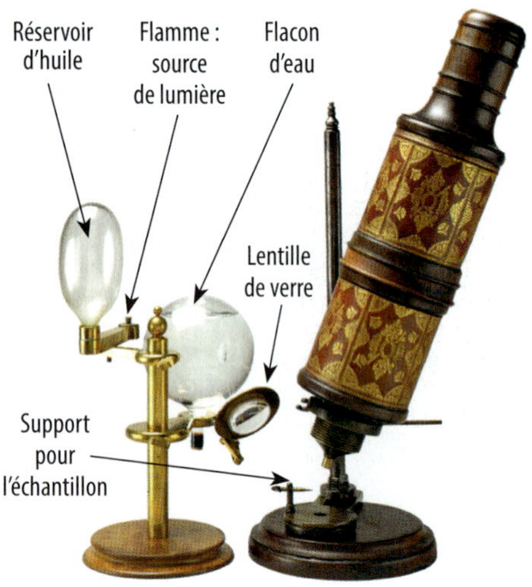


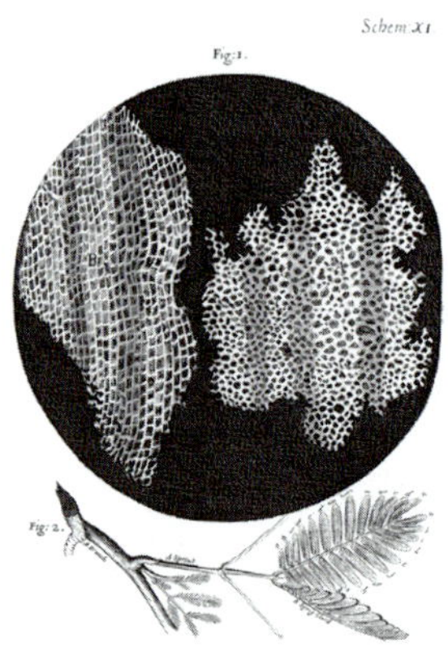

Microscope de Robert Hooke et son dessin d'observation de « cellules » d'écorce (1665)

**MÉMO SCIENCES**

La **théorie cellulaire** dans sa forme actuelle repose sur trois principes fondamentaux :
- tout organisme vivant est constitué d'une ou plusieurs cellules ;
- la cellule est l'unité de base de la vie ;
- toute cellule provient d'une autre cellule par division cellulaire.

La cellule est donc l'unité de structure, de fonction et de reproduction du monde vivant.

**hachette-clic.fr/24es1058**
Vidéo pour en savoir plus sur l'étrange histoire de la théorie cellulaire (en anglais avec sous-titrage en français).

## 2 Théorie cellulaire versus génération spontanée

Jusqu'à la fin du XIXe siècle, des scientifiques soutiennent la théorie de la « génération spontanée » selon laquelle des êtres vivants peuvent apparaître à partir d'éléments non vivants.

Expérience de John Needham (1748)

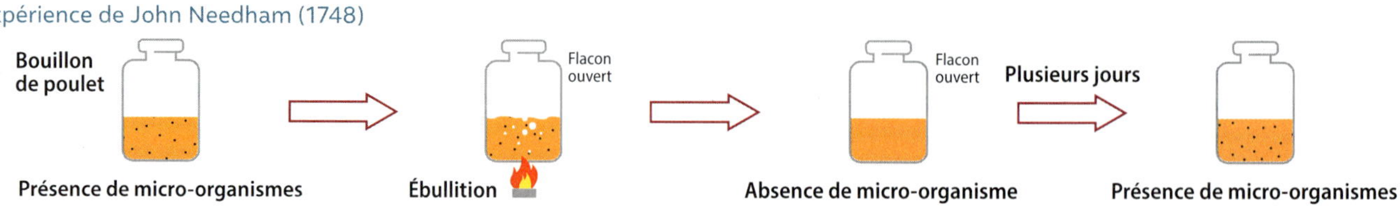


Expérience de Lazzaro Spallanzani (1765)

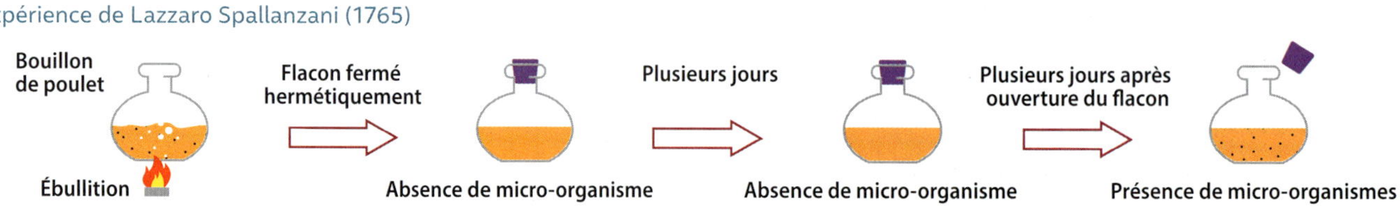

## 3 Observation d'une cellule végétale chlorophyllienne (microscope électronique à transmission, fausses couleurs)

L'invention du microscope électronique dans les années 1930 permet d'accéder à l'observation de plus en plus précise des structures intra-cellulaires.

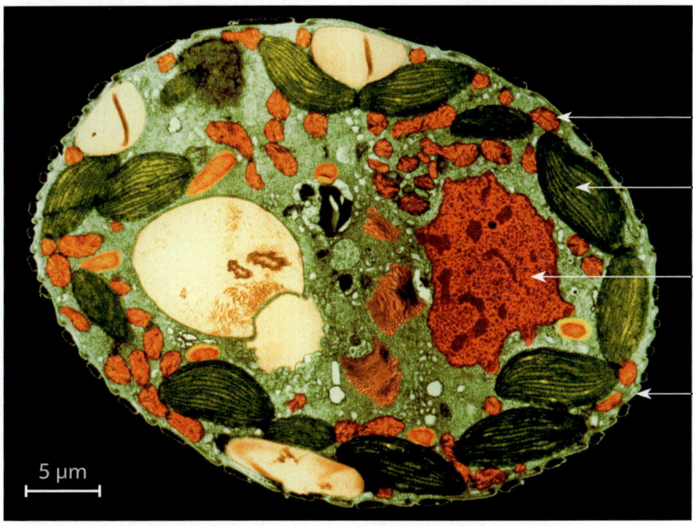


**MÉMO SCIENCES**

Une **théorie scientifique**, comme tout savoir scientifique, se construit collectivement, avec un ensemble cohérent d'arguments construits par l'accumulation d'observations ou de faits expérimentaux. Cette construction nécessite du temps et est soumise aux controverses. Ainsi, une théorie scientifique évolue au gré de la prise en compte de faits nouveaux, souvent en lien avec les progrès techniques. Même quand son degré de cohérence est très haut, elle doit rester réfutable.

## 4 Observation d'un chloroplaste (microscope électronique à balayage, fausses couleurs)

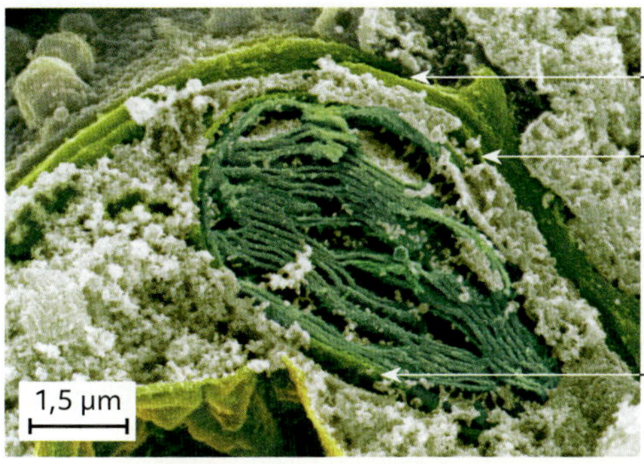


hachette-clic.fr/24es1059 Pour observer des tissus végétaux au microscope optique : protocoles.

## 5 Structure d'une molécule d'hexabenzocoronene (microscope à force atomique) et modèle moléculaire

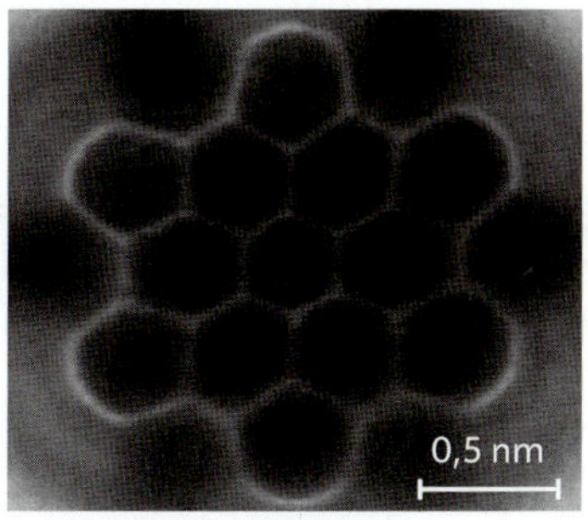


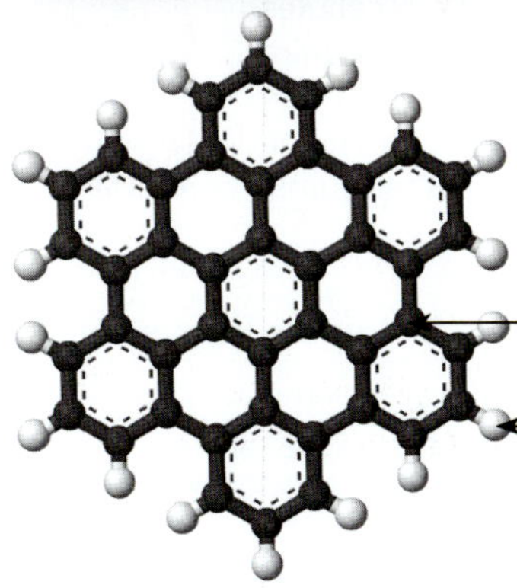


**VOCABULAIRE**

**Organite :** structure intracellulaire délimitée par une membrane et dotée d'une fonction spécifique (noyau, chloroplaste, etc.).

**Molécule :** ensemble organisé d'atomes.

## Consignes

### La théorie cellulaire (niveau *)

**1. Visionner** la vidéo sur la théorie cellulaire et **montrer** que celle-ci a toutes les caractéristiques d'une théorie scientifique (docs 1 et 2, encadrés et vidéo).

**2. Présenter** divers acteurs de la construction de la théorie cellulaire et **préciser** pour chacun d'eux s'il a contribué à cette théorie par une conviction, une observation ou une avancée technique (docs 1 et 2, vidéo).

### La taille des structures cellulaires (niveau **)

**3. Repérer** sur les images fournies l'échelle de la cellule, de l'organite, de la molécule. **Identifier** un (des) élément(s) représenté(s) plusieurs fois à des échelles différentes (docs 3, 4 et 5).

**4. Calculer** l'ordre de grandeur de la taille d'une cellule végétale, d'un organite et d'une molécule (docs 3, 4 et 5).

# Activité 2 La cellule en interaction avec son environnement

La membrane plasmique définit les contours de la cellule et permet également à la cellule d'interagir avec son environnement de manière contrôlée. Les cellules doivent pouvoir prélever de façon sélective les substances utiles à leur fonctionnement, et rejeter les déchets. Mais certaines substances toxiques peuvent aussi pénétrer les cellules.

**Comment la membrane plasmique assure-t-elle une interaction contrôlée entre la cellule et son environnement ?**

**SAVOIR-FAIRE**

- Mettre en évidence des échanges au travers de la membrane plasmique.
- Relier la présence de molécules exogènes avec le bon fonctionnement cellulaire, mais également avec des dysfonctionnements.

## 1 Membranes plasmiques de deux cellules adjacentes (microscopie électronique à transmission, fausses couleurs) et schéma d'interprétation d'une membrane

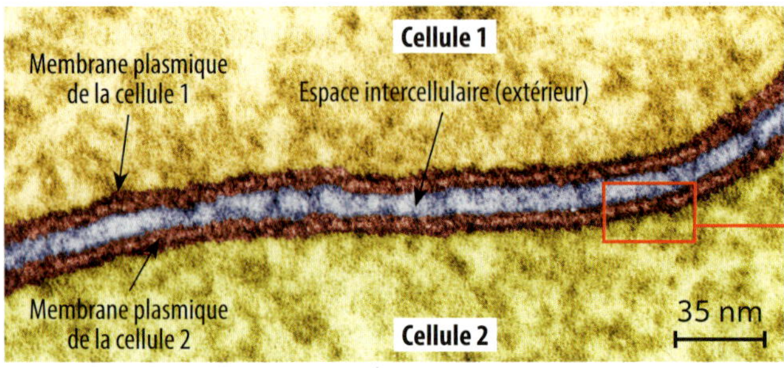


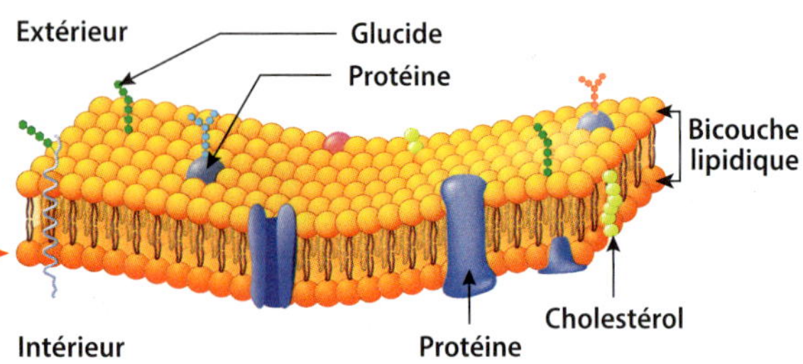


## 2 Capillaire sanguin irriguant le foie (microscopie électronique à balayage colorisée) et schématisation des échanges réalisés entre la cellule et le sang lors de la respiration cellulaire

Une cellule musculaire se contracte, un neurone conduit des messages nerveux, une cellule intestinale produit des sucs digestifs… L'activité de ces cellules consomme de l'énergie. La respiration cellulaire est un métabolisme permettant aux cellules équipées de mitochondries de produire leur énergie. Ce métabolisme met en jeu des échanges indispensables entre les cellules et les capillaires sanguins.

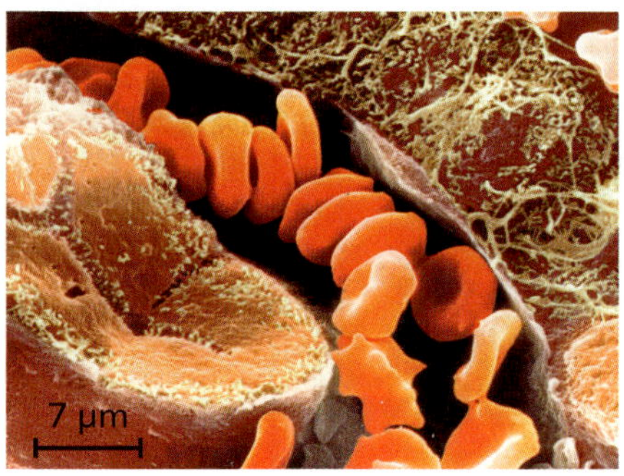


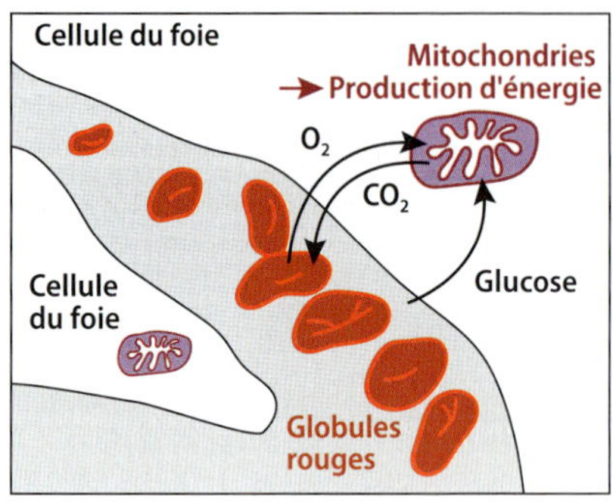


## 3 La perméabilité sélective de la membrane

**Diffusion simple**

Seuls les gaz et les molécules solubles dans les lipides traversent librement la membrane, ainsi que l'eau, dans une moindre mesure.

**Diffusion facilitée**

Les espèces chargées (ions) et d'autres molécules ne sont pas liposolubles et ne peuvent donc pas traverser la membrane sans l'aide de protéines membranaires particulières :
– les transporteurs
– les canaux ioniques

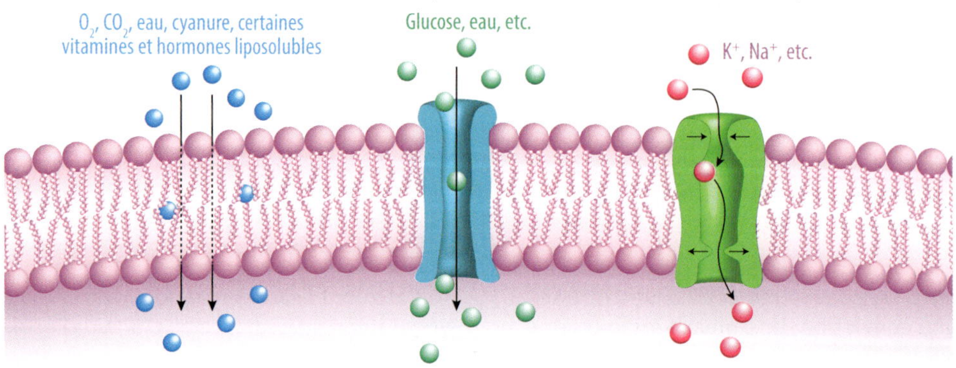

## 4 Le cyanure, un toxique cellulaire

Dans les films et les romans de James Bond, les agents 00 ont reçu des capsules de cyanure à utiliser afin de se suicider en cas de capture par l'ennemi. James Bond est décrit comme ayant délibérément jeté la sienne. Le cyanure est un poison dont l'effet s'explique par sa toxicité cellulaire.
Dans une expérience (voir résultats ci-contre), on mesure l'effet du cyanure sur la consommation de dioxygène par une cellule effectuant la respiration cellulaire. Les deux étoiles (**) indiquent une différence significative par rapport à la consommation normale de dioxygène.

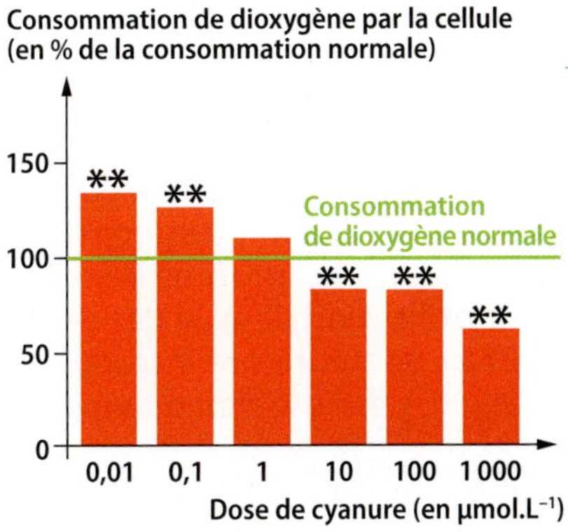


Source : PNAS 118 : 20 (2021)

## 5 Caractéristiques chimiques du cyanure

**Quelques éléments d'histoire**

Le cyanure a été synthétisé pour la première fois en 1782 par le chimiste suédois Scheele, dont la mort pourrait avoir été provoquée par une exposition au cyanure. Il est utilisé depuis des siècles comme poison, par exemple pendant les deux Guerres mondiales. Le cyanure sous forme de gaz était auparavant utilisé pour lutter contre les parasites, ce qui entraînait parfois des morts accidentelles. Aujourd'hui, le cyanure est encore utilisé dans l'extraction de l'or et de l'argent et dans des réactions de synthèse organique.

**Effets**

Vertiges, maux de tête, pertes de connaissance — Nausées et vomissements — Respiration et rythme cardiaque accélérés

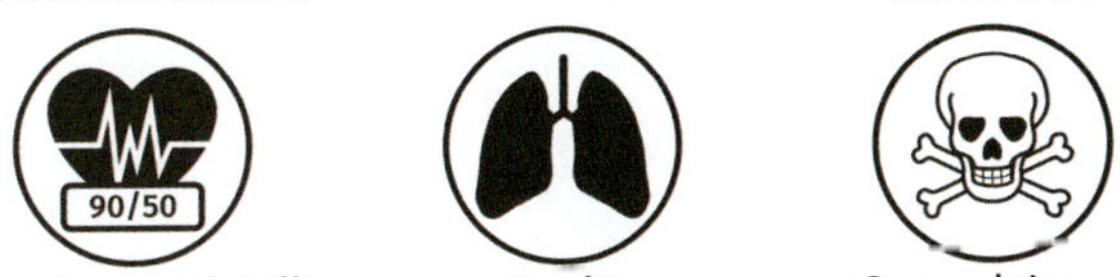


Pression artérielle diminuée — Arrêt respiratoire — Convulsions, décès

**Effet cellulaire.** Le cyanure bloque l'activité d'une enzyme : la cytochrome oxydase, qui est impliquée dans les réactions de la respiration cellulaire au sein des cellules.
**Caractéristiques.** Le cyanure a un goût amer. Seuls 40 % des individus peuvent sentir son goût, du fait de la variabilité génétique individuelle. Beaucoup de graines et de noyaux de fruits contiennent de faibles proportions de cyanure.

**Formes de cyanure et formules chimiques simplifiées**

| | |
|---|---|
| HCN ou cyanure d'hydrogène | $H^+ - C^- \equiv N$ |
| KCN ou cyanure de potassium | $K^+ - C^- \equiv N$ |
| NaCN ou cyanure de sodium | $Na^+ - C^- \equiv N$ |

Inflammable — Toxicité aiguë — Corrosif — Danger pour l'environnement

**Dose létale moyenne = 3-8 mg par kg**

## Consignes

### Des échanges indispensables au fonctionnement cellulaire (niveau *)

1. **Estimer** l'épaisseur de la membrane plasmique (doc 1).
2. **Montrer** que la structure de la membrane plasmique permet à la cellule de réaliser des échanges avec le milieu extracellulaire essentiels à son fonctionnement (docs 1, 2 et 3).

### Comprendre le mode d'action d'un toxique cellulaire (niveau **)

3. **Expliquer** comment le cyanure va rapidement altérer le fonctionnement cellulaire entraînant la mort en cas de dose létale (docs 3, 4 et 5).

Science et santé

# Activité 3 Les virus : une limite à la théorie cellulaire ?

Observés tardivement avec l'apport de la microscopie électronique, les virus véhiculent une image négative du fait des maladies qu'ils provoquent. Cependant, les progrès dans le domaine de la médecine permettent aujourd'hui leur utilisation dans le cas de thérapies géniques par exemple : un virus modifié sert de vecteur pour introduire du matériel génétique non défectueux. La place des virus dans le monde vivant reste aujourd'hui fréquemment discutée.

**SAVOIR-FAIRE**

- Discuter du statut des virus : vivants ou non vivants.

## Qu'est-ce qu'un virus et dans quelle mesure peut-il être considéré comme vivant ?

### 1 Différents critères de définition du vivant

« Entité capable d'échanger matière et énergie avec son milieu et de se reproduire de façon autonome. »
Les auteurs (2024)

« Est vivant ce qui peut se perpétuer, mais aussi mourir »
Jean-Nicolas Beisel (2023)

« Un système autonome avec capacité d'évolution. »
Rui-Mirazo *et al* (2004)

« Est vivant ce qui subit la sélection naturelle. »
Guillaume Lecointre (2021)

**MÉMO SCIENCES**

La **théorie cellulaire** dans sa forme actuelle repose sur trois principes fondamentaux :
- tout organisme vivant est constitué d'une ou plusieurs cellules ;
- la cellule est l'unité de base de la vie ;
- toute cellule provient d'une autre cellule par division cellulaire.

La cellule est donc l'unité de structure, de fonction et de reproduction du monde vivant.

### 2 La structure d'un virus : coronavirus SARS-CoV-2 (microscope électronique à transmission) et schéma d'interprétation

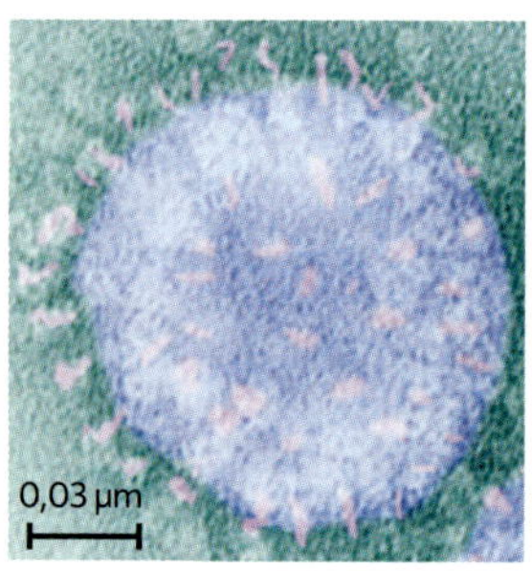


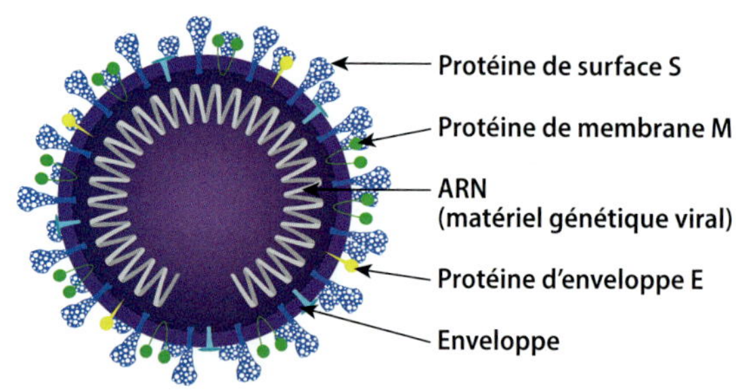


hachette-clic.fr/24es1062 Vidéo : « Qu'est-ce qu'un virus ? »

### 3 Cycle de développement d'un virus

❶ Le virus s'attache à la membrane de la cellule et libère son matériel génétique.

❷ Le virus prend le contrôle de la machinerie cellulaire.

❸ La machinerie cellulaire est utilisée pour fabriquer des copies du matériel génétique viral, ainsi que les molécules constitutives du virus.

❹ Les particules virales formées sont libérées, parfois en détruisant la cellule.

## 4 Action du savon sur le virus SARS-CoV-2

Les molécules de savon sont composées d'une partie hydrophobe ou lipophile (attirée par les molécules de lipides) et d'une partie lipophobe ou hydrophile (attirée par les molécules d'eau).

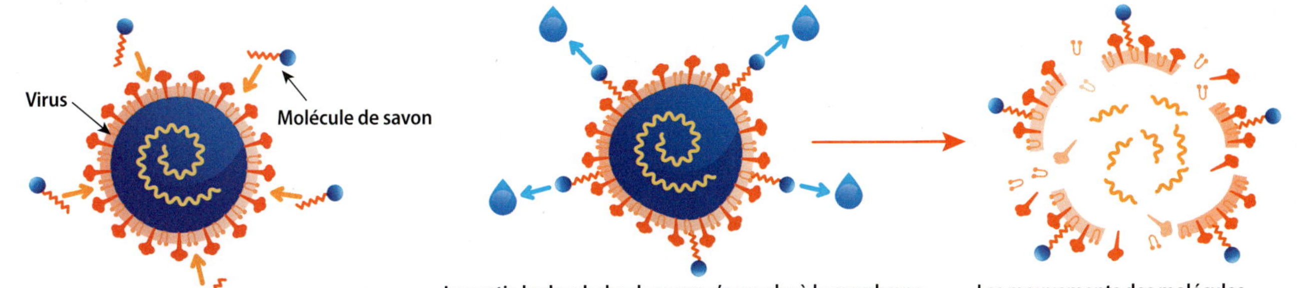


La partie hydrophobe du savon s'accroche à la membrane plasmique du virus composée de lipides et la partie hydrophile du savon s'accroche aux molécules d'eau (quand on se lave les mains).

Les mouvements des molécules d'eau « tirent » sur la membrane du virus et la détruisent : le virus meurt.

## 5 Résultats de mises en culture du virus SARS-CoV-2 dans différentes conditions

Des virus SARS-CoV-2 ont été mis en culture seuls dans une boîte de Pétri en l'absence de cellule (culture 1), en présence de cellules rénales humaines peu sensibles à l'infection au Covid 19 (culture 2) et en présence de cellules pulmonaires humaines très sensibles à l'infection au Covid 19 (culture 3). Un dénombrement du nombre de virus a été réalisé 24, 48 et 72 h après l'infection des cellules.

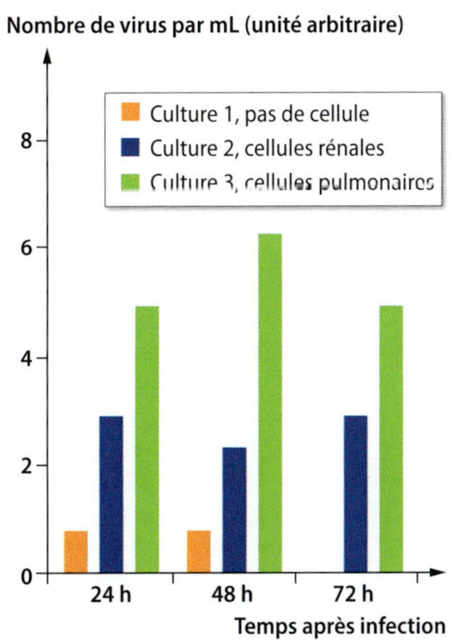


Source : Jureka et al, *Viruses* 12, 622 (2020)

## 6 L'évolution virale : arbre phylogénétique présentant certains variants du SARS-CoV-2

Tous les virus, y compris le SARS-CoV-2, évoluent au fil du temps, par l'apparition au hasard de mutations dans leur matériel génétique : cela engendre l'émergence de nouveaux variants. La plupart de ces mutations passe inaperçue et ne modifie en rien les effets du virus. Certaines mutations peuvent être désavantageuses pour le virus (par exemple, en le rendant moins contagieux). D'autres lui sont favorables, par exemple en conférant une augmentation de sa transmissibilité ou une capacité à échapper à la réponse immunitaire de l'hôte. Ces mutations favorables ont plus de chance d'êtres conservées et transmises aux générations virales suivantes. Les virus s'inscrivent donc dans la théorie de l'évolution.

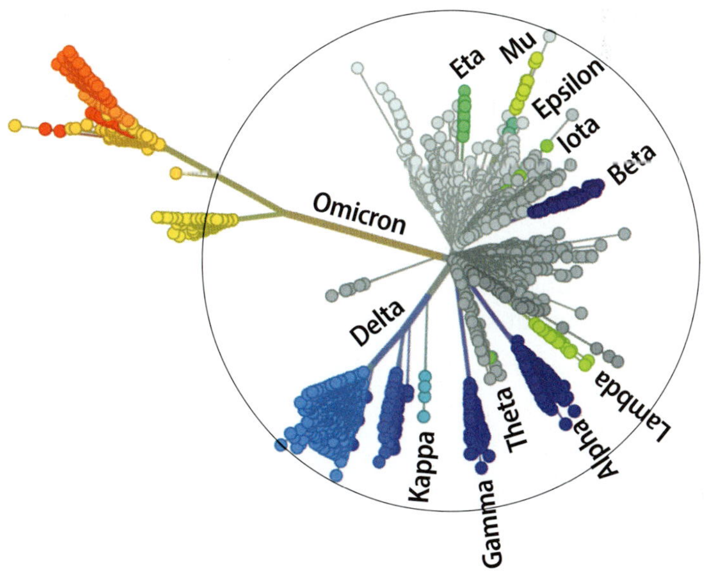


Source : Konstantin Fuss et al, *COVID* 3 (2023)

## Consignes

### Énoncé compact

**Justifier** que les virus sont actuellement classés à la limite du vivant.

### Énoncé détaillé

**Aller** à la page 248.

# Le cours

## 1 La théorie cellulaire : histoire de la construction d'un savoir scientifique

La théorie cellulaire énonce que la cellule est l'unité de structure, de fonction et de reproduction du monde vivant. Son histoire montre que la construction d'un savoir scientifique nécessite du temps. Il a fallu plusieurs siècles, les réflexions, discussions et travaux de nombreux savants, pour que cette théorie soit élaborée et s'impose comme un consensus scientifique. L'invention du microscope au XVII$^{e}$ siècle a permis de grandes avancées dans l'élaboration de la théorie, et démontre l'importance des progrès techniques dans la construction d'un savoir. Comme tout savoir scientifique, cette théorie pourrait encore évoluer.

Échelles du vivant et modes d'observation associés

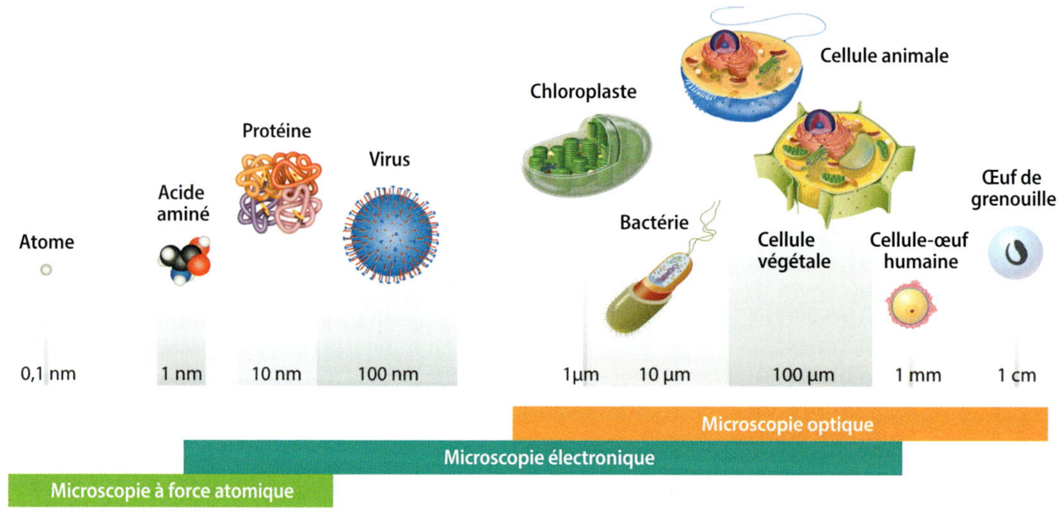


## 2 La cellule en interaction avec son environnement

La cellule est entourée d'une membrane plasmique qui délimite l'espace intracellulaire dans lequel se produisent diverses réactions chimiques. Cette membrane permet des échanges contrôlés entre la cellule et son environnement : absorption de nutriments, élimination de déchets par exemple.

## 3 Les virus, une limite à la théorie cellulaire ?

Les virus sont des structures infectieuses constituées d'une coque protéique renfermant du matériel génétique et parfois enveloppées dans un fragment de membrane plasmique provenant de la cellule hôte. Incapables de se multiplier seuls, ils infectent une cellule et détournent son activité : elle produit alors de nouveaux virus. Un virus isolé ne réalise aucun échange de matière avec son milieu et ne présente aucun métabolisme énergétique. Pour ces raisons, les virus n'entrent pas dans le cadre de la théorie cellulaire. Cependant, ils sont capables d'évoluer : leur matériel génétique subit des mutations qui, si elles sont favorables, peuvent se maintenir dans les générations successives et sont à l'origine de nouveaux variants. Les virus entrent donc dans le cadre de la théorie de l'évolution et constituent une forme de vie.

# Carte Mentale

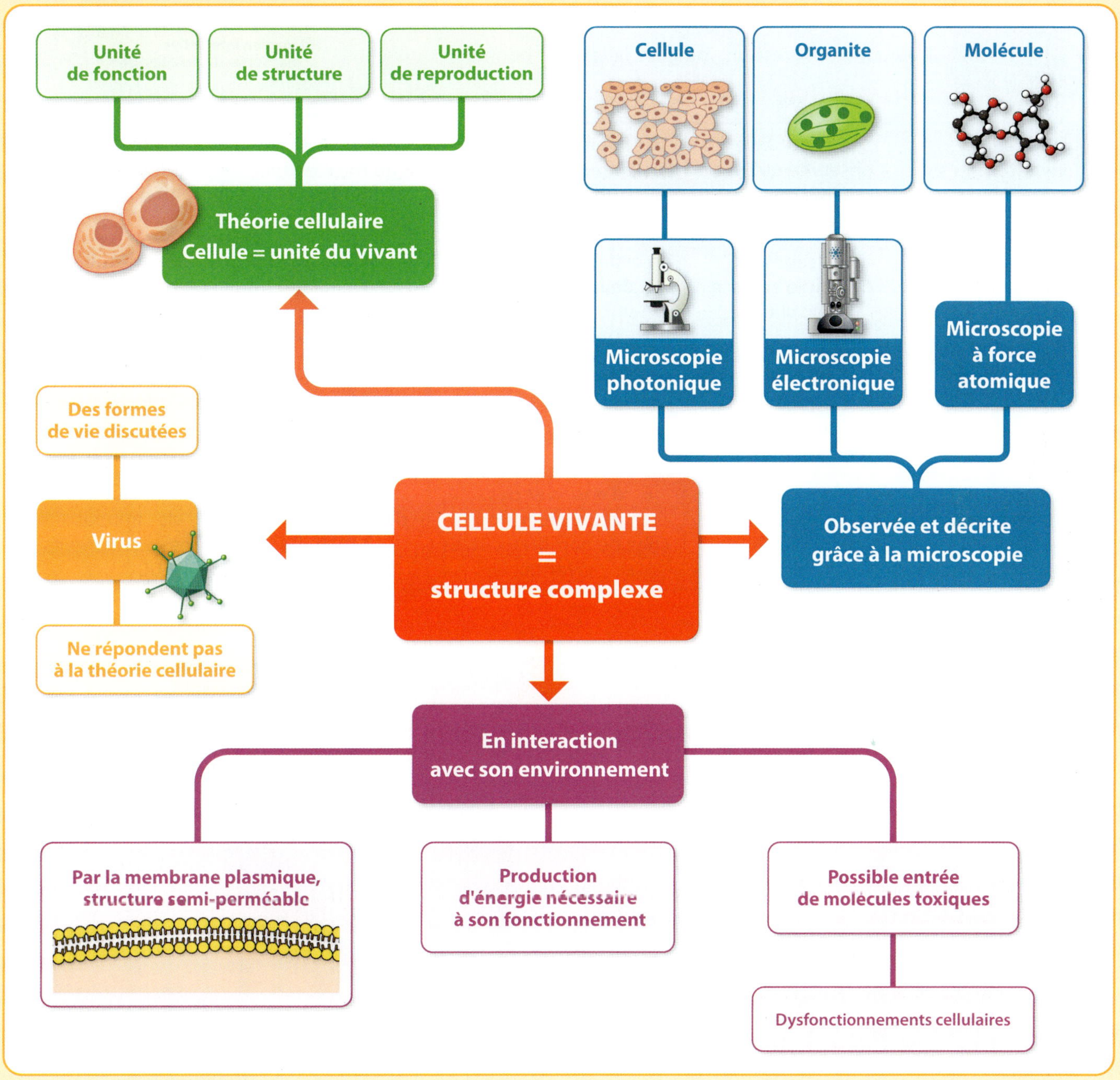


## FLASH CARDS MOTS-CLÉS

● Mémorisez les mots-clés du chapitre grâce aux cartes mémo !

hachette-clic.fr/24es1065

théorie cellulaire

cellule

espace intracellulaire

échanges au niveau cellulaire

virus

infection

mutation

membrane plasmique

variant

# Exercices Tester ses connaissances

## QCM

CORRIGÉ p. 246

Pour chaque question, indiquer la (ou les) bonne(s) réponse(s).

Version interactive hachette-clic.fr/24es1066

| | a | b | c | d |
|---|---|---|---|---|
| **1 Une cellule vivante :** | ne peut être observée qu'avec un microscope électronique. | est l'unité de structure des animaux et végétaux uniquement. | est observable au microscope optique. | est toujours bordée par une paroi. |
| **2 Un organite est :** | un fragment de cellule comme le cytoplasme. | un espace intracellulaire délimité par une membrane qui assure une fonction. | un espace extracellulaire qui donne sa fonction à la cellule. | un ensemble de cellules formant un être vivant. |
| **3 Un virus est :** | une cellule de quelques centaines de nanomètres. | une forme de vie très simple qui se reproduit seule. | un parasite qui n'infeste que les cellules animales. | un sujet de controverse quant à son statut d'être vivant. |
| **4 L'invention du microscope optique a permis :** | de formuler pour la première fois la théorie cellulaire. | d'observer des structures identiques chez de nombreux êtres vivants. | d'accéder à des observations à l'échelle moléculaire. | d'obtenir des images grossies au moins 1 000 fois. |

## 5 Phrases à construire

**Écrire une phrase en utilisant les termes suivants.**

a. membrane - échanges - fonctionnement – molécules
b. théorie cellulaire - unité - reproduction
c. microscopes – échelles – perfectionnement
d. plusieurs siècles – chercheurs – cellule – travaux

## 6 Affirmations

CORRIGÉ p. 246

**Corriger les affirmations suivantes.**

a. La théorie cellulaire indique que tout être vivant est composé de nombreuses cellules.
b. L'invention du microscope électronique a permis d'accéder à l'observation de structures à l'échelle cellulaire.
c. La théorie cellulaire s'appuie sur des connaissances robustes et irréfutables.
d. La membrane plasmique est une barrière imperméable à toutes les molécules toxiques.
e. Un virus isolé peut se reproduire seul et présente un intense métabolisme énergétique.

## 7 Ordres de grandeur et tailles

Globule blanc de cochon d'Inde (microscope électronique à transmission)

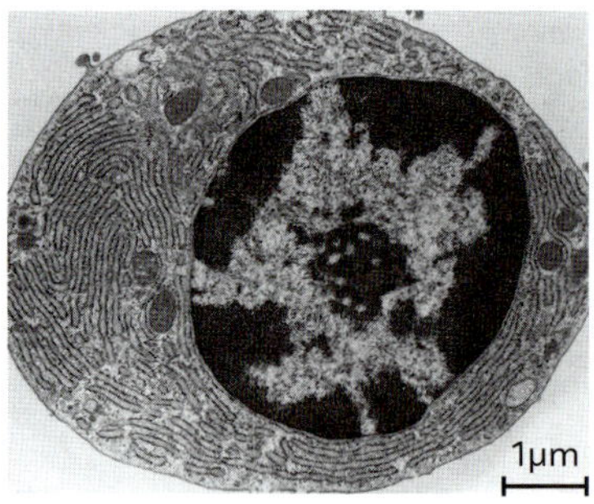


Détail de membrane plasmique (microscope électronique, image recolorisée)

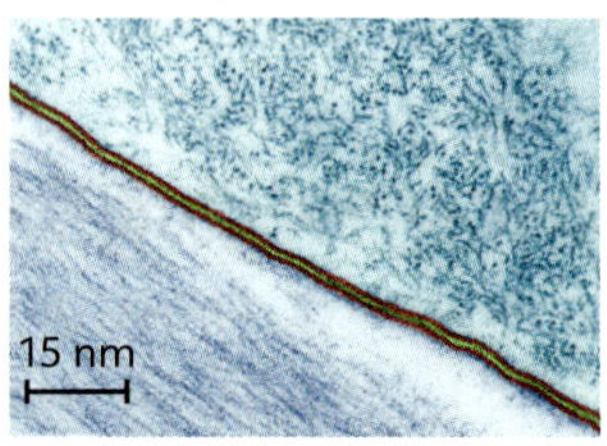


Chloroplaste dans une cellule végétale chlorophyllienne (microscope électronique, image recolorisée)

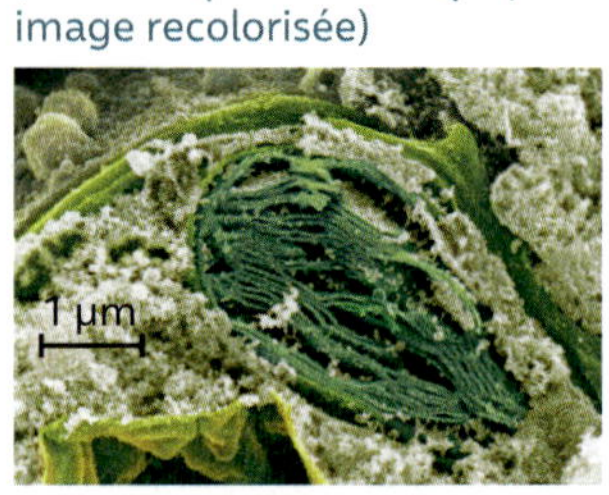


a. **Calculer** la taille réelle de chaque structure.
b. **Classer** ces images par ordre croissant de taille.
c. **Identifier** l'échelle du vivant représentée sur chaque image (cellule, organite, molécule, etc.).

# Exercice résolu

## 8 La découverte d'un nouveau type d'agent pathogène : le virus

Le premier virus, découvert à la fin du XIXe siècle, est le virus de la mosaïque du tabac. Il infecte de nombreuses espèces de plantes et provoque en particulier une décoloration des feuilles sous forme de mosaïques ou de marbrures. Les biologistes Dimitri Ivanovski en 1892 et Martinus Beijerinck en 1898 ont contribué à sa découverte

### 1 L'expérience d'Ivanovski (1892)

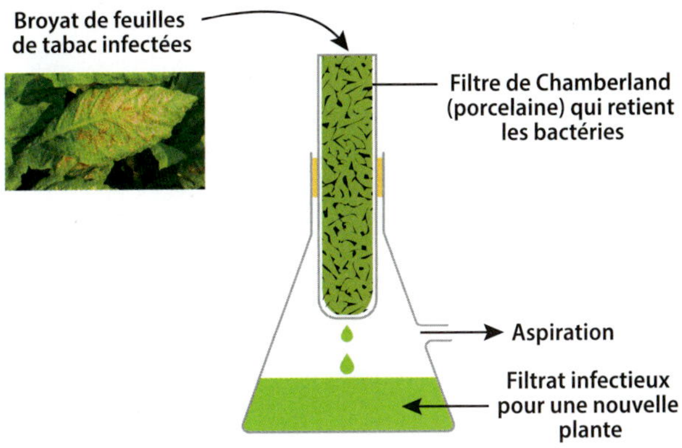


### 2 Les expériences de Beijerinck (1898)

Partant du principe que l'activité d'une toxine bactérienne diminue lors de dilutions successives, Beijerinck reproduit et complète l'expérience d'Ivanovski.

### 3 Virus de la mosaïque du tabac au microscope électronique à transmission (fausses couleurs)

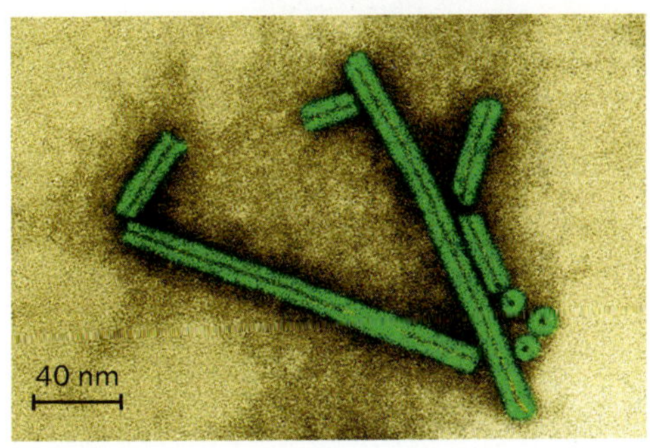


1. **Expliquer** pourquoi, à la suite de ses expériences, Ivanovski pose l'hypothèse de l'existence d'une toxine bactérienne (substance toxique) et non pas d'une bactérie.
2. **Expliquer** pourquoi l'expérience de Beijerinck permet de dire que le responsable de la maladie de la mosaïque du tabac n'est pas une toxine bactérienne, mais bien un nouveau type d'agent pathogène.
3. Après avoir calculé la longueur et l'épaisseur du virus de la mosaïque du tabac, **justifier** que la structure des virus n'ait été élucidée que bien plus tard, en 1931, avec l'invention du microscope électronique.

## Conseils

**Chercher** une information dans le document 1 permettant d'exclure les bactéries comme cause de la maladie.

**Repérer** dans le descriptif de l'expérience de Beijerinck qu'il fait deux dilutions successives en excluant les bactéries. **Relier** à l'information présente dans le texte du document.

**Relier** les dimensions calculées aux informations du document sur les échelles du vivant et mode d'observation associé (voir p. 64).

## Solution

1. Le filtre de Chamberland empêche les bactéries de passer dans le filtrat : la maladie n'est donc pas une infection bactérienne. Comme le filtrat restait infectieux, Ivanoski supposa qu'il contenait une toxine.

2. Entre chaque filtration, Beijerinck vérifie l'absence de bactérie. Si la maladie était due à une toxine bactérienne, sa concentration aurait dû diminuer après chaque dilution. Or, le filtrat conserve son pouvoir infectieux, jusqu'à la dernière étape. Son contenu pathogène ne se dilue pas. La maladie doit donc être provoquée par autre chose qu'une bactérie ou une toxine bactérienne.

3. Le virus fait environ 300 nm de long et 20 nm de large d'après l'échelle fournie. La largeur est trop petite pour être observée avec les microscopes photoniques de l'époque. Ce nouveau pathogène échappait à toute observation directe en 1898.

# Exercices Développer ses compétences

## 9 Unité et diversité des êtres vivants

À l'oral !

Ovocyte de poule (œil nu)

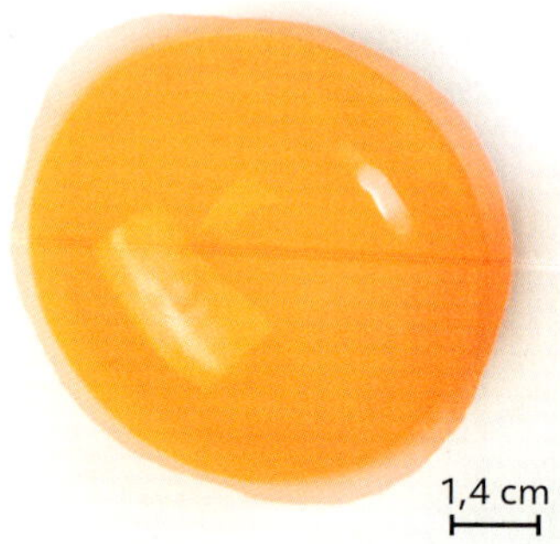


Blob (œil nu)

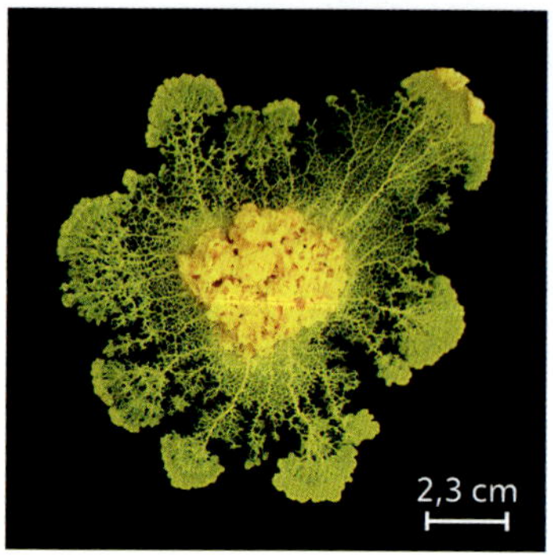


Tissu de foie humain (microscope optique)

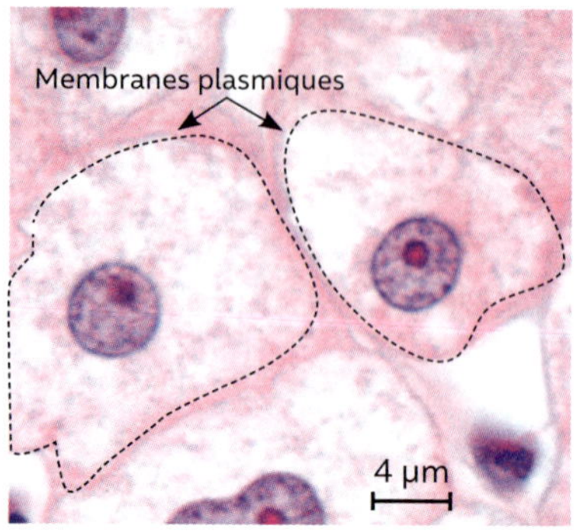


Spores de champignon (microscope optique)

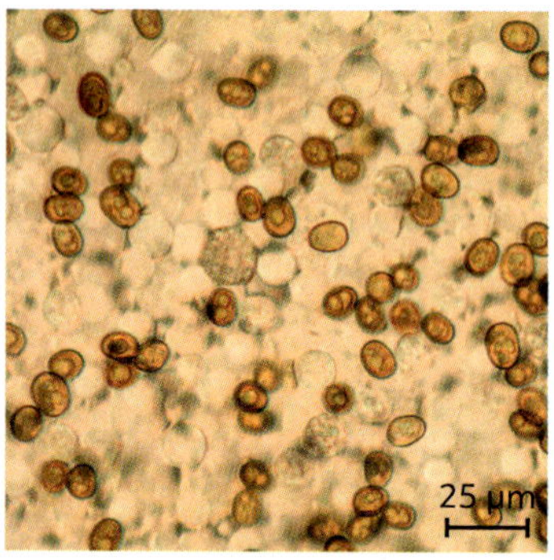


Bactérie (microscope électronique à transmission, fausses couleurs)

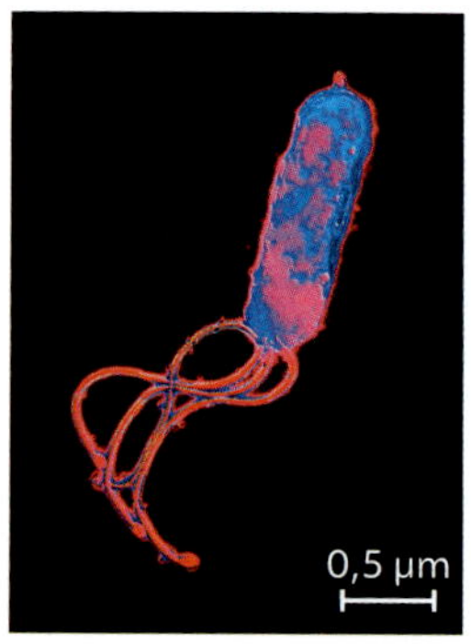


Virus bactériophages attaquant une bactérie (microscope électronique à transmission, fausses couleurs)

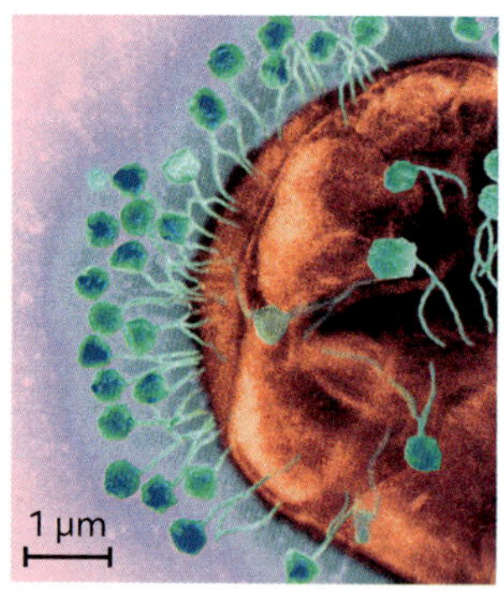


1. **Calculer** la taille réelle de chaque forme de vie.
2. **Classer** ces formes de vie par ordre croissant de taille.
3. **Indiquer** quelle image ne représente pas une structure cellulaire.
4. **Exposer à l'oral** des arguments illustrant les notions suivantes : « unité des cellules » et « diversité des cellules ».

## 10 Différents microscopes, différents fonctionnements

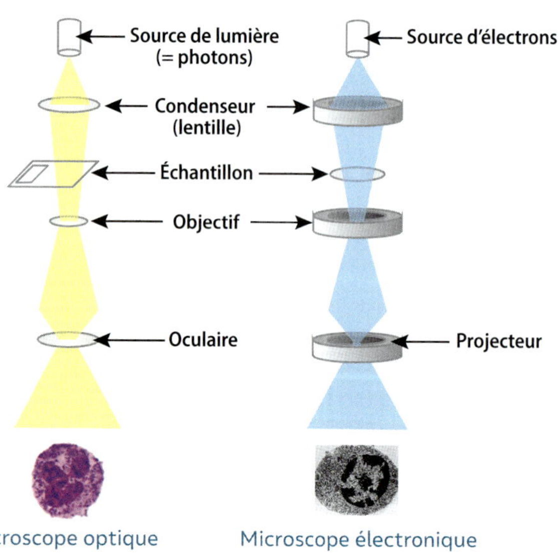


Source : d'après histologyguide.com

Observation d'un globule blanc (cellule immunitaire)

au microscope optique

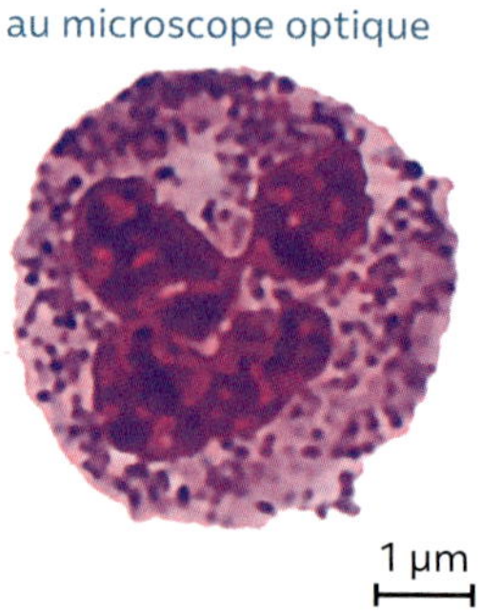


au microscope électronique

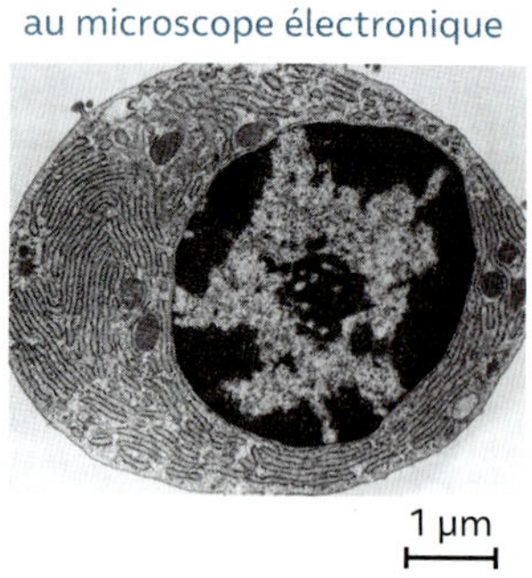


1. Le microscope optique est aussi appelé « microscope photonique ». **Justifier** ces deux appellations.
2. **Comparer** le fonctionnement des microscopes optique et électronique : points communs et différences.

## 11 Histoire de la construction du modèle de la membrane plasmique

La construction des connaissances autour de la structure de la membrane plasmique a été progressive, et a mis en jeu les travaux de plusieurs chercheurs. (Source : eduscol.education.fr)

### Travaux d'Overton (1885-1910)

En travaillant sur des cellules végétales, il découvre que les substances liposolubles passent rapidement à travers la membrane plasmique et en déduit que les membranes sont composées de lipides.

### Travaux de Gorter et Grendel (1925)

Ils remarquent que la surface calculée d'un globule rouge est égale à la moitié de la superficie de la monocouche de lipides provenant de ce globule rouge et en concluent que la membrane est une double couche de lipides.

### Travaux de Danielli et Davson (1935)

Ils constatent que la surface d'une membrane artificielle composée uniquement d'une bicouche de lipides absorbe moins l'eau que la surface d'une véritable membrane biologique. Cela peut s'expliquer si les deux faces de la membrane sont couvertes de protéines, qui absorbent généralement mieux l'eau.

### Travaux de Singer et Nicholson (1972) : modèle de la mosaïque fluide

Ils proposent un modèle de membrane dans lequel les protéines sont insérées plus ou moins profondément dans la bicouche lipidique. La membrane plasmique est une bicouche lipidique fluide dans laquelle flottent des protéines. Ce modèle prévaut encore actuellement.

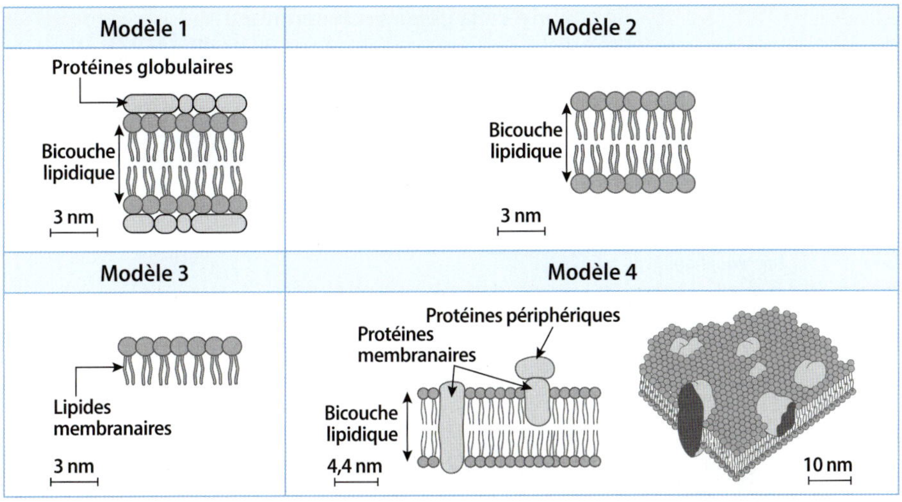


**Associer** chaque modèle de membrane plasmique aux travaux qui ont permis son élaboration.

## 12 Des bactéries pour traiter nos eaux usées

En France, les stations d'épuration comprennent souvent une étape de traitement biologique. Les eaux usées sont brassées dans des bassins favorisant le développement de bactéries qui dégradent et absorbent la pollution. Ces bactéries composent une grande partie des « boues activées » (6,6 milliards de bactéries par mL). Elles se reproduisent par divisions successives et, dans des conditions favorables (25 °C et nourriture abondante), elles peuvent doubler leur nombre toutes les 20 minutes.

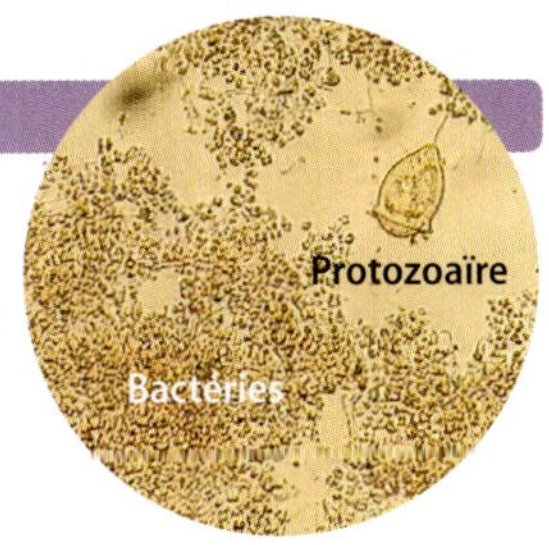


### 1 Réaction chimique simplifiée du traitement des eaux usées par les bactéries

Certaines réactions s'accompagnent de la libération de gaz : méthane inodore ou hydrogène sulfuré à l'odeur d'œuf pourri.

$$\text{Polluant biodégradable} + O_2$$
$$\downarrow$$
$$\text{Biomasse bactérienne} + CO_2 + H_2O$$

### 2 Fonctionnement d'une station d'épuration à traitement biologique

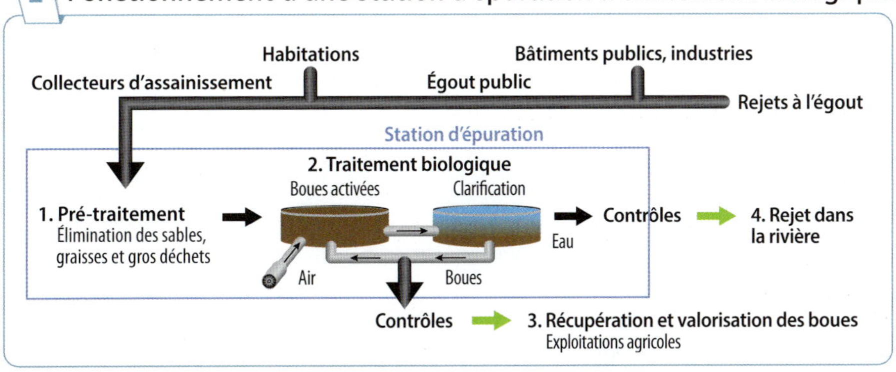


Source : sti-biotechnologies-pedagogie.web.ac-grenoble.fr

1. **Expliquer** l'origine des odeurs désagréables pouvant être senties à proximité des stations d'épuration.
2. **Justifier** la nécessité de brasser et d'injecter de l'air dans le bassin des boues activées.
3. **Justifier** l'intérêt de procéder régulièrement à des extractions de boues.
4. **Expliquer** pourquoi il est déconseillé d'éliminer de façon trop massive des produits désinfectants, tels que l'eau de javel, dans les eaux usées.

## 13 Pasteur et la génération spontanée

CORRIGÉ p. 248

Influencés par la pensée du philosophe grec Aristote, qui suppose l'apparition de mites dans les lainages ou de souris dans les tas de vieux chiffons, les spontanéistes imaginent que la vie peut apparaître spontanément. Au début du XIX^e siècle, d'autres scientifiques, comme Pasteur, pensent que les organismes vivants ne peuvent naître que d'autres organismes vivants. L'Académie des sciences propose une somme colossale pour lever cette controverse. Pasteur se lance dans l'aventure et réalise l'expérience présentée ci-contre.

Expérience pour tester l'hypothèse de la génération spontanée

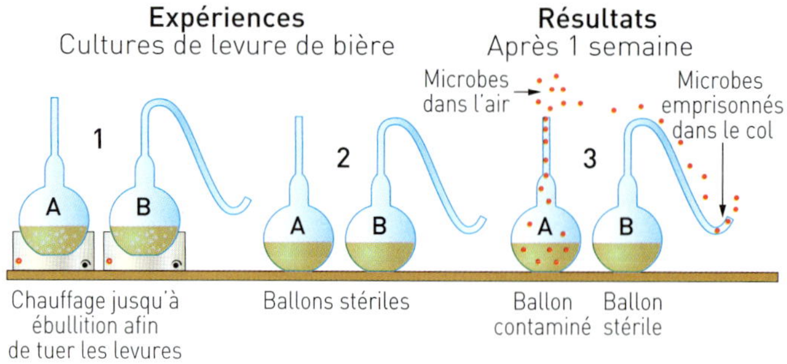


1. **Expliquer** en quoi cette expérience permet d'invalider la théorie de la génération spontanée.
2. **Préciser** quel principe de la théorie cellulaire est confirmé par cette expérience.

## 14 Soigner avec des virus

Les bactériophages sont des virus parasitant spécifiquement des bactéries. Ils ont été mis en évidence en 1917 par un biologiste français, Félix d'Hérelle, et ont permis, à partir de 1920, de traiter les infections bactériennes avant la découverte et la production de masse des antibiotiques. Il existe un très grand nombre de bactériophages qui ciblent chacun une espèce de bactérie, tout en étant incapable d'infecter les cellules humaines.

Source : Inserm

La phagothérapie

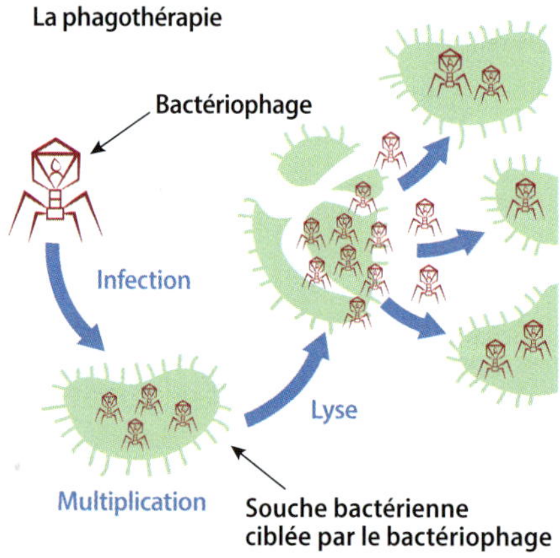


**Expliquer** l'intérêt d'utiliser des bactériophages comme traitement des infections bactériennes humaines.

## 15 Des bactéries pour dégrader le plastique

La dépendance aux plastiques de nos sociétés a abouti à la production de plus de 350 millions de tonnes de ces matériaux avec en tête le polyéthylène qui en représente 29,8 %. Les propriétés mécaniques et la durabilité de la matière plastique en sont la cause principale, mais expliquent également sa faible biodégradabilité. Malgré tout, ce plastique se dégrade, entraînant l'apparition de micro et nanoplastiques.

### 1 Structure des bactéries

Les bactéries se multiplient en se divisant en deux cellules filles.

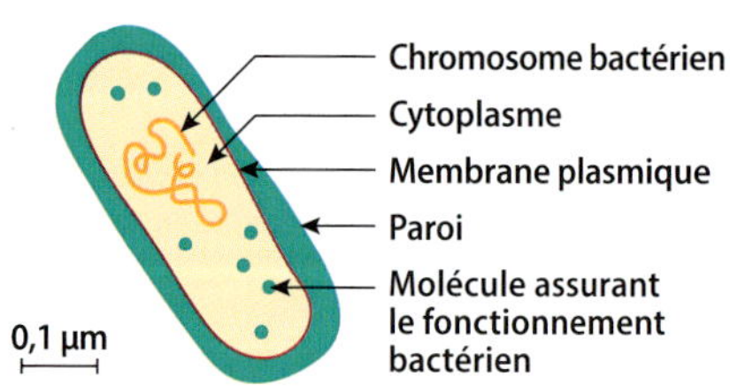


### 2 Concentrations en BHET et en TPA dans deux suspensions avec ou sans bactéries

Du BHET (Bis[2-HydroxyÉthyl] Téréphtalate), produit issu de la dégradation naturelle des polyéthylènes, a été mis en suspension dans deux erlenmeyers et des bactéries du genre *Alcanivorax* ont été ajoutées dans l'un d'eux. Les concentrations en BHET et en TPA (Éthylène glycol Téréphtalate, un produit issu de la dégradation du BHET) ont été mesurées dans les deux suspensions après plusieurs jours. Source : *Environ Microbiol* 22 (2020)

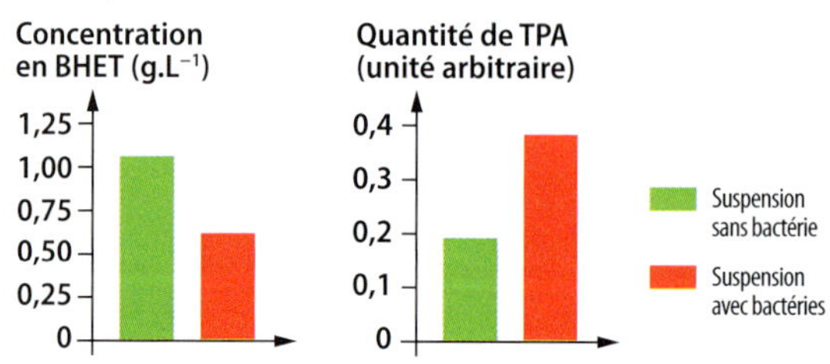


1. À partir du document 1, **montrer** que les bactéries sont des cellules et qu'elles répondent à la théorie cellulaire.
2. En vous aidant du document 2, **montrer** que les bactéries du genre *Alcanivorax* ont la capacité de dégrader le polyéthylène.

## 16 Les effets de l'alcool

La consommation d'alcool présente des risques. Ses effets sont désinhibants, euphorisants mais aussi négatifs sur le temps de réaction, l'équilibre... À plus long terme, des cancers, notamment du foie, peuvent survenir.
L'éthanol est la molécule principale des boissons alcoolisées. Après consommation, elle se retrouve dans le sang, puis au contact des cellules. Les protéines B0AT1 sont des protéines des membranes des cellules intestinales qui permettent l'absorption d'acides aminés lors de la digestion. Si ces protéines sont endommagées, elles sont normalement remplacées, sauf si la machinerie cellulaire est perturbée.

### 1 Effet de l'éthanol sur la membrane plasmique

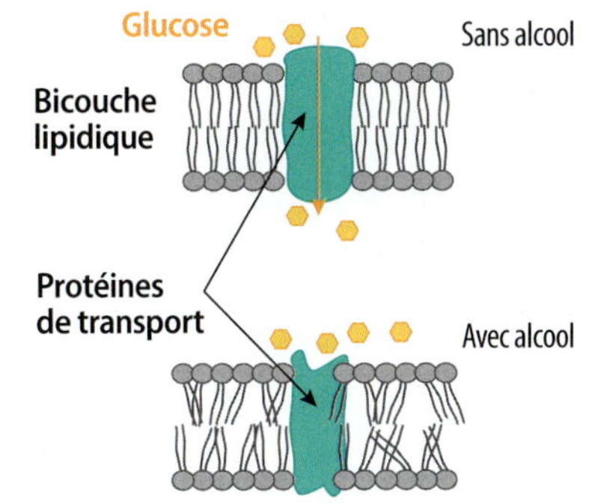


Source : *Cell Stress and Chaperones* 19 : 3 (2013)

### 2 Les effets cellulaires de l'éthanol

Dans cette expérience, on observe des cellules intestinales de rat soumises à des doses modérées d'éthanol, qu'on compare à des cellules témoin. Les protéines B0AT1 de leur membrane plasmique sont rendues fluorescentes et leur quantité est évaluée par l'intensité de la fluorescence (* : différence significative).

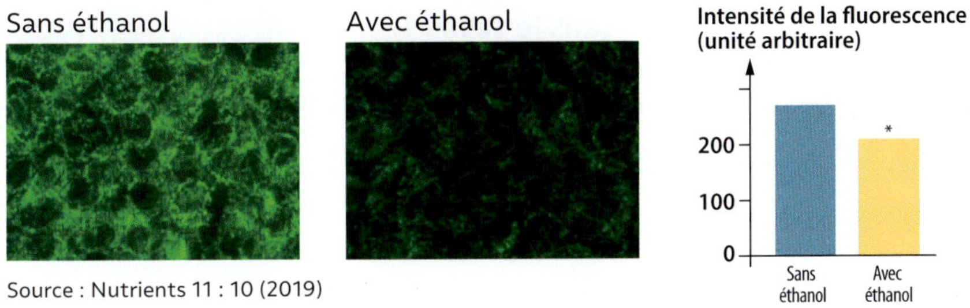


Source : Nutrients 11 : 10 (2019)

1. **Décrire** l'action de l'alcool sur la membrane plasmique et **expliquer** les conséquences possibles sur le fonctionnement des cellules.
2. **Expliquer** que les dommages causés par l'alcool peuvent toucher le fonctionnement interne de la cellule.

## 17 Le saturnisme : une pathologie qui découle d'une intoxication au plomb

Le plomb est un métal lourd qui peut se dissoudre dans l'eau et s'accumuler notamment dans les aliments. Une intoxication au plomb est à l'origine du saturnisme qui se manifeste par des anémies, des dysfonctionnements du système nerveux et même des cancers.

### 1 Le calcium dans la cellule

Le calcium est un élément-clé dans le fonctionnement cellulaire. Il régule par exemple la sécrétion de diverses molécules impliquées dans la transmission du message nerveux. Il contrôle également la croissance cellulaire ou la mort cellulaire programmée : des perturbations de ces phénomènes sont fréquemment impliquées dans les cancérisations. Une concentration trop importante de calcium dans le cytoplasme peut perturber le fonctionnement cellulaire.

### 2 Localisation du calcium par fluorescence dans des cellules en culture dans des milieux avec différentes concentrations en plomb

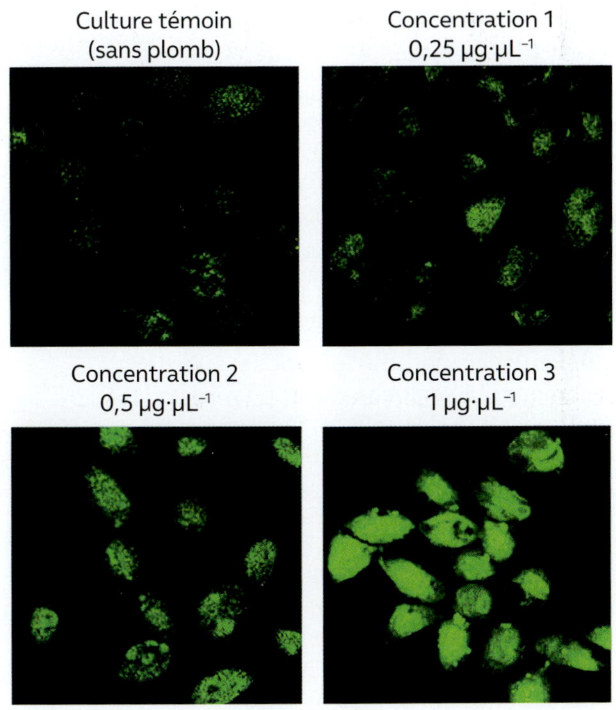


L'intensité de la fluorescence est proportionnelle à la quantité de calcium intracellulaire.
Source : *Toxicology* 333 (2015)

1. **Décrire** les conséquences cellulaires d'une exposition au plomb sur la concentration en calcium intracellulaire (doc 2).
2. **Proposer** une hypothèse reliant l'exposition au plomb et certaines des conséquences du saturnisme (doc 1).

Pour comprendre le monde

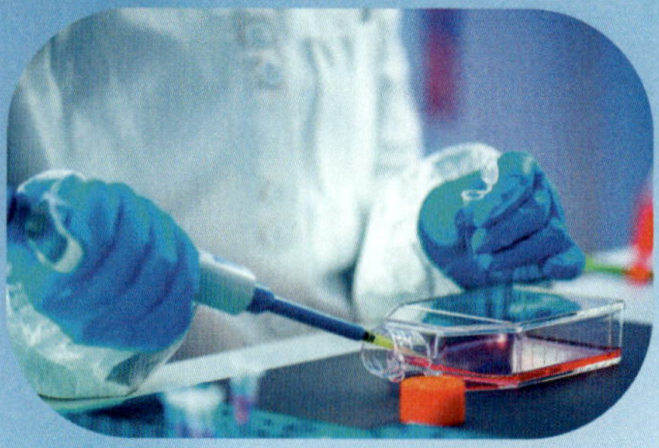

# De la culture cellulaire à l'organe miniature ?

**Il y a près de 4 000 ans, les Égyptiens utilisaient les levures pour produire du pain. Ce champignon unicellulaire fut le premier à être mis en culture… sans le savoir ! Si les cultures cellulaires de bactéries ou de levures sont aujourd'hui bien maîtrisées, il est beaucoup plus complexe de cultiver des cellules animales ou végétales.**

## De la culture à l'organisme végétal

Bananiers issus de culture *in vitro*, parfaitement identiques génétiquement au plant sur lequel ont été prélevées les cellules initiales. Après 18 semaines de culture en laboratoire, ils seront mis en terre dans une parcelle.

Les cellules végétales sont plutôt simples à mettre en culture, car une fois isolées de l'organisme d'origine, elles reviennent spontanément à un état presque embryonnaire. Elles se divisent et forment un amas de cellules non spécialisées, appelé cal, à partir duquel il est possible de reconstituer une plante complète en stimulant la formation de racines ou de tiges feuillées à l'aide de traitement hormonaux.
Le rendement est très bon : un laboratoire d'horticulture a produit 60 millions de plants d'œillets identiques en 6 mois, à partir d'un seul pied !

**Intérêts**
– Cloner et multiplier des plants dont on veut propager les qualités (exemple des bananiers de la variété Cavendish).
– Modifier génétiquement des cellules et reconstituer des plantes entières possédant ce nouveau génome.

**Inconvénients**
Tous génétiquement identiques, les plants succombent en masse s'ils sont sensibles à une maladie ou un parasite. Ce fut le cas pour les bananiers Cavendish de quasiment toute la planète entre 1967 et 2020.

## Comment mettre en culture des cellules animales ?

Une culture cellulaire repose sur des techniques biologiques visant à favoriser la multiplication des cellules *in vitro*, c'est-à-dire hors de leur organisme d'origine. Les cellules sont prélevées dans des tissus vivants et constituent une **culture mère**. Afin de favoriser leur multiplication, elles sont placées à une température optimale, en présence de dioxygène, dans un **milieu de culture** liquide stérile, riche en nutriments, vitamines, sels minéraux, et parfois aussi avec des facteurs de croissance qui stimulent leurs divisions. Lorsque le milieu est saturé en cellules, la culture est diluée et les milliers de cellules sont réparties dans de nouveaux flacons.

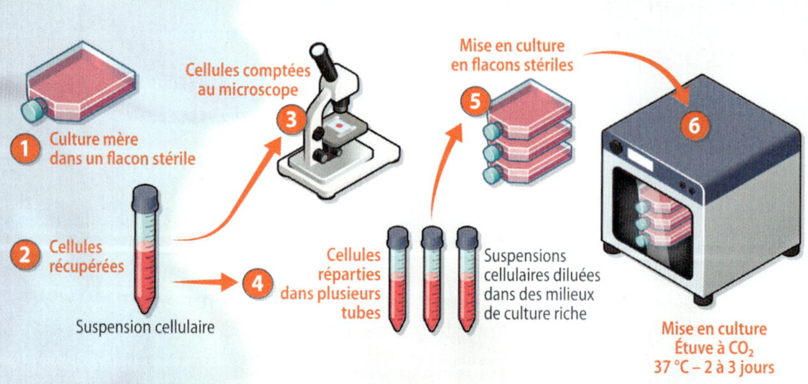


Exemple d'une culture de cellules de derme humain, les fibroblastes (source : 3RB, INRS, 2016)

## Les organoïdes, des organes miniatures et rudimentaires !

Faire des cultures de cellules animales est compliqué. Beaucoup de nos cellules sont trop différenciées pour se reproduire ou pour fonctionner *in vitro*. Pourtant, depuis 2009, on sait multiplier et guider certaines cellules pour constituer de mini-organes de quelques millimètres, les organoïdes, ressemblant à l'organe entier et reproduisant certaines de ses fonctions. En 2009, le premier organoïde a été un intestin, produit aux Pays-Bas. Depuis, ont été produits des organoïdes de rétine, foie, cœur, pancréas, rein, poumon, prostate, glandes mammaires et même cerveau…

Les cellules utilisées sont des cellules souches, capables de se multiplier et de se spécialiser en n'importe quel type cellulaire. Il en existe deux types : celles naturellement présentes dans certains organes (poumons ou intestin) et les cellules sanguines ou cutanées, reprogrammées génétiquement en cellules souches alors dites « induites ». Une fois multipliées, ces cellules se différencient pour donner l'organoïde souhaité sous l'effet de facteurs précis ajoutés dans leur milieu.

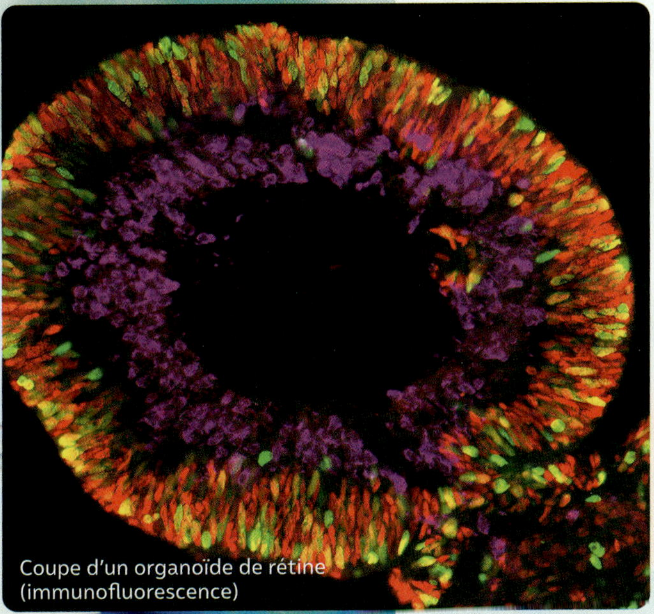
Coupe d'un organoïde de rétine (immunofluorescence)

Grâce à ces mini-modèles, on espère :
- mieux comprendre le développement des organes et des maladies qui les touchent ;
- tester et évaluer l'efficacité de nouveaux traitements, en réduisant le recours aux animaux ;
- adapter et tester plusieurs traitements pour une personne et une maladie particulière (comme un cancer).

Les organoïdes permettent également d'envisager des traitements par **thérapie cellulaire**, comme le traitement de certaines cécités causées par une dégénérescence des cellules de la rétine à cause d'une mutation génétique. L'équipe d'Olivier Goureau a modifié génétiquement des cellules souches de souris malades et a produit un organoïde de rétine non malade. En transplantant ces cellules « réparées » à des souris aveugles, elles ont en partie recouvré la vue. Des travaux sont en cours pour adapter la méthode aux humains.

Source : J. Bourdet, *le journal du CNRS*, 2022, et P. Mollier, INRAE, 2022

## Quels problèmes éthiques ?

Le comité éthique de l'Inserm travaille depuis 2018 sur des propositions de textes visant à encadrer le don de cellules souches, leur conservation, leur modification génétique.
Aujourd'hui, les organoïdes sont produits à partir de cellules de donneurs. Il est important que ces personnes soient informées de l'utilisation de leurs cellules, et qu'aucune commercialisation ou utilisation à des fins militaires ne soient possibles.
Se pose aussi le statut moral d'un organoïde. Est-il un objet créé par l'humain, comme les machines, ou doit-on créer un statut particulier ? Aujourd'hui, ces organoïdes ne sont que des outils de recherche de traitement et de compréhension de maladies. Il ne s'agit pas de science-fiction : un cérébroïde ne sera jamais un vrai cerveau !

Source : H. Chneiweiss, *Médecines-Sciences*, 2020

## EN BREF !!

Les techniques de cultures cellulaires végétales sont performantes et la plasticité des cellules végétales se prête bien aux manipulations et à la production de plants complets. Pour les cultures de cellules animales, c'est plus complexe. On est loin de « fabriquer » un être humain ! Éthique et difficultés techniques font de la culture de cellules animales un défi pour les scientifiques.

Le blé est la principale espèce cultivée en France. C'est une des trois céréales les plus cultivée au monde avec le maïs et le riz et c'est aussi la céréale la plus consommée par l'être humain.

THÈME 2

# Le Soleil, notre source d'énergie


4 Le rayonnement solaire ........ 76

5 Le bilan radiatif terrestre ........ 94

6 De l'énergie pour tous les êtres vivants grâce à la photosynthèse ........ 108

7 Une diversité de sources d'énergie utilisables par l'Humanité ........ 126

## Déjà VU Déjà SU ?

**Pour les questions 1 à 5, indiquer la ou les bonne(s) réponse(s).**

**1** **La vitesse de la lumière dans le vide a pour valeur :**
a. 300 000 $m \cdot s^{-1}$
b. 340 $m \cdot s^{-1}$
c. $3{,}0 \cdot 10^8$ $m \cdot s^{-1}$
d. 1 500 $m \cdot s^{-1}$

**2** **Lequel de ces trois spectres est celui de la lumière émise par un corps chaud et condensé ?**

a. Spectre 1 

b. Spectre 2 

c. Spectre 3 

**3** **La lumière du laser est une lumière :**
a. monochromatique, son spectre possède plusieurs raies.
b. polychromatique, son spectre possède plusieurs raies.
c. polychromatique, son spectre possède une seule raie.
d. monochromatique, son spectre possède une seule raie.

**4** **La plaque signalétique d'une lampe LED indique une puissance $P = 5{,}0$ W. L'énergie $E$ consommée par cette lampe pendant 2 h est :**
a. $E = 36$ kJ
b. $E = 10$ J
c. $E = 2{,}5$ J
d. $E = 694$ µJ

**5** **On considère une réaction nucléaire d'équation suivante :**

$${}^{235}_{Z}U + {}^{1}_{0}n \rightarrow {}^{95}_{39}Y + 2\,{}^{1}_{0}n + {}^{A}_{53}I$$

**Préciser les valeurs de A et Z :**
a. A = 139 et Z = 14
b. A = 92 et Z = 140
c. A = 140 et Z = 92
d. A = 139 et Z = 92

**6** **Compléter ce schéma en utilisant les mots : automne – été – printemps – hiver – solstice – équinoxe**

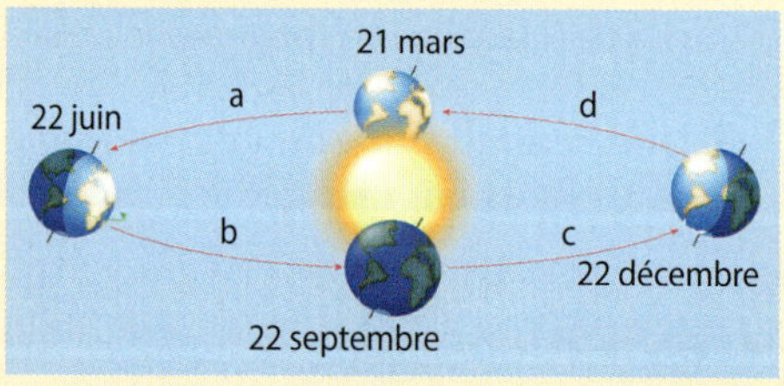

Le cycle des saisons dans l'hémisphère Nord

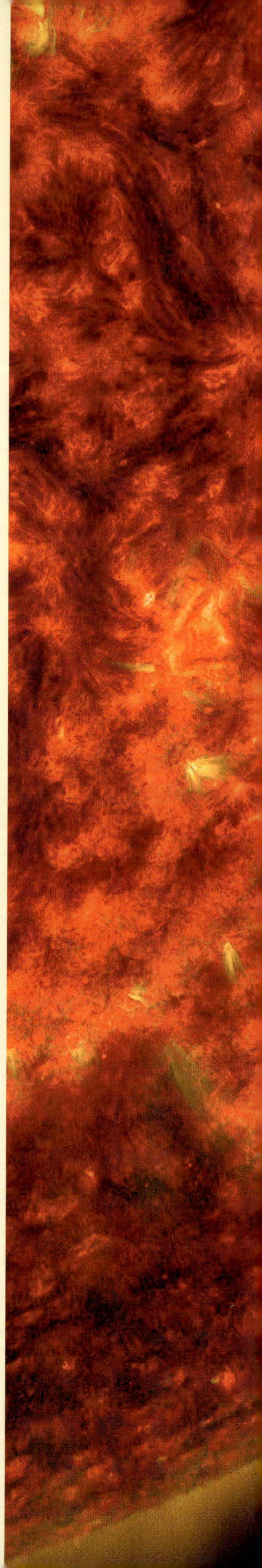

## Comprendre et pratiquer les sciences

### Nature et élaboration du savoir scientifique

Étudier et comprendre la température des étoiles et des réactions nucléaires qui s'y déroulent. > **Activité 1, exercices 11, 12 et 18**

Comprendre les phénomènes liés au rayonnement solaire. > **Activités 1 et 2**

### Des pratiques scientifiques

Mettre en œuvre, et interpréter des expériences de modélisation de la répartition de l'énergie solaire sur la Terre. > **Activité 3, exercices 13 et 14**

Effectuer des calculs de perte de masse par une étoile et de température d'une étoile grâce à des lois physique. > **Activités 1 et 2, exercices 8, 10, 11 et 12**

### Effets de la science sur les sociétés et sur l'environnement

Identifier les risques d'exposition aux UV et les comportements à préconiser. > **Activité 4, exercices 15 et 17**

Chapitre 4

# Le rayonnement solaire

Au sein de notre galaxie, la Voie lactée, on estime qu'il y a entre 150 et 200 milliards d'étoiles dont une seule est située dans notre système planétaire : le Soleil. Cette sphère de gaz chaud affiche une température variant de 15 millions de °C au centre à environ 6 000 °C en surface. Le Soleil produit et rayonne une quantité colossale d'énergie vers la Terre, dont notre planète tire l'essentiel de son énergie de surface. Bien que ces radiations solaires aient des effets bénéfiques, elles peuvent également engendrer des conséquences néfastes sur les êtres humains.

Comment le Soleil produit-il cette énergie ?

Comment se répartit-elle à la surface de la Terre ?

Histoire des sciences

# Activité 1 Le Soleil, siège de réactions nucléaires

Comme toute étoile, le Soleil émet des rayonnements électromagnétiques. Bien que les étoiles ne soient pas vivantes, elles suivent des cycles, et à un certain stade, on dit qu'elles « meurent ». Elles disparaissent dans des conditions qui varient en fonction de leur taille.

**Que se passe-t-il dans les étoiles ? Le Soleil va-t-il s'éteindre ?**

**SAVOIR-FAIRE**

- Modéliser les étapes d'une réaction de fusion.
- Appliquer la relation d'Einstein pour calculer une perte de masse.

## 1 Carte d'identité du Soleil

- **Âge :** 4,6 milliards d'années
- **Rayon :** 700 000 km, soit $10^9$ fois celui de la Terre
- **Masse :** $1{,}99 \cdot 10^{30}$ kg, soit 335 000 fois la masse de la Terre
- **Composition massique globale :** 73 % d'hydrogène, 25 % d'hélium et 2 % d'autres éléments
- **Température au centre :** 15 000 000 K, ce qui permet aux noyaux d'hydrogène (protons) de fusionner
- **Température à sa surface :** 5 770 K
- **Distance Terre-Soleil :** en moyenne 150 millions de km
- **Puissance rayonnée :** de l'ordre de $4 \cdot 10^{26}$ W soit $4 \cdot 10^{26}$ $J \cdot s^{-1}$

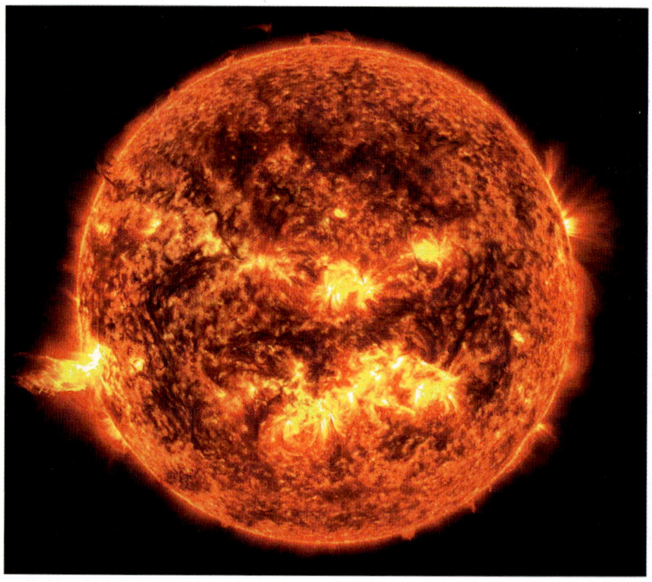

## 2 Et l'hydrogène devient l'hélium

Dans le cœur du Soleil, de nouveaux noyaux se forment, libérant une énergie sous la forme de rayonnement et d'énergie cinétique. Lors des réactions de fusion il y a un déficit de masse d'environ 0,7 % qui est converti en énergie. Le rayonnement gamma, composé de photons très énergétiques, est émis au cœur du Soleil. En traversant l'étoile, ces photons interagissent avec la matière solaire, perdant progressivement de l'énergie. En surface, ils quittent l'étoile sous forme de rayonnement électromagnétique.

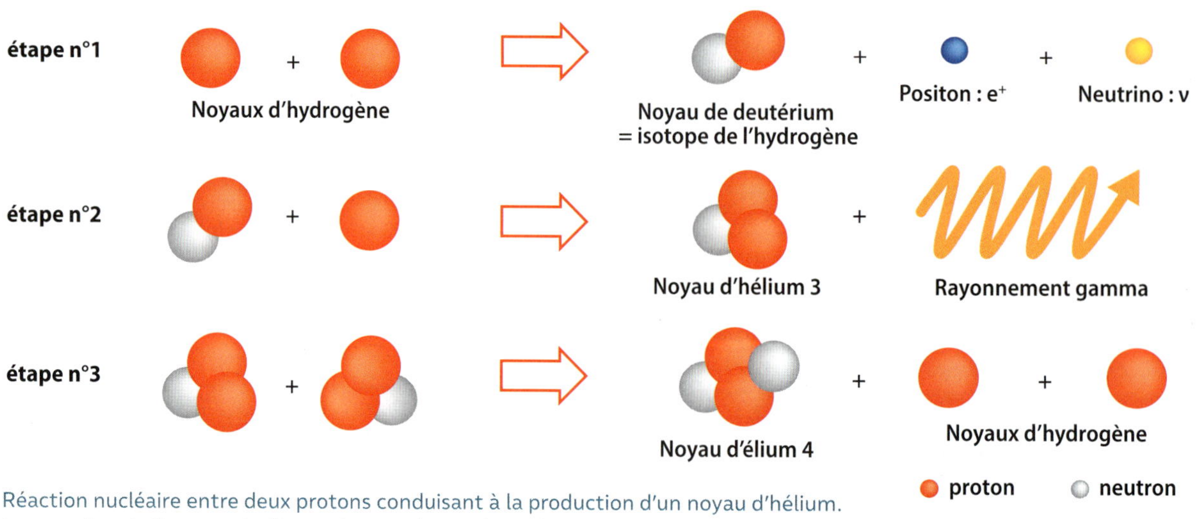


Réaction nucléaire entre deux protons conduisant à la production d'un noyau d'hélium.
Les représentations symboliques du neutrino et du positon sont respectivement ${}^{0}_{0}\nu$ et ${}^{0}_{1}e$.

## 3 Une formule célèbre

Albert Einstein à 17 ans

**En juin 1905**, Albert Einstein, jeune physicien allemand âgé de 26 ans, publie un article décrivant les principes fondamentaux d'une nouvelle théorie appelée la relativité restreinte.
Enfant, il n'aimait pas l'école, il n'écoutait pas en classe et passer son temps à rêvasser. Il était considéré comme un élève plutôt médiocre, distrait et indiscipliné. Mais Albert Einstein était curieux de tout et aimait beaucoup les mathématiques et la physique.
Dans la théorie qu'il publie en 1905, il établit l'équation $\Delta E = \Delta m \cdot c^2$, qui traduit l'équivalence entre la masse et l'énergie.

$$\Delta E = \Delta m \cdot c^2$$

- $\Delta E$ : Énergie libérée au cours de cette transformation
- $\Delta m$ : Perte de masse lors d'une transformation nucléaire (kg)
- $c$ : Vitesse de la lumière dans le vide 299 792 458 = m·s$^{-1}$

Paul Langevin au Collège de France vers 1909

**En 1913**, le physicien et philosophe français Paul Langevin applique les théories d'Albert Einstein aux noyaux atomiques. Ainsi, la formation d'un noyau à partir de ses composants entraîne la libération d'énergie sous forme de rayonnement électromagnétique.

**En 1932**, l'anglais John Cockcroft et l'Irlandais Ernest Walton mettent au point un dispositif d'accélération des protons. Ils parviennent à briser des noyaux atomiques légers de lithium et de bore à l'aide de protons à grande vitesse : c'est la première expérience de fission. En 1951, ils reçoivent le Prix Nobel de physique pour ces travaux sur la « transmutation, c'est-à-dire leur transformation en noyaux d'autres éléments chimiques par modification de leur numéro atomique à l'aide de particules atomiques accélérées artificiellement ».
Cette étude a marqué la première démonstration expérimentale de la fission nucléaire.

Le générateur Cockcroft-Walton construit en 1937

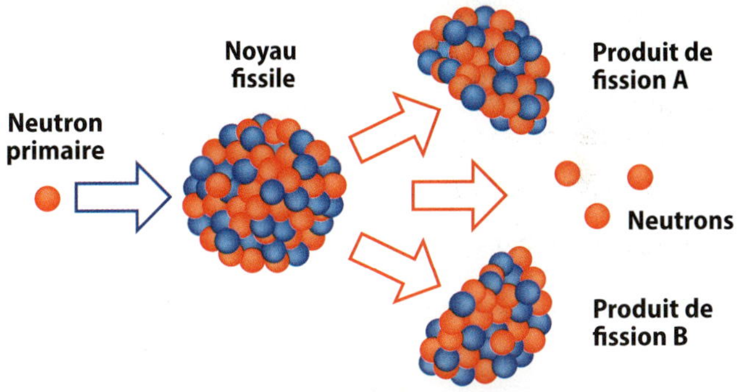


**De nos jours**, les accélérateurs à particules ont connu de nombreux développements et sont utiles en recherche sur l'atome.

Le CERN est un accélérateur de particules géant enterré sous la frontière franco-suisse. Il a été mis en service en 2008 et fait 27 km de circonférence. Il sera opérationnel jusqu'en 2040.

**hachette-clic.fr/24es1079** Vidéo : « E = $mc^2$, la formule expliquée par Étienne Klein »

## Consignes

### Modéliser les étapes de la réaction de fusion

1. **Écrire** l'équation de chacune des étapes des transformations de l'hydrogène en hélium au cœur du Soleil (doc 2).
2. **Montrer** que l'équation globale de fusion est :
$$4\,{}^{1}_{1}H \rightarrow 4\,{}^{4}_{2}He + 2\,{}^{0}_{1}e + 2\,{}^{0}_{0}v$$
à partir des équations précédentes (doc 2).

### Calculer la perte de masse du Soleil par unité de temps

3. **Déterminer** la masse perdue par le Soleil chaque seconde, sachant que $P = \dfrac{\Delta E}{\Delta t}$ (docs 1 et 3).

### Prévoir le futur

4. Chaque seconde, 627 millions de tonnes d'hydrogène fusionnent en hélium 4. **Calculer** le pourcentage en masse d'hydrogène transformé en énergie chaque seconde. **Conclure**.
5. Lorsque les étoiles, dont les caractéristiques sont analogues à celles du Soleil, ont consommé l'équivalent de 10 % de leur masse lors des réactions de fusion, elles subissent d'importantes modifications internes : elles se transforment en géantes rouges, première étape de leur fin de vie. **Calculer** l'espérance de vie du Soleil (doc 1).
6. **Expliquer** comment les recherches d'Einstein, de Langevin, de Cockcroft et de Walton ont permis de comprendre l'origine du rayonnement solaire (doc 3).

Histoire des sciences

# Activité 2 La température de surface des étoiles

La question de la température du Soleil est restée pour ainsi dire sans réponse pendant de nombreuses années. Au XXe siècle, l'analyse des spectres a permis de résoudre cette énigme.

**Comment déterminer la température de surface d'une étoile, par exemple le Soleil, grâce à son profil spectral ?**

**SAVOIR-FAIRE**

- À partir d'une représentation graphique du spectre d'émission du corps noir à une température donnée, déterminer la longueur d'onde d'émission maximale.
- Appliquer la loi de Wien pour déterminer la température de surface d'un objet assimilé à un corps noir à partir de la longueur d'onde d'émission maximale.

## 1 Quelques repères historiques

**1859 – Empire germanique**

Gustav Kirchhoff imagine le concept du « corps noir » à l'aide d'un four uniformément chauffé.

**1879-1887 – Slovénie, Empire austro-hongrois**

Joseph Stefan établit une loi (relation mathématique) entre la puissance rayonnée par unité de surface d'un corps noir et sa température. Son élève Ludwig Boltzmann la démontre huit ans plus tard à partir des théories physiques existant à l'époque.

**1893 – Empire allemand**

Wilhelm Wien découvre une autre loi : plus la température d'un corps noir est élevée, plus la longueur d'onde du maximum d'émission est faible. Sa longueur d'onde est donc inversement proportionnelle à sa température.

**1900 – Empire allemand**

Max Planck étudie les interactions de la lumière et de la matière. Il construit une troisième loi valable pour toutes les longueurs d'onde, en accord avec toutes les situations expérimentales et toutes les mesures. La loi de Planck donne la répartition suivant la longueur d'onde du flux émis d'un corps noir pour une température donnée. Cette loi signe la naissance de la mécanique quantique.

## 2 Le modèle du corps noir

Un corps noir est un corps matériel idéal qui absorbe parfaitement tous les rayonnements qu'il reçoit, un peu comme l'intérieur d'un four à pain éteint. C'est pour cela qu'il est appelé corps noir.
Cependant, si la température du corps noir est assez élevée, il pourra émettre un rayonnement visible (comme du charbon chauffé) dont la couleur dépend de la température. Le lien entre la température du corps et la longueur d'onde du rayonnement principalement émis est appelé loi de Wien.

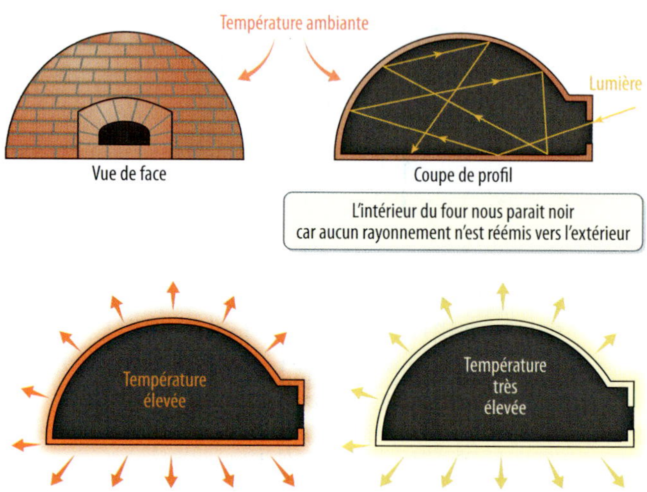

## 3 Profil spectral et température

**Température d'un corps noir en fonction de $\lambda_{max}$**

Une simulation permet de déterminer le profil spectral d'émission d'un corps noir à différentes températures.

| $\lambda_{max}$ (nm) | 2 900 | 1 450 | 965 | 724 | 579 | 483 | 362 | 322 | 290 |
|---|---|---|---|---|---|---|---|---|---|
| T (K) | $1{,}0 \cdot 10^3$ | $2{,}0 \cdot 10^3$ | $3{,}0 \cdot 10^3$ | $4{,}0 \cdot 10^3$ | $5{,}0 \cdot 10^3$ | $6{,}0 \cdot 10^3$ | $8{,}0 \cdot 10^3$ | $9{,}0 \cdot 10^3$ | $10 \cdot 10^3$ |
| $\frac{1}{T}$ ($K^{-1}$) | $10 \cdot 10^{-4}$ | $5{,}0 \cdot 10^{-4}$ | $3{,}3 \cdot 10^{-4}$ | $2{,}5 \cdot 10^{-4}$ | $2{,}0 \cdot 10^{-4}$ | $1{,}7 \cdot 10^{-4}$ | $1{,}3 \cdot 10^{-4}$ | $1{,}1 \cdot 10^{-4}$ | $1{,}0 \cdot 10^{-4}$ |

$\lambda_{max}$ (nm) et T (K) sont reliés par une relation mathématique : la **loi de Wien**.

Loi de Wien : $\lambda_{max} = \frac{2{,}90 \cdot 10^{-3}}{T}$

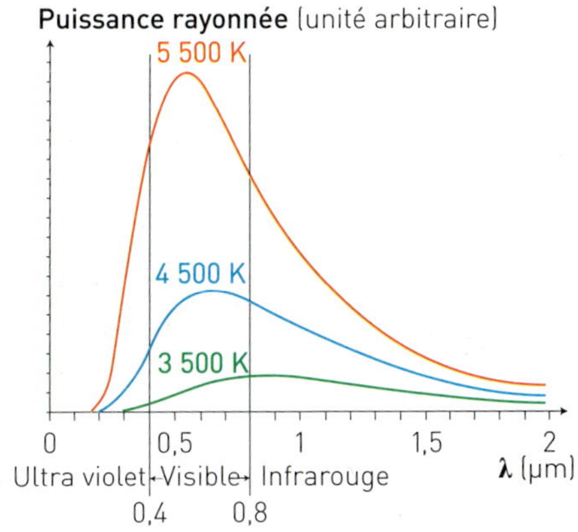


Profil spectral d'émission d'un corps noir à différentes températures

## 4 Profil spectral du soleil

Le soleil peut être considéré comme un corps noir car son spectre est similaire, en première approximation, à celui d'un corps noir de même température.

**Profils spectraux d'un corps noir, de même température de surface que le Soleil, et du Soleil (en dehors de l'atmosphère terrestre)**

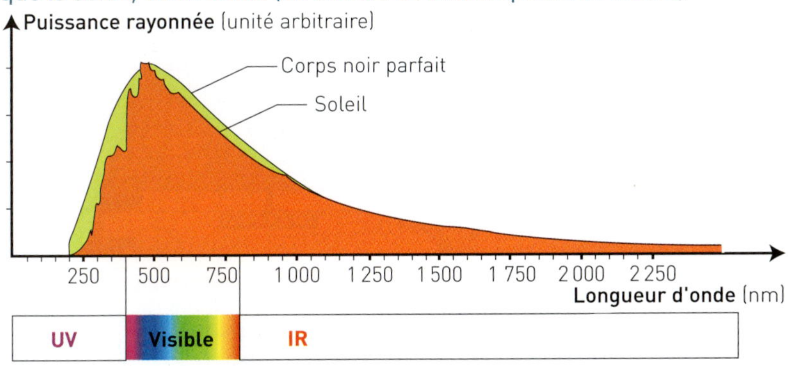


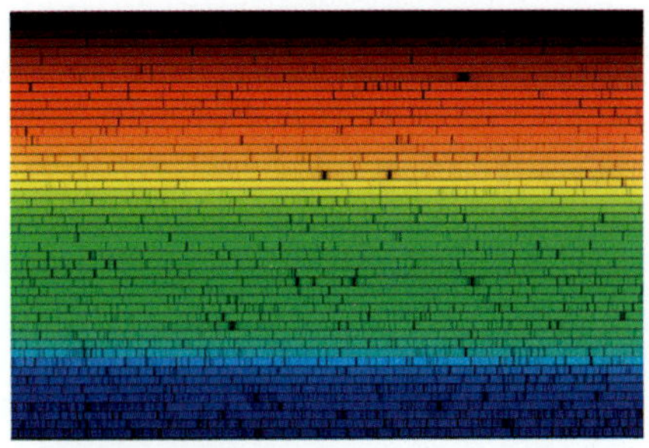

Le spectre solaire à haute résolution spectrale, observé avec un spectromètre à dispersion croisée.

Les raies noires du spectre d'absorption permettent de déduire la présence de certains atomes dans l'atmosphère solaire.

## 5 Puissance totale rayonnée par une étoile

Des étoiles de différentes couleurs

Le corps noir est un modèle utilisé par les astrophysiciens pour estimer la température des étoiles. Les observations et mesures réalisées sur les étoiles leur permettent, à distance, de déterminer la puissance du rayonnement émis par ces étoiles. Pour cela, les astrophysiciens utilisent la loi de Joseph Stefan quantifiant l'énergie totale rayonnée par un objet en fonction de sa température. La loi de Stefan est donnée ci-dessous.

$$P = \sigma \cdot T^4$$

- P : Puissance totale émise par unité de surface d'un objet ($W \cdot m^{-2}$)
- σ : Constante de Stefan-Boltzmann ou de Stefan $\sigma = 5{,}67 \times 10^{-8}\ W \cdot m^{-2} \cdot K^{-4}$
- T : Température absolue de l'objet en kelvin (K)

## Consignes

### Le modèle du corps noir et la loi de Wien

1. **Expliquer** pourquoi le Soleil peut être assimilé à un corps noir (docs 2, 3 et 4).
2. **Proposer** une démarche pour déterminer la température du Soleil (doc 1).
3. **Tracer** le graphique montrant l'évolution de $\lambda_{max}$ en fonction de $\frac{1}{T}$. **Montrer** que $\lambda_{max}$ et $\frac{1}{T}$ sont proportionnels et justifier la loi de Wien (docs 1 et 3).

### Loi de Wien et température de surface

4. À partir des résultats précédents, **déterminer** la température de surface du Soleil (docs 2, 3 et 4).

### Puissance émise

5. À partir des résultats précédents, **calculer** la puissance par unité de surface émise par le Soleil (docs 4 et 5).

Activité expérimentale

# Activité 3 La répartition de l'énergie solaire sur la Terre

La Terre reçoit l'essentiel de son énergie du Soleil. Or la Terre n'est ni plate, ni immobile ! De forme sphérique, légèrement aplatie aux pôles, elle tourne sur elle-même en une journée et autour du Soleil en une année.

**Comment la forme ronde de la Terre et ses mouvements conditionnent-ils la répartition de l'énergie solaire à sa surface ?**

**SAVOIR-FAIRE**

- Identifier les configurations pour lesquelles la puissance reçue par une surface est maximale ou minimale.
- Analyser, interpréter et représenter graphiquement des données de températures. Calculer des moyennes.

## 1 Facteurs influençant la puissance radiative reçue par une surface

**Conditions expérimentales**

- Le tube en PVC modélise un faisceau lumineux. L'expérience est réalisée d'abord avec un tube de petit diamètre, puis avec un tube de diamètre plus important.
- L'écran est d'abord perpendiculaire au faisceau lumineux incident.
- La distance entre le tube et l'écran est maintenue constante : 15 cm.
- La puissance rayonnée par la lampe utilisée vaut 9,6 W.

Influence de la surface éclairée

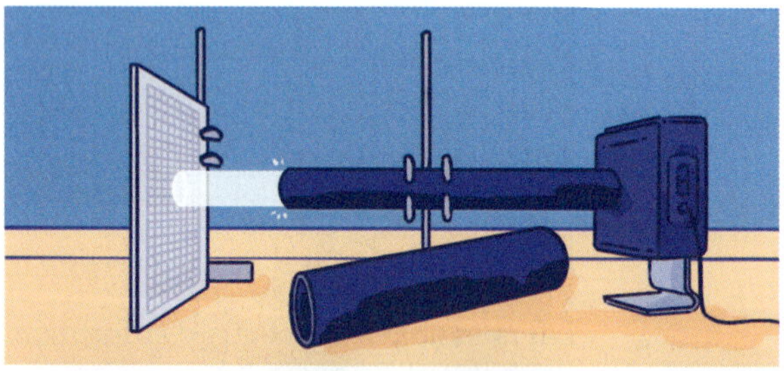

Tube de petit diamètre

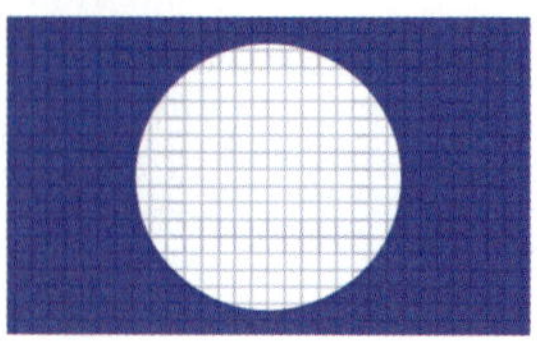

Tube de plus grand diamètre

Influence de l'inclinaison de la surface éclairée

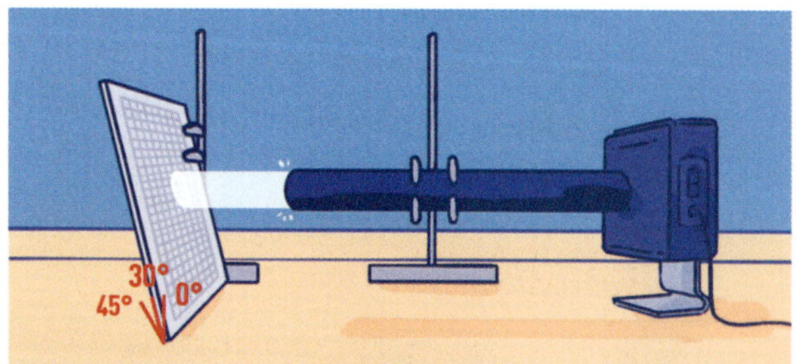


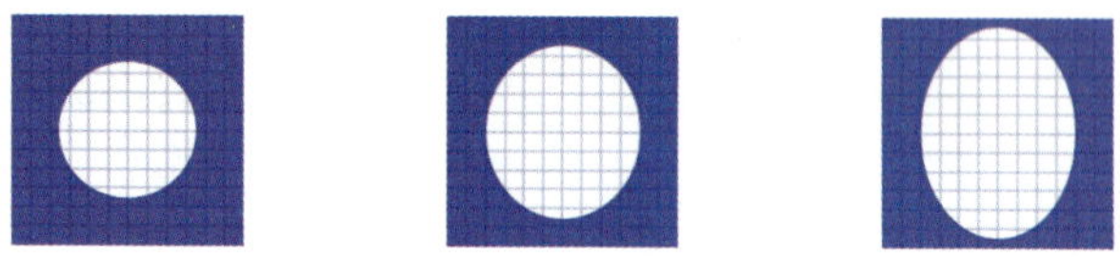

Tache obtenue avec le petit tube selon l'angle d'inclinaison : 0° 30° 45°

**hachette-clic.fr/24es1082** Protocole expérimental

## 2 Répartition de l'énergie solaire reçue et température moyenne à la surface de la Terre

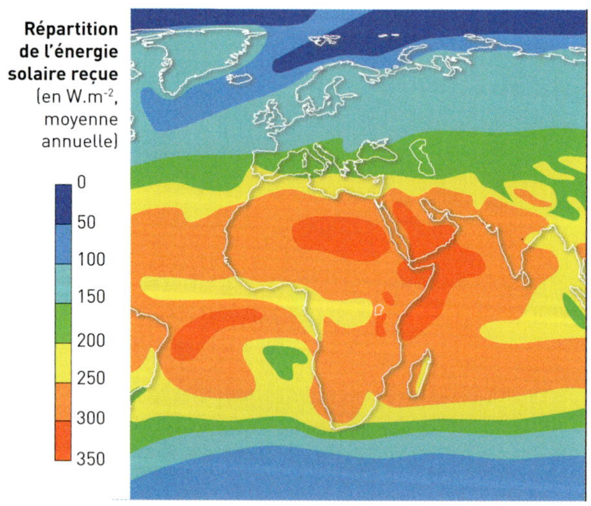


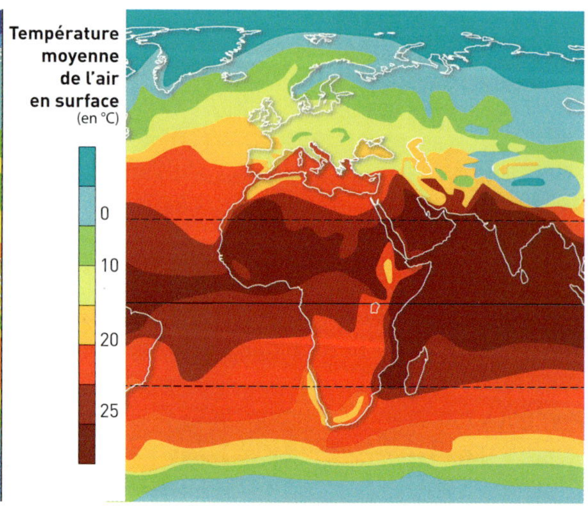


Source : AFDEC 2018

## 3 Influence de la latitude sur la répartition de l'énergie solaire

Position de la Terre à différentes saisons

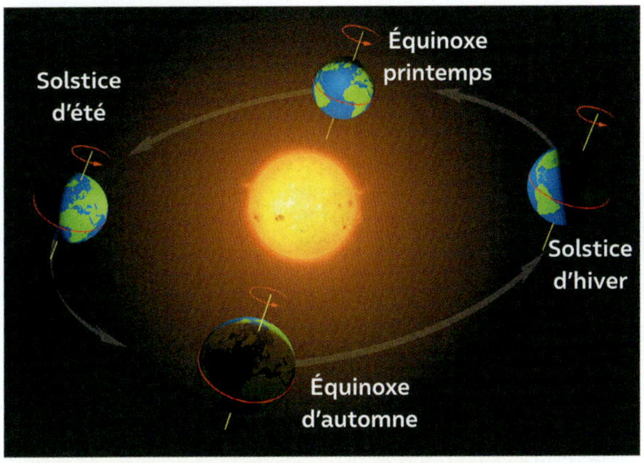


Dispositif expérimental de modélisation de l'équinoxe

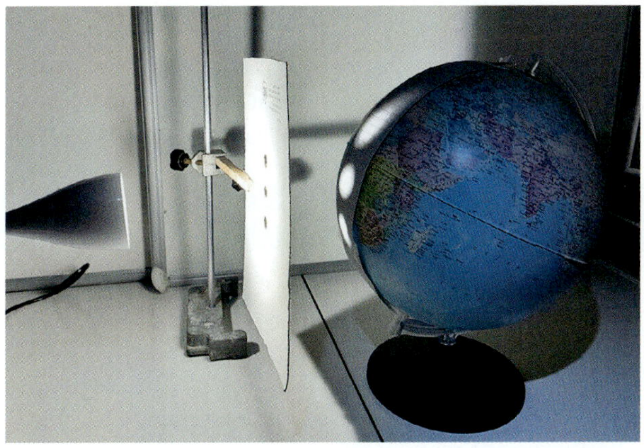

hachette-clic.fr/24es1083 Protocole expérimental

## 4 Variations saisonnières et journalières d'insolation et de température

Inclinaison des rayons du Soleil à midi selon les saisons

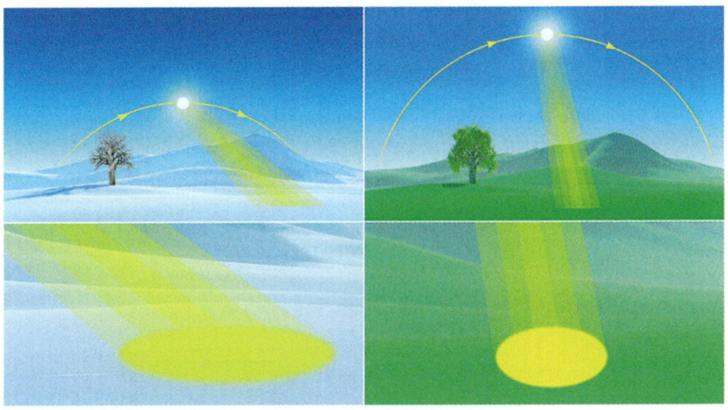

Position de la Terre au solstice d'hiver à Bordeaux (latitude 45°N)

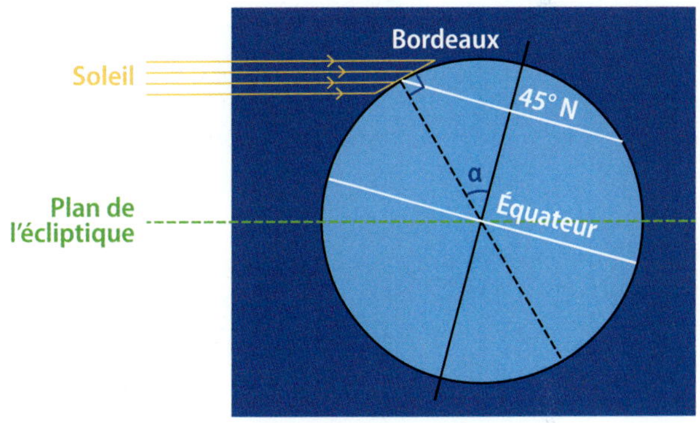


Températures moyennes à Bordeaux entre 1991 et 2021

| Date | Mars | Juin | Sept. | Déc. |
|---|---|---|---|---|
| T (C°) | 9,7 | 19,8 | 18,9 | 7 |

Évolution des températures à Bordeaux le 20 mars 2023

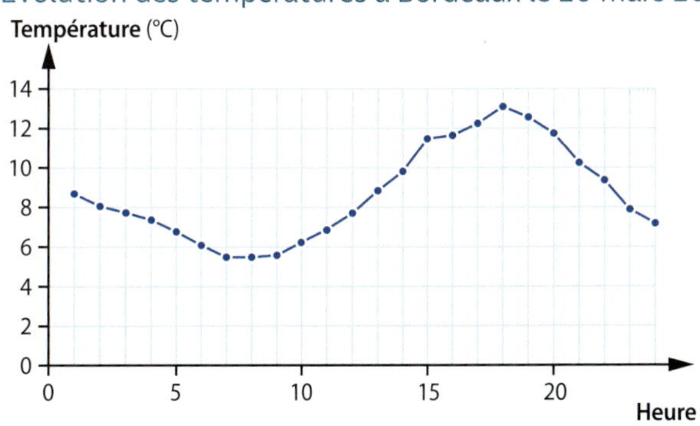


Insolation lors de l'équinoxe du 21 mars à Bordeaux

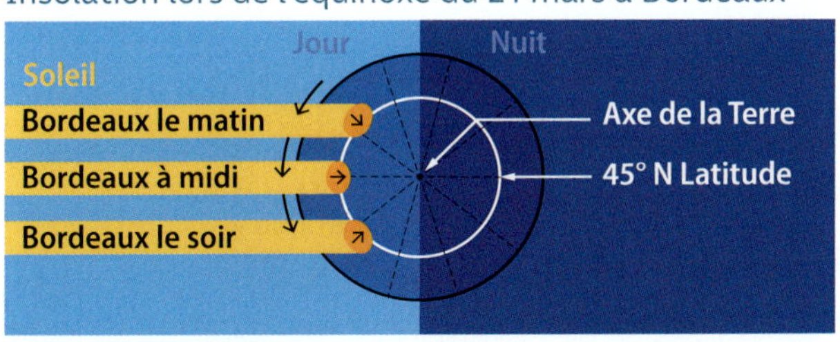


## Consignes

### Expérimenter pour comprendre

1. **Calculer** les puissances radiatives reçues par unité de surface avec chacun des deux tubes, sachant qu'un carreau représente 1 cm² (doc 1).
2. **Indiquer** pour quel angle d'inclinaison la puissance reçue par une unité de surface est maximale et minimale (doc 1).

### Expliquer la zonation climatique

3. **Expliquer** la variation de la puissance reçue à la surface de la Terre en fonction de la latitude (docs 2 et 3).

### Les variations journalières et saisonnières

4. **Expliquer** les différences de températures relevées à Bordeaux aux solstices d'été et d'hiver, puis suivant l'heure de la journée (doc 4).

Sciences et santé

# Activité 4 L'effet de la lumière du Soleil sur les humains

Les êtres humains reçoivent le rayonnement solaire de façon plus ou moins intense. La peau joue différents rôles dont celui de protéger le corps contre les effets nocifs du rayonnement solaire. Un quart des Français pense que les cabines à UV artificiels permettent de préparer sa peau pour se protéger du soleil.

**SAVOIR-FAIRE**

Étudier des effets liés à l'exposition des êtres humains au rayonnement solaire.

## Quelles sont les précautions à observer pour se protéger du soleil ?

### 1 Conseils d'un salon esthétique pour un « bronzage sans danger »

Un bronzage en cabine UV utilise uniquement les UVA ; les UVB dangereux et responsables des coups de soleil sont interdits. En exposant votre peau aux UVA, vos cellules réagissent en fabriquant de la mélanine, provoquant le bronzage.
Ce bronzage en cabine avant l'exposition au soleil de l'été protège votre peau : c'est scientifiquement prouvé.

D'après le site web d'un salon esthétique en France

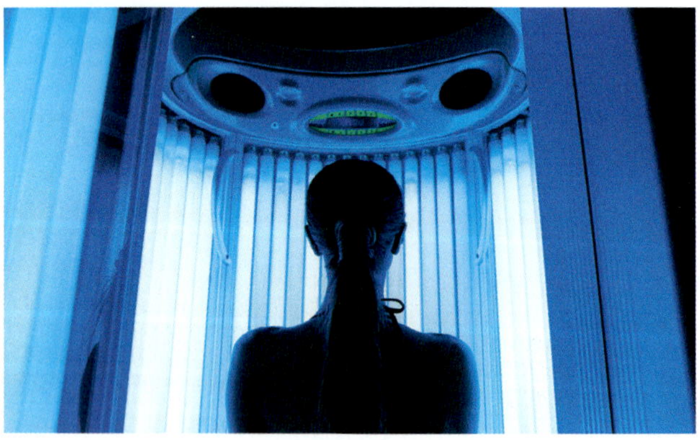

### 2 Des préconisations contre l'usage des cabines UV

La coloration de la peau après exposition aux cabines UV est issue d'une réaction d'oxydation de la mélanine et d'une redistribution du pigment, mais pas d'une production de celle-ci comme lors du bronzage naturel. Elle ne constitue donc pas une protection efficace contre les expositions ultérieures au soleil et peut même donner, à tort, un sentiment de sécurité incitant les utilisateurs à ne plus respecter les principes de prévention solaire adéquats. L'exposition aux rayonnements ultraviolets artificiels présente d'ailleurs un risque avéré de cancers de la peau, ils sont classés cancérogènes pour l'être humain par le Circ[1]. On a démontré l'augmentation significative du risque de cancer, notamment de mélanome cutané, provoqué par le bronzage en cabine. De plus, ces UV artificiels n'entraînent pas de sensation de chaleur, conduisant à des excès d'utilisation allant jusqu'à des brûlures cutanées.

D'après le site de l'ANSES[2] consulté en 2023

[1] Centre international de recherche sur le cancer.
[2] Agence nationale de sécurité sanitaire de l'alimentation, de l'environnement et du travail. C'est une agence d'expertise scientifique, elle surveille et évalue ces risques sanitaires, auxquels elle consacre aussi des activités de recherche.

### 3 Effets délétères des UV sur la peau

Les UVB sont responsables des coups de soleil et les UVA, qui n'ont pas d'effet visible immédiat, pénètrent la peau en profondeur. Les UVA comme les UVB augmentent le risque de cancer de la peau.
Le bronzage n'est pas bon pour notre santé, une peau bronzée indique que les cellules de la peau sont endommagées par le soleil.

Source : santepubliquefrance.fr

Sensibilité relative chez l'être humain des yeux et de la peau aux rayons UV de différentes longueurs d'onde

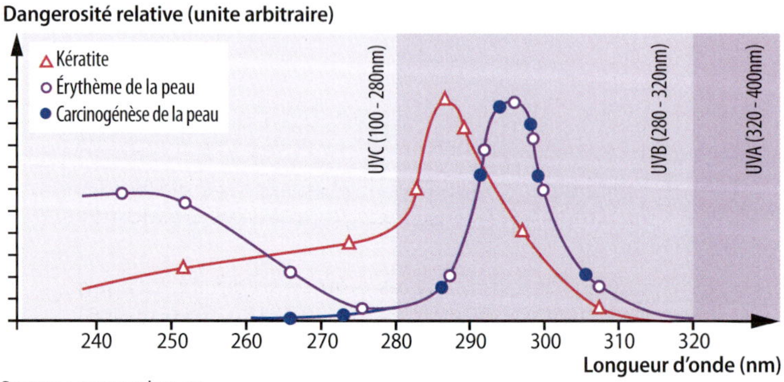


Source : www.cchst.ca

**VOCABULAIRE**

**UV (ultraviolet) :** rayonnement électromagnétique invisible pour l'œil humain, de longueur d'onde comprise entre 100 et 380 nm environ. Les rayonnements ultraviolets sont plus énergétiques que les rayonnements visibles.
**Kératite :** inflammation de la cornée de l'œil.
**Érythème :** inflammation de la peau caractérisée par l'apparition de taches cutanées rouges.
**Carcinogénèse :** processus à l'origine d'un cancer de la peau.

## 4 Protocole de mesure des effets des crèmes solaires sur la transmission des UV

Spectre d'absorption de différentes crèmes

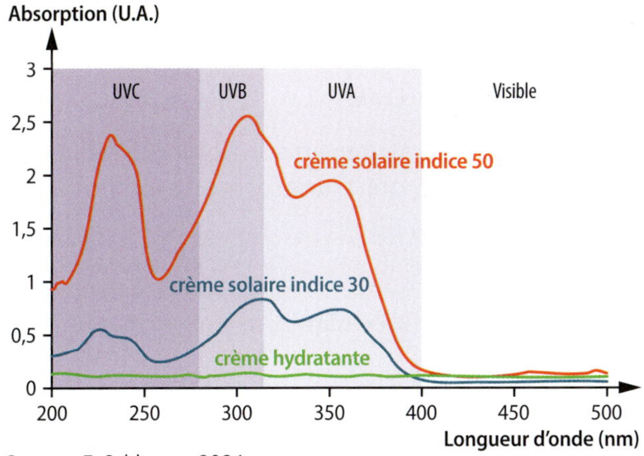


Source : F. Schlosser, 2024

On souhaite tester l'effet de différentes crèmes sur l'absorption des UV. À l'aide d'un spectrophotomètre, il est possible de mesurer, pour des longueurs d'onde choisies, l'absorption des UV par une substance.

**Conditions expérimentales**

- Les crèmes testées sont une crème hydratante, une crème solaire d'indice 30 et une crème solaire d'indice 50.
- Les crèmes sont diluées dans de l'éthanol (4 mg de crème pour 100 mL d'éthanol) et les solutions sont placées dans une cuve de spectroscopie perméable aux UV.
- L'étalonnage du spectrophotomètre a été réalisé avec une solution d'éthanol sans crème afin de ne montrer que l'effet absorbant de la crème.

**hachette-clic.fr/24es1084** Protocole

## 5 Mise en évidence du rôle protecteur des crèmes solaires contre les UV

Effet de l'exposition au Soleil sur des colonies bactériennes

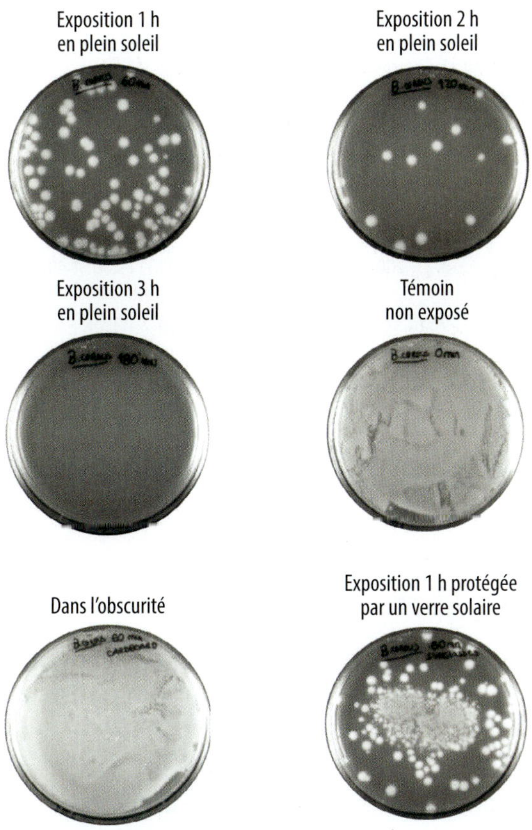


Source : M.J. Fonseca & J. Tavares, *The American Biology Teacher*, 2011

Une bactérie est un être unicellulaire. Lorsqu'elle est mise en culture sur un milieu gélosé, elle se multiplie et chaque bactérie forme une colonie visible à l'œil nu au bout de 48 h de culture à 37°C. Il en est de même pour les levures.
Une culture a été réalisée sur des boîtes de Pétri au-dessus desquelles on a placé une feuille de cellophane recouverte, ou non, par une crème solaire d'indice 50 ou un morceau de tee-shirt en coton. Ces boîtes ont été ensuite placées à 10 cm sous une lampe à UV de longueur d'onde 245 nm.

Évolution du nombre de colonies de levures soumises à différentes durées d'exposition aux UV avec ou sans protection

| Durée d'exposition aux UV (s) | Sans protection | Avec crème solaire indice 50 | Avec tissu en coton |
|---|---|---|---|
| 0 | 45 | 52 | 56 |
| 5 | 10 | 22 | 55 |
| 10 | 6 | 20 | 41 |
| 30 | 0 | 19 | 34 |
| 45 | 0 | 34 | 30 |

Source : B. Jacob et V. Laugel, 2024

**hachette-clic.fr/24es1085** Protocole

## Consignes

### Fiabilité d'une information en relation avec les sciences

1. À l'oral **Identifier** les conseils contradictoires formulés dans les docs 1 et 2. **Choisir** le document auquel on devrait faire davantage confiance (voir rabat couverture 1). **Justifier** ce choix.
2. **Décrire** les effets négatifs avérés du rayonnement solaire (docs 2 et 3).

### Mettre en œuvre des pratiques scientifiques

3. **Quantifier** la proportion de colonies tuées selon le temps d'exposition aux UV dans les 3 conditions de culture (doc 5).
4. **Expliquer** comment les crèmes solaires protègent la peau en décrivant les phénomènes physiques et biologiques impliqués (docs 4 et 5).

# Le cours

## 1 Le Soleil, siège de réactions de fusion nucléaire

- Le Soleil est composé à 73 % en masse d'hydrogène. Les températures en son cœur (15 millions de degrés) rendent possibles les réactions de fusion nucléaire qui transforment les noyaux d'hydrogène en hélium en libérant une grande quantité d'énergie.
- Cette énergie est émise sous forme d'un rayonnement électromagnétique dont la majeure partie est absorbée par le Soleil lui-même. Le reste est émis à travers l'espace. La libération de cette énergie s'accompagne d'une perte de masse du Soleil, environ un milliard de kilogrammes par seconde, en vertu de l'équivalence masse – énergie ou relation d'Einstein.

$$\Delta E = \Delta m \cdot c^2.$$

$\Delta E$ en J ; $\Delta m$ en kg ; $c$ : célérité de la lumière dans le vide ou dans l'air en $m \cdot s^{-1}$, $c \approx 3{,}00 \cdot 10^8\ m \cdot s^{-1}$

## 2 La température de surface des étoiles

- Un corps noir émet un rayonnement électromagnétique dont la puissance rayonnée ne dépend que de sa température : ce rayonnement est comparable à celui émis par les étoiles.
- La loi de Wien permet de déterminer la température de surface d'une étoile à partir de la longueur d'onde pour laquelle la puissance rayonnée est maximale : elle est inversement proportionnelle à la température de surface.
- La loi de Stefan décrit la quantité totale d'énergie rayonnée par unité de surface d'un corps en fonction de sa température. Ainsi :

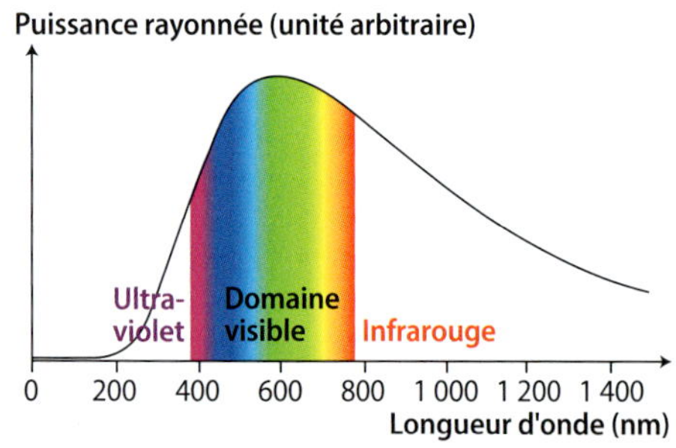

Profil spectral d'un corps noir à 7 213 K

$$P = \sigma \cdot T^4$$

$P$ : puissance totale émise par unité de surface d'un objet en $W \cdot m^{-2}$ ; $\sigma$ : constante de Stefan-Boltzmann ou de Stefan ; $T$ : température absolue de l'objet en K

## 3 La répartition de l'énergie solaire sur la Terre

- La puissance radiative reçue du Soleil par une surface plane dépend de son aire et de son inclinaison par rapport aux rayons lumineux. L'inclinaison correspond à l'angle entre la normale à la surface et la direction des rayons lumineux. On modélise le rayonnement solaire arrivant sur Terre par des rayons parallèles.
- Si l'inclinaison est constante, la puissance radiative est proportionnelle à l'aire de la surface.
- Si l'inclinaison varie, l'aire de la surface éclairée est modifiée. Ainsi, plus cet angle d'incidence est important, plus la surface éclairée est étendue : un mètre carré de surface reçoit alors une puissance radiative moindre.
- La puissance solaire reçue à la surface de la Terre, par unité de surface, dépend alors :
  - de l'heure, c'est la variation journalière ;
  - du moment de l'année, c'est la variation saisonnière ;
  - de la latitude, c'est la zonation climatique.

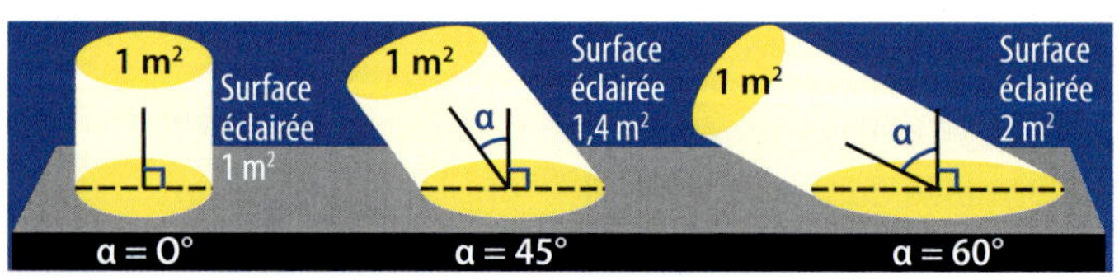

La même quantité d'énergie est distribuée sur une surface plus grande quand le rayonnement est incliné.

# L'Essentiel

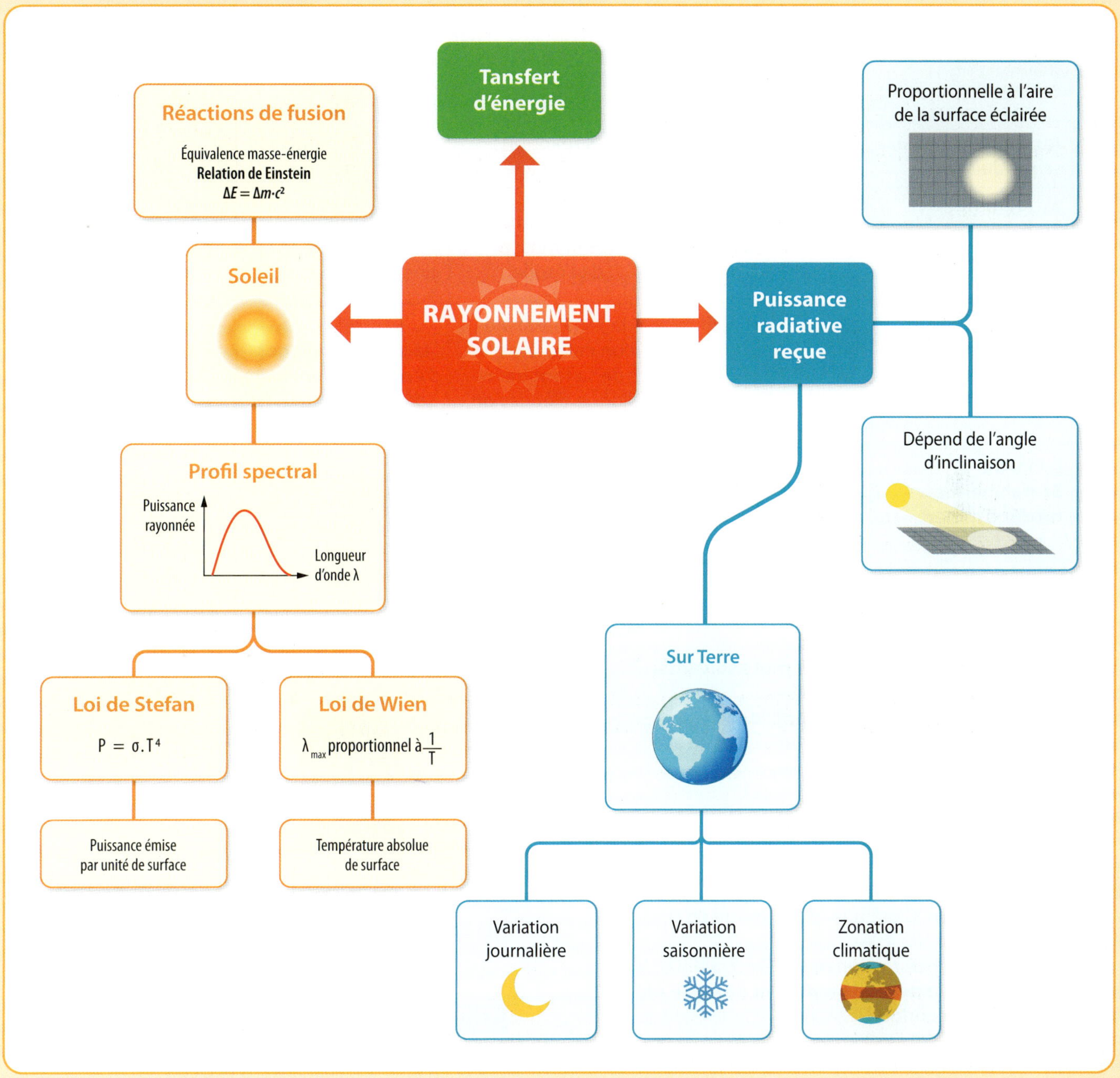


FLASH CARDS **MOTS-CLÉS**

**Mémorisez les mots-clés du chapitre grâce aux cartes mémo !**

hachette-clic.fr/24es1087

réaction de fusion nucléaire · rayonnement électromagnétique · équivalence masse – énergie · corps noir · loi de Wien · loi de Stefan · longueur d'onde · puissance rayonnée · profil spectral · puissance radiative reçue · variation journalière · variation saisonnière · zonation climatique

# Exercices Tester ses connaissances

## QCM

CORRIGÉ p. 248

Pour chaque question, indiquer la (ou les) bonne(s) réponse(s).

Version interactive hachette-clic.fr/24es1088

| | a | b | c | d |
|---|---|---|---|---|
| **1** Au cœur du Soleil, se produisent : | des réactions de fission nucléaire. | des réactions de fusion nucléaire. | des désintégrations radioactives. | des réactions chimiques. |
| **2** Au cœur des étoiles, les réactions nucléaires s'accompagnent : | d'une diminution de la masse de l'étoile. | d'une augmentation de la masse de l'étoile. | de l'émission de rayonnements électromagnétiques. | de l'absorption de rayonnements électromagnétiques. |
| **3** La loi de Wien permet de déterminer : | la température d'un corps chaud. | la température d'un corps à partir de sa longueur d'onde d'émission maximale. | la longueur d'onde d'émission maximale d'un corps chaud. | la longueur d'onde d'émission maximale d'un corps chaud à partir de sa température. |
| **4** La loi de Stefan permet de déterminer : | la longueur d'onde d'émission maximale d'un corps noir. | la quantité d'énergie rayonnée par un corps à partir de sa température. | la température d'un corps noir. | la quantité d'énergie rayonnée par un corps à partir de sa distance. |

## 5 Phrases à construire

**Écrire une phrase qui contient les mots suivants.**

a. fusion – protons – températures

b. surface – émission – proportionnelle

c. latitude – puissance reçue par unité de surface – diminue

## 6 Calcul de la perte de masse d'Arcturus

Arcturus est une étoile de la constellation du Bouvier située à 37 années-lumière de la Terre. C'est une étoile rouge en fin de vie.

Sa puissance rayonnée est $P = 7{,}53 \cdot 10^{28}$ W.

**Calculer la perte de masse m de cette étoile en une seconde.**

◀ La constellation du Bouvier

**Données**

- Célérité de la lumière dans le vide ou dans l'air : $c = 3{,}00 \cdot 10^8$ m·s$^{-1}$
- Équivalence masse-énergie $\Delta E = \Delta m \cdot c^2$ avec $E$ en J, $m$ en kg et $c$ en m·s$^{-1}$.

## 7 Exploiter un graphique

À l'oral !

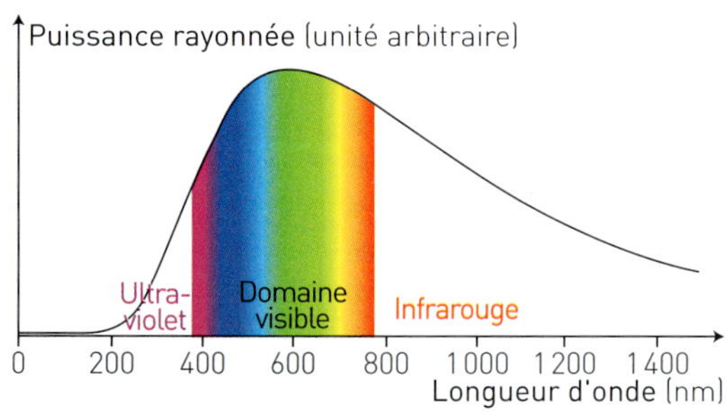


Profil spectral du corps noir

**Déterminer la longueur d'onde d'émission maximale.**

## 8 Utiliser la loi de Wien

CORRIGÉ p. 248

a. **Calculer T en °C lorsque $\lambda_{max} = 680$ nm.**

b. **Calculer $\lambda_{max}$ lorsque T = 8 000 K.**

**Données**

- Loi de Wien : $\lambda_{max} = \dfrac{2{,}90 \cdot 10^{-3}}{T}$

où $\lambda_{max}$ est exprimée en m et T en Kelvin.

- T (en K) = T (en °C) + 273

## 9 Calculer une température moyenne annuelle

CORRIGÉ p. 248

**Calculer la valeur moyenne annuelle de température.**

Valeurs moyennes mensuelles en °C relevées à Toulouse entre 1991 et 2021

| Janvier | Février | Mars | Avril | Mai | Juin | Juillet | Août | Septembre | Octobre | Novembre | Décembre |
|---|---|---|---|---|---|---|---|---|---|---|---|
| 5,8 | 6,2 | 9,5 | 12,4 | 15,9 | 20,2 | 22,4 | 22,4 | 19,3 | 15,4 | 9,7 | 6,6 |

Source : fr.climate-data.org

# Exercice résolu

## 10 Pollux, une étoile géante rouge

Pollux est une étoile appartenant à la constellation des Gémeaux, il s'agit d'une des étoiles les plus brillantes dans le ciel nocturne. Pollux a la taille de 9 fois notre Soleil. Il s'agit de la première étoile visible à l'œil nu dont on a découvert une exoplanète en 2006, baptisée Thestias. Pollux n'aurait qu'une seule planète, à une distance de 2,9 unités astronomiques*. Thestias, comme Jupiter, est une planète géante gazeuse, déclarée non habitable.

* Distance Terre-Soleil (150 000 km)

Les étoiles Castor et Pollux de la constellation des Gémeaux

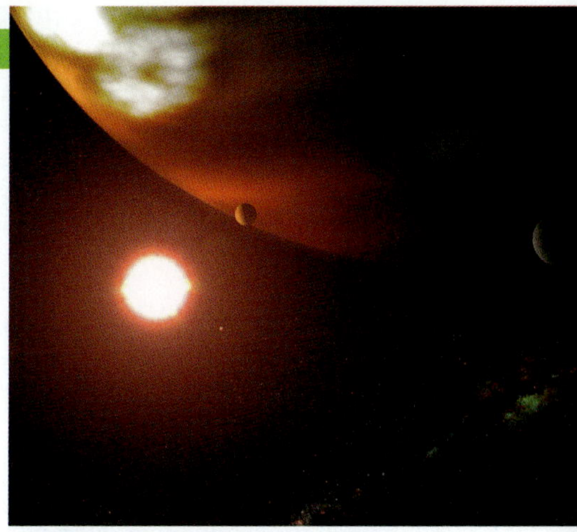
Vue d'artiste de la planète Testhias autour de son étoile Pollux

**Profil spectral de Pollux**

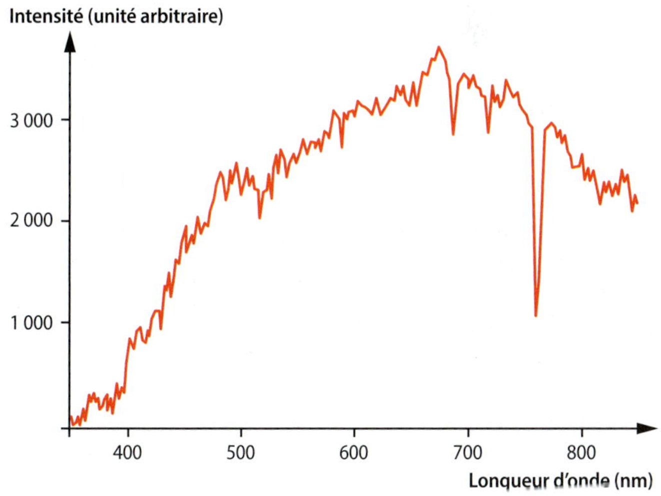

Source : Société Astronomique de Bourgogne, 2024

1. **Déterminer** la température de surface de Pollux en °C.
2. À l'aide de la loi de Stefan-Boltzmann, **déterminer** la puissance surfacique rayonnée par cette étoile.

**Données**

- Loi de Wien : $\lambda_{max} = \dfrac{2{,}90 \cdot 10^{-3}}{T}$

où $\lambda_{max}$ est exprimée en mètre (m) et T en kelvin (K).

- T (en K) = T (en °C) + 273
- Loi de Stefan : $P = \sigma \times T^4$

T : température de surface en kelvin (K).

$P$ : puissance surfacique en $W \cdot m^{-2}$

$\sigma = 5{,}67 \times 10^{-8}\ W \cdot m^{-2} \cdot K^{-4}$.

### Conseils

Pour calculer la température de surface de Pollux, il faut **déterminer graphiquement la longueur d'onde $\lambda_{max}$** pour laquelle la puissance rayonnée est maximale, puis utiliser la loi de Wien.

Détermination de la température de surface de Pollux. Il ne faut pas oublier de **convertir $\lambda_{max}$ en m.** 690 nm = $690 \cdot 10^{-9}$ m.

Bien **vérifier que la température est exprimée en K.**

### Solution

1. En utilisant le profil spectral de Pollux, je détermine sur le graphique la longueur d'onde d'émission maximale : $\lambda_{max} = 690$ nm.

D'après la loi de Wien : $\lambda_{max} = \dfrac{2{,}90 \cdot 10^{-3}}{T}$.

On a donc :

$$T = \frac{2{,}90 \cdot 10^{-3}}{\lambda_{max}} = \frac{2{,}90 \cdot 10^{-3}}{690 \cdot 10^{-9}}$$

T = 4 203 K

T (en K) = T (en °C) + 273

La température de surface de Pollux est d'environ 3 930 °C.

2. En utilisant la loi de Stefan :

$P = \sigma \times T^4 = 5{,}67 \cdot 10^{-8} \times 4\,203^4 = 5{,}67 \cdot 10^{-8} \times 3{,}12 \cdot 10^{14}$

$P = 1{,}77 \cdot 10^7\ W \cdot m^{-2}$

# Exercices — Développer ses compétences

## 11 Proxima du Centaure

Située dans la constellation du Centaure à 4,22 années-lumière de notre planète, Proxima du Centaure est l'étoile la plus proche du Système solaire. Classée parmi les naines rouges, elle est sept fois plus petite que le Soleil : son diamètre fait 200 000 kilomètres.

**Profil spectral de Proxima du Centaure**

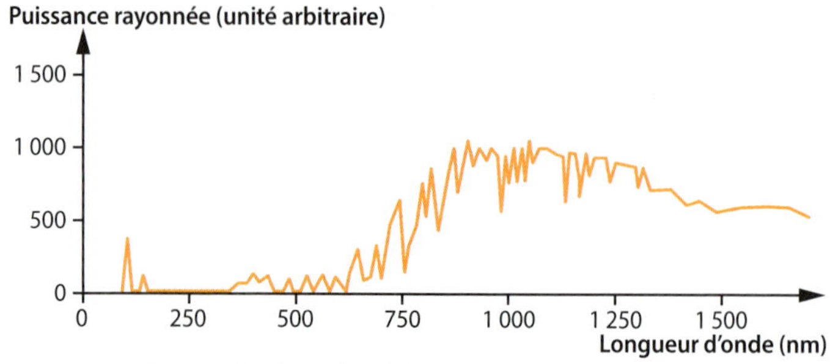


Source : Meadow et *al.*, *The Habitability of Proxima Centauri b*, 2016

**Donnée**
Loi de Wien : $\lambda_{max} = \frac{2{,}90 \cdot 10^{-3}}{T}$
où $\lambda_{max}$ est exprimée en m et T en kelvin

1. À partir du profil spectral de l'étoile Proxima du Centaure, **déterminer** la longueur d'onde du maximum d'émission ($\lambda_{max}$) de l'étoile Proxima du Centaure.
2. À l'aide de la loi de Wien, **calculer** sa température de surface en K.
3. En vous appuyant sur la réponse précédente, **calculer** la puissance par unité de surface émise par l'étoile Proxima du Centaure.

## 12 La constellation d'Orion

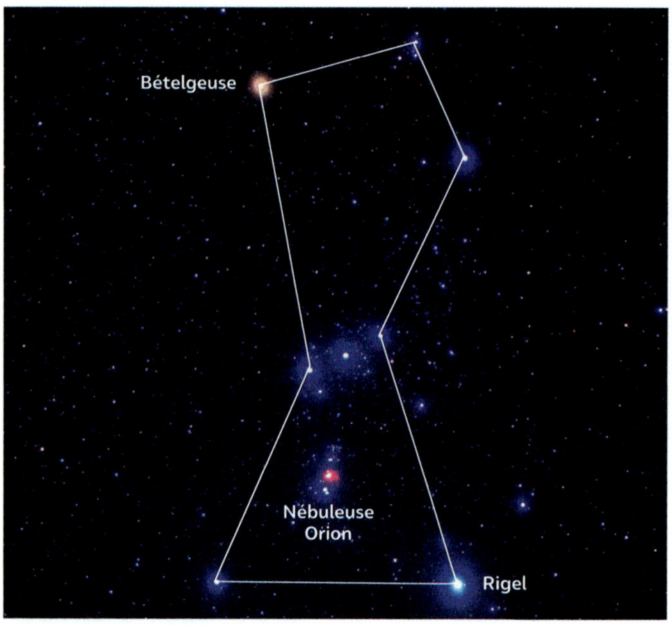


Orion est une constellation facilement reconnaissable dans le ciel nocturne par la disposition de sept étoiles en forme de « nœud papillon ».

### 1 Spectre de la lumière blanche

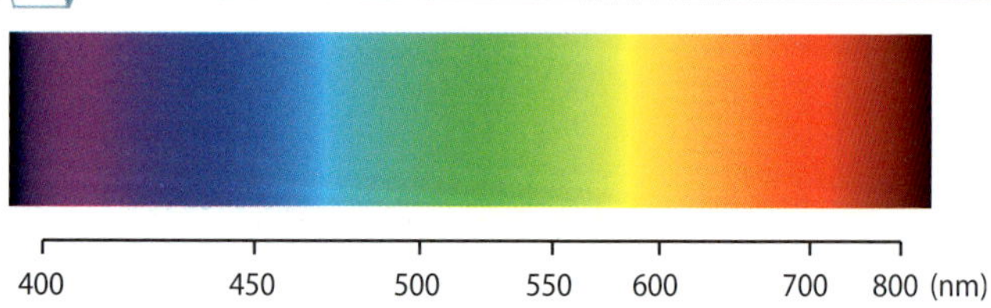


**Donnée**
Loi de Wien : $\lambda_{max} = \frac{2{,}90 \cdot 10^{-3}}{T}$
où $\lambda_{max}$ est exprimée en m et T en kelvin

### 2 Profil spectral de Bételgeuse, une des étoiles de la constellation d'Orion

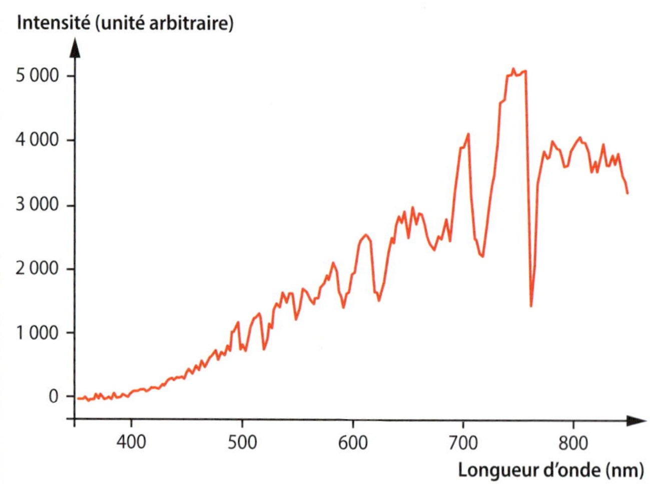


Source : Société Astronomique de Bourgogne, astrosurf.com, consulté en 2024

1. **Rechercher** et **expliquer** ce qu'est une constellation. **Montrer** que la constellation d'Orion a été repérée dans le ciel nocturne à différentes époques et dans différentes civilisations.
2. **Vérifier** que la longueur d'onde de l'intensité maximale émise par Bételgeuse est cohérente avec la couleur perçue de Bételgeuse.
3. **Déterminer** la température de surface de Bételgeuse à l'aide de la loi de Wien.
4. La température de Rigel, une étoile de la constellation d'Orion, est de 10 000 K environ. **Expliquer**, sans calculs, comment comparer la température des étoiles en regardant simplement leur couleur.

## 13 Les calottes glaciaires de Mars

Image de la calotte glaciaire de Mars prise par la sonde spatiale Mars Express

### 1 Les différents états du $CO_2$ sur Mars

Mars est une planète particulière. Sa température est suffisamment basse (−130 °C) pour que le dioxyde de carbone ($CO_2$) de son atmosphère se solidifie, « gèle », pendant l'hiver polaire. On dit alors que l'atmosphère se « condense » et se dépose en surface, créant une calotte polaire saisonnière.
Au printemps, les rayons du Soleil apportent suffisamment d'énergie pour que la glace de dioxyde de carbone se « sublime » et passe en phase gazeuse. Cependant, il ne pleut jamais de dioxyde de carbone liquide sur Mars car les conditions de pression ne le permettent pas. Mars reçoit environ 150 $W\cdot m^{-2}$ en moyenne de puissance solaire contre environ 340 $W\cdot m^{-2}$ pour la Terre à la surface de l'atmosphère.

D'après F. Schmidt, insu.cnrs.fr/fr/cnrsinfo/les-calottes-polaires-de-mars, février 2022

### 2 Puissance radiative reçue du Soleil

La puissance radiative reçue par une surface plane dépend de son aire et de son inclinaison par rapport aux rayons lumineux.

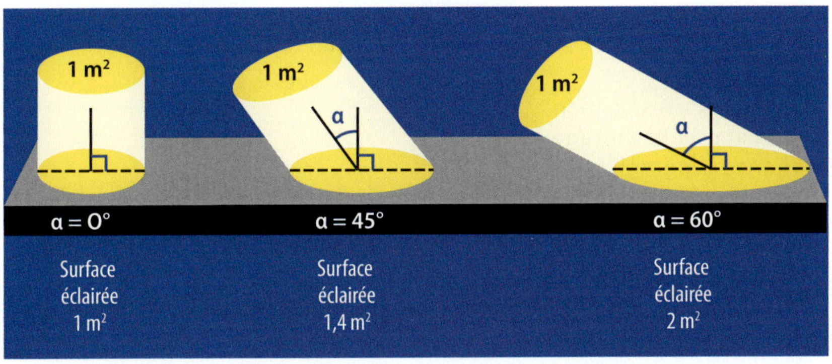


### 3 Axes de rotation de la Terre et de Mars

Terre 23°  Mars 25°

L'année martienne – le temps nécessaire pour une révolution autour du Soleil – est presque deux fois plus longue qu'une année sur Terre. Toutefois, la période de rotation des deux planètes est similaire : la durée moyenne d'un jour sur Mars est de près de 24 heures et 40 minutes en temps terrestre.
L'axe de rotation de Mars est incliné d'un peu plus de 25°. La planète rouge a donc quatre saisons, chacune deux fois plus longue que leur équivalent terrestre.

1. **Expliquez** pourquoi la puissance solaire reçue par mètre carré à la surface de Mars est plus faible que celle reçue par la Terre.
2. Sachant que l'inclinaison de Mars sur son plan d'orbite est quasiment identique à celle de la Terre sur l'écliptique, **expliquer** pourquoi Mars possède des saisons et pourquoi seuls ses pôles présentent des calottes glaciaires.

## 14 Bain de Soleil

Oslo en Norvège

Léna habite Oslo tandis que Victor réside à Bordeaux. Le 21 juin, ils décident de prendre un bain de soleil, allongés sur l'herbe, dans leurs villes respectives.

1. **Déterminer** qui de Léna ou de Victor recevra la plus grande puissance solaire par unité de surface.
2. **Expliquer** les précautions que devront prendre Léna et Victor lors de leur exposition au soleil.

**Données**
Latitude d'Oslo : 60°N
Latitude de Bordeaux : 45°N.

## 15 Vitamine D et exposition de la peau humaine

Sciences et santé

La vitamine D est un nutriment liposoluble, ce qui signifie qu'elle se dissout dans les graisses. Elle est résistante à la chaleur et donc aux cuissons à haute température. Les aliments qui en contiennent le plus sont les poissons gras : saumon, thon, hareng, truite, flétan, sardine. On en trouve aussi une grande quantité dans l'huile de foie de morue. Le jaune d'œuf et certains produits laitiers sont aussi une source de vitamine D.

### 1 Les besoins des êtres humains en vitamine D

La vitamine D joue un rôle essentiel dans la qualité du tissu osseux et musculaire ainsi que dans le renforcement de notre système immunitaire. Les signes cliniques d'une carence en vitamine D sont des troubles musculaires et osseux (défaut de minéralisation des os) ou encore le rachitisme chez l'enfant, à l'origine de douleurs, de déformations et d'augmentation du risque de fracture.

Source : ANSES, anses.fr, 2022

### 2 Bénéfices et risques de l'exposition aux UV

La vitamine D est produite très rapidement par la peau en cas d'exposition directe à la lumière du Soleil ; vous ne devez pas vous exposer davantage pour maintenir votre taux de vitamine D. Pour les zones géographiques comme la France métropolitaine, une exposition de moins de 15 minutes pour les peaux claires à 1 heure pour les peaux noires, avant 12 h et après 16 h, suffit généralement à produire la quantité de vitamine D nécessaire. Étant donné le risque cancérogène avéré et les nombreux effets secondaires à très court terme liés à l'exposition aux UV artificiels, l'utilisation de cabines de bronzage pour couvrir les besoins physiologiques en vitamine D ne peut se justifier.

Source : santepubliquefrance.fr, 2020

### 3 Références nutritionnelles pour la vitamine D (µg/j)

| Groupes de population | Apport moyen recommandé |
|---|---|
| Nourrissons | 10 |
| Enfants de 1 à 10 ans | 15 |
| Adolescents de 11 à 17 ans | 15 |
| Hommes et femmes de 18 ans et plus | 15 |
| Femmes enceintes ou allaitantes | 15 |

Source : ANSES, anses.fr, 2021

1. **Construire** un tableau des bénéfices et risques entre l'exposition et absence d'exposition aux UV.
2. **Justifier** les politiques de santé demandant de limiter l'exposition aux UV, notamment artificielle, malgré le risque de carence en vitamine D.

## 16 L'étoile WR102

Image infrarouge de la nébuleuse autour de WR 102

WR102 est une étoile de la constellation du Sagittaire, sa température est de 210 000 K. Cette étoile est arrivée à son dernier terme évolutif, elle devrait exploser en supernova dans 1 500 ans environ.

Le rayon de cette étoile vaut $R = 1{,}6 \cdot 10^8$ m.

1. **Déterminer** la puissance surfacique de cette étoile.
2. **En déduire** la puissance émise par cette étoile sur l'ensemble de sa surface.
3. **En déduire** la masse perdue par seconde pour cette étoile.
4. La puissance radiative du Soleil est $2{,}15 \cdot 10^{26}$ W. **Montrer** que WR102 émet plus d'énergie lumineuse en 1 s que le Soleil en 1 jour.

**Données**

- Célérité de la lumière dans le vide ou dans l'air :
$$c = 3{,}00 \cdot 10^8 \text{ m} \cdot \text{s}^{-1}$$
- Équivalence masse-énergie :
$\Delta E = \Delta m \cdot c^2$ avec $\Delta E$ en J, $\Delta m$ en kg et $c$ en m·s$^{-1}$.
- Relation puissance et énergie :
$P = \dfrac{\Delta E}{\Delta t}$ avec $P$ en W, $\Delta E$ en J et $\Delta t$ en s.
- Surface d'une sphère :
$S = 4\pi R^2$ avec $R$ en m et $S$ en m$^2$.

## 17 Les risques solaires

**Sciences et santé**

Affiche d'une campagne de prévention sur les risques solaires
Syndicat National des Dermatologues-Vénérologues, 2023

**CHIFFRES CLÉS**

- **Le nombre de nouveaux cas de cancers de la peau a plus que triplé entre 1990 et 2023**.
- Les **carcinomes cutanés représentent 90 % des cancers cutanés** diagnostiqués en France. Moins fréquents, les mélanomes sont les plus dangereux du fait de leur fort potentiel métastatique.
- Près de **18 000 cas de mélanomes** cutanés estimés en 2023 en France.
- **1 980 décès** en 2018

Le mélanome cutané est **de bon pronostic s'il est détecté assez tôt**.

Source : Institut national du cancer, 2023

1. **Énumérer** quelques activités de plein air et quelques professions exposées au Soleil.
2. **Identifier** les risques potentiels liés à une telle exposition.
3. **Élaborer** une liste de conseils pratiques visant à se protéger du Soleil.

## 18 Véga, cinquième étoile la plus lumineuse dans notre ciel !

### 1 Profil spectral de Véga

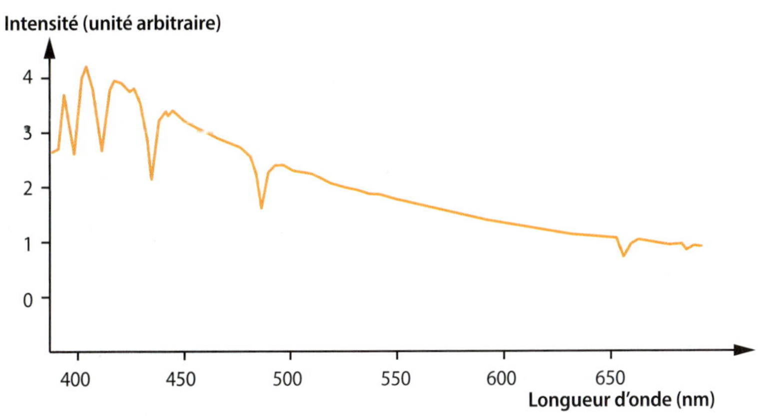


Source : Ursa Major Astronomie, 2023

Véga est l'étoile la plus brillante de la constellation de la Lyre. Il s'agit de la cinquième étoile la plus brillante du ciel et la deuxième de l'hémisphère nord, juste après Arcturus. Elle est relativement proche, à 25,05 années-lumière du Soleil.

**Données**

- Loi de Wien : $\lambda_{max} = \dfrac{2{,}90 \cdot 10^{-3}}{T}$

où $\lambda_{max}$ est exprimée en m et T en kelvin (K).
- T (en K) = T (en °C) + 273

### 2 Classes spectrales des étoiles

Les étoiles sont classées selon leur température de surface.

| Classe spectrale | O Hyper-géantes bleues | B | A | F | G Soleil | K | M Naines rouges |
|---|---|---|---|---|---|---|---|
| Température de surface (K) | > 24 700 | 9 700-24 700 | 7 200-9 700 | 5 700-7 200 | 4 700-5 700 | 3 200-4 700 | < 3 200 |

**Déterminer** la classe spectrale de Véga.

# Déjà vu Déjà su ?

**Pour chaque question, indiquer la ou les bonne(s) réponse(s).**

**1 Le Soleil émet un rayonnement essentiellement dans le domaine :**
a. des ultraviolets.
b. des infrarouges.
c. de la lumière visible.
d. des ultraviolets, des infrarouges et de la lumière visible.

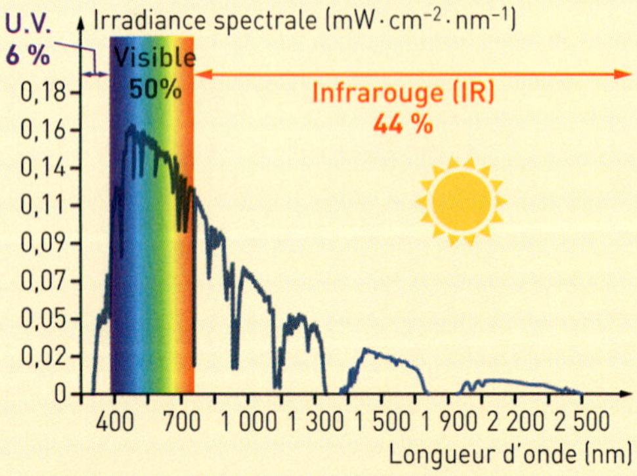

Spectre solaire à la surface de la Terre

**2 Si une onde électromagnétique rencontre un corps, alors :**
a. elle est entièrement réfléchie par celui-ci.
b. elle est toujours absorbée par celui-ci.
c. une partie de celle-ci traverse toujours le corps.
d. une partie de celle-ci peut être absorbée ou réfléchie par le corps.

**3 L'aire d'un disque de rayon $r$ est :**
a. $2 \times \pi \times r$.
b. $\pi \times r^2$.
c. $4 \times \pi \times r^2$.
d. $2 \times \pi \times r^2$.

**4 L'aire d'une sphère de rayon $r$ est :**
a. $2 \times \pi \times r$.
b. $\pi \times r^2$.
c. $4 \times \pi \times r^2$.
d. $2 \times \pi \times r^2$.

**5 La loi de Wien s'écrit $\lambda_{max} = \dfrac{2{,}89 \cdot 10^{-3}}{T}$ avec la longueur d'onde $\lambda_{max}$ en m et la température $T$ en K. On peut donc dire que :**
a. plus la température de l'étoile est élevée, plus la longueur d'onde du maximum d'absorption est élevée.
b. plus la longueur d'onde du maximum d'émission est élevée, plus l'étoile est chaude.
c. plus l'étoile est froide, plus la longueur d'onde du maximum d'émission est faible.
d. plus la longueur d'onde du maximum d'émission est faible, plus l'étoile est chaude.

# Comprendre et pratiquer les sciences

## Nature et élaboration du savoir scientifique

Découvrir comment a été modélisé l'effet de serre. > exercice 9

Reconstituer les histoires passées des climats sous l'influence du volcanisme et des météorites. > exercices 10, 11 et 12

## Des pratiques scientifiques

Calculer des puissances radiatives sur Terre. > Activité 1

Calculer et comparer l'albédo. > Activité 1

Calculer l'effet de serre en utilisant un modèle. > Activité 2

## Effets de la science sur les sociétés et sur l'environnement

Augmenter l'albédo pour réduire la fonte des glaciers. > Exercice 7

Chapitre 5

# Le bilan radiatif terrestre

La Terre reçoit de l'énergie issue du Soleil sous forme de rayonnement électromagnétique. Cet apport d'énergie est à l'origine des températures qu'on mesure à la surface de la Terre. Il s'agit ici de comprendre qualitativement comment le bilan énergétique de la Terre conditionne sa température. En effet, qu'advient-il de l'énergie solaire reçue par la Terre ?

# Activité 1 La puissance solaire reçue par la Terre : réflexion et absorption

L'énergie reçue par la Terre provient essentiellement du Soleil. Pour nous parvenir, cette énergie, transmise par rayonnement, doit franchir notre atmosphère ; une partie est alors renvoyée vers l'espace.

**Quelle proportion de la puissance solaire parvient effectivement à la surface de la Terre ?**

**SAVOIR-FAIRE**

- Calculer la proportion de la puissance émise par le Soleil qui atteint la Terre.
- L'albédo terrestre étant donné, déterminer la puissance totale reçue par le sol de la part du Soleil.

## 1 Une partie de la puissance solaire parvient à la Terre

Dans le vide de l'espace, le rayonnement solaire se propage sans atténuation dans toutes les directions. À une distance $d$ du Soleil, la puissance totale est répartie sur la surface de la sphère de rayon $d$. La constante solaire (en $W \cdot m^{-2}$) est la puissance surfacique (par unité de surface) de cette sphère.

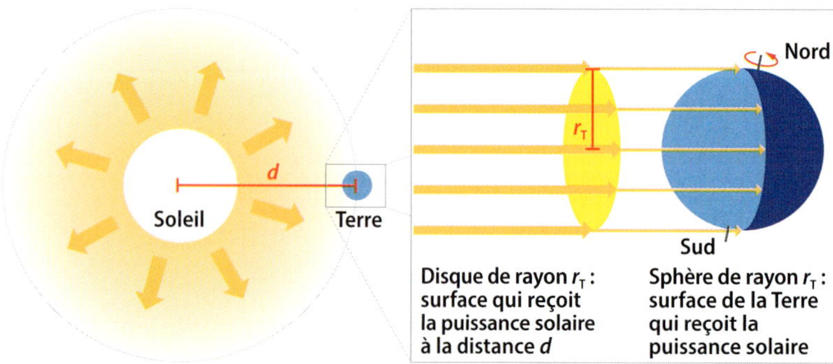


**Données**

Puissance émise par le Soleil : $P_S = 3{,}9 \cdot 10^{26}$ W
Rayon de la Terre : $r_T = 6\,370$ km
Distance Terre-Soleil : $d = 150\,000\,000$ km
Aire d'un disque de rayon $r$ : $\mathcal{A}_{disque} = \pi \times r^2$
Aire d'une sphère de rayon $r$ : $\mathcal{A}_{sphère} = 4 \times \pi \times r^2$

**hachette-clic.fr/24es1096** TP « déterminer la constante solaire »

## 2 Des rayons en partie réfléchis : l'effet d'albédo

L'albédo $A$ est la proportion de rayonnement solaire réfléchi vers l'espace : $A = \dfrac{\text{Puissance solaire réfléchie}}{\text{Puissance solaire incidente}}$.
Il est la plupart du temps exprimé en pourcentage.

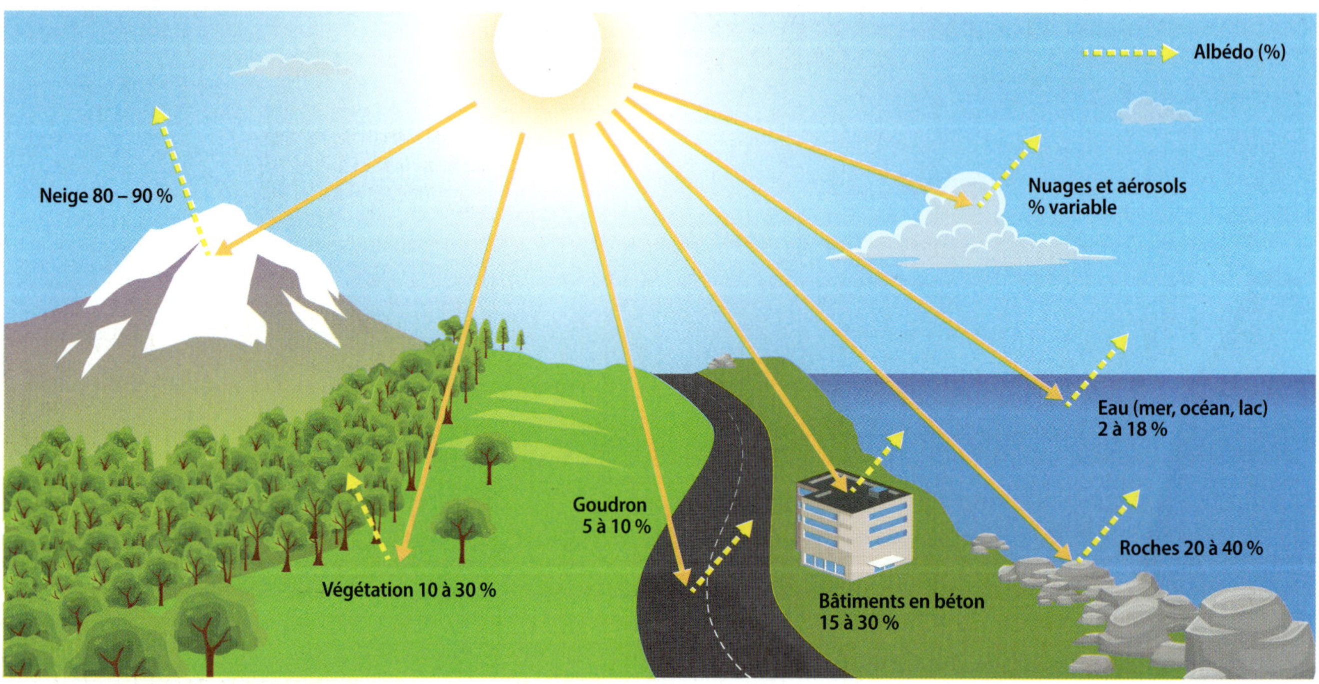


Source : John Hopkins University, jhu.edu

## 3 Comparaison entre le rayonnement solaire moyen annuel parvenant au sommet de l'atmosphère et à la surface de la Terre

Rayonnement solaire incident annuel moyen au sommet de l'atmosphère en $W \cdot m^{-2}$

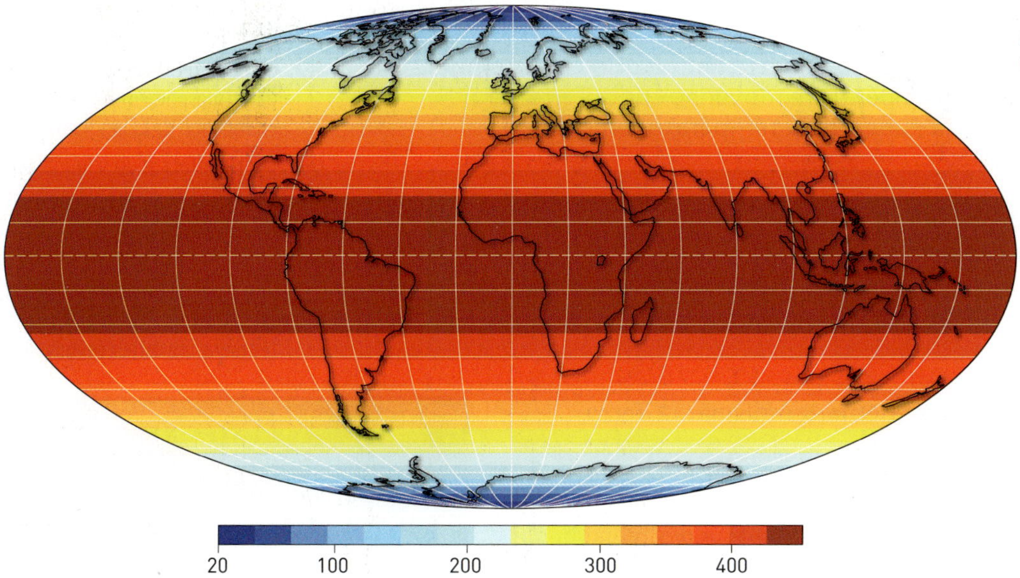


Source : e-education.psu.edu

Rayonnement solaire incident annuel moyen à la surface de la Terre en $W \cdot m^{-2}$

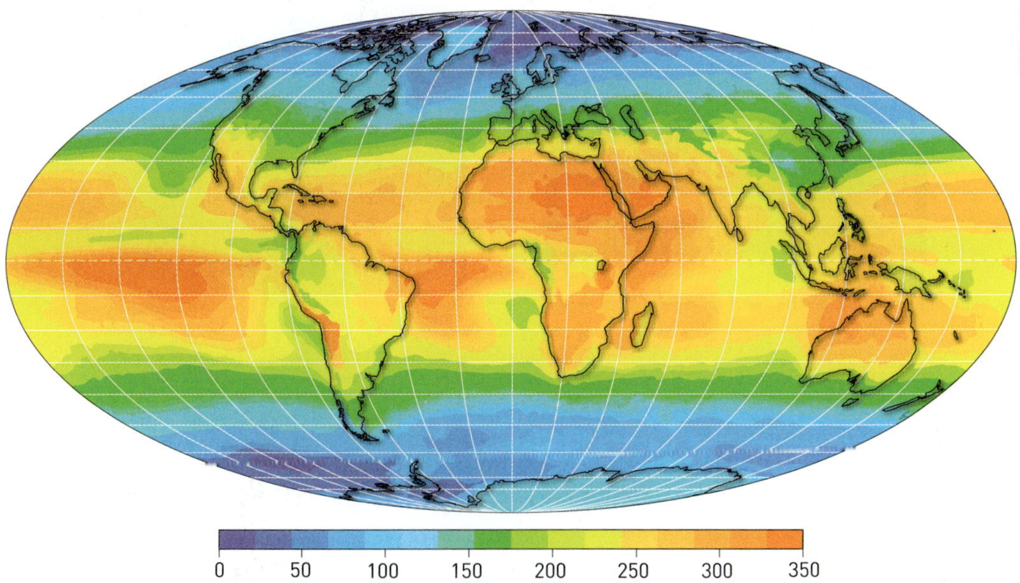


Source : d'après M. Lobster (2006)

## Consignes

### Calcul de puissance solaire (niveau **)

1. **Calculer** la constante solaire pour la Terre (doc 1).
2. **Calculer** la valeur de la puissance solaire totale reçue par la Terre assimilée à un disque de rayon $r_T$.
3. Sachant que cette puissance se répartit sur toute la surface de la sphère terrestre en rotation, **calculer** la puissance provenant du Soleil par unité de surface reçue par la Terre.
4. En comparant les deux cartes du doc 3, **préciser** les effets de l'atmosphère sur la quantité d'énergie solaire parvenant à la surface de la Terre.

### Albédo et puissance solaire reçue au sol (niveau*)

5. **Comparer** la puissance pouvant être absorbée par un sol couvert de végétation ou de goudron (doc 2).
**Relier** l'albédo avec la quantité d'énergie réellement absorbée par la surface terrestre.
6. L'albédo terrestre total (atmosphère et sol) moyen étant de 30 %, **calculer** la puissance solaire totale effectivement reçue par le sol.

# Activité 2 La température sur Terre : un équilibre dynamique

Une partie du rayonnement solaire parvenant à la surface de la Terre est absorbée par les océans et les continents, entraînant leur réchauffement. Ces conditions feraient que la température moyenne sur la Terre serait d'environ – 18 °C, comme sur la Lune. Or, la température moyenne mesurée sur Terre est de + 15 °C.

**Quels sont les phénomènes permettant à la Terre d'atteindre une température moyenne de + 15 °C ?**

**SAVOIR-FAIRE**

- Commenter la courbe d'absorption de l'atmosphère terrestre en fonction de la longueur d'onde.
- Représenter sur un schéma les différents rayonnements reçus et émis par le sol.
- Expliquer qualitativement l'influence des différents facteurs (albédo, effet de serre) sur la température terrestre moyenne.

## 1 Puissance surfacique du rayonnement émis par la Terre

L'atmosphère, les océans et la surface des continents absorbent les radiations solaires qui leur parviennent, ce qui augmente leur température. Or tout corps porté à une certaine température émet à son tour des radiations. Ainsi, la Terre émet vers l'espace un rayonnement électromagnétique infrarouge.

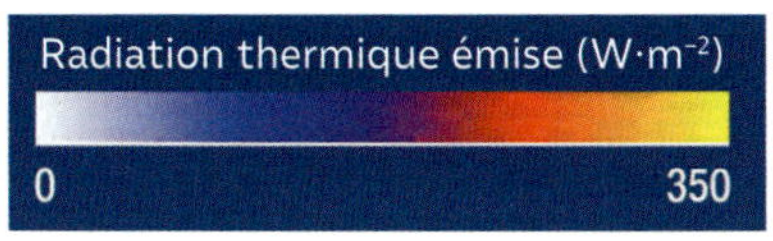


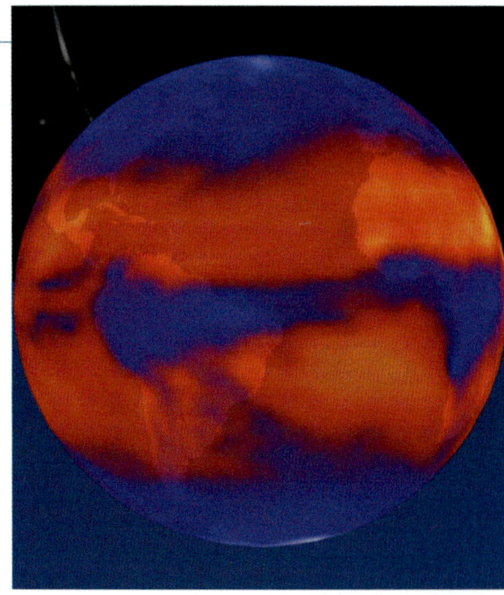

**hachette-clic.fr/24es1098** Vidéo « Visualiser la radiation thermique émise par la Terre »

## 2 Rôles de l'atmosphère sur les rayonnements émis par le sol

Les bandes de couleur représentent (une couleur par gaz) la proportion de l'énergie rayonnée qui est interceptée par les gaz à effet de serre de l'atmosphère, et ce pour chaque longueur d'onde. Les gaz à effet de serre sont nombreux : vapeur d'eau, ozone, méthane, etc.

Le rayonnement infrarouge de la terre

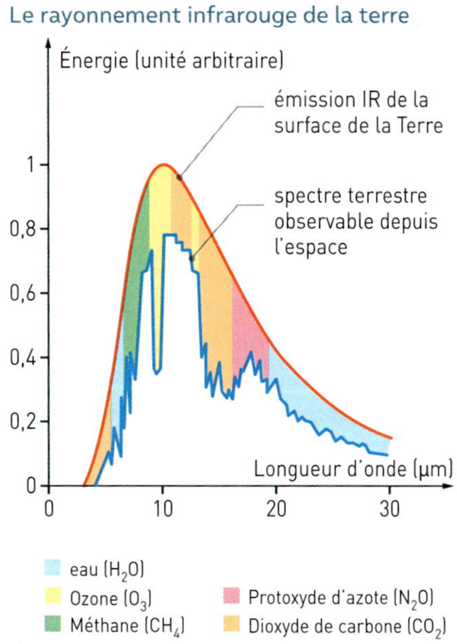


Les rayonnements infrarouges et l'effet de serre

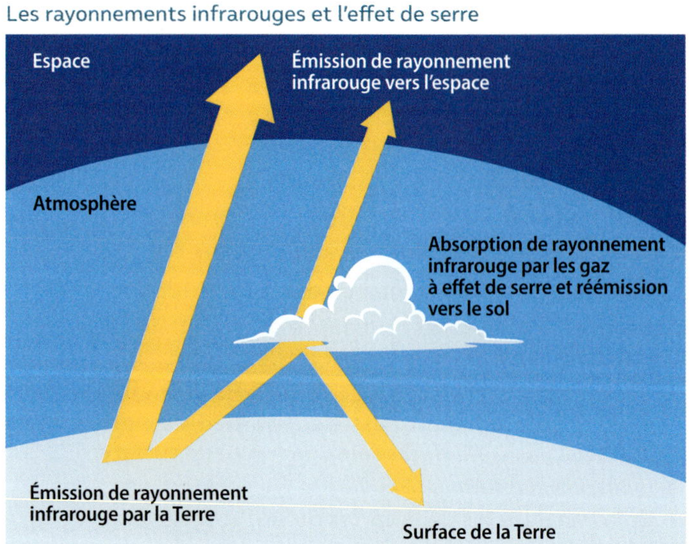

## 3 Le bilan radiatif de la Terre

La puissance surfacique annuelle moyenne reçue du Soleil au sommet de l'atmosphère est de 342 $W \cdot m^{-2}$ (majoritairement dans le visible), dont 107 sont renvoyés vers l'espace (82 $W \cdot m^{-2}$ reflétés par les nuages et environ 25 $W \cdot m^{-2}$ par le jeu de l'albédo). 235 $W \cdot m^{-2}$ parviennent donc au sol.
La surface (sol et océans) réémet un rayonnement infrarouge d'une puissance mesurée de 390 $W \cdot m^{-2}$. L'atmosphère en laisse passer directement l'équivalent de 80 $W \cdot m^{-2}$ vers l'espace, alors que les gaz à effet de serre présents en absorbent 310 $W \cdot m^{-2}$.
Sur ces 310 $W \cdot m^{-2}$, 155 $W \cdot m^{-2}$ sont renvoyés vers l'espace et 155 $W \cdot m^{-2}$ sont réémis en direction de la surface de la Terre.
Ainsi, au niveau du sol, on observe un équilibre avec un apport de 390 $W \cdot m^{-2}$ (soit 235 + 155) et une réémission de 390 $W \cdot m^{-2}$.
Au sommet de l'atmosphère, le bilan radiatif est aussi équilibré avec un apport par le Soleil de 342 $W \cdot m^{-2}$ et une perte par réflexion (107 $W \cdot m^{-2}$) ou par réémission d'infrarouge (235 $W \cdot m^{-2}$).

## 4 Une température constante à l'équilibre

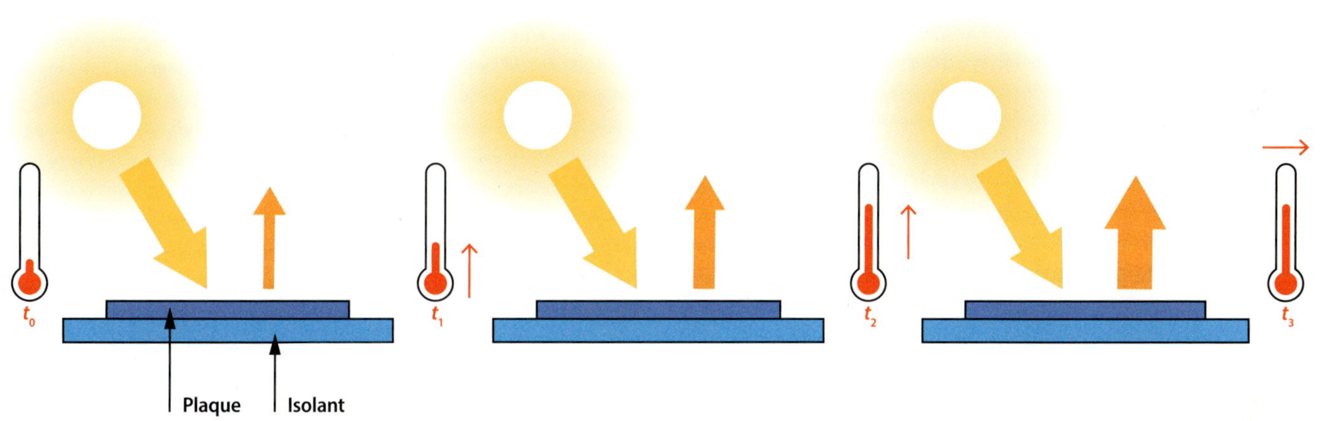


Si un corps reçoit plus d'énergie qu'il n'en perd, sa température augmente.

Comme sa température augmente, l'énergie perdue par émission de rayonnement augmente.

Lorsque l'énergie réémise est exactement compensée par l'énergie reçue, la température reste alors constante et l'équilibre dynamique est atteint.

## Consignes

### Absorption de puissance solaire par l'atmosphère terrestre (niveau **)

1. **Décrire** les caractéristiques du rayonnement émis par la Terre en direction de l'espace (docs 1 et 2).
2. **Formuler** une hypothèse sur l'origine des variations de la puissance par unité de surface de ce rayonnement (doc 1).

### Facteurs modifiant l'intensité de l'effet de serre (niveau **)

3. **Représenter** sur un schéma l'ensemble des rayonnements reçus et émis par le sol ainsi que leur puissance par unité de surface. **Préciser** quels rayonnements participent à la puissance reçue par le sol en un lieu donné et **indiquer** un ordre de grandeur de leurs valeurs respectives. **Montrer** que la température moyenne de la Terre était constante du fait d'un équilibre dynamique (docs 3 et 4).
4. **Préciser** l'influence de l'albédo et de l'effet de serre sur la température terrestre moyenne. **Citer** des causes possibles à des variations de cette température (docs 1, 2 et 3).

# Le cours

## 1 L'énergie solaire reçue par la Terre : réflexion et absorption

● Seule une partie de la puissance émise par le Soleil atteint la surface de la Terre : elle dépend de la distance Terre-Soleil et du rayon de la Terre. Une fraction du rayonnement solaire qui atteint la Terre est directement réfléchie (au niveau de l'atmosphère, la surface du sol, des océans…) : c'est l'albédo. Les continents, les océans et, dans une moindre mesure, l'atmosphère, absorbent la puissance restante et se réchauffent.

## 2 La température sur Terre : un équilibre dynamique

● Le sol réchauffé émet un rayonnement électromagnétique vers l'espace dans le domaine infrarouge (longueur d'onde moins énergétique que le rayonnement visible) dont la puissance par unité de surface augmente avec la température. Une partie de cette puissance est absorbée par certains gaz de l'atmosphère, qui réémettent un rayonnement infrarouge vers le sol, contribuant à le réchauffer davantage : c'est l'effet de serre.

Le reste de l'énergie est dissipé vers l'espace. La puissance reçue par le sol en un lieu donné est donc égale à la somme de la puissance reçue du Soleil et de celle reçue de l'atmosphère par effet de serre. Ces deux dernières sont du même ordre de grandeur.

● Un équilibre dynamique est atteint lorsque le sol reçoit au total une puissance moyenne égale à celle qu'il émet. La température moyenne du sol est alors constante. Plus le rayonnement émis par l'atmosphère et absorbé par la Terre est important, plus la température d'équilibre de la Terre est élevée.

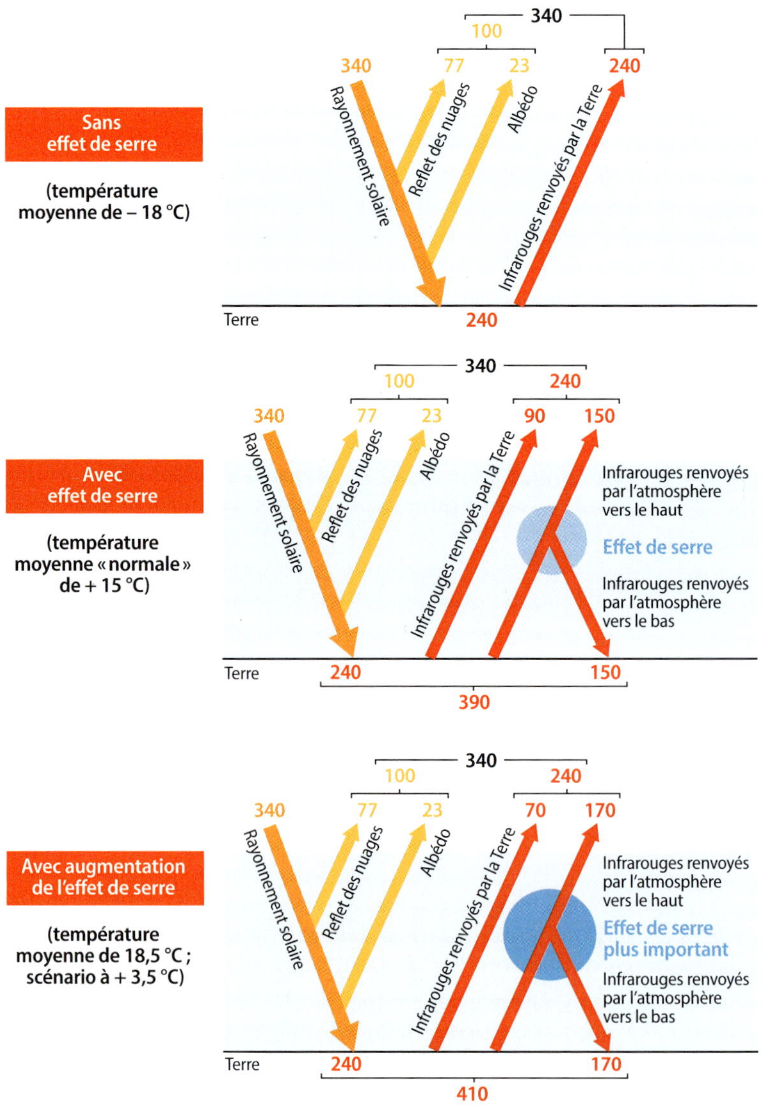


Les valeurs sont indiqués en $W \cdot m^{-2}$. Pour un bilan global, on considère un rayonnement solaire incident moyen, essentiellement dans le visible, d'une puissance de 340 $W \cdot m^{-2}$ arrivant au sommet de l'atmosphère.

Source : planet-terre.ens-lyon.fr

# Carte Mentale

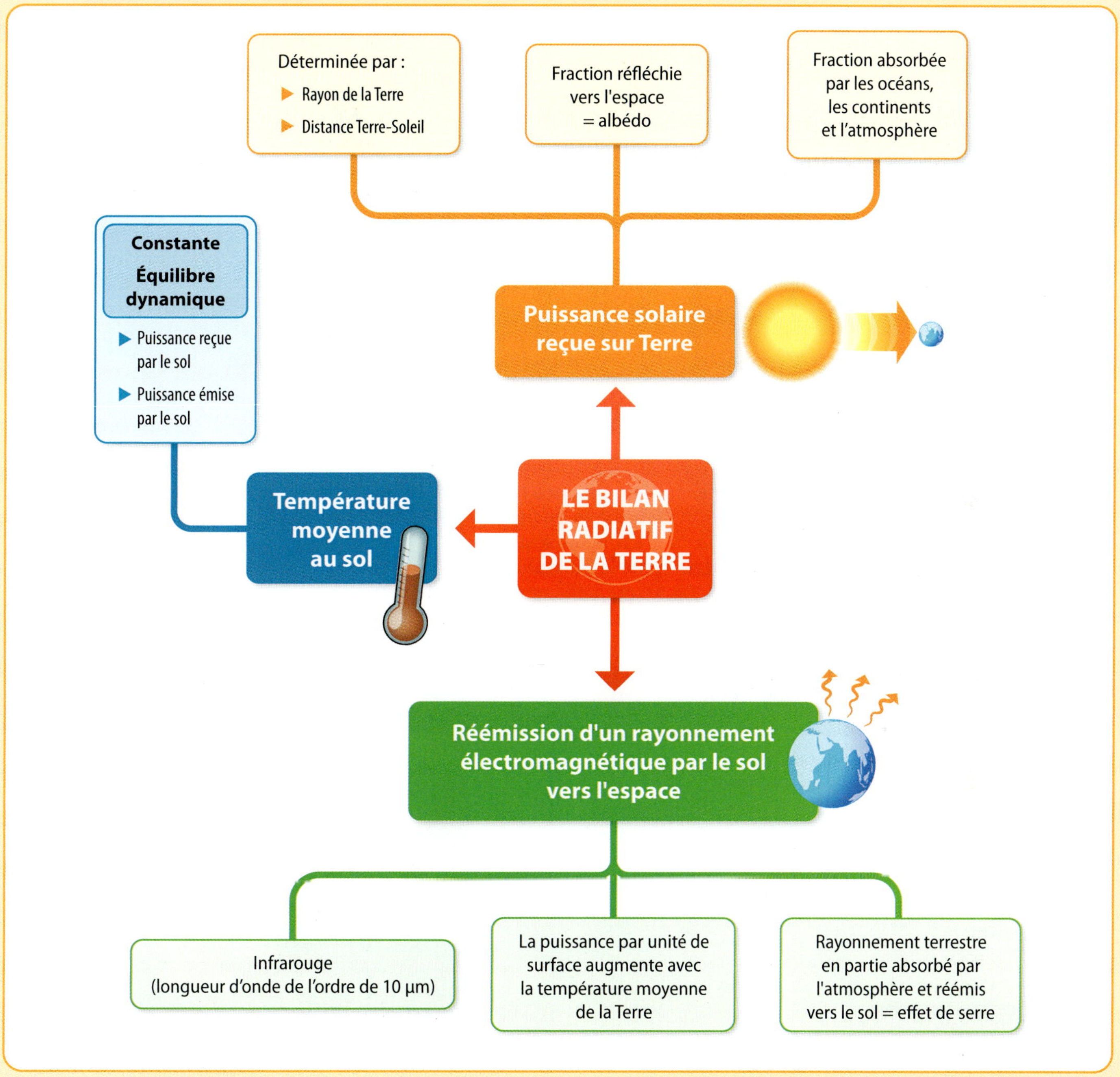


FLASH CARDS **MOTS-CLÉS**

● **Mémorisez les mots-clés du chapitre grâce aux cartes mémo !**

hachette-clic.fr/24es1101

albédo | rayonnement infrarouge | rayonnement solaire

atmosphère | effet de serre | équilibre dynamique

# Exercices Tester ses connaissances

## QCM
CORRIGÉ p. 246

Pour chaque question, indiquer la (ou les) bonne(s) réponse(s).

Version interactive hachette-clic.fr/24es1102

| | a | b | c | d |
|---|---|---|---|---|
| **1** **La proportion de la puissance solaire parvenant à la limite de l'atmosphère terrestre dépend :** | du rayon de la Terre et de la distance Terre-Soleil. | uniquement du rayon de la Terre. | uniquement de la distance Terre-Soleil. | de la vitesse de rotation de la Terre. |
| **2** **L'albédo :** | est un phénomène qui participe au réchauffement de la planète. | correspond à l'émission de rayons infrarouges vers l'espace par le sol réchauffé. | correspond à la fraction de la puissance solaire réfléchie vers l'espace. | n'existe pas en l'absence d'atmosphère. |
| **3** **L'effet de serre :** | dépend de la présence d'une atmosphère. | participe à diminuer la température de la Terre. | n'existe que du fait des activités humaines. | est lié à des rayonnements ultraviolets. |
| **4** **La température de la Terre est constante du fait d'un équilibre dynamique. Cela signifie que :** | la puissance solaire qui parvient à la Terre est constante. | la puissance reçue par le sol en un lieu donné est égale à la somme de la puissance reçue du Soleil et de celle reçue de l'atmosphère. | le sol reçoit au total une puissance moyenne égale à celle qu'il émet. | l'effet de serre contribue à réchauffer la planète en plus des rayonnements solaires. |

## 5 Affirmations à corriger
CORRIGÉ p. 248

**Corriger les affirmations suivantes.**

a. « L'effet de serre est un rayonnement électromagnétique émis par l'atmosphère vers l'espace. »

b. « L'albédo est un phénomène qui participe au réchauffement de la Terre. »

c. « La Terre émet un rayonnement dans l'ultraviolet. »

## 6 Schéma à annoter

**Attribuer une légende à chaque numéro du schéma suivant.**

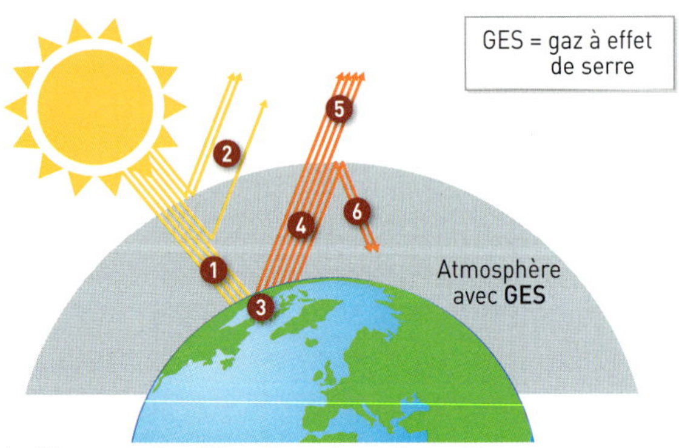


La Terre, en équilibre thermique dynamique

## 7 Un glacier suisse bâché
À l'oral !

Comme chaque été, le glacier du Rhône, dans le Valais suisse, est protégé par d'immenses bâches blanches. Elles resteront en place jusqu'à l'automne pour ralentir sa fonte. La langue de glace a déjà perdu plus d'un kilomètre de long depuis l'année 1900 en raison du changement climatique.

**Expliquer, en mobilisant vos connaissances, les phénomènes de ralentissement de la fonte du glacier induit par la présence de bâches.**

## 8 Raisonner

– La Lune est à la même distance du Soleil que la Terre, mais les températures à sa surface varient de + 125 °C le jour à – 175 °C la nuit.

– La Lune n'a pas d'atmosphère.

**Proposer une hypothèse permettant de relier ces deux informations.**

# Exercice résolu

## 9 Modèle d'effet de serre à une couche

### 1 La loi de Stefan-Boltzmann : relation entre température et puissance rayonnée d'un corps noir

En 1879, Joseph Stefan formule l'idée selon laquelle la puissance émise par unité de surface d'un corps noir (corps qui absorbe, sans la réfléchir ni la diffuser, toute l'énergie électromagnétique qu'il reçoit) augmente de manière proportionnelle à la quatrième puissance de la température. En d'autres termes, si la température d'un corps noir double, la quantité de lumière émise par chaque mètre carré augmentera de 16 fois. Cette loi se formule ainsi :

$$P = \sigma \cdot T^4$$

avec $P$ en $W \cdot m^{-2}$, $T$ la température en kelvins (il faut lui soustraire 273 pour obtenir la température en degré Celsius) et $\sigma$ la constante de Stefan-Boltzmann qui vaut $5{,}67 \cdot 10^{-8}$ $W \cdot m^{-2} \cdot K^{-4}$.

Joseph Stefan

Ludwig Boltzmann

### 2 Le modèle d'effet de serre à une couche

Dans ce modèle, on considère que l'atmosphère :
- n'absorbe pas le rayonnement solaire
- absorbe une grande partie du rayonnement infrarouge émis par la Terre et le réémet dans les mêmes proportions vers le sol et vers l'espace.

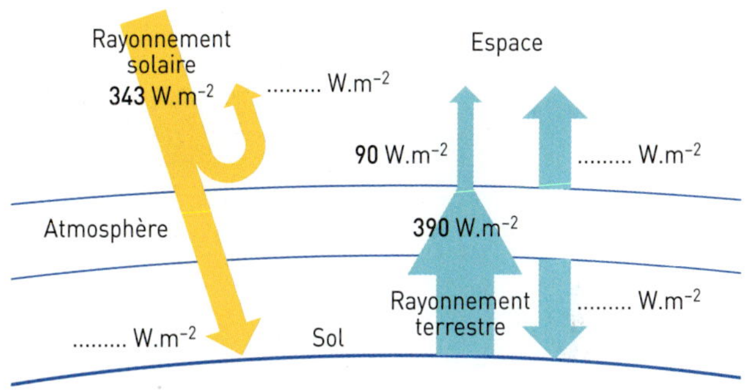

Source : d'après l'Observatoire de Paris

1. **Calculer** la température moyenne théorique de surface $T_s$ de la Terre (en °C) prenant en compte le rayonnement solaire et l'albédo.
2. **Indiquer** le phénomène permettant d'expliquer une température moyenne de surface d'environ 15 °C.
3. **Compléter** les valeurs de puissance manquantes sur le doc 2 en supposant la Terre en équilibre dynamique.

**Données**
- L'albédo, noté $A$, prend une valeur comprise entre 0 (aucune réflexion) et 1 (réflexion totale). L'atmosphère terrestre a un albédo moyen de 0,3 (ou 30 %).
- Puissance par unité de surface : $M_{solaire} = 343$ $W \cdot m^{-2}$
- Loi de Stefan : $T_s \text{ (en K)} = \left[\dfrac{(1 - A) \times M_{solaire}}{(5{,}67 \cdot 10^{-8})}\right]^{0{,}25}$
- $T \text{ (en K)} = T \text{ (en °C)} + 273$

## Conseils

**Attention aux unités,** notamment pour la constante solaire et pour la constante de Stefan-Boltzmann et au fait que **la température obtenue est en K.**

**Deux égalités à envisager et respecter :** au niveau de la haute atmosphère et au niveau de la surface terrestre où ce qui est émis est égal à ce qui est reçu. On voit ainsi que **ce qui est émis** vaut 90 + 150 + 103 = 343 $W \cdot m^{-2}$ (**égal à ce qui est reçu**) et au niveau du sol, 390 $W \cdot m^{-2}$ sont émis et 240 + 150 = 390 $W \cdot m^{-2}$ sont reçus.

## Solution

1. $T_s \text{ (en K)} = \left[\dfrac{(1 - 0{,}30) \times 343}{(5{,}67 \cdot 10^{-8})}\right]^{0{,}25} = 255 \text{ K soit } -18 \text{ °C}.$

2. Le phénomène expliquant cette différence de température est l'effet de serre.

3. Pour le rayonnement solaire : l'albédo étant de 0,3 (soit 30 %), la partie réfléchie de ce rayonnement vaut $343 \times 0{,}30 = 103$ $W \cdot m^{-2}$.
Puissance transmise : $343 - 103 = 240$ $W \cdot m^{-2}$.
Pour le rayonnement terrestre : la puissance absorbée par l'atmosphère vaut $390 - 90 = 300$ $W \cdot m^{-2}$.
L'atmosphère réémet la moitié de cette puissance en direction du sol, chaque flèche bleue correspond à $\dfrac{300}{2} = 150$ $W \cdot m^{-2}$.

# Exercices Développer ses compétences

## 10 Éruption du Pinatubo et température de la Terre

CORRIGÉ p. 248

Le mont Pinatubo est un volcan explosif situé en Indonésie qui est entré en éruption le 15 juin 1991. Le panache volcanique a atteint la haute atmosphère dans laquelle les cendres et les gaz se sont dispersés.
Parmi les molécules émises par le volcan, on trouve le dioxyde de soufre qui, sous forme de microgouttelettes, a la capacité de rendre l'atmosphère plus opaque et donc de modifier la quantité d'énergie solaire transmise à la partie basse de l'atmosphère.

### 1 Évolution de l'opacité de l'atmosphère entre le 10 avril 1991 et le 16 janvier 1994

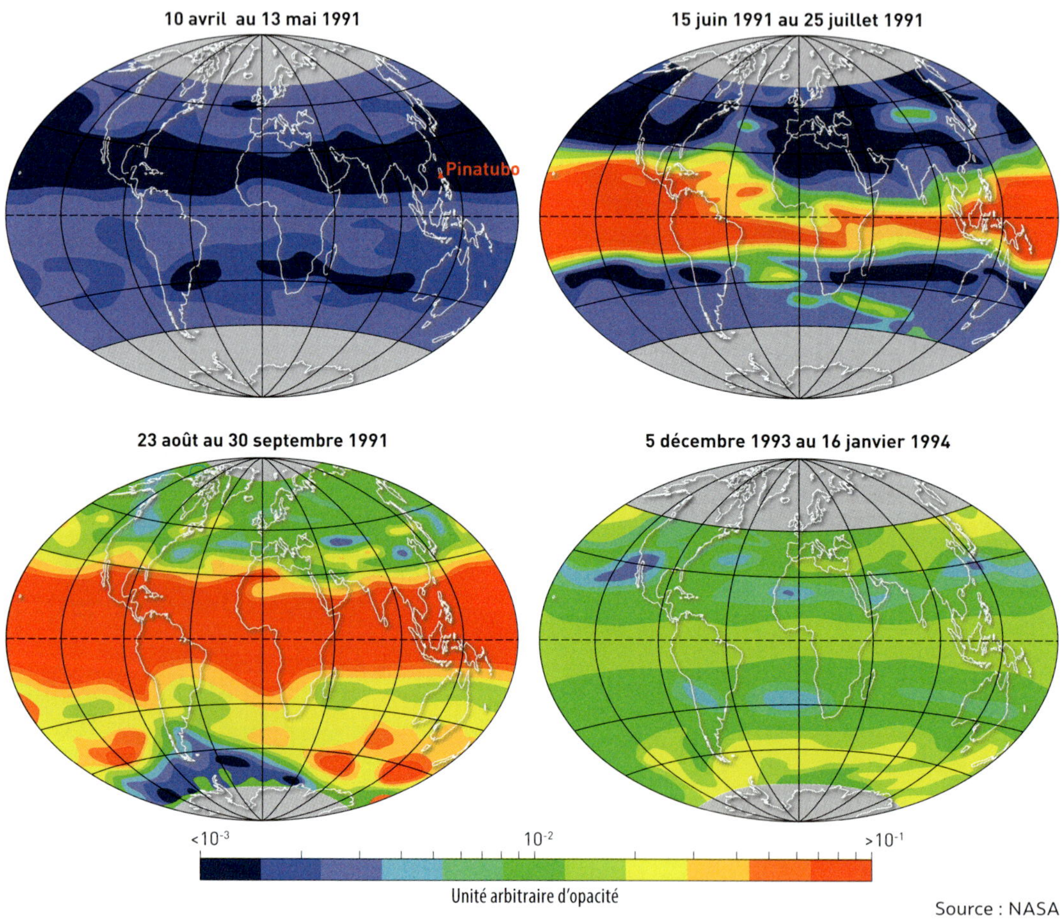


Source : NASA

### 2 Évolution des écarts de températures à la surface de la Terre par rapport à la température moyenne entre 1860 et 2010

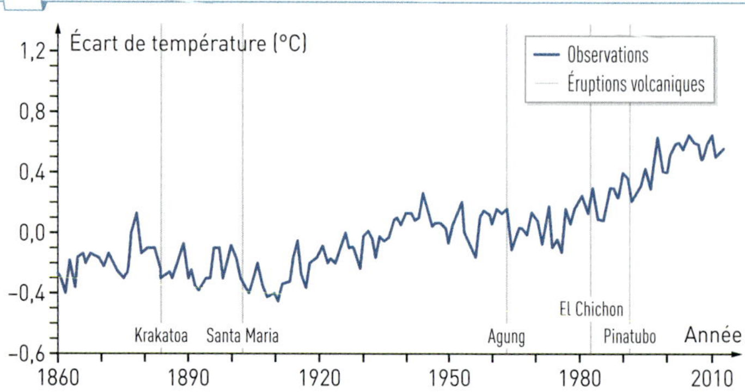


Source : rapport GIEC, 2013

1. **Décrire** l'évolution de l'opacité de l'atmosphère entre avril 1991 et janvier 1994 (doc 1).
2. **Décrire** l'évolution de la température à la surface de la Terre de 1990 à 1993 (doc 2).
3. **Proposer** une explication aux observations précédentes.

## 11 La disparition des dinosaures

### 1 Le scénario de la disparition

**hachette-clic.fr/24es1105** Podcast « Le scénario de l'extinction des dinosaures se précise un peu plus »

### 2 Conséquences sur l'atmosphère de l'impact de Chicxulub

Ces simulations de modèles paléoclimatiques montrent le transport rapide des poussières autour de la planète, quelques jours après l'impact de la météorite Chicxulub.

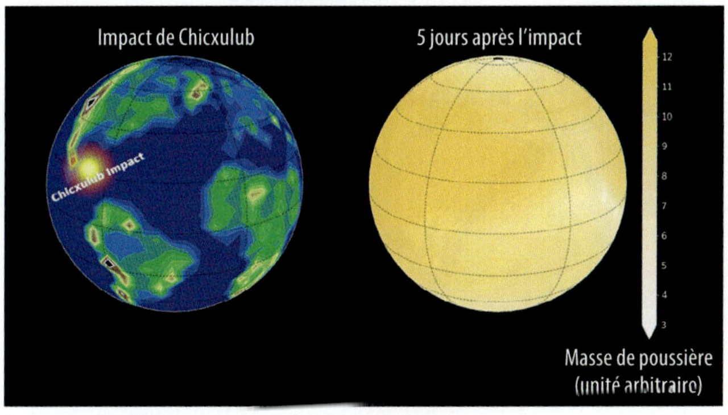


Source : simulations de Cem Berk Senel (2023)

1. Après avoir écouté le podcast (doc 1), **préciser** la variation de température qu'a subi la Terre il y a 66 Ma.
2. En vous aidant du schéma du bilan radiatif de la Terre du cours et du doc 2, **expliquer** comment les événements ayant eu lieu il y a 66 Ma ont pu mener à modifier la température de la Terre.
3. En vous aidant du doc 3, **proposer** une autre hypothèse pouvant expliquer que cet impact a précipité la disparition de la plupart des groupes de dinosaures, avec en premier lieu les dinosaures herbivores.

### 3 Conséquences sur la photosynthèse de l'impact de Chicxulub

Ces schémas sont une simulation paléoclimatique de l'évolution temporelle de la puissance solaire utile à la photosynthèse arrivant à la surface de la Terre après l'impact de la météorite Chicxulub sur la Terre il y a 66 Ma.

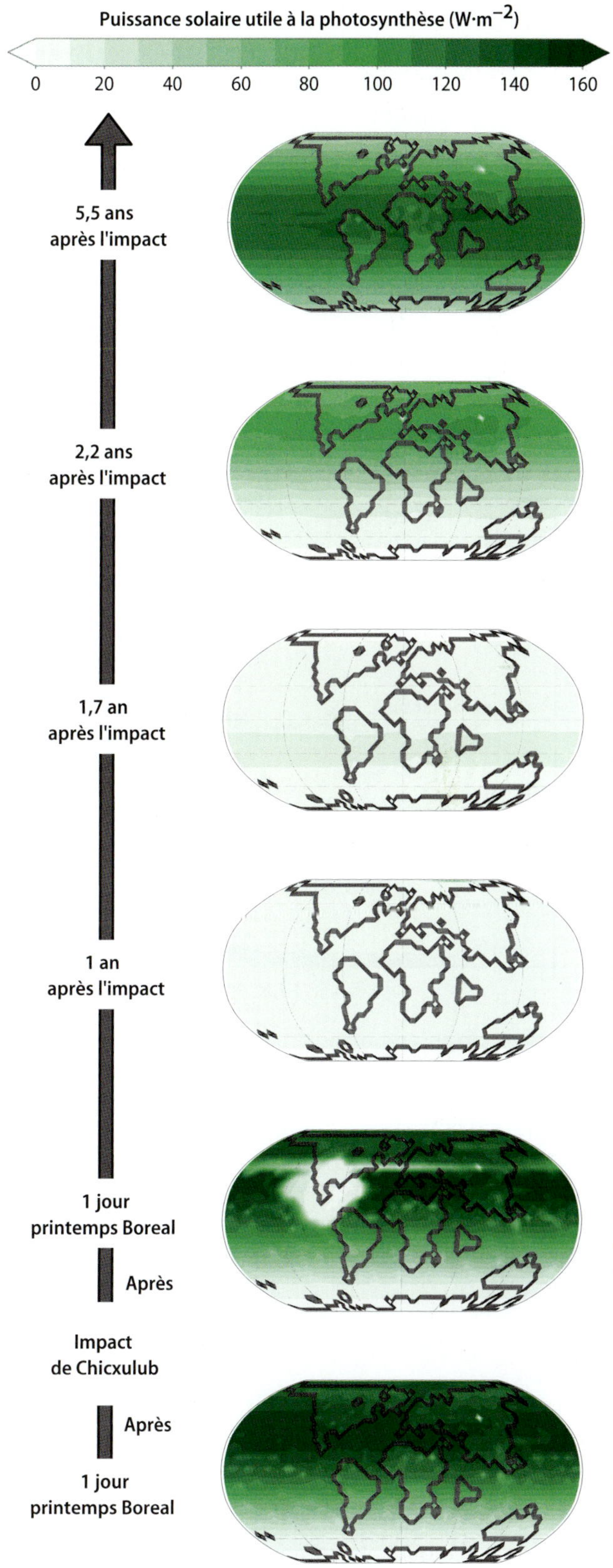


Source : C. B. Senel et al., *Nature Geoscience* 16 (2023)

## 12 La Terre boule de neige

### 1 Origine de la première glaciation terrestre

Initialement, l'atmosphère terrestre était principalement constituée de dioxyde de carbone ($CO_2$), dont la concentration a commencé à diminuer en raison de l'érosion liée à l'émergence des premiers continents. La réduction de ce gaz à effet de serre a d'abord été compensée par l'accumulation de méthane, produit par des bactéries méthanogènes. Puis l'apparition de bactéries génératrices d'oxygène (gaz toxique pour d'autres espèces) a entraîné une forte baisse des bactéries méthanogènes et donc une chute de la concentration en méthane atmosphérique, conduisant ainsi à la première glaciation terrestre.

Source : A.-S. Boutaud, *CNRS le journal*, 2017

La Terre telle que les scientifiques l'imaginent lors de la première glaciation

### 2 Plusieurs glaciations planétaires

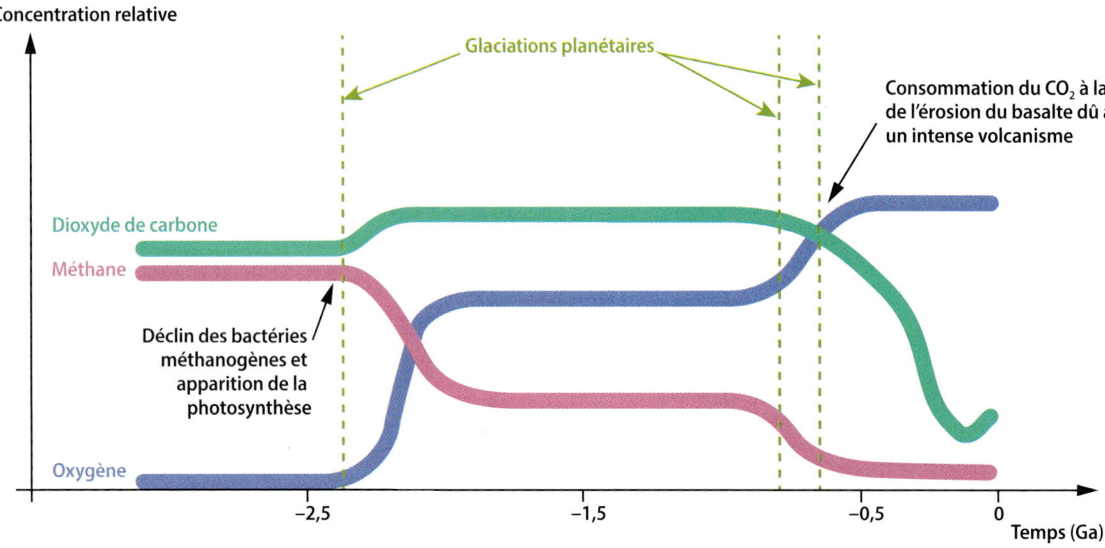


Évolution des concentrations atmosphériques de trois gaz au cours des temps géologiques

Source : d'après Jorge Alvarez-Solas, thèse 2010

Des roches datées de 720 Ma, alors situées au niveau de l'équateur, ont montré des traces de glaciation. Cela a permis aux scientifiques de poser l'hypothèse d'une glaciation d'échelle planétaire.

Une telle glaciation, conduisant à une Terre totalement gelée (*snowball Earth*) avait déjà eu lieu il y a 2,4 Ga.

Le suivi de données atmosphériques a montré que :

- il y a 2,4 Ga, le dioxygène, apparu en raison du développement de la photosynthèse, a entraîné le déclin des bactéries méthanogènes : le taux de méthane de l'atmosphère chute alors de 65 %, or le méthane est un puissant gaz à effet de serre ;
- il y a 720 Ma, de vastes plaines de basalte ont été formées par l'activité volcanique de la Terre et leur érosion a consommé des quantités colossales de dioxyde de carbone. La température chute de 50 °C sur les continents.

1. **Expliquer** comment ces événements ont pu conduire à un refroidissement de la Terre.
2. **Indiquer** par quel phénomène l'extension de la surface de glace a amplifié le refroidissement.

## 13 La puissance solaire

Spé PC

Des études ont montré que la puissance totale rayonnée du Soleil a beaucoup varié depuis sa formation il y a environ 4,5 Ga.

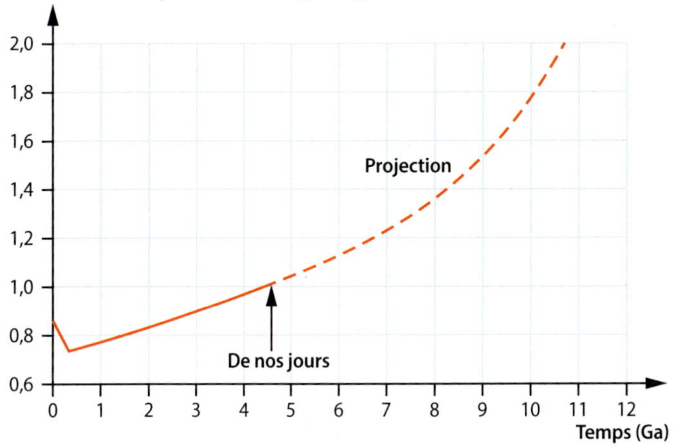


Évolution de la puissance du Soleil

Source : I. Ribas, *Proceedings IAU Symposium* 264, 2009

1. **Comparer** la puissance totale rayonnée du Soleil il y a 4 Ga par rapport à la puissance actuelle.
2. Sachant que la puissance totale rayonnée actuelle du Soleil est d'environ $3,85 \cdot 10^{26}$ W, **calculer** la puissance totale rayonnée il y a 4 Ga.
   La relation issue de la loi de Stefan-Boltzmann, $T = \left(\frac{P_s}{\sigma}\right)^{0,25}$, permet de calculer la température de la Terre en fonction de la puissance rayonnée ($P_s$) par la Terre.
3. Si on considère que la puissance par unité de surface reçue au niveau de la Terre a évolué dans les mêmes proportions et que la Terre n'a pas d'atmosphère, **calculer** la température de la Terre il y a 4 Ga dans ces conditions.
4. Sachant qu'on a trouvé des traces d'eau à l'état liquide à la surface de la Terre il y a 4 Ga, en **déduire** ce que pouvait être sa température moyenne maximale.
5. À l'aide de vos connaissances, **proposer** une hypothèse expliquant cette différence de température.

## 14 L'effet de serre sur Vénus

Spé PC

Vénus et la Terre sont des planètes qu'on peut qualifier de « jumelles » : leur masse, leur rayon planétaire et leur densité ont des valeurs très proches. La température moyenne de surface de Vénus (465 °C = 738 K), plus élevée que celle de la Terre (15 °C = 288 K) semble facilement s'expliquer par le fait que Vénus est plus proche du Soleil que la Terre. Mais ce paramètre n'explique pas à lui seul cette importante différence de température.

Vénus et la Terre

### 1 Équation traduisant un bilan radiatif équilibré des planètes

Dans le cas d'une planète en équilibre dynamique, la puissance émise par la planète vers l'espace est égale à la puissance solaire reçue par la planète.

$$\sigma T_{éq}^{\ 4} = C_{planète} \times \frac{(1 - A)}{4}$$

avec $\sigma = 5,67 \cdot 10^{-8}$ U.S.I. (constante de Stefan) ;
$T_{éq}$ (en K) la température d'équilibre de la planète si elle ne possédait pas d'atmosphère ;
$C_{planète}$ (en $W \cdot m^{-2}$) la constante solaire pour la planète considérée ;
$A$ (sans unité) l'albédo planétaire.

### 2 Quelques caractéristiques de Vénus et de la Terre

| Planète | Température d'équilibre $T_{éq}$ (en K) | Température de surface $T_s$ (en K) | Constante solaire $C_{planète}$ (en $W \cdot m^{-2}$) | Distance par rapport au Soleil (en km) |
|---|---|---|---|---|
| Vénus | 225 | 738 | 2 639 | 108 000 000 |
| Terre | 255 | 288 | 1 368 | 150 000 000 |

### 3 Indicateur de l'effet de serre

Plus l'effet de serre est important, plus la température de surface $T_s$ de la planète augmente.
La relation suivante permet de relier la température de surface de la planète $T_s$ (en K) à sa température d'équilibre $T_{éq}$ (en K) et d'en déduire l'effet de serre $\varepsilon$ (sans unité) de la planète :

$$T_s^{\ 4} \times (1 - \varepsilon) = T_{éq}^{\ 4}$$

1. **Calculer** la valeur de l'albédo $A$ de chacune des planètes.
2. **Indiquer** si l'albédo permet d'expliquer la différence importante de température de surface entre les deux planètes. Justifier.
3. **Calculer** la valeur de l'effet de serre $\varepsilon$ pour chacune des planètes.
4. Sachant que l'atmosphère de Vénus est composée à 96 % de dioxyde de carbone ($CO_2$), un gaz à effet de serre, **expliquer** la différence importance de température entre Vénus et la Terre.

## Déjà VU Déjà SU ?

**Pour les questions 1 à 4, indiquer la ou les bonne(s) réponse(s).**

**1 L'ensemble des interactions d'ordre alimentaire au sein d'un écosystème peut être désigné par le terme de :**
a. chaîne alimentaire.
b. réseau trophique.
c. prédation.
d. autotrophie.

**2 Un transfert d'énergie désigne :**
a. le déplacement de l'énergie d'un endroit à un autre.
b. le passage de l'énergie d'un système à un autre.
c. le passage de l'énergie d'une forme à une autre.
d. la perte d'une partie de l'énergie.

**3 La photosynthèse permet aux végétaux chlorophylliens de :**
a. produire de la matière minérale à partir d'eau, de dioxyde de carbone et de sels minéraux.
b. produire de la matière minérale à partir d'eau et de dioxygène.
c. produire de la matière organique à partir d'eau, de dioxyde de carbone et de sels minéraux.
d. produire de la matière organique à partir d'eau et de dioxygène.

**4 Un arbre est un organisme :**
a. autotrophe.
b. hétérotrophe.

**5 Faire correspondre les numéros du schéma aux légendes proposées.**
a. glucose ;
b. respiration ;
c. photosynthèse ;
d. cellule.

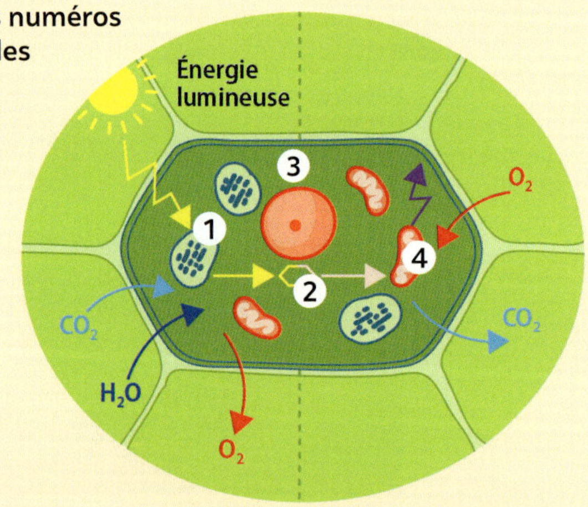


## Comprendre et pratiquer les sciences

### Nature et élaboration du savoir scientifique

Construire des savoirs scientifiques autour de la photosynthèse. > **Activité 1, exercice 10**

### Des pratiques scientifiques

Mettre en évidence le spectre d'absorption, utiliser les expériences d'Engelmann sur la photosynthèse. > **Activité 1**

Comprendre la production de matière organique dans les feuilles. > **Activité 2**

Comprendre et appliquer la notion de rendement énergétique. > **Activité 2, exercices 10 et 13**

### Effets de la science sur les sociétés et sur l'environnement

Surveiller attentivement la santé du maillon essentiel de la photosynthèse. > **Activité 2, exercices 12 et 18**

Réfléchir à l'orientation de nos choix alimentaires en termes d'impact écologique. > **Activités 2 et 3, exercices 9 et 18**

Rechercher des conseils alimentaires et des sources fiables pour être en bonne santé ; déterminer quels produits ou comportements alimentaires éviter et lesquels privilégier. > **Activités 3 et 4, exercices 16, 17 et 20**

Chapitre 6

# De l'énergie pour tous les êtres vivants grâce à la photosynthèse

Dans la nature, les organismes chlorophylliens sont capables de convertir l'énergie lumineuse en énergie chimique, stockée dans la matière organique. Cette matière organique joue un rôle essentiel en tant que source d'énergie, désignée sous le nom de biomasse. Elle est vitale pour tous les êtres vivants et représente l'unique source d'énergie indispensable pour les êtres vivants hétérotrophes (comme l'être humain), qui l'acquièrent par le biais de leur alimentation.

Expérience

# Activité 1 L'utilisation de l'énergie solaire par les végétaux

La photosynthèse est le processus de production de matière organique par les organismes chlorophylliens grâce à la conversion d'énergie lumineuse en énergie chimique. La compréhension progressive des mécanismes de cette photosynthèse a nécessité du temps et la participation de nombreux scientifiques.

**SAVOIR-FAIRE**

Recenser, extraire et organiser des informations pour prendre conscience de l'importance planétaire de la photosynthèse.

## Comment les végétaux exploitent-ils l'énergie solaire ?

### 1 Part de l'énergie absorbée par une feuille

Il est possible de mesurer et de déterminer le devenir de l'énergie reçue par une feuille :
- une part de l'énergie traverse la feuille sans aucune interaction : c'est l'énergie transmise ;
- une part de l'énergie est réfléchie par la surface de la feuille : c'est l'énergie réfléchie ;
- la part d'énergie qui n'est ni transmise ni réfléchie est l'énergie absorbée par la feuille.

On estime à 40 % la part d'énergie absorbée par la feuille qui sera convertie en sucre, le reste est principalement perdu sous forme de chaleur et d'évapotranspiration. La mesure de l'énergie incidente s'effectue en l'absence d'échantillon par le luxmètre 2.

| | Puissance lumineuse mesurée (lux) | |
|---|---|---|
| **Type d'énergie lumineuse** | ***Pelargonium zonale*** | ***Prunus laurocerasus*** |
| Énergie incidente (= reçue) | 2 150 | 2 150 |
| Énergie réfléchie | 180 | 440 |
| Énergie transmise | 190 | 30 |

Mesures de puissance lumineuse par unité de surface pour deux espèces de plante

**hachette-clic.fr/24es1110**
Pour faire l'expérience en classe : protocole d'expérience

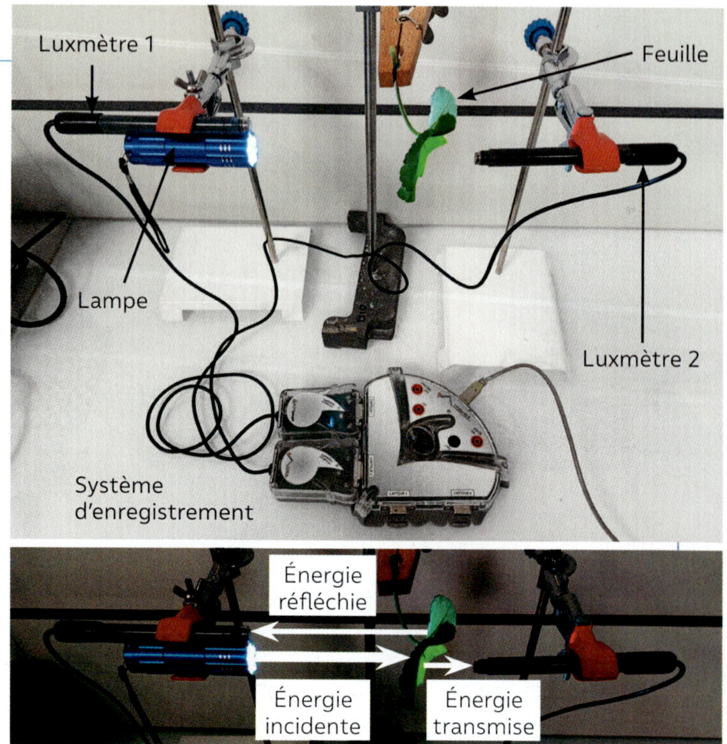


Dispositif expérimental de mesure de la distribution de l'énergie reçue par une feuille (haut).
L'expérience est réalisée dans l'obscurité (bas).

### 2 La chlorophylle et la lumière

En 1817, Pierre Joseph Pelletier et Joseph Bienaimé Caventou ont, pour la première fois, isolé des pigments verts présents dans les feuilles, qu'ils ont nommés *chlorophylle*, littéralement le vert des feuilles en accolant les termes grecs anciens, *khlôrós* vert et *phúllon* feuille.
L'énergie solaire atteint la Terre sous forme de radiations comprenant une large gamme de longueurs d'onde comprises, pour la portion visible, entre 350 à 800 nm. Pour déterminer quelles longueurs d'onde sont absorbées par les plantes, il est possible de préparer une solution contenant ces pigments et d'analyser la lumière qui traverse cette solution. Cette analyse révèle les radiations qui n'ont pas été captées par la plante.

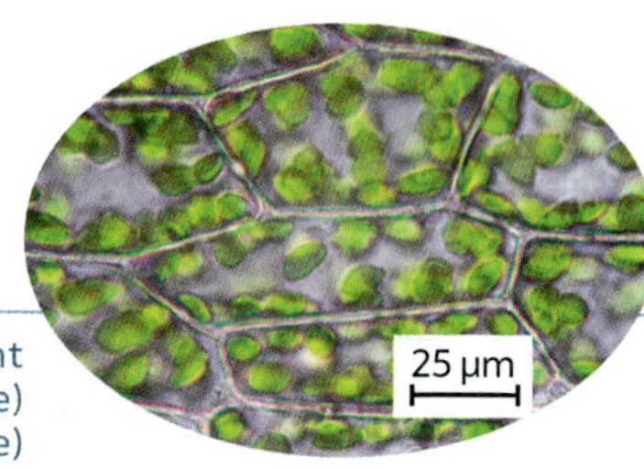


Chloroplastes (organites contenant les molécules de chlorophylle) dans des cellules végétales (mousse)

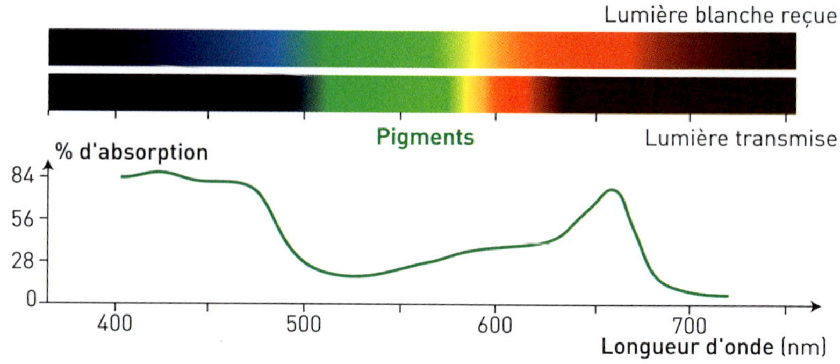


Spectre d'absorption obtenu pour les pigments chlorophylliens

## 3 Le rôle de la chlorophylle

**1881.** Afin de repérer les régions de photosynthèse, T.W. Engelmann expose une algue filamenteuse, la spirogyre, à différentes sources lumineuses tout en la combinant avec des bactéries qui se déplacent vers les zones abondantes en dioxygène.
**1882.** C. Zeiss conçoit un micro-spectroscope novateur, qui permet d'éclairer les préparations microscopiques d'Engelmann avec des longueurs d'ondes spécifiques, enrichissant ainsi ses expériences (voir schéma ci-contre).
**1961.** M. Calvin et A. Benson élucident les voies de production des sucres à partir du $CO_2$, de l'eau et de l'énergie lumineuse. L'équipe de Calvin obtient le prix Nobel pour cette contribution exceptionnelle.

Source : unisciel.fr

Spirogyre (algue en filament)

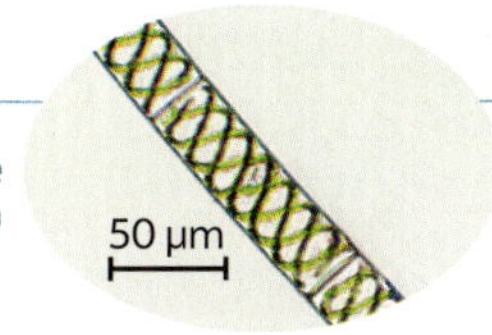


Illustrations des expériences d'Engelmann publiées en 1894

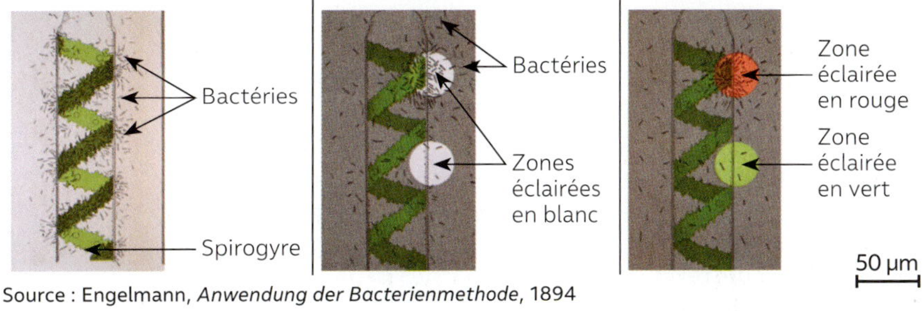


Source : Engelmann, *Anwendung der Bacterienmethode*, 1894

## 4 Observation de la photosynthèse à l'échelle de la planète

Le rayonnement solaire parvenant au sommet de l'atmosphère terrestre atteint en moyenne 340 $W \cdot m^{-2}$. Seuls 180 $W \cdot m^{-2}$ de cette énergie parviennent effectivement à atteindre la surface de la Terre, le reste étant principalement absorbé ou réfléchi par l'atmosphère. La plupart de cette énergie est ensuite absorbée par le sol ou les océans : une infime partie (environ 158 $mW \cdot m^{-2}$) sera alors utilisée par la production végétale (PPN), un phénomène qui peut être observé grâce aux satellites.

Source : Frontier & Pichod-Vialle (Eds Masson)

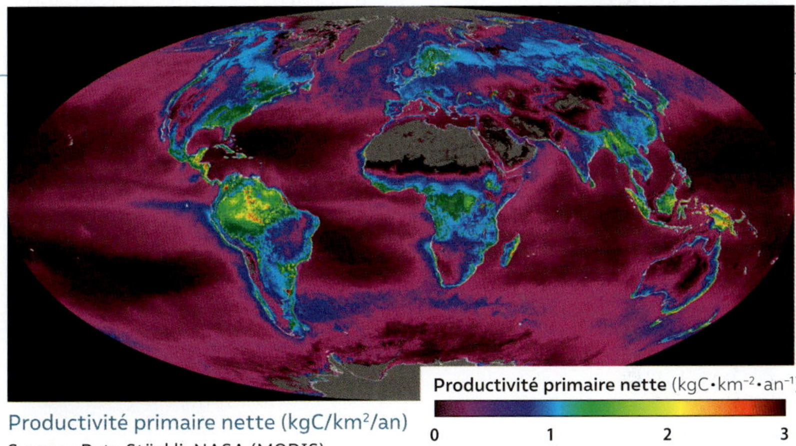


Productivité primaire nette (kgC/km²/an)
Source : Reto Stöckli, NASA (MODIS)

Prévu pour 2025, le satellite Flex mesurera l'activité des plantes, notamment leur utilisation du $CO_2$.

**hachette-clic.fr/24es1111** Pour en savoir plus sur FLEX

**VOCABULAIRE**

**Productivité primaire nette (PPN) :** production de matière organique végétale produite par la photosynthèse (production brute) moins la quantité de matière organique dégradée par la respiration. Elle s'exprime en masse de carbone assimilé par unité de surface et de temps.
**Rendement énergétique :** rapport entre l'énergie en sortie de chaîne de conversion et l'énergie à l'entrée de chaîne de conversion.

## Consignes

### Analyses d'expériences (niveau *)

1. **Déterminer** expérimentalement la part de l'énergie absorbée par une feuille par rapport à l'énergie qu'elle reçoit, puis la part convertie en sucres (doc 1).
2. **Déterminer** les longueurs d'onde absorbées principalement par les pigments photosynthétiques (doc 2).
3. **Interpréter** les expériences pour déterminer les longueurs d'onde responsables des réactions de la photosynthèse et les **comparer** à celles absorbées (doc 3).

### Construction des savoirs (niveau *)

4. **Identifier** les avancées et astuces expérimentales développées par les scientifiques pour comprendre les étapes de la photosynthèse (docs 2 et 3).
5. **Décrire** la répartition des organismes photosynthétiques et **calculer** le rendement énergétique de la photosynthèse à l'échelle de la planète (doc 4).
6. **Argumenter** l'idée suivante : « Les organismes chlorophylliens n'utilisent qu'une infime partie de l'énergie solaire reçue par la Terre. » (docs 1 à 4)

# Activité 2 Devenir des produits de la photosynthèse dans le vivant

La photosynthèse, qui transforme l'énergie lumineuse en énergie chimique, est à l'origine, directement ou indirectement, de toute la matière organique, y compris les nutriments, tels que les glucides, les lipides et même les protéines.

**SAVOIR-FAIRE**

Recenser, extraire et organiser des informations sur la photosynthèse.

**Comment l'énergie chimique issue de la photosynthèse est-elle transférée par les êtres vivants au travers des réseaux trophiques ?**

## 1 La photosynthèse : base des synthèses de matière organique

La photosynthèse produit des glucides et indirectement d'autres molécules. En effet, les glucides peuvent servir de précurseurs pour la synthèse de lipides et de protéines, que l'on pourra rencontrer dans toutes les parties de la plante et notamment dans les organes de réserves comme les tubercules ou les graines.

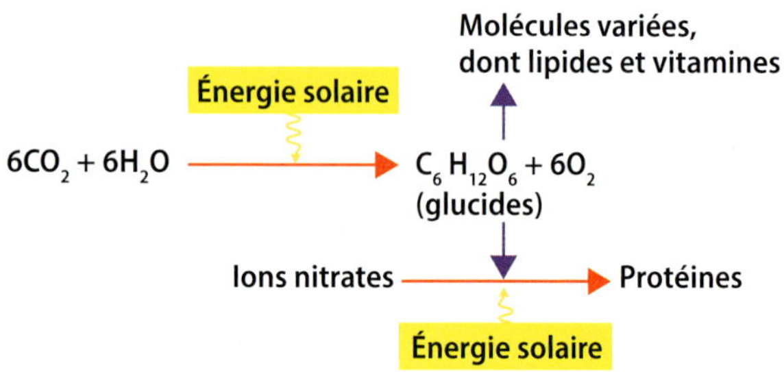

Eau 70 %
Amidon 15 %
Protéines 8 %
Huile 1 %
Fibres 4 %
Autres 2 %

Plant de lentille cultivée (*Lens culinaris*) et composition moyenne de la graine cuite d'une lentille cultivée

Source : terresunivia.fr

## 2 Les besoins nutritifs des plantes

La photosynthèse fournit l'énergie nécessaire à la synthèse de matière organique. Elle implique le dioxyde de carbone ($CO_2$) et l'eau ($H_2O$), apparaissant dans son équation bilan, mais elle nécessite également certains ions en proportions variables :

- nitrates $NO_3^-$ (synthèse de protéines et d'ADN) ;
- $K^+$ (espèce chimique retenant l'eau) ;
- $Ca^{2+}$ (composant des parois des cellules) ;
- $Mg^{2+}$ (ion contenu dans la chlorophylle) ;
- phosphates (ions entrant dans la composition de l'ADN) ;
- $SO_4^{2-}$ (constituant de certaines protéines).

Leurs proportions et formes disponibles pour la plante sont présentées dans le graphique ci-contre.

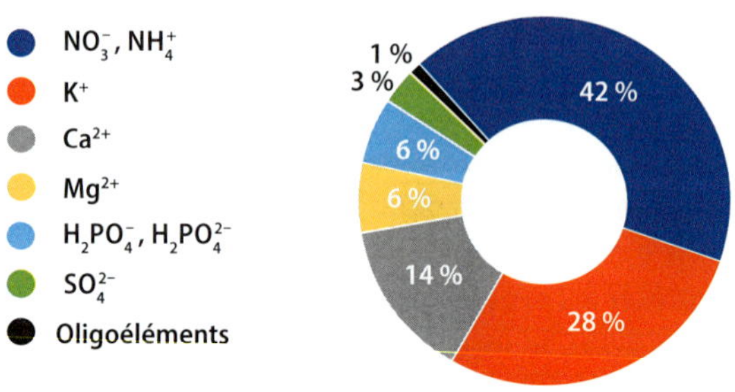


Source : d'après Raven et al., *Biologie végétale* (2000), De Boeck

## 3 Estimation du niveau trophique humain par pays sur la période 2005-2009

Se nourrissant uniquement de plantes (niveau trophique 1), un herbivore est de niveau trophique 2. Un omnivore se nourrissant à 50 % de plantes et 50 % d'herbivores est de niveau 2,5. Le niveau trophique d'un carnivore peut aller jusqu'à 5,5. Cet indice aide à mieux comprendre les relations trophiques entre espèces, notamment les interactions prédateur-proie, ainsi que les flux d'énergie au sein des écosystèmes. Il est possible de déterminer le niveau trophique global pour une population humaine, qui varie d'un pays à l'autre en raison des habitudes alimentaires. Le niveau trophique de 2,04 au Burundi (Afrique) montre une consommation de presque 100 % de plantes ; celui de 2,57 en Islande, une consommation de 50 % de viande-poisson et 50 % de plantes.

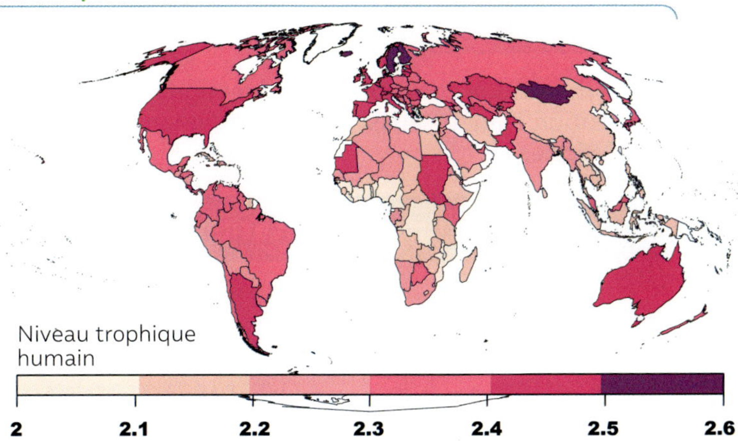


Source : *PNAS*, 2013 (110 : 51)

## 4 Réseau trophique dans un écosystème palustre (marais) : cas de l'étang du Vaccarès dans la réserve nationale de Camargue

Le transfert d'énergie entre différents niveaux trophiques s'opère lorsque des organismes consomment des molécules organiques provenant d'autres êtres vivants.

Toutefois, il est important de noter que le transfert d'énergie s'accompagne de pertes très importantes, allant jusqu'à 90 % entre deux niveaux.

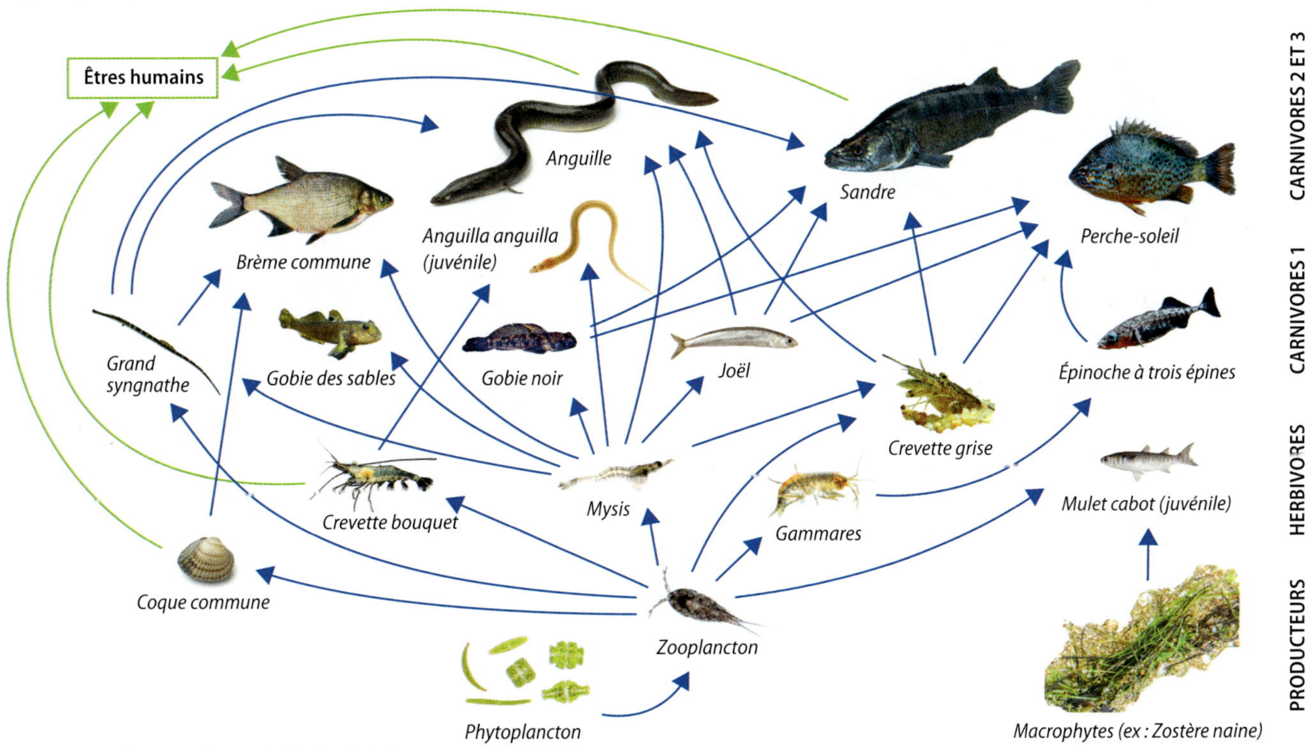


Source : Ramade, *Introduction à l'écologie de la conservation* (2020).

## Consignes

### La photosynthèse (niveau **)

1. **Argumenter** l'affirmation suivante : « la photosynthèse est directement ou indirectement à l'origine de tous les nutriments : glucides, lipides et mêmes protéines. » (docs 1 et 2)
2. **Schématiser** le chemin suivi par l'énergie solaire depuis la photosynthèse jusqu'à notre assiette (docs 1 à 4).

### Les réseaux trophiques (niveau *)

3. **Interpréter** le niveau trophique de 2,25 du Maroc en terme de régime alimentaire (doc 3).
4. **Déterminer** approximativement le niveau trophique de la brème commune si elle mange autant de ses trois proies (docs 3 et 4).
5. **Montrer** que la totalité du réseau trophique du doc 4 repose sur la photosynthèse. **Imaginer** des causes probables aux pertes énergétiques (doc 4).

Numérique

# Activité 3 Une alimentation équilibrée

L'alimentation correspond à notre régime alimentaire alors que la nutrition englobe aussi bien notre alimentation que notre activité physique.

## Qu'est-ce qu'une alimentation équilibrée ?

**SAVOIR-FAIRE**

- Utiliser des données quantitatives sur l'apport énergétique d'aliments dans un bilan d'énergie correspondant à des activités variées.
- Mettre en évidence des aspects qualitatifs de l'équilibre alimentaire.

### 1 Des apports alimentaires variés pour une alimentation équilibrée

Notre alimentation doit apporter les molécules indispensables au bon fonctionnement de l'organisme.

**Une assiette « idéale »**

Fruits et oléagineux selon la faim, dans la limite d'une poignée

Eau, thé ou café (sans sucre)

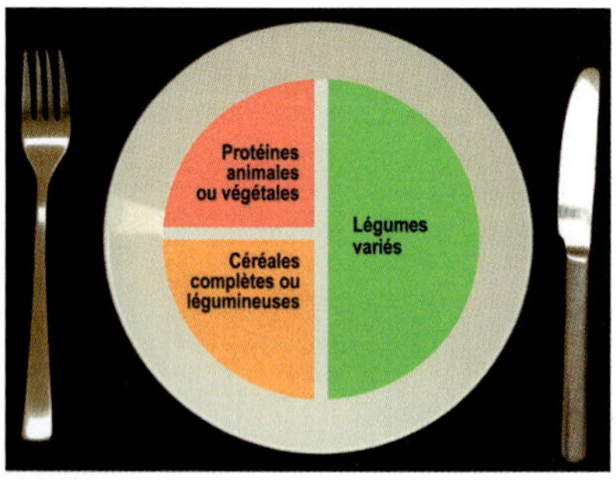

Laitage : yaourt ou part de fromage

Condiments : sel « à limiter »

Huiles : olive, colza, noix, coco, etc. « à limiter »

**Vitamines et éléments minéraux**

Certains apports sont indispensables, même en petites quantités. Ainsi les vitamines, molécules que notre corps ne peut pas fabriquer, et les ions minéraux doivent être apportés par les aliments que nous consommons. Leur carence peut entraîner des pathologies.

L'illustration représente le médecin écossais James Lind (1716-1794) soignant des marins atteints de scorbut, une pathologie associée à une carence en vitamine C et entraînant notamment des hémorragies.

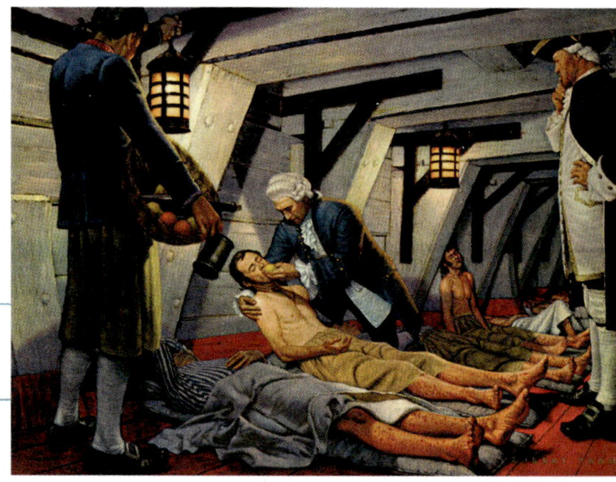

### 2 Les principes de diététique : évaluer le nutri-score

Le nutri-score est un logo affiché sur les produits alimentaires résumant la qualité nutritionnelle des aliments. Celui-ci est calculé grâce à un algorithme qui intègre les données de compositions de l'aliment en glucides, lipides, protéines, sel, etc. Des analyses en laboratoire sur des « tacos » provenant de différentes enseignes de restauration rapide ont permis de déterminer leur composition moyenne. En comparaison, un restaurant scolaire propose une assiette plus classique contenant une cuisse de poulet (120 g de chair cuite), une portion de 210 g de riz cuit et 200 g de légumes cuits (mélange). La base de données Ciqual de l'Anses regroupe les éléments nécessaires pour calculer la valeur énergétique de cette assiette et de la plupart des aliments bruts ou préparés.

| Valeur énergétique totale | 277 kcal/100 g |
|---|---|
| Protéines | 9 g/100 g |
| Matière grasse totale | 16 g/100 g |
| Acides gras saturés | 5 g/100 g |
| Glucides | 23 g/100 g |
| Sucres simples | 3 g/100 g |
| Sel | 1 g/100 g |
| Fibres | 2 g/100 g |

NUTRI-SCORE A B C D E

Valeur énergétique et composition nutritionnelle moyenne de tacos de différentes enseignes

Sources : clcv.org

**hachette-clic.fr/24es1113** Pour calculer un nutri-score

**hachette-clic.fr/24es1114** Pour calculer la valeur énergétique des aliments

## 3 Des besoins très variables

Le besoin énergétique estimatif (BÉE) en kcal/jour est calculé grâce à des formules de référence prenant en compte le sexe, l'âge (en année), la taille (en mètre), le poids (en kilogramme) et l'activité physique représentée par le coefficient d'activité, noté CA (voir fichier Excel) :

**Garçon 9 à 18 ans :**
BÉE = 88,5 – (61,9 × âge) + CA × [(26,7 × poids) + (903 × taille)] + 25

**Fille 9 à 18 ans :**
BÉE = 135,3 – (30,8 × âge) + CA × [(10 × poids) + (934 × taille)] + 25

**Homme adulte :**
BÉEE = 662 – (9,53 × âge) + CA × [(15,91 × poids) + (539,6 × taille)] + 25

**Femme adulte :**
BÉE = 354 – (6,91 × âge) + CA × [(9,36 × poids) + (726 × taille)] + 25

Source : canada.ca/fr/sante-canada

**hachette-clic.fr/24es1115** Coefficients d'activité

## 4 Des activités différentes pour des dépenses variables

Activité de Zoé, très active (17 ans, 1,65 m, 55 kg) : le football

Activité de Brahim, actif (17 ans, 1,75 m, 64 kg) : la course à pied

Activité de Caroline, active (30 ans, 1,65 m, 64 kg) : le tennis

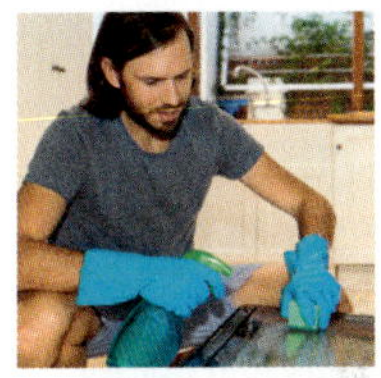

Activité de Jean-Nicolas, peu actif (30 ans, 1,76 m, 86 kg) : le ménage

**hachette-clic.fr/24es1116** Dépenses énergétiques selon l'activité

## 5 Conséquences écologiques de la consommation de viande

**Exercer son esprit critique**

Il existe différents régimes alimentaires, mais ils n'ont pas forcément le même impact sur l'environnement.
Pour obtenir 50 g de protéines d'origine animale, il faut manger 150 g de viande ou 1 yaourt ou 40 g de fromage ou 1 verre de lait. Pour obtenir 50 g de protéines d'origine végétale, il faut consommer 350 g de légumes verts ou 150 g de pain ou 60 g de légumes secs.

Source : agriculture-environnement.fr

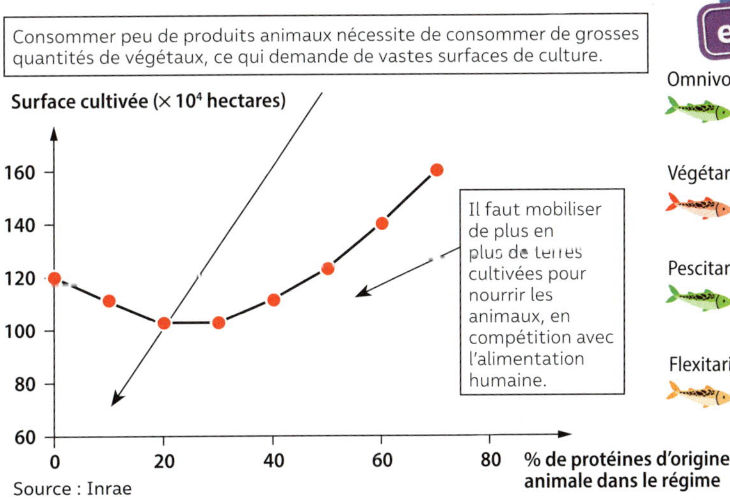


Source : Inrae

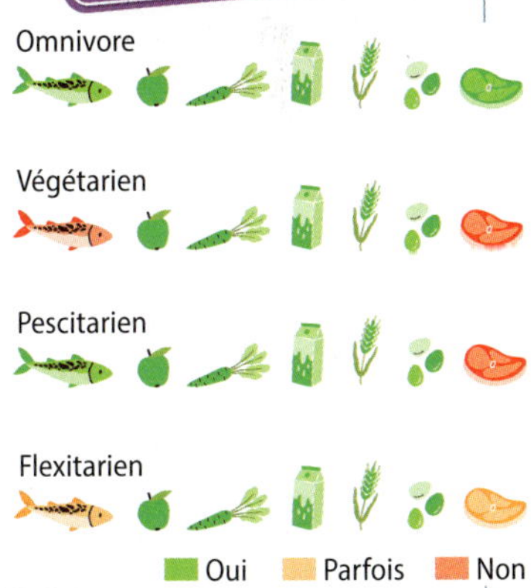


## Consignes TRAVAIL EN GROUPE

### Aspect qualitatif (niveau *)

1. **Associer** les aliments de l'assiette idéale aux trois familles de macronutriments : glucides, lipides et protéines (doc 1).
2. **Décrire** ce que fait James Lind sur l'illustration et expliquer en quoi cela permet de soigner le marin malade (doc 1).

### Aspect quantitatif (niveau **)

3. Groupe 1 **Calculer** valeur énergétique et nutri-score d'un tacos L de 500 g et du repas scolaire (doc 2).

   Groupe 2 Pour chaque personne, **calculer** les besoins énergétiques (docs 3 et 4) et le temps d'activité sportive nécessaire pour compenser la consommation d'un tacos L.
4. **Expliquer** l'impact du régime végétarien sur les surfaces cultivables nécessaires pour nourrir les populations (doc 5).

# Activité 4 Facteurs de déséquilibre alimentaire et leurs conséquences

Une nutrition saine est le résultat d'un équilibre dans les apports alimentaires, en adéquation avec l'activité et l'âge des personnes. La malnutrition est un déséquilibre.

**Quels sont les différents types de malnutrition et quelles sont leurs conséquences ?**

**SAVOIR-FAIRE**

Relier des déséquilibres alimentaires à la prévalence mondiale de la dénutrition, des maladies cardiovasculaires, des diabètes, ou de l'obésité.

## 1 La malnutrition dans le monde

Il existe plusieurs types de malnutrition. D'un point de vue quantitatif, la dénutrition est un déficit d'apports alimentaires, conduisant à un amaigrissement. Le surpoids ou l'obésité surviennent quand les apports dépassent les besoins. D'un point de vue qualitatif, les carences en vitamine ou minéraux sont des déficits de micronutriments. Comme pour les protéines, ces carences conduisent à des troubles et problèmes de santé.

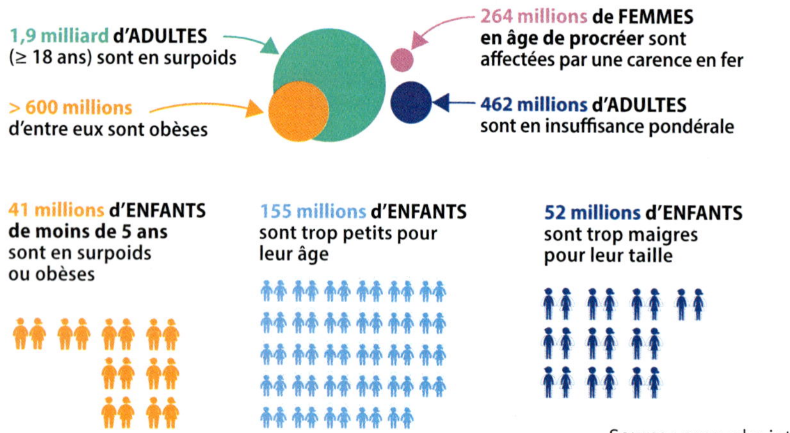


Source : apps.who.int

**Exercer son esprit critique**

L'obésité est définie par un **Indice de masse corporelle (IMC)** supérieur à 30. L'IMC d'un adulte se calcule grâce à la formule :

$$\text{IMC} = \frac{\text{masse corporelle en kg}}{(\text{taille en m})^2}$$

L'obésité est principalement reliée à un déséquilibre nutritionnel entre alimentation et activités physiques.

**VOCABULAIRE**

**Maladie chronique :** affection de longue durée, parfois permanente, qui évolue avec le temps.

## 2 Variation de masse pondérale et diabète

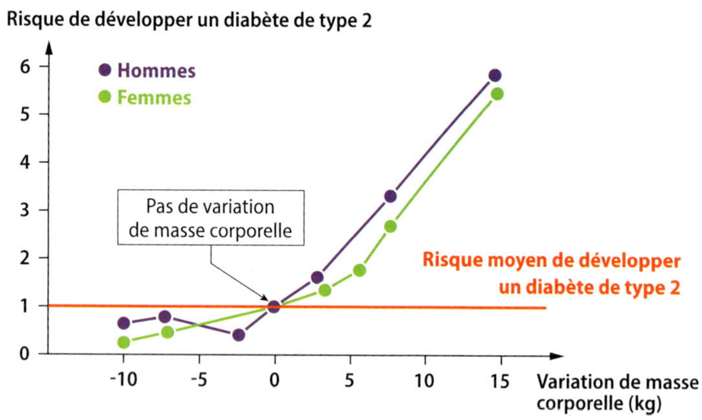


Le diabète de type 2 est une **maladie chronique** entraînant un excès de glucose dans le sang qui peut amener à des complications, comme la cécité ou une insuffisance rénale. Touchant généralement les plus de 40 ans sédentaires et en surpoids, on observe que de plus en plus d'enfants et d'adolescents sont atteints.

La prise de poids et le risque de diabète de type 2 ont été évalués pendant 10 ans chez des hommes et 18 ans chez des femmes, par rapport à une population de référence.

Source : F. Magkos, *Nature* (2020)

## Consignes

1. **Expliquer** le lien entre déséquilibre alimentaire et obésité (doc 1).
2. **Discuter** de la pertinence de l'IMC comme critère permettant de déterminer l'état de santé d'une personne, en calculant l'IMC de Teddy Rinner, judoka français mesurant 2,04 m pour 138 kg.
3. **Expliquer** le lien qu'on peut faire entre la variation de la masse corporelle et le risque de développer un diabète de type 2 (doc 2). **Préciser** si ce lien est un lien de corrélation ou de causalité.

# Le cours

## 1 La photosynthèse

### a. La conversion biologique d'une faible part de l'énergie solaire

La photosynthèse représente le mécanisme par lequel les végétaux chlorophylliens captent l'énergie des rayons solaires et la convertissent en énergie chimique stockée dans la matière organique, à partir de matières minérales (eau, ions, $CO_2$).

Une fraction limitée de l'énergie solaire qui parvient à la Terre est absorbée par les végétaux. Et seules les radiations qui atteignent les pigments des cellules photosynthétiques sont susceptibles d'être exploitées, si elles possèdent la longueur d'onde efficace. Ceci représente en fin de compte moins de 1 % de l'énergie solaire.

$$6\,CO_2 + 6H_2O \xrightarrow[\text{Chlorophylle}]{\text{Énergie solaire}} C_6H_{12}O_6 + 6O_2$$

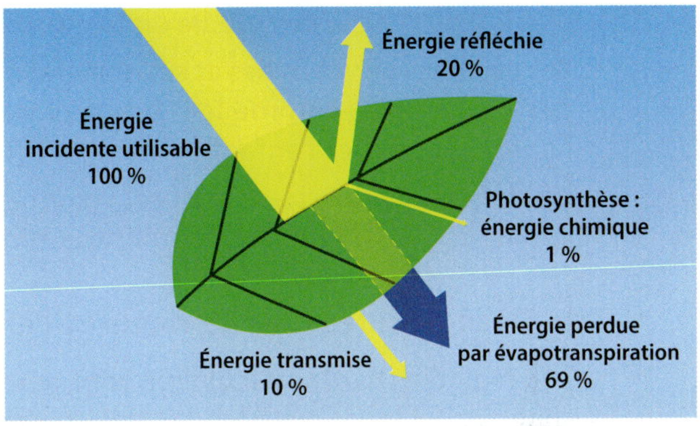


### b. La photosynthèse est à la base de la nutrition des êtres vivants

La photosynthèse joue un rôle fondamental en introduisant à la fois de la matière et de l'énergie dans la biosphère. Elle constitue la base des chaînes alimentaires au sein de la grande majorité des écosystèmes. En effet, elle permet la synthèse des glucides, premières molécules organiques des réseaux trophiques, tout en fournissant l'énergie et les précurseurs nécessaires à la production de lipides et protéines. Ces molécules constituent la base de la nutrition des êtres hétérotrophes.

## 2 Une alimentation équilibrée

Une alimentation saine est d'abord le fait d'apports alimentaires équilibrés, tant en quantité qu'en qualité (de tout, en quantité raisonnable ce qui garantit l'apport de vitamines et de sels minéraux). Ces apports sont à accorder à la situation de chacun, selon son âge, son activité ou son sexe : il n'existe pas de régime alimentaire idéal universel. Le nutri-score est un outil pour évaluer la qualité nutritionnelle des aliments consommés, mais aussi pour mettre en évidence les produits ultra-transformés.

## 3 Facteurs de déséquilibre alimentaire et leurs conséquences

### a. Malnutrition

Si des déséquilibres alimentaires existent, on peut parler de malnutrition.

Un type de malnutrition consiste en un excès d'apports caloriques par rapport aux besoins, amenant à l'obésité par exemple. L'obésité est elle-même associée à des maladies chroniques comme le diabète de type 2, la maladie du foie gras ou les maladies cardiovasculaires.

Les carences en vitamines et sels minéraux sont, elles aussi, un exemple de malnutrition provoquant des pathologies comme le scorbut (carence en vitamine C), ou des soucis de développement neurologique chez l'enfant (déficit en iode).

Un déficit en apports caloriques, volontaire ou non, peut causer un état de dénutrition ayant un impact sur le système immunitaire, la solidité des os et des pathologies cardiaques.

### b. Déséquilibres nutritionnels et l'exemple des maladies cardiovasculaires

Les maladies cardiovasculaires sont souvent liées à la présence de plaques dans les vaisseaux sanguins (plaques d'athérome) qui, si elles s'épaississent, peuvent les boucher. Les conséquences peuvent être très graves, comme des accidents vasculaires cérébraux (AVC) ou des infarctus du myocarde. Ces maladies ont été la cause de 200 000 décès en France en 2019.

L'obésité est un facteur de risque, mais elle n'est pas à l'origine de toutes les maladies cardio-vasculaires. On est en mauvaise santé métabolique si on présente l'un de ces trois facteurs : taux élevé de « mauvais » cholestérol, diabète de type 2 ou hypertension. De ce fait, ne pas être obèse ne protège pas forcément de ces pathologies.

### c. Troubles du comportement alimentaire et dénutrition

En France, un million de personnes souffrent de troubles du comportement alimentaire comme l'anorexie mentale, la boulimie ou encore l'orthorexie. Dans le monde, de 5,5 à 17,9 % des jeunes femmes et de 0,6 à 2,4 % des jeunes hommes ont souffert d'un trouble du comportement alimentaire.

Ces troubles peuvent entraîner une dénutrition et ses conséquences, comme une perte de poids, des infections répétés ou une décalcification des os. L'orthorexie est un trouble qui pousse une personne à s'attacher de manière obsessionnelle à la qualité des aliments qu'elle absorbe, avec l'idéal de manger toujours plus sainement.

De plus, les troubles du comportement alimentaire peuvent aussi provoquer des conséquences psychologiques et sociales.

Source : Y. Silen, *Curr Opin Psychiatry* (2022)

Source : pulsations.hug.ch

**Exemple de site gouvernemental sur des pistes d'aides pour les troubles du comportement alimentaire :**
**https://www.filsantejeunes.com/tca-se-faire-aider-17896**

# L'Essentiel

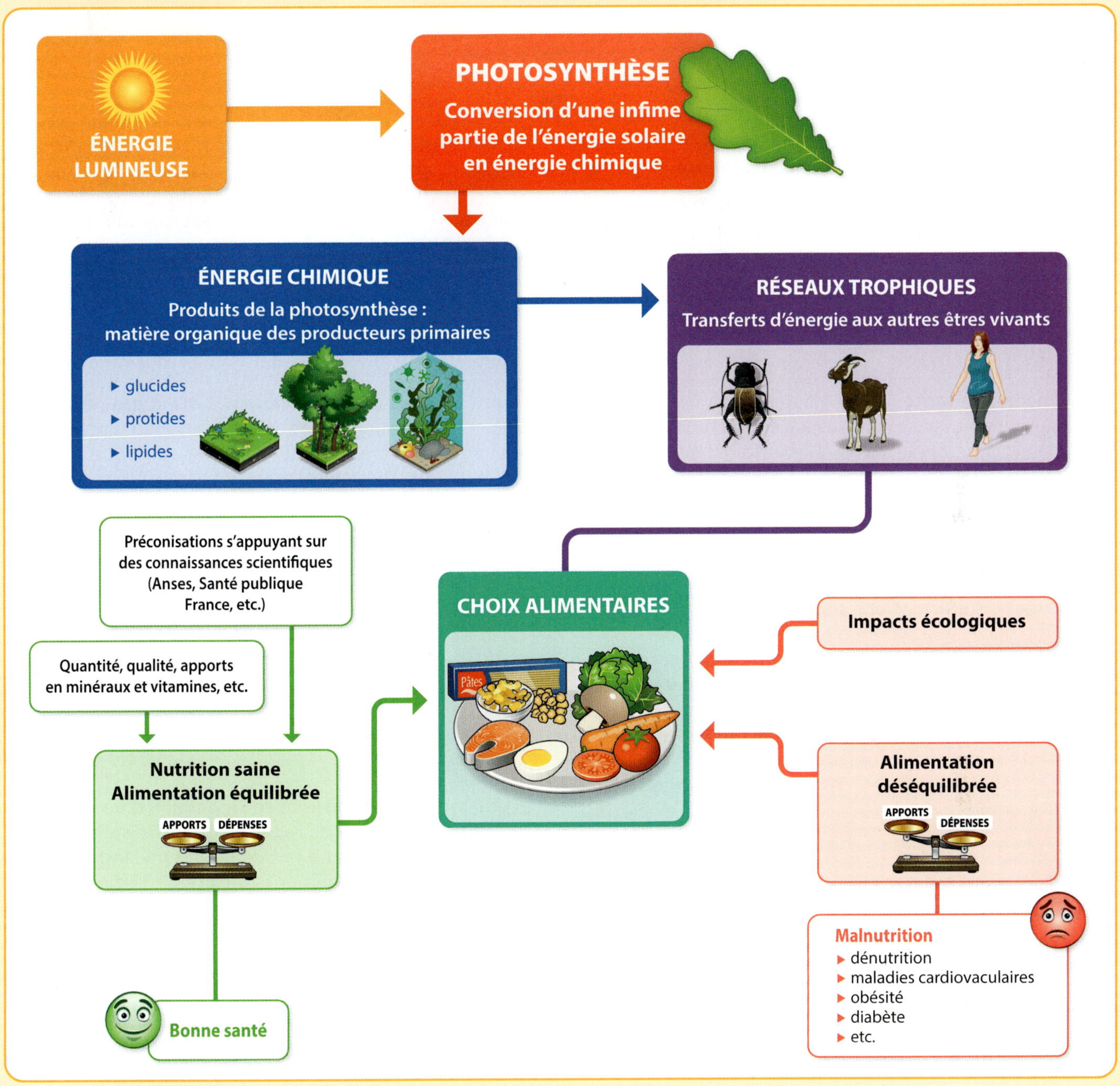


## FLASH CARDS MOTS-CLÉS

● **Mémorisez les mots-clés du chapitre grâce aux cartes mémo !**

hachette-clic.fr/24es1119

matière organique · chaînes alimentaires · malnutrition · photosynthèse · réseaux trophiques · apports alimentaires équilibrés · santé métabolique · troubles du comportement alimentaire · nutri-score · régime alimentaire · déséquilibres alimentaires · obésité

# Exercices Tester ses connaissances

## QCM

CORRIGÉ p. 248

Pour chaque question, indiquer la (ou les) bonne(s) réponse(s).

Version interactive hachette-clic.fr/24es1120

| | a | b | c | d |
|---|---|---|---|---|
| 1 La photosynthèse permet aux organismes chlorophylliens de : | convertir toute l'énergie lumineuse en énergie chimique. | convertir la majeure partie de l'énergie lumineuse en énergie chimique. | convertir une infime partie de l'énergie chimique en énergie lumineuse. | convertir une infime partie de l'énergie lumineuse en énergie chimique. |
| 2 L'équilibre alimentaire : | ne dépend que de la quantité des aliments consommés. | n'est atteignable qu'à travers la consommation de produits sans additif alimentaire. | ne dépend pas de la quantité d'aliments consommés mais seulement de leur diversité. | est atteignable si on prend en compte la quantité d'aliments consommés et leur variété. |
| 3 Une bonne santé générale : | n'a rien à voir avec l'équilibre alimentaire. | ne dépend que de l'équilibre alimentaire. | dépend de l'équilibre alimentaire et du niveau d'activité physique. | n'est pas relié au niveau d'activité physique. |

## 4 Affirmations à corriger

**Corriger les affirmations suivantes.**

a. Une partie du rayonnement solaire absorbé par les végétaux permet la synthèse de matière minérale à partir de dioxyde de carbone et de sels minéraux.

b. Une alimentation riche en sucres et en graisses protège des maladies cardiovasculaires.

c. Les végétaux utilisent 90 % de la puissance solaire disponible.

## 5 Définitions inversées

**Retrouver à quels termes correspondent ces définitions.**

a. Conversion de l'énergie solaire en énergie chimique par les cellules chlorophylliennes.

b. Ensemble des chaînes alimentaires dans un écosystème.

c. Apports en molécules organiques, en vitamines, en sels minéraux et en eau.

d. Déficit d'apports, une alimentation non équilibrée ou des apports nutritionnels excessifs.

## 6 Phrases à construire

**Construire une phrase à l'aide des mots suivants.**

a. photosynthèse – biomasse – dioxyde de carbone – dioxygène – sels minéraux

b. respiration – énergie – matière organique

c. entrée de matière – biosphère – conversion – énergie solaire – énergie chimique

d. déséquilibres alimentaires – entraîner – maladies – diabète

## 7 Discussion en classe — À l'oral !

**Discuter autour du point suivant :**

« Les humains fonctionnent indirectement à l'énergie solaire. »

## 8 Monodiète

CORRIGÉ p. 248

Une monodiète consiste en l'ingestion d'un seul type d'aliment en guise de repas en quantité suffisante pour être rassasié. Le fait de ne pas mélanger différents types d'aliments faciliterait la digestion, permettant de reposer le système digestif. Ce régime est mis en avant par certains naturopathes.
Les monodiètes les plus fréquemment citées sont celles à base de raisins, de riz ou de pommes.

| | Quantité pour 100 g de raisin | Correspondance en % des valeurs nutritionnelles de référence pour un adulte de 70 kg |
|---|---|---|
| Glucides (sucres, sans compter fibres et amidon) | 19,6 g | 21,78 % |
| Lipides | < 0,5 g | Proche de 0 % |
| Protides | 0,69 g | 1,16 % |

a. **Calculer la quantité de protéines nécessaires par jour chez un adulte de 70 kg (100 % de ses besoins).**

b. **Calculer la quantité de raisin qu'il faudra ingérer pour couvrir la totalité des besoins en protéines ?**

c. **En vous aidant de vos connaissances sur ce que doit être une alimentation équilibrée, critiquer les effets potentiels à long terme de ce genre de régime alimentaire.**

# Exercice résolu

**Exercer son esprit critique**

## 9 Alimentation carnivore contre alimentation végétale

### 1 Pyramide alimentaire énergétique

Pyramide de l'énergie d'un écosystème théorique constitué d'un champ de luzerne de 4 ha permettant de nourrir 4,5 veaux mangés en un an par un enfant

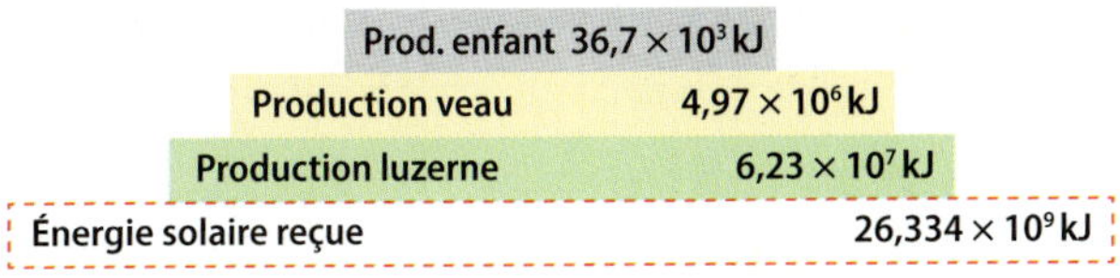


En faisant preuve d'imagination, on peut envisager que l'enfant se nourrisse uniquement de luzerne, ce qui signifierait qu'il faudrait remplacer les 4,5 veaux de la pyramide par environ 4 enfants avec une production de $4,36 \times 10^6$ kJ.

Source : Duvigneaud, *La synthèse écologique*, Éditions Doin (1980)

### 2 Omnivore, végétarien, végétalien ?

Le régime végétarien, qui n'exclut pas les produits laitiers et les œufs, et le régime semi-végétarien, qui accepte le poisson et parfois la viande de volaille, sont parfaitement compatibles avec un bon équilibre nutritionnel et sont même parfois bénéfiques pour la santé. Cependant, une certaine vigilance s'impose pour le fer et la vitamine B12, dont la carence est la cause de divers types très graves d'anémie. En revanche, le régime végétalien sans lait ou produit laitier ne peut pas assurer un apport suffisant de calcium. Un menu équilibré n'est alors possible que par l'accès à un vaste choix d'aliments et de compléments spécifiques.

Source : Afis-Science, dossier *Alimentation et santé*, 2008

### 3 Rendements alimentaires de la viande

Autrefois, vaches, moutons et chèvres paissaient souvent sur des terres impropres aux labours, transformant l'herbe non comestible en viande et lait consommables par les humains. Aujourd'hui encore, moutons ou chèvres peuvent être la meilleure façon de faire produire de la nourriture à des terres non cultivables. Le « cochon de la famille » assurait les fonctions de poubelle de recyclage. Vous donniez vos restes aux cochons, ils les consommaient et vous procuraient de la viande. Nourris de cette façon, les animaux domestiques apportent calories et protéines à l'alimentation humaine tout en consommant une partie des 30 à 50 % de nourriture qui finit généralement à la poubelle.

Source : B. Holmes, *New Scientist*, 2010

1. **Calculer** les rendements pour chaque niveau trophique dans le cas où l'enfant aurait une alimentation uniquement carnivore ou uniquement végétarienne.
2. **Comparer** les rendements obtenus à la question précédente, puis **formuler** des conseils qui permettraient en théorie de répondre davantage aux besoins alimentaires humains.
3. **Critiquer** la vision simpliste des conseils formulés à la réponse précédente.

## Conseils

**Utiliser la formule**
Rendement écologique = $\frac{\text{énergie d'un niveau trophique}}{\text{énergie d'un niveau trophique inférieur}} \times 100$
Dans la formule du rendement, **utiliser** la valeur de l'énergie solaire reçue comme niveau trophique inférieur

**Mettre en concurrence** les régimes végétarien et carnivore, pour voir celui qui permet de nourrir le plus d'individus

**Discuter** du réalisme de la situation présentée : se nourrir uniquement de luzerne ou uniquement de veau

**Imaginer** les éléments non pris en compte dans cette réflexion

## Solution

**1.**

| | Production de luzerne / Énergie solaire reçue | Production de veau / Production de luzerne | Production enfant / Production de veau | Production enfant / Production de luzerne | Production enfant carnivore/ Énergie solaire reçue | Production enfant végétarien/ Énergie solaire reçue |
|---|---|---|---|---|---|---|
| Rendements écologiques | 0,24 % | 8 % | 0,7 % | 0,7 % | 0,0001 % | 0,02 % |

**2.** Dans ces documents théoriques, l'alimentation végétarienne humaine présente un rendement supérieur de 0,02 % contre 0,0001 % pour l'alimentation carnivore. D'après cette comparaison des rendements, on pourrait conseiller aux humains d'adopter une alimentation végétarienne afin de nourrir plus d'individus.

**3.** Dans notre cas, conseiller aux humains d'adopter une alimentation végétarienne afin de nourrir plus d'individus ne tient pas compte de la complexité des paramètres :
– risque de carence en fer, calcium ou vitamine B12 causant de très graves anémies ;
– nécessité de compléments alimentaires ;
– les vaches, les moutons et les chèvres transforment l'herbe non comestible (par les humains) de terres impropres à la culture en viande et en lait consommables ;
– les cochons et autres animaux domestiques transforment les déchets alimentaires en viande comestible, source de calories et protéines pour l'alimentation humaine.

## 10 Photosynthèse versus photovoltaïque

| | | Source d'énergie utilisée | Rendement | Énergie produite | Stockage de l'énergie produite | Apports nécessaires |
|---|---|---|---|---|---|---|
|  | Cellule photosynthétique | lumière | 1 % | chimique | matière organique | eau, $CO_2$, sels minéraux |
|  | Cellule photovoltaïque | lumière | 20 % | électrique | stockage impossible nécessite de convertir l'énergie | quantité importante d'énergie nécessaire à la production des cellules, silicium |

Caractéristiques des cellules photosynthétiques et photovoltaïques

**Comparer** les caractéristiques des cellules photosynthétiques et photovoltaïques.

## 11 La grande barrière de corail en péril ! Spé SVT

Les coraux qui composent la grande barrière de corail, sont des animaux qui appartiennent au groupe des cnidaires (comme les méduses). Les xanthelles sont des algues unicellulaires, pouvant vivre en symbiose avec le corail. Elles se développent en absorbant le dioxyde de carbone libéré par les coraux et fournissent en retour divers nutriments à leur hôte. En l'absence de xanthelles, le corail est plus vulnérable.

Un polype corallien

1. **Décrire** l'évolution du nombre de xanthelles dans les coraux en fonction de la température.
2. **Expliquer** pourquoi on a des raisons de s'inquiéter pour la grande barrière de corail.

### 1 Évolution de l'écart de la moyenne des températures des océans par rapport à la température de surface depuis 1950

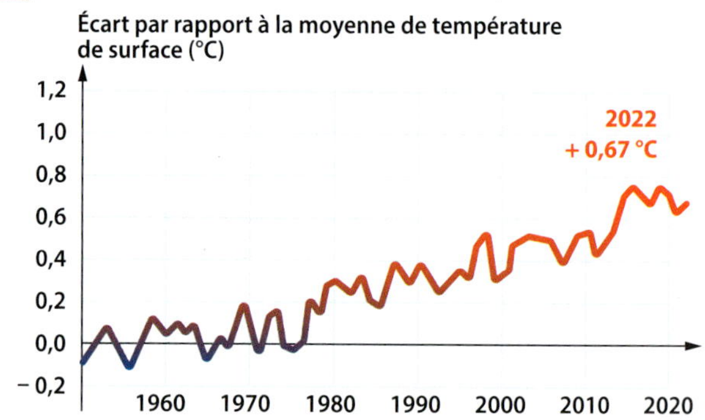


Source : NOAA

### 2 Nombre de xanthelles contenues dans des polypes coralliens en fonction de la température

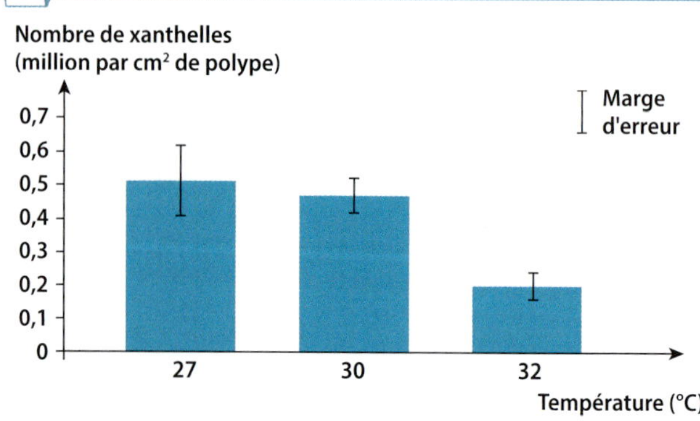


Source : *J. Exp. Mar. Biol. Ecol.* 129 (1989)

## 12 L'importance du phytoplancton

Le phytoplancton marin se situe à la base des chaînes alimentaires marines. Il influence le prélèvement global de dioxyde de carbone atmosphérique, les populations de poissons et par conséquent les rendements de la pêche. L'équipe de Matthew Osman, climatologue américain, a pu établir sur plusieurs siècles la productivité marine en phytoplancton. Pour cela, son équipe a étudié un marqueur particulier, l'acide méthylsulfonique, dérivé du plancton, dans les carottes de glace du Groenland. Sa conclusion est qu'on observe une baisse marquée de 10 % ± 7 % de la productivité primaire nette en phytoplancton depuis le début de l'ère industrielle et le réchauffement climatique.

Source : *Nature*, 569 : 551-555 (2019)

1. **Expliquez** en quoi les observations réalisées dans les océans inquiètent les scientifiques.
2. **Illustrer** votre explication par un schéma fonctionnel montrant les liens de cause à effet entre les éléments présents dans votre explication.

Carotte de glace permettant de retrouver les traces d'acide méthylsulfonique dans le passé

## 13 Comparer la productivité de trois écosystèmes

**Spé Maths**

Mise en perspective de la productivité nette de trois écosystèmes et de leur surface

| Écosystème | % surface mondiale | Productivité nette en g de carbone assimilé par m² et par an |
|---|---|---|
| Océan | 65 | 125 |
| Forêt tropicale humide | 3,3 | 2 200 |
| Marais | 0,4 | 2 000 |
| Biosphère totale | 100 | 336 |

Source : Barbault

1. **Comparer** la productivité de chaque écosystème.
2. **Calculer** la part de chaque écosystème dans la production de biomasse mondiale.
3. **Discuter** les valeurs obtenues.

## 14 El Niño, courant redouté par les pêcheurs

CORRIGÉ p. 248

**Spé SVT**

En Amérique du Sud, sur la côte ouest, les vents alizés ont tendance à repousser les eaux de surface, ce qui provoque des remontées d'eau froide des profondeurs. Ce phénomène est connu sous le nom d'*upwelling*. Ces eaux, provenant de 100 à 200 m de profondeur, remontent d'importantes quantités de sels minéraux (azote, phosphore) qui favorisent une prolifération du phytoplancton apprécié des poissons.
*El Niño*, un phénomène climatique, qui revient de façon saisonnière sur les côtes du Chili, du Pérou et de l'Équateur, arrête localement le phénomène d'*upwelling*.

1. **Expliquer** pourquoi le phénomène *El Niño* est redouté par les pêcheurs.
2. **Montrer** ainsi le rôle clé de la photosynthèse dans la chaîne trophique.

Microalgues formant le phytoplancton, observées au microscope optique

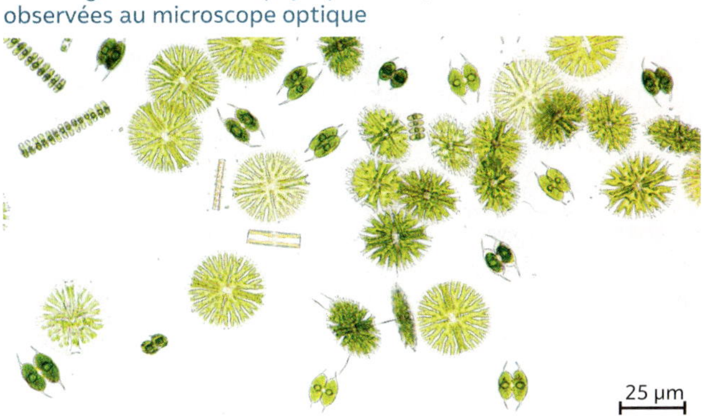


Le phénomène d'*upwelling*

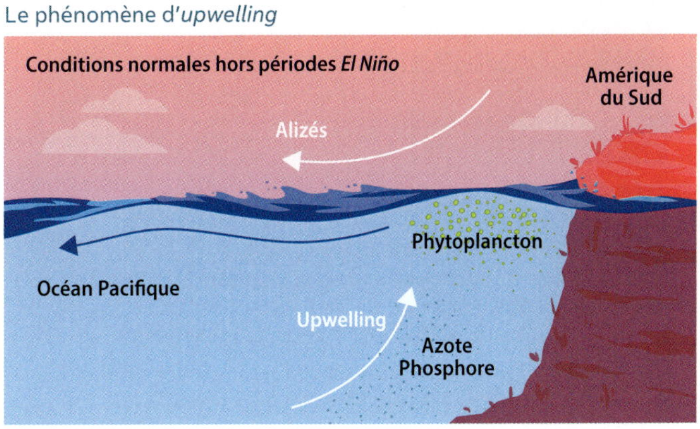

## 15 Le goûter équilibré

Un goûter, à une heure régulière éloignée de celle du dîner, est important pour les enfants et adolescents. Il peut se composer d'un ou deux aliments parmi les groupes suivants : fruits, lait et produits laitiers, produits céréaliers (Source : PNNS).

### 1 Apports en nutriments de trois goûters

Source : mangerbouger.fr

| Apports | Tartine de beurre et confiture | Tartine de pâte à tartiner | Bol de muesli |
|---|---|---|---|
| Glucide | 31,3 g | 55,6 g | 51,8 g |
| Lipide | 21,3 g | 12 g | 11,1 g |
| Protéine | 12,5 g | 6,2 g | 11,5 g |

### 2 Énergie dégagée par la combustion de trois types de nutriments

| Nutriment | Chaleur dégagée par la combustion ($kJ \cdot g^{-1}$) |
|---|---|
| Glucide | 15,6 |
| Lipide (palmitate) | 38,9 |
| Protide | 22,6 |

Source : *Thermoregulation*, D. Larrouy, D. Ambid, D. Richard (1995)

1. **Calculer puis comparer** les apports des trois types de goûter : tartine de beurre et confiture, tartine de pâte à tartiner et bol de muesli.
2. **Discuter** de l'influence des aliments consommés au goûter pour un équilibre alimentaire sur la journée.

## 16 Un sportif peut-il être sédentaire ?

À l'oral !

Définir le niveau d'activité avec les termes « actif », « inactif », « sportif » ou « sédentaire » est complexe. Une personne est considérée active si elle respecte les recommandations quotidiennes en matière d'activité physique (marcher rapidement dans la journée ou pratiquer une séance de sport). À l'inverse, une personne inactive ne respecte pas les recommandations établies par les autorités sanitaires. Une personne est sportive lorsqu'elle fait plusieurs activités physiques d'intensité modérée plusieurs fois par semaine. Enfin, un individu est sédentaire s'il reste immobile (ou presque) pendant au moins 7 heures par jour.

1. Comment peut-on **qualifier** un infirmier passant 8 h dans un service hospitalier, ayant des activités variées, rarement assis et prenant les transports en commun ?
2. Comment peut-on **qualifier** un cadre dans l'informatique passant 8 h assis à son bureau devant son ordinateur et qui se rend sur son lieu de travail en courant ?
3. **Préparer** un débat en classe sur le thème « êtes-vous sédentaire et pensez-vous que cela peut avoir un impact sur votre santé ? ».

Du sport au bureau !

## 17 L'épidémie d'obésité chez les jeunes enfants

Exercer son esprit critique

### 1 IMC calculés chez des enfants français de maternelle de 2018 à 2020

| | 2018-2019 | 2019-2020 | 2020-2021 |
|---|---|---|---|
| Dans la norme | 88,6 % | 87,9 % | 84,3 % |
| Surpoids | 8,6 % | 9,0 % | 11,2 % |
| Obésité | 2,8 % | 3,1 % | 4,5 % |
| Total | 100,0 % | 100,0 % | 100,0 % |
| Nombre d'enfants suivis | 18 267 | 11 721 | 17 741 |

### 2 La stéatose hépatique

Appelée maladie du foie gras, la stéatose hépatique résulte de l'accumulation de graisse dans les cellules du foie, pouvant entraîner des complications graves comme la cirrhose ou des cancers. Une étude menée jusqu'en 2013, publiée dans le journal PLOS, a révélé que 7,6 % des moins de 19 ans étudiés présentaient des marqueurs de stéatose hépatique. Ce pourcentage augmentait à 34,2 % dans les études incluant des individus obèses.

1. Quelle(s) donnée(s) issue(s) du tableau 1 vous permette(nt) de **juger de la pertinence scientifique** des valeurs obtenues ?
2. Quelle(s) information(s) supplémentaire(s) permettrai(en)t d'**augmenter la pertinence scientifique** des données de ce tableau ?
3. À partir des données issues des informations du document 2, **expliquer** pour quelle raison le lien entre obésité et stéatose hépatique ne peut être qualifié que de corrélation.

## 18 La consommation de plantes par les humains dans le monde et l'exploitation des terres

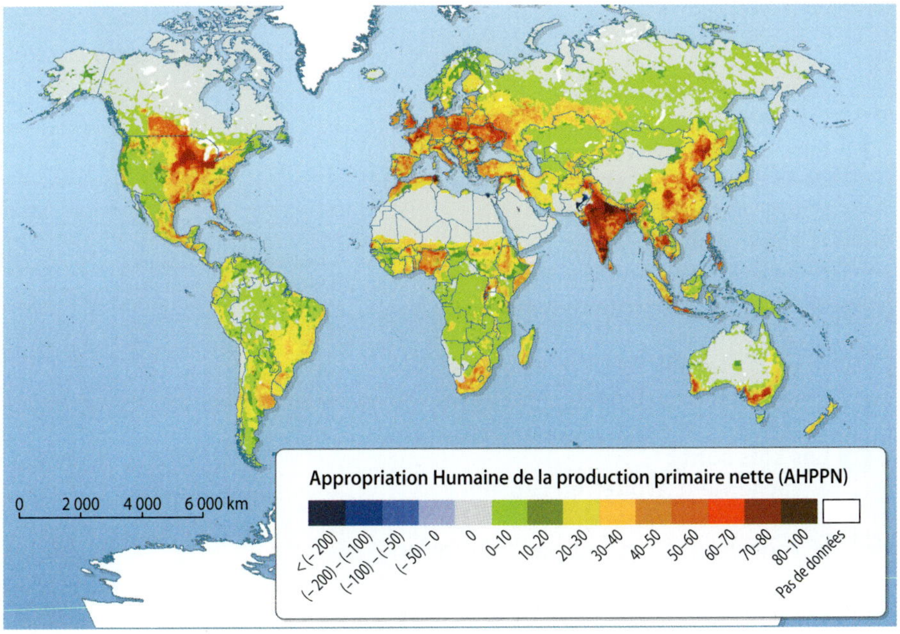


Source : Agence européenne pour l'environnement (2010) et *PNAS*, 104 : 31 (2007)

**hachette-clic.fr/24es1123** La carte originale

La carte présentée ci-contre est une modélisation de la quantité de biomasse végétale utilisée par les humains. L'utilisation de la biomasse végétale est en majorité représentée par les récoltes. En moyenne, 53 % des AHPPN est directement consommée par les humains. La production totale de biomasse sur Terre est estimée à $65{,}6 \cdot 10^9$ tonnes par an. La consommation humaine de biomasse végétale représente en moyenne 23,8 % de cette biomasse totale, mais il existe de vastes différences selon les régions du monde.

1. **Lister** quelques utilisations de la biomasse végétale exploitée par les humains.
2. **Citer** une région du monde dont la valeur de AHPPN est élevée et interpréter cette valeur.
3. Que **penser** de l'autonomie alimentaire des pays présentant des valeurs de AHPPN supérieures à 80 % ?

## 19 L'alcool à la cantine

**hachette-clic.fr/24es1124** Vidéo « 1956 : interdiction de l'alcool dans les cantines scolaires »

Jusqu'en 1956, l'alcool faisait partie des boissons disponibles à table dans les cantines scolaires et les internats, considéré jusqu'alors comme une boisson « tonique », riche en sels minéraux et potable (contrairement à certaines eaux locales à l'époque).
En août 1956, le ministère de l'Éducation nationale a interdit, par le biais d'une circulaire, que les enfants de moins de 14 ans consomment de l'alcool à table : l'eau devenant la seule boisson hygiénique. Cependant, pour les élèves de plus de 14 ans, il était encore possible de consommer des boissons « peu » alcoolisées (3 degrés d'alcool et dans la limite de 125 mL, soit un verre) avec l'accord de leurs parents.
Il est à noter que l'alcool sera totalement interdit au lycée seulement en 1981 !

1. **Comparer** ces recommandations de 1956 aux recommandations actuelles.
2. **Proposer** une ou plusieurs raisons expliquant la consommation de vin par les moins de 14 ans avant 1956.
3. **Sur quels critères** se basaient le choix de ces recommandations concernant l'alcool avant et après 1956 ?

## 20 Les régimes détox : info ou infox ?

Les régimes dits détox, popularisés notamment par certains influenceurs sur les réseaux sociaux, prétendent à la fois permettre une perte de masse pondérale et une élimination de substances toxiques présentes dans l'organisme.
Laurence Plumey, diététicienne et médecin nutritionniste, a été interrogée par Nicolas Martin sur France Culture sur cette tendance détox.

**hachette-clic.fr/24es1125** Vidéo « Les régimes «détox» sont-ils bons pour la santé ? »

En vous basant sur la vidéo, **présenter trois arguments** relativisant l'impact des régimes détox sur la santé.

# Déjà vu Déjà su ?

**Pour chaque question, indiquer la ou les bonne(s) réponse(s).**

**1 Un fossile est :**
a. un être vivant âgé de plus de 100 ans.
b. une roche formée par accumulation de restes d'animaux ou de végétaux.
c. le reste ou la trace d'un animal ou d'un végétal dans une roche.
d. un être vivant mort récemment, mais pas encore décomposé.

**2 Le Soleil émet de l'énergie :**
a. de manière variable au cours du temps, ce qui explique les saisons.
b. utilisée par les organismes photosynthétiques.
c. sous forme de rayonnement électromagnétique.
d. qui ne réchauffe pas les animaux à sang froid.

**3 Lors de la photosynthèse, de la matière organique est produite :**
a. en rejetant du $CO_2$ dans l'atmosphère.
b. en utilisant l'énergie solaire.
c. en recyclant de la matière organique.
d. en prélevant du $CO_2$ dans l'atmosphère.

**4 Les sols sont :**
a. facilement érodés en l'absence de couvert végétal.
b. formés uniquement par l'altération des roches.
c. un lieu de recyclage de la biomasse morte en matière minérale.
d. une source inépuisable d'éléments utiles à la croissance des plantes.

**5 Le phénomène de sédimentation :**
a. dépose les débris issus de l'érosion.
b. a lieu uniquement en milieu marin.
c. affecte toute la surface de la Terre.
d. a une intensité variable dans l'espace et le temps.

# Comprendre et pratiquer les sciences

## Nature et élaboration du savoir scientifique

Mesurer les enjeux et comprendre les incertitudes liées aux réserves de combustibles fossiles. > **Activité 2, exercice 6**

## Des pratiques scientifiques

Évaluer le pouvoir calorifique d'une substance. > **Exercice 9**

## Effets de la science sur les sociétés et sur l'environnement

Analyser avec un regard critique les discours sur l'énergie dans la société et le vocabulaire d'usage courant : énergie « propre », énergie fossile, énergie renouvelable, source d'énergie, ressource énergétique, etc. > **Activités 1, 2 et 3, exercices 13 et 16**

Faire des choix raisonnés en fonction du caractère renouvelable ou non de la ressource énergétique. > **Exercices 12 et 13**

Chapitre 7

# Une diversité de sources d'énergie utilisables par l'humanité

Les sociétés humaines ont besoin d'énergie pour se maintenir et se développer. On distingue les diverses sources utilisées selon la nature des gisements naturels et des formes d'énergie exploitables. Comprendre les caractéristiques des sources d'énergie disponibles est nécessaire pour assurer un approvisionnement énergétique durable. On observe aujourd'hui une transition énergétique favorisant les énergies les plus « propres ». Ainsi, au Texas, des parcs éoliens ont pris place sur d'anciens sites pétroliers aujourd'hui à l'arrêt.

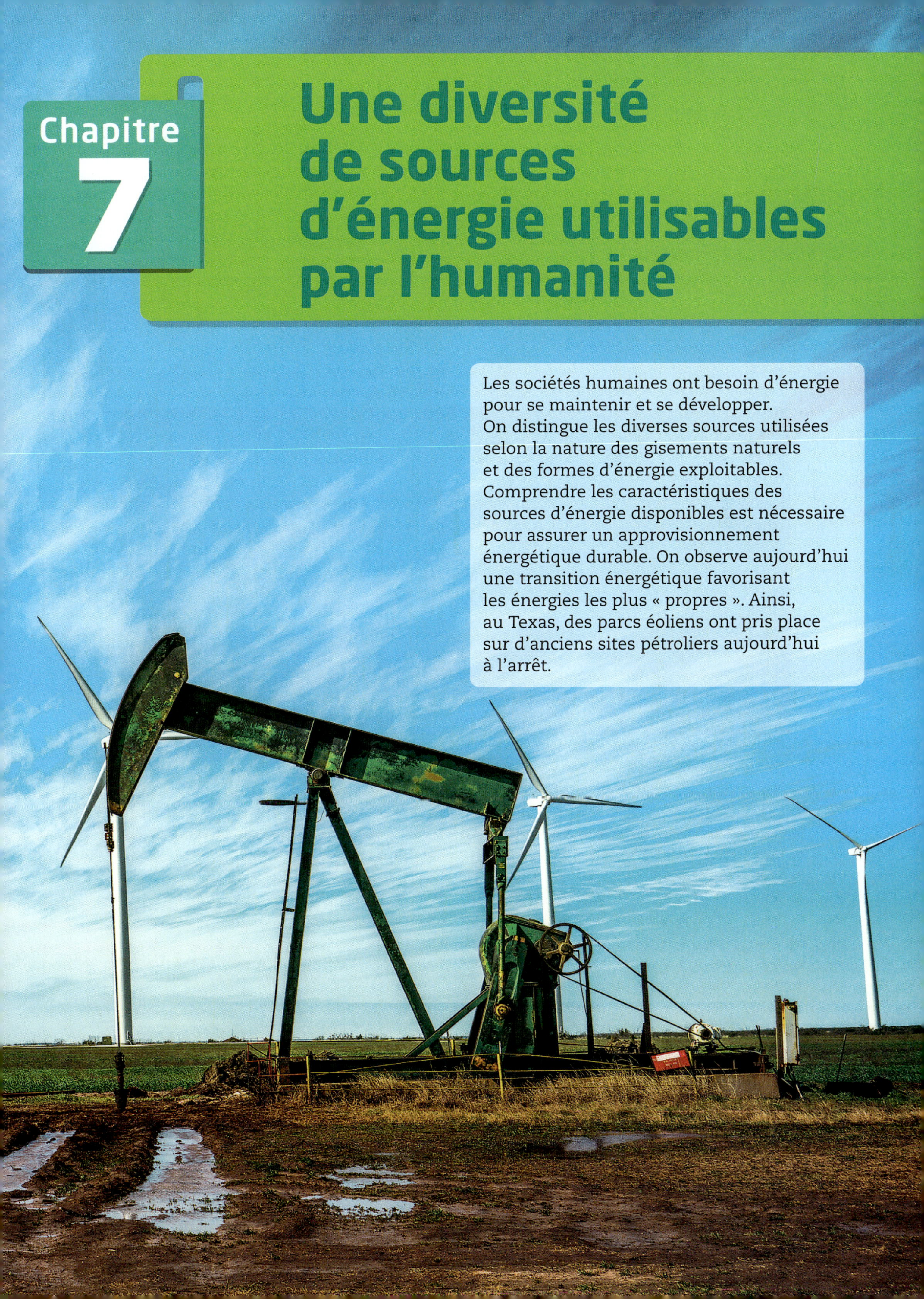

# Activité 1 Origine des principales sources d'énergie utilisées

Dans le monde, les besoins en énergie des activités humaines sont aujourd'hui couverts à 80 % par l'utilisation des combustibles fossiles (charbon, pétrole, gaz), à 5 % par le nucléaire et à 15 % par d'autres sources dont les plus développées sont l'éolien, l'hydraulique et le photovoltaïque.

**Quelles sont les origines des principales sources d'énergie exploitées par les humains ?**

**SAVOIR-FAIRE**

À partir de l'étude d'un combustible fossile ou d'une roche, débattre de l'origine (biologique ou non) des matériaux analysés.

## 1 Empreinte fossile végétale dans du charbon

Cette fougère arborescente (genre *Pecopteris*) avait un tronc pouvant atteindre plusieurs mètres de hauteur. Ce charbon de Graissessac, qui contient cette feuille fossile, date du Carbonifère houiller, il y a environ 300 Ma.

## 2 Quelques molécules constitutives de combustibles fossiles et d'êtres vivants

**Molécules contenues dans les combustibles fossiles**

Molécule de la famille des hopanoïdes trouvée dans le pétrole :

2-méthyl-hopane

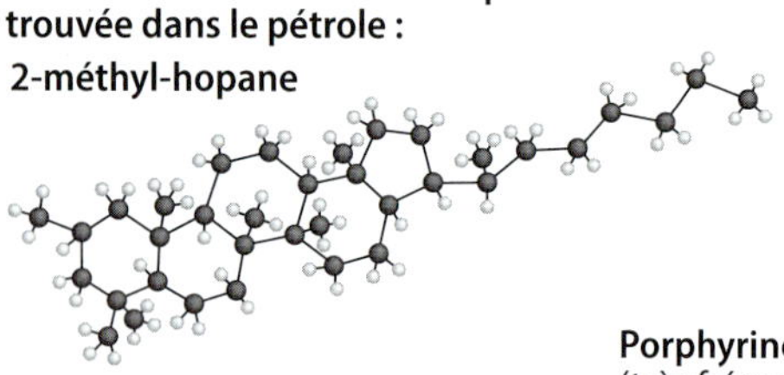

Porphyrine de vanadium (très fréquente dans les pétroles)

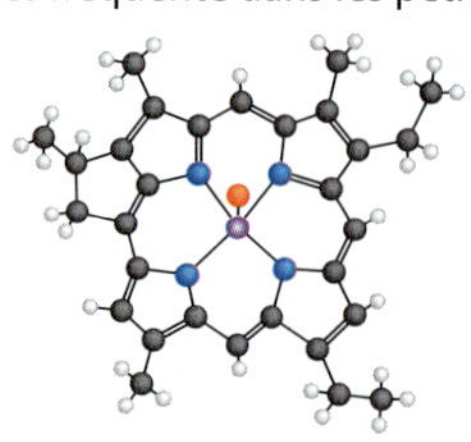

Phytane

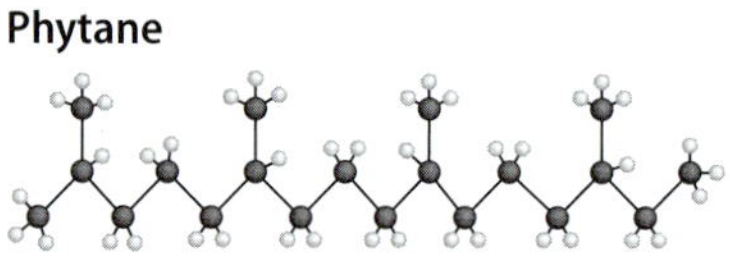

**Molécules contenues dans les êtres vivants**

Molécule de la famille des hopanoïdes présente dans les membranes cellulaires de bactéries :

Tétrahydroxybactériohopane

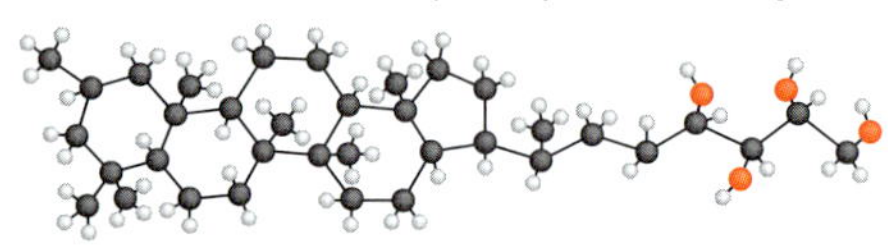

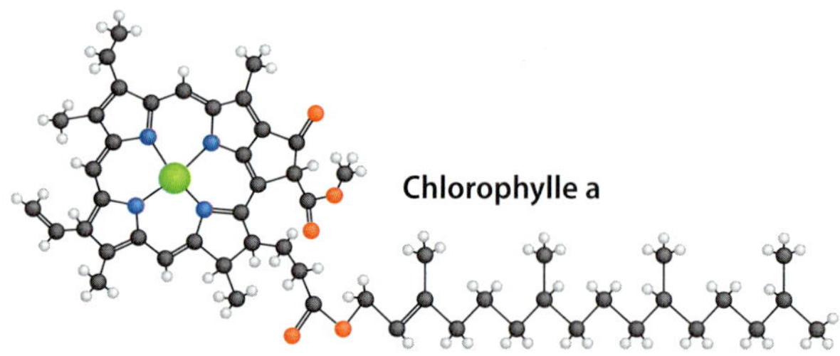

Chlorophylle a

● Carbone ○ Hydrogène ● Oxygène ● Azote ● Magnésium ● Vanadium — Liaison chimique

Visualiser les molécules : libmol.org

## 3 Les effets du rayonnement solaire à la surface de la Terre

Arrivé à la surface de la Terre, le rayonnement solaire est absorbé et réchauffe océans et continents qui, à leur tour, réchauffent l'atmosphère par sa base. Une partie de ce rayonnement est aussi utilisée lors de la production de matière organique par les êtres photosynthétiques. L'atmosphère est retenue près de la surface par la gravité terrestre et est animée de mouvements internes (vents). L'air chaud, moins dense que l'air froid, peut s'élever jusqu'au sommet de l'atmosphère. L'air froid présent en altitude, s'il est plus dense que l'air présent en dessous de lui, descend vers la surface de la Terre. Ces mouvements verticaux entraînent des mouvements horizontaux : les vents, qu'on peut utiliser (éolienne par exemple).

Éolienne de pompage

## 4 La force de l'eau

Les eaux de pluies continentales retournent à la mer par gravité en suivant nappes souterraines ou cours d'eau de surface. L'eau de surface en mouvement peut être utilisée pour entraîner une roue à aube (moulin) ou une turbine (centrale électrique) afin de récupérer de l'énergie mécanique ou produire de l'électricité. Des barrages permettent de stocker de l'eau pour augmenter la hauteur de chute et donc l'énergie potentielle récupérable et pour pouvoir utiliser cette énergie au moment désiré.

La centrale hydroélectrique de Saint-Étienne-Cantalès sur la rivière Cère (Cantal, France)

## 5 L'uranium, un élément utilisé pour produire de l'électricité

L'électricité produite en France est, en 2019, à 71 % d'origine nucléaire. Des processus principalement sédimentaires et magmatiques expliquent la concentration relative de l'uranium dans certaines conditions physico-chimiques ou tectoniques. Le minerai d'uranium nécessite de nombreuses étapes de transformation pour aboutir au produit recherché, appelé combustible nucléaire, dont on récupère de la chaleur par fission nucléaire contrôlée dans les centrales dites nucléaires.

La centrale nucléaire de Cruas-Meysse (Ardèche, France)

## Consignes TRAVAIL EN GROUPE

1. **Indiquer** les arguments en faveur d'une origine biologique des combustibles fossiles (charbon, pétrole, gaz). **Expliquer** pourquoi les hydrocarbures sont parfois appelés « énergie solaire fossile » (docs 1 et 2).
2. Groupe 1 **Schématiser** une portion d'atmosphère dans laquelle de l'air s'élève d'un point A de la surface et de l'air descend à l'aplomb d'un point B. Sur ce schéma, **déterminer** le sens des vents de surface et d'altitude entre les points A et B (doc 3).
3. Groupe 2 **Retracer** le cycle de l'eau et **rappeler** en quoi ce cycle est lié à l'énergie solaire (doc 4).
4. Mise en commun **Argumenter à l'oral,** pour chaque groupe, que le vent ou les cours d'eau constituent des énergies reliées à l'énergie solaire.
5. Mise en commun **Élargir** aux quatre sources pour distinguer les énergies reliées ou non reliées, directement ou indirectement, à l'énergie solaire (docs 1 à 5).

# Activité 2 Usages variés des énergies de flux et de stock

Les différentes sources fournissent immédiatement de l'énergie (comme une éolienne) ou bien constituent une forme qui peut être stockée (comme l'uranium). Ces formes d'énergie sont complémentaires.

**SAVOIR-FAIRE**

- Étudier des atouts et des limites liées à l'utilisation de sources d'énergie.

## Quels sont les apports directs majeurs des principales sources d'énergie et quelles en sont les limites d'utilisation ?

### 1 Panneaux solaires thermiques et photovoltaïques

Un panneau solaire thermique absorbe le rayonnement solaire reçu et réchauffe un liquide permettant d'alimenter un système d'eau chaude sanitaire ou de chauffage. La chaleur récupérée peut représenter jusqu'à 40 % de l'énergie solaire reçue. Lorsque l'ensoleillement est suffisant, un panneau photovoltaïque convertit une partie (20–25 %) du rayonnement solaire capté en électricité pour alimenter une habitation ou le réseau électrique.

Fonctionnement des panneaux solaires thermiques

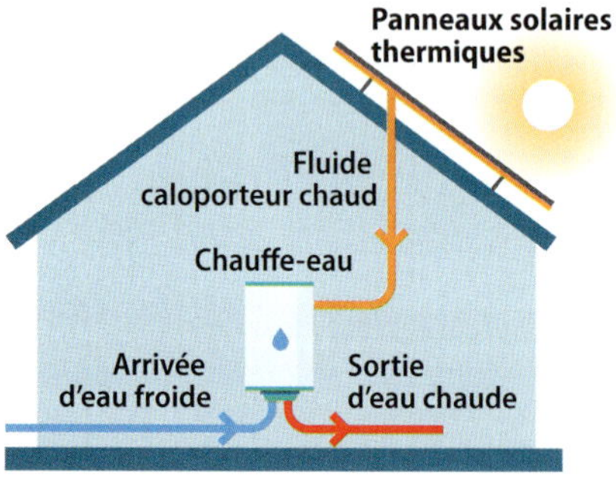


Fonctionnement des panneaux solaires photovoltaïques

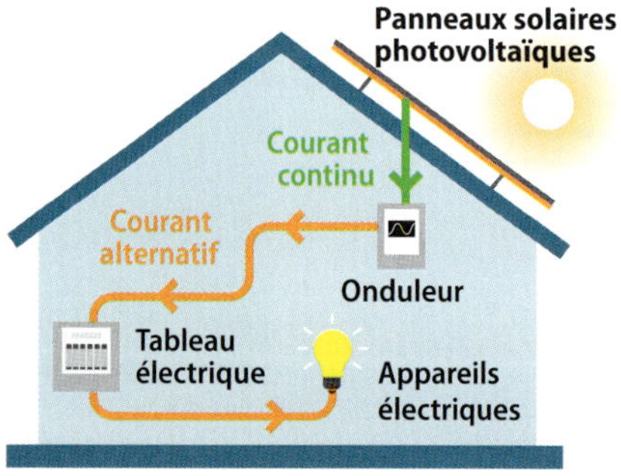


Source : quelleenergie.fr

### 2 Combustion, explosion

Les combustibles fossiles fournissent principalement de la chaleur par combustion. Cette chaleur est utilisée pour se chauffer ou pour mettre en mouvement des machines ou des turbines pour produire de l'électricité. La combustion dans un moteur à explosion de carburants dérivés du pétrole ou de gaz provoque le mouvement de pistons, qui entraînent ensuite des mouvements de translation ou de rotation.

### 3 Roues ou pales en rotation

Une roue à aubes peut être entraînée par un courant d'eau (rivière ou canal). De même, le vent fait tourner une éolienne. Ces mouvements peuvent servir au fonctionnement de machines (moulins à farine ou à huile, marteaux de forges, lames de scies, pompes mécaniques) ou d'un rotor (production d'électricité).

L'eau entraîne la roue de ce moulin.

### 4 Énergie de stock, énergie de flux

La source d'une énergie de stock est issue de matière dont on récupère une partie de l'énergie chimique suite à sa transformation contrôlée (par exemple par combustion ou désintégration).

La source d'une énergie de flux est un rayonnement électromagnétique (énergie solaire) ou de l'énergie cinétique liée à de la matière (air, eau) en mouvement.

La combustion du bois, énergie de stock, libère de la chaleur (énergie thermique).

## Consignes

1. **Comparer** les atouts différents des panneaux solaires thermiques et photovoltaïques pour une maison individuelle (doc 1).
2. **Retrouver** les trois types d'apports énergétiques directs résultant de l'exploitation des sources étudiées (docs 1 à 4).
3. **Identifier** parmi les sources d'énergies évoquées ou connues, deux sources d'énergie de stock et deux d'énergie de flux (docs 1 à 4).
4. À l'oral **Comparer** les limites possibles de l'utilisation d'une énergie de flux par rapport à une énergie de stock en prenant l'exemple d'un besoin d'eau chaude sanitaire au cours de l'année selon qu'on se chauffe à l'énergie solaire ou avec une chaudière à gaz.

# Activité 3 Biomasse et énergies renouvelables

Dans le domaine de l'énergie, la biomasse est toute matière organique susceptible de fournir de l'énergie. Ces sources d'origine biologique se développent pour étoffer l'offre en énergie possiblement inépuisable.

**SAVOIR-FAIRE**

- Citer quelques sources d'énergie renouvelables et non renouvelables.

## Comment obtient-on de l'énergie à partir de biomasse ?

### 1 Le bois, une ressource à usages multiples

Le bois est principalement utilisé pour la construction, la fabrication de meubles et de papiers, ainsi que pour le chauffage. En climat tempéré, selon les arbres, il faut 30 à 50 ans (peuplier, douglas), voire 70 à 100 ans (hêtre, chêne) pour obtenir des arbres permettant des usages économiquement intéressants. Dans une forêt, des arbres sont régulièrement coupés avant maturité pour laisser la place aux arbres de plus grande valeur ; ces coupes sont par exemple utilisées comme bois de chauffage (bûches, granulés).

### 2 Le principe de méthanisation de matières organiques

Le méthane extrait du digesteur est appelé biogaz. Il est utilisé pour la production de chaleur et d'électricité.

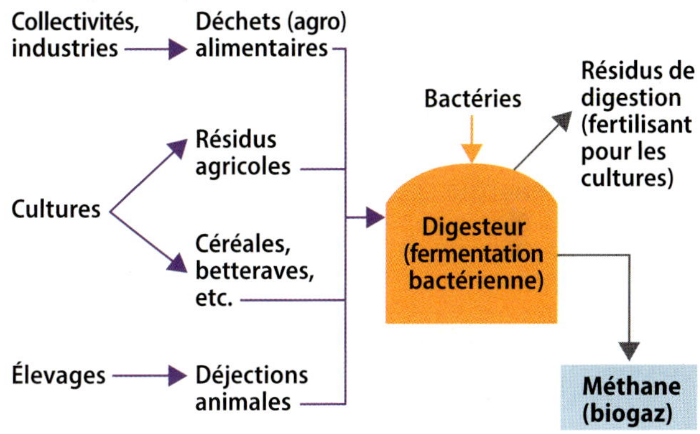


### 3 Transformation de la matière organique lors de son enfouissement

Dans certaines conditions (anoxie, sédimentation importante), une partie de la matière organique des sédiments peut être préservée et amenée en profondeur. Avec la profondeur, température et pression augmentent ; la matière organique (**C** carbone, **H** hydrogène, **O** oxygène et **N** azote) se transforme alors en hydrocarbures : huiles (dont les pétroles), gaz et charbons.

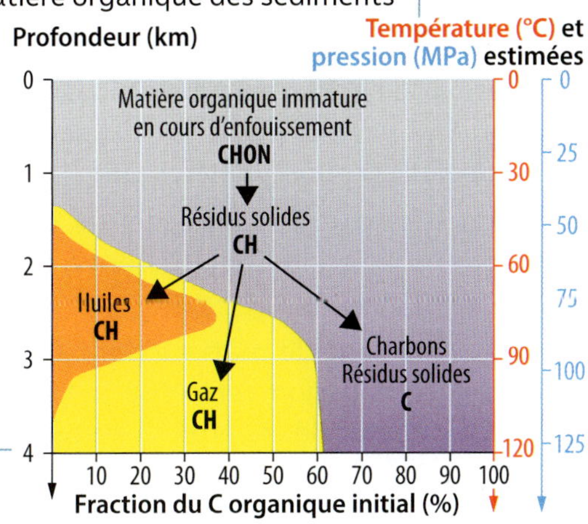


### 4 Caractère renouvelable d'une ressource

Une ressource est considérée comme renouvelable si son utilisation ne remet pas en cause sa disponibilité future à l'échelle des temps humains. L'énergie solaire a pour origine des réactions de fusion de l'hydrogène du Soleil dont le stock sera épuisé dans environ 5 milliards d'années.

## Consignes

### Origine et utilisation de la biomasse (niveau *)

1. **Déterminer** les deux procédés, direct et indirect, permettant de récupérer de l'énergie à partir de biomasse (docs 1 et 2).
2. Le méthane est, selon son origine, un combustible fossile, ou un gaz obtenu par méthanisation de résidus agricoles. Dans les deux cas, de la matière organique en est à l'origine. **Déterminer** ce qui différencie le biogaz et explique l'appellation « bio » (docs 2 et 3).

### Caractère renouvelable ou non de différentes sources d'énergie (niveau **)

3. En considérant une vitesse d'enfouissement moyenne de 20 mm par siècle pour de la matière organique, **calculer** le temps nécessaire pour aboutir à la production maximale d'huile.
**Comparer** le résultat à la durée de vie humaine et **en déduire** l'état de transformation éventuelle de matière organique dont l'enfouissement a débuté au début de l'existence de notre espèce il y a 300 000 ans (doc 3).
4. **Argumenter** que le bois puisse être qualifié de ressource renouvelable et pas le pétrole (docs 1, 3 et 4).
5. **Argumenter** le caractère renouvelable ou non de l'électricité produite dans une centrale thermique à biogaz, une centrale thermique à charbon, ou par panneaux photovoltaïques (docs 2 à 4).

# Le cours

## 1 Le Soleil, source d'énergies de flux

- Le rayonnement solaire réchauffe la surface des océans et des continents, qui à leur tour réchauffent l'atmosphère. Ceci induit des mouvements atmosphériques : les vents. Ces vents entraînent la surface des océans par frottement et génèrent des courants.

L'évaporation de l'eau sous l'effet du Soleil génère de la vapeur d'eau, entraînée par les vents. Des précipitations ont alors lieu sur les continents et l'eau rejoint ensuite l'océan par gravité en suivant les cours d'eau de surface ou les nappes souterraines.

- Le rayonnement solaire peut directement procurer de la chaleur (panneau thermique) ou de l'électricité (panneau photovoltaïque).
- Une **énergie de flux** est une énergie dont la source est un rayonnement électromagnétique (rayonnement énergétique) ou de la matière en mouvement (énergie cinétique). Le Soleil est une source d'énergies de flux par son rayonnement direct (énergies thermique et photovoltaïque) et, indirectement, par la mise en mouvement de matière (air, eau) dont on récupère une partie de l'énergie cinétique (**énergies éolienne** et **hydraulique**).

## 2 Le Soleil, source de matière organique et d'énergies de stock

- Le rayonnement solaire est à la base de la quasi-totalité des chaînes alimentaires à l'origine de la **biomasse**. Cette matière organique possède de l'énergie chimique contenue dans ses molécules.
- Dans des circonstances particulières (anoxie, sédimentation importante), une petite fraction de la biomasse peut être retirée du cycle de surface (décomposition, minéralisation), être enfouie et se transformer en molécules plus simples par des réactions dues à l'augmentation de la pression et de la température avec la profondeur. Se forment alors, sur plusieurs millions d'années, des hydrocarbures (huiles, gaz, charbons), appelés **combustibles fossiles**.
- L'énergie chimique de la biomasse actuelle peut être utilisée par combustion (bois) ou par fermentation (notamment par bactéries ou champignons) aboutissant à des molécules plus simples (gaz, alcool) qui peuvent être brûlées.
- Une **énergie de stock** est une énergie provenant de matière dont on récupère une partie de l'énergie chimique lors de sa transformation (combustion, fermentation, désintégration contrôlée). La biomasse, les énergies fossiles et l'uranium sont des énergies de stock.

## 3 Des ressources pas toutes renouvelables

- Une **ressource** est **renouvelable** si son utilisation ne remet pas en cause sa disponibilité future à l'échelle des temps humains.
- Le stock d'hydrogène du Soleil est inépuisable à l'échelle de temps humaine. L'**énergie solaire** produite et les énergies de flux qu'elle génère sont donc des énergies renouvelables.
- L'utilisation importante et la rare et lente formation des combustibles fossiles amènent à une diminution du stock perceptible à l'échelle humaine (recherche permanente de nouveaux gisements). Les énergies fossiles ne sont pas renouvelables.
- La biomasse a une forte capacité de renouvellement. Une utilisation excessive peut engendrer des déséquilibres (déforestation, érosion des sols) remettant en cause sa disponibilité future. À condition de veiller à une production durable, la biomasse est une source d'énergie renouvelable.
- Les stocks d'uranium ne sont pas renouvelables.

# L'Essentiel

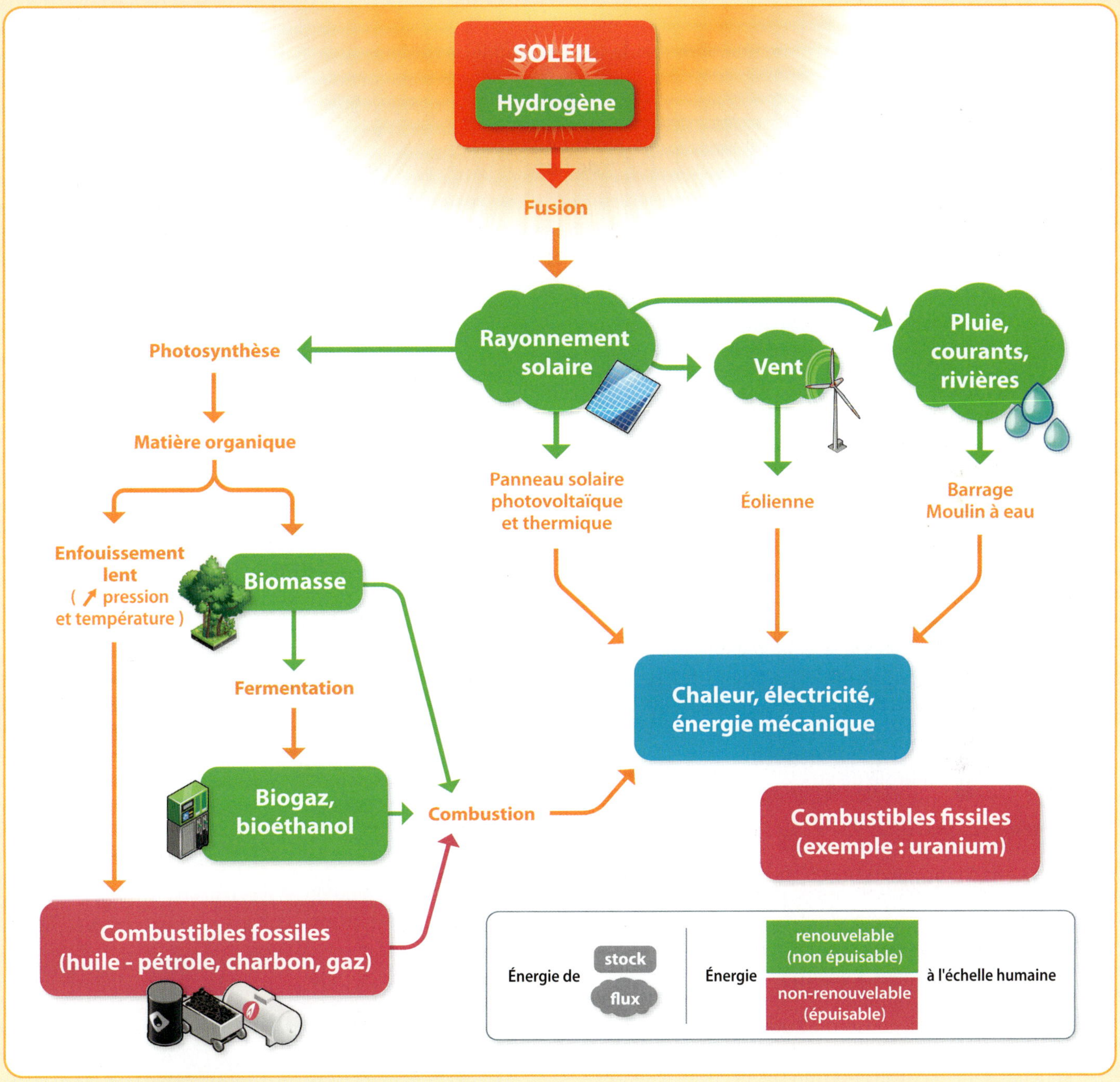


## MOTS-CLÉS

FLASH CARDS

● **Mémorisez les mots-clés du chapitre grâce aux cartes mémo !**

hachette-clic.fr/24es1133

- combustible fossile
- énergie de flux
- énergie de stock
- biomasse
- ressource renouvelable
- énergie solaire
- énergie éolienne
- énergie hydraulique

# Exercices — Tester ses connaissances

## QCM
CORRIGÉ p. 248

Pour chaque question, indiquer la (ou les) bonne(s) réponse(s).

Version interactive hachette-clic.fr/24es1134

| | a | b | c | d |
|---|---|---|---|---|
| 1 Le pétrole est : | une énergie fossile. | une énergie de flux. | une ressource renouvelable. | le produit de la photosynthèse. |
| 2 Les pales d'une éolienne : | sont sensibles au rayonnement solaire. | transforment l'atmosphère en énergie électrique. | sont mises en mouvement par le vent. | sont d'origine biologique. |
| 3 La biomasse : | contient de la chaleur convertible en électricité. | peut être brûlée pour produire de la chaleur. | est une ressource non renouvelable. | est une source d'énergie de stock. |
| 4 Une ressource est renouvelable si elle : | est liée à la photosynthèse. | génère un flux. | ne s'épuise pas à l'échelle d'un siècle. | produit de l'électricité. |

## 5 Affirmations à corriger

**Corriger les affirmations suivantes.**

a. L'enfouissement de fossiles aboutit à la formation de combustibles fossiles.
b. L'énergie solaire n'est pas renouvelable car sa production consomme l'hydrogène du Soleil.
c. La photosynthèse permet le renouvellement rapide de la biomasse et du charbon.
d. Le vent est de l'air en mouvement, c'est une source d'énergie de stock.

## 6 Le charbon dans le monde

En 2022, la Chine a extrait 4,5 Gt de charbon et en a consommé 4,7 Gt. C'est à la fois le plus gros producteur mondial (50,6 %) et le plus gros consommateur mondial (54,8 %) de charbon dont les réserves sont estimées à environ 132 Gt, soit environ 13 % des réserves mondiales.

1. **Sur la base de sa consommation de 2022, calculer pendant combien de temps la Chine peut utiliser le charbon en n'utilisant que ses propres réserves.**
2. **De même, calculer la durée d'utilisation du charbon au rythme actuel à l'échelle mondiale.**
3. **Discuter du caractère renouvelable ou non du charbon comme ressource énergétique.**

Pingshuo, une des plus grandes mines de charbon à ciel ouvert en Chine

## 7 Phrases à construire
CORRIGÉ p. 248

**Écrire une phrase en utilisant les termes suivants.**

a. vent – énergie solaire – éolienne.
b. biogaz – biomasse – fermentation.
c. pétrole – enfouissement – matière organique.

## 8 L'hydroélectricité

Une conduite forcée est un tunnel ou un tuyau conduisant de l'eau retenue par un barrage, d'un point haut vers une station en contrebas. À la sortie de la conduite, la force de l'eau entraîne une turbine qui entraîne le rotor d'un alternateur, ce qui produit de l'électricité, appelée hydroélectricité.

1. **Justifier que cette électricité provient d'une énergie de flux.**
2. **Expliquer comment l'hydroélectricité est reliée à l'énergie solaire, ce qui en fait une source d'énergie renouvelable.**

# Exercice résolu

## 9 Comparer et déterminer le pouvoir calorifique de différents combustibles

Dans une bombe calorimétrique, on introduit une quantité mesurée de produit à tester, puis on déclenche la combustion. On détermine alors l'augmentation de température du liquide contenu dans le calorimètre, réchauffé par l'énergie $E$ libérée par la combustion. On a la relation $E = M \times C_{liq} \times \Delta T$, avec $M$ la masse de liquide (en g), $C_{liq}$ sa capacité thermique massique (en $J \cdot °C^{-1} \cdot g^{-1}$) et $\Delta T$ l'augmentation de température mesurée. Le pouvoir calorifique massique $P$ (en $J \cdot g^{-1}$) du produit testé est la quantité d'énergie $E$ libérable par combustion par unité de masse. Ainsi, l'énergie déterminée précédemment correspond aussi à $E = P \times m$, avec $m$ la masse (en g) de produit brûlé.

### 1 Un montage de bombe calorimétrique

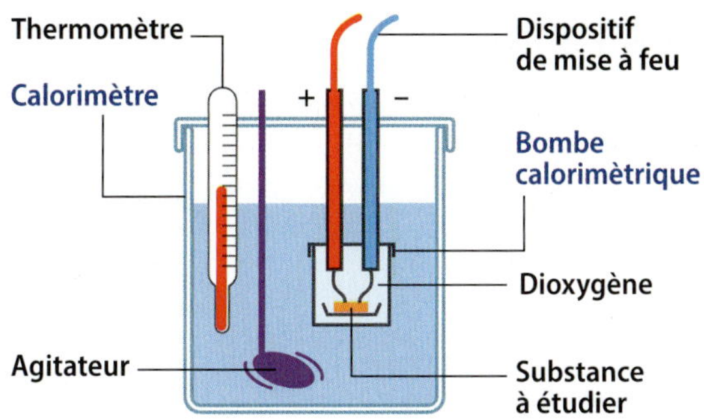


Source : Thermorégulation, D. Larrouy, D. Ambid, D. Richard, 1995

### 2 Données

Un calorimètre contenant 2,5 kg de liquide est utilisé pour comparer le pouvoir calorifique de plusieurs combustibles solides. Une manipulation supplémentaire est menée en introduisant un produit de pouvoir calorifique connu. On observe alors une augmentation de température de 3,1 °C lors de la combustion de 2 g de glucose ($P = 16{,}2$ $kJ \cdot g^{-1}$).

| | Gazole | Anthracite | Lignite | Tourbe sèche | Bois |
|---|---|---|---|---|---|
| $m$ (g) | 1,2 | 1 | 2,5 | 2,9 | 2,2 |
| $\Delta T$ (°C) | 5,1 | 3,1 | 3,6 | 4,2 | 4,6 |

1. **Exprimer** $P$ en fonction des autres paramètres.
2. **Montrer** qu'on peut ainsi comparer les pouvoirs calorifiques massifs des cinq combustibles testés sans connaître la nature du liquide du calorimètre. **Classer** les combustibles testés par ordre croissant de $P$.
3. **Déterminer** $C_{liq}$. En déduire si le liquide du calorimètre est de l'eau ($C_{eau} = 4{,}18$ $J \cdot °C^{-1} \cdot g^{-1}$).
4. **Calculer** les pouvoirs calorifiques des produits testés en $kJ \cdot g^{-1}$. **Conclure**.

## Conseils

**Comparer les deux expressions** de l'énergie $E$ pour relier tous les paramètres.

**Calculer la hausse de température** pour la même masse de chaque produit brûlé $\left(\frac{\Delta T}{m}\right)$ permet de comparer les pouvoirs calorifiques.

**Calculer l'énergie de combustion** du glucose pour déterminer la capacité thermique massique du liquide.

**Calculer les pouvoirs calorifiques** en connaissant tous les paramètres et les comparer.

## Solution

1. L'énergie libérée par la combustion est $E = M \times C_{liq} \times \Delta T$.

Mais aussi $E = P \times m$. Donc $M \times C_{liq} \times \Delta T = P \times m$ et $P = \frac{M \times C_{liq} \times \Delta T}{m}$.

2. Comme le produit $M \times C_{liq}$ est le même pour tous les produits testés, le rapport $\frac{\Delta T}{m}$ est proportionnel à $P$. L'ordre croissant de $\frac{\Delta T}{m}$ est :

lignite (1,44) ≈ tourbe (1,45) < bois (2,09) < anthracite (3,1) < gazole (4,25).

3. L'énergie libérée par la combustion du glucose est :

$$E = P \times m = 16{,}2 \times 2 = 32{,}4 \text{ kJ} \cdot \text{g}^{-1} \text{ ou } 32\,400 \text{ J} \cdot \text{g}^{-1}.$$

Or $E = M \times C_{liq} \times \Delta T$.

Donc $C_{liq} = \frac{E}{M \times \Delta T} = \frac{32\,400}{2\,500 \times 3{,}1} = 4{,}18$ $J \cdot °C^{-1} \cdot g^{-1}$. Le liquide est bien de l'eau.

4. On obtient les pouvoirs calorifiques par la formule $P = \frac{M \times C_{liq} \times \Delta T}{m}$

avec $M \times C_{liq} = 2\,500 \times 4{,}18 = 10\,450$ $J \cdot C^{-1}$ ou $10{,}45$ $kJ \cdot C^{-1}$.

| | Gazole | Anthracite | Lignite | Tourbe sèche | Bois |
|---|---|---|---|---|---|
| $\frac{\Delta T}{m}$ ($°C \cdot g^{-1}$) | 4,25 | 3,1 | 1,44 | 1,45 | 2,09 |
| $P$ ($kJ \cdot g^{-1}$) | 44,4 | 32,4 | 15,0 | 15,1 | 21,8 |

On peut conclure que tous les combustibles ne contiennent pas la même énergie.

# Exercices Développer ses compétences

## 10 Des toits blancs pour rafraîchir

CORRIGÉ p. 248

Un toit d'immeuble noir absorbe plus de 80 % du rayonnement solaire reçu contre 30 % pour un revêtement blanc. Le reste du rayonnement est réfléchi. Plusieurs villes américaines mais aussi européennes ont entamé un programme de « blanchiment » des toits urbains afin de réduire la température en ville et de réduire les besoins en climatisation des bâtiments concernés en été.

1. **Expliquer** les variations quotidiennes de température sur les toits du MoMA. **Comparer** et **expliquer** les températures minimales et maximales quotidiennes pour les toits noirs et les toits blancs.
2. **Expliquer** le raisonnement qui amène certaines villes à repeindre en blanc le toit de leurs bâtiments.
3. **Proposer** une solution complémentaire pour limiter la surchauffe des bâtiments par leur toit en été, et une installation qui permettrait, elle, de récupérer de l'énergie.

Variations de la température selon la couleur de la surface du toit (2011)

Une étude américaine a suivi la température sur les toits du MoMA (*Museum of Modern Art*) de New York, certaines parties étant noires et d'autres blanches, pendant plusieurs mois de 2011.

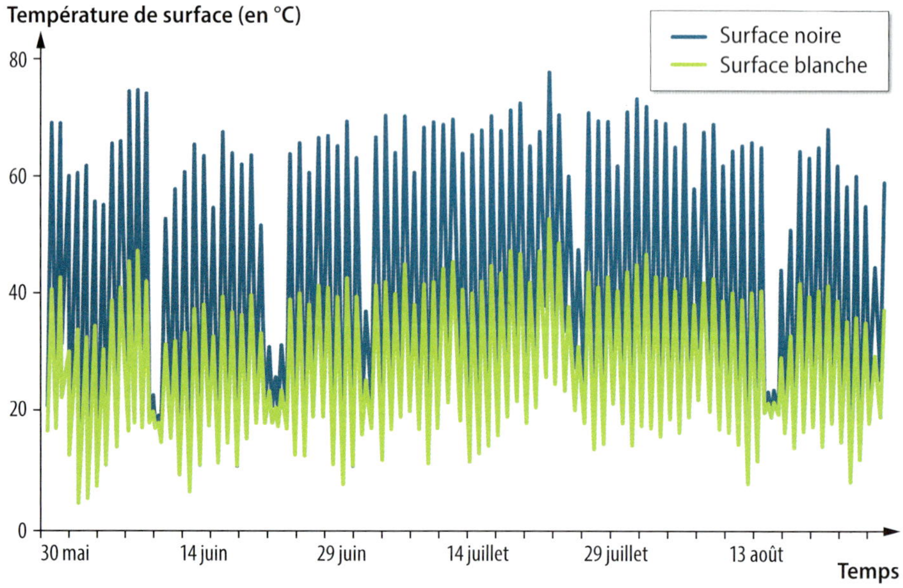


Source : Gaffin et al., *Environmental Research Letters* (2012)

## 11 Des certifications pour la filière bois

Depuis le début des années 1990, entreprises forestières et organisations nationales se sont concertées pour proposer des solutions au problème de la déforestation. Ainsi, a d'abord été créé le FSC (Conseil de bonne gestion forestière) et, quelques années plus tard, le PEFC (Programme de reconnaissance des certifications forestières). Ces organisations effectuent des audits d'entreprises de la filière bois, de la production du bois à sa transformation, et délivrent des certificats de gestion durable. Parmi les critères de production permettant la délivrance d'un certificat PEFC, on trouve l'exigence d'un renouvellement de la forêt par régénération naturelle ou plantation. Sont aussi vérifiés le respect de la biodiversité végétale et animale, la protection des divers écosystèmes et la préservation des sols.

1. **Relever** les critères analysés pour délivrer une certification PEFC.
2. **Indiquer** pour chacun de ces critères dans quelle mesure il permet de confirmer le caractère renouvelable du bois certifié et/ou le mode durable d'exploitation.

## 12 Éthanol et biocarburants

Les biocarburants sont majoritairement utilisés sous forme d'additifs ou de compléments aux carburants fossiles. Leur utilisation est très réglementée et répond à une directive européenne visant à la réduction de l'utilisation des carburants fossiles.
La filière biocarburant « essence », pour les véhicules essence, comprend l'éthanol et son dérivé l'ETBE (éther éthyle tertiobutyle ou, en anglais, *ethyl tert-butyl ether*), ainsi que les bio-essences de synthèse.
En France, la betterave à sucre (23 %) et les céréales (blé – 35 %, maïs – 30 %) sont les principales ressources utilisées pour la production d'éthanol d'origine agricole, aussi appelé bioéthanol. Il peut être également obtenu avec certains résidus vinicoles (marcs de raisin et lies de vin – 9 %).
Le développement de biocarburants dits « avancés » privilégie une nouvelle voie de production par l'utilisation de biomasse lignocellulosique (bois ou paille) :

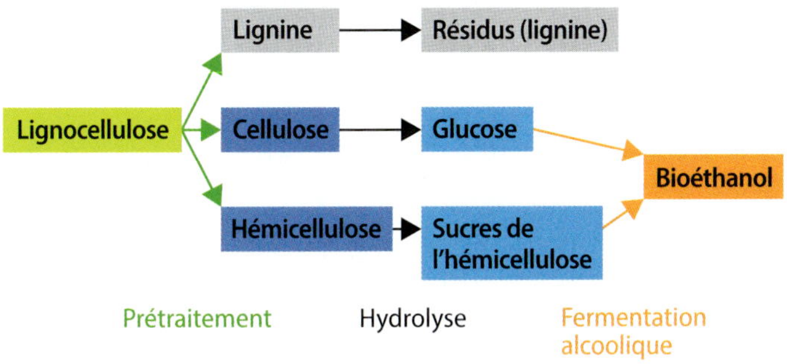


Source : ecologie.gouv.fr/biocarburants

Usine de broyage et d'extraction d'huile de colza pour le bioéthanol (Le Mériot, France)

1. **Déterminer** la part de bioéthanol produite à partir de l'ensemble betterave à sucre-blé-maïs, produits agricoles riches en sucres. **Rappeler** les autres usages de ces productions agricoles.
2. **En déduire** les possibles conflits d'usage si la production de bioéthanol devait augmenter.
3. **Décrire** le procédé de la filière lignocellulosique de production de bioéthanol. **Expliquer** son intérêt par rapport à la voie « betterave-blé-maïs ».

## 13 Le $CO_2$ : un gaz à effet de serre indésirable

Science et société

La combustion de méthane ($CH_4$) en présence de dioxygène libère du dioxyde de carbone ($CO_2$), qui est un gaz à effet de serre participant au réchauffement climatique en cours. La réduction des émissions de gaz à effet de serre, afin de stabiliser puis diminuer la concentration de $CO_2$ dans l'atmosphère, est une mesure à laquelle de nombreux pays se sont engagés dans le cadre d'accords internationaux.

**Expliquer** pourquoi la combustion de biogaz est compatible avec cette décision, alors que la combustion de méthane « fossile » est à proscrire.

## 14 Énergie et consommation

À l'oral ! Travail en groupe

« L'énergie la plus propre est celle qu'on ne consomme pas. »

**Illustrer et argumenter** l'énoncé ci-dessus à partir d'exemples pris dans le domaine des transports, du chauffage (et de la climatisation), de l'alimentation, de la mode…

Rénovation énergétique (isolation du toit par l'intérieur) d'une maison

## 15 Un stockage possible d'énergie en cas de surproduction

L'électricité produite doit être utilisée instantanément : elle ne se stocke pas directement. Les stations de transfert d'énergie par pompage (STEP) sont un moyen de convertir de l'électricité excédentaire pour un usage ultérieur. En effet, cette électricité sert au pompage d'eau d'un réservoir bas vers un réservoir haut. L'énergie potentielle ainsi générée permet une production différée d'électricité par turbinage. Après un cycle « pompage + turbinage », on récupère 60 à 85 % de l'électricité initiale. Une dizaine de STEP sont en activité sur le territoire français métropolitain.

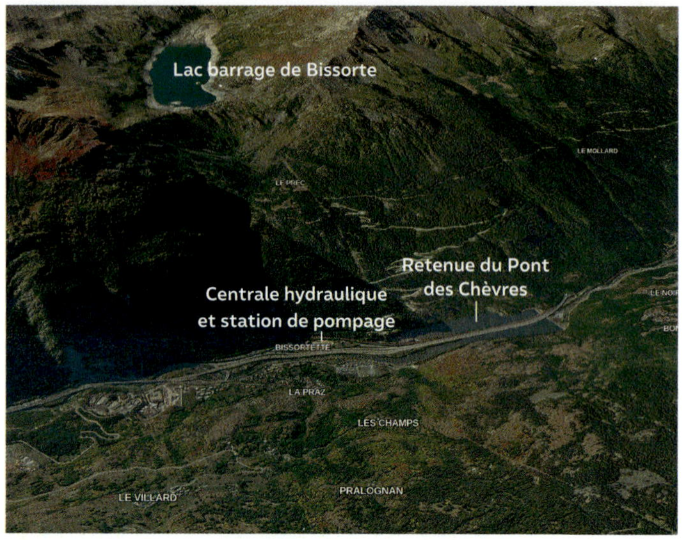

Le lac barrage de Bissorte, en Savoie, a été complété en 1987 par la retenue du Pont des Chèvres, sur la rivière Arc, pour permettre le fonctionnement d'une STEP.

1. **Décrire** le principe de fonctionnement d'une STEP et **déterminer** quel type de territoire est apte à accueillir ce type d'installation.
2. **Déterminer** les pertes énergétiques dues à l'usage d'une STEP. **Expliquer** en quoi ces installations sont *a priori* inutiles dans le cas de production d'électricité issue de centrales thermiques à gaz, mais semblent indispensables en cas de forte production d'électricité éolienne ou photovoltaïque.

## 16 Énergies propres, usages propres ?

CORRIGÉ p. 248

**Science et société**

Centrale thermique à combustible fossile de Cordemais (France)

Centrale thermique à combustible nucléaire de Gravelines (France)

Dans les centrales thermiques, seule une partie de la chaleur produite est convertie en électricité. Le rendement est de l'ordre de 35 à 40 % selon que la centrale est nucléaire (près de 35 %) ou à combustible fossile (jusqu'à 40 %).
Dans un moteur thermique, la combustion du carburant produit de l'énergie mécanique (35 % à 42 % de l'énergie initiale du carburant), libère de la chaleur et rejette du $CO_2$. Avec un moteur électrique, 80 % de l'énergie initiale est convertie en énergie mécanique et il n'y a pas d'émission de $CO_2$.

Une énergie propre est une source d'énergie dont l'exploitation ne produit pas, ou des quantités négligeables, de déchets et polluants, comme l'énergie photovoltaïque. Ces sources d'énergie ne contribuent généralement pas de manière significative aux émissions de gaz à effet de serre et sont considérées pour cela comme plus respectueuses de l'environnement.

Source : geo.fr/environnement

1. **Comparer** le rendement énergétique d'un moteur thermique à celui d'un moteur électrique en prenant en compte la production d'une électricité aux trois quarts d'origine nucléaire (cas de la France).
2. **Comparer** la « propreté » relative des électricités produites par éoliennes, par centrales à charbon et par centrales nucléaires en recherchant les inconvénients de chaque production en termes de déchets, polluants et gaz à effet de serre.
3. **Argumenter** qu'utiliser une voiture électrique n'est pas forcément plus propre qu'utiliser une voiture thermique. **Déterminer**, cependant, ce qui motive les autorités à inciter à l'électrification du parc automobile électrique en remplacement du thermique.

## 17 Miscanthus : un roseau à tout faire

**Spé Maths**

Moisson de miscanthus dans la Somme (France)

Le miscanthus est une plante vivace à rhizome d'origine asiatique, proche du roseau. Après la plantation de rhizomes et des apports limités d'engrais, aucun entretien particulier n'est plus nécessaire après deux années (ni désherbage, ni apport d'engrais). Sa présence stabilise les sols en région exposée au risque d'érosion et de coulées de boues et capte les nitrates des eaux de surface, préservant ou améliorant la qualité des eaux dans les zones de captage d'eau potable. Une variété hybride et stérile est cultivée et récoltée pour plusieurs usages : litière animale, paillage horticole et combustible pour le chauffage.

Possédant un peu de terrain, un particulier désire remplacer sa chaudière au fioul, avec une consommation de 2 500 L par an, par une chaudière brûlant des copeaux de miscanthus, dont la culture se développe près de chez lui dans la région de Valence. Les rendements locaux sont de l'ordre de 10 à 14 $t \cdot ha^{-1}$ et le pouvoir calorifique massique du miscanthus est environ 2,7 fois plus faible que celui du fioul (de masse volumique 0,85 $kg \cdot L^{-1}$).

Source : d'après france-miscanthus.org

1. **Calculer** la surface que ce propriétaire doit cultiver s'il désire produire la quantité de miscanthus nécessaire à ses besoins.
2. **Comparer** cette surface à celle d'un terrain de football homologué FIFA (105 × 65 m) ou d'une piscine olympique (50 × 25 m).
3. **Indiquer**, en cas de surproduction, ce que le propriétaire pourra faire du surplus.

## 18 La forêt houillère du Carbonifère : une forêt exubérante

À partir de l'analyse de paléosols et de feuilles fossiles, des scientifiques ont reconstitué les variations de dioxyde de carbone ($CO_2$) atmosphérique durant les 600 derniers millions d'années de l'histoire de la Terre. Les premiers grands gisements de charbon sont datés du Carbonifère, ce qui a permis une reconstitution de l'environnement de cette période : une forêt exubérante.

Évolution de la teneur en $CO_2$ de l'atmosphère

Exemple : un $RCO_2$ égal à 20 à une période donnée signifie que le taux de $CO_2$ était 20 fois plus élevé qu'actuellement.

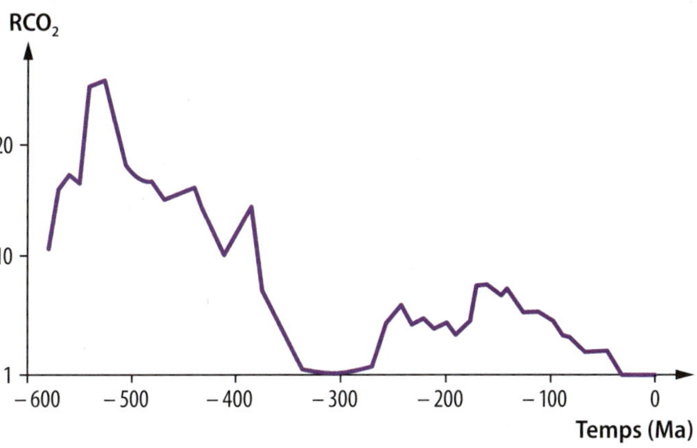


Reconstitution de la forêt houillère

1. **Décrire** l'évolution de la teneur en $CO_2$ au cours du Carbonifère (–360 à –300 millions d'années).
2. **Justifier** l'hypothèse d'une forte teneur en $CO_2$ en lien avec le développement de la forêt houillère et d'une diminution de la teneur en $CO_2$ en lien avec la formation du charbon.

# Pour comprendre le monde

# Le phytoplancton : fascinant, indispensable et méconnu

## Un rôle-clé … et des chiffres qui donnent le vertige !

Chaque litre d'eau de mer contient entre 10 et 100 milliards de micro-organismes ; ils représentent 98 % de la biomasse des océans ! Parmi eux, les micro-organismes du phytoplancton, du grec *phyton* « plante » et *plagton* « errant ». Le phytoplancton désigne l'immense diversité des micro-organismes chlorophylliens, capables de photosynthèse, qui occupent tous les écosystèmes aquatiques, de la flaque d'eau aux eaux océaniques de surface où la lumière peut pénétrer.

Par photosynthèse, le phytoplancton réalise 50 % de la production primaire à l'échelle de la planète : cette matière organique produite constitue la base des chaînes alimentaires marines.

En revanche, il est inexact de considérer que le phytoplancton enrichit l'atmosphère en dioxygène. En effet, la production de dioxygène par photosynthèse du phytoplancton est compensée par sa consommation lors de la respiration, puis lors de la décomposition du phytoplancton à sa mort. Par ailleurs, seule la fossilisation du plancton séquestre à long terme du dioxyde de carbone atmosphérique.

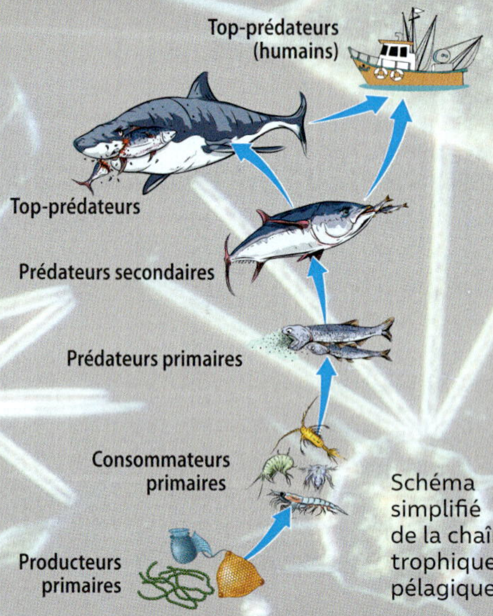


Schéma simplifié de la chaîne trophique pélagique

## La mission « Microbiomes » de la fondation Tara Océans : comprendre le peuple invisible de l'océan pour préserver notre avenir

Du fait de son rôle majeur dans les réseaux trophiques et l'équilibre de l'océan, le phytoplancton importe pour l'humanité. Il reste cependant méconnu. Des études scientifiques, comme celle menée par Tara océans, ont pour objectif de recenser les espèces présentes, mais aussi de décrypter les relations qui les lient, afin de comprendre le fonctionnement de cet écosystème soumis au changement climatique et aux pollutions.

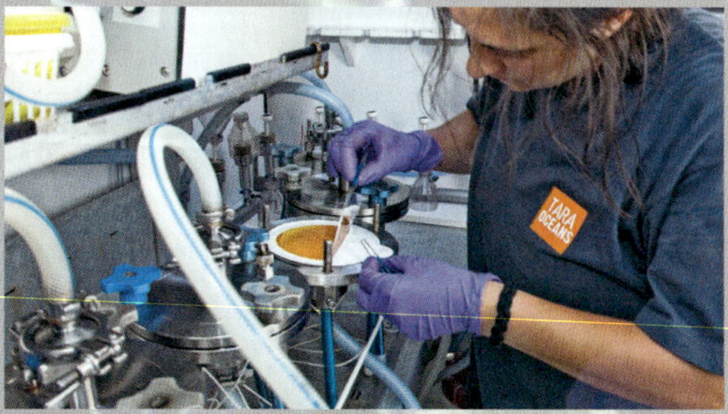


Une journée-type de la mission Tara Océans : cinq prélèvements et analyses de l'eau jusqu'à 300 m de fond, trois prélèvements de plancton en filtrant les êtres vivants de 40 000 L d'eau de mer, un prélèvement de microplastiques sur lesquels vivent des micro-organismes. Tous les échantillons sont triés et conservés pour analyse (microscopie, analyse chimique, analyse génétique…).

**hachette-clic.fr/24es1140** Tara océans lève le voile sur un monde méconnu, le plancton

## Du plancton bioluminescent !

La bioluminescence, dont le rôle reste mystérieux, est la capacité qu'ont certains organismes du phytoplancton à produire leur propre lumière. En effet, ils possèdent une enzyme, la luciférase, qui permet une réaction chimique d'oxydation émettant des photons.

Phytoplancton bioluminescent aux Maldives en 2024.

## Des « *blooms* » visibles depuis l'espace !

Le phénomène de « *bloom*[1] phytoplanctonique » est visible depuis l'espace. Il correspond à un développement massif du phytoplancton, lorsque les conditions sont favorables à son développement : de la lumière, une température suffisante et de fortes concentrations d'éléments nutritifs dans l'eau. Selon les espèces qui prolifèrent, la couleur des eaux varie.

1 : (anglais) : floraison

*Bloom* de phytoplancton, en surface de la mer de Barentz, en août 2011.

## Le phytoplancton régule le climat

Les coquilles calcaires des coccolithophores, algues marines microscopiques. Ces phytoplanctons sont très abondants dans les océans.

Le dioxyde de carbone atmosphérique se dissout dans les océans et est incorporé par le phytoplancton dans la matière organique produite par photosynthèse. Certains organismes du phytoplancton, comme les coccolithophoridés, utilisent en outre le $CO_2$ dissous pour produire leur squelette calcaire.

Le phytoplancton est consommé par le zooplancton et d'autres espèces marines. Quand tous ces êtres vivants meurent, leur matière organique ainsi que leur squelette calcaire peuvent s'accumuler dans les sédiments des fonds océaniques, et rester stockés pour des millions d'années. Ce processus, initié par le phytoplancton, pompe le $CO_2$ atmosphérique : il est ainsi un levier puissant de la régulation du réchauffement climatique.

## Du carbone piégé dans les sédiments océaniques

Les scientifiques, en étudiant les flux de carbone à différentes profondeurs et sur différentes durées, ont récemment découvert que l'océan absorberait 20 % de $CO_2$ atmosphérique de plus que ce qui avait été jusque-là estimé.

Au lieu des 11 à 13 milliards de tonnes (Gt) de carbone absorbées prises en compte par le GIEC en 2021, 15 Gt seraient finalement stockées chaque année via la pompe à carbone biologique des océans. Cette différence ne couvre hélas que 5 à 10 % des 40 Gt de $CO_2$ libérées par les activités humaines.

Source : W.-L. Wang *et al.*, *Nature*, 2023.

EN BREF !!

**Le déclin actuel du phytoplancton**

De nombreuses études scientifiques suivent l'évolution du phytoplancton, par des prélèvements directs et/ou par des observations satellites, et mettent en évidence son actuel déclin. La perte pourrait atteindre 40 % depuis les années 1950, et se poursuit à raison d'environ 1 % par an. En cause, la pollution, mais aussi le réchauffement de la surface des océans, qui limite le brassage des eaux : moins de nutriments, dont se nourrit le phytoplancton, sont ramenés des profondeurs. Enfin, les organismes planctoniques calcaires, comme les coccolithophoridés, sont tout particulièrement affectés par l'acidification des océans, résultant de l'augmentation du taux de $CO_2$ atmosphérique dissout.

Sur cette photographie de la NASA prise depuis la navette spatiale Discovery, on voit l'arrondi de la Terre avec l'ISS (International Space Station). En orbite autour de la terre, cette station spatiale est entre autres un laboratoire pour la recherche scientifique et l'observation en permanence de la Terre et de l'espace.

THÈME 3

# La Terre, un astre singulier


8 La forme de la Terre ..... 144

9 L'histoire de l'âge de la Terre ..... 160

10 La Terre dans l'Univers ..... 174

## Déjà VU Déjà SU ?

**Pour les questions 2 à 5, indiquer la ou les bonne(s) réponse(s).**

**1** **Dans le cercle de centre O dessiné ici, identifier :**
a. un rayon.
b. un diamètre.
c. un arc.

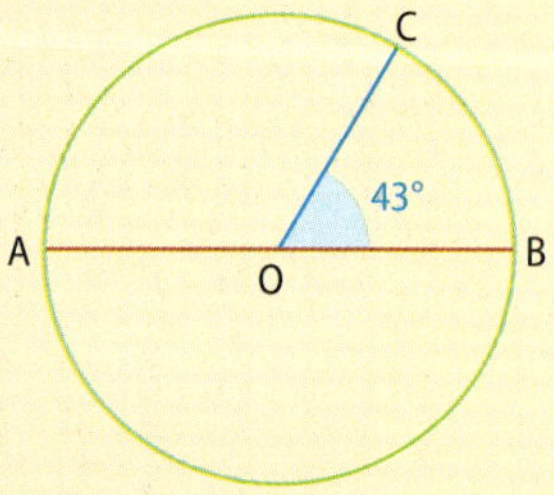


**2** **La circonférence d'un cercle de rayon *R* vaut :**
a. $\pi \cdot R^2$
b. $2\pi \cdot R$
c. $4\pi \cdot R^2$
d. $\pi \cdot R$

**3** **Dans un cercle de circonférence 6 cm, l'arc d'angle 60° a une longueur de :**
a. 1 cm
b. 2 cm
c. 3 cm
d. 6 cm

**4** **La somme des angles d'un triangle ABC vaut :**
a. 180°
b. 360°
c. 90°

**5** **D'après le théorème de Pythagore, dans un triangle ABC rectangle en A…**
a. l'hypoténuse est le côté [BC].
b. le périmètre vaut 180°.
c. $BC^2 = AC^2 + AB^2$.
d. $BC^2 = (AC + AB)^2$.

## Comprendre et pratiquer les sciences

### Nature et élaboration du savoir scientifique

Comprendre des approches historiques : mesure du méridien terrestre par Ératosthène et les hypothèses d'Anaxagore. > **Activités 1 et 2, exercice 10**

Mesurer le méridien terrestre comme Delambre et Méchain. > **Activité 2, exercice 14**

Identifier l'importance de la définition du mètre et son histoire. > **Activité 2**

Découvrir des instruments de navigation passés : sextant et chronomètre marin. > **Exercices 11 et 16**

### Des pratiques scientifiques

Utiliser un système d'information géographique, pour comparer les longueurs de différents chemins reliant deux points à la surface de la Terre. > **Activité 3, exercice 1**

### Effets de la science sur les sociétés et sur l'environnement

Développer des arguments pour convaincre les platistes. > **Activité 1 et exercices 13, 15 et 17**

Utiliser une application de triangulation pour localiser des départs d'incendies. > **Exercice 18**

Chapitre 8

# La forme de la Terre

La perception de la surface de la Terre à l'échelle humaine nous laisse à penser qu'elle est plate et nous cache sa forme réelle. Notre Terre est quasiment une sphère. Seuls les quelques humains qui se sont rendus dans l'espace s'en sont suffisamment éloignés pour le constater de leurs propres yeux.
Comment s'est construite l'idée d'une Terre sphérique ? Comment mesurer sa taille ? Comment nous y repérer ?

Histoire des sciences

# Activité 1 Comprendre que la Terre est sphérique

Les occupants de la station spatiale internationale ISS tournent autour de la Terre, qu'ils observent bien comme une sphère. Pourtant, ce fait est difficile à appréhender depuis la Terre, si vaste à notre échelle.

**Comment s'est construite la conception d'une Terre sphérique ?**

**SAVOIR-FAIRE**

- Donner des preuves de la rotondité de la Terre de l'Antiquité à nos jours.
- Calculer la distance à l'horizon à partir du rayon de la Terre.

## 1 Observations de la Lune depuis les deux hémisphères

À la même date, un observateur à Valence en Espagne, dans l'hémisphère nord, ne verra pas la même orientation de la Lune qu'un observateur à Nouméa en Nouvelle-Calédonie, dans l'hémisphère sud.

Photos de la Lune prise à Valence (Espagne) le 3 novembre 2019

Photos de la Lune prise à Nouméa (Nouvelle-Calédonie) le 4 novembre 2019

**hachette-clic.fr/24es1144** Les phases de la Lune vues de plusieurs hémisphères

## 2 Une expérience scientifique faite par un platiste

Une personne croyant que la Terre est plate a décidé de mener une expérience dont le but était de démontrer scientifiquement que la Terre n'était pas sphérique.

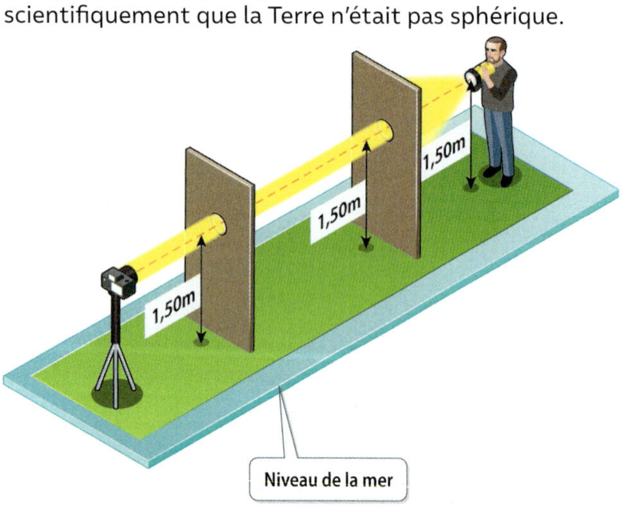


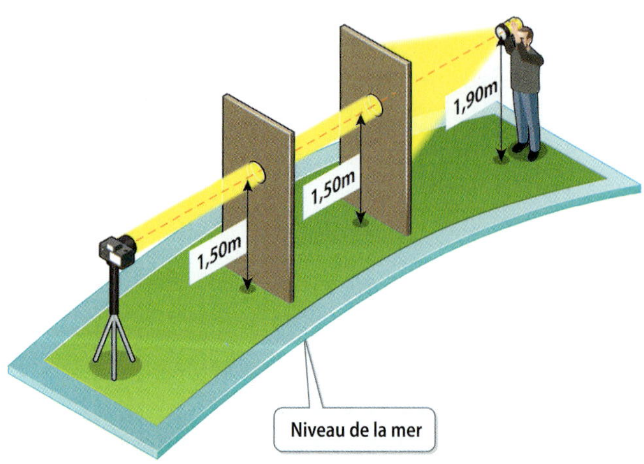


Échelle non respectée sur le dessin.

**hachette-clic.fr/24es1145** Un platiste prouve par erreur que la Terre est ronde

**hachette-clic.fr/24es1146** La Terre n'est pas plate

## 3 Une vision qui a évolué dans le temps

| Des modèles anciens | Les premières preuves à partir d'observations | Les premières théories |
|---|---|---|
| • Thalès de Milet (625 - 547 av. J.-C.) Terre en forme de disque plat sur une vaste étendue d'eau<br>• Anaximandre (610 - 547 av. J.-C.) Terre cylindrique habitée sur sa partie supérieure plane<br>• Parménide (515 - 450 av. J.-C.), de l'École de Pythagore Terre sphérique jugée plus rationnelle.<br>• Lactance (260 - 325) Terre plate car Dieu n'a pas créé un monde où des êtres humains marcheraient la tête à l'envers et risqueraient de tomber s'ils étaient aux antipodes | • Les premières preuves à partir d'observations Forme arrondie de l'ombre de la Terre sur la Lune lors des éclipses et ciel nocturne différent selon la latitude<br>• Strabon (58 av. J.-C. – 23 apr. J.-C.) La coque d'un navire disparaît sous l'horizon avant son mât | • Alhazen (965-1040) Traité d'optique qui stipule que les rayons lumineux sont rectilignes |

Sources : V. Deparis, site planet-terre et Cité des sciences

## 4 Éclipse de Lune du 19 novembre 2021 depuis Starkville (États-Unis) : image recomposée

Les cinq images successives de la compilation de cette éclipse lunaire presque totale ont été prises sur une période d'environ 1 heure 30 min. La série est alignée avec l'image centrale au maximum de l'éclipse. L'ombre visible sur la Lune est celle de la Terre : elle apparaît circulaire. La Terre est plus large que la Lune à cette distance et peut donc la masquer. Lors de cette éclipse lunaire du 19 novembre 2021, une partie de la Lune est restée juste à l'extérieur de l'ombre projetée de la Terre. Bien sûr, même à l'intérieur de l'ombre, la surface de la Lune n'est pas complètement sombre et reflète des teintes rougeâtres. En effet, la lumière du soleil est diffusée et diffractée par son passage rasant à travers l'atmosphère terrestre, et la Lune nous renvoie une partie de cette lumière, appauvrie en bleu.

## 5 La distance à l'horizon dans les deux modèles

L'horizon est une ligne qui limite la vue, et qui semble séparer le ciel de la terre ou de la mer. Dans un modèle de Terre sphérique ou de Terre plate, l'horizon n'est pas le même. Mesurer sa distance peut constituer un argument pour identifier le modèle le plus réaliste.

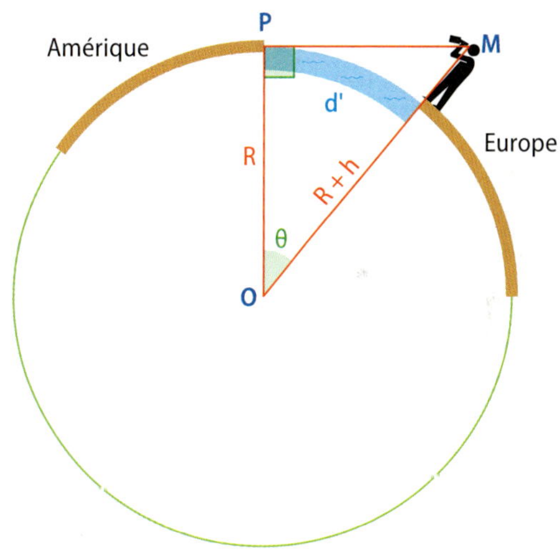


Modèle de Terre sphérique (en coupe et pas à l'échelle)

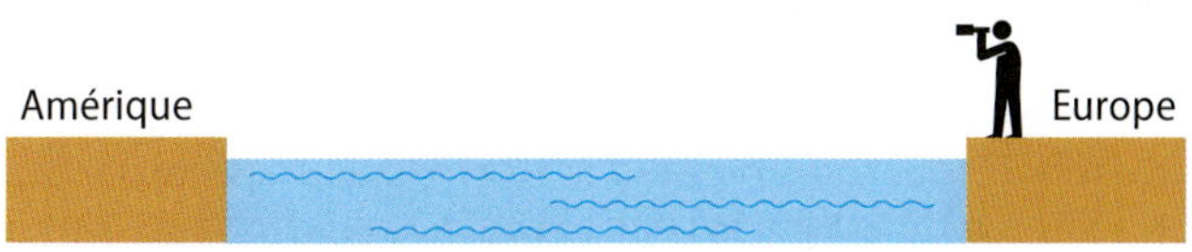


Modèle de Terre plate (en coupe et pas à l'échelle)

## Consignes

### Les arguments en faveur de la sphéricité de la Terre (*)

1. **Faire un schéma** expliquant que les observateurs situés à Valence et à Nouméa voient une Lune avec une orientation opposée (doc 1).
2. **Critiquer** la rigueur de conception de l'expérience décrite dans le doc 2. **Critiquer** les conclusions : cette expérience suit-elle les principes de la méthode scientifique (*cf.* pp. 10-11).
3. **Expliquer** en quoi la forme de la Terre détermine l'ombre portée sur la Lune (docs 3 et 4).

### Le calcul de la distance à l'horizon (**)

4. **Calculer** la distance à l'horizon PM dans le modèle sphèrique en utilisant le théorème de Pythagore (doc 5).
5. **Préciser** la distance à l'horizon si la Terre était plate. Verrait-on l'Amérique avec une lunette astronomique, par temps clair dans ce cas ?

Activité expérimentale

# Activité 2 Des méthodes géométriques pour déterminer le rayon de la Terre

La détermination du rayon de la Terre est liée à la mesure de son périmètre. À travers l'Histoire, les scientifiques ont dirigé leur ingéniosité vers la détermination de cette dimension en utilisant les données disponibles. Cela a abouti notamment à la notion de cercle méridien, cercle imaginaire passant par les deux pôles terrestres.

**Quelles méthodes ont été employées au fil du temps pour évaluer la taille de la Terre ?**

**SAVOIR-FAIRE**

- Calculer la longueur du méridien terrestre par la méthode d'Ératosthène.
- Calculer le rayon de la Terre à partir de la longueur du méridien.
- Expliquer la méthode de triangulation utilisée par Delambre et Méchain.

## 1 Calcul de la longueur du méridien et du rayon de la Terre par Ératosthène

Vers 230 av. J.-C., Ératosthène aurait observé qu'à midi le jour du solstice d'été, le fond des puits à Syène étaient complètement éclairé par le Soleil, indiquant que celui-ci était à la verticale du sol. À la même heure à Alexandrie, le Soleil n'était pas à la verticale. L'angle entre les rayons solaires et la verticale, a été mesuré par Ératosthène à environ 7,2°.

Ératosthène utilisa l'arc méridien pour calculer le périmètre de la Terre. Il connaissait déjà un angle (sur le schéma) lui permettant d'apprécier la courbure de la surface terrestre, mais il lui manquait la distance entre Syène et Alexandrie. Ératosthène fit déterminer la distance entre les deux villes à 5 000 stades, soit 587,5 km. L'estimation du périmètre et du rayon terrestre n'était plus qu'une question de calcul mathématique !

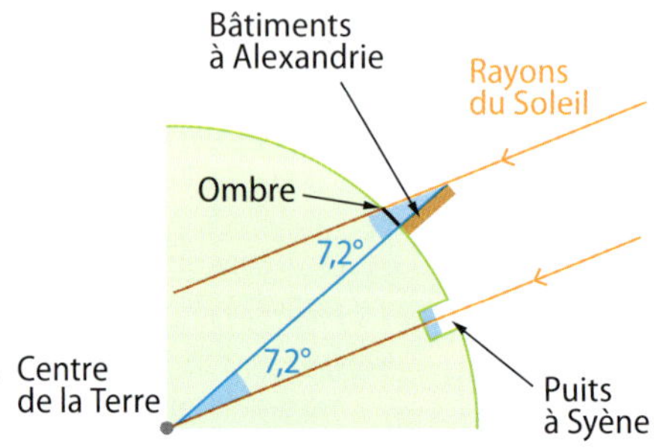


**Hypothèses d'Ératosthène pour construire son modèle**
- La Terre est sphérique.
- Le Soleil est situé à grande distance de la Terre par rapport au rayon de la Terre : les rayons lumineux du Soleil incidents à la surface de la Terre peuvent être considérés parallèles en arrivant à la surface.

## 2 Le mètre, une unité de mesure

Étienne Lenoir (1744-1832), mathématicien et ingénieur français, a conçu le mètre étalon de l'École polytechnique. Cet homme inventif, fabricant de nombreux instruments de précision, a joué un rôle essentiel en fournissant les instruments utilisés par Méchain et Delambre lors de la mesure de l'arc du méridien terrestre. La règle qu'il a élaborée représente le nouvel étalon destiné à être universellement adopté, accessible à toutes les nations. Son modèle est dérivé de la mesure de la longueur du méridien terrestre (un dix millionième du quart du méridien), identique pour tous. Aujourd'hui, le mètre est défini par rapport à la vitesse de la lumière dans le vide, une constante physique.

**hachette-clic.fr/24es1148** Vidéo « L'histoire du mètre »

Les grecs de l'Antiquité mesuraient les longues distances en nombre de pas de camélidés. En effet, leur marche est plus régulière que celle des humains.

## 3 Différentes unités de mesure de longueur, passées et actuelles

Un panneau de signalisation américain

*Le conte du Petit Poucet* de Charles Perrault (1697) : le Petit Poucet vole les bottes de sept lieues de l'ogre

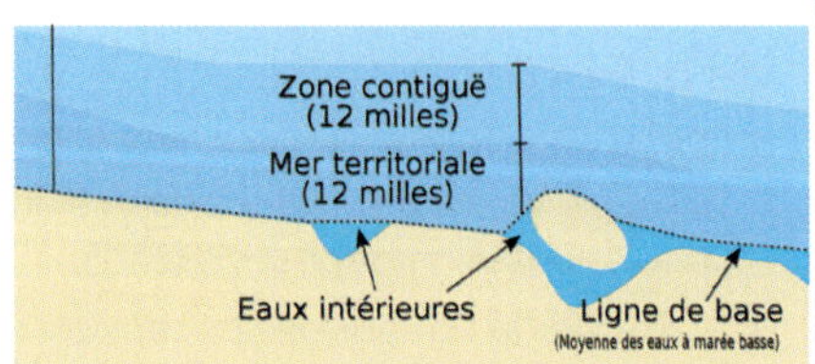


Extrait de carte maritime indiquant des zones réglementées en milles marins

## 4 Le principe de triangulation plane

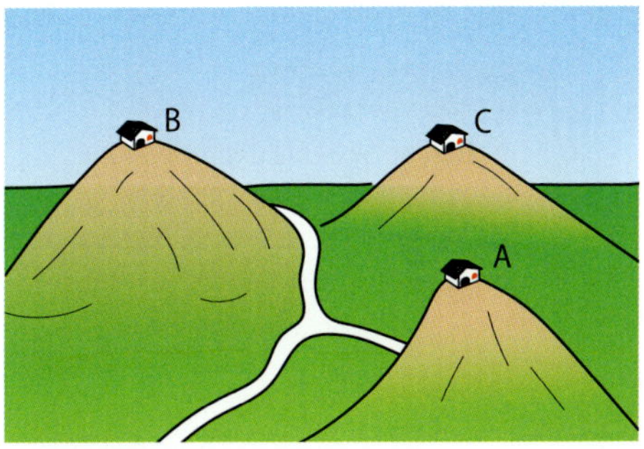


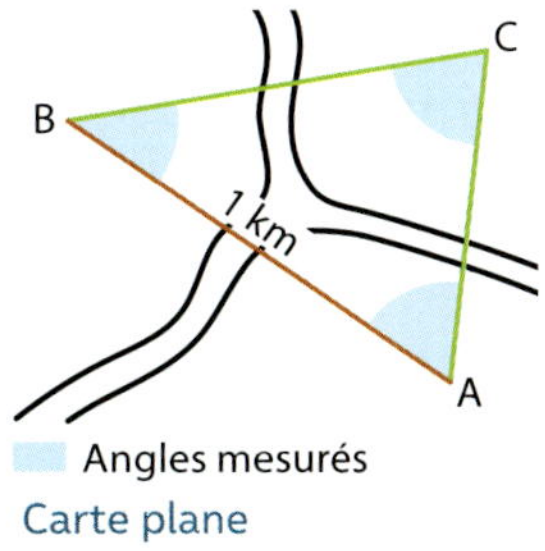


- Les 3 collines sont à la même altitude
- Longueur connue : AB = 1 km

La loi des sinus permet de déterminer les longueurs AC et BC à partir des angles $\widehat{A}$ et $\widehat{C}$ mesurés. Puis on peut continuer de proche en proche en ajoutant à chaque fois un autre point et en mesurant les angles.

**Loi des sinus**

$$\frac{AC}{\sin(\widehat{B})} = \frac{BC}{\sin(\widehat{A})} = \frac{AB}{\sin(\widehat{C})}$$

**hachette-clic.fr/24es1149** Vidéo « Comment fonctionne la triangulation »

## 5 Delambre et Méchain mesurent plus précisément un arc méridien au XVIIIe siècle

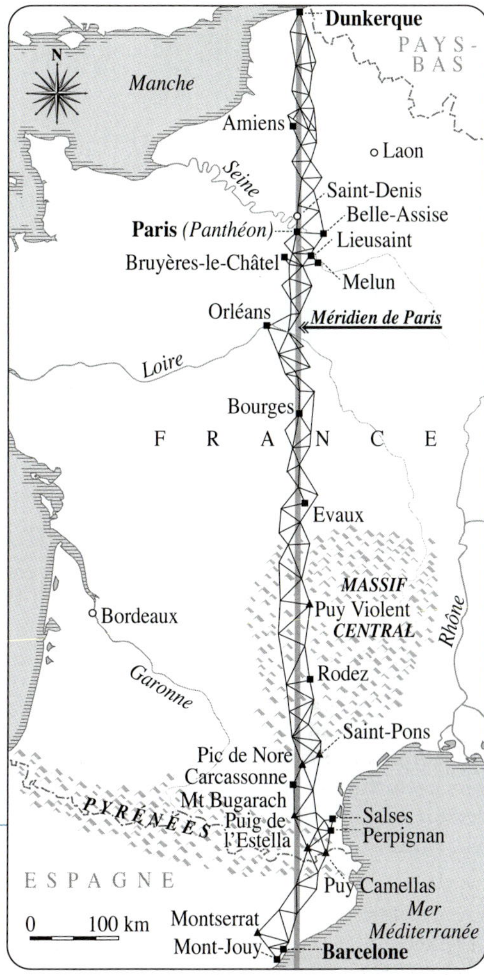


Delambre et Méchain construisirent un réseau d'environ une cinquantaine de triangles. Ils utilisèrent des points remarquables élevés, tels que des clochers d'églises, des sommets de collines ou des tours.

À la fin du XVIIIe siècle, Delambre et Méchain furent commissionnés par la nouvelle République pour déterminer précisément la valeur d'un mètre. Depuis la Révolution française, le mètre était une subdivision de la longueur d'un méridien.

Delambre et Méchain choisirent deux villes d'Europe assez éloignées situées sur un même méridien : Dunkerque et Barcelone. Ils établirent la différence de latitude entre ces deux villes en mesurant la position de certaines étoiles et obtinrent une valeur de 9,673 722°.

La distance entre Dunkerque et Barcelone fut mesurée grâce à la méthode de triangulation plane.

Delambre et Méchain calculèrent une distance de 551 481,693 toises entre les deux villes.

Une toise de l'Académie des Sciences mesure 1,949 mètres.

Mesures de triangulation à l'aide d'un cercle répétiteur par Delambre et Méchain (1795)

## Consignes

TRAVAIL EN GROUPE

### Une méthode utilisée dans l'Antiquité (**)

1. **Déterminer** le méridien et le rayon de la Terre à partir des travaux d'Ératosthène (doc 1).

### Des mesures qui posent le problème des unités (*)

2. **Faire des recherches** sur les unités de distance passées et actuelles selon les pays (exemple : coudée, li, pouce, lieue, toise...). **Les convertir** en mètre et les présenter sous la forme d'un tableau (docs 2 et 3).

### Utiliser la triangulation pour déterminer le rayon de la Terre

Groupe 1 non scientifique

3. **Rechercher** et **visionner** la vidéo de l'émission *C'est pas Sorcier : Cartographie*. Puis **rédiger** une synthèse expliquant le principe de la triangulation (docs 4 et 5).

Groupe 2 scientifique

4. **Déterminer** le périmètre d'un cercle méridien sur la base des travaux de Delambre et Méchain (docs 4 et 5).
5. **Calculer** le rayon de la Terre à partir du périmètre d'un cercle méridien.

Numérique

# Activité 3 Se repérer sur une Terre sphérique

Se repérer sur une sphère n'est pas si facile : il n'y a ni coin, ni bord… Décision a été prise de se repérer par rapport à l'équateur pour l'axe Nord-Sud et par rapport au méridien qui passe à Greenwich (observatoire anglais au sud de Londres) pour l'axe Est-Ouest.

**SAVOIR-FAIRE**

Utiliser un Système d'Informations Géographiques, pour comparer les longueurs de différents chemins reliant deux points à la surface de la Terre.

## Comment donner les coordonnées et trouver les trajectoires les plus courtes ?

### 1 Se repérer sur la Terre

La Terre est quadrillée par des lignes imaginaires.

- Les **cercles parallèles**, dont celui d'origine est l'équateur, permettent de repérer l'angle entre le rayon à l'équateur et le rayon au point recherché, dans la direction du Nord ou du Sud : c'est la **latitude**.
- Les **demi-cercles méridiens** vont d'un pôle à l'autre. Chaque méridien est caractérisé par un angle, appelé **longitude**, dirigé à l'Est ou à l'Ouest par rapport au méridien de Greenwich.

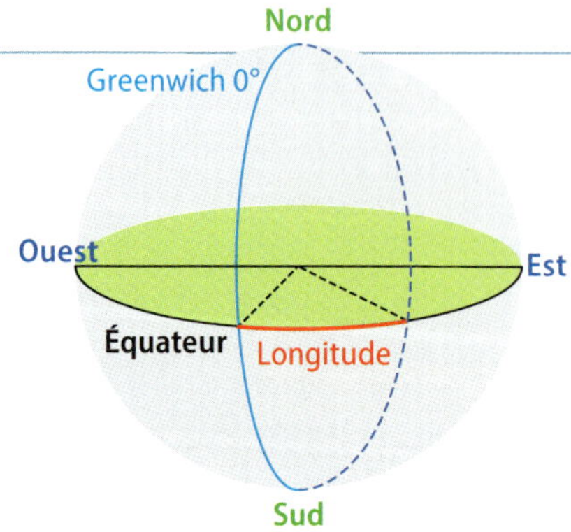

Mesure de la longitude

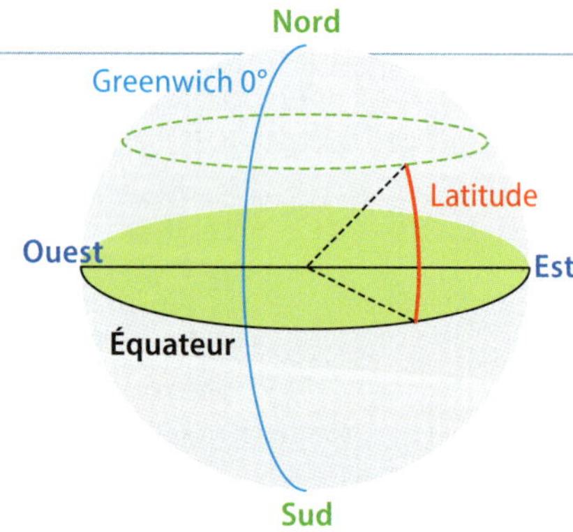

Mesure de la latitude

**hachette-clic.fr/24es1150** Trouver sa localisation en latitude et en longitude

**MÉMO SCIENCES**

Les **SIG (Systèmes d'Information Géographique)** sont des bases de données géographiques pouvant être traitées par des modèles numériques. Il en existe de nombreux, comme par exemple *Géoportail*, *GoogleEarth* ou *Geogebra*. Ces outils informatiques permettent de localiser un point sur Terre et de calculer des distances.

### 2 Calculer le trajet le plus court entre Paris et Nouméa

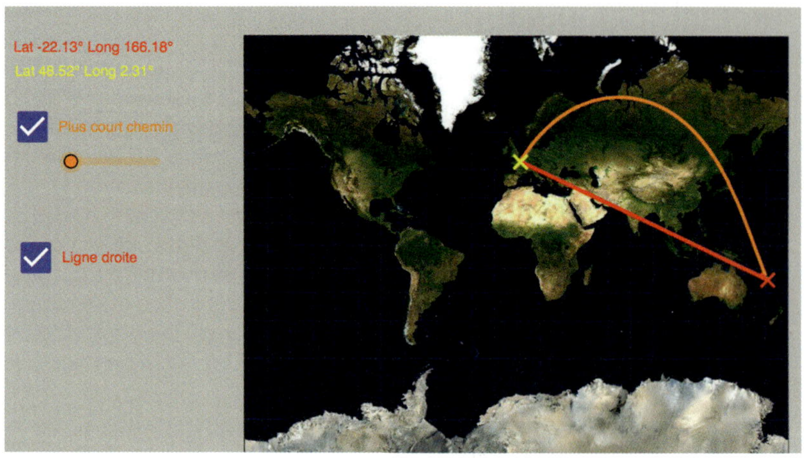

Comparaison des longueurs de deux chemins de Paris à Nouméa

**hachette-clic.fr/24es1151** Comparer un trajet sur une carte à plat et sur une sphère à l'aide de Geogebra

## Consignes

### Se repérer sur le globe terrestre

1. **Repérer** sur un globe terrestre le point origine en latitude et longitude (doc 1).
2. **Déterminer** la latitude du pôle Nord.
3. **Utiliser** un SIG pour déterminer les coordonnées GPS du lycée.
4. **Retrouver** à quel lieu correspond les coordonnées suivantes : (66° 32′ 37.11″ N, 25° 50′ 51.44″ E).

### Calculer des distances sur le globe

5. **Calculer** la distance Paris (48° 52′ N ; 2° 20′ E) et Nouméa (22° 16′ S ; 166° 27′ E) en suivant la ligne droite sur la carte et grâce au SIG. **Expliquer** pourquoi il est plus court de passer près de l'Arctique (doc 2).
6. **Répéter** cette manipulation avec les villes de Sidney et Le Cap en suivant la ligne parallèle à l'équateur et grâce au SIG. **Expliquer** pourquoi il est plus court de passer par l'Antarctique.

# Le cours

## 1 La Terre est sphérique

- La Terre est assimilée à une sphère. À notre échelle, cette forme nous échappe car nous percevons l'horizon comme une droite. Les modèles de sphère terrestre existent depuis l'Antiquité mais ce savoir scientifique s'est heurté à des représentations erronées, et s'y heurte encore aujourd'hui.
- De nombreuses observations et expériences ont permis au cours du temps de construire un consensus quant à la sphéricité de la Terre.
- Cette sphéricité a comme conséquence que l'on ne peut voir que jusqu'à une certaine distance, appelée distance à l'horizon, et qui explique que plus un lieu d'observation possède une altitude élevée, plus il est possible de voir loin.
- La sphéricité est due aux forces gravitationnelles : toute la matière est attirée vers le centre de masse de la Terre, et les points de la surface sont à égale distance du centre. Dans un modèle idéal, la Terre est une sphère. Mais en réalité, la Terre est une sphère déformée, légèrement aplatie au niveau des pôles parce qu'elle tourne et que la répartition des masses n'est pas homogène.

## 2 Des méthodes géométriques pour déterminer le rayon de la Terre

- Des méthodes géométriques permettent de calculer la longueur d'un cercle méridien puis d'en déduire le rayon terrestre. Le cercle méridien est un cercle imaginaire qui passe par les deux pôles : il représente la circonférence de la Terre (ou périmètre).
- Ératosthène est le premier à calculer la circonférence de la Terre avec une précision proche de la valeur admise actuellement (soit 40 030 km) : il détermine 39 375 km. Aristote l'a évalué avant lui, et Archimède a fourni un premier calcul, mais les mesures furent moins précises dans les deux cas. Ce périmètre est la première étape pour obtenir la valeur du rayon terrestre.

Ératosthène s'appuie sur le fait que les rayons solaires arrivent tous de façon parallèle sur la surface de la Terre car le Soleil en est très éloigné. Lors du solstice d'été, il constate que à Syène en Égypte, à midi, les rayons du Soleil parviennent verticalement au fond d'un puits. À Alexandrie, au même moment, l'ombre d'un obélisque montre que les rayons sont inclinés de 7,2° par rapport à la verticale. Mesurant la distance entre Alexandrie et Syène, Ératosthène calcule la circonférence et le rayon terrestre.

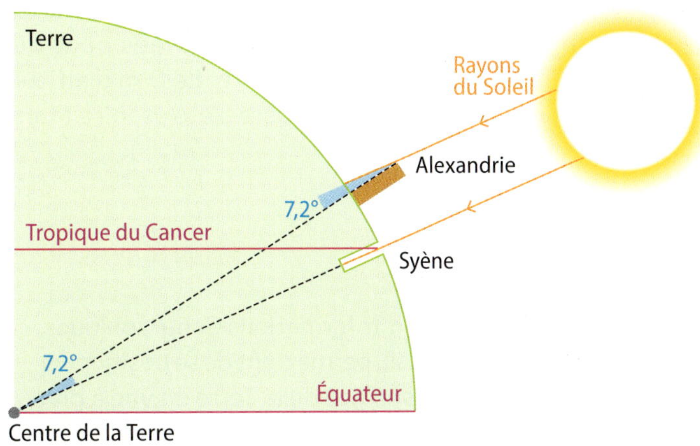


- À la fin du XVIII$^{e}$ siècle, Delambre et Méchain utilisent une méthode différente pour calculer la circonférence de la Terre. Leur objectif est de mesurer la longueur d'une portion de cercle méridien avec la méthode de triangulation plane. Ils travaillent sur la distance entre Barcelone et Dunkerque, deux villes alignées sur un cercle méridien.

●●●

# Le cours

●●●

La triangulation plane consiste à choisir trois points dans le paysage et à mesurer la distance entre deux de ces points, nommée base, et les angles du triangle. La loi des sinus permet alors de déterminer les autres longueurs de ce triangle. Un côté de ce triangle peut être alors utilisé comme base d'un nouveau triangle et ainsi permettre de calculer une distance de plus en plus grande avec une grande précision.

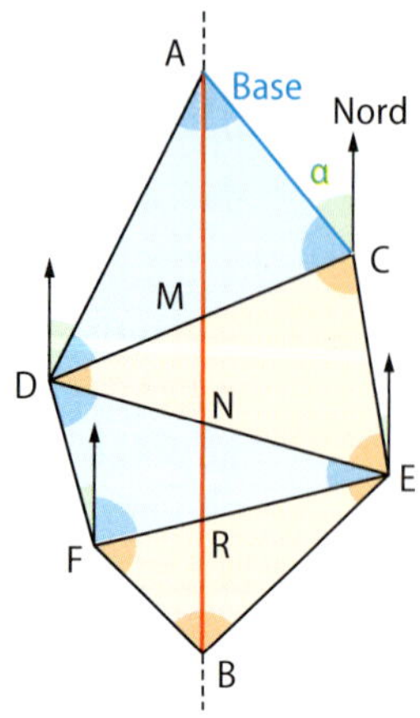


● Cette estimation de la longueur d'un méridien a servi de base pour établir une unité de mesure de longueur, le **mètre étalon**, afin de simplifier et uniformiser le système de mesure des longueurs. Historiquement, ce mètre étalon a été défini comme un dix millionième du quart de la longueur du méridien. Aujourd'hui, il se définit par rapport à la vitesse de la lumière dans le vide, une constante physique.

MÉMO MATHS

Soit ABC un triangle quelconque.
Voici les notations utilisées pour les longueurs et les angles.

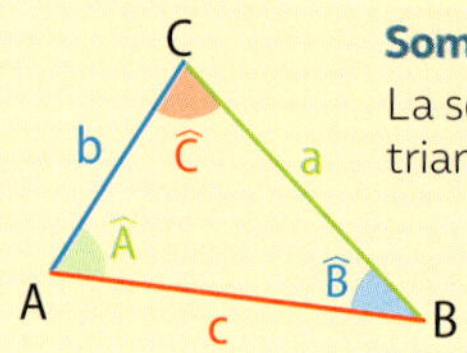


**Somme des angles d'un triangle**
La somme des angles d'un triangle est égale à **180°**.
$\widehat{A}+\widehat{B}+\widehat{C}=180°$

**Loi des sinus**
$\frac{a}{\sin\widehat{A}}=\frac{b}{\sin\widehat{B}}=\frac{c}{\sin\widehat{C}}$

## 3 Se repérer sur une Terre sphérique

● Aujourd'hui, les **coordonnées** permettant de nous localiser sont basées sur des cercles parallèles à l'**équateur**, les **latitudes**, et des demi-cercles perpendiculaires à l'équateur et passant par les pôles, les **méridiens** qui déterminent la **longitude**. L'**altitude** complète ces coordonnées pour déterminer une position à la surface de la Terre. Le 0 m d'altitude correspond au niveau des mers (un repère a été établi à Marseille en 1883).

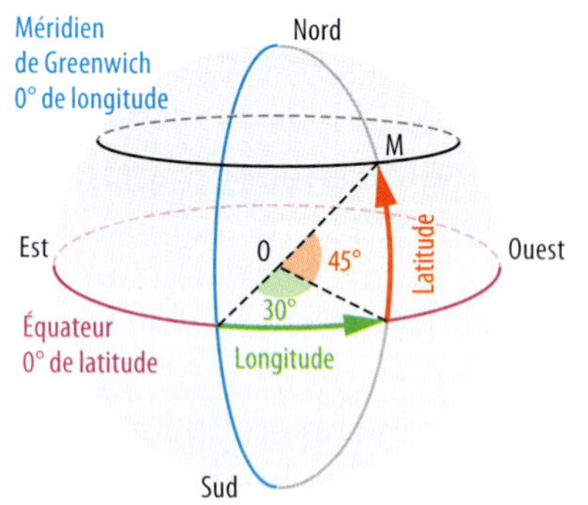


Le point M se situe à une latitude de 45° Nord et à une longitude de 30° Est.

● Des **Systèmes d'Informations Géographiques**, comme Géoportail, permettent de se positionner facilement à la surface de la Terre en vue à plat (carte) ou en 3 dimensions (globe). Le plus court chemin entre deux points est l'arc de grand cercle reliant ces points et ne correspond que rarement à une ligne droite sur carte.

Le plus court chemin entre deux points à la surface de la Terre est l'**arc du grand cercle** qui les relie.

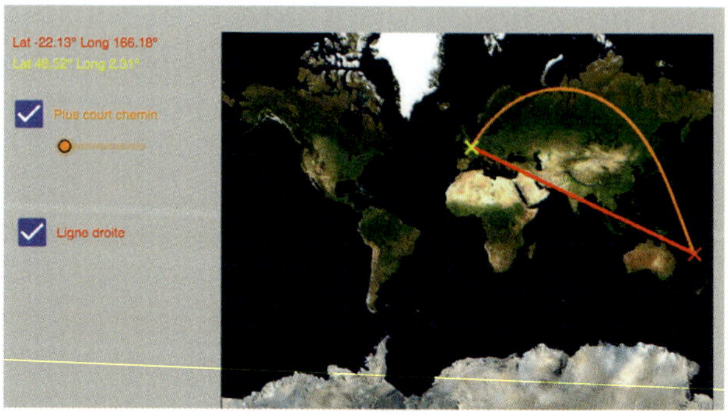


Source : Geogebra

# Carte Mentale

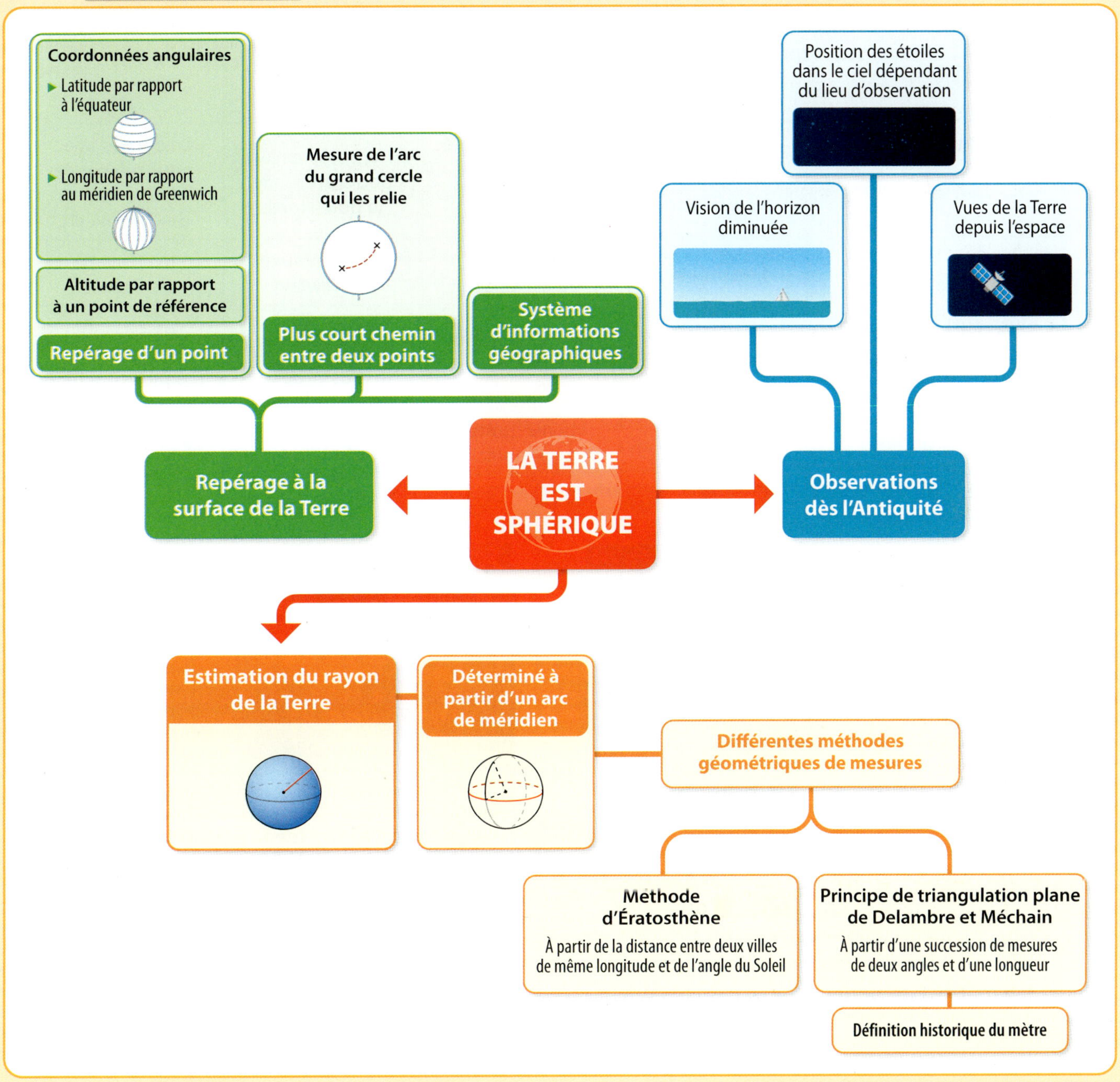


## FLASH CARDS — MOTS-CLÉS

● **Mémorisez les mots-clés du chapitre grâce aux cartes mémo !**

hachette-clic.fr/24es1153

sphère · méridien · équateur · parallèle · triangulation · rayon terrestre

distance à l'horizon · coordonnées angulaires · latitude · longitude · altitude

arc du grand cercle · Système d'Informations Géographiques

méthode d'Ératosthène · méthode de triangulation de Delambre et Méchain · loi des sinus

# Exercices Tester ses connaissances

## QCM

CORRIGÉ p. 248

Pour chaque question, indiquer la (ou les) bonne(s) réponse(s).

Version interactive hachette-clic.fr/24es1154

| | a | b | c | d |
|---|---|---|---|---|
| **1** **La longitude se mesure…** | en degrés avec pour référence l'équateur. | en kilomètres avec pour référence le méridien de Greenwich. | en kilomètres avec pour référence le pôle Nord. | en degrés avec pour référence le méridien de Greenwich. |
| **2** **La sphéricité de la Terre est admise depuis…** | l'Antiquité. | le début du XX$^e$ siècle. | les travaux de Newton. | les travaux de Thalès. |
| **3** **Le plus court chemin entre deux points sur la Terre est…** | la ligne droite sur une carte. | un arc de grand cercle. | en longeant le méridien le plus proche. | en passant par le pôle le plus proche. |
| **4** **Pour mesurer précisément des distances sur les continents on utilise…** | une règle de plusieurs mètres. | la méthode de triangulation. | les étoiles. | le nombre de pas parcourus par un humain. |

## 5 Distance la plus courte sur le globe

CORRIGÉ p. 248

La latitude de Saint-Denis de la Réunion est 20,9°Sud.
**Calculer la distance la plus courte pour rejoindre l'équateur depuis cette ville.**

## 6 Affirmations à vérifier — À l'oral !

Les affirmations suivantes sont fausses.
**Les corriger pour les rendre exactes.**

a. *« La latitude et la longitude se mesurent en kilomètres. »*
b. *« La longueur d'un cercle parallèle à l'équateur est toujours d'environ 40 000 km. »*
c. *« La triangulation permet de calculer des distances en mesurant des températures entre quatre lieux. »*
d. *« L'ombre de la Lune sur la Terre est une preuve de la sphéricité de notre planète. »*

## 7 Définitions inversées — À l'oral !

**Retrouver à quel terme correspond chaque définition.**

a. Méthode de détermination de distances basée sur une mesure d'angles entre trois points et d'une longueur entre deux de ces points.
b. Demi-cercle reliant les deux pôles et dont chaque point se situe à la même longitude.
c. Angle entre le rayon à l'équateur et le rayon au point recherché, dans la direction du Nord ou du Sud.

## 8 Distance à l'horizon

CORRIGÉ p. 254

La distance à l'horizon dépend de l'altitude à laquelle se situe l'observateur. L'altitude du Grand Ballon, dans le massif des Vosges, s'élève à 1 424 mètres et le mont Blanc culmine à 4 809 mètres. Les deux sont distants de 230 km à vol d'oiseau.
**À partir de la méthode présentée dans le doc 5 de l'activité 1 p. 147 :**

1. **Calculer la distance à l'horizon pour un observateur en haut du Grand Ballon.**
2. **Calculer la distance à l'horizon pour un observateur en haut du mont Blanc.**
3. **Indiquer si on peut voir, depuis le Grand Ballon, le mont Blanc par temps clair. On négligera les phénomènes de réfraction atmosphérique.**

## 9 La Terre est ronde et elle tourne ! — Exercer son esprit critique

La Terre possède un rayon de 6 370 km.
Elle fait une rotation complète en 24 heures.
**Calculer la vitesse de rotation de la Terre au niveau de l'équateur.**
**Expliquer pourquoi nous ne ressentons pas un vent violent permanent sur Terre.**

# Exercice résolu

Exercer son esprit critique

## 10 Attention aux illusions d'optique et aux théories erronées !

Il est aujourd'hui admis par la communauté scientifique que le Soleil est si loin de la Terre (150 millions de km) que nous en recevons un faisceau de rayons que l'on peut considérer comme parallèles.
Selon ceux qui soutiennent la théorie de la Terre plate, le Soleil serait plus petit et surtout plus proche de la Terre. C'est ainsi qu'ils rejettent le parallélisme, en appuyant leur argumentaire sur l'observation des rayons crépusculaires.
Les observations confortent pourtant le modèle d'Anaxagore, philosophe grec né vers 500 av. J.-C. et mort en 428 av. J.-C.

### 1 Quelques observations sur Terre

Les rayons du Soleil au crépuscule

Effet de perspective sur une route

### 2 Le modèle d'Anaxagore

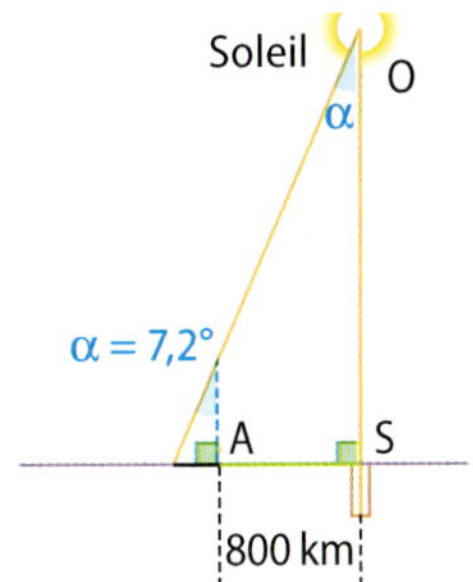


Selon Anaxagore, la Terre est un disque plat, proche du Soleil. Un siècle avant Ératosthène, il analyse l'ombre portée par un bâton vertical planté le 21 juin, jour du solstice d'été, à midi. À Syène (point S), il n'y a pas d'ombre portée alors qu'à Alexandrie (point A), située à environ 800 km au nord de Syène, les rayons solaires présentent une inclinaison de 7,2°.

1. En vous appuyant sur la photographie de la route (doc 1), **expliquer** à une personne qui pense que la Terre est plate que la photographie au crépuscule ne démontre pas que le Soleil est proche de la Terre.
2. **Calculer** la distance au Soleil d'après le modèle d'Anaxagore (doc 2).
3. **Comparer** les théories d'Ératosthène et d'Anaxagore. **Expliquer** l'importance du cadre de recherche et de l'interprétation des informations issues d'observations ou de mesures.

## Conseils

## Solutions

1. La route prise en photographie est de largeur constante, et les trois bandes pointillées blanches sont parallèles. Pourtant, du fait de la perspective, ces lignes convergent vers le point de fuite, situé à l'horizon. Un tel effet est également à l'origine de la perception trompeuse que l'on a du trajet des rayons solaires : bien que parallèles, ils semblent être convergents du fait de la perspective.

Bien **identifier les longueurs et angles connus** ainsi que la longueur recherchée →

2. Les données mesurées sont l'angle α et la distance AS.
Nous recherchons la distance OS.

Choisir la **relation angle-côtés dans le cas du triangle rectangle** (Soleil – Syène – Alexandrie) prenant en compte uniquement α et AS : c'est la **tangente** →

Il faut utiliser la relation des tangentes telles que $\tan\alpha = \frac{AS}{OS}$.
Donc $OS = \frac{AS}{\tan\alpha}$.

**Négliger la longueur de l'ombre à Alexandrie** (< 1 m) par rapport à la distance entre Syène et Alexandrie (800 km). →

Application numérique : $OS = \frac{800}{\tan(7{,}2°)} = 613{,}2$ km

Revoir les pages sur la **méthode scientifique**, pp. 10-11. →

3. D'après Anaxagore, la Terre est plate et le Soleil proche de la Terre. D'après Ératosthène, la Terre est sphérique et le Soleil si éloigné de la Terre que ses rayons nous arrivent parallèles. Dans les deux cas, les modèles et les schémas sont cohérents avec les théories respectives. Pour Anaxagore, le calcul proposé est juste également. Néanmoins, le modèle repose sur une théorie erronée, que l'on ne peut remettre en cause qu'à l'aide d'autres observations.

# Exercices Développer ses compétences

## 11 Principe de détermination de la longitude

Histoire des sciences

### 1 La découverte d'une nouvelle méthode pour déterminer la longitude

Mesurer la latitude a toujours été relativement aisé grâce à l'observation de la hauteur de l'étoile polaire ou du Soleil lors de son passage au méridien du lieu. Cependant, la détermination de la longitude a posé de nombreux défis. En 1707, l'amiral Cloudesley Shovell naviguait par temps de brouillard au nord des îles Scilly, pensant être éloigné des côtes. La flotte s'échoua, entraînant la noyade de plus de deux mille hommes. Suite à cet accident, le gouvernement britannique offrit une prime, connue sous le nom de « Prix de la Longitude » pour encourager le développement d'une méthode précise permettant de déterminer la longitude en mer. La méthode primée repose sur la différence entre l'heure (solaire) locale et l'heure (solaire) d'un méridien de référence.

Un navigateur ayant une panne de GPS décide d'utiliser sa montre pour connaître la longitude de sa position. Parti d'Espagne, il naviguait au Sud-Est avant d'avoir son problème.

1. La différence d'heure solaire entre sa position et celle du méridien de Greenwich étant d'une heure et vingt minutes, **calculer** le nombre de degrés de longitude qui le sépare du méridien de Greenwich.
2. **Indiquer**, à l'aide d'un Service d'Informations Géographiques, la terre la plus proche pour accoster et faire réparer son bateau, sachant qu'il a déterminé une latitude de 28° Nord.

### 2 Principe du calcul avec un chronomètre marin

Pour exécuter ce calcul, il faut connaître l'heure précise au méridien de référence et l'heure locale exacte. Le défi technique fut alors de construire des chronomètres précis sur les longues durées de navigation. Ainsi, 1 h de décalage avec le Soleil sur ce type d'appareil correspond à un écart à 15° de longitude.

Un chronomètre marin

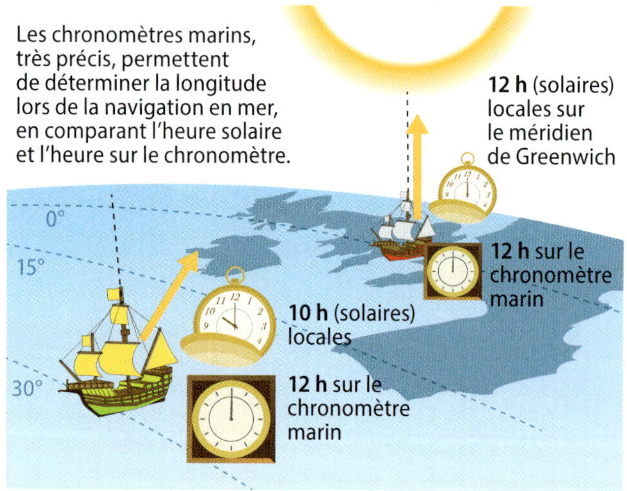


## 12 La vraie forme de la Terre

La forme de la Terre est sphérique en première approche et les scientifiques n'ont eu de cesse d'en augmenter le niveau de précision.

### 1 Ellipsoïde de référence décrivant la forme de la Terre plus précisément

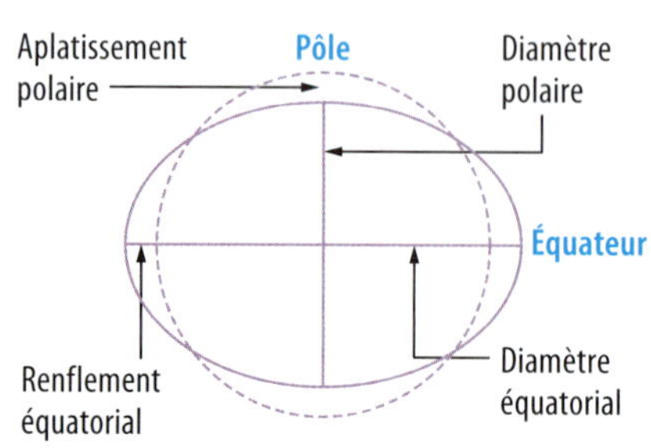


Rayon à l'équateur : 6 378 km
Rayon polaire : 6 356 km

Source : planet-terre.ens-lyon.fr

**hachette-clic.fr/24es1156** Vidéo : « Expérience de rotation »

### 2 Image exagérée de la forme de la Terre déduite des trajectoires des satellites

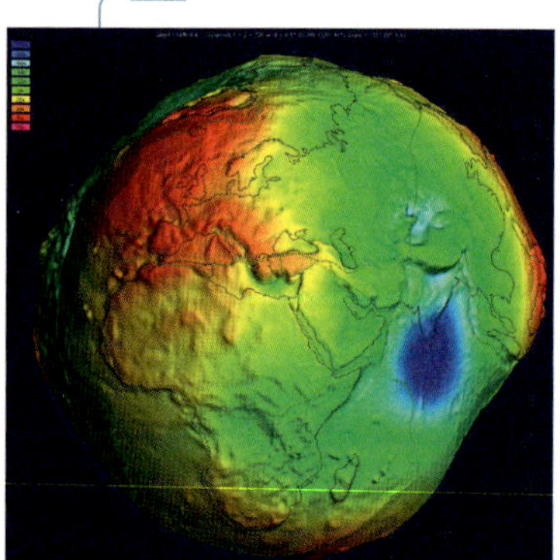

Des mesures de trajectoires des satellites en orbite autour de la Terre, dépendant notamment de force gravitationnelle s'exerçant entre la Terre et ces objets, ont permis de montrer que la Terre avait une forme plus chaotique (ici amplifiée par l'échelle exagérée : les différences d'altitude sont multipliées par 10 000).

Source : ICGEM, 2023

À l'aide des docs 1 et 2 et de la vidéo en lien, **préciser** quelles forces sont à l'origine de la forme de la Terre.

## 13 Les éclipses de Lune, arguments pour la sphéricité de la Terre — Histoire des sciences

Les observations des éclipses de Lune par Peter Apian, astronome allemand du XVIe siècle, ont été réunies dans un traité d'astronomie, *Cosmographie d'Apian*, dont est extraite la planche (doc 2).

### 1 Séquence photographique de l'éclipse lunaire du 28 août 2007, vue depuis Wollongong (Australie)

Les clichés ont été pris sur une séquence de 4 heures environ. Photomontage chronologique.

1. **Expliquer** en quoi une éclipse de Lune permet d'apporter un argument quant à la sphéricité de la Terre (doc 1).
2. **Faire un schéma** sur le modèle de ceux du doc 2 montrant l'ombre de la Terre sur la Lune si elle était plate.

### 2 Planche sur l'éclipse de lune extraite de *Cosmographie d'Apian*

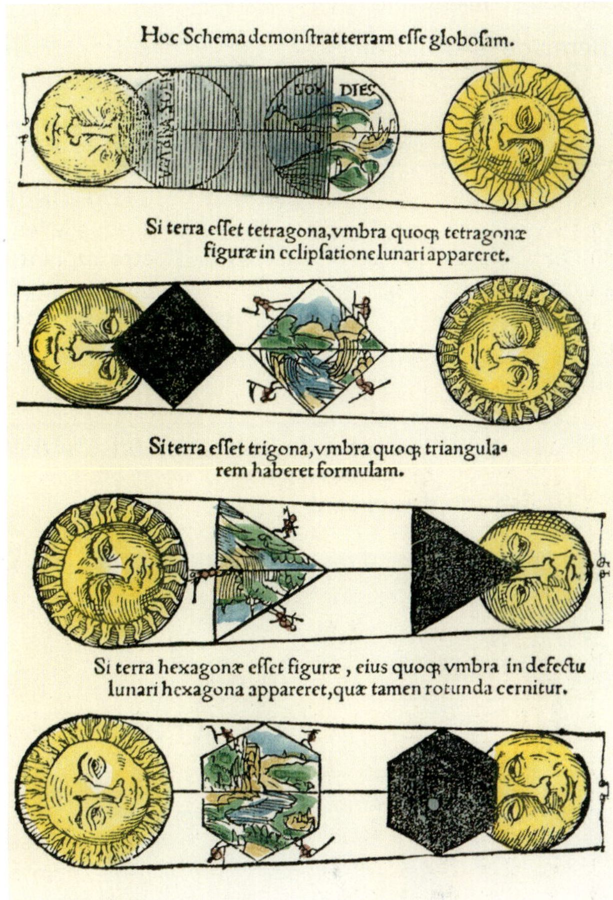


## 14 Différentes mesures de la longueur d'un méridien — Histoire des sciences

Jusqu'à l'adoption d'un système métrique unifié, chaque pays utilisait une unité qui lui était propre. Dans la *Cosmographie d'Apian*, on trouve ainsi une compilation de ces unités.

*Les Latins mesurent l'espace de la Terre par milles, les Grecs par stades, les Espagnols, Allemands et Français par lieues, les Égyptiens par marques, les Perses par Parasanges, et selon l'opinion d'aucuns, 480 Stades, correspondent à un degré de l'Equinoctial (l'équateur). Lequel degré contient 15 lieues d'Allemagne, ou 60 milles italiens. Les Français comptent 35 lieues pour un degré et les Espagnols 18. Bien entendu, que les lieues ne sont égales.*

Texte adapté de la traduction française de 1584

Source : BnF, Gallica

Carte du monde issue d'un Atlas de 1570, édité à Anvers

1. Sachant que le périmètre de la Terre mesure, à l'équateur, environ 40 074 km, **calculer** la longueur d'un degré d'angle du cercle équatorial.
2. À l'aide de ce résultat et du texte fourni, **calculer** la longueur d'une lieue espagnole, française et allemande.

## 15 Un parc éolien en mer non visible de la côte

Un projet de parc éolien offshore est à l'étude dans un bras de mer très exposé au vent. Les maires des communes avoisinantes du littoral ne veulent pas que les grandes éoliennes de 150 m de haut soient visibles depuis la falaise côtière, d'altitude 20 m environ.

### Schéma de la situation

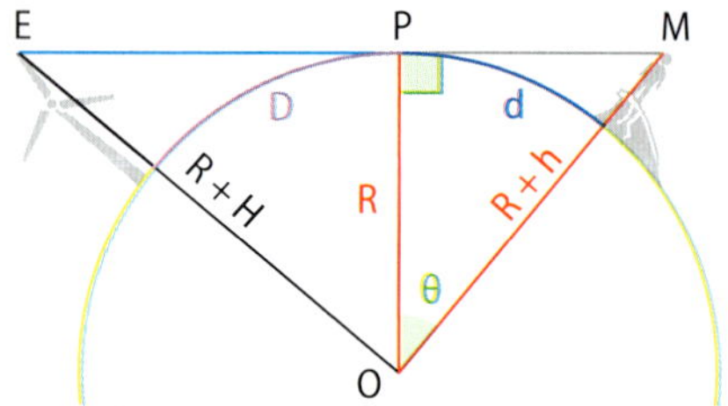


**Calculer** la distance minimale D à laquelle les éoliennes doivent être implantées depuis le littoral, pour ne pas être visibles par un observateur placé sur le point M. *Arrondir au kilomètre près.*

**Données**
- Rayon de la Terre : $R = 6\,370$ km
- On considérera que pour des distances aussi faibles, les longueurs d et PM sont équivalentes, ainsi que D et PE.

## 16 Le sextant, un outil de détermination de latitude

Spé Maths

### 1 Utilisation du sextant

Les sextants, conçus pour pointer le Soleil, comportent des filtres qui protègent les yeux des rayons nocifs.

1. **Définir** la notion de latitude.
2. **Expliquer** comment l'angle mesuré par un sextant permet de définir la latitude de l'observateur (docs 1 et 2). **Faire** un schéma.
3. **Préciser** le raisonnement mené pour déterminer la latitude, si on mesure la hauteur de l'Étoile polaire lors d'un repérage la nuit depuis l'hémisphère nord (doc 3).

### 2 Mesure avec un sextant

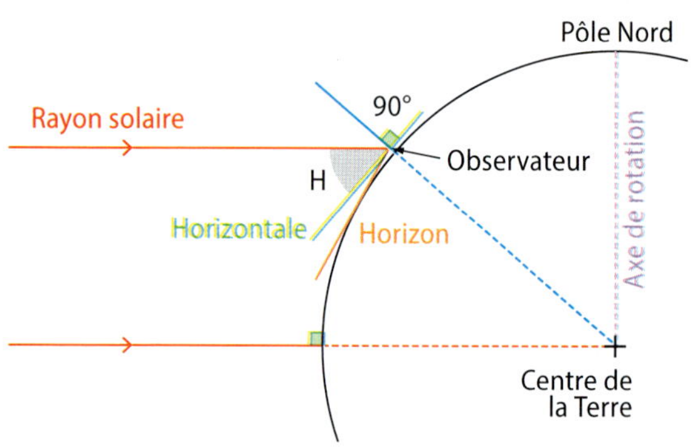


La détermination de la latitude d'un lieu est possible en mesurant la hauteur du Soleil dans le ciel à midi, en particulier lors des équinoxes.
Ainsi, lors du jour de l'équinoxe (printemps ou automne) :
- si le Soleil est à 0°, cela indique que le lieu est au pôle Nord ou Sud (latitude 90°) ;
- si le Soleil est à une position de 90°, le lieu se situe sur l'équateur (latitude 0°) ;
- si le Soleil est à une position de 45°, le lieu se situe à une latitude de 45° vers le nord ou vers le sud.

### 3 Utilisation du sextant de nuit

On peut utiliser la position de l'Étoile polaire dans l'hémisphère nord pour déterminer la latitude la nuit.

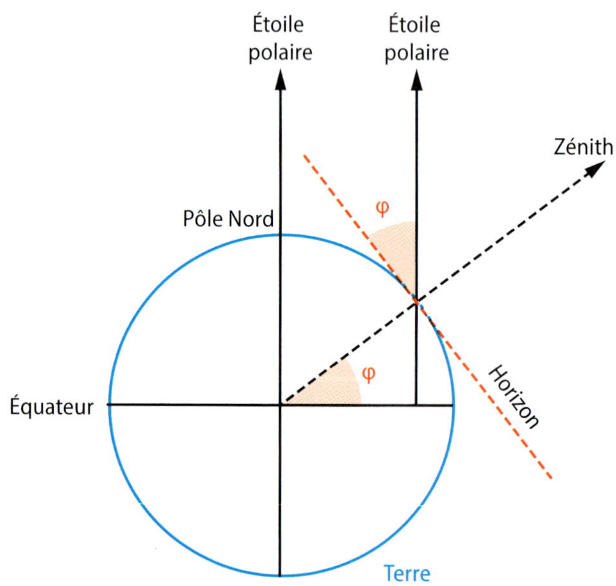

## 17 Mirages, Terre plate et Hollandais volant

Une représentation d'artiste de la légende du bateau « le Hollandais volant »

La légende du Hollandais volant raconte qu'au large du Cap de Bonne-Espérance, en Afrique du Sud, un capitaine hollandais ignore les inquiétudes de son équipage lors d'une tempête. Malgré les supplications, ivre, il refuse de changer de cap. L'équipage se révolte, et dans un accès de colère, le capitaine tue le meneur rebelle en le jetant par-dessus bord. Une forme lumineuse apparaît, condamnant le capitaine à errer éternellement sur les océans avec son équipage fantôme, entraînant la mort de ceux qui les aperçoivent lors des tempêtes. Depuis, le capitaine hante les mers tumultueuses en pareilles circonstances, semblant flotter au-dessus des flots.
De nombreux témoignages de marins se sont succédés depuis la fin du XVIIIe siècle, rapportant avoir croisé la route d'un bateau volant fantomatique.

### 1 Un « mirage » visible sur le bord de mer

À l'aide des documents, **proposer une hypothèse** pouvant expliquer les visions du « Hollandais volant », rapportées pas des marins.

### 2 Schéma de la situation

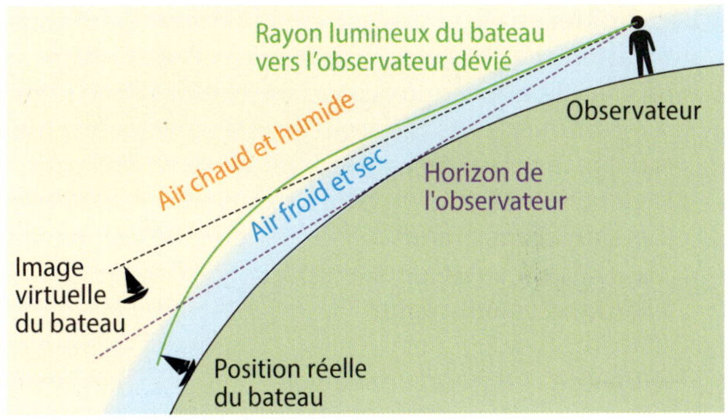


Le trajet lumineux est dévié lorsque les couches d'air superficielles possèdent des caractéristiques de température particulières, entraînant alors un phénomène de réfraction[1].

[1] Déviation des ondes lumineuses à l'interface de deux milieux (par exemple : air chaud/air froid ; air humide/air sec).

## 18 La triangulation pour repérer des départs de feu

Science et société

La Californie possède de vastes étendues boisées qui ont été touchées par de nombreux feux dévastateurs, comme en août 2020. L'application *Smoke Point*, développée aux États-Unis, permet à toute personne munie d'un smartphone de localiser un départ de feu. Pour cela, il suffit de deux prises de mesures et l'application détermine la localisation du départ d'incendie.

### 1 Pointage selon deux lieux d'observations de l'église Saint-Paul de Strasbourg

À gauche, pointage depuis le Pont Saint-Guillaume aux coordonnées 48,58238°N et 7,75668°E ; à droite, pointage depuis la plate-forme de la cathédrale de Strasbourg aux coordonnées 48,58173° N et 7,75054°E.

### 2 Localisation précise par l'application

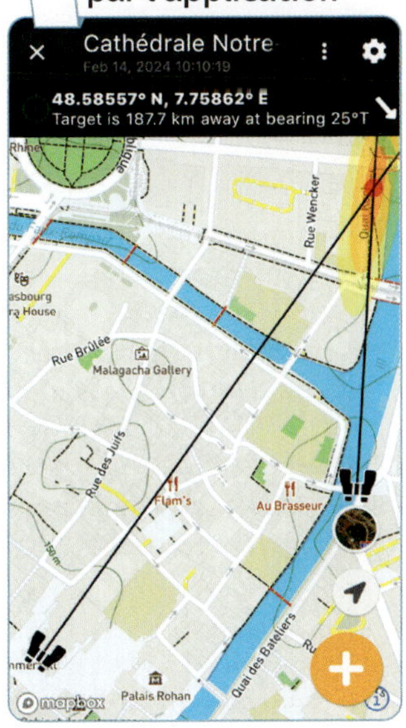


1. **Expliquer** en quoi cette application utilise le principe de triangulation.
2. Dans une époque où les SIG sont omniprésents dans notre quotidien, **expliquer** l'intérêt d'une telle méthode pour localiser un départ de feu en forêt.

## Déjà VU Déjà SU ?

**Pour chaque question, indiquer la ou les bonne(s) réponse(s).**

**1 La sédimentation est un phénomène géologique :**
a. qui érode les continents.
b. de dépôts de particules de matière à l'origine de roches sédimentaires.
c. qui a surtout lieu dans des bassins immergés.
d. qui forme des couches empilées de particules issues d'érosion ou précipitation.

**2 Le transfert thermique est un transfert :**
a. d'énergie entre deux corps de températures différentes, au contact l'un de l'autre.
b. de chaleur depuis un corps froid vers un corps chaud.
c. de matière entre deux corps de masses volumiques différentes.
d. d'eau de température élevée.

**3 Les radionucléides sont des noyaux atomiques qui :**
a. se décomposent très vite.
b. émettent de la lumière.
c. se désintègrent tout doucement.
d. libèrent de l'énergie en se désintégrant et en formant des noyaux d'autre nature.

**4 Les montagnes sont soumises à des phénomènes qui les aplanissent par :**
a. érosion.
b. sédimentation.
c. immersion.
d. sismicité.

**5 Un fossile est :**
a. un animal mort ou un débris végétal.
b. une roche préhistorique.
c. une empreinte d'un être vivant disparu.
d. une roche qui a la forme d'un être vivant.

## Comprendre et pratiquer les sciences

### Nature et élaboration du savoir scientifique

Se rendre compte de la pluralité des approches, de l'ingéniosité des méthodes pour aborder un problème scientifique sous différents angles. > Activités 1 et 2, exercices 13, 15 et 16

Comprendre l'apport des progrès techniques dans la détermination de l'âge de la Terre (dont la radioactivité). > Activité 2, exercices 11, 14 et 17

### Des pratiques scientifiques

Utiliser des données fossiles, quantifier des taux d'érosion et de sédimentation. > Activité 1 et exercice 13

Modéliser des transferts de chaleur, calculer des flux thermiques. > Activités 1 et 2, exercice 16

### Effets de la science sur les sociétés et sur l'environnement

Distinguer croyance, opinion, connaissance scientifique. Développer son esprit critique, identifier des biais dans l'interprétation des données. > Activité 1, exercices 10 et 12

Identifier des controverses. > Activités 1 et 2

Chapitre 9

# L'histoire de l'âge de la Terre

Dès l'Antiquité, les Égyptiens imaginaient une origine à la Terre alors que les penseurs grecs comme Aristote la croyaient éternelle. Ces visions différentes reposaient sur des croyances ancestrales. Séparer science et croyances fut une étape cruciale dans le cheminement de la pensée scientifique. Aujourd'hui, la communauté scientifique s'accorde sur un âge terrestre de 4,57 milliards d'années.
Quelle est l'histoire mouvementée d'une telle connaissance ?

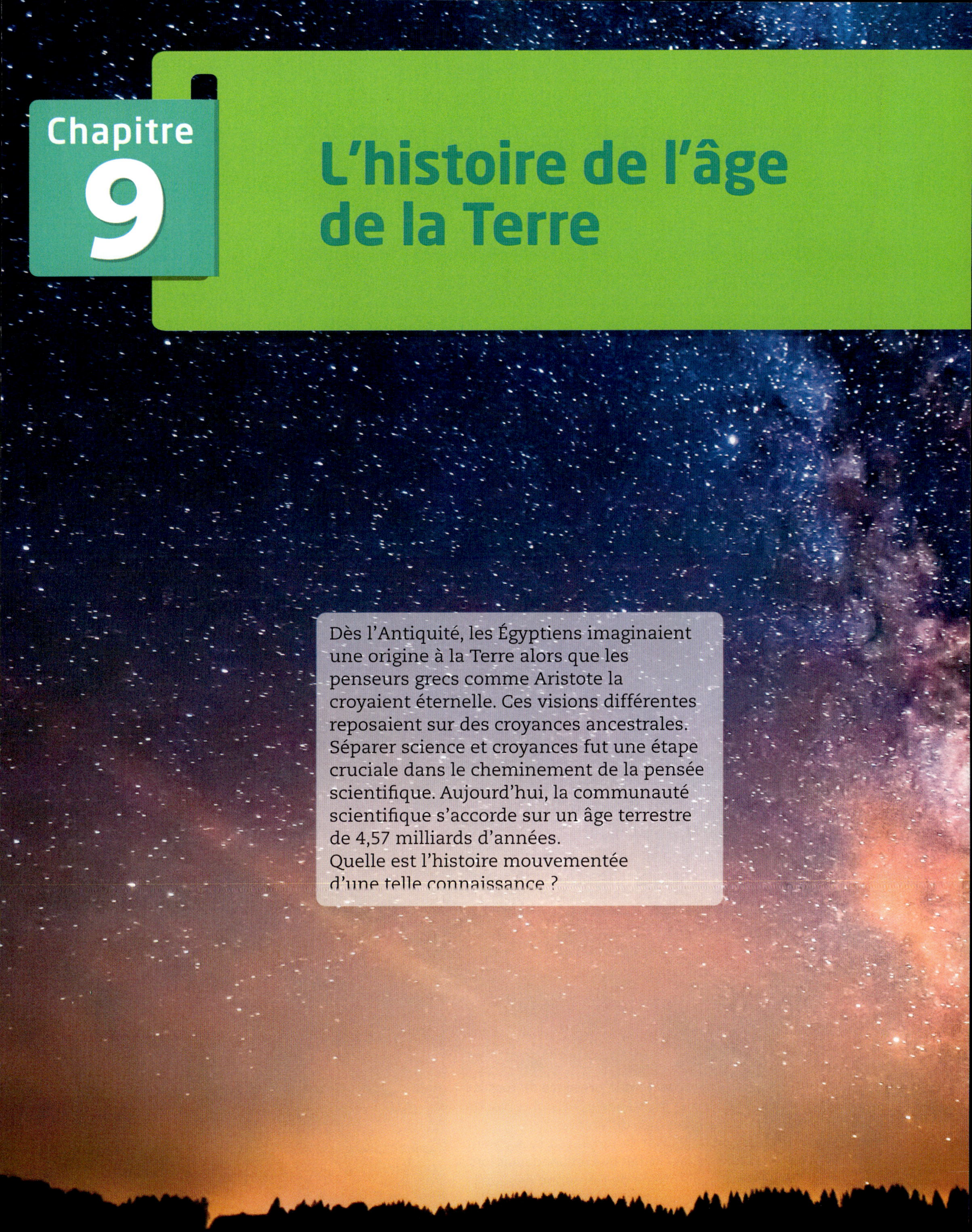

Histoire des sciences

# Activité 1 L'âge de la Terre, un long cheminement de la pensée

Le calcul de l'âge de la Terre s'appuie d'abord sur des écrits religieux, mais les valeurs obtenues ne parviennent pas à convaincre les scientifiques qui, au XVIIe siècle, envisagent des temps longs. Le siècle des Lumières voit alors se développer une pluralité de démarches scientifiques.

**Comment ont évolué les approches, scientifiques ou non, concernant l'étude de l'âge de la Terre ?**

**SAVOIR-FAIRE**

- Interpréter des documents présentant des arguments historiques utilisés pour comprendre l'âge de la Terre.
- Identifier diverses théories impliquées dans la controverse scientifique de l'âge de la Terre.

## 1 Les récits créationnistes

### Religions monothéistes et raisonnement d'Ussher

Les trois religions monothéistes (judaïsme, christianisme et islam) s'accordent sur un récit commun de la création de la Terre et de la vie par un dieu préexistant. Afin de dater cette Création, un archevêque irlandais, James Ussher, a analysé vers 1650 tous les textes bibliques en y cherchant des repères temporels liés à la généalogie des descendants d'Adam et Ève et aux événements de vie des grands prophètes. Au cours des XVIe et XVIIe siècles, pas loin de 200 calculs proposent tous des durées courtes, entre 3 483 et 6 984 ans depuis la Création jusqu'à la naissance du Christ. La Terre se forme et se structure au cours d'événements brefs et violents, le Déluge étant le plus marquant.

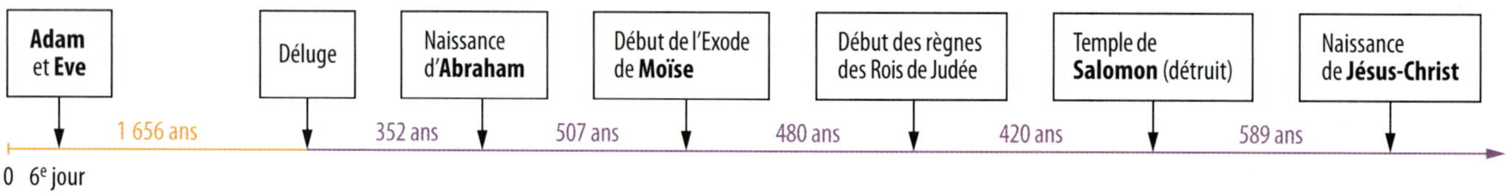


D'après James Barr, professeur d'Hébreu à l'Université d'Oxford (1984)

### La durée de la Création… une variable selon les auteurs

Dans la Bible, le Coran et le Talmud, la Genèse a duré 6 jours. Certaines sourates du Coran suggèrent que chaque jour de Création dure 1 000 ou 50 000 ans. Les scientifiques du siècle des Lumières ont aussi imaginé qu'un jour de création divine pourrait durer 1 000 ans ! Concilier science et croyance religieuse commence par des compromis…

### Le créationnisme aujourd'hui

Le créationnisme est une doctrine selon laquelle les espèces vivantes ont été créées telles qu'elles existent aujourd'hui par une entité supérieure. Pour les créationnistes, l'évolution n'existe pas ou est guidée par un être supérieur. En 2011, l'institut français de sondage Ipsos recense la part de population créationniste dans 24 pays du monde.

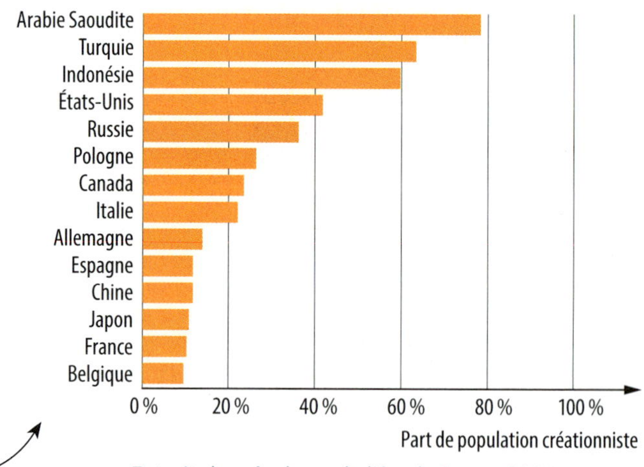


Extrait des résultats de l'étude Ipsos, 2011

## 2 Des fossiles de coquillages en haut des montagnes

Au XVIIIe siècle, les géologues observent la présence de fossiles de « coquillages » au sommet des montagnes. Cette observation est interprétée de deux manières bien différentes.

(1) En 1748, pour Benoît de Maillet, la Terre était totalement immergée lors du Déluge et la mer ne fait que refluer depuis lors.

(2) Vers 1770, le géologue Antoine de Gensanne évoque la formation du calcaire comme une accumulation de coquilles formant une roche ensuite déformée en montagne. Il conclut à une « très longue suite de siècles pour former et pétrifier ces amas immenses de matières animales. »

Dalle à ammonites de la réserve de Digne-les-Bains, à 600 m d'altitude (Alpes de Haute-Provence)

## 3 L'émergence des temps longs

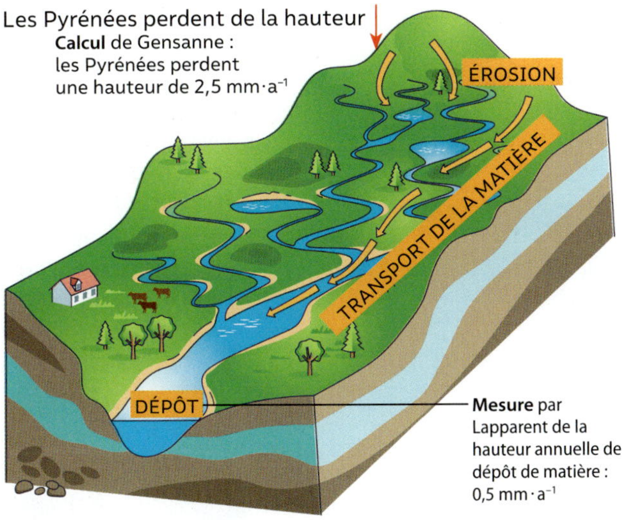


Au XVIIIe siècle, les géologues s'intéressent à la formation des roches et à l'érosion qui façonne les paysages. Les produits de l'érosion étant entraînés par les rivières, le géologue Antoine de Gensanne estime la perte de masse des montagnes en publiant en 1776 une mesure de la charge annuelle des rivières pyrénéennes. Il en déduit que les rivières ont abaissé la surface des Pyrénées de 2,5 mm par an en moyenne.
Imaginant alors que les Pyrénées culminaient à leur origine à 3 500 m d'altitude, Pierre-Bernard de Palassou utilise cette valeur pour calculer une érosion durant au moins 1 million d'années !
En 1802, Jean-Baptiste de Lamarck estime que les dépôts de sédiments à l'origine des roches, qui s'accumulent très lentement, exigeraient des millions d'années, ce qui concorde avec des taux de sédimentation estimés à 0,5 $mm \cdot a^{-1}$ par Albert de Lapparent en 1890.

Source : ASNAT et Annales des Mines

◀ Deux approches visant à quantifier des phénomènes géologiques

## 4 Une approche expérimentale : la modélisation de Buffon

Georges-Louis Leclerc, comte de Buffon (1707-1788) croit en un dieu à l'origine du monde et des lois de la nature, lesquelles régissent les lois universelles des sciences. Il part de l'idée que la Terre serait née d'un fragment de Soleil, concept déjà développé à la fin du XVIIe siècle par Descartes ou Leibniz.

À l'origine, la Terre aurait donc été une sphère en fusion, ayant refroidi depuis sa création, mais conservant encore une certaine chaleur. On perçoit d'ailleurs une élévation de température en descendant dans les mines.

### La modélisation de Buffon

**1)** Afin de déterminer le temps de refroidissement de la Terre et ainsi son âge, Buffon mesure en 1767 le temps de refroidissement de boulets de canon chauffés à blanc (au point de fusion), de différents diamètres, jusqu'au retour à une température de surface de 10 °C.

| **Diamètre (en pouce)** | 0,5 | 1 | 2 | 2,5 | 3 | 4 | 5 |
|---|---|---|---|---|---|---|---|
| **Temps de refroidissement (en minute)** | 39 | 93 | 196 | 248 | 308 | 415 | 522 |

Constatant qu'en doublant le diamètre, il ne double pas le temps de refroidissement, il procède à des corrections afin d'obtenir une suite arithmétique, établie ainsi de façon empirique :

temps de refroidissement T (en minute) = 108 × diamètre (en pouce) – 15.

Sur la base de cette modélisation, il extrapole ensuite au diamètre de la Terre, estimé à 470 730 960 pouces.

**hachette-clic.fr/24es1163** Coup de pouce pour l'extrapolation graphique avec Excel

**2)** Ensuite, Buffon teste des boulets de roches variées, chauffées à leur point de fusion, et mesure le temps nécessaire pour pouvoir les saisir à la main sans se brûler. Pour des boulets de 3 pouces, il obtient des temps de refroidissement de 127 minutes pour du fer, 60 pour de d'argile et 75 pour du grès. Il revoit alors ses propositions d'âge de la Terre à 74 047 ans.

Source : planet-terre.ens-lyon.fr

## Consignes

### Les écrits religieux et l'observation (niveau *)

1. **Utiliser** la frise pour calculer l'année de création de la Terre selon les travaux d'Ussher (doc 1).
2. **Indiquer** si les interprétations proposées relèvent d'une croyance, d'une opinion ou d'une connaissance scientifique (doc 2) et si elles peuvent être débattues.
3. **Indiquer** pour quelles raisons l'approche d'Antoine de Gensanne est plus convaincante dans le doc 3 que dans le doc 2.

### L'expérience (niveau **)

4. **Positionner** les données sur un graphique pour retrouver l'âge de la Terre en utilisant les données de Buffon. **Calculer** l'âge avec la formule proposée par Buffon. **Comparer** les valeurs. **Discuter** de la fiabilité de la méthode d'extrapolation (doc 4).
5. Quel est l'intérêt, du point de vue de la méthode, de l'essai mené par Buffon avec les différents matériaux ? Pourquoi revoit-il l'âge de la Terre à la baisse ? (doc 4)

Histoire des sciences

# Activité 2 Des débats du XIXe siècle jusqu'à la résolution actuelle

L'indépendance de la pensée scientifique vis-à-vis des écrits religieux et l'accumulation de nouvelles connaissances ont permis de produire des modèles de plus en plus pertinents jusqu'à la découverte de la radioactivité, un phénomène physique utilisé comme outil de datation.

**Comment les progrès des connaissances ont-ils pu permettre de dater la Terre avec précision ?**

**SAVOIR-FAIRE**

- Interpréter des documents présentant des arguments historiques utilisés pour comprendre l'âge de la Terre.
- Identifier diverses théories impliquées dans la controverse scientifique de l'âge de la Terre.

## 1 Une controverse liée à la difficulté de quantifier : Darwin contre Kelvin

### Le point de vue de Darwin et des géologues

En 1859, la publication de *L'origine des espèces* de Charles Darwin, naturaliste anglais (1809-1882) rencontre un succès public. Selon lui, les espèces sont progressivement modifiées sous l'effet du hasard et de contraintes sélectives de l'environnement. Il évalue la durée de ces évolutions à plusieurs centaines de millions d'années (Ma) depuis l'apparition de la vie. Il estime aussi à 300 Ma la durée nécessaire pour éroder la seule colline de Weald (Angleterre). Les travaux d'autres scientifiques étudiant la sédimentation proposent des âges de 240 Ma (Charles Lyell en 1833) ou encore 1,5 Ga (William Mac Gee en 1892) !

Charles Darwin

Source : P. England, *American Scientist*, 2007

### L'approche de Lord Kelvin

Physicien britannique très influent en Europe au XIXe siècle, Lord Kelvin soutient la théorie de l'évolution des espèces, mais en nie le hasard, préférant y voir une intervention divine. Pour discréditer Darwin, il calcule l'âge de la Terre en utilisant la loi de conduction de la chaleur de Fourier établie en 1807. En estimant que la température initiale de la Terre était de 3 870 °C, il calcule le temps nécessaire pour que la chaleur concorde avec le **gradient thermique** mesuré dans les mines. En 1862, il estime l'âge de la Terre à environ 100 Ma.

William Thomson, dit Lord Kelvin

Ses résultats, appuyés par les physiciens, suscitent une polémique avec les naturalistes qui ont l'intuition de longues durées géologiques mais sans pouvoir les calculer avec fiabilité. L'âge calculé par Kelvin fait alors autorité jusqu'au début du XXe siècle.

## 2 Le poids des hypothèses… et des convictions

### Hypothèses de Kelvin

- La Terre est entièrement solide et rigide.
- Il n'y a pas d'autre source de chaleur que celle de la chaleur initiale de la Terre.
- La composition de la Terre est homogène, ses propriétés physiques sont identiques en tout point : le gradient thermique de 36 °C·km$^{-1}$ est alors valable dans toute la Terre.

John Perry

John Perry, assistant de Kelvin et professeur d'ingénierie, remet en question les hypothèses de Kelvin sur la structure de la Terre. Il propose un manteau fluide en mouvement (convection) sous une croûte rocheuse de 50 km d'épaisseur. D'après lui, la chaleur circule plus facilement dans les couches internes qu'à la surface. Il redéfinit alors des gradients thermiques moyens entre 15 et 25 °C·km$^{-1}$ (partie rouge du graphique) et utilise des estimations plus modernes de vitesse de propagation de la chaleur : son modèle suggère alors des âges bien plus élevés que celui de Kelvin. Hélas, John Perry, jeune et peu connu, n'est pas entendu par ses pairs.

**VOCABULAIRE**

**Gradient thermique (en °C·km$^{-1}$) :** élévation de la température en s'enfonçant d'un kilomètre.

Gradient thermique de la Terre selon son âge pour deux modèles thermiques différents

Source : P. England, *American Scientist*, 2007

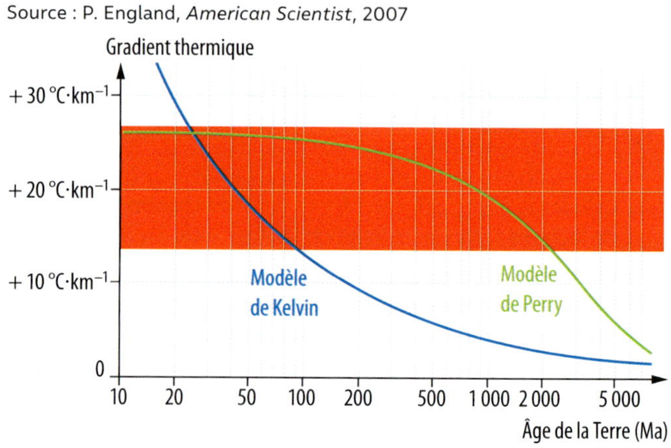

## 3 La découverte de la radioactivité, un bond en avant

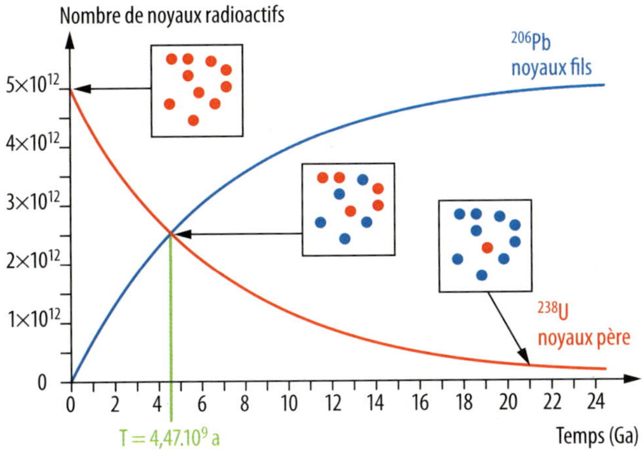


Évolution du nombre de noyaux au cours du temps

Notons qu'ici la quantité initiale en éléments fils $^{206}$Pb est nulle. L'uranium 238 se désintègre en plomb 206 avec une période de 4,47 Ga, ce qui se prête bien à la datation d'objets très anciens.

Henri Becquerel

La radioactivité découverte par Henri Becquerel (1852-1908) en 1896 est un phénomène inédit, à l'origine de nouvelles connaissances importantes en sciences.

En voici deux majeures :

- En 1903, Pierre Curie (1859-1906) et Albert Laborde (1878-1968) mesurent la chaleur émise par la désintégration du radium, découvert en 1897 par Marie Curie (1867-1934) : le dégagement naturel de chaleur est intense.
Cette radioactivité, à l'échelle du volume de la Terre, est une immense source de chaleur interne. Avec cette nouvelle donnée, en se basant sur les calculs de flux thermiques inspirés par Kelvin, Robert Strutt (1875-1947) propose un âge de 2,5 Ga !
- Les noyaux radioactifs se désintègrent de façon aléatoire. Sur une grande quantité d'atomes, la quantité des radionucléides pères et des noyaux fils issus de la désintégration ne dépend que du temps et de leur quantité initiale. Ce phénomène peut ainsi être utilisé comme une horloge.

## 4 La radioactivité et la précision de l'âge de la Terre : les roches à zircons

Les zircons sont des minéraux dénués de plomb au moment de leur formation. Tout le plomb actuellement dans l'échantillon vient donc exclusivement de l'uranium désintégré. Le plomb $^{206}$Pb provient de la désintégration de $^{238}$U et $^{207}$Pb provient de $^{235}$U. La quantité actuelle de plomb mesurée est donc égale à la quantité d'uranium désintégré : on en déduit le temps qu'il a fallu, donc l'âge de la roche.
Graphiquement, il est possible de construire une courbe théorique qui exprime l'évolution du rapport entre les quantités de plomb $^{206}$Pb (ou $^{207}$Pb) et d'uranium $^{238}$U (ou $^{235}$U) en fonction de l'âge de l'échantillon. Avec la courbe du couple $^{235}$U/$^{207}$Pb, les échantillons les plus âgés sur Terre, trouvés à Jack Hills, en Australie sont datés de 4,4 Ga.

Source : Wilde et al, Nature, 2001

Courbe modélisant l'augmentation du rapport isotopique $^{206}$Pb/$^{238}$U en fonction de l'âge d'un zircon ▼

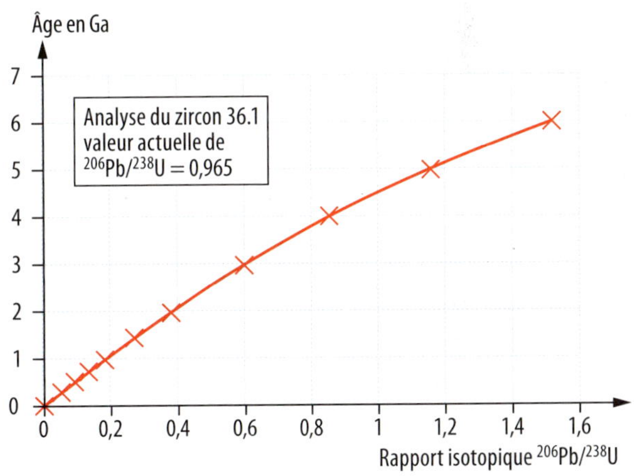


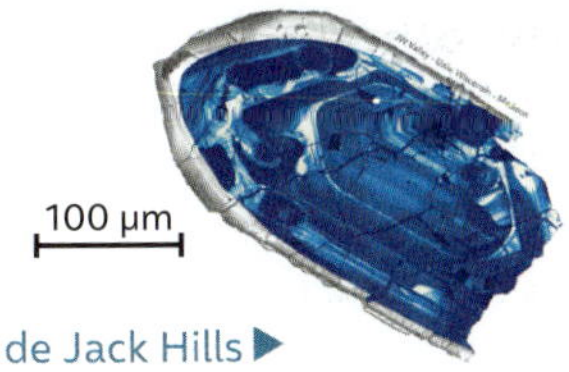


Un zircon des roches de Jack Hills ▶

D'autres techniques, plus complexes, s'appuyant sur des analyses de météorites, ont permis de préciser l'âge de la Terre et, aujourd'hui, l'âge de 4,57 Ga est admis par la communauté scientifique.

## Consignes

### Datation de la Terre (niveau *)

1. **Recenser** les différentes théories évoquées pour estimer l'âge de la Terre au XIX$^e$ siècle (doc 1).
**Identifier** la controverse soulevée entre les naturalistes et les physiciens.
2. **Relever** les intervalles des âges possibles de la Terre selon les modèles de Kelvin et Perry (doc 2).
3. **Expliquer** pour quelles raisons la datation de Kelvin a convaincu davantage que les travaux de Darwin et Perry (docs 1 et 2).
4. **Montrer** que la découverte de la radioactivité a invalidé les conclusions de Kelvin et Perry. **Identifier** le paramètre qui leur manquait et que Strutt a utilisé (doc 3).

### Radioactivité (niveau ***)

5. À l'aide de la courbe du doc 4, **estimer** l'âge des plus anciennes roches datées à Jack Hills et le **comparer** à l'âge déterminé avec le couple $^{235}$U/$^{207}$Pb.
**Discuter** de la fiabilité de la méthode.

# cours

## 1 Un long chemin vers l'indépendance de la pensée scientifique

- Les premières représentations de la Terre reposent sur des mythes et traditions orales, puis sur les écrits religieux. Les récits des religions monothéistes majeures attribuent la naissance de la Terre à un Dieu préexistant, conduisant à penser que la Terre a été créée 4 000 ans av. J.-C.
- Pourtant, dès le XVIe siècle, les scientifiques commencent à se questionner. L'observation de processus géologiques lents, comme l'érosion, la sédimentation ou l'accumulation de fossiles témoignant d'un nombre colossal d'êtres ayant peuplé la Terre, les amènent à douter de la brièveté de l'existence de la Terre. C'est l'émergence de l'idée des temps longs.

## 2 De l'intuition des temps longs aux tentatives de quantification

### a. Des approches très diversifiées

Le cheminement de la pensée scientifique s'appuie sur des observations, des descriptions, des mesures. Les approches expérimentales se diversifient au cours du XIXe siècle. Les plus importantes d'entre elles reposent sur l'étude des temps de refroidissement (Buffon et Kelvin), les empilements sédimentaires (nombreux géologues comme Lyell) ou l'évolution biologique (Darwin).

### b. La nécessité de quantifier pour préciser un âge

Une étape majeure pour dater la Terre est la quantification des processus. Ainsi, la vitesse d'érosion ou de dépôt des sédiments est sujette à maintes approches, souvent erronées. Des scientifiques tels Buffon et Lord Kelvin s'appuient sur des modélisations à partir de données de température, mais leurs modèles s'avéreront plus tard ne pas correspondre à la réalité physique de la Terre.

Les naturalistes, géologues comme biologistes, s'accordent sur des durées très longues, supérieures à 300 millions d'années, sans parvenir à convaincre les physiciens.

## 3 Une révolution : la découverte de la radioactivité

La découverte de la radioactivité en 1896 permet de développer une nouvelle méthode de datation : la désintégration des noyaux radioactifs pères en noyaux fils est un phénomène dont le rythme connu, spécifique à chaque élément, est constant, comme une horloge.

Sur cette base, Patterson étudie les rapports isotopiques du plomb, noyau fils issu de la désintégration de l'uranium, dans des échantillons de météorites et de la Terre. Il constate un alignement des valeurs, preuve d'une même origine des échantillons. La pente de la droite obtenue donne leur âge commun de formation : 4,57 Ga. Cet âge fait aujourd'hui consensus et est confirmé par des mesures plus nombreuses et plus précises.

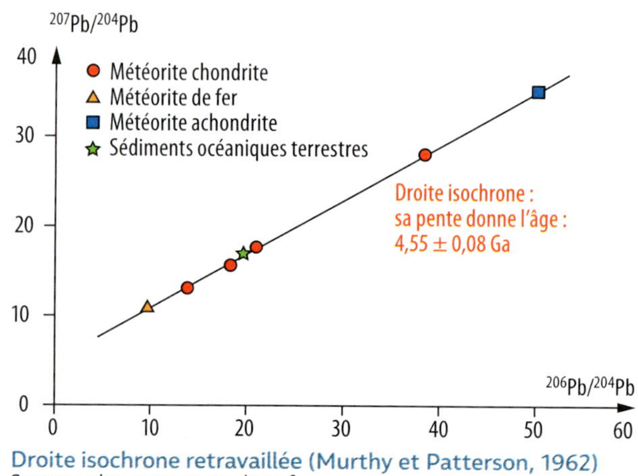

Droite isochrone retravaillée (Murthy et Patterson, 1962)
Source : planet-terre.ens-lyon.fr

# Carte Mentale

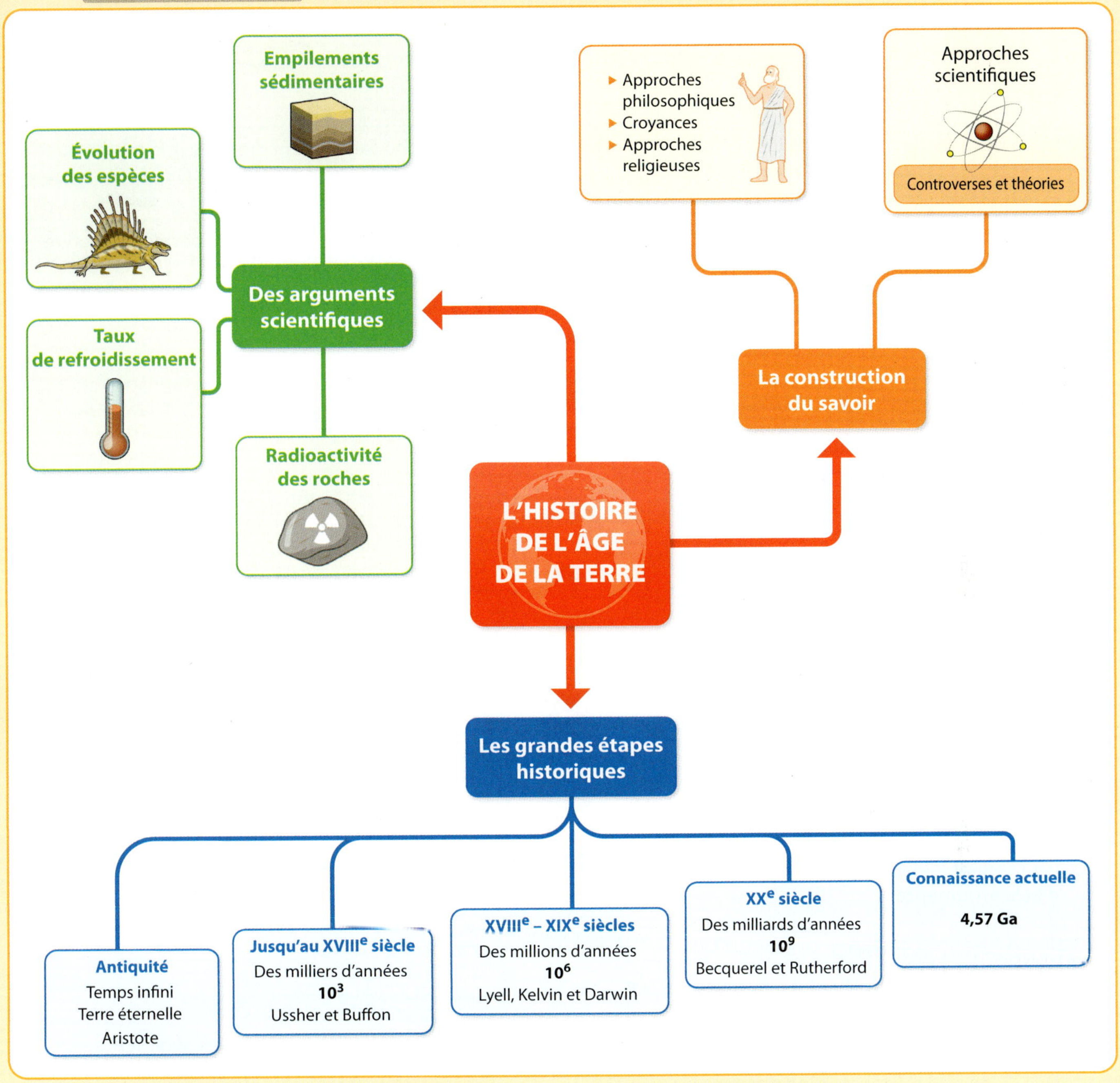


FLASH CARDS **MOTS-CLÉS**

● **Mémorisez les mots-clés du chapitre grâce aux cartes mémo !**

hachette-clic.fr/24es1167

temps longs — temps de refroidissement — empilements sédimentaires

météorites — vitesse d'érosion — radioactivité

4,57 Ga — évolution biologique — dépôt des sédiments

# Exercices Tester ses connaissances

**QCM** CORRIGÉ p. 248

Pour chaque question, indiquer la (ou les) bonne(s) réponse(s).

Version interactive hachette-clic.fr/24es1168

| | a | b | c | d |
|---|---|---|---|---|
| **1** **L'âge de la Terre :** | est inscrit dans les écrits religieux. | est de 100 millions d'années. | ne fait pas encore consensus parmi les scientifiques. | est le même que celui du Système solaire. |
| **2** **Le phénomène de radioactivité :** | libère de la chaleur par désintégration des noyaux radioactifs. | est la désintégration de noyaux fils, les uns après les autres, de façon ordonnée et non aléatoire. | permet de dater certaines roches. | permet de suivre l'évolution des espèces. |
| **3** **Les controverses scientifiques :** | sont des discussions scientifiques avec désaccords. | sont des discussions politiques sur un sujet. | sont des moments où les scientifiques sont d'accord. | montrent que le savoir se construit sans difficulté. |
| **4** **Parmi les différentes approches qui ont permis de dater la Terre, on trouve :** | l'étude des cernes de bois. | l'analyse des dépôts sédimentaires. | les études de refroidissement de la Terre. | la radioactivité. |

## 5 Affirmations à corriger

CORRIGÉ p. 248

**Corriger les affirmations suivantes.**

a. Les fossiles sont des organismes qui se sont totalement décomposés.
b. Une sphère chaude se refroidit en émettant de la radioactivité.
c. Une croyance est un savoir dont toute la communauté scientifique est certaine.
d. Une connaissance scientifique ne nécessite pas d'être argumenté.

## 6 Phrases à construire

**Écrire une phrase en utilisant les termes suivants.**

a. Âge de la Terre – précision – radioactivité – découverte
b. Évolution biologique – temps longs – Darwin – théorie – argument
c. Pensée scientifique – détermination – long cheminement – âge de la Terre

## 7 Vrai ou faux ?

**Indiquer si les affirmations suivantes sont vraies ou fausses, les corriger si besoin.**

a. La Terre est datée de 4,57 millions d'années.
b. Les récits religieux sont en accord avec les calculs des scientifiques du xx^e^ siècle.
c. Diverses théories scientifiques se sont affrontées pour déterminer l'âge de la Terre.
d. Les calculs de la vitesse de sédimentation étaient tous concordants, ce qui a permis de dater aisément l'origine de la Terre.

## 8 Croyance ou connaissance ?

À l'oral !

**Attribuer chaque proposition à une croyance ou une connaissance scientifique.**

a. La radioactivité des roches qui composent la Terre produit de la chaleur.
b. Le Déluge a couvert la Terre d'un océan, ce qui explique la présence de fossiles marins en haut des montagnes.
c. Les espèces évoluent au fil des générations et sont soumises à des contraintes de l'environnement.
d. La Terre a été créée par un dieu préexistant il y a environ 6 000 ans.

## 9 Durée de sédimentation

Spé Maths

John Phillips étudie vers 1860 les sédiments emportés par le Gange (Inde) qui se déposent dans le Golfe du Bengale et constituent de nouvelles roches sédimentaires. Il mesure la quantité totale de sédiments transportés par le Gange sur un an : 1,9 milliards de $m^3$. La surface du Golfe de Bengale est estimée à 2,1 millions de $km^2$.

1. **Calculer l'épaisseur du dépôt annuel de sédiments dans le Golfe du Bengale.**
2. **Comparer ce chiffre à l'épaisseur totale des strates sédimentaires locales : 22 km au plus épais.**
3. **En déduire la durée nécessaire pour accumuler 22 km de couches sédimentaires.**
   **Comparer cette valeur à l'âge de la Terre.**

# Exercice résolu

## 10 Exercer son esprit critique

Certains créationnistes s'appuient sur les écrits religieux, qu'ils considèrent comme une source scientifique fiable, décrivant précisément la création du monde par Dieu. Leur analyse des textes les conduit ainsi à affirmer que la Terre n'a que quelques milliers d'années, ce qui est en contradiction avec l'âge de 4,57 Ga aujourd'hui accepté par l'ensemble de la communauté scientifique. Pour convaincre, ils détournent des données issues de publications scientifiques afin de leur attribuer une interprétation allant dans leur sens.

Par exemple, en 1965, la revue scientifique *Chemical Oceanography* a publié une liste des temps de résidence (durée moyenne durant laquelle une substance réside dans un réservoir) de certains métaux dans l'océan.
Plusieurs auteurs créationnistes prennent appui sur ce tableau de chiffres mais le temps de résidence n'est pas défini dans leurs écrits. Ils affirment que ces chiffres reflètent l'âge des océans (et donc de la Terre) parce qu'ils représentent le temps qu'il a fallu aux océans pour se « remplir » jusqu'à leur niveau actuel de ces divers métaux à partir de zéro.

| | | | | | | | | | |
|---|---|---|---|---|---|---|---|---|---|
| **Élément chimique** | Al | Fe | Ti | Cr | Th | Mn | W | Pb | Si |
| **Temps de résidence en années** | 100 | 140 | 160 | 350 | 350 | 1 400 | 1 000 | 2 000 | 8 000 |
| **Élément chimique** | Ni | Co | Hg | Bi | Cu | Ba | Sn | Zn | Rb |
| **Temps de résidence en années** | 9 000 | 18 000 | 42 000 | 45 000 | 50 000 | 84 000 | 100 000 | 180 000 | 270 000 |
| **Élément chimique** | Sb | Mo | Au | Ag | K | Sr | Li | Mg | Na |
| **Temps de résidence en années** | 350 000 | 500 000 | 560 000 | $2,1 \cdot 10^6$ | $11 \cdot 10^6$ | $19 \cdot 10^6$ | $20 \cdot 10^6$ | $45 \cdot 10^6$ | $260 \cdot 10^6$ |

Temps de résidence des métaux dans les océans

Source : *Chemical Oceanography*, 1965

Seules les lignes jaunes ont été publiées par les auteurs créationnistes.

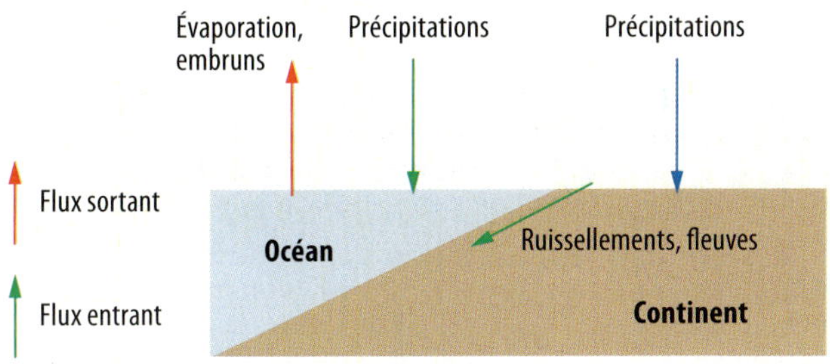


Cycle naturel simplifié de l'aluminium

Source : C. Stassen, *The TalkOrigins Archive*, 2005

Dans un réservoir de volume constant (ici les océans), le flux entrant est égal au flux sortant. On dit que l'élément atteint l'équilibre de son cycle. C'est le cas pour la majorité des métaux sur Terre. Le temps de résidence se calcule par la formule :

$$\text{Temps de résidence} = \frac{\text{volume des océans}}{\text{flux entrant ou sortant}}$$

**À votre avis**

1. Par quels moyens les créationnistes détournent-ils la connaissance scientifique pour démontrer que la Terre est jeune ?
2. Les mesures des scientifiques permettent-elles de dater la Terre ?

## Conseils

**Comparer** les définitions des créationnistes et scientifiques.

**Relever** les distorsions entre les données des créationnistes et celles des scientifiques.

**Comparer** les données publiées par les créationnistes et par la revue scientifique.

## Solutions

1. Il y a deux manipulations de la part des créationnistes.
(a) Les auteurs déforment l'identité du paramètre mesuré. (1) Ils substituent « le temps de résidence » par « le temps qu'il a fallu pour remplir les océans » et (2) ils assimilent ce chiffre à l'âge de l'océan sans envisager qu'il existe un cycle. L'équilibre a pu être atteint il y a des millions d'années et se maintenir tel quel. La nature des données est donc faussée : on ne peut pas leur donner le sens qu'ils prétendent.
(b) Les données publiées présentent les valeurs de temps de résidence pour 27 éléments chimiques. Les temps de résidence sont très variables, allant de 100 ans à 260 Ma. Les créationnistes n'ont choisi de présenter que les 9 éléments chimiques dont le temps de résidence (qu'ils qualifient d'âge des océans) est le plus court. Ils éliminent les valeurs qui sont en contradiction avec la conclusion qu'ils veulent donner. Seuls les résultats confirmant leur théorie sont exposés, les autres sont éliminés. Il s'agit du « cherry picking » ou picorage.
2. Le temps de résidence n'est pas significatif de l'âge des océans, donc les chiffres publiés par la revue scientifique ne peuvent pas être utilisés pour dater la Terre. De plus, les valeurs obtenues sont trop diversifiées pour pouvoir être exploitées, ce qui montre bien qu'elles ne correspondent pas à un âge de la Terre, qui est forcément unique.

## 11 L'âge de Black Beauty, une météorite issue de Mars

Les météorites martiennes sont des roches éjectées de la planète Mars qui sont venues s'écraser sur la Terre. L'une d'entre elles, Black Beauty, présente les plus vieux zircons martiens connus. L'analyse de six zircons différents dans cette météorite donne les rapports isotopiques $\frac{^{206}Pb}{^{238}U}$ suivants :

| Black Beauty | Zircon 1 | Zircon 2 | Zircon 3 | Zircon 4 | Zircon 5 | Zircon 6 |
|---|---|---|---|---|---|---|
| $\frac{^{206}Pb}{^{238}U}$ | 1,02 | 1,070 | 1,030 | 0,99 | 1 | 0,97 |

1. **Expliquer** pourquoi les zircons sont des minéraux intéressants pour dater une roche.
2. **Calculer** la valeur moyenne du rapport isotopique. Par lecture graphique, indiquer l'âge approximatif de Mars. **Comparer** à l'âge de la Terre et expliquer ce fait.

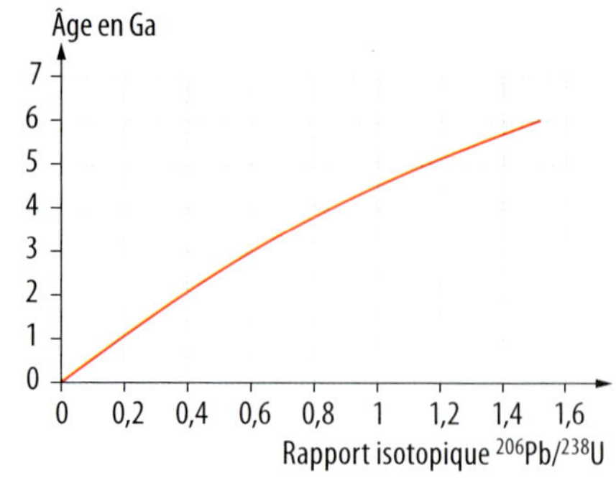


Courbe de modélisation de l'augmentation du rapport isotopique $\frac{^{206}Pb}{^{238}U}$ en fonction de l'âge d'un échantillon initialement sans plomb

## 12 Les attaques des créationnistes

**Exercer son esprit critique**

Afin d'asseoir leur croyance comme une vérité, certains créationnistes cherchent à discréditer les résultats scientifiques. L'un des plus virulents est David Plaisted, qui prétend dénoncer les « erreurs scientifiques » et écarte toutes les théories aujourd'hui admises. Il s'attaque ici aux méthodes de radiochronologie pour dater les roches. Le couple mis en question ici est :

$^{40}K + e^- \rightarrow {}^{40}Ar$, de période radioactive 11,95 Ga.

| Critique de la part des créationnistes | Réponse scientifique |
|---|---|
| L'argon est un gaz : il s'échappe ou pénètre dans les cristaux après la formation de la roche. On ne peut pas connaître la quantité d'argon produit par radioactivité, donc on ne peut pas dater. | Young (1982) démontre que seule la surface des cristaux peut-être le lieu d'échange d'argon. Les géochronologues analysent donc seulement le cœur des minéraux. |
| Les mesures réalisées par des équipes de recherche différentes ne donnent pas le même résultat, ce qui signifie que les valeurs obtenues ne sont pas fiables. | Étude de Lanphere et Dalrymple (*Journal of Geophysical Research*, 1965), confirmée par Odin et al. (*Bulletin des Sciences Géologiques*, 1976) : 55 laboratoires ont reçu un échantillon de muscovite de la même roche. La datation moyenne avec K/Ar pour la muscovite était de 83,0 Ma avec un écart de 1,2 % seulement entre les 55 laboratoires. |
| Si on combine différentes méthodes de datation sur le même échantillon, les résultats sont différents et ne sont pas compatibles, ce qui signifie qu'aucune méthode n'est fiable. | Étude de Young (1977) ci-contre. |

1. **Rappeler** la différence entre connaissance scientifique et croyance.
2. **Montrer** en quoi l'étude de Young en 1977 dément l'objection créationniste selon laquelle les différentes méthodes de datation donnent des résultats contradictoires
3. **Montrer** en quoi la connaissance scientifique s'appuie sur une démarche rigoureuse.

Le géologue Davis Young a étudié une roche, la syénite, située à Beemerville dans le New Jersey. Cette roche est issue d'un magma qui est remonté par fracturation dans une roche préexistante, la formation de l'Ordovicien de Martinsburg, mais ne se retrouve pas dans la formation silurienne de Tuscarora. Comme les sédiments Silurien ne sont pas affectés par la roche magmatique, ils lui sont forcément postérieurs.

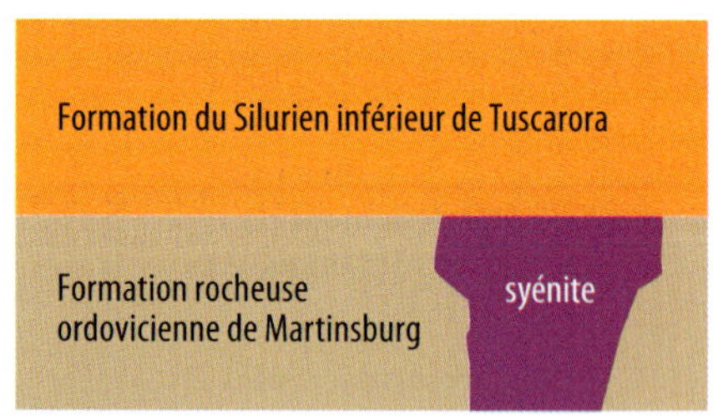


**Silurien** : période de – 443,4 Ma à – 419,2 Ma
**Ordovicien** : période de – 485,4 Ma à – 443,4 Ma

La syénite a été datée par deux couples d'isotopes radioactifs :
- le couple Rb/Sr a donné un âge de 436 Ma
- le couple K/Ar a donné un âge de 437 Ma

Source : tim-thompson.com/plaisted-review.html et Harland *et al*, A Geologic Time Scale, *Cambridge University Press*, Cambridge, 1990

## 13 Les taux de sédimentation et les temps longs

Les roches sédimentaires sont issues de l'accumulation de particules en couches superposées sur le fond d'un océan, d'une mer, d'un delta ou d'un lac. Les particules accumulées s'enfoncent au fil du temps, sont alors comprimées en profondeur, se compactent et deviennent des roches, comme le grès ou le calcaire. L'épaisseur d'une couche de roche sédimentaire reflète une accumulation longue dans le temps. Peut-on en tirer une durée de formation ? C'est l'idée qu'ont développé dès 1760 des géologues, comme John Needhman, Pierre-Bernard Palassou ou Jean-Louis Soulavie. Au XIXe siècle, Samuel Haughton (1821-1897) décréta que « *l'épaisseur des couches géologiques est proportionnelle à leur durée* ».

### 1 Durée de formation d'une couche géologique

Prenons l'exemple d'une falaise de craie située en Normandie, sur la Côte d'Albâtre, entre les estuaires de la Seine et de la Somme. La falaise montre une couche de craie de 100 m d'épaisseur, formée au Campanien (un étage du Crétacé supérieur). Les sédiments, ici des coquilles de petits organismes planctoniques, les Coccolithophoridés, s'accumulent dans des mers peu profondes avec une accumulation de 2 mm par siècle. La craie du Campanien est très poreuse, mais beaucoup moins qu'un sédiment fait d'une accumulation de coquilles. Après compaction, l'épaisseur de la roche ne représente plus que 40 % de l'épaisseur des sédiments accumulés.

Falaise de craie montrant deux couches superposées, chacun abritant des fossiles différents

Un Coccolithophoridés fossile (– 81 Ma) et un Coccolithophoridés actuel

### 2 Des données actuelles issues de l'observation

L'étude de l'apport des sédiments permet d'estimer la hauteur de sédiments qui tombent au fond de différents endroits en fonction du temps.
Hauteur de sédiments accumulés :
- dans le lac Léman : 0,3 cm par an ;
- sur un plateau continental (côte bretonne) : 2 mm par siècle ;
- au fond d'une large plaine abyssale : 2 m par million d'années ;
- au fond du Golfe du Bengale (étude de Phillips) : 0,9 mm par an (voir photo ci-dessous).

Sources : J.-L. Loizeau et al, *Archive des Sciences*, 2012
V. Maleval et A. Jigorel, *Géomorphologie*, 2002

### 3 Âges de la Terre déterminés par les géologues à partir des strates

| Nom du géologue | Âge estimé de la Terre |
|---|---|
| Abbé Needham (1769) | Au moins 10 000 ans |
| Jean-Étienne Guettard (1779) | Au moins 10 000 ans |
| Phillips (1860) | Au moins 96 Ma |
| Mac Gee (1892) | 1 584 Ma |
| Geike (1893) | Entre 73 et 680 Ma |

Sources : P. de Wever, 2008 et Agriviere, *IFE*, 2017

1. **Calculer** la durée nécessaire pour déposer la couche de craie du Campanien et la comparer aux données actuelles : la colonne stratigraphique donne une durée du Campanien de 12,9 Ma.
2. Les géologues des XVIIIe et XIXe siècles ont évalué l'âge de la Terre entre 3 et 1 584 Ma par des calculs de temps de dépôt des sédiments.
**Discuter** la fiabilité de la méthode au regard du document 2.

## 14 L'âge de la Lune

CORRIGÉ p. 248

D'après la théorie de l'impact géant, la Lune est née d'une météorite gigantesque, Théïa, qui a heurté une Terre encore chaude et fluide. Des matériaux éjectés à la suite de l'impact se sont ensuite stabilisés autour de notre planète et ont formé notre satellite, la Lune. Des échantillons lunaires ont été collectés sur la mer de la Tranquillité, par la mission Apollo 17. La datation a été réalisée avec le couple d'isotopes radioactifs $^{147}Sm/^{143}Nd$. La pente de la droite obtenue à partir de différents minéraux des échantillons permet de déterminer l'âge.

$$^{147}_{62}Sm \rightarrow ^{143}_{60}Nd + ^{4}_{2}He$$

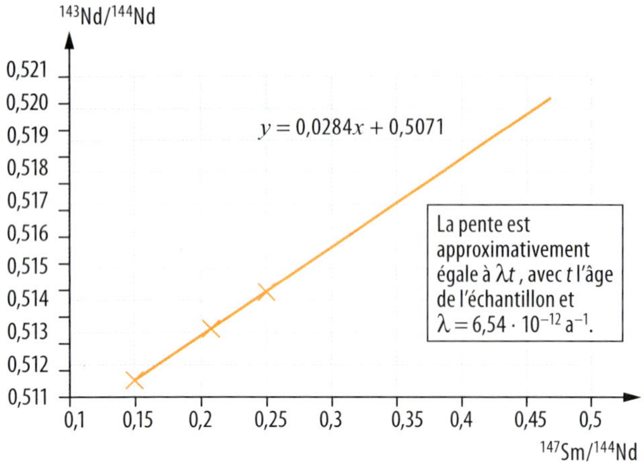


Droite isochrone construite à partir des mesures effectuées
Source : Lugmair, Nasa, Apollo 17, 1976

1. **Identifier** les noyaux père et fils de la réaction de désintégration radioactive.
2. **Déduire** l'âge de la Lune à partir de la valeur de la pente.
3. **Comparer** les âges de la Terre et de la Lune. **Relier** cette date à l'histoire de la formation de la Lune.

Le commandant d'Apollo 17, Eugene Cernan, s'approche du véhicule lunaire

## 15 Salinité des océans et âge de la Terre

En 1899, le physicien irlandais John Joly (1857-1933) présenta à l'Académie royale de Dublin son calcul de l'âge de la Terre. Son raisonnement était le suivant : « Au départ, l'océan s'est formé par condensation de la vapeur d'eau, donnant un vaste volume d'eau douce. Il devint salé grâce à un apport régulier de sel par les fleuves. »

En mesurant la salinité actuelle de l'océan, on pouvait donc en déduire le temps écoulé depuis sa formation.

L'eau de mer contient en moyenne 35 g de sels par kg d'eau de mer. Les sels sont variés ($Na^+$ et $C\ell^-$ mais aussi sulfate $SO_4^{2-}$, hydrogénocarbonate $HCO_3^-$, fluorure $F^-$, magnésium $Mg^{2+}$, calcium $Ca^{2+}$, potassium $K^+$, etc.). L'ion $Na^+$ représente à lui seul 39,3 % de la masse totale des sels.

John Joly a fait l'hypothèse que le sodium des océans ne provenait que des fleuves qui déversaient un volume de $2{,}7176 \cdot 10^4\ km^3 \cdot a^{-1}$ dans les océans dont la masse d'eau représente $1{,}3245 \cdot 10^{18}$ tonnes.

La teneur moyenne en $Na^+$ dans l'eau des fleuves est estimée par Joly à $5{,}25\ g \cdot m^{-3}$ soit $5250\ t \cdot km^{-3}$.

1. **Calculer** l'âge obtenu par John Joly et le comparer à la valeur admise aujourd'hui.
2. **Proposer** des explications pour une telle différence.

**Coup de pouce**
- Calculer la masse totale de $Na^+$ dans les océans aujourd'hui.
- Calculer la masse de $Na^+$ apportée chaque année par les fleuves.
- En déduire le nombre d'années nécessaires pour que la quantité de $Na^+$ des océans atteigne sa masse actuelle.

## 16 Le refroidissement des planètes

**À l'oral !**

« En 1778, Buffon calcule l'âge de la Terre à partir du temps de refroidissement de globes de différentes matières chauffées au rouge. En admettant que la Terre se refroidit d'une façon analogue à ces globes, il propose que la Terre s'est formée 93 291 ans auparavant et qu'elle sera encore habitable pendant les 38 849 ans qui suivent. »
Adapté de P. Richet, *Pour la Science*, 2004

**Expliquer** ce qui a amené Buffon à penser que la Terre ne sera plus habitable dans 38 849 ans.

## 17 La météorite de Patterson

Spé PC

Avant Clair Patterson, la majorité des travaux de datation des météorites était basée sur le couple $^{40}K/^{40}Ar$, mais les âges obtenus avaient de fortes incertitudes.

$$^{40}K + e^- \rightarrow {}^{40}Ar \text{ avec une période de 11,9 Ga}$$

| Météorite testée | Âge de la météorite en Ga | Géophysiciens |
|---|---|---|
| Beardsley, Kansas | entre 4,2 et 4,8 | Wasserburg et Hayden |
| Holbrook, Arizona | entre 4,2 et 4,8 | Wasserburg et Hayden |
| Forest City, Iowa | entre 4,1 et 4,7 | Reynolds et Lipson<br>Wasserburg et Hayden |
| Akabu, Transjordanie | entre 3,8 et 4,4 | Thomson et Mayne |
| Brenham Township, Kansas | entre 3 et 4 | Thomson et Mayne |

Travaux de datation des météorites basés sur la méthode $^{40}K/^{40}Ar$
Sources : Patterson, *Geochimica et Cosmochimica Acta*, 1956

Clair Patterson (1922-1995) décide d'utiliser des couples isotopiques différents : $^{238}U/^{206}Pb$ et $^{235}U/^{207}Pb$.
Parmi ses analyses, il étudie la météorite Canyon Diablo, trouvée en Arizona.

Fragment de la météorite Canyon Diablo trouvé dans Meteor Crater en Arizona, météorite de 226,8 kg !

Une **météorite** est un corps céleste provenant de la ceinture d'astéroïdes situées entre Mars et Jupiter. Ce sont de petits corps rocheux qui ne se sont pas agglomérés en une planète, comme la Terre, Mercure ou Mars. Les météorites qui quittent leur orbite, à la suite d'une collision par exemple, sont déviées et se déplacent dans l'espace, rencontrant parfois la Terre. Formées en même temps que le Système solaire, les météorites ont donc le même âge que la Terre.

Le cratère géant de Canyon Diablo a été l'objet de nombreux débats. Les scientifiques ont longtemps pensé que ce cratère était le fait d'un volcan éteint. Pourtant, aucune roche volcanique n'a jamais été retrouvée, même si certaines roches pouvaient y ressembler. Ce n'est qu'en 1950, grâce à l'étude d'Eugene Shoemaker, qu'il a été déterminé que ce cratère avait pour origine la chute d'une importante météorite. Nous savons à présent que cette chute de météorite s'est produite il y a environ 50 000 ans, produisant un cratère de 1,3 km de diamètre sur 175 m de profondeur ! La violence de l'impact correspond à une énergie dégagée comparable à 1 700 kilotonnes de TNT, soit 133 bombes d'Hiroshima !

Clair Patterson a mesuré les rapports isotopiques $\frac{^{207}Pb}{^{204}Pb}$ et $\frac{^{206}Pb}{^{204}Pb}$ dans les échantillons de cette météorite. Les résultats sont donnés dans le tableau ci-dessous. Ces isotopes fils sont issus de la désintégration de noyaux d'uranium.

$$^{238}_{92}U \rightarrow {}^{206}_{82}Pb + 6\,{}^{0}_{-1}e + 8\,{}^{4}_{2}He \text{ avec une période de 4,469 Ga}$$

$$^{235}_{92}U \rightarrow {}^{207}_{82}Pb + 4\,{}^{0}_{-1}e + 7\,{}^{4}_{2}He \text{ avec une période de 703,8 Ma}$$

| Météorite | $\frac{^{206}Pb}{^{204}Pb}$ | $\frac{^{207}Pb}{^{204}Pb}$ |
|---|---|---|
| Nuevo Laredo, Mexico | 50,28 | 34,86 |
| Forest City, Iowa | 19,27 | 15,95 |
| Modoc, Kansas | 19,48 | 15,76 |
| Henbury, Australia | 9,55 | 10,38 |
| Canyon Diablo, Arizona | 9,46 | 10,34 |

Résultats de Clair Patterson
Source : Patterson, *Geochimica et Cosmochimica Acta*, 1956

L'analyse de la droite obtenue (ici, en noir) a permis à Clair Patterson de publier un âge de la Terre de 4,55 ± 0,07 Ga.

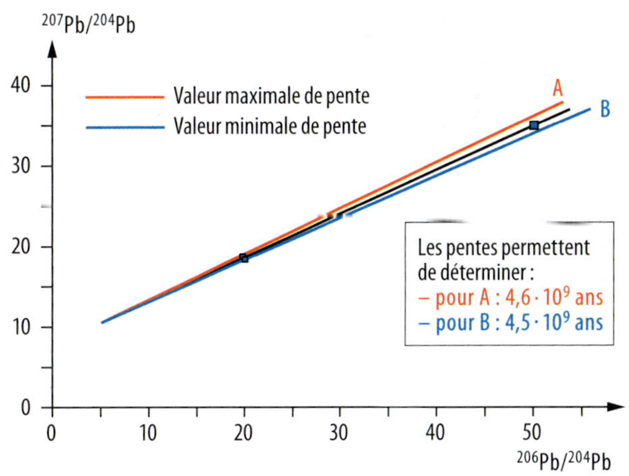


Graphique obtenu par Patterson et publié en 1956
Les points sont entourés d'un petit carré qui indique les imprécisions de la mesure. Source : Patterson, *Geochimica* et *Cosmochimica Acta*, 1956

1. **Justifier** l'intérêt porté par les géophysiciens pour les météorites afin de dater la Terre.
2. **Expliquer** le principe de datation à partir de noyaux radioactifs. **Justifier** l'emploi des couples isotopiques retenus ici par les scientifiques.
3. **Justifier** pourquoi Clair Patterson a indiqué un âge imprécis de 4,55 ± 0,07 Ga.
Le nombre de cinq échantillons utilisés vous paraît-il suffisant ?
4. **Comparer** les incertitudes obtenues par Clair Patterson par rapport à celles des géophysiciens utilisant le couple $^{40}K/^{40}Ar$.

## Déjà VU Déjà SU ?

**Pour les questions 1 à 3, indiquer la ou les bonne(s) réponse(s).**

**1 Le Soleil et l'ensemble des astres qui gravitent autour constituent :**
a. une galaxie.
b. le Système solaire.
c. l'Univers.
d. une constellation.

**2 Un satellite naturel est :**
a. un satellite fabriqué avec des matériaux respectueux de l'environnement.
b. un fragment de roche qui s'écrase sur Terre.
c. un corps céleste qui tourne autour d'une planète.
d. par exemple la Lune.

**3 La Terre est appelée planète bleue car :**
a. elle absorbe les radiations bleues du Soleil.
b. elle est plus froide que Mars, dite planète rouge.
c. sa surface est en majeure partie couverte par les océans constitués par de l'eau à l'état liquide.
d. le premier satellite envoyé dans l'espace s'appelait « Blue ».

**4 Replacer les étapes du cycle de l'eau :** précipitations, évaporation, condensation, ruissellement et infiltration.

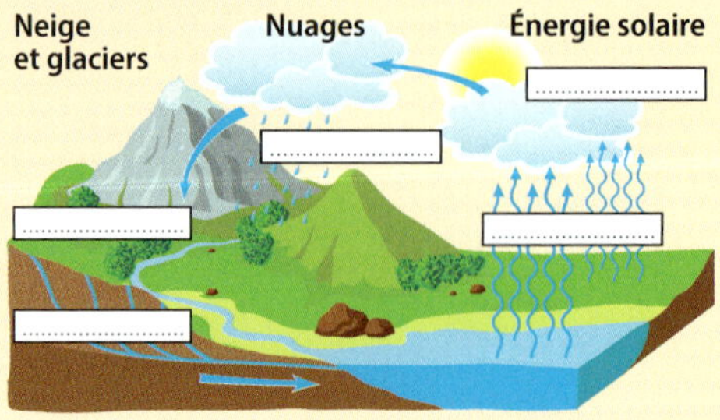


**5 Nommer le changement d'état de l'eau dans les trois cas suivants :**
a. liquide → solide
b. vapeur → solide
c. liquide → vapeur

## Comprendre et pratiquer les sciences

### Nature et élaboration du savoir scientifique

Construire le modèle héliocentrique : un cheminement jalonné de croyances, de débats, de controverses. > **Activité 1**

Comprendre le lien entre progrès techniques des outils d'observation et avancée des connaissances. > **Activité 1**

### Des pratiques scientifiques

Modéliser l'ensemble Lune-Terre-Soleil (phases visibles depuis la Terre). > **Activité 2**

Valider un caractère habitable d'exoplanète. > **Activité 3**

Utiliser des outils numériques pour estimer le volume d'un réservoir d'eau. > **Activité 4, exercices 7 et 8**

Utiliser des modèles pour expliquer des phénomènes astronomiques. > **Exercices 9 et 13**

Calculer la distance Terre-Lune. > **Exercice 11**

### Effets de la science sur les sociétés et sur l'environnement

Distinguer arguments scientifiques et croyances liés à la Lune. > **Exercice 12**

Comprendre comment exploiter les ressources de la Lune. > **Exercice 16**

Gérer quantitativement et qualitativement les réserves d'eau. > **Exercices 10, 14 et 15**

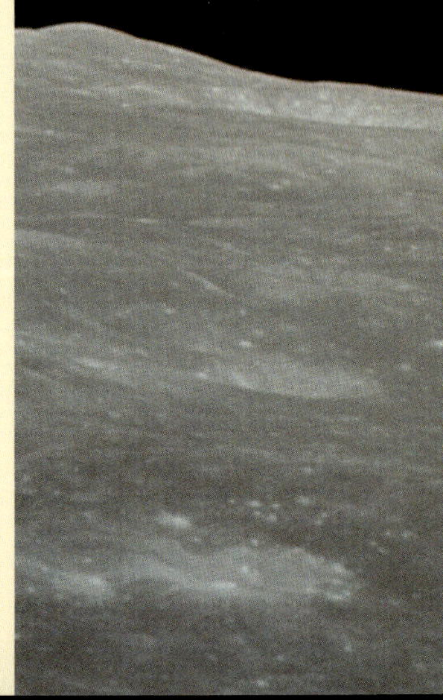

Chapitre 10

# La Terre dans l'Univers

Dans le référentiel héliocentrique, la Terre et les autres planètes du Système solaire tournent autour de notre étoile, le Soleil. Ce savoir nous semble naturel et pourtant, il a fallu des siècles pour le comprendre.
Notre planète est singulière dans le Système solaire : elle possède de l'eau liquide, à l'origine de la vie telle que nous la connaissons.
Comment ces savoirs ont-ils été construits au cours de l'histoire et comment les mobiliser au mieux pour gérer notre planète bleue ?

Histoire des sciences

# Activité 1 Représentation du Système solaire et place de la Terre

Dès les premières observations du ciel, les étoiles et les planètes ont été différenciées : les étoiles restent fixes les unes par rapport aux autres et les planètes se déplacent dans cette voûte céleste. C'est la raison pour laquelle les planètes sont dites « astres errants ». Comprendre l'organisation de l'Univers depuis la Terre, unique point de vue jusqu'au développement des missions spatiales, a été complexe.

**SAVOIR-FAIRE**

- Interpréter des documents présentant des arguments historiques pour discuter la théorie héliocentrique.

## Comment la représentation du Système solaire a-t-elle été construite au cours des siècles ?

### 1 Le mouvement des astres : une question de point de vue

Les savants grecs, tels Platon (428–348 av. J.-C.) ou Aristote (384–322 av. J.-C.) remarquent, lors d'observation du ciel toute une nuit, que la position des étoiles tourne autour de l'Étoile polaire. Pour cette raison, ils imaginent que les astres se déplacent autour de la Terre, sur des supports solides sphériques : c'est le géocentrisme.
Pour les Français Jean Buridan (1292-1363) et Nicole Oresme (1325-1382), il semble pourtant impossible de déterminer si c'est la Terre ou les astres qui sont en mouvement.

Positions des étoiles au cours de la nuit, centrées autour de l'étoile polaire

**MÉMO PHYSIQUE**

**Référentiel**

C'est un système de référence permettant de situer un objet ou un événement dans l'espace et dans le temps. Il est donc assorti d'un système de coordonnées spatiales et temporelles.
Dans le référentiel choisi, le mouvement d'un objet est décrit à partir d'un point de référence : l'observateur.
Exemple : pour un cycliste, le spectateur immobile qui le regarde passer est en mouvement (il se rapproche puis s'éloigne), alors que pour le spectateur, c'est le cycliste qui se déplace.

### 2 La vision géocentrique du cosmos dans l'Antiquité

**Le modèle d'Aristote**

Pour Thalès (625–547 av. J.-C.) et Pythagore (560-480 av. J.-C.), le cosmos est assimilé à une sphère, forme parfaite pour les philosophes, dans laquelle Soleil et étoiles tournent autour de la Terre. Ce modèle géocentrique est conforté par Platon et Aristote.

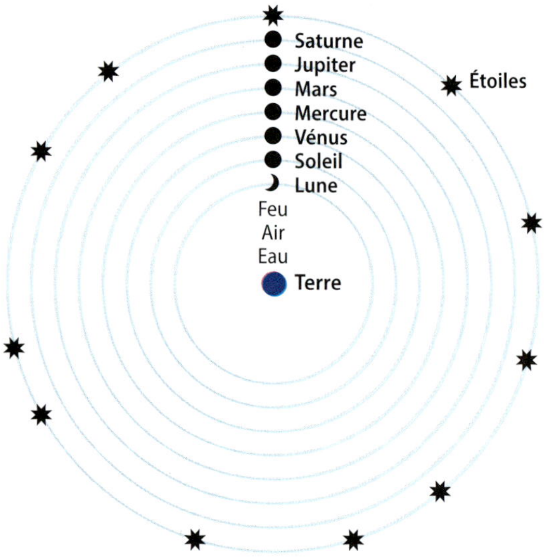


Source : planet-terre.ens-lyon.fr

**Le modèle de Ptolémée**

Les astronomes grecs Hipparque (190-120 av. J.-C.) puis Claudius Ptolémée (90-168) sont les premiers à calculer les trajectoires des astres. Selon le modèle de Ptolémée, les étoiles sont portées par une sphère extérieure et chaque planète se déplace sur un petit cercle (épicycle) qui parcourt un grand cercle (déférent). Ce modèle prédit de façon assez correcte le mouvement des astres et permet de prédire les éclipses.

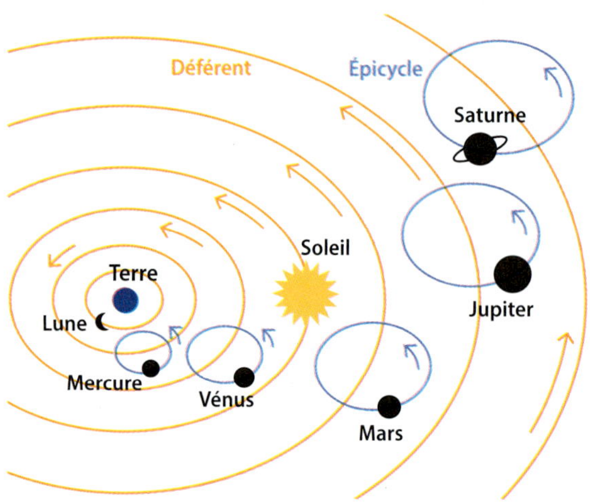


Source : astropolis.fr

hachette-clic.fr/24es1176 Pour en savoir plus sur les modèles géocentriques

## 3 Du géocentrisme à l'héliocentrisme

Au XII^e siècle, les textes scientifiques d'astronomie, écrits en grec et arabe, sont rassemblés et traduits en latin, permettant de compiler toutes les connaissances de l'époque. Des universités naissent au XIII^e siècle, favorisant le développement des connaissances.

**L'héliocentrisme de Copernic (1473-1543).** Toutes les planètes, dont la Terre, tournent sur elles-mêmes (rotation) et autour du Soleil (révolution). Ce modèle est révolutionnaire, mais passe inaperçu et n'est pas condamné par l'Église.

**Modèle de Tycho Brahe (1546-1601) :** premier observateur d'une supernova, immobile dans le ciel car très lointaine, et d'une comète, en mouvement dans le Système solaire, il invalide l'existence de sphères célestes solides. Cependant, il réfute l'idée de la rotation de la Terre.

**Giordano Bruno (1548-1600)** décrit un Univers infini, l'existence d'autres civilisations et affirme que le Soleil n'est que le centre du Système solaire, non de l'Univers. Pour ses théories héliocentriques, mais aussi ses discours outrageants concernant les dogmes religieux, il est arrêté, jugé et brûlé vif.

**Galilée (1564-1642),** grâce à l'amélioration des instruments d'observation, découvre les satellites de Jupiter, montrant ainsi qu'il existe d'autres centres de force que le Soleil ou la Terre. Ses observations fournissent des arguments physiques concrets pour l'adoption du système héliocentrique, qui est cependant proscrit par Rome en 1616. En 1632, pourtant, Galilée publie son traité sur l'héliocentrisme. À cette époque, le pape Urbain VIII, en difficulté à cause de querelles au sein de l'Église, veut faire preuve d'autorité.
Aucun blasphème (discours outrageant à l'égard de la religion) ne fut imputé à Galilée, mais il est condamné à se rétracter et à s'exiler en 1633. Afin d'éradiquer l'héliocentrisme du milieu scientifique, le pape fait diffuser la sentence parmi les professeurs de mathématiques et de philosophie. Les interdits religieux sont levés en 1741 par le pape Benoît XIV. Galilée sera réhabilité en 1992 par le pape Jean-Paul II.

## 4 L'orbite de la Terre et la gravité : Newton et Kepler

Dès 1600, en s'aidant de mesures expérimentales et d'observations, en particulier celles de Tycho Brahe, **Johannes Kepler (1630–1571)** établit des lois théoriques.

**Lois de Kepler**
Les orbites sont planes et en forme d'ellipse. Le Soleil est situé à un foyer de l'ellipse. La vitesse de rotation d'une planète est variable : plus faible quand elle s'éloigne du Soleil.

**Isaac Newton (1642–1727)** étudie la trajectoire des planètes et introduit la force de gravitation, dont il parvient à donner une expression mathématique. Le mouvement des planètes autour du Soleil est dû à la force d'attraction de celui-ci, ce qui explique leur orbite. Ainsi, Newton développe la mécanique céleste avec le formalisme mathématique qui la rend possible.

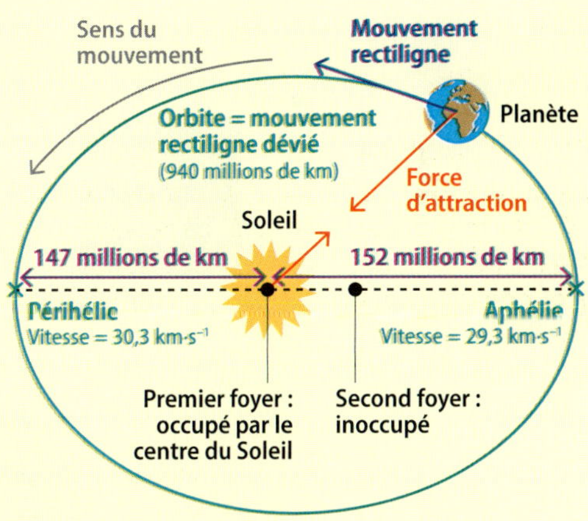


**hachette-clic.fr/24es1177** Article expliquant l'histoire de la gravité

## Consignes

1. À l'oral **Proposer** deux explications à l'observation du doc 1, chacune s'appuyant sur un raisonnement mené dans un référentiel différent.
2. **Identifier** les référentiels utilisés par Ptolémée et Copernic (docs 2 et 3).
3. **Identifier** les facteurs religieux, philosophiques et scientifiques qui ont contribué à la controverse autour de l'héliocentrisme (doc 4).
4. **Mettre en évidence** les étapes de la construction de la pensée scientifique et les conditions qui la rendent possible (docs 2 à 4).
5. **Calculer** la vitesse moyenne de la Terre sur son orbite dans son mouvement de révolution autour du Soleil, sachant que la période de révolution est de 365,25 jours (doc 4).

Modélisation

# Activité 2 La Lune, notre satellite

La Lune, considérée à tort comme l'astre de la nuit, est représentée traditionnellement en forme de croissant. Son allure change de jour en jour au cours du mois lunaire.

**Comment expliquer les différentes apparences de la Lune dans le ciel ?**

SAVOIR-FAIRE

Interpréter l'aspect de la Lune dans le ciel en fonction de sa position par rapport à la Terre et au Soleil.

## 1 Les différentes phases lunaires

La Lune est notre unique satellite naturel. La **phase lunaire** désigne la portion de Lune illuminée par le Soleil et visible de la Terre. En fonction de sa position sur son orbite, la Lune présente à la Terre une portion plus ou moins éclairée par le Soleil. La pleine Lune correspond à un alignement Soleil – Terre – Lune. La totalité du cycle lunaire dure 29,5 jours. La phase gibbeuse, lorsque plus de la moitié de la Lune visible est éclairée, est le meilleur moment pour l'admirer avec des jumelles ou une lunette astronomique.
Il est facile de modéliser cette interaction lumineuse Soleil – Terre – Lune avec du matériel simple.

hachette-clic.fr/24es1178

Carte d'identité de la Lune

| | |
|---|---|
| Distance à la Terre | 384 400 km |
| Rayon | 1 737 km |
| Gravité | 1,62 $m \cdot s^{-2}$ |
| Âge | 4,52 Ga |
| Température moyenne | – 73 °C |

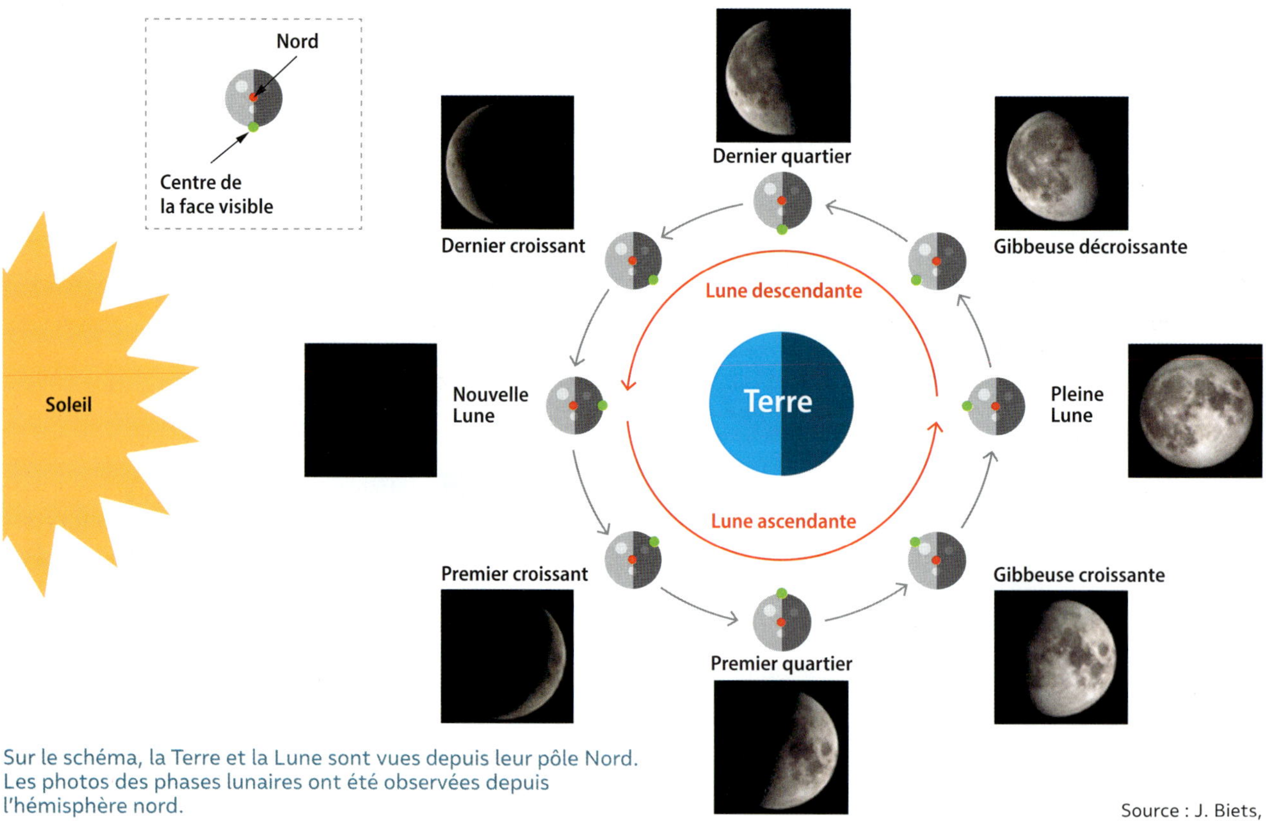


Sur le schéma, la Terre et la Lune sont vues depuis leur pôle Nord. Les photos des phases lunaires ont été observées depuis l'hémisphère nord.

Source : J. Biets, 2022

## Consignes

### Modélisation (niveau *)

1. **Mettre au point** et **réaliser** un montage modélisant les différentes phases lunaires photographiées, en précisant pourquoi elles se succèdent toujours dans le même ordre.

### Aller plus loin (niveau **)

2. **Justifier** que la Lune soit visible de jour comme de nuit.
3. **Indiquer** si la Lune a le même aspect depuis l'hémisphère sud.

# Activité 3 La Terre, seule planète habitable ?

Les deux tiers de la Terre sont couverts par des mers et océans. L'eau liquide, qui constitue environ 70 % des êtres vivants, est la source de la vie que nous connaissons.

**SAVOIR-FAIRE**

Étudier des données sur les exoplanètes en lien avec la zone d'habitabilité.

## Occupons-nous la seule planète habitable ?

### 1 L'eau liquide, condition fondamentale pour le développement de la vie

Des études expérimentales ont permis de déterminer l'état de l'eau pour toutes les conditions de pressions et températures possibles : c'est le diagramme de phase (attention, dans le graphique ci-dessous, l'échelle des données est logarithmique).

Diagramme de phase de l'eau

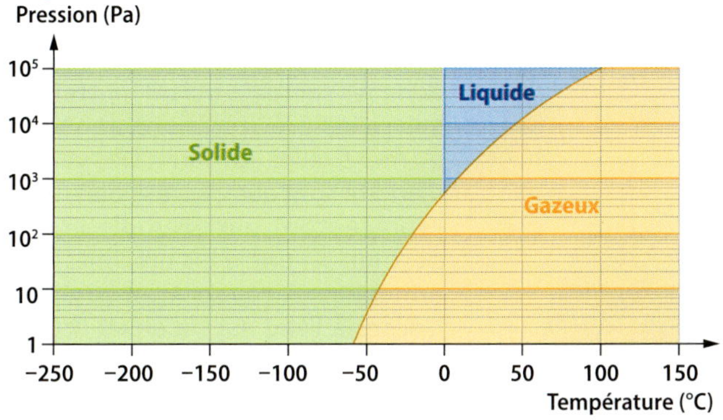


Les conditions de surface sur la Terre, la Lune et Mars

| Astre | Terre | Lune | Mars |
|---|---|---|---|
| Température | − 90 à + 60 °C | − 247 à + 120 °C | − 143 à + 20 °C |
| Pression atmosphérique | $10^5$ Pa<br>Eau : oui | $3 \cdot 10^{-10}$ Pa<br>Eau : non | 600 Pa<br>Eau : oui |

Région de Reull Vallis sur la planète Mars
La sonde Raven a montré que le vent solaire a emporté une grande partie de l'atmosphère martienne.

### 2 Zone d'habitabilité et vie extraterrestre

Les pressions et températures des exoplanètes sont aujourd'hui inaccessibles. La température est estimée en fonction de la puissance de l'étoile (corrélée à sa masse) et de la distance à l'étoile. Une gravité suffisante est nécessaire pour avoir une atmosphère et donc un éventuel effet de serre. On définit une zone habitable, comme la région autour d'une étoile où l'eau éventuelle peut être liquide.

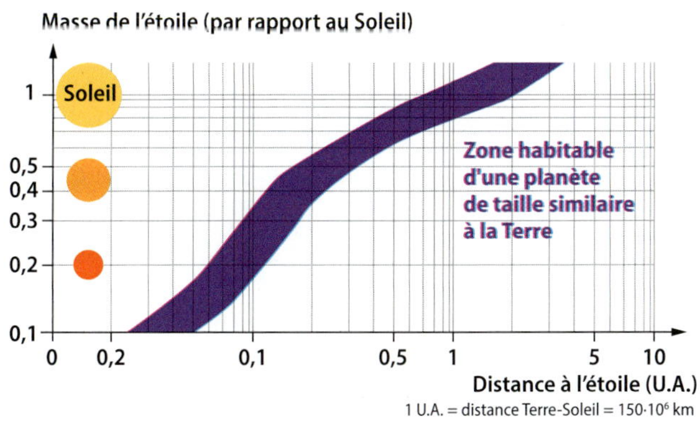


### 3 Des exoplanètes habitées ?

Des milliers d'exoplanètes ont été recensées depuis 1995. Leurs caractéristiques sont étudiées grâce à des télescopes puissants permettant d'analyser les espèces chimiques en fonction de spectrogrammes.
K2-18b possède les signatures spectrales de $H_2O$, $CO_2$, $CH_4$ et DMS (diméthylsulfide), une molécule produite par le phytoplancton sur Terre.

| Astre étudié | Terre | K2-18b | Kepler 22b | TOI-1489 b |
|---|---|---|---|---|
| Nom de l'étoile | Soleil | K2-1 | Kepler | Gliese 892 |
| $\frac{\text{masse de l'étoile}}{\text{masse du Soleil}}$ | 1 | 0,4 | 0,97 | 0,8 |
| Distance à l'étoile | 1 U.A. | 0,14 U.A. | 0,85 U.A. | 0,04 U.A. |
| Signature spectrale de l'eau | oui | oui | ? | ? |
| Atmosphère | oui | oui | oui | inconnue |
| Température moyenne | − 90 à + 60 °C | − 23 à + 27 °C | 21 °C ± 55 °C | − 104 °C |

Source : *The Astrophysical journal Letters* 959 (2023)

## Consignes TRAVAIL EN GROUPE

**Groupe 1** Eau

1. **Placer** la Terre, Mars et la Lune sur le diagramme de phase. **Conclure** sur la présence d'eau liquide (doc 1).
2. **Proposer** une hypothèse à l'observation de vallées creusées par l'eau sur Mars (doc 1).

**Groupe 2** Exoplanètes

3. **Lister** les critères à prendre en compte pour estimer le caractère habitable d'une planète (docs 1 et 2).
4. **Identifier** la ou les exoplanète(s) susceptible(s) d'être habitable(s). **Argumenter** (docs 2 et 3).

Numérique

# Activité 4 L'eau sur Terre, une ressource précieuse

L'eau liquide est la singularité de la Terre : elle représente 1,4 milliard de km$^3$, soit une sphère de 1 300 km de diamètre (1/1 000$^e$ de la masse de la Terre). L'accès à l'eau est une condition indispensable à la vie et aux activités humaines. Pourtant, de nombreuses populations ont un accès limité à cette ressource.

**SAVOIR-FAIRE**

- Décrire la répartition de l'eau douce dans le monde.
- Estimer le volume d'une réserve d'eau douce à partir de données fournies.

## Comment est répartie l'eau sur Terre ? Comment peut-on estimer le volume d'eau disponible ?

### 1 Répartition moyenne des 1,4 milliard de km$^3$ d'eau superficielle sur Terre et principaux transferts (flux) entre ces réservoirs

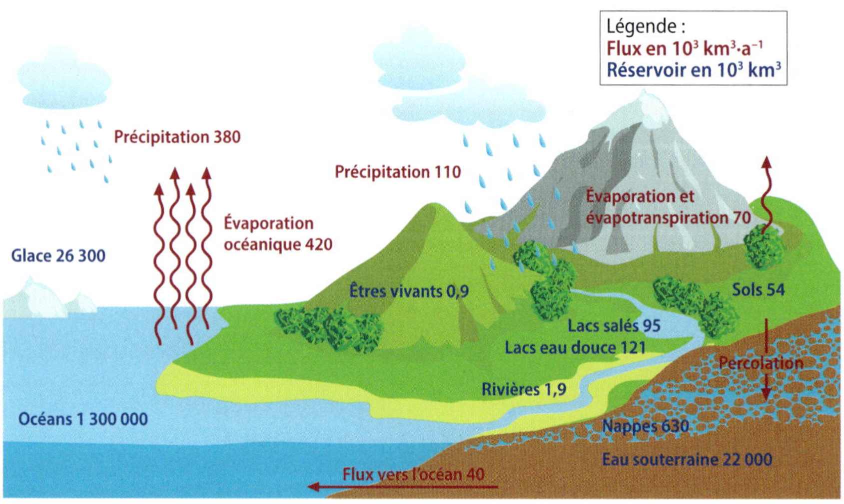


Source : d'après B. Abbott et al, *Nature* (2019)

### 2 Une répartition inégale sur Terre

La FAO (*Food and Agricultural Organisation*) a rassemblé de nombreuses données sur l'eau, qui permettent de suivre les précipitations annuelles ou mensuelles sur Terre. Des valeurs d'aridité sont aussi accessibles : elles représentent par exemple le rapport (en %) entre les précipitations annuelles et l'évapotranspiration. L'accès à l'eau est un enjeu majeur de l'humanité. D'après l'OMS, le stress hydrique touche un pays qui a moins de 1 700 m$^3$ d'eau par an et par habitant. On parle de pénurie si le volume est inférieur à 1 000 m$^3$ par an et par habitant.

**hachette-clic.fr/24es1179** Protocole 1
Les précipitations inégales sur Terre et l'aridité

**hachette-clic.fr/24es1180** Protocole 2
Les pays en stress ou pénurie hydrique

### 3 L'eau souterraine

Dans le sol, l'eau est contenue dans des roches poreuses ou fissurées, appelées aquifères. L'eau s'y infiltre jusqu'à une couche imperméable constituant la base. L'eau contenue représente la nappe souterraine, dite phréatique si elle est directement liée à la surface. Un aquifère possède une capacité de stockage de l'eau liée à son volume et sa porosité (c'est-à-dire le volume d'espace disponible pour l'eau). La nappe phréatique d'Alsace est l'une des plus grandes de France. L'eau circule à travers des alluvions (graviers grossiers) dont la porosité est très élevée, de l'ordre de 10 %, ce qui signifie que 10 % du volume de l'aquifère peut être rempli d'eau. Un Système d'Information Géographique (SIG, outil de cartographie et d'analyse de données spatialisées) permet de mesurer sa réserve en eau.

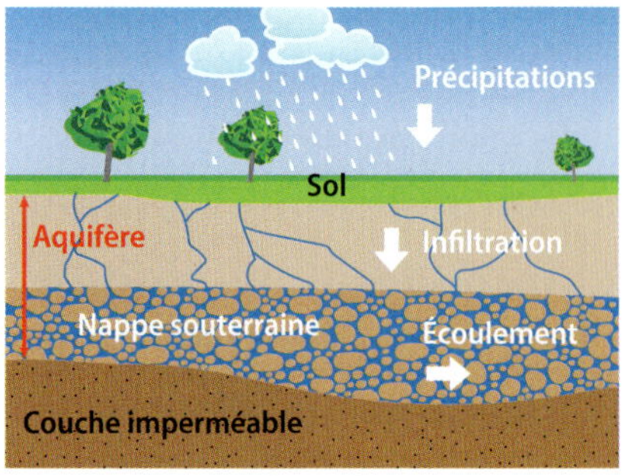


Source : d'après eaufrance.fr

**hachette-clic.fr/24es1181** Protocole 3 – Estimer la quantité d'eau disponible dans le sol

## Consignes

1. **Identifier** les réservoirs d'eau douce et les **classer** par volume décroissant (doc 1). **Calculer** le pourcentage d'eau douce totale puis d'eau douce liquide disponible (rivières, lacs et nappes).
2. **Protocole 1 (doc 2). Décrire** l'apport en eau par les pluies en fonction de la latitude et établir une corrélation entre précipitations et aridité des terres africaines.
3. **Protocole 2 (doc 2). Déterminer**, parmi les pays suivants, ceux qui sont en stress hydrique ou en pénurie d'eau : France, Belgique, Grèce, Algérie, Cameroun, Qatar, Éthiopie, Danemark.
4. **Protocole 3 (doc 3). Calculer** le volume de l'aquifère d'Alsace et le volume d'eau dans la nappe phréatique d'Alsace. **Comparer** ce volume aux prélèvements d'eau dans la plaine d'Alsace par l'activité humaine, qui sont estimés à 590 millions de m$^3$·a$^{-1}$ (donnée BRGM 2015).

# Le cours

## 1 La Terre dans le Système solaire, une longue histoire scientifique

● Les mouvements des étoiles et des planètes sont perceptibles depuis la Terre, mais décrire les mouvements de ces astres nécessite le choix d'un référentiel. Les savants antiques, dont Aristote et Ptolémée, utilisaient le référentiel géocentrique : la Terre au centre de l'Univers et tous les autres corps célestes orbitant autour d'elle. Cependant, cette vision du monde ne permettait pas de décrire de façon satisfaisante tous les mouvements des astres.

L'introduction de l'héliocentrisme (la Terre tourne autour du Soleil) par des scientifiques tels que Copernic et Galilée a bouleversé la vision établie depuis des siècles en remettant en question les croyances et le modèle géocentrique largement accepté à l'époque.

● Certains facteurs ont contribué à la controverse autour de l'héliocentrisme. Tout d'abord, les autorités religieuses étant puissantes, contredire le géocentrisme était considéré comme une menace. Ensuite, jusqu'à l'époque de Copernic, les instruments d'observation étaient limités, ce qui rendait difficile l'interprétation du ciel. Les observations précises de Brahe et Galilée ont fait avancer la vision céleste. Puis, sur ces observations, se sont construites les avancées conceptuelles : théories de Kepler et Newton. Finalement, l'héliocentrisme a fini par l'emporter grâce à l'accumulation de preuves scientifiques solides au fil du temps.

## 2 La Lune, notre satellite

● Unique satellite naturel, la Lune tourne autour de la Terre sur une orbite quasiment circulaire, inclinée de 5,09° par rapport au plan de l'écliptique (orbite terrestre). Comme la Terre, la Lune est éclairée par le Soleil. Vue de la Terre, cette portion éclairée ne représente qu'une partie de la surface lunaire. Chaque jour, la portion éclairée diffère, allant d'une Lune quasiment invisible (nouvelle lune) lorsqu'elle est située entre la Terre et le Soleil, à une pleine lune totalement éclairée quand elle est dans l'alignement Soleil – Terre : on dit que sa phase change.

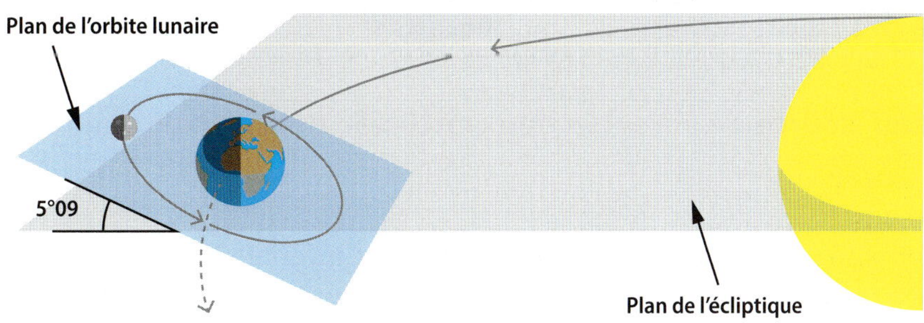


hachette-clic.fr/24es1182 Animation : la face cachée de la Lune

● Les périodes de révolution de la Lune autour de la Terre et de rotation sur elle-même sont identiques, de 27,3 jours : la Lune présente donc toujours la même face vers la Terre. Cependant, la durée entre deux pleines lunes est 29,5 jours. Ceci est dû au fait que, lorsque la Lune réalise un tour complet de la Terre, la Terre a avancé sur son orbite et Terre et Lune ne sont plus alignées avec le Soleil. Il faut 2,2 jours supplémentaires pour que l'alignement se réalise et que la Lune nous apparaisse de nouveau pleine.

● Du fait de sa masse et de sa proximité avec la Terre, la Lune exerce une force gravitationnelle sur la Terre (marées). La lumière qu'elle réfléchit peut jouer également sur la vie des êtres vivants. Cependant, certaines croyances sont associées, sans fondement scientifique, à l'influence de la Lune.

## Le cours

# 3 L'eau sur Terre

## a. L'eau, molécule de la vie

● La Terre est une planète particulière car elle a de l'eau liquide à sa surface, ce qui a permis le développement de la vie. L'origine de cette eau est pour une grande part un dégazage des roches profondes constituant la Terre et pour une autre part un apport par des astéroïdes. La gravité de la Terre a permis de retenir cette eau, même gazeuse, alors qu'elle s'est échappée d'autres planètes.

● Outre la gravité, la distance Terre-Soleil et la puissance du Soleil contrôlent la température de surface et autorisent la coexistence de l'eau sous ses trois états. L'état liquide constitue 70 % des organismes vivants. L'atmosphère, par son effet de serre, joue également un rôle important sur la température terrestre. Pour savoir si la vie telle que nous la connaissons peut exister ailleurs dans l'Univers, on a défini la zone d'habitabilité : la distance entre une planète de taille comparable à la Terre et son étoile telle que la présence permanente d'eau liquide est possible.

## b. L'eau superficielle sur Terre, une ressource à préserver

● L'eau superficielle sur Terre est majoritairement salée (97 %), alors que c'est l'eau douce que nous prélevons le plus pour nos usages. Sous forme liquide et accessible, l'eau douce représente moins de 1 % des stocks disponibles.

La part d'eau douce sur Terre

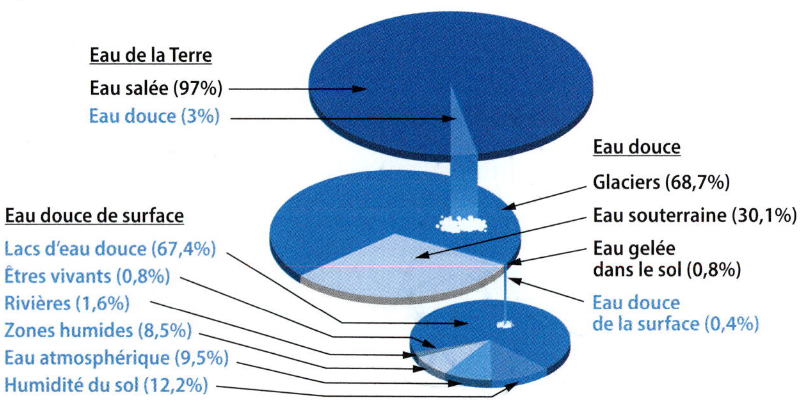


Source : Office international de l'eau

## c. L'eau, source de vie selon deux critères : quantité et qualité

● Aspect quantitatif. L'eau sur Terre est inégalement répartie dans l'espace : les précipitations diffèrent selon les latitudes et l'évaporation est importante dans les zones arides. Le stress hydrique concerne les pays dont la ressource en eau est inférieure à 1 700 $m^3$ par habitant et par an. La pénurie est atteinte à moins de 1 000 $m^3$ d'eau par habitant et par an.

La quantité d'eau présente aussi des variations temporelles. En Europe, les précipitations ont lieu lors des saisons froides, mais les besoins en eau sont intenses en été (cultures). Une gestion raisonnée est nécessaire pour éviter des conflits entre usagers et préserver les écosystèmes de prélèvements trop importants : sobriété des consommations, augmentation des capacités de stockage, rénovation des réseaux, etc.

● Aspect qualitatif. Il existe aussi des inégalités fortes pour l'accès à l'eau potable pouvant être bue par les humains sans risque pour la santé, c'est-à-dire sans micro-organismes pathogènes ou substances chimiques indésirables. Dans le monde, l'accès à l'eau potable est problématique pour 2,2 milliards de personnes. L'amélioration de l'assainissement, la réduction des pollutions et la rationalisation de l'utilisation des ressources en eau pourraient améliorer cette situation. (source : Nations Unies, 2023)

# Carte Mentale

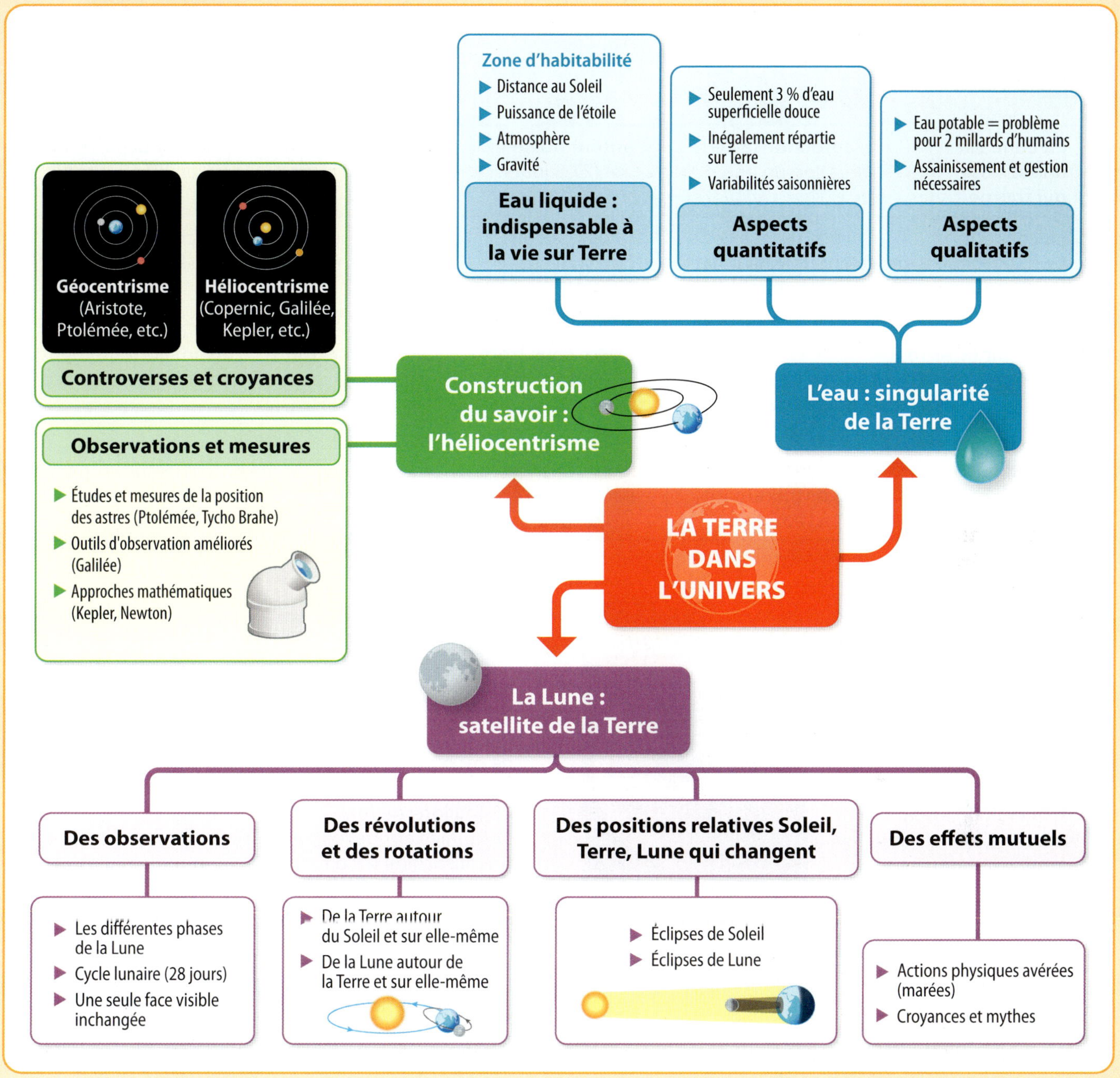


## FLASH CARDS MOTS-CLÉS

● **Mémorisez les mots-clés du chapitre grâce aux cartes mémo !**

hachette-clic.fr/24es1183

référentiel

référentiel héliocentrique

référentiel géocentrique

phases de la Lune

trois états de l'eau

zone d'habitabilité

ressource en eau

eau superficielle

# Exercices Tester ses connaissances

## QCM

CORRIGÉ p. 248

Pour chaque question, indiquer la (ou les) bonne(s) réponse(s).

Version interactive hachette-clic.fr/24es1184

| | a | b | c | d |
|---|---|---|---|---|
| **1** La Lune est un satellite qui tourne : | autour de la Terre en un an. | autour du Soleil en 27,3 jours. | autour de la Terre en 27,3 jours. | autour de la Terre en 29,5 jours. |
| **2** La conception de l'héliocentrisme s'est appuyée sur : | une innovation technique, la lunette astronomique. | des calculs de trajectoire des astres par les mathématiciens. | des arguments tirés des écrits religieux. | la compréhension de la gravitation. |
| **3** L'eau sur la Terre : | est une caractéristique unique car seule la Terre en possède. | existe sous trois états. | a été importante pour la naissance de la vie. | est majoritairement sous forme de glace. |
| **4** L'eau douce est : | potable contrairement à l'eau salée. | surtout présente sur Terre à l'état de glace. | prélevée en majorité pour les usages domestiques. | inégalement répartie dans le monde. |

## 5 Phase de la Lune

L'image de la Lune observée depuis un point situé en France est reproduite ci-contre.
**Identifier la phase correspondante et dessiner la position des astres afin d'expliquer une telle image.**

## 6 Vrai ou faux ?

CORRIGÉ p. 248

**Indiquer si les affirmations suivantes sont vraies ou fausses, les corriger si besoin.**

a. Galilée est le premier à avoir postulé que la Terre tourne autour du Soleil.
b. La Lune peut être visible en plein jour.
c. Les avancées scientifiques sont souvent permises par des innovations techniques, comme la lunette astronomique.
d. Les nappes d'eau souterraines sont trop profondes pour être captées.
e. L'eau est dite potable quand elle ne présente pas de danger pour la santé.

## 7 Une vaste nappe d'eau sous la Beauce

La Beauce, région agricole à l'ouest de Bourges, compte plus de 3 000 puits pour irriguer et arroser ses cultures (blé, orge, colza, etc.). Les agriculteurs pompent annuellement entre 150 et 450 millions de $m^3$ d'eau. Le prélèvement en eau potable atteint 80 millions de $m^3$, tandis que l'industrie utilise 20 millions de $m^3$.
Les pluies annuelles fournissent en moyenne un milliard de $m^3$ d'eau (soit 110 mm de pluie).
Le sous-sol renferme une nappe dans un aquifère de surface 10 000 $km^2$, dont la porosité moyenne des roches est de 4 %. Les forages révèlent la profondeur de sa base argileuse imperméable :

| Profondeur | Nature de la roche | Âge de la roche |
|---|---|---|
| 0 à 2 m | Limons | Quaternaire |
| 2 à 31 m | Calcaire de Pithiviers | Aquitanien supérieur |
| 31 à 34 m | Molasse du Gâtinais | Aquitanien |
| 34 à 57 m | Calcaire d'Étampes | Stampien |
| 57 à 61 m | Argiles vertes | Stampien |
| 61 à 69 m | Calcaire de Morancez | Éocène |
| 69 à 80 m | Argile à silex | Éocène |

1. **Calculer le volume de l'aquifère et sa capacité de stockage d'eau.**
2. **Calculer le volume d'eau de la nappe phréatique lorsque son niveau est à 20 m de profondeur.**
3. **Comparer la réserve aux prélèvements et à l'apport annuel d'eau par les pluies.**

# Exercice résolu

## 8 Les grands réservoirs d'eau douce mondiaux

Les précipitations et les réserves d'eau douce liquide superficielle sont inégalement réparties sur Terre et varient avec la latitude. Les océans, avec une superficie de 360 millions de km², représentent 71 % de la surface du globe. Ils sont aussi inégalement répartis : 80 % de la superficie de l'hémisphère sud est océanique contre seulement 60 % de l'hémisphère nord.
(Source : F. Saur, Géographie physique, 2012).

### 1 Précipitations moyennes globales selon la latitude

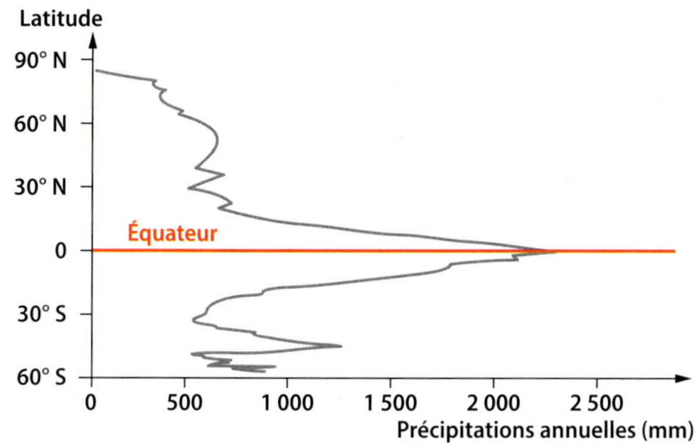


Source : J. Milliman & K. Farnsworth (2013)

### 2 Réservoirs d'eau douce disponibles selon la latitude et le type de milieux

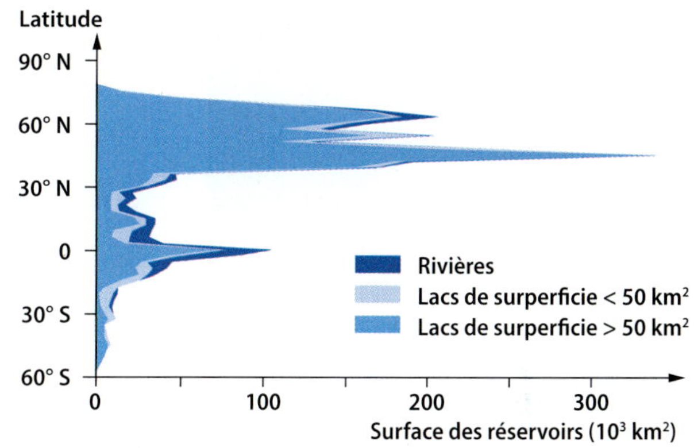


Source : B. Lehner & P. Döll, *Journal of Hydrology*, 2004

### 3 Quelques réservoirs d'eau douce dans le monde

La totalité des eaux douces mondiales situées dans les lacs est de 121 000 km³. Parmi les réservoirs se trouvent quelques lacs majeurs, comme les Grands lacs américains ou le lac Baïkal en Sibérie (Russie).

| Lac | Supérieur | Michigan | Huron | Ontario | Baïkal |
|---|---|---|---|---|---|
| Superficie (km²) | 82 400 | 58 100 | 59 600 | 18 960 | 31 500 |
| Profondeur maximale (m) | 406 | 280 | 229 | 244 | 1 642 |
| Profondeur moyenne (m) | 147 | 84 | 59 | 86 | 845 |
| Volume (km³) | 121 128 | 4 880 | 3 540 | 1 640 | 26 620 |

1. **Comparer** les graphiques des docs 1 et 2 et **identifier** la contradiction apparente entre les précipitations et les réserves d'eau douce.
2. **Expliquer** en quoi la répartition des continents lève cette contradiction.
3. **Déterminer** quelles proportions d'eau douce mondiale représentent les Grands lacs américains et le lac Baïkal.

## Conseils

**Penser à bien chiffrer** les comparaisons pour argumenter avec rigueur

**Imaginer le cycle de l'eau douce** au-dessus d'un continent ou d'un océan.

## Solution

**1.** Les pluies sont localisées principalement dans la zone intertropicale, avec des valeurs supérieures à 2 000 mm · a⁻¹. Malgré une quantité importante d'eau douce au sud de l'équateur (sur 120 000 km²), c'est dans l'hémisphère nord que se situe la majorité des eaux douces, principalement dans des grands lacs (recouvrant jusqu'à 350 000 km² à la latitude 45° N). La contradiction est donc que ce n'est pas où il pleut le plus que les ressources en eau sont les plus abondantes en surface.

**2.** Dans l'hémisphère sud, la surface de la Terre est surtout océanique. L'eau des pluies se mêle à l'eau salée océanique et ne constitue donc pas de réservoir d'eau douce. L'hémisphère nord, davantage constitué de continents, héberge des lacs, vastes réservoirs d'eau douce. Il pleut donc moins sur l'hémisphère nord, mais la vaste surface continentale abrite de grands réservoirs.

**3.** La somme des Grands lacs américains représente 22 173 km³, à comparer à 121 000 km³ de tous les lacs mondiaux. Ils représentent donc à eux seuls 18,3 % des réserves d'eau douce des lacs du monde ! Le lac Baïkal représente à lui seul 22 % de l'eau douce lacustre !

# Exercices Développer ses compétences

## 9 Les éclipses, des alignements particuliers

Sur la photo ci-dessous de l'éclipse solaire totale de 2017, on peut observer la couronne solaire, visible uniquement pendant une éclipse totale. La photo de l'éclipse lunaire a été prise en 2003 par la fenêtre de l'ISS.

Éclipse solaire

Éclipse lunaire

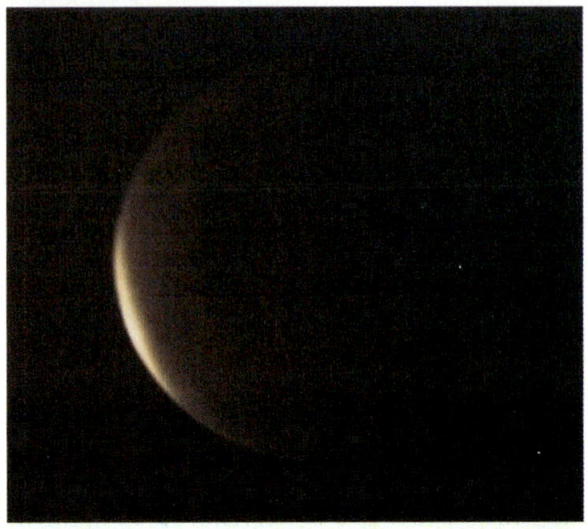

**Données**

| Astre | Lune | Soleil |
|---|---|---|
| Distance à la Terre | 384 400 km | 149 597 870 km |
| Rayon | 1 737 km | 696 340 km |

1. **Schématiser** les conditions nécessaires pour observer une éclipse solaire et une éclipse lunaire.
2. **Expliquer** pourquoi il est possible d'observer des éclipses totales de Soleil.

## 10 Des actions bénéfiques pour la qualité de l'eau

CORRIGÉ p. 248

Science et société

Les rejets des activités humaines vers les rivières sont néfastes pour l'environnement. Il est néanmoins possible d'y remédier. Les phosphates sont utilisés comme engrais et se trouvaient également en grande quantité dans les lessives. Leur effet est de stimuler la croissance végétale, ce qui conduit dans les lacs à une prolifération excessive des algues, déstabilisant l'écosystème et diminuant la quantité de dioxygène dans l'eau... Ce phénomène s'appelle l'eutrophisation.

### 1 Évolution de la quantité de phosphore total dans les eaux du lac Léman

L'objectif à atteindre pour pouvoir limiter durablement la croissance des algues dans la couche superficielle d'eau du lac est de moins de 15 µg de phosphore par L.

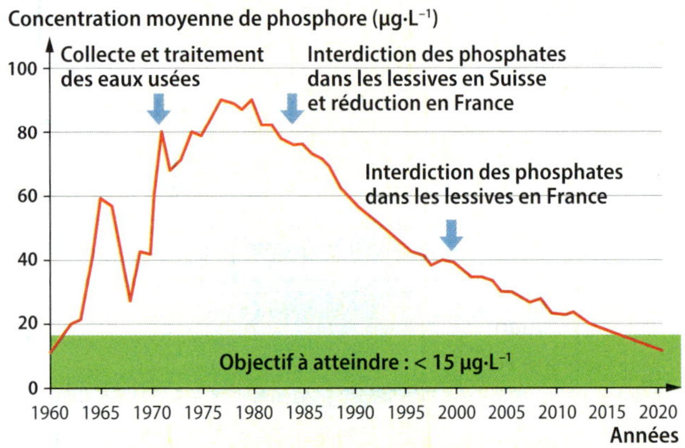


Source : Commission Internationale pour la Protection des Eaux du Léman

### 2 Évolution de la quantité de fertilisants phosphorés livrée par hectare (ha) de surface fertilisable

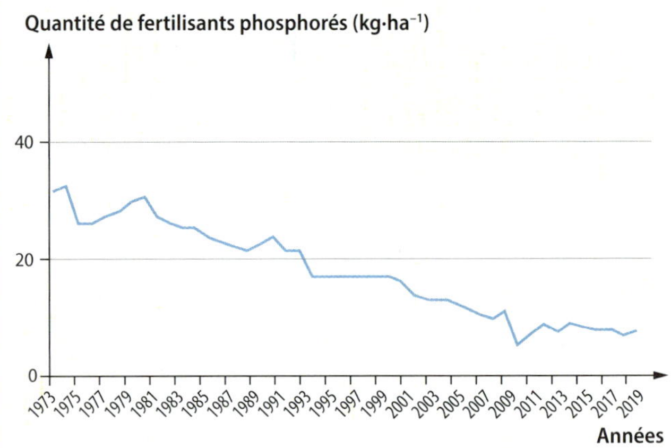


Source : rapports OFB et SDES, Eaux et milieux aquatiques, 2020

1. **Lister** les mesures prises par les collectivités afin de diminuer la pollution phosphatée du lac Léman. **Montrer** qu'elles sont la réponse à une prise de conscience et à des décisions des instances de gestion du territoire.
2. **Discuter** l'efficacité de ces mesures et la rapidité de leurs effets.

## 11 Calculer la distance Terre–Lune

Le 21 juillet 1969 a démarré une expérience scientifique sans précédent : l'expérience « laser-Lune ». Les astronautes Neil Armstrong et Buzz Aldrin ont déposé sur la Lune un réflecteur qui, depuis 50 ans, est utilisé pour mesurer la distance Terre–Lune. Cinq réflecteurs sont aujourd'hui présents sur la Lune. L'expérience « laser-Lune » a pour but de déterminer précisément la distance Terre–Lune. Le principe est la mesure de la durée T d'aller-retour d'une impulsion laser émise du sol terrestre vers un réflecteur lunaire. La précision de la mesure repose sur l'utilisation d'horloge atomique pour connaître la durée de l'aller-retour du laser, dont la vitesse est celle de la lumière dans le vide.
Dans ce calcul, l'influence de l'atmosphère terrestre est négligée.

Station de télémétrie laser de Goddard (États-Unis)

Réflecteur (1 m × 0,6 m) déposé sur la Lune lors de la mission Apollo 14 (1971)

hachette-clic.fr/24es1187
Pour aller plus loin : vidéo

**Données :** vitesse de la lumière $c = 299\,792\,458\ m \cdot s^{-1}$
Les valeurs obtenues (distance Terre-Lune) sur de longues périodes sont comprises entre 362 600 km et 405 400 km, avec une valeur moyenne de 384 402 km. Par ailleurs, cette valeur moyenne augmente d'environ 3,8 $cm \cdot a^{-1}$.

| Date de la mesure | Heure de la mesure | Durée T de l'aller-retour en s |
|---|---|---|
| 27/11/2002 | 04 h 43 min 26 s | $24\,216\,009\,976\,909 \cdot 10^{-13}$ |
| 29/11/2002 | 04 h 43 min 41 s | $24\,648\,468\,652\,614 \cdot 10^{-13}$ |

Source : Cité des Sciences, Paris

1. **Calculer** la distance Terre–Lune aux deux dates indiquées.
2. La précision de la mesure du temps étant de l'ordre de 100 ps, **indiquer** la précision atteinte pour la distance.
3. **Formuler** deux hypothèses expliquant les deux valeurs mesurées.
4. **Interpréter** l'augmentation de la distance Terre–Lune et proposer un avenir au couple Terre–Lune.

## 12 Les effets de la Lune sur la Terre : entre mythe et réalité

**Exercer son esprit critique**

Les marées constituent un effet démontré de l'influence combinée de la Lune et du Soleil, énormes masses d'attraction sur la Terre. Cependant, de nombreux autres effets sont attribués à la Lune, comme le nombre de naissances, la croissance des salades ou le taux d'agressions. Sont-ils démontrés scientifiquement ? La croyance qu'il existe un rapport entre pleine lune et accouchement provient en partie des durées quasiment identiques du cycle lunaire et du cycle menstruel de la femme. Ainsi entend-on que les naissances sont plus nombreuses en pleine lune. Qu'en est-il ?
Les données ci-après sont issues d'une étude scientifique portant sur 38,7 millions de naissances en France pendant 50 ans, du 1er janvier 1968 au 31 décembre 2017.
(Source : F. Chambat, CR Académie des Sciences, 2018)

### 1 Naissances par jour entre 1968 et 2017

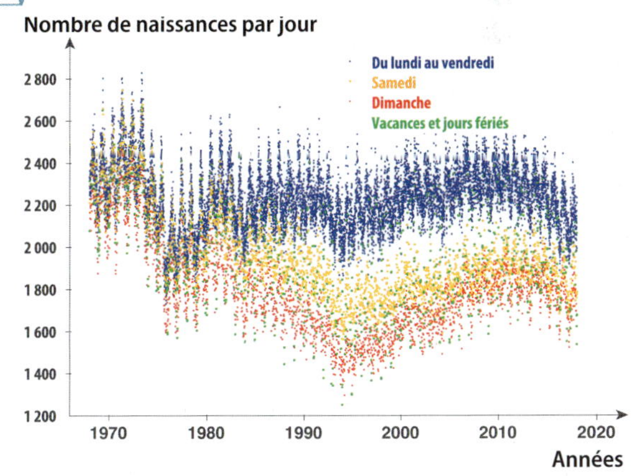


### 2 Nombre moyen de naissances en fonction des phases de la Lune

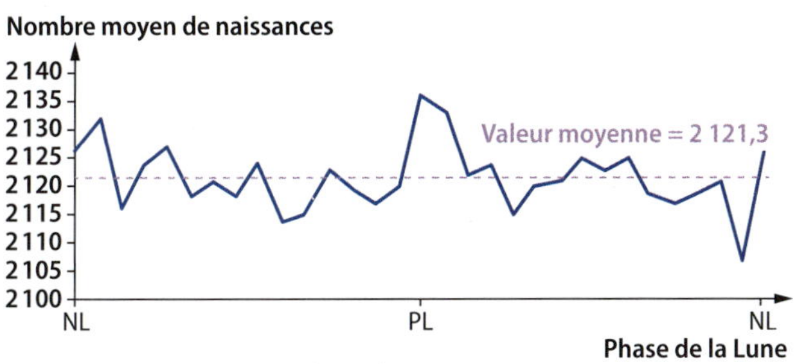


NL : nouvelles lunes – PL : pleines lunes

1. **Dénombrer** les naissances lors des pleines lunes et **calculer** la variation (en %) par rapport à la moyenne (doc 2).
2. Sachant qu'il y a 471 maternités en France en 2021, **estimer** si cet effet est observable dans une maternité.
3. **Conclure** quant à l'influence de la Lune sur les naissances.
4. **Discuter** de l'effet du jour de la semaine sur le nombre de naissances (doc 1). Le **comparer** à celui de la phase de la Lune. **Proposer** une explication à ces différences quotidiennes.

## 13 Un croissant de Terre

L'image ci-dessous, prise par la sonde Galiléo à 6 200 000 km du système Terre-Lune met particulièrement en évidence les tailles du même ordre de grandeur de la Terre et la Lune.

### 1 La Terre et la Lune photographiées par la sonde Galileo alors en route pour Jupiter (16 décembre 1992)

### 2 Deux croissants de Terre vus depuis la Lune

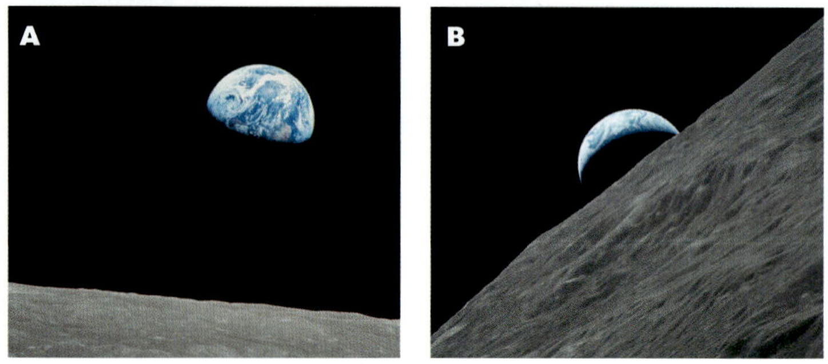


1. **Interpréter** l'image de Galileo (doc 1) en indiquant par un schéma où sont le Soleil et la sonde Galileo.
2. Parmi les deux propositions du doc 2, **choisir** l'aspect le plus probable de la Terre observée depuis la Lune.

## 14 Le stress hydrique et ses enjeux

Exercer son esprit critique

Lorsque la demande en eau dépasse les ressources disponibles, surgit alors un phénomène plus ou moins critique : le stress hydrique. Il est atteint lorsque l'accès en eau est de moins de 1 700 m$^3$ par habitant et par an. Ce volume d'eau reflète non seulement la consommation d'eau bue par la population, mais aussi l'eau nécessaire à la culture des aliments, à la fabrication industrielle des équipements…
Les pays présentant un stress hydrique sont de plus en plus nombreux.

### 1 Prélèvement d'eau à l'échelle mondiale depuis 1900

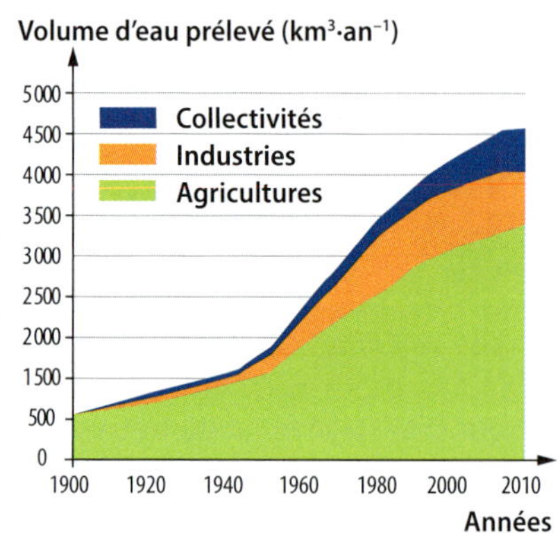


Source : FAO dans le rapport de l'ONU (2020)

### 2 Nombre d'habitants dans la population mondiale

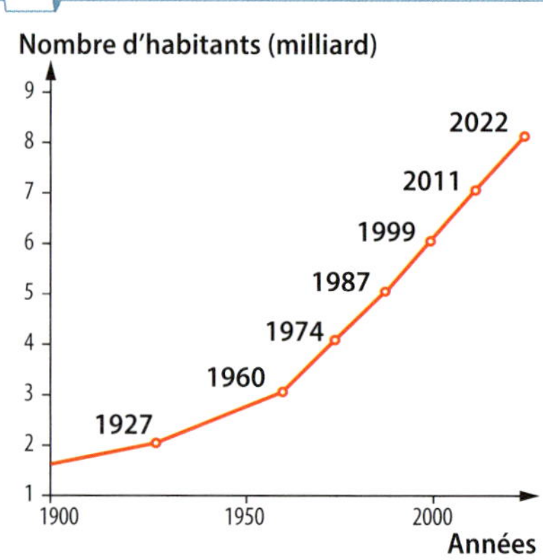


### 3 Des leviers pour atténuer le stress hydrique : le choix des cultures

Les productions végétale et animale consomment de l'eau. L'empreinte hydrique est la consommation d'eau par unité de masse consommable produite.

| Aliment | Légume | Céréale | Légumineuse | Fruit | Œuf | Poulet | Porc | Bœuf |
|---|---|---|---|---|---|---|---|---|
| Empreinte hydrique en L·kg$^{-1}$ | 320 | 1 644 | 4 055 | 962 | 3 265 | 4 325 | 5 988 | 15 415 |
| Teneur énergétique en kcal·kg$^{-1}$ | 240 | 3 208 | 3 412 | 460 | 1 425 | 1 440 | 2 786 | 1 513 |
| Teneur protéique en g·kg$^{-1}$ | 12 | 80 | 215 | 5 | 111 | 127 | 105 | 138 |

Source : *Water Footprint Network*

1. **Comparer** les allures des courbes des docs 1 et 2 afin d'établir une corrélation entre ces données.
2. **Formuler** des hypothèses expliquant le lien entre population et prélèvement d'eau.
3. **Calculer** l'empreinte hydrique de chaque aliment par calorie et par gramme de protéine (doc 3). Indiquer les deux aliments les plus économes en eau pour leur apport calorique. Même question pour leur apport protéique.
4. **Imaginer** une réponse à une personne vous disant après lecture de ce tableau « Pour diminuer notre consommation en eau, il faut uniquement manger des fruits et des légumes ». Proposer un argumentaire contradictoire.

## 15 L'eau potable en Guadeloupe, un problème sanitaire

**Science et société**

L'eau distribuée par le réseau d'eau potable de Guadeloupe provient pour 70 % des rivières, pour 20 % de sources et pour 10 % de forages qui exploitent les eaux souterraines. Le pompage total de l'eau pour le réseau d'eau potable vers les consommateurs représentait 73,1 millions de m$^3$ d'eau en 2016. Le réseau de canalisations est très ancien et peu entretenu. Les habitants consomment en moyenne 182 L par jour. Ils étaient 397 000 habitants en 2016.

Sources : Dossier ANSES 2021, guadeloupe.gouv.fr et chlordecone-infos.fr

### 1 Risque sanitaire

Près de 70 % des 27 stations d'épuration de l'île ne sont plus aux normes, mais la qualité de l'eau est satisfaisante sur 98,7 % des analyses en 2017. Les analyses non conformes portent sur un polluant chimique : la chlordécone.
Depuis 1972, la chlordécone a été appliquée sur le sol des parcelles de bananiers afin de lutter contre la larve du charançon noir (*Cosmopolites sordidus*). L'arrêt des épandages date de 1993, mais la molécule persiste très longtemps dans les sols.

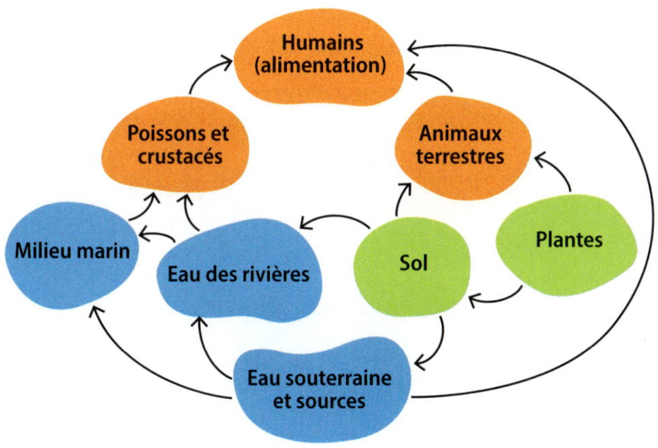


Transferts du chlordécone dans l'écosystème

### 2 Qualité de l'eau

À la suite d'études épidémiologiques et toxicologiques sur des animaux, l'institut de recherche ANSES a publié une recommandation : au-delà de 0,17 µg de chlordécone absorbé par kg de poids corporel et par jour, la santé est mise en danger.

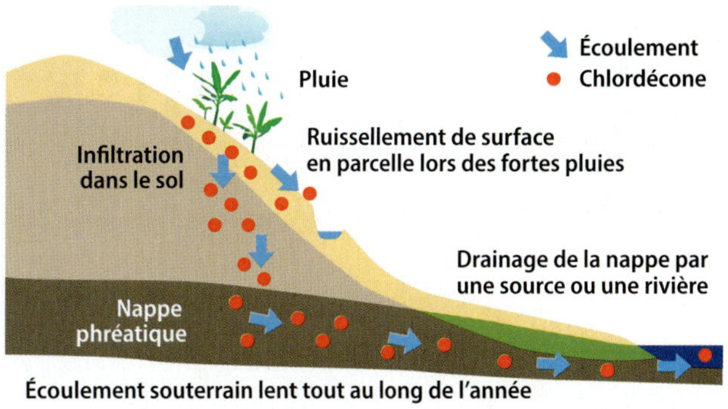


1. **Calculer** la consommation d'eau totale des Guadeloupéens en 2016.
2. **Calculer** la différence entre le volume d'eau mis dans le réseau et celui réellement sorti des robinets. Comment peut-on **expliquer** une telle différence ?
3. **Expliquer** par quel(s) moyen(s) une molécule libérée dans le sol des bananeraies peut contaminer les habitants de l'île. Quelle recommandation peut-on donner aux habitants de l'île ?
4. Sachant qu'un kg de chair de poissons peut contenir jusqu'à 50 µg de chlordécone, **calculer** la quantité maximale qu'un homme de 70 kg peut manger par jour.
5. **Proposer** des pistes pour améliorer la gestion des ressources en eau de la Guadeloupe, d'un point de vue quantitatif et qualitatif.

## 16 Les ressources lunaires… sans propriétaire ?

**À l'oral !**

Parmi les ressources lunaires, se trouve l'hélium 3, très abondant dans la poussière lunaire et crucial pour la production d'énergie par fusion nucléaire. Sur Terre, il est rare et cher : 16 millions de dollars par kg (2011). Huit régions lunaires de 50 km de large, riches en hélium 3, suscitent une vive convoitise, à seulement « 3 jours » de voyage… Le stock total est estimé à 100 000 tonnes.
Les États-Unis et la Chine investissent beaucoup dans des programmes de conquête lunaire, mais d'autres pays suivent. Ainsi, la marque anglaise Rolls-Royce prévoit de construire un réacteur nucléaire sur la future base lunaire.

**Sources possibles**
- Dossier Espace de Polytechnique Insights, 2022
- Accords Artemis, NASA, 2022
- F. Gass, Courrier International, 2011
- J. Colin et al, FranceInfo, 2022

**À qui appartient la Lune ?**

**1966.** Traité de l'espace : base juridique internationale qui accorde une liberté d'accès des États, mais l'espace n'appartient à personne. Aucun lieu ne peut devenir une propriété privée.
**2017.** Le président américain Donald Trump lance « Artemis », programme de construction d'une infrastructure durable sur la surface de la Lune. Les États-Unis présentent les accords Artémis, amenés à être ratifiés par 24 pays partenaires. Dans ces accords, l'usage de l'espace doit être pacifique. « Les signataires notent que l'utilisation de ressources spatiales peut profiter à l'humanité en offrant un soutien essentiel pour la réalisation d'activités sûres et durables. » (extrait des accords, paragraphe 10).
**2023.** Les parlementaires français réclament un accord sous l'égide de l'ONU et appellent l'agence spatiale européenne (ESA) à s'emparer du sujet.

1. En vous appuyant sur les documents ci-dessus, **effectuer des recherches** sur :
   - l'utilisation et l'exploitation de l'hélium 3 ;
   - le coût financier et énergétique de l'exploitation de la Lune ;
   - le statut de la Lune ;
2. **Organiser** un débat entre les partisans et opposants à l'exploitation de la Lune.

Pour comprendre le monde

# L'eau potable

**Boire de l'eau est vital : notre organisme est constitué d'environ 65 % d'eau. Or nous en perdons quotidiennement (urine, transpiration, selles et respiration). Il est alors indispensable de s'hydrater. Cependant, toute eau est-elle bonne à boire ?**

La rivière du Verdon (France) parcoure environ 166 kilomètres avant de se jeter dans la Durance.

## Qu'est-ce qu'une eau potable ?

Une eau potable est une eau qu'on peut boire sans risque pour la santé. Elle doit être exempte de tout micro-organisme pathogène (bactérie, virus, parasite) et de toute substance chimique indésirable (nitrates, plomb, pesticide, hydrocarbure...). À l'inverse, elle doit contenir des éléments minéraux nécessaires à l'organisme : sels minéraux (calcium, magnésium...) et certains oligo-éléments (fluor, fer, zinc...). Pour être légalement déclarée « potable », la composition de l'eau doit respecter des normes strictes.

## Peut-on boire l'eau douce qui nous entoure ?

L'**eau de pluie** directement récoltée est acide et très pauvre en éléments minéraux. De plus, les gouttes de pluie se chargent en composés chimiques au contact de particules polluantes de l'air traversé. L'eau de pluie récupérée depuis les gouttières se charge en métaux et micro-organismes issus des toitures. Dans le récupérateur d'eau, les micro-organismes prolifèrent... Il ne faut pas la boire ! Cependant, elle convient pour arroser les jardins. Boire **l'eau des flaques, des lacs et des rivières** ? Comme l'eau de pluie, cette eau contient des bactéries, virus et parasites. Plus une eau est stagnante et plus elle risque d'être impropre à la consommation : la température augmente et des bactéries s'y développent.

## Et l'eau de mer ?

L'eau de mer contient environ 35 g.L$^{-1}$ de sels contre seulement 9 g.L$^{-1}$ dans notre organisme. Boire de l'eau de mer revient à remplir notre intestin d'une eau plus salée que notre organisme. Le corps réagit :

– l'eau quitte nos cellules, passe dans l'intestin pour y diluer le surplus de sel, mais cela génère des diarrhées ;

– du sel pénètre notre organisme et perturbe fortement son fonctionnement ; de plus, les reins évacuent cet excès de sels en produisant une urine abondante.

Tout ceci génère un grand volume d'eau perdue, bien supérieur au volume ingéré : boire de l'eau de mer nous déshydrate !

## Que boivent alors les animaux marins ?

La majorité des mammifères marins ne boit pas : vivant dans l'eau, ils se déshydratent peu et ont donc de faibles besoins. L'eau contenue dans les poissons de l'alimentation des otaries leur suffit (alors que nos aliments n'apportent que 20 % de nos besoins en eau). Les dauphins, eux, sont capables de recycler leur eau métabolique. Un autre mécanisme existe : expulser le surplus de sel de l'organisme. Pour cela les oiseaux de mer et tortues utilisent des glandes sécrétrices spécialisées et les poissons marins leurs branchies.

Sources : Pr D. Allemand, *La gazette du Centre Scientifique de Monaco*, 2013

Mouette buvant de l'eau de mer (*Leucophaeus atricilla*)

## Les eaux de source ?

Issues de nappes d'eaux souterraines non polluées, profondes ou protégées, les **eaux de source** sont naturellement propres à la consommation humaine et sans subir de traitement de désinfection.
Les **eaux minérales** sont des eaux de source particulières : leurs teneurs en éléments minéraux et en oligo-éléments leur confèrent des vertus thérapeutiques. Cependant, leur consommation n'est pas toujours recommandée.
Ces eaux sont captées sur des territoires protégés de toute pollution. Il existe un peu plus d'une centaine de sources exploitées commercialement sur le territoire français de métropole et d'outre-mer.

Source : *Sagascience*, CNRS, dossier scientifique : l'eau

## Comment rendre une eau potable ?

**• Par traitement dans des usines d'eau potable**
L'eau distribuée au robinet en France provient à 62 % de captages d'eau souterraine et 38 % d'eau de surface (rivière, torrents...). Elle est rendue potable par des traitements successifs, adaptés à la qualité de l'eau de départ.

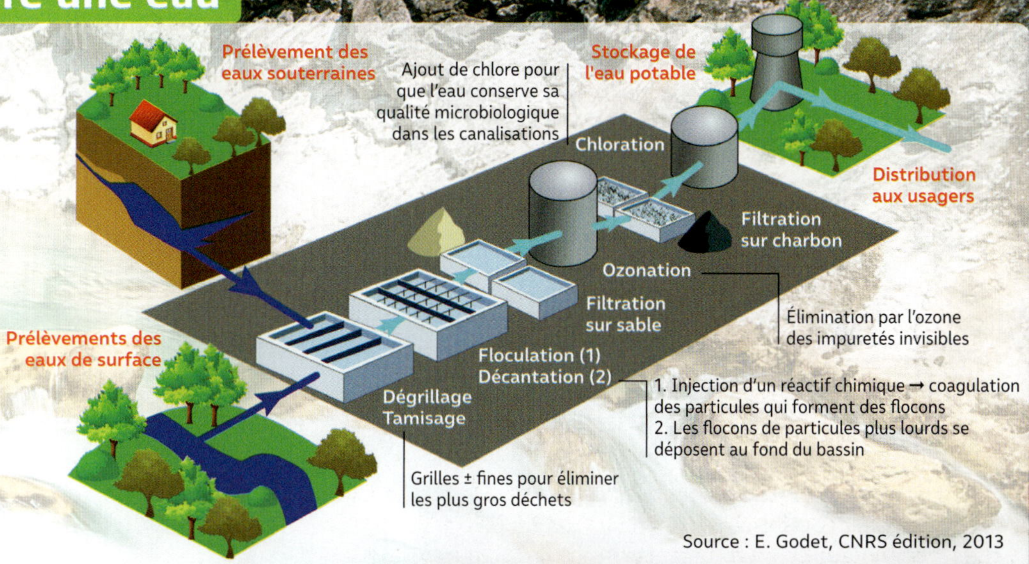


Source : E. Godet, CNRS édition, 2013

**• Par des systèmes locaux**
Les techniques ancestrales de filtration par des argiles ou des céramiques sont aujourd'hui modernisées afin d'améliorer leur efficacité. Ces systèmes éliminent petites particules, polluants mais aussi pathogènes, sans adjonction de produits chimiques. Certains systèmes augmentent la capacité de filtration grâce à une pompe fonctionnant à l'énergie solaire. Les systèmes sont améliorés à l'aide d'imprimantes 3D optimisant la forme des filtres.

Lors de randonnées, on peut utiliser des pastilles désinfectantes (à base de chlore et d'ions argent) ou des filtres dans des pailles qui stoppent les micro-organismes. Faire bouillir l'eau est aussi un moyen simple !

**• En dessalant l'eau de mer ?**
En 2023, le groupe français Véolia a dessalé 13 millions de $m^3$ d'eau par jour dans 108 pays. Il existe deux types de procédés. Dans les deux cas, il est nécessaire de reminéraliser l'eau pour la rendre potable. L'inconvénient est le fort coût énergétique et financier.
1. La **distillation** consiste à évaporer l'eau de mer, soit en utilisant la chaleur des rayons solaires, soit dans une chaudière. Seules les molécules d'eau s'échappent, laissant en dépôt sels dissous et autres substances contenues dans l'eau de mer. Condenser la vapeur d'eau ainsi obtenue restitue une eau douce.
2. L'**osmose inverse** débute par une filtration et désinfection de l'eau de mer. On applique ensuite à cette eau salée une pression contre une membrane qui ne laisse passer que les molécules d'eau, récupérées de l'autre côté.

**Vidéo.** www.veolia.com/fr/dessalement-leau-mer

**EN BREF !!**

L'eau liquide, caractéristique de notre planète et indispensable à la vie telle que nous la connaissons ne semble pas être une ressource épuisable. Pourtant, l'eau potable, à cause de la pollution des réserves et de l'accroissement des populations, peut venir à manquer et devenir une source de conflits. Une perspective intéressante, avec une technologie de moins en moins coûteuse et de plus en plus performante, serait le dessalement de l'eau de mer.

La bioacoustique et l'éco-acoustique sont deux disciplines dans lesquelles l'enregistrement et l'étude des sons de la nature. Ces sons sont ceux des organismes vivants, animaux et végétaux, mais aussi les sons dits naturels et ceux produits par l'espèce humaine. Enregistrer la nature permet, par exemples, l'étude de la communication animale, le suivi de populations ou l'estimation de la biodiversité.

THÈME 4

# Son, musique et audition


11 Son et musique ..... 194

12 Le son, une information à coder ..... 212

13 Entendre et protéger son audition ..... 228

# Déjà VU Déjà SU ?

**Pour chaque question, indiquer la ou les bonne(s) réponse(s).**

Enregistrement de sons à l'aide d'un logiciel

Son 1 : guitare 1

Tension U (en mV)

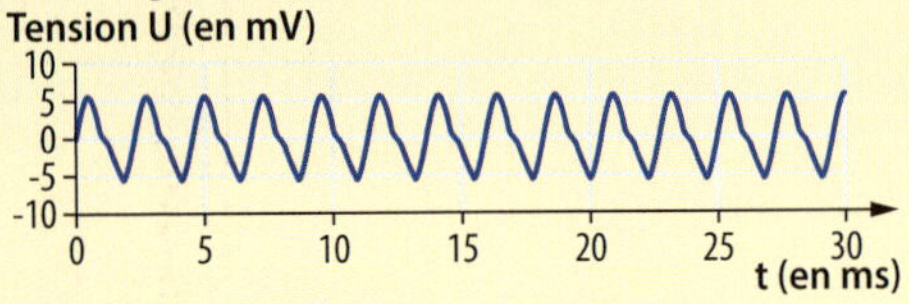


Son 2 : guitare 2

Tension U (en mV)

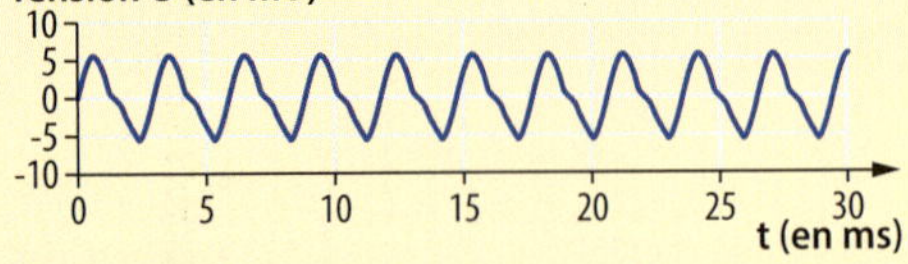


Son 3 : clavier

Tension U (en mV)

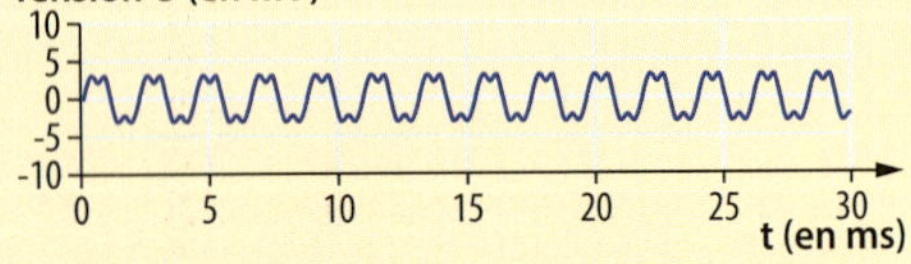


**1 Le phénomène physique à l'origine du son émis par une guitare est :**

a. le pincement de la corde.
b. la vibration de la corde.
c. la tension de la corde.

**2 Le phénomène physique à l'origine de la propagation du son est :**

a. la vibration des couches d'air.
b. une onde.
c. la fréquence du son.

**3 Le son 1 joué par la guitare :**

a. est plus aigu que le son 2 joué par la guitare.
b. est plus grave que le son 2 joué par la guitare.
c. est de même hauteur que le son 2 joué par la guitare.
d. est de même hauteur que le son 3 joué par le clavier.

**4 L'intensité sonore du son 3 est plus faible que l'intensité sonore du son 1 car :**

a. le son 1 est plus haut que le son 3.
b. l'amplitude du signal associé au son 3 est plus faible que l'amplitude du signal associé au son 1.
c. le son 3 n'est pas sinusoïdal.
d. le son 3 vibre plus.

**5 Les signaux associés aux sons 1 et 3 joués par la guitare et le clavier n'ont pas la même forme. On dit alors que les deux sons possèdent :**

a. le même timbre.
b. des timbres différents.
c. des caisses de résonance différentes.
d. des propagations différentes.

## Comprendre et pratiquer les sciences

### Des pratiques scientifiques

Utiliser un logiciel pour visualiser et analyser des spectres de sons purs et composés. > **Activités 1 et 4, exercices 7 et 12**

Mesurer l'intensité sonore. > **Activité 3**

Comparer les sons émis par différents instruments. > **Activités 2 et 4, exercice 12**

Construire un instrument de musique. > **Activité 4**

### Effets de la science sur les sociétés et sur l'environnement

Savoir distinguer intensité sonore et niveau d'intensité sonore. > **Activité 3**

Comprendre l'échelle des décibels et son importance dans la préservation de sa santé sonore. > **Exercice 16**

Les bases de la reconnaissance vocale. > **Exercice 10**

La production des sons chez les animaux. > **Exercices 15 et 17**

La voie humaine : production et analyse. > **Exercices 14 et 17**

Chapitre 11

# Son et musique

Nous percevons notre environnement à l'aide de signaux reçus, porteurs d'informations, notamment des signaux de nature sonore. Les scientifiques ont réussi à comprendre les phénomènes physiques à l'origine du son et de sa propagation. L'être humain a harmonieusement combiné les sons depuis l'Antiquité pour produire de la musique.

Numérique

# Activité 1 Sons et instruments de musique

Dans un orchestre, différents instruments jouent en même temps, de façon harmonieuse. Alors que l'ensemble des musiciens exécutent la partition en suivant les directives du chef d'orchestre, il est possible de distinguer le son émis par les violons du son émis par les clarinettes ou même de celui de la harpe.

**Comment, grâce à l'étude des ondes sonores, est-il possible de comprendre les différences des sons joués par des instruments de musiques différents.**

**SAVOIR-FAIRE**

- Utiliser un logiciel permettant de visualiser le spectre d'un son.

## 1 Un son pur

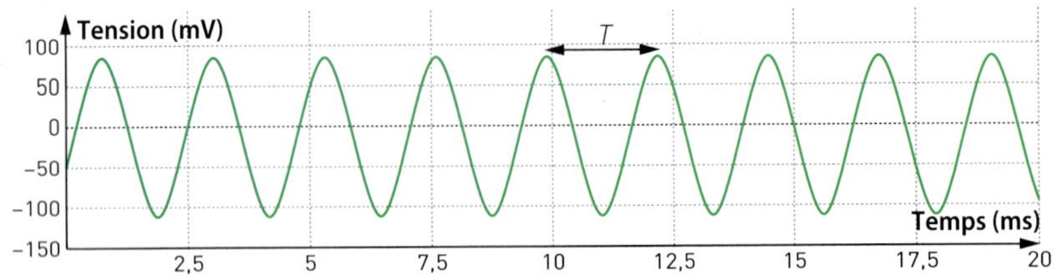

Signal du son d'un diapason

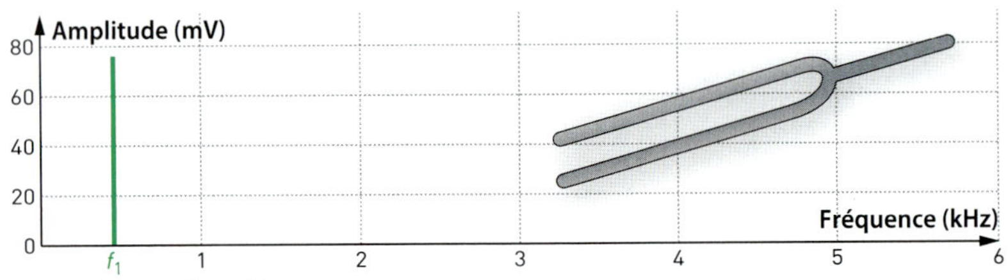

Spectre du son d'un diapason

L'enregistrement du son émis par un diapason donne un signal **sinusoïdal** : c'est un **son pur**.
Chaque note de musique possède une fréquence propre, appelée **hauteur**. La hauteur du diapason ici est de 440 Hz, ce qui correspond à un « La ».

## 2 Mixer des sons purs

Il est possible d'additionner des sons purs de fréquences multiples pour former un son composé, c'est-à-dire un son ayant un motif non sinusoïdal qui se répète.

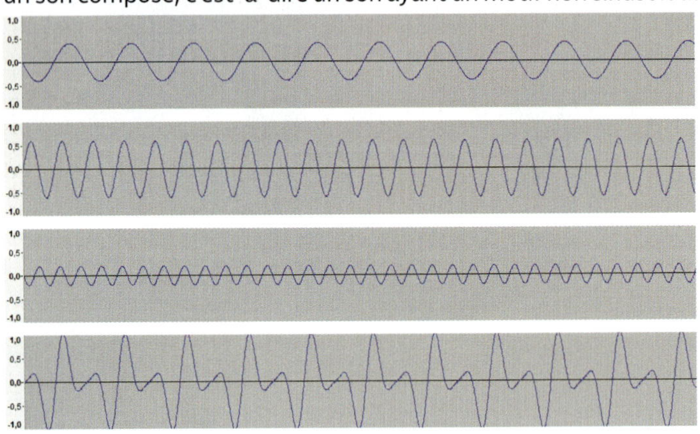

Signal de fréquence 300 Hz

Signal de fréquence 600 Hz

Signal de fréquence 900 Hz

Signal obtenu par mixage (addition) des pistes 1, 2 et 3

**VOCABULAIRE**

**Timbre :** ensemble des caractéristiques qui permettent d'identifier un instrument ou un type de voix.
Il permet de distinguer deux sons de même hauteur (hertz) et de même intensité (décibel).

$T$ : période (s)

$\text{Fréquence (Hz)} = \frac{1}{T}$

**MÉMO SCIENCES**

L'**analyse spectrale**, utilisant la théorie de Joseph Fournier (1768-1830), permet de décomposer un son composé en la somme de sons purs.
Le **spectre d'un son** est un diagramme obtenu à l'aide d'un logiciel (comme Audacity), en portant en ordonnées les amplitudes des sons purs qui entrent dans sa composition, en fonction de leur fréquence portée en abscisse. Il permet ainsi de visualiser simplement la fréquence fondamentale et les fréquences des harmoniques, mais aussi de quantifier leur importance dans le son par leur amplitude.

## 3 Analyser un son composé

Beaucoup d'instruments de musique émettent des sons composés, associés chacun à un signal périodique non sinusoïdal. Un son composé correspond à la somme de plusieurs sons purs.

Signal du son

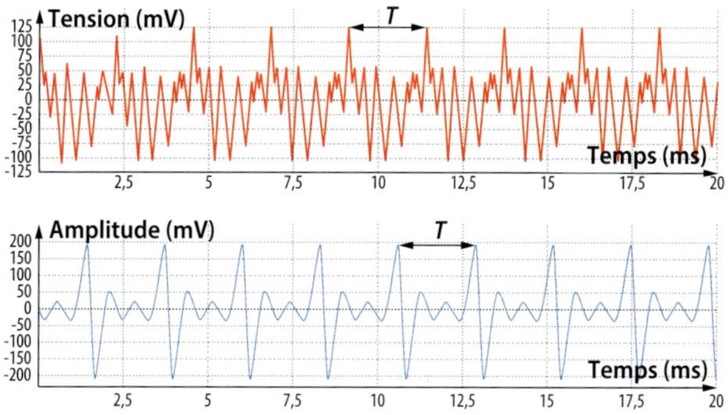


Spectre du son

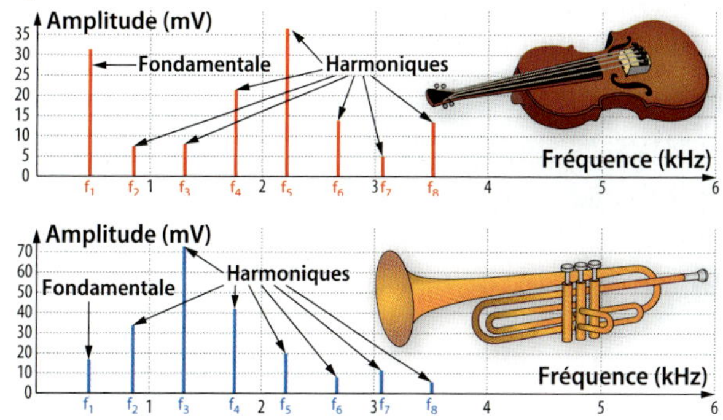


## 4 Étude d'une note jouée par un trombone

Enregistrement d'une note au trombone au cours du temps

La courbe obtenue est appelée enveloppe du son.

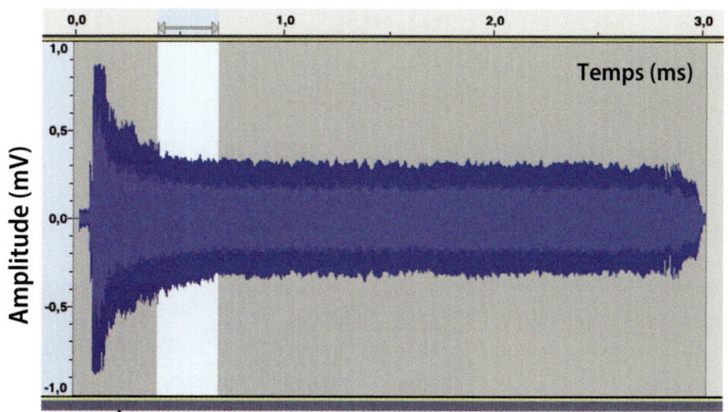


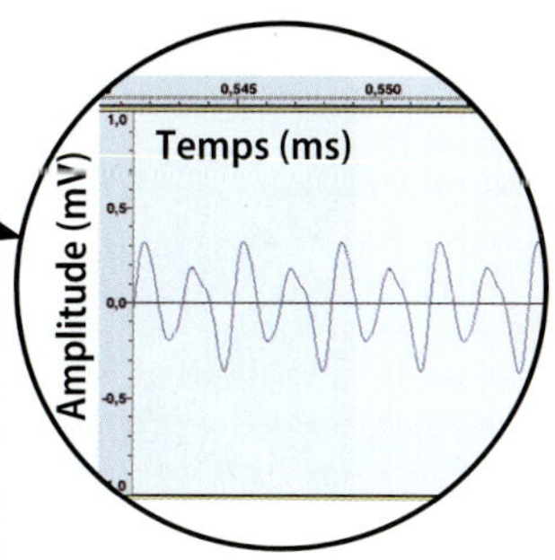


Zoom de l'enregistrement précédent sur quelques dizaines de millisecondes

Analyse spectrale de la note jouée par le trombone

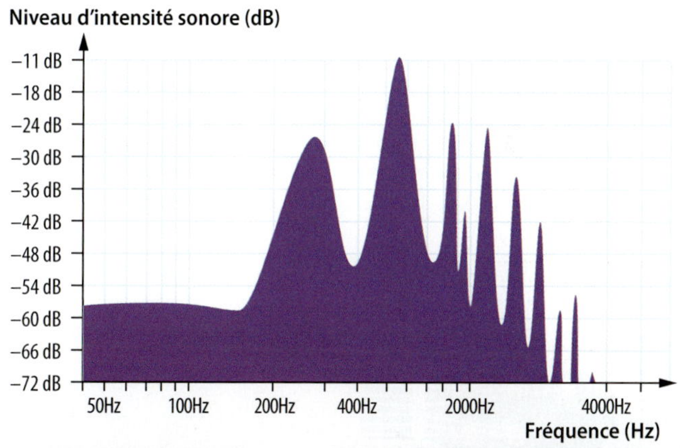

**hachette-clic.fr/24es1197** Protocole sur le logiciel Audacity

## Consignes

### Utiliser le logiciel Audacity

1. À l'aide du logiciel Audacity, **enregistrer** la note jouée par l'un des instruments de la banque de son (doc 4).
2. **Réaliser** le spectre en fréquences du son enregistré (doc 4).

### Sons purs et sons complexes

3. À l'aide du zoom (doc 4) sur l'enregistrement précédent (quelques dizaines de millisecondes), **expliquer** si le son enregistré est pur ou non. Justifier (doc 1).
4. À l'aide du spectre en fréquences, montrer que le son produit par l'instrument est composé (docs 2 et 3).
5. **Montrer** que les fréquences des harmoniques sont des multiples entiers de la fréquence fondamentale.

### Comparaison de sons joués par des instruments différents

6. À l'oral **Expliquer** pourquoi notre oreille peut aussi différencier les sons émis par les instruments étudiés.

# Activité 2 Cordes vibrantes et instruments à cordes

Les cordes vibrantes produisent des sons en mettant en mouvement les molécules d'air autour d'elles. On en retrouve par exemple dans les instruments à cordes ou dans le phénomène de production de la voix.

**Quels paramètres influencent la fréquence fondamentale du signal sonore émis par une corde vibrante ?**

**SAVOIR-FAIRE**

- Relier qualitativement la fréquence fondamentale du signal émis aux caractéristiques d'une corde vibrante.

## 1 Gamme occidentale de Do à 7 notes

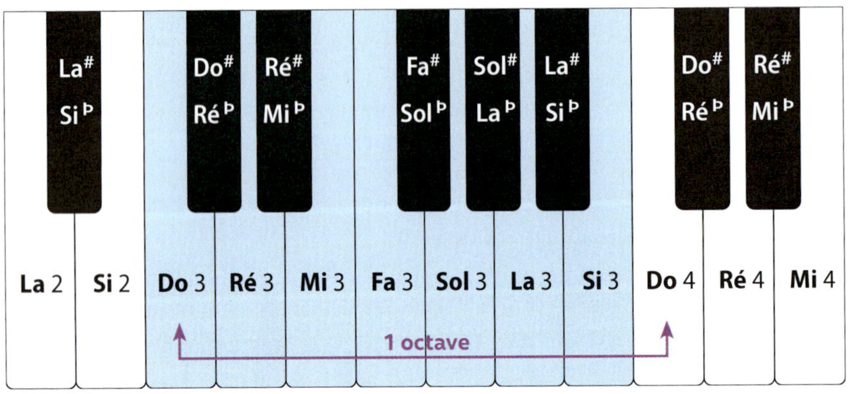


En musique occidentale, la gamme de Do majeur est constituée de 7 notes : Do, Ré, Mi, Fa, Sol, La, Si. Les notes de cette gamme correspondent aux touches blanches d'un piano.
Deux sons dont les fréquences sont dans le rapport $\frac{2}{1}$ correspondent à une même note dans deux octaves différentes.

## 2 Structure d'une guitare

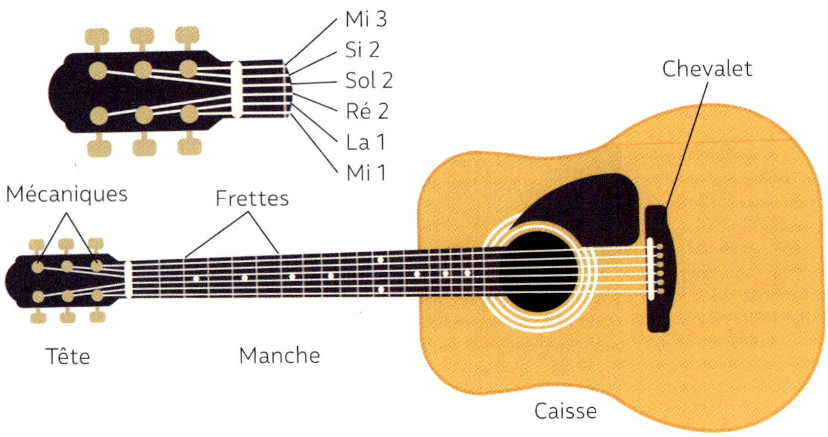

## 3 Caractéristiques des cordes d'une guitare

| | Masse (g) | Longueur (m) |
|---|---|---|
| Mi 3 | 0,70 | 1,1 |
| Si 2 | 1,14 | 1,1 |
| Sol 2 | 2,02 | 1,1 |
| Ré 2 | 4,00 | 1,1 |
| La 1 | 6,65 | 1,1 |
| Mi 1 | 9,70 | 1,1 |

## 4 Fréquence de l'accordage de chaque corde

| Note | Fréquence de la fondamentale (Hz) |
|---|---|
| Mi 3 | 330,0 |
| Si 2 | 246,9 |
| Sol 2 | 196,0 |
| Ré 2 | 146,8 |
| La 1 | 110,0 |
| Mi 1 | 82,5 |

**hachette-clic.fr/24es1198** Accordage d'une guitare

**VOCABULAIRE**

**Jouer une corde à vide :** la faire sonner sans appuyer sur aucun point d'appui sur le manche, permettant ainsi à la corde de vibrer librement sur toute sa longueur, produisant un son fondamental.

## 5 Position des notes sur le manche de la guitare

Pour jouer une note de guitare, il est possible d'appuyer son doigt sur l'une des cases de l'instrument puis de pincer ou de gratter la corde pour la faire vibrer.
En appuyant sur la case, la corde se bloque sur la frette qui délimite cette case : la corde vibre alors sur une longueur plus courte.

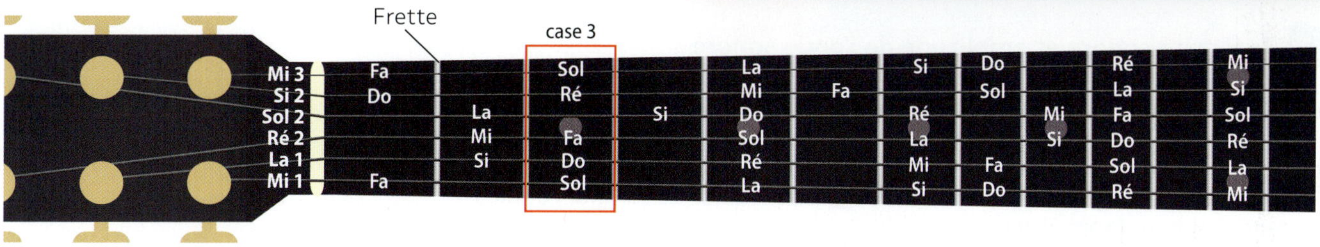


## 6 Structure d'une harpe celtique

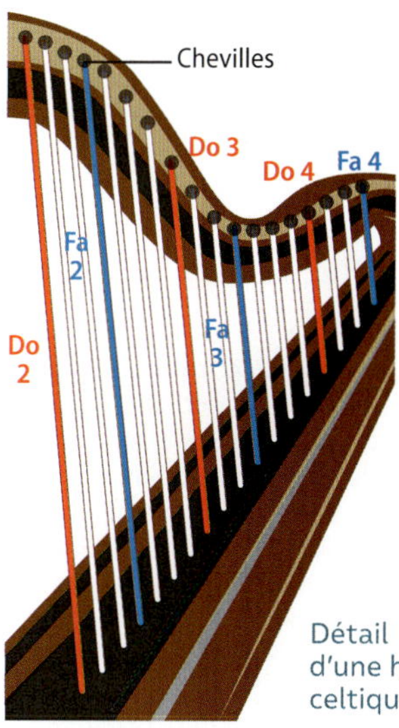


Détail d'une harpe celtique

Harpe celtique à 34 cordes

| Note | Do 2 | Fa 2 | Do 3 | Fa 3 |
|---|---|---|---|---|
| Fréquence de la fondamentale (Hz) | 130,8 | 174,6 | 261,6 | 349,2 |

## Consignes

### Expérience TRAVAIL EN GROUPE

1. **Proposer** et **réaliser** un protocole expérimental permettant de tester l'influence de la tension d'une corde de guitare sur la fréquence fondamentale du son émis. **Conclure**.

### Caractéristiques d'une corde vibrante

2. **Montrer** l'influence de la masse par unité de longueur d'une corde sur la fréquence fondamentale du son émis par cette corde (docs 3 et 4).
3. **Identifier** la caractéristique de la corde qu'il est possible de régler sur une harpe celtique pour obtenir la fréquence fondamentale souhaitée. **Préciser** comment doit évoluer cette caractéristique pour obtenir un son plus aigu (doc 6).
4. Un guitariste appuie sur la corde du Mi 3 au niveau de la case 3 du manche de sa guitare (docs 2, 4 et 5). **Relever** la note émise en jouant cette corde. **Identifier** la caractéristique de la corde qui a été modifiée pour jouer cette nouvelle note. **Préciser** si la fréquence de la nouvelle note émise est plus ou moins élevée que le Mi 3.
5. Deux notes sont séparées d'une octave si leur rapport de fréquence est 2/1. **Montrer** que les deux notes Do 2 et Do 3 de la harpe sont séparées d'une octave (docs 1 et 6). **Calculer** le nombre d'octaves séparant les deux cordes Mi de la guitare (docs 2 et 4).

### Bilan À l'oral

6. **Expliquer** ce que signifie accorder une guitare. **Identifier** notamment la caractéristique de la corde que le musicien doit régler.

Science et société

# Activité 3 Intensité sonore et niveau d'intensité sonore

Pour que le son soit perçu, la source doit émettre une vibration avec suffisamment d'énergie pour se propager jusqu'à l'auditeur. Mais elle ne doit pas porter trop d'énergie sous peine de provoquer des douleurs.

**Comment mesurer les caractéristiques d'un son, liées à son « volume sonore » ?**

**SAVOIR-FAIRE**

Utiliser l'échelle logarithmique de niveau d'intensité sonore pour relier l'intensité sonore au niveau d'intensité sonore.

## 1 Intensité sonore et amplitude de l'onde sonore

L'**intensité sonore**, notée $I$, exprimée en watt par mètre carré ($W \cdot m^{-2}$), correspond à la puissance par unité de surface de l'onde sonore : elle est liée à l'amplitude de la perturbation qui se propage dans le milieu.
Plus un son est « fort », plus l'amplitude de la déformation est grande, et plus l'intensité sonore $I$ sera élevée.

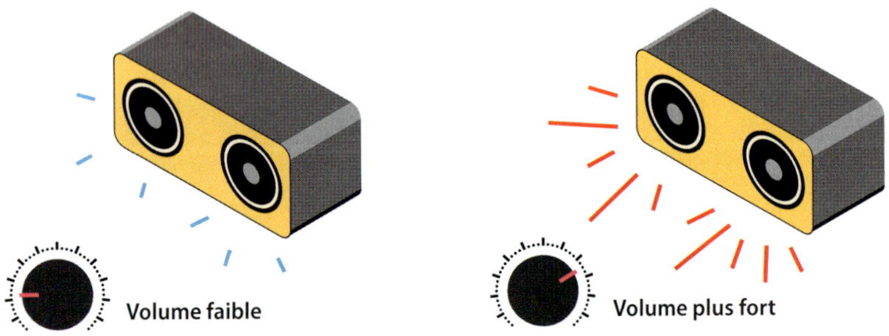


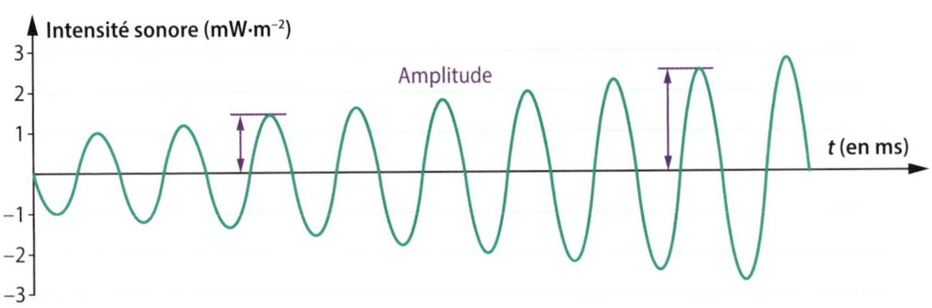


**MÉMO SCIENCES**

Le **niveau d'intensité sonore** L, exprimé en décibel (dB), est une unité de mesure qui rend compte de la **perception d'un son** par un instrument de mesure ou par une personne. Le niveau d'intensité sonore est lié à l'intensité sonore du son perçu.

## 2 Quelques exemples de sonomètres

Un **sonomètre** mesure le **niveau d'intensité sonore** et est utilisé dans divers domaines. Il évalue le son lors d'un concert mais aussi la pollution sonore, comme le bruit industriel ou celui des transports. On peut étudier la répartition des niveaux sonores dans les espaces. Il fournit généralement une mesure en décibels. Des applications disponibles sur smartphone permettent également d'effectuer ces mesures.

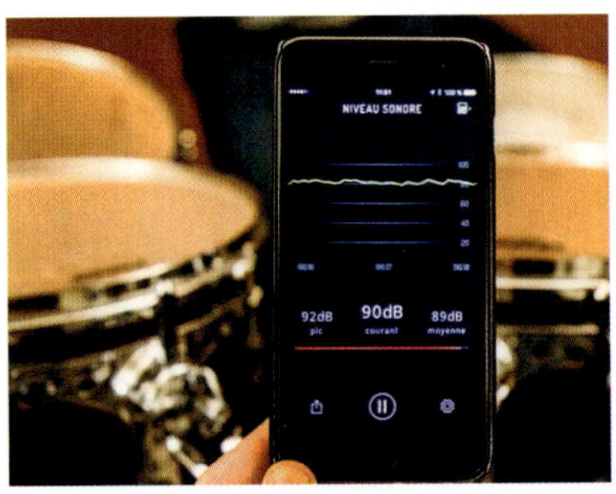

## 3 Des indications d'intensité sur les partitions de musique

La puissance du souffle dans un instrument à vent, ou l'intensité de la pression sur les touches d'un piano, conduisent à des sons plus ou moins forts.

Extrait d'une partition pour deux violons : des lettres écrites au-dessous de la portée permettent au musicien de nuancer son jeu.

Pour la musicalité, des indications sont données au musicien sur la partition, sous la forme de symboles.

| | | |
|---|---|---|
| Sforzando | *sf* | Accent sur une note |
| Fortissimo | *ff* | 90 dB |
| Forte | *f* | 80 dB |
| Mezzo forte | *mf* | 70 dB |
| Mezzo piano | *mp* | 60 dB |
| Piano | *p* | 50 dB |
| Pianissimo | *pp* | 40 dB |

## 4 Relation entre intensité sonore et niveau d'intensité sonore

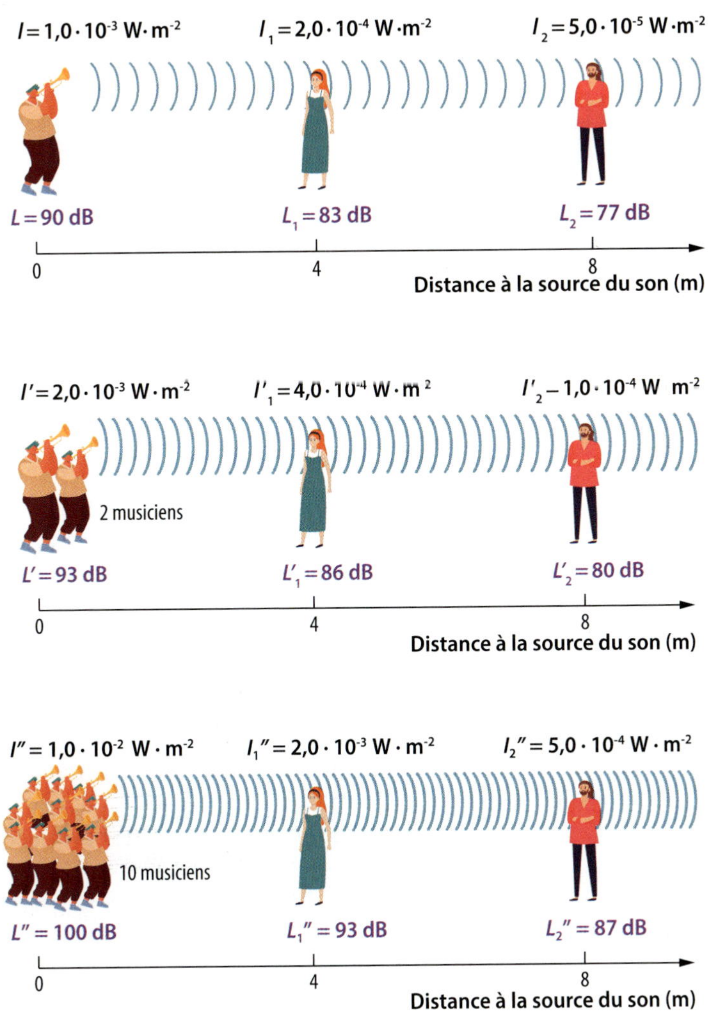


## Consignes

### Intensité sonore ($I$)

1. **Décrire** l'évolution de l'intensité sonore d'une onde sonore en fonction de la distance à la source (docs 1 et 4). **Vérifier** que l'intensité sonore n'est pas proportionnelle à la distance à la source (doc 4).
2. **Décrire** l'évolution de l'intensité sonore d'une onde sonore en fonction du nombre de sources. **Vérifier** que l'intensité sonore est proportionnelle au nombre de sources (docs 1 et 4).
3. **Montrer** qu'un musicien peut moduler l'intensité sonore émise (doc 3). **Expliquer** comment faire avec un instrument à cordes.

### Niveau d'intensité sonore ($L$) et nombre de sources

4. **Décrire** l'évolution du niveau d'intensité sonore d'une onde sonore quand le nombre de sources est doublé (doc 4). **Vérifier** que le niveau d'intensité sonore n'est pas proportionnel au nombre de sources (doc 4).

### Lien entre intensité sonore et niveau d'intensité sonore

5. **Tracer** le graphique du niveau d'intensité sonore $L$ en fonction de l'intensité sonore $I$ à partir des valeurs du schéma (doc 4). **Étudier** les grandeurs $L$ et $I$ : sont-elles proportionnelles ?
6. Par lecture graphique, **déterminer** le niveau d'intensité sonore pour un son d'intensité sonore $I = 6 \cdot 10^{-4}$ W·m$^{-2}$.

Numérique

# Activité 4 Construire un instrument de musique

Aujourd'hui en utilisant un simple microphone et un logiciel adapté, on peut déterminer instantanément la hauteur d'un son.

**Comment construire un instrument de musique dans un laboratoire au lycée, même sans avoir l'oreille musicale ?**

**SAVOIR-FAIRE**

- Utiliser un logiciel permettant de visualiser le spectre d'un son.

## 1 Partition de *La Colegiala* et fréquence des notes

Extrait de la partition

La justesse d'une note peut être contrôlée en mesurant sa fréquence.

| Note | Ré 4 | Mi 4 | Fa 4 | Fa# 4 | Sol 4 | La 4 | Si 4 | Do 5 |
|---|---|---|---|---|---|---|---|---|
| Fréquence (Hz) | 587 | 659 | 698 | 740 | 784 | 880 | 988 | 1 046 |

## 2 Matériel nécessaire pour la manipulation

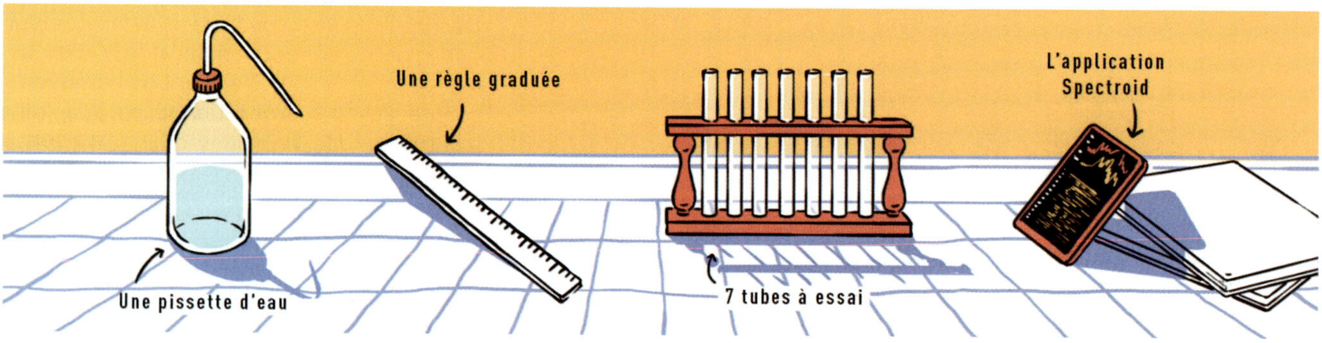


## 3 La flûte de Pan

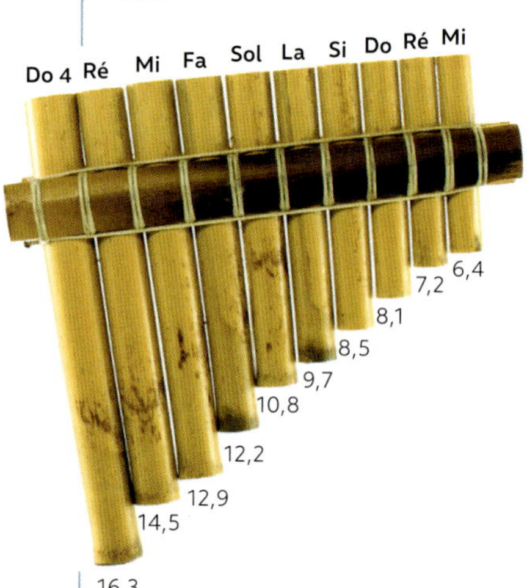


Dans un **instrument à vent**, le son est produit par vibration de l'air dans un tuyau. Tout comme la fréquence du son produit par une corde vibrante dépend de la longueur de celle-ci, la hauteur de la note jouée avec une flûte dépend de la longueur de la colonne d'air qui vibre dans le tuyau. Plus la colonne d'air est courte, plus le son émis est aigu.

Cette flûte de Pan est constituée d'un ensemble de tuyaux fermés à une extrémité. Leur longueur est indiquée en cm.

## Consignes

### Imaginer un dispositif expérimental

1. **Imaginer** un dispositif permettant d'obtenir une colonne d'air correspondant à l'une des notes de la partition *La colegiala* avec le matériel à disposition (docs 1 à 3).

### Effectuer des mesures

2. **Mesurer** la fréquence du son produit à l'aide d'un logiciel d'acquisition d'un son.
3. **Expliquer** comment ajuster la hauteur de la colonne d'air dans le tube si la fréquence du son est trop basse ou trop élevée (docs 2 et 3).
4. **Préparer** une série de tubes à essais qui permettront de jouer *La colegiala* avec justesse (docs 1 à 3).

# Le cours

## 1 Son pur et son composé

- Un son est lié à une vibration des couches de l'air constituant un signal périodique de période $T$ et de fréquence $f$.

$$f = \frac{1}{T}$$

Fréquence en Hz ; Période en s

- L'enregistrement d'un son à l'aide d'un microphone permet de visualiser un signal électrique caractérisé par une tension spécifique de ce son.
- Le spectre d'un son présente, en fonction de leur fréquence en Hz, les amplitudes relatives des différents sons purs qu'il faudrait superposer pour reconstituer ce son.

Un son pur présente un signal sinusoïdal.

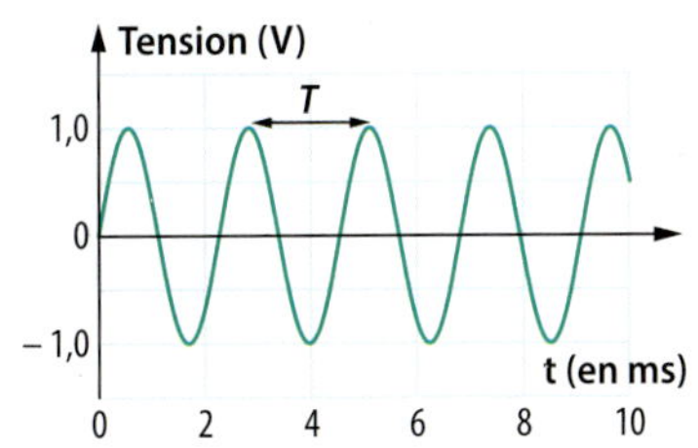

Signal d'un son pur

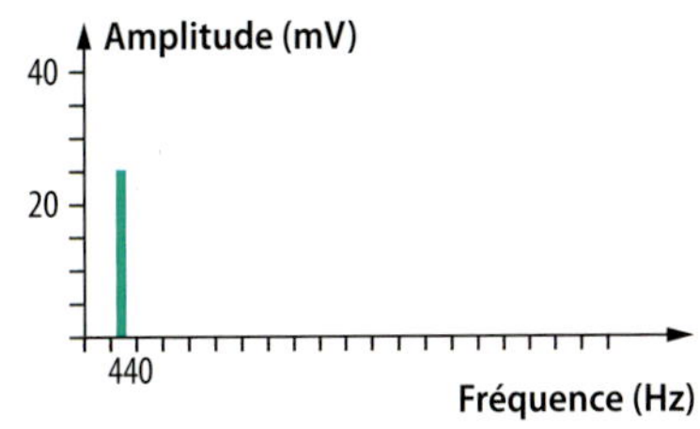

Spectre d'un son pur

- Un son composé de fréquence $f$ est une somme de sons de fréquences multiples de $f$.

$f$ est appelée fréquence fondamentale et détermine la hauteur du son.

Les autres fréquences ($2f$, $3f$, $4f$, etc.) sont appelées harmoniques et déterminent le timbre du son.

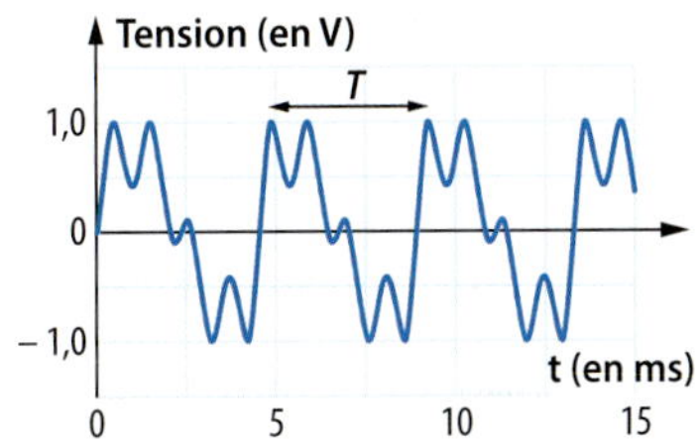

Signal d'un son composé

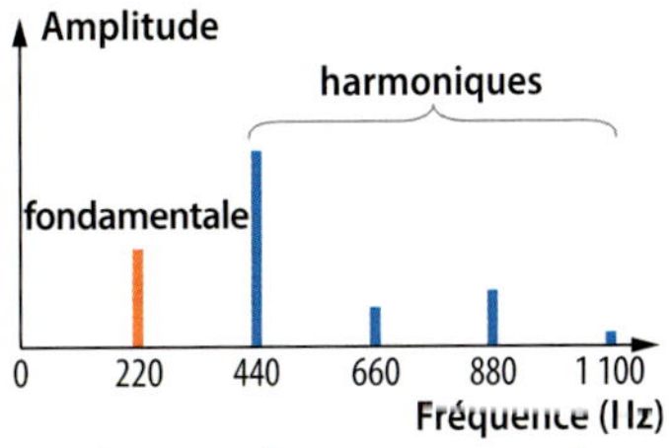

Spectre d'un son composé

- Le son est composé si le signal est périodique mais non sinusoïdal.

## 2 Lien entre la structure d'un instrument et la fréquence fondamentale d'un son émis

- Une corde tendue émet, en vibrant, un son composé dont la fréquence fondamentale ne dépend que de ses caractéristiques : longueur (en m), tension (en N) et masse par unité de longueur (en $kg \cdot m^{-1}$).
- Si l'on augmente la longueur de la corde vibrante, les autres paramètres étant fixes, la fréquence du signal sonore diminue, le son émis est donc plus grave. À l'inverse, si l'on diminue la longueur de la corde, le son émis est plus aigu.
- Dans un instrument à vent, un phénomène analogue se produit par vibration de l'air dans un tuyau : plus le tuyau est court, plus le son produit est aigu.

# Le cours

## 3 Niveau d'intensité sonore

● Un son est une onde mécanique qui transporte l'énergie produite par la vibration d'un corps.

● L'intensité sonore $I$ est la valeur de la puissance sonore reçue par unité de surface. Elle est exprimée en watt par mètre carré ($W \cdot m^{-2}$).

● Le niveau d'intensité sonore $L$ est exprimé en décibels (dB) sur une échelle logarithmique qui est plus représentative de la sensation auditive.

En effet, si un violoniste, en jouant de son instrument, émet un son d'intensité sonore : $I = 1{,}0 \cdot 10^{-5}\ W \cdot m^{-2}$, la sensation auditive perçue sera de 70 dB.

Si deux violonistes jouent chacun des sons d'intensité sonore identique $I = 1{,} \cdot 10^{-5}\ W \cdot m^{-2}$ chacun, la sensation auditive perçue sera de 73 dB seulement.

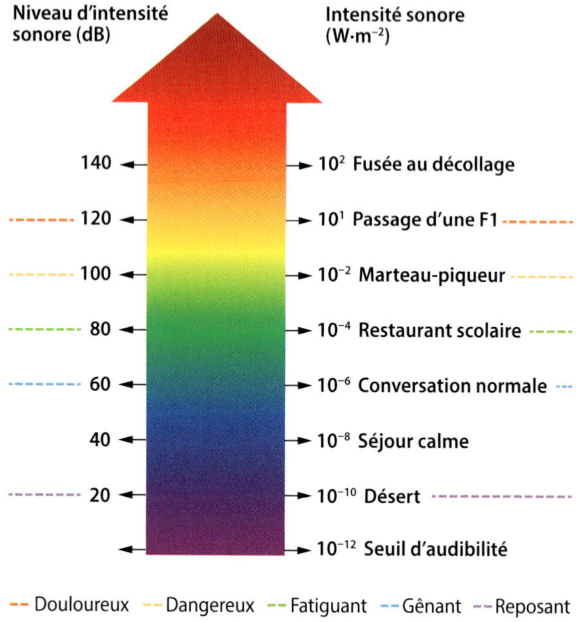


## 4 Gamme, intervalle et octave

● En musique, un intervalle entre deux sons est défini comme le rapport de leurs fréquences fondamentales.

● Deux sons dont les fréquences sont dans le rapport $\frac{2}{1}$ correspondent à une même note dans deux octaves différentes. Un Do 3 (260,74 Hz) est une octave au-dessus du Do 2 (130,37 Hz), donc plus aigu : $\frac{260{,}74}{130{,}37} = 2$.

● Une gamme est une suite finie de notes réparties sur une octave.

● Dans la gamme tempérée, deux notes consécutives ont un intervalle de $\sqrt[12]{2}$, c'est-à-dire que le rapport des fréquences fondamentales entre deux notes consécutives vaut $\sqrt[12]{2} = 1{,}059$.

Exemple : la gamme tempérée à 12 intervalles.

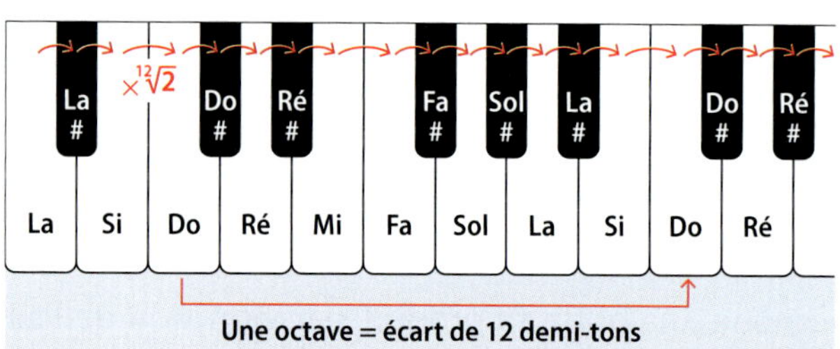


Les douze notes de la gamme tempérée se retrouvent sur une octave du clavier d'un piano : sept touches blanches (Do, Ré, Mi, Fa, Sol, La, Si) et cinq touches noires (Do#, Ré#, Fa#, Sol#, La#)

# Carte Mentale

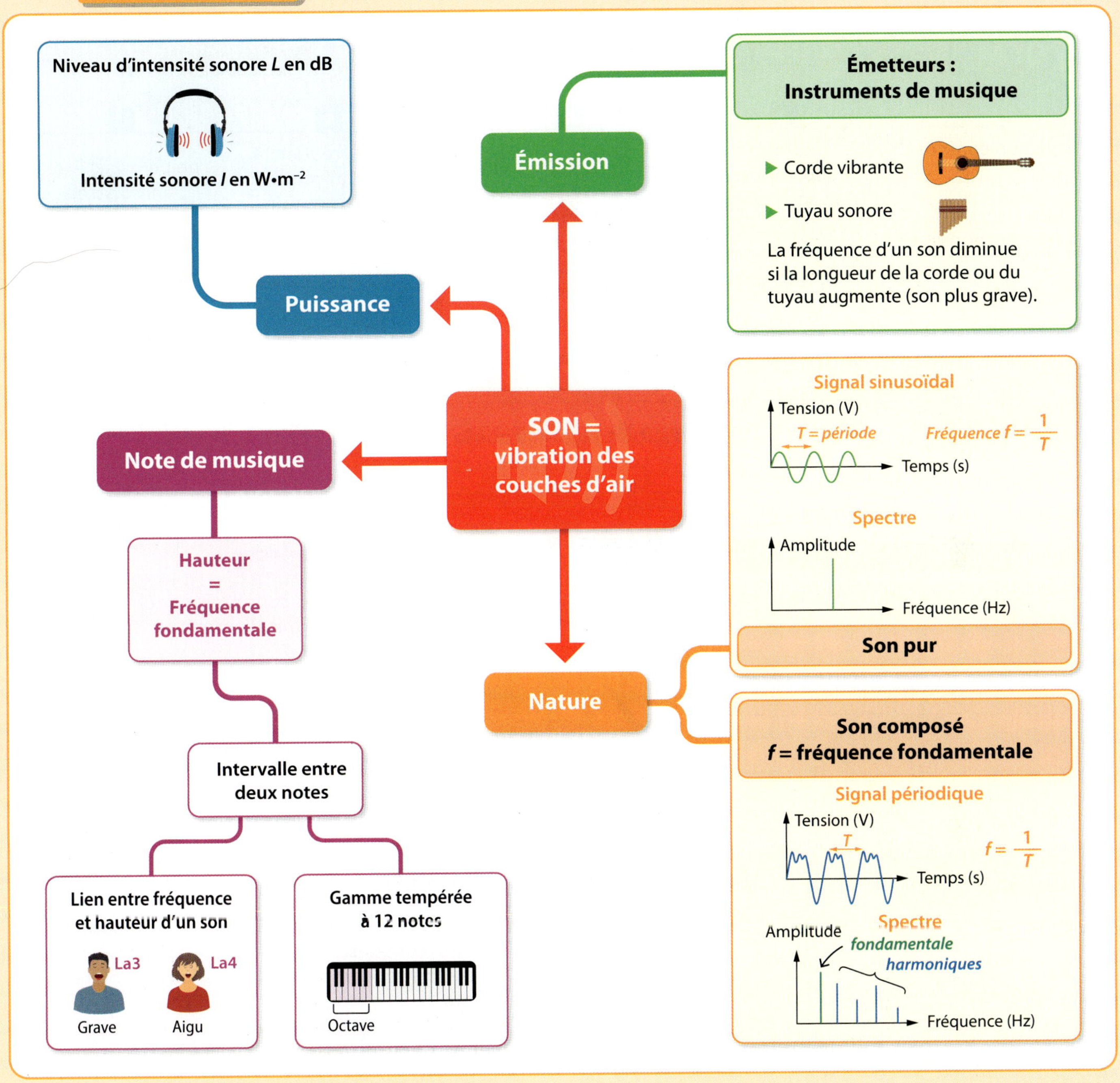


## MOTS-CLÉS

● Mémorisez les mots-clés du chapitre grâce aux cartes mémo !

hachette-clic.fr/24es1205

son pur · son composé · signal sinusoïdal · période · fréquence fondamentale

harmoniques · intensité sonore · niveau d'intensité sonore · échelle logarithmique

décibels · hauteur d'un son · octave · gamme · spectre en fréquences

# Exercices Tester ses connaissances

## QCM

CORRIGÉ p. 248

Pour chaque question, indiquer la (ou les) bonne(s) réponse(s).

Version interactive hachette-clic.fr/24es1206

| | | a | b | c | d |
|---|---|---|---|---|---|
| 1 | Un son composé : | peut être décomposé en sons purs. | a une fréquence qui varie dans le temps. | a une fréquence égale à la fréquence fondamentale. | ne peut pas être enregistré. |
| 2 | Les harmoniques sont : | des instruments de musique. | des fréquences multiples de la fréquence fondamentale. | des sons agréables à l'oreille. | les notes d'une gamme. |
| 3 | La puissance sonore par unité de surface s'exprime en : | $W \cdot m^2$ | $W \cdot m^{-2}$ | $m^2 \cdot W$ | $W/m^{-2}$ |
| 4 | Une corde vibrante émet un son… | pur. | d'autant plus aigu que la corde est lourde. | composé. | d'autant plus aigu que la corde est longue. |

## 5 Comparer des signaux — À l'oral !

Ces signaux temporels sont des enregistrements de sons.

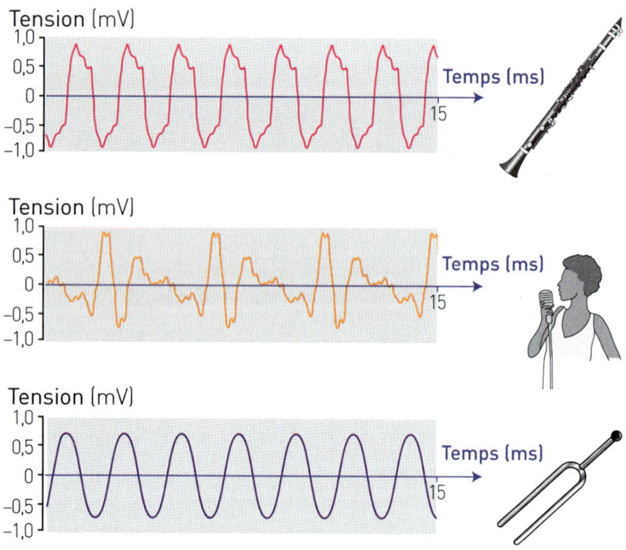


Différents enregistrements sonores

1. **Identifier le (ou les) son(s) pur(s) ou composé(s).**
2. **Identifier le signal qui correspond au son le plus grave en expliquant la démarche.**

## 6 Phrases à construire

CORRIGÉ p. 248

**Écrire une phrase qui contient les termes suivants :**

a. vibration – son – signal – temps
b. gamme – notes – intervalle - octave
c. son composé – son pur – harmoniques – fréquence fondamentale
d. intensité sonore – surface – puissance
e. corde vibrante – fréquence fondamentale – longueur

## 7 Comparer des spectres

L'analyse spectrale des sons émis par un diapason et une clarinette a permis d'obtenir les spectres suivants.

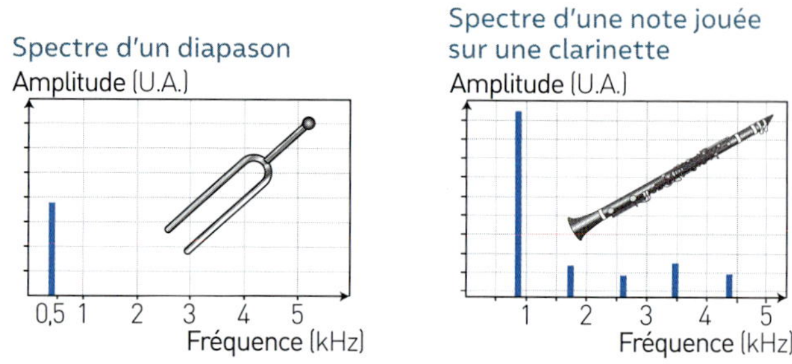


1. **Légender chaque spectre en utilisant les termes suivants : son pur – son composé – fondamentale – harmoniques.**
2. **Déterminer quel instrument a joué le son le plus aigu.**
3. **Écrire une relation entre les fréquences du 1er et du 4e pic du spectre de la clarinette.**

## 8 Le spectre d'une note

CORRIGÉ p. 248

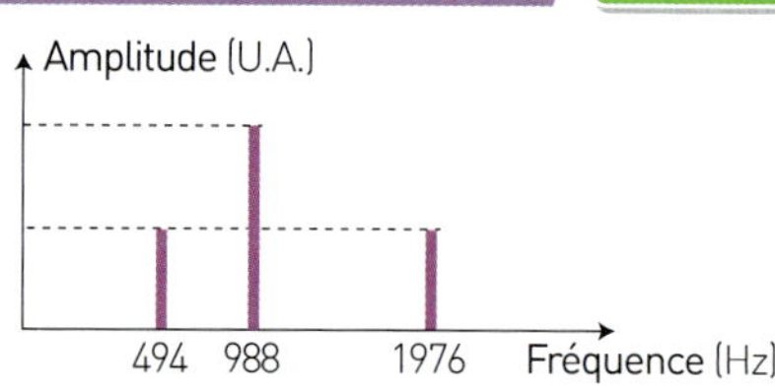

1. **Déterminer combien de sons purs composent ce spectre.**
2. **Indiquer la fréquence de la note jouée.**
3. **Déterminer les harmoniques de fréquence inférieure à 2 500 Hz qui sont absents de ce spectre.**

# Exercice résolu

## 9 Des sons vieux de 18 000 ans !

Des recherches montrent que les humains de la préhistoire ont façonné des objets de la nature pour en tirer des sons harmonieux. Une étude, menée par une équipe pluridisciplinaire du CNRS (Toulouse et Paris) a permis de déterminer qu'un grand coquillage trouvé dans la grotte ornée de Marsoulas, dans les Pyrénées, serait le plus ancien instrument à vent connu. Divers indices laissent supposer que le coquillage possédait une fonction particulière. Pour confirmer qu'il s'agissait d'un instrument, un joueur de cor a essayé de produire divers sons avec la conque. Les trois notes obtenues sont proches d'un Do, d'un Do dièse et d'un Ré.

Dans une autre grotte des Pyrénées, la grotte d'Isturitz, une concrétion a été limée sur les côtés de manière à pouvoir émettre un son en tapant dessus, en harmonie avec le son d'une autre concrétion située juste à côté.

Source : C. Fritz *et al.*, *Sciences Advances*, 2021

**hachette-clic.fr/24es1207** Article et vidéo « Ce coquillage fait résonner des sons vieux de 18 000 ans »

### 1 Signal du son 1 joué par la conque

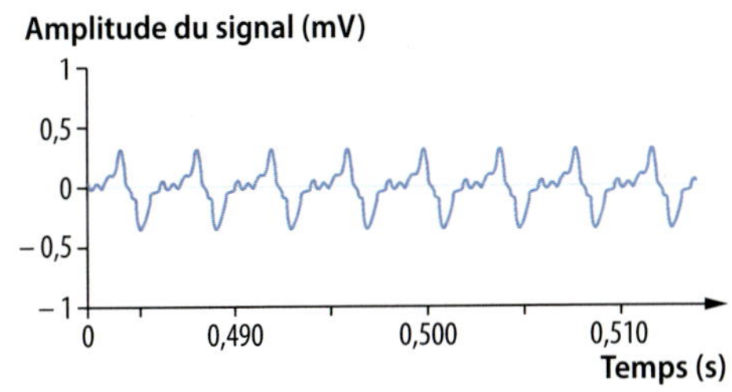


### 2 Analyse spectrale du son 1 joué par la conque

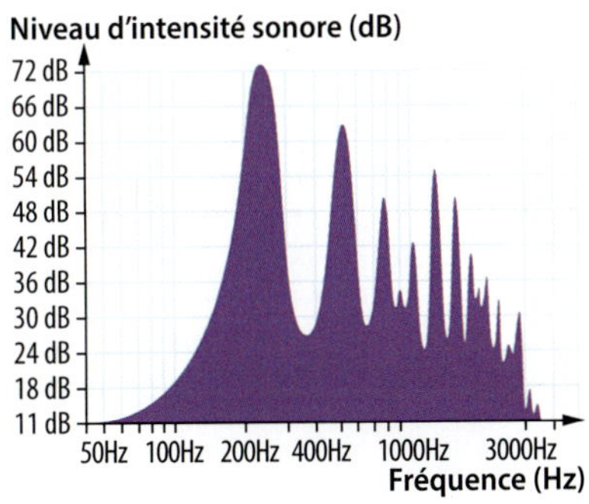


### 3 Analyse spectrale des sons émis par deux concrétions dans la grotte d'Isturitz

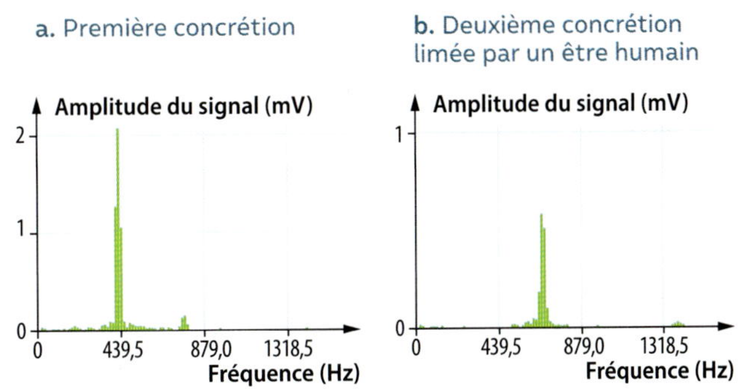

Concrétions de la grotte d'Isturitz

1. **Montrer** que le son 1 émis par la conque (doc 1) est périodique. **Déterminer** la fréquence fondamentale du son 1 joué par la conque (doc 2).
2. **Montrer** que le son 1 est un son composé (doc 2).
3. **Montrer** que le rapport de fréquences entre les notes *a* et *b*, jouées par les stalactites (= concrétions), vaut $\frac{3}{2}$ environ, ce qui correspond à l'intervalle d'une quinte en musique, un intervalle harmonieux (doc 3).
4. **Identifier** la caractéristique modifiée de la deuxième concrétion pour obtenir une note à la quinte.

## Conseils

**Savoir lire la fréquence fondamentale** sur un spectre de fréquence : repérer le pic de plus faible fréquence.

Lire la fréquence des pics du spectre de fréquences, vérifier que leur valeur est un **multiple entier de la fréquence fondamentale**.

Pour trouver l'**intervalle entre deux notes**, on regarde le rapport de deux fréquences.

## Solution

1. Le son 1 émis par la conque est périodique car on observe un motif qui se répète identique à lui-même. La fréquence du son est de 250 Hz (lecture graphique sur le spectre en fréquences).

2. Le son 1 est un son composé car il est constitué de plusieurs harmoniques dont les fréquences sont le double (500 Hz) et le triple (750 Hz) de la fréquence fondamentale.

3. Rapport de fréquence : $\frac{f_b}{f_a} = 1,5$

4. En limant la concrétion, la masse par unité de longueur a été modifiée pour modifier la hauteur du son émis.

# Exercices Développer ses compétences

## 10 Les bases de l'empreinte vocale — Science et société

La reconnaissance biométrique s'est étendue des empreintes digitales à la reconnaissance faciale, ou encore à l'empreinte vocale. Pour identifier un individu grâce à sa voix, on doit analyser un nombre suffisant de paramètres qui excluent toute confusion avec une autre personne.

**1 Enregistrement du signal sonore d'une note jouée au trombone**

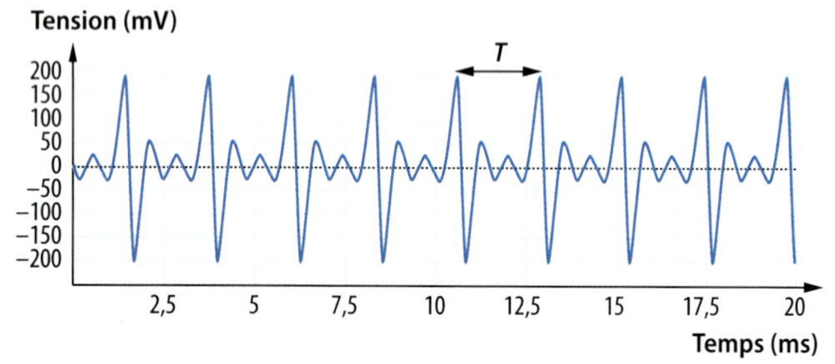


**2 Spectres de fréquences à partir d'enregistrements de quatre personnes**

On fait prononcer à quatre personnes le mot anglais« *four* » et on enregistre.

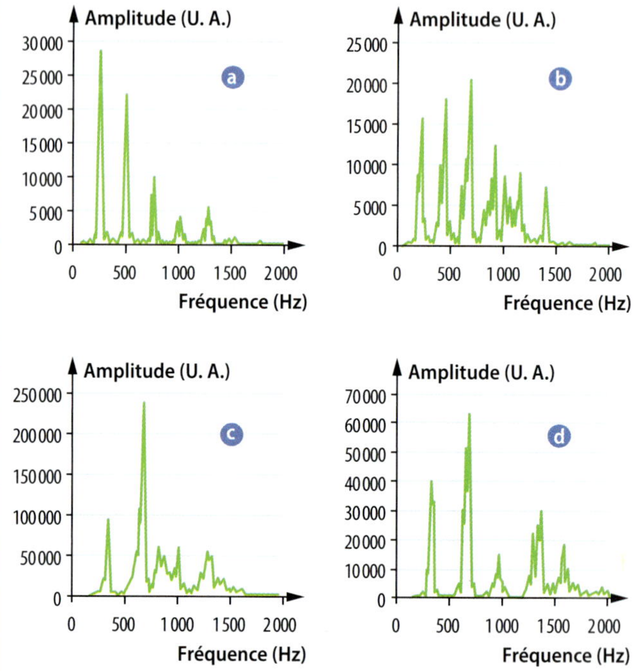


1. **Comparer** les spectres du doc 2 au signal sonore du trombone doc 1, et expliquer pourquoi on qualifie la voix humaine d'instrument de musique.
2. **Montrer** que les sons émis par les personnes ⓒ et doc ⓓ n'ont pas le même timbre.
3. **Comparer** les spectres de fréquences du doc 2 entre eux et **expliquer** alors le principe de la reconnaissance vocale.

## 11 Violoncelle — À l'oral !

Le violoncelliste Sheku Kanneh-Mason tient son archet dans la main droite.

1. **Déterminer** si le violoncelliste doit déplacer sa main gauche vers le haut ou vers le bas du manche de son instrument pour produire un son plus grave.
2. **Expliquer** l'intérêt d'avoir des cordes de différents diamètres sur un violoncelle.
3. **Indiquer** quelle caractéristique de la corde le violoncelliste peut modifier en resserrant la clé d'accordage située près de son visage.

## 12 Guitare électrique et acoustique

**Spectres de fréquences**

**a. Corde de La sur une guitare acoustique à corde en acier**

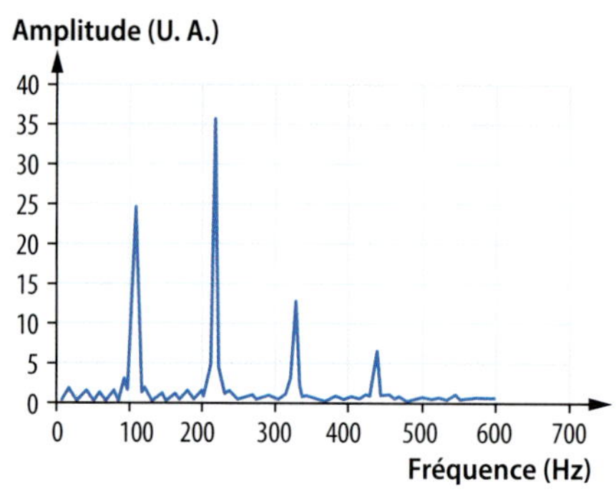


**b. Corde de La sur une guitare électrique amplifiée à corde en acier**

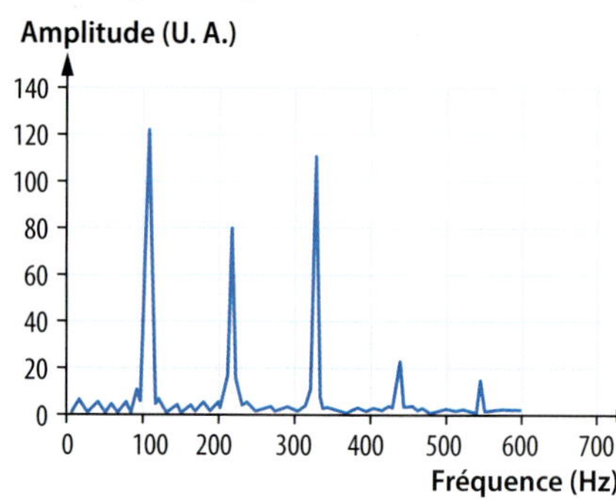


1. En vous aidant des données de fréquences fournies, **montrer** que le La de la corde étudiée est un « *La* 1 ».
2. **Expliquer** en quoi les spectres obtenus montrent qu'ils sont issus d'enregistrements d'instruments différents.

**Données**

Fréquences :
La 1 = 110 Hz ;
La 2 = 220 Hz ;
La 3 = 440 Hz ;
La 4 = 880 Hz.

## 13 Les tuyaux d'orgue

Les orgues sont constitués d'un ensemble de tubes de tailles variables dans lequel de l'air peut circuler. Ce faisant, ces tubes peuvent générer des sons plus ou moins aigus selon leurs caractéristiques. En effet, les notes jouées sur un instrument à vent sont fonction, non pas de la longueur d'une corde vibrante, mais de la longueur d'une colonne d'air.

1. **Rappeler** la définition d'une octave et **expliquer** comment on peut jouer une note sur une corde de guitare, et la même note à l'octave supérieur.
2. Le tube n°1 joue une note. En s'aidant de la question 1, **identifier** le numéro du tube jouant cette note à l'octave supérieur (c'est-à-dire plus aigu).
3. **Proposer** une méthode permettant de construire un tube qui produit la même note à l'octave supérieure.

Un orgue et ses différents tubes (détail)

## 14 Identification de mots

À l'oral !

Un spectrogramme est l'enregistrement d'un spectre de fréquences au cours du temps. L'amplitude des harmoniques y est représentée par un code couleur : plus la couleur tend vers le blanc plus l'amplitude est élevée.
À l'aide d'un spectrogramme on peut identifier les voyelles prononcées par un individu.

Voici un spectre à déchiffrer. **Déterminer** si le même individu a prononcé « pape » ou « papi ».

### 1 Spectre à déchiffrer

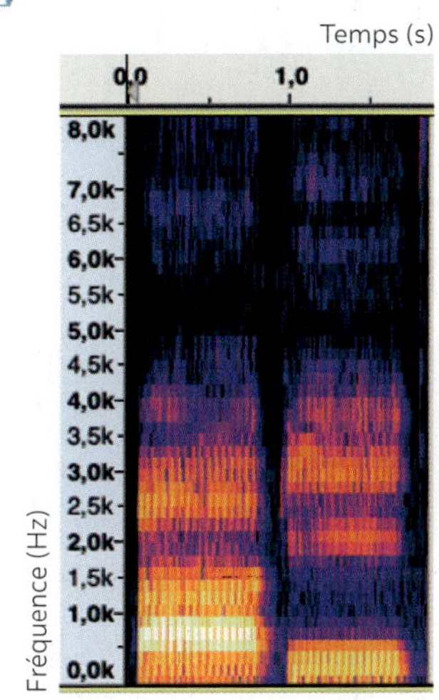


### 2 Spectre des syllabes « *ba be bi bo bu* » enregistrées par un individu

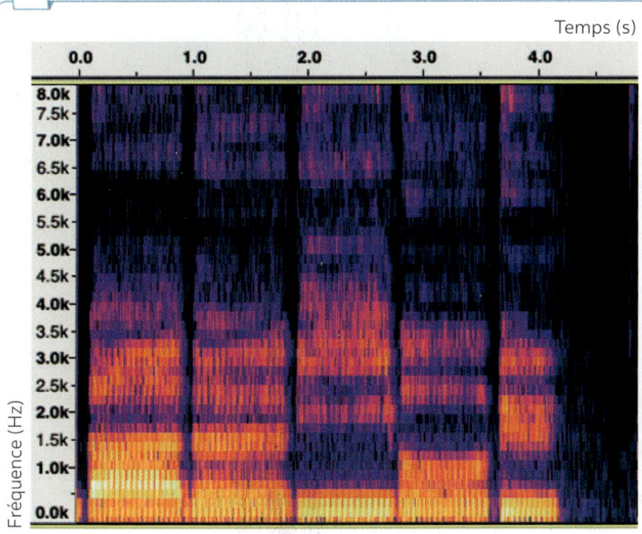


### 3 Spectre des syllabes « *ma me mi mo mu* » enregistrées par le même individu

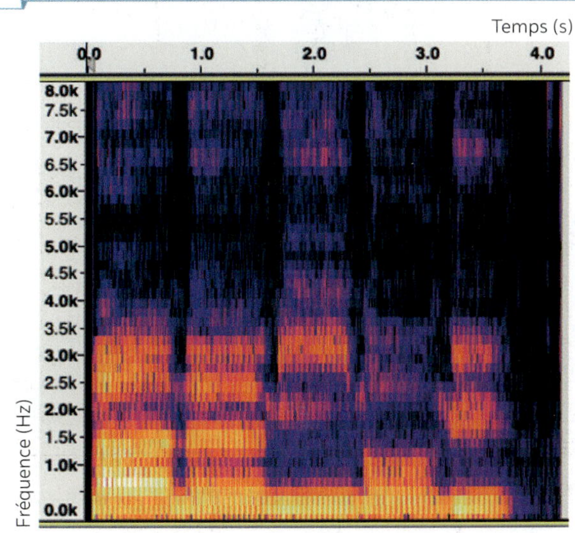

## 15 Le chant fascinant des baleines

Seules trois catégories d'êtres vivants sont capables de chanter : les humains, les oiseaux et les baleines à bosse. Il faut savoir que l'on parle de chant quand on constate des sons variés qui se succèdent et forment des sortes de refrains.
Chez les baleines à bosse, seuls les mâles s'expriment en chantant. On peut supposer qu'ils cherchent ainsi à attirer les femelles ou encore à indiquer les limites de leur territoire.
Chez les cétacés à fanons, c'est-à-dire sans dents (comme la baleine à bosse, la baleine australe de Minke et la baleine bleue), les vibrations sont produites par des structures équivalentes aux cordes vocales.

### 1 Spectrogrammes de baleines issues de trois espèces différentes

La couleur indique l'amplitude des harmoniques contenus dans le son composé allant du blanc, amplitude « importante », passant par l'orange « amplitude moins forte », jusqu'au noir.

**a. Baleine à bosse**

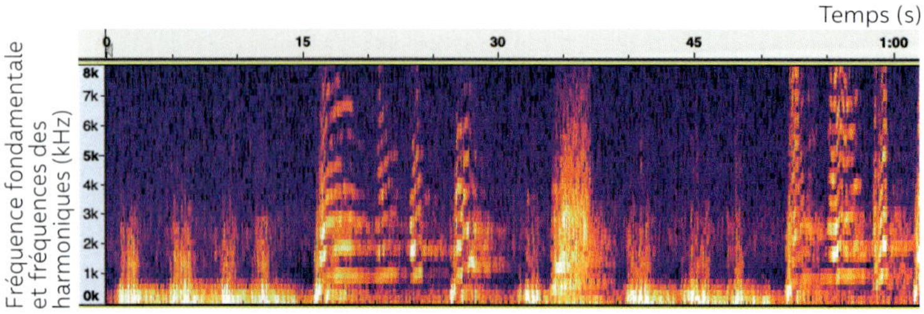

**b. Baleine australe de Minke**

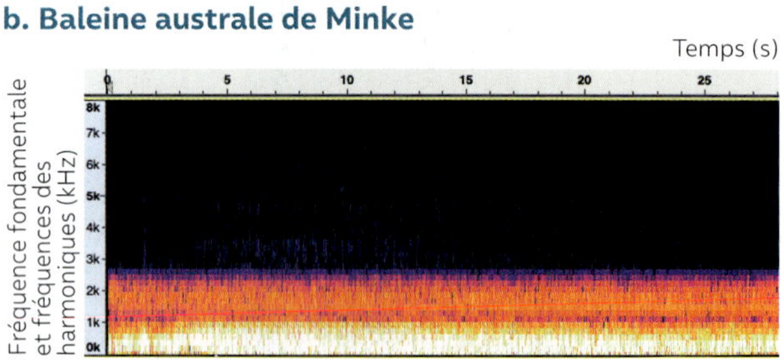

**c. Baleine bleue**

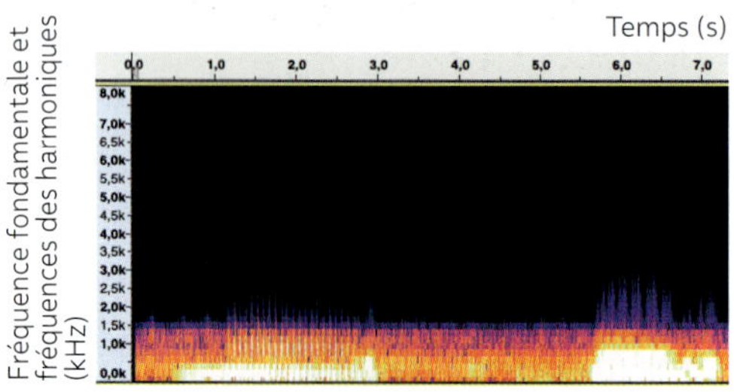

hachette-clic.fr/24es1210 Enregistrements de chants de baleines

### 2 Spectrogramme d'une baleine à identifier

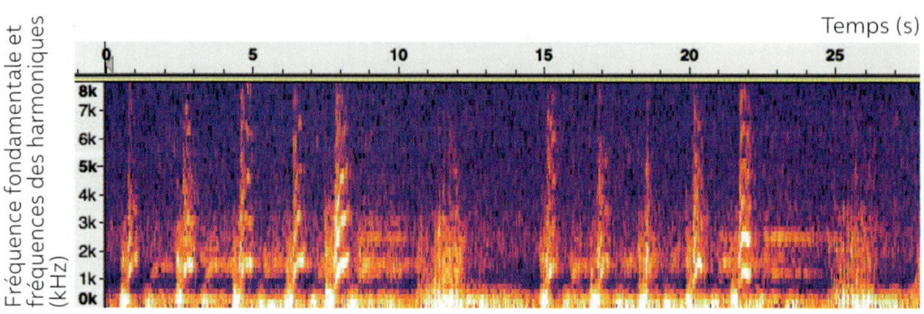


1. **Expliquer** ce qu'est un spectrogramme à partir des trois exemples ci-dessus.
2. **Expliquer** comment les baleines d'une espèce donnée peuvent communiquer entre elles, sans interférer avec les baleines d'autres espèces (doc 1).
3. **Indiquer** à quelle espèce appartient la baleine du doc 2.

## 16 Une législation pour les niveaux sonores

Sciences et santé

Le groupe Les tambours du Bronx présente un show spectaculaire, avec parfois plus de dix percussionnistes jouant ensemble sur scène. À proximité de son tambour, un percussionniste jouant seul est exposé à un niveau sonore d'environ 98 dB. La législation européenne impose une limite de 102 dB dans les discothèques et les salles de spectacle.

Concert des Tambours du Bronx

1. **Calculer** le niveau sonore auquel un percussionniste est exposé lorsque les dix percussionnistes jouent en même temps.
2. **Indiquer** s'il faut conseiller aux joueurs de porter des bouchons d'oreille.

**Données :** Les niveaux sonores en dB ne s'additionnent pas (échelle logarithmique non linéaire), mais les intensités sonores en $W \cdot m^{-2}$ s'additionnent (échelle linéaire). Si l'intensité sonore double, le niveau d'intensité sonore est augmenté de 3 dB.

## 17 La voix, un instrument à cordes ?

### 1 Les cordes vocales chez l'humain

C'est le passage du souffle entre les deux cordes vocales qui les fait entrer en vibration. Leur tension est contrôlée par les muscles du larynx. Plus une corde vocale est courte, fine et tendue, plus le son émis est aigu.

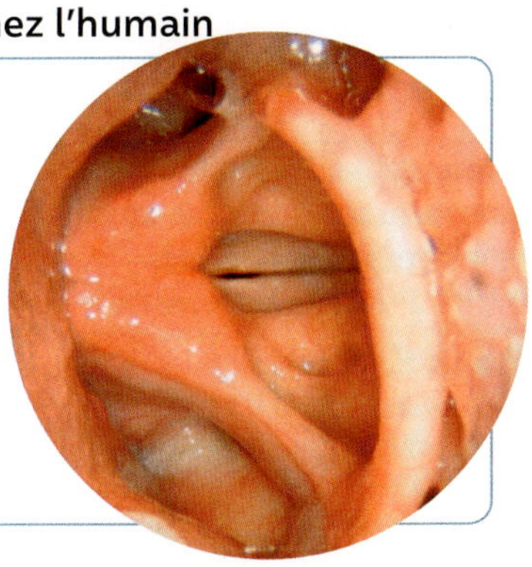

### 2 La « grosse voix » des koalas

Un koala mâle peut prendre une voix six fois plus grave que celle d'un homme. L'examen de ses cordes vocales montre qu'en plus des deux petites cordes vocales dans la gorge, les koalas mâles possèdent deux cordes vocales plus longues et plus épaisses entre le nez et la bouche.

hachette-clic.fr/24es1211 La voix d'un koala mâle

### 3 Le phénomène de la mue chez l'homme à l'adolescence

Chez les garçons, la mue apparaît vers 12-14 ans et dure de 6 mois à 1 an. La taille du larynx augmente dans toutes ses dimensions et les cordes vocales s'allongent du tiers de leur longueur, c'est-à-dire d'environ 1 cm. La modification de la taille des cordes vocales s'accompagne d'un changement de registre vocal : il se produit un abaissement de tonalité d'une octave environ, le timbre se modifie et devient plus profond.

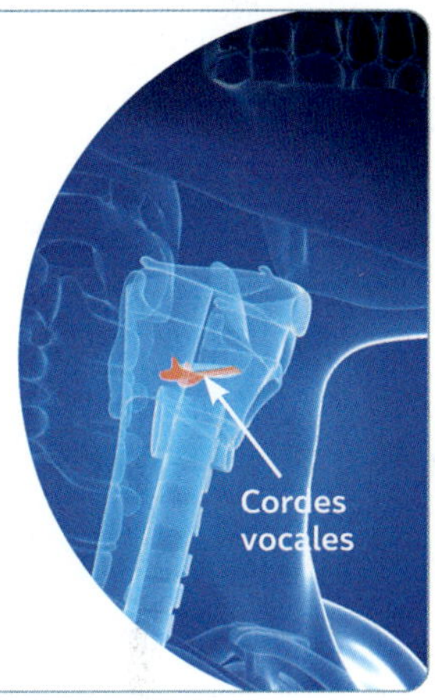


### 4 Évolution de la fréquence moyenne de la voix moyenne chez les hommes et les femmes en fonction de l'âge

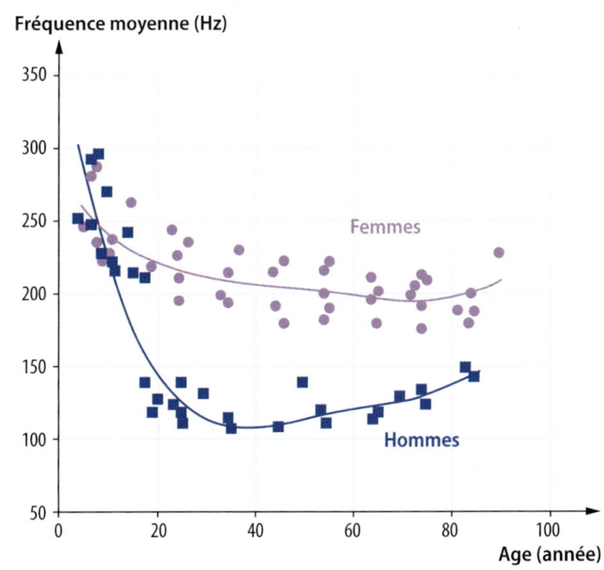


Source : Baken *et al.*, Clinical measurement of speech and voice, 2000

1. **Décrire** l'évolution de la fréquence fondamentale d'un son émis par un garçon lors de sa croissance (doc 4). **Vérifier** que la fréquence moyenne de la voix d'un garçon diminue d'une octave au cours de sa croissance (doc 4).
2. **Identifier** la caractéristique de la corde vocale modifiée au cours du passage de l'enfance à l'adolescence (docs 1, 3 et 4).
3. **Identifier** la (ou les) caractéristiques(s) des cordes vocales du koala responsables de son cri grave (doc 2).

# Déjà VU Déjà SU ?

**Pour chaque question, indiquer la ou les bonne(s) réponse(s).**

**1 Parmi les signaux (grandeurs physiques qui évoluent au cours du temps) suivants, indiquer ceux qui sont analogiques :**
a. la température donnée par un thermomètre au cours d'une journée.
b. l'affichage toutes les heures de la température sur un widget météo d'un smartphone.
c. le son émis par un haut-parleur.
d. un film diffusé en streaming sur internet.

**2 Les données issues de la numérisation d'un signal présentent un caractère :**
a. concret.
b. discret.
c. continu.
d. alternatif.

**3 Dans un codage binaire, la plus petite unité d'information s'appelle :**
a. le bit.
b. le beat.
c. le byte.
d. l'octet.

**4 Le nombre qui s'écrit, dans le système binaire, 110 correspond, dans le système décimal, à :**
a. 3
b. 6
c. 9
d. 12

**5 La profondeur de couleur d'une photo numérique est en général de 8 bits par pixel et par couleur. Le nombre de valeurs différentes que l'on peut coder avec 8 bits (un octet) est :**
a. 8
b. 256
c. 512
d. 1 024

**6 Pour diminuer leur taille, les fichiers peuvent être compressés, avec ou sans perte. Pour les images numériques, quel format est lié à un algorithme qui s'accompagne de pertes ?**
a. RAW
b. BMP
c. TIFF
d. JPEG

# Comprendre et pratiquer les sciences

## Nature et élaboration du savoir scientifique

Comprendre le passage de l'analogique au numérique. **> Activité 1, exercice 10**

## Des pratiques scientifiques

Comparer les caractéristiques et les qualités des fichiers audio compressés.
Calculer un taux de compression. **> Activité 2, exercice 3**
Échantillonner et reconstituer un son, optimiser les choix pour reconstituer une reproduction fidèle. **> Activité 2, exercices 9, 13 et 15**
Mettre en pratique le principe de la quantification et relier fréquence d'échantillonnage, finesse de la quantification et taille de fichier.
**> Activité 2, exercices 8, 11, 12, 13, 15 et 16**

## Effets de la science sur les sociétés et sur l'environnement

Être sensible à l'obsolescence des supports de stockage de l'information.
**> Activité 3, exercices 14 et 18**
Comprendre les enjeux écologiques de l'économie du numérique.
**> Activité 3, exercice 17**

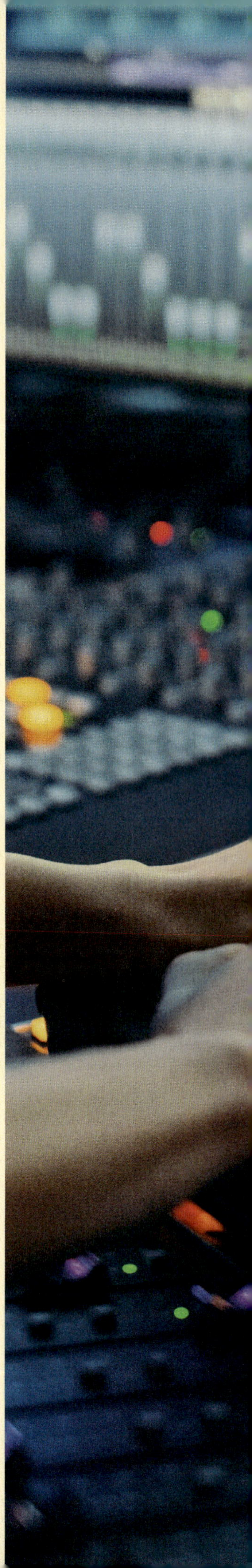

Chapitre 12

# Le son, une information à coder

Le développement de l'informatique et du numérique a entraîné une véritable révolution dans le domaine musical avec l'apparition du CD audio, puis la compression des fichiers audio, les lecteurs numériques et l'écoute en streaming. Le son, vibration de l'air, peut être codé, puis enregistré sur un support informatique. Facile à stocker, facile à copier, offrant des possibilités d'exploitation et de traitement beaucoup plus importantes que les signaux analogiques, le numérique a su se rendre indispensable. Pourtant, un ancien support tel le disque vinyle semble encore avoir des adeptes, et la suprématie du numérique n'est pas sans inconvénients en termes énergétiques et écologiques.

Numérique

# Activité 1 Numérisation du son et échantillonnage

Le monde sonore qui nous entoure est perçu de manière analogique.
Le son peut aujourd'hui être enregistré et traité sous une forme numérique, c'est-à-dire avec des 0 et des 1.

**SAVOIR-FAIRE**

- Justifier le choix des paramètres de numérisation d'un son.

**Comment réaliser une numérisation en conservant la qualité du son ?**

## 1 Évolution des supports et modes de diffusion musicale

| 1887 | 1920 | 1948 | 1963 | 1982 | 1987 | 1996 | 1998 | 1999 | 2001 | 2010 |
| --- | --- | --- | --- | --- | --- | --- | --- | --- | --- | --- |
| Premier disque et gramophone | Diffusion de musique à la radio | Disque vinyle 33 tours | Cassette audio à bande magnétique | Disque compact (CD) | Cassette numérique (DAT) | DVD-Audio | Peer to peer (réseau de partage et d'échange) : possibilité de piratage | Début du streaming | Baladeur numérique | Retour du vinyle et croissance du streaming |

## 2 Acquisition du signal sonore par le microphone

L'énergie de l'onde sonore, d'origine mécanique, est cédée à la membrane du microphone puis transformée en signal électrique. C'est ce signal électrique analogique qui va être échantillonné lors de la première étape de numérisation du son.

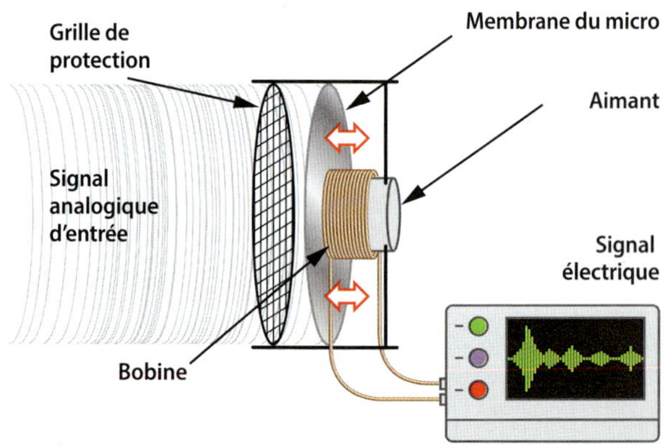


## 3 De l'analogique au numérique : comparaison des traitements des signaux sonores

Notre monde sensoriel est analogique : l'entrée (son initial) et la sortie (son restitué) doivent donc être analogiques pour que le son soit perçu par nos oreilles.
Entre ces deux signaux, des traitements sont possibles.

**Traitement analogique**

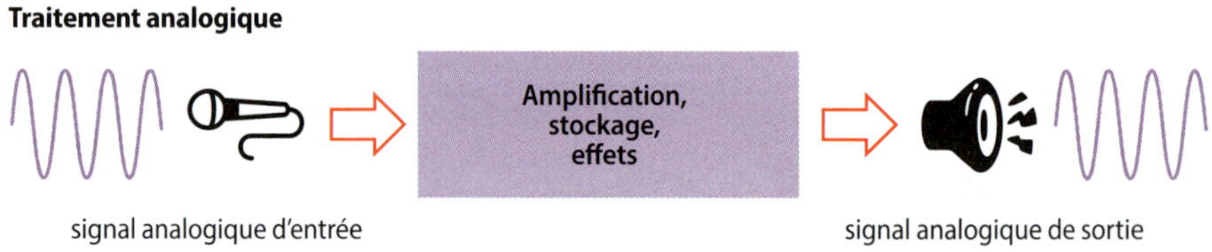


**Traitement numérique**

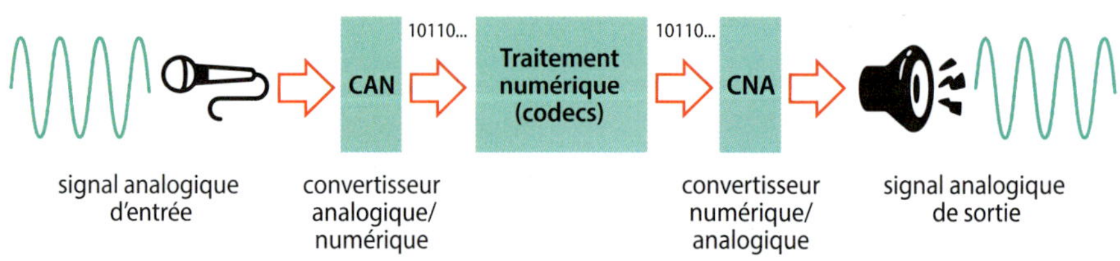


**VOCABULAIRE**

- **Signal analogique :** signal continu qui peut prendre une infinité de valeurs.
- **Signal numérique :** signal discret (discontinu), qui se résume en une succession de « 0 » et de « 1 ».

## 4 Le principe d'échantillonnage

Un signal sonore, de nature analogique, est converti en numérique en effectuant un **échantillonnage** (*sampling* en anglais) à une fréquence spécifique (ou **taux d'échantillonnage**) $f_e$ exprimée en Hz (qui correspond au nombre d'échantillons pris par seconde).

On utilise un circuit (échantillonneur-bloqueur) pour lequel tout se passe comme si on utilisait un interrupteur parfait que l'on ferme pendant un intervalle de temps très court puis que l'on ouvre pendant $T_e$. On prélève ainsi une valeur régulièrement tous les $T_e$ (**période d'échantillonnage**).

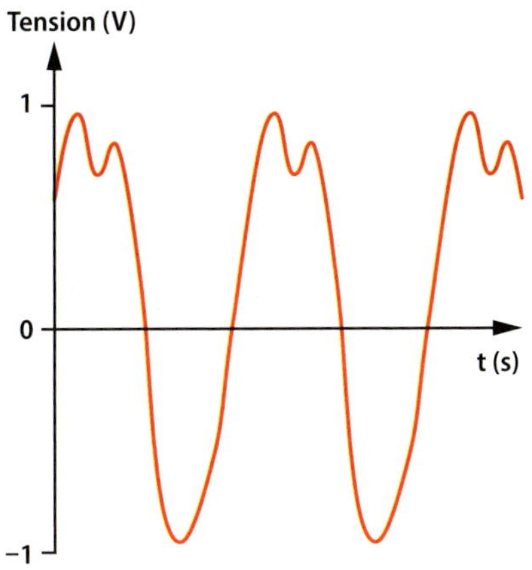

Signal analogique à échantillonner

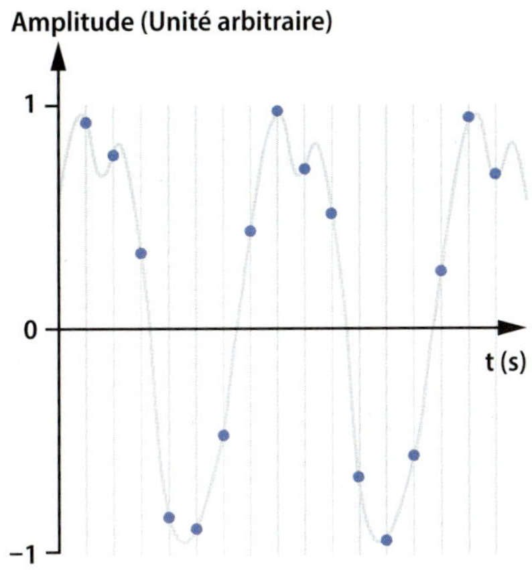

Signal échantillonné à la fréquence 10 kHz

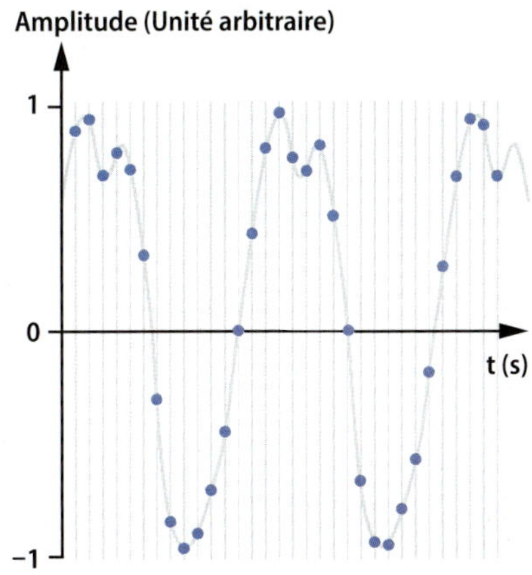

Signal échantillonné à la fréquence 20 kHz

À partir du signal échantillonné, on peut reconstituer plus ou moins fidèlement le signal avant de le reproduire.

Si la fréquence d'échantillonnage est trop faible, l'aspect du signal reconstitué est dégradé.

## 5 Un signal périodique simple à échantillonner

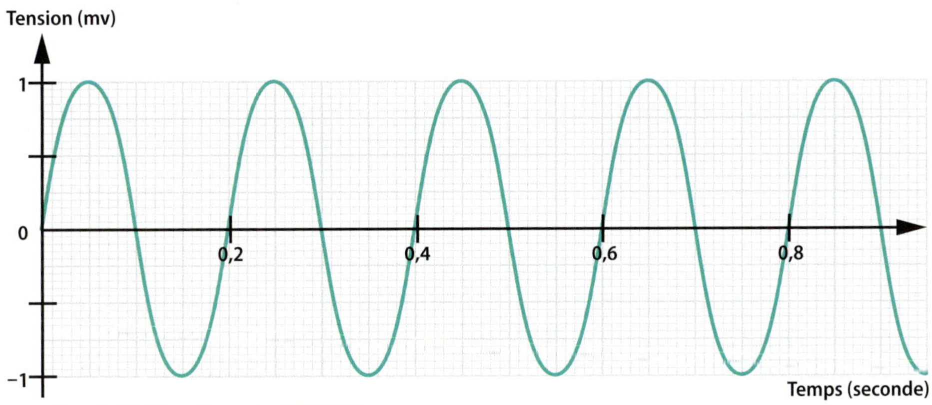


On effectue un échantillonnage à plusieurs fréquences fondamentales à partir du fichier analogique source fourni. Le logiciel permet ensuite de vérifier la qualité du prélèvement d'information pour chaque échantillonnage, en comparant chaque signal reconstitué au signal analogique de départ.

**hachette-clic.fr/24es1215** Protocole

## Consignes

### De l'analogique au numérique

**1.** À l'oral À l'aide des docs 1, 2 et 3, **identifier** les supports totalement analogiques et ceux ayant subi un traitement numérique. **Indiquer** les supports devenus complètement obsolètes et ceux qui continuent d'être commercialisés.

### Mettre en pratique le principe de l'échantillonnage

**2.** **Déterminer** la période $T_s$ du signal périodique représenté sur le doc 5 et **calculer** la fréquence $f_s$.

> **Donnée :** La relation entre $T_e$ (en s), durée écoulée entre deux dates successives d'échantillonnage, et $f_e$ (en Hz) est $T_e = \frac{1}{f_e}$.

**3.** Sur une feuille de papier millimétré, **reproduire** les axes du doc 5, et **placer** les points représentant graphiquement le résultat de l'échantillonnage du signal avec une période d'échantillonnage $T_e = 0{,}22$ s. **Effectuer à nouveau** les 2 étapes précédentes avec le même signal pour $T_e = 0{,}06$ s. (docs 4 et 5). **Commenter** le résultat obtenu.

### Reconstituer un son après échantillonnage

**4.** **Suivre** le protocole (doc 5).

**5.** **Calculer** à chaque essai le rapport entre la valeur minimale de fréquence d'échantillonnage $f_e$ trouvée et celle de la fréquence du signal de départ $f_s$. **Proposer**, à partir des résultats précédents, une condition entre $f_e$ et $f_s$ pour avoir un bon échantillonnage, c'est-à-dire une reconstitution fidèle du son d'origine.

Expérimentale

# Activité 2 Numérisation du son : quantification et compression

Les données binaires utilisées en informatique pour stocker des sons tels qu'une musique, une voix humaine ou des chants d'oiseaux sont stockées dans des fichiers sous forme numérique. Pour chacun d'eux, la quantification choisie est le fruit d'un compromis entre la dynamique du signal et la taille des informations qui conditionnent la qualité de la restitution.

**SAVOIR-FAIRE**
- Justifier le choix des paramètres de numérisation d'un son.
- Estimer la taille d'un fichier audio.
- Calculer un taux de compression.

**Comment coder les échantillons d'un signal audio en une série de nombres binaires ?**

## 1 Quantification

• La **quantification** est l'opération de la numérisation au cours de laquelle on attribue un nombre à chaque échantillon correspondant à la valeur du signal analogique à l'instant de l'échantillonnage, constituant ainsi une suite de valeurs discrètes. Ce nombre est ensuite codé pour être finalement exprimé en binaire. La précision dépend de la quantité $N$ de valeurs possibles que l'on peut attribuer à un échantillon. Cette valeur $N$ est déterminée par le nombre $n$ de bits disponibles (**résolution**) pour le codage binaire d'un échantillon suivant la relation : $N = 2^n$.

• Le **pas de quantification** (ou **quantum**) est la plus petite variation du signal qui peut être détectée : elle est d'autant meilleure que $n$ (donc $N$) est grand, puisque sa valeur correspond à l'écart maximal mesurable divisé par $N$.

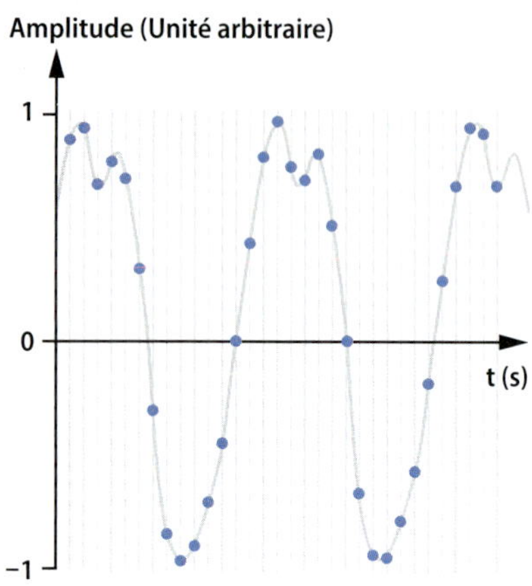


Échantillonnage à 20 kHz

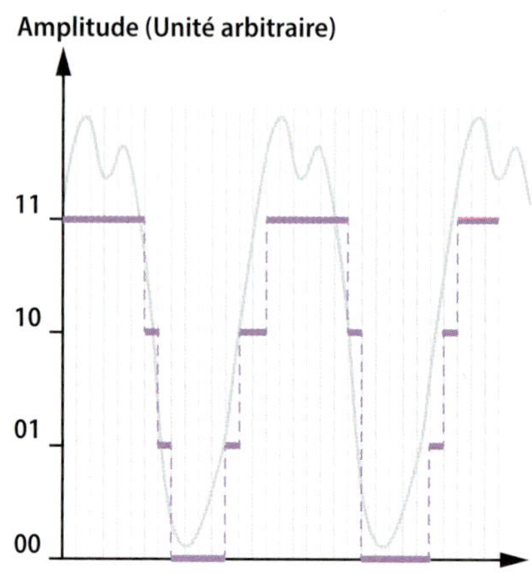


Quantification sur 2 bits
4 valeurs possibles

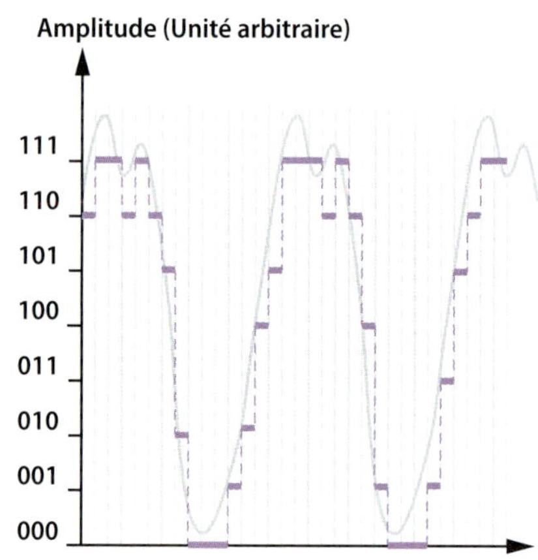


Quantification sur 3 bits
8 valeurs possibles

## 2 Bits et système binaire

Un bit (*binary digit*) représente l'unité d'information. Il peut prendre deux valeurs, notées par convention 0 et 1.

**Les dix premiers nombres décimaux en système binaire**

| décimal | binaire |
|---|---|
| 0 | 0 |
| 1 | 1 |
| 2 | 10 |
| 3 | 11 |
| 4 | 100 |

| décimal | binaire |
|---|---|
| 5 | 101 |
| 6 | 110 |
| 7 | 111 |
| 8 | 1000 |
| 9 | 1001 |

**Pour $n = 4$ bits par exemple, il y a $2^4 = 16$ valeurs possibles**

| | |
|---|---|
| 0000 | 0 |
| 0001 | 1 |
| 0010 | 2 |
| 0011 | 3 |
| 0100 | 4 |
| 0101 | 5 |

| | |
|---|---|
| 0110 | 6 |
| 0111 | 7 |
| 1000 | 8 |
| 1001 | 9 |
| 1010 | 10 |
| 1011 | 11 |

| | |
|---|---|
| 1100 | 12 |
| 1101 | 13 |
| 1110 | 14 |
| 1111 | 15 |

## 3 Les codecs

L'élément de programme qui transforme le signal en fichier et le fichier en signal s'appelle un codec, abréviation de COder-DECoder (codeur-décodeur). Les codecs s'appuient sur le matériel disponible dans les cartes son des ordinateurs ou sur des processeurs de traitement numérique du signal DSP (Digital Signal Processor). Ils gèrent le codage et le décodage des fichiers. Souvent, ils limitent la quantité d'information dans le signal de façon à réduire le débit (et donc la taille du fichier), en tenant compte de la perception humaine des sons et de la qualité de la reproduction qu'ils tolèrent.

## 4 Taille des fichiers audio

**hachette-clic.fr/24es1216** Mesurer une taille de fichier audio avec Audacity®

Il est possible de calculer la taille (on parle aussi du « poids ») d'une séquence sonore non compressée.

$$\text{taille du fichier son (bits)} = f_e \times n \times d \times N$$

- $f_e$ : fréquence d'échantillonnage (Hz)
- $n$ : nombre de bits sur lequel est codé l'échantillon
- $d$ : durée de la séquence (s)
- $N$ : nombre de canaux (ou voies) utilisés

La taille d'une séquence sonore peut aussi être estimée de la manière suivante :

$$\text{taille du fichier son (bits)} = d \times \text{débit}$$

- $d$ : durée de la séquence (s)
- débit : débit binaire choisi ($\text{bit} \cdot \text{s}^{-1}$)

## 5 Compression destructive ou non destructive

En général, le codage de source est suivi d'une opération de compression des données dont l'objectif est d'obtenir des fichiers plus légers, afin d'améliorer la vitesse de transfert sur internet ou de limiter l'espace de stockage utilisé sur un disque dur.
Le **taux de compression** est défini par le rapport du volume des données après compression sur le volume initial des données. Il peut être indiqué sous forme de pourcentage.
Certaines techniques utilisées par les codecs, dites « **sans perte** » ou « **non destructives** », permettent de compacter les données lors du codage, et de récupérer intégralement les informations lors du décompactage.
D'autres techniques de compression spécifiques au son, dites « **avec perte d'information** », éliminent les informations sonores auxquelles l'oreille humaine est peu sensible.
Les formats audio destructifs permettent de réduire fortement le poids des fichiers par rapport aux originaux : environ de 4 à 12 fois moins en fonction de la qualité retenue, mais la qualité pour ces formats se dégrade sensiblement en dessous de 192 kbit/s et de façon encore plus nette en dessous de 128 kbit/s.

**hachette-clic.fr/24es1217** Compromis entre espace de stockage et qualité audio

## 6 Caractéristiques de sons

| | |
|---|---|
| **Son qualité téléphone** 8 000 Hz | 8 bits |
| **Son qualité radio FM** 22 050 Hz | 16 bits |
| **Son qualité CD** 44 100 Hz | 16 bits |
| **Son qualité DVD** 48 000 Hz | 24 bits |
| **Son audio professionnel** 96 000 et 192 000 Hz | 24 et 32 bits |

## Consignes

### Mettre en pratique le principe de la quantification

1. **Réaliser** graphiquement la quantification du signal échantillonné avec $n = 4$ bits et comparer le résultat avec les autres graphiques du doc 1.
2. **Compléter**, à l'aide du graphe obtenu à la question 1, la suite des valeurs codées en binaire (doc 2) attribuées aux 16 premiers échantillons du signal : (1100, 1110, 1111, ...).

### Relier fréquence d'échantillonnage, finesse de la quantification et taille du fichier

3. **Réaliser** le protocole en suivant le lien du doc 4 et **répondre** aux questions qui y figurent (docs 3 et 4).

   **Rappel :** 1 octet = 8 bits

### Calculer le taux de compression

4. **Suivre** le protocole en ligne **hachette-clic.fr/24es1218**.

   **Comparer** les caractéristiques des fichiers audio compressés et **mettre en évidence** le côté « non destructif » du flac et la « perte d'informations » du mp3.

Numérique

# Activité 3 Qualité de la restitution et impact énergétique des modes d'écoute

Clips sur Youtube, *flow* de Deezer, abonnements à Spotify et bibliothèques iTunes ont peu à peu remplacé les CD.

**Quelle est l'influence du streaming sur la qualité musicale et l'impact énergétique de son usage intensif ?**

**SAVOIR-FAIRE**
- Comparer des caractéristiques de fichiers audio compressés.
- Discuter de la consommation énergétique des échanges de fichiers.

## 1 Débit internet nécessaire pour du streaming audio ou vidéo

| | |
|---|---|
| MP3 compressé | 128 à 320 kbit·s$^{-1}$ |
| Qualité CD | au minimum 1,4 Mb·s$^{-1}$ |
| TV en Haute Définition (HD) | minimum 6 Mb·s$^{-1}$ |
| TV en Ultra Haute Définition (4K) | minimum 25 Mb·s$^{-1}$ |

**hachette-clic.fr/24es1219** Avez-vous l'oreille assez affûtée pour reconnaître la qualité d'un fichier audio ? (site en anglais)

## 2 Masse de $CO_2$ émis par différents modes d'écoute de musique

Émissions en grammes de $CO_2$ équivalent ($CO_2$e) par heure d'écoute en streaming comparées au $CO_2$ équivalent d'un album vinyle ou d'un CD avec sa boîte (valeurs estimées)

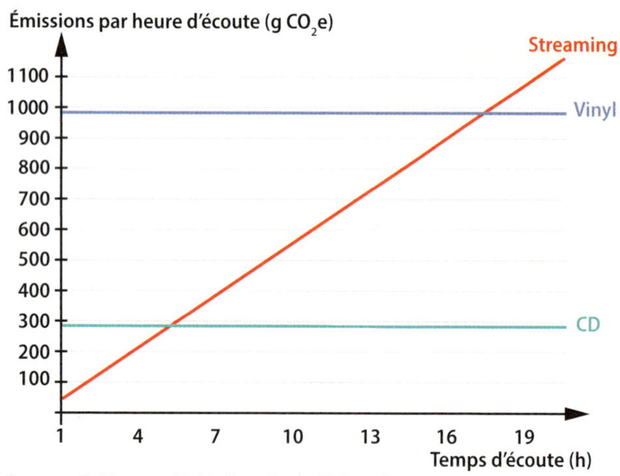


Source : S. George, D. McKay, Keele University

## 3 Le streaming, consommateur d'énergie

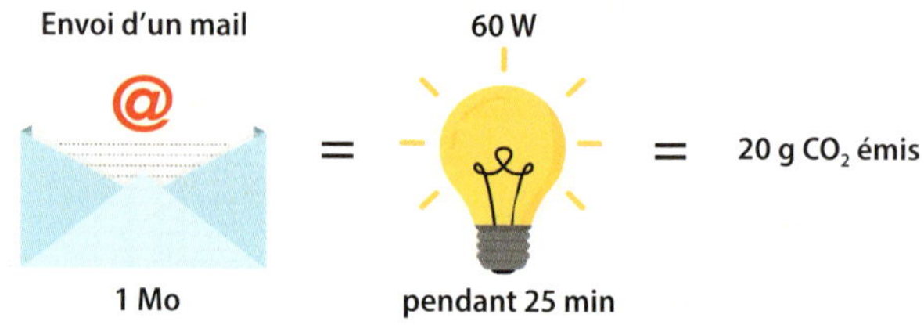


Existe-t-il une création musicale responsable et durable ? Quel est le coût environnemental de la musique ? […]
[…] Dans le dernier trimestre 2018, les clients de Spotify (100 millions d'abonnés, 207 millions d'utilisateurs mensuels) ont écouté 15 milliards d'heures de musique, soit environ 25 heures par personne et par mois. […] « Le fait de diffuser un album sur Internet plus de 27 fois consomme probablement plus d'énergie que nécessaire pour produire et fabriquer un CD », conclut Enviro2B, qui conseille de télécharger des fichiers sur un smartphone ou un ordinateur pour les écouter ensuite « 10 ou 1 000 fois, cela aura peu de conséquences », alors que charger 1 000 fois un fichier en streaming mène tout droit au gaspillage.

Source : V. Montaigne, societe.sacem.fr, 2019

Un centre de données

## Consignes

### Fichiers numériques et énergie

1. En considérant, sur la totalité de son cycle de vie, que l'énergie consommée par 1 Mo de musique écoutée en streaming est équivalente à celle d'un mail de même taille, **estimer**, en kWh, l'énergie qu'auraient consommée les abonnés de Spotify en 2018 s'ils avaient disposé d'une qualité CD-audio (docs 1 et 3).
2. En réalité, les clients de Spotify « gratuit » disposent d'une qualité MP3 compressé à 128 kbit·s$^{-1}$. **Calculer** leur consommation en kWh par personne et par mois en énergie (docs 1 et 3).
3. **Déterminer**, à l'aide du graphique du doc 2, au bout de combien d'heures d'écoute un album diffusé en streaming devient plus nocif pour l'environnement en termes d'émission de $CO_2$ qu'un CD audio.
4. **Estimer** la masse de $CO_2$ équivalent dégagée par heure lors d'une écoute dématérialisée en streaming (doc 2).

### Modifier sa consommation numérique

5. **Lister** les modifications comportementales que l'on pourrait préconiser pour une consommation durable de l'audio-vidéo numérique (doc 3) ?

## Le cours

# 1 De l'analogique au numérique

● Un signal analogique sonore est une grandeur physique qui évolue continûment au cours du temps, constituant un ensemble d'informations.

Un signal numérique est un ensemble discret (c'est-à-dire discontinu) d'informations.

Pour transformer un signal analogique en signal numérique, il faut discrétiser les informations : on parle de numérisation.

● La numérisation est la transformation d'un signal analogique en signal numérique.
Elle combine deux actions simultanées :

– l'échantillonnage (ou *sampling*) : des échantillons d'un signal sonore (analogique) sont prélevés périodiquement.

– la quantification : une valeur numérique est affectée à chaque échantillon prélevé.

Le son est ainsi codé sous la forme d'une suite de 1 et de 0, les éléments binaires ou bits.

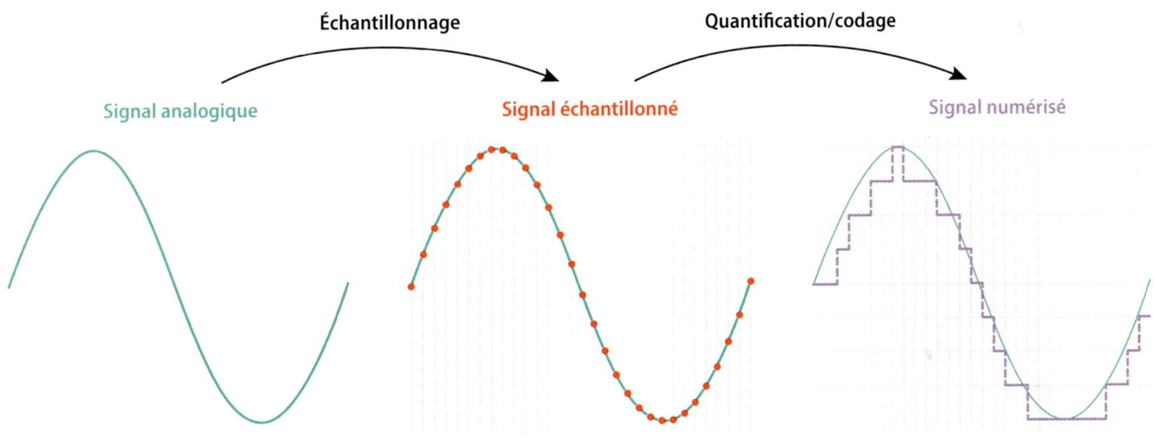


● Plus la fréquence d'échantillonnage (ou taux d'échantillonnage) est élevée et la quantification est fine, plus la numérisation est fidèle, mais plus la taille du fichier audio est grande.

La reproduction fidèle du signal analogique nécessite une fréquence d'échantillonnage au moins égale au double de celle du son originel.

● La taille d'une séquence sonore non compressée peut être estimée de la manière suivante :

$$\text{taille du fichier son (bits)} = f_e \times n \times d \times N$$

- $f_e$ : fréquence d'échantillonnage (Hz)
- $n$ : nombre de bits sur lequel est codé l'échantillon
- $d$ : durée de la séquence (s)
- $N$ : nombre de canaux (ou voies) utilisés

ou

$$\text{taille du fichier son (bits)} = d \times \text{débit}$$

- $d$ : durée de la séquence (s)
- débit : débit binaire choisi ($bit \cdot s^{-1}$)

Évolution des supports et modes de diffusion musicale

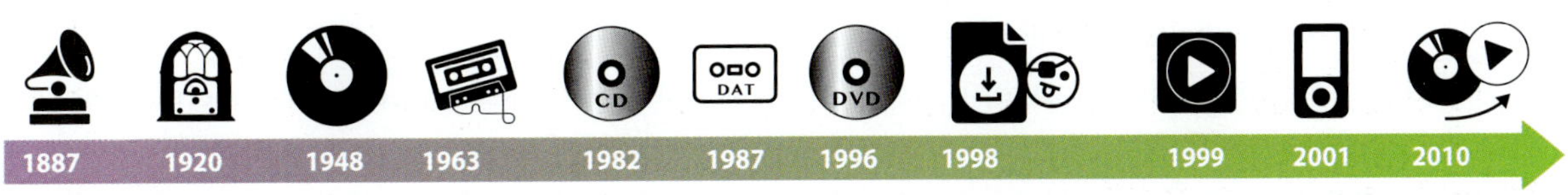


| 1887 | 1920 | 1948 | 1963 | 1982 | 1987 | 1996 | 1998 | 1999 | 2001 | 2010 |
|---|---|---|---|---|---|---|---|---|---|---|
| Premier disque et gramophone | Diffusion de musique à la radio | Disque vinyle 33 tours | Cassette audio à bande magnétique | Disque compact (CD) | Cassette numérique (DAT) | DVD-Audio | Peer to peer (réseau de partage et d'échange) : possibilité de piratage | Début du streaming | Baladeur numérique | Retour du vinyle et croissance du streaming |

# Le cours

## 2 Codage et décodage d'un signal

● L'élément de programme qui transforme le signal en fichier et le fichier en signal s'appelle un codec, abréviation de COder-DECoder (*codeur-décodeur*).

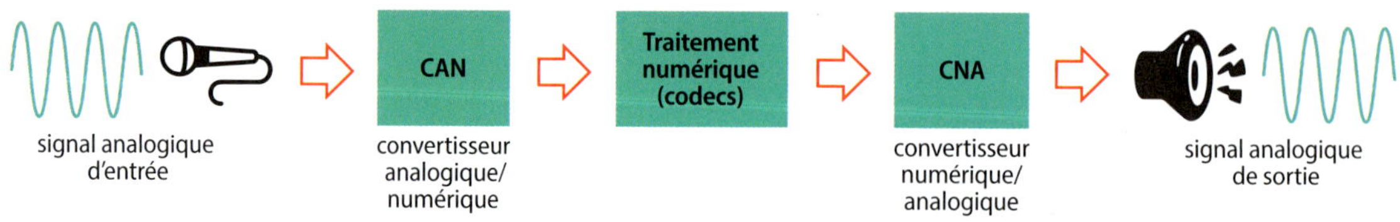


● Une grande variété de codecs est proposée. Chacun permet de choisir la qualité pour chaque fichier audio en sélectionnant un type de codage donné, avec ou sans compression, la fréquence d'échantillonnage ou le nombre de bits de quantification. Certains programmes sont également spécialement développés pour le streaming (flux en continu).

## 3 Compression d'un fichier audio et qualité de la restitution

**Quelques exemples de fichiers**

| Format | Compression | Taux de compression | Débit | Qualité | Usage |
|---|---|---|---|---|---|
| WAV | Aucune compression | 100 % | 1 411 kb/s | Très bonne | CD |
| AIFF  | Aucune compression | 100 % | | Très bonne | Streaming |
| FLAC | Non destructive | 40 à 50 % | 2 à 8 Mb/s | Très bonne | Streaming |
| OGG | Avec perte d'information | 10 à 20 % | Jusqu'à 500 kb/s | Bonne à 500 kb/s ou moyenne aux débits inférieurs | Baladeur Streaming/podcast |
| MP3 | Avec perte d'information | 10 à 30 % | 96 à 320 kb/s | Assez bonne à 320 kb/s Passable à 96 kb/s | Baladeur Streaming |

● La compression consiste à diminuer la taille d'un fichier afin de faciliter son stockage et sa transmission. Cette dernière est liée au débit binaire des données.

$$\text{taux de compression en \%} = \frac{\text{taille des données après compression}}{\text{taille initiale des données}} \times 100$$

Le taux de compression est le rapport du volume des données après compression sur le volume initial des données.

● Lors de la numérisation, on peut garantir la qualité d'un signal, ou bien la réduire volontairement. Certaines techniques, dites « non destructives », permettent de compacter les données lors du codage, et de récupérer la totalité des informations lors du décompactage. Les techniques de compression spécifiques au son, dites « avec perte d'information », éliminent les informations sonores auxquelles l'oreille est peu sensible.

Un compromis doit souvent être effectué pour concilier un poids des fichiers acceptable en conservant une qualité adaptée aux conditions d'écoute.

● Le poids des fichiers a également une incidence sur leur stockage et les flux d'échange audio et vidéo par le streaming : ceci induit une problématique énergétique dont il faut tenir compte, afin de faire des choix raisonnés.

# Carte Mentale

## NUMÉRISATION DU SON

### Compression = diminution taille fichier

- Technique non destructive
- Technique dite " avec perte d'information " = élimination des informations peu ressenties par l'oreille

**Taux de compression**

- Stockage
- Transmission

### Formats de codage

MP3
WAV

### Reproduction fidèle

Quand la fréquence d'échantillonnage est élevée et la quantification fine

### Impact énergétique

- Production des supports numériques
- Énergie consommée pour le stockage et la transmission

### Discrétisation du signal analogique sonore

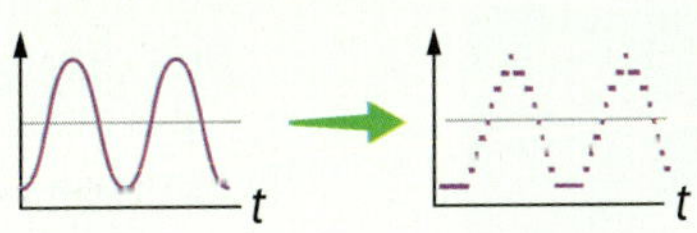


**Échantillonnage**

Fréquence d'échantillonnage en hertz élevée → numérisation fidèle → mais fichier lourd

**Quantification**

Nombre de bits

## FLASH CARDS MOTS-CLÉS

Mémorisez les mots-clés du chapitre grâce aux cartes mémo !

hachette-clic.fr/24es1221

signal analogique sonore | signal numérique | numérisation | fréquence d'échantillonnage | quantification | discrétisation du signal | compression non destructive | compression avec perte d'information | taux de compression | codec | streaming | débit binaire | bit | octet

# Exercices Tester ses connaissances

## QCM

CORRIGÉ p. 248

Pour chaque question, indiquer la (ou les) bonne(s) réponse(s).

Version interactive hachette-clic.fr/24es1222

| | | a | b | c | d |
|---|---|---|---|---|---|
| 1 | Les activités intervenant lors de la discrétisation d'un signal analogique sonore sont… | l'amplification. | l'échantillonnage. | la quantification. | la compression. |
| 2 | Lorsqu'un signal sonore est échantillonné en mono (sur une seule voie) à 44 100 Hz et codé sur 16 bits… | on capture 44 100 valeurs par minute. | la durée qui sépare deux échantillons consécutifs est d'environ 23 µs (microsecondes). | la taille des données échantillonnées pendant 1 min est inférieure à 1 mégaoctet (1 Mo soit 8 millions de bits). | la taille des données échantillonnées pendant 1 min est supérieure à 5 mégaoctets (5 Mo soit 40 millions de bits). |
| 3 | Un fichier wav de 84 082 ko est converti en mp3. La taille du fichier final est de 10 668 ko. Le taux de compression est alors de… | 7,9 % | 12,7 % | 73,4 % | 87,3 % |
| 4 | La qualité d'un enregistrement est meilleure lorsque… | la résolution est élevée. | la fréquence d'échantillonnage est faible. | le débit est réduit. | le fichier est compressé. |

## 5 Phrases à construire

**Écrire** une phrase qui contient les mots suivants :

a. fréquence d'échantillonnage, élevée, lourd, fidèle.

b. signal numérique, signal analogique, numérisation.

## 6 Définitions inversées

CORRIGÉ p. 248

**Retrouver** le terme ou l'expression scientifique derrière chaque définition.

a. Mesure, à intervalles réguliers, de la valeur de l'amplitude d'un signal continu, en vue d'établir une représentation approchée de ce signal.

b. Opération permettant de restreindre par approximation un grand ensemble de valeurs numériques possibles à un ensemble plus petit de valeurs discrètes.

c. Processus qui permet de diminuer la taille des fichiers afin de faciliter leur transmission.

d. Mesure de la quantité de données numériques transmises par unité de temps.

## 7 Calculs !

CORRIGÉ p. 248

**Recopier** ce tableau puis **effectuer** des calculs pour compléter les tailles de fichiers manquantes.

Espace disque à prévoir (en Mo) pour un enregistrement audio d'une minute en format non compressé.

| | Fréquence d'échantillonnage | | | | | |
|---|---|---|---|---|---|---|
| | 8 000 Hz | 22 050 Hz | 44 100 Hz | 48 000 Hz | 96 000 Hz | 192 000 Hz |
| Mono[1] 8 bits | 0,48 | 1,32 | 2,64 | 2,88 | | |
| Stéréo[2] 8 bits | 0,96 | 2,64 | 5,28 | 5,76 | | |
| Mono 16 bits | 0,96 | 2,64 | 5,28 | 5,76 | | |
| Stéréo 16 bits | 1,92 | 5,28 | 10,56 | | | |
| Mono 24 bits | 1,44 | 3,96 | 7,92 | | | |
| Stéréo 24 bits | 2,88 | 7,92 | 15,84 | | | |

[1] un canal ; [2] deux canaux

# Exercice résolu

## 8 Estimer la taille d'un fichier audio

L'enregistrement de la neuvième symphonie de Beethoven, dans sa version la plus longue dirigée par Wilhelm Furtwängler, jouée pour l'ouverture du festival de Bayreuth en 1951, dure exactement 74 minutes et 33 secondes. C'est cette durée qui aurait été choisie comme standard du CD.

**Débit binaire de transfert sur différents supports numériques**

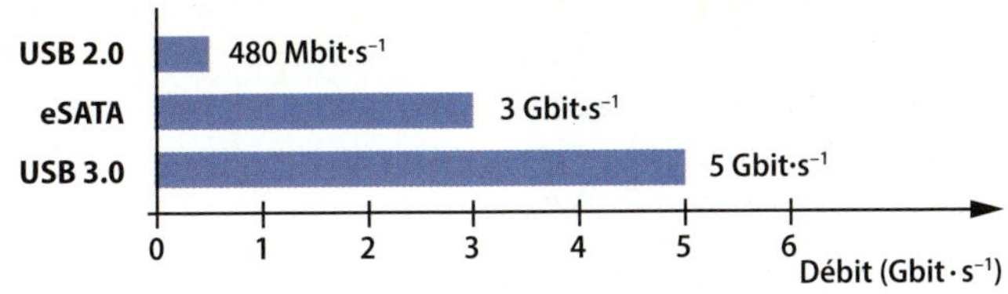

1. **Indiquer** la taille, en Mo, du fichier audio non compressé correspondant à cet enregistrement.
2. **Estimer** la durée de transfert des données non compressées contenues sur un support de 750 Mo vers une clé USB à la norme 2.0, vers une autre à la norme 3.0 et vers un disque dur externe eSATA.

**Données**

Pour un CD audio, on prendra une fréquence d'échantillonnage de 44,1 kHz, d'une qualité 16 bits sur 2 canaux en stéréophonie.

Conversion d'unités :
1 octet = 8 bits
1 kilooctet (ko) = $10^3$ octets
1 mégaoctet (Mo) = $10^6$ octets

### Conseils

Prendre en compte le nombre d'échantillons par seconde (fréquence d'échantillonnage), le nombre de bits sur lequel est codé un échantillon, le temps de la séquence (en seconde) et le nombre de voies (ou canaux) utilisées.
taille fichier sonore (bit) = fréquence d'échantillonnage (Hz) × nombre de bits × durée (s) × nombre de voies

8 bits correspondent à 1 octet. On obtient donc la taille en octets en divisant par 8.

Durée du transfert (s) = taille (bit) / débit binaire (bit/s)

### Solution

1. La fréquence d'échantillonnage indique qu'en une seconde, 44 100 échantillons sont codés, en 16 bits chacun, et ceci 2 fois (car il y a 2 canaux en stéréo : le canal gauche et le canal droit).

Durée de l'enregistrement en secondes :
74 min 33 s = (74 × 60 s) + 33 s = 4 473 s

Taille du fichier audio non compressé :
44 100 × 16 × 4 473 × 2 = 6 312 297 600 bits (plus de 6 milliards de bits)

Taille du fichier audio non compressé :
6 312 297 600 : 8 = 789 037 200 octets, soit 789 Mo

2. Pour une clé USB 2.0 : durée de transfert = $(750 \times 10^6 \times 8) / (480 \times 10^6) = 12{,}5$ s

Pour une clé USB 3.0 : durée de transfert = $(750 \times 10^6 \times 8) / (5 \times 10^9) = 1{,}2$ s

Pour un disque dur eSATA : durée de transfert = $(750 \times 10^6 \times 8) / (3 \times 10^9) = 2$ s

Remarque : Les durées réelles constatées sont en général plus longues. En effet les données doivent d'abord être lues avant d'être transférées, puis vérifiées après le transfert. De plus, les débits indiqués ne sont que des débits maximaux théoriques.

# Exercices — Développer ses compétences

## 9 Qualité FM !

**Quelques normes dans la numérisation du son**

| | | |
|---|---|---|
| Son qualité téléphone | 8 000 Hz | 8 bits |
| Son qualité radio FM | 22 050 Hz | 16 bits |
| Son qualité CD | 44 100 Hz | 16 bits |
| Son qualité DVD | 48 000 Hz | 24 bits |
| Son audio professionnel | 96 000 et 192 000 Hz | 24 et 32 bits |

1. **Indiquer** la fréquence la plus aiguë qui peut être restituée correctement par une radio FM.
2. **Indiquer** si cette fréquence est suffisante pour diffuser avec une très bonne qualité un journal d'informations, puis un morceau de musique.

**Données**
- La voix humaine est comprise dans une bande de fréquences allant de 60 Hz à 1 200 Hz.
- L'oreille humaine capte les sons de 20 à 20 000 Hz.

## 10 Numérisation d'un son

Un son numérisé est rendu audible en sortie d'un CNA (convertisseur numérique analogique).
En voici un extrait codé sur 4 bits.

| Date $t$ (s) | 0,00 | 0,02 | 0,04 | 0,06 | 0,08 | 0,10 | 0,12 | 0,14 | 0,16 | 0,18 | 0,20 | 0,22 | 0,24 | 0,26 | 0,28 |
|---|---|---|---|---|---|---|---|---|---|---|---|---|---|---|---|
| Code binaire | 0000 | 0101 | 1010 | 1111 | 1111 | 1010 | 0101 | 0000 | 0000 | 0101 | 1010 | 1111 | 1111 | 1010 | 0101 |
| Valeur décimale | | | | | | | | | | | | | | | |

1. **Trouver** la période et la fréquence d'échantillonnage.
2. **Recopier** le tableau et **compléter** les valeurs décimales correspondant au code binaire.
3. **Tracer** la courbe du signal sur un graphique en mettant le temps en abscisse.
4. **Indiquer** la période et la fréquence du signal reconstitué.

**Rappel**
Un mot binaire en 4 bits comme 0110 correspond à :
$0 \times 2^3 + 1 \times 2^2 + 1 \times 2^1 + 0 \times 2^0 = 0 \times 8 + 1 \times 4 + 1 \times 2 + 0 \times 1 = 6$
0110 en base 2 correspond donc au nombre 6 en base 10.
Voir doc 2 p. 216.

## 11 Longueur de piste — Spé Maths

Un vinyle 33 tours est un disque analogique de musique qui tourne à une vitesse de 33 tours par minute. Le sillon gravé sur sa surface porte des modulations. La lecture d'un microsillon se fait par un transducteur qui transforme la modulation gravée sur le disque en une modulation électrique, permettant la reproduction de la musique lorsqu'il est lu par une platine équipée d'une aiguille.

Sur les disques vinyles type 33 tours à deux faces, on stocke l'équivalent d'un album, soit environ 22 minutes par face. Cela pouvait représenter une longueur totale de piste par face de 600 m environ.

Sillon et pointe de lecture vus au MEB ▶
Image colorisée

1. **Calculer** la taille du fichier son encodé sur un CD stéréo de la même durée (44 minutes).
2. **Déterminer** parmi ces valeurs la longueur de piste des données numériques encodées sur ce CD.
   100 m • 600 m • 1 km • 3 km • 6 km

**Données**
- Le signal sera échantillonné à 44 100 Hz (44 100 bits par seconde) sur 16 bits.
- Chaque bit a une largeur de 1,6 µm.
- Il faut multiplier par deux voies pour avoir l'effet stéréo.

## 12 Stocker de la musique

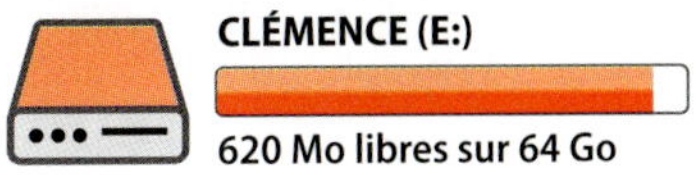


Il reste 620 Mo libres sur le smartphone de Clémence qui peut contenir 64 Go de données.
Elle souhaite y transférer trois albums de Taylor Swift dont les durées sont les suivantes :

| | |
|---|---|
| *Red* | 65 min 10 s |
| *Fearless* | 53 min 41 s |
| *Midnights* | 44 min 2 s |

**Calculer** l'espace libre qui restera sur le smartphone si les morceaux sont encodés en mp3 à 192 kbit·s$^{-1}$.

## 13 Qualité audio et perte d'informations

Maxime a téléchargé sur Internet une chanson qui a été numérisée et compressée à 22 050 Hz et 8 bits mono. Maxime, qui souhaite une qualité CD, modifie le fichier et le transcode en 44,1 kHz et 16 bits stéréo.

**Capture du logiciel Audacity**
Canaux gauche et droit après transformation du signal sonore.

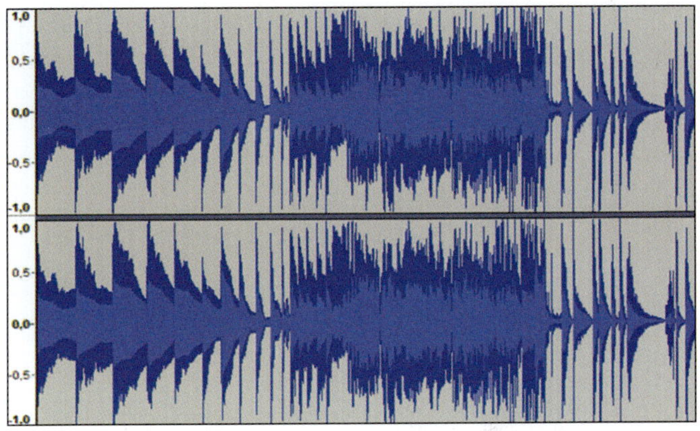


1. **Décrire** la sensation auditive que Maxime éprouve en écoutant au casque le fichier téléchargé avant transformation.
2. **Indiquer** si la qualité de la chanson a été améliorée par la transformation.
3. **Imaginer** comment Maxime peut améliorer la qualité du fichier téléchargé.

## 14 Évolution des habitudes d'écoute

**Science et société**

Revenus de la musique enregistrée dans le monde

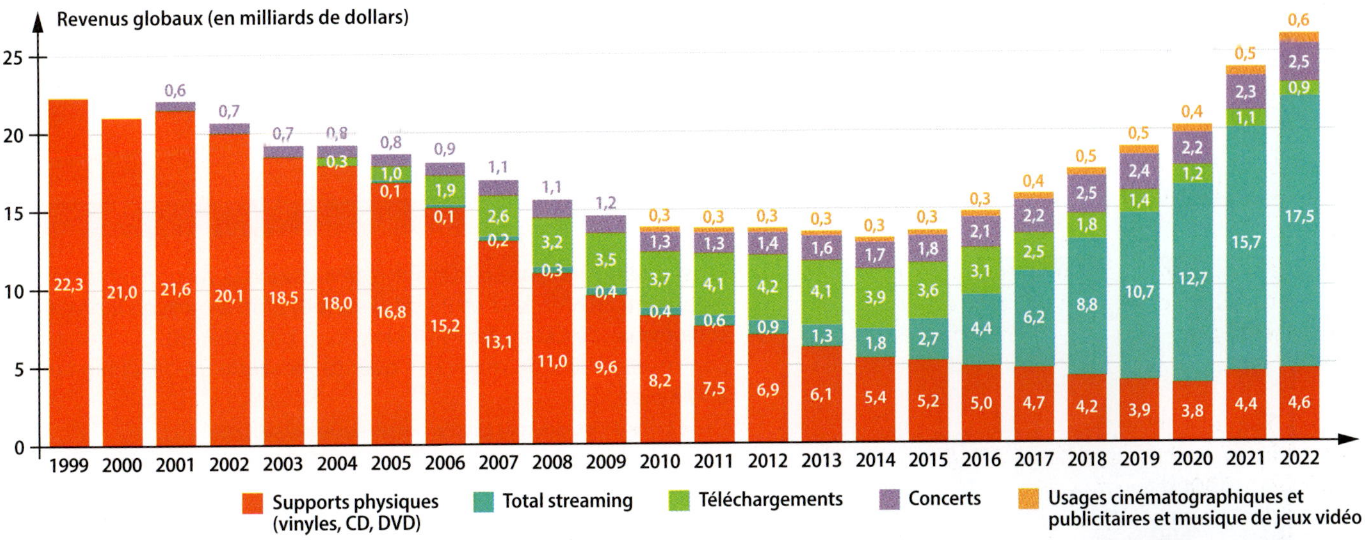


Source : IFPI, Global Music Report

1. **Décrire** la tendance du marché de la musique enregistrée dans le monde entre 1999 et 2014 et **proposer** une explication à cette évolution.
2. **Déterminer** à partir de quelle année la diffusion en streaming est devenue la source la plus importante de revenus.

## 15 Transmission de la voix par téléphone

**Spé physique**

La voix est un phénomène physique complexe. Lorsque nous parlons, nous produisons un ensemble de sons possédant des fréquences différentes (graves ou aiguës). Le domaine de fréquences (on parle de largeur de bande) que peuvent transmettre les lignes téléphoniques est officiellement compris entre 300 et 3 400 Hz, jugé suffisant pour garantir l'intelligibilité de la parole.

En téléphonie, on utilise généralement des échelles logarithmiques, afin de réduire la quantité de données à transmettre et pour s'adapter à la sensibilité de l'oreille qui varie non pas suivant l'amplitude du signal, mais suivant le logarithme de l'amplitude. La quantification des niveaux s'effectue donc en plages logarithmiques. Le codage par défaut est du 8 bits logarithmique à 8 kHz (norme G.711). Les télécommunications et particulièrement la téléphonie mobile, utilisent des codecs adaptés, à la transmission de la parole, moins exigeante que la musique.

### 1 Principaux codecs audio adaptés aux communications vocales

| | |
|---|---|
| GSM | 13 kbit·s$^{-1}$ (haut débit) |
| iLBC | 15 kbit·s$^{-1}$ ou 13,3 Ko·s$^{-1}$ |
| ITU G.711 | 64 kbit·s$^{-1}$, échantillon PCM. Aussi connu sous alaw/µlaw |
| ITU G.722 | 48/56/64 kbit·s$^{-1}$ |
| ITU G.723.1 | 5,3/6,3 kbit·s$^{-1}$ |
| ITU G.726 | 16/24/32/40 kbit·s$^{-1}$ |
| ITU G.728 | 16 kbit·s$^{-1}$ |
| ITU G.729 | 8 kbit·s$^{-1}$ |
| Speex | 2,15 à 44,2 kbit·s$^{-1}$ |
| LPC10 | 2,5 kbit·s$^{-1}$ |
| DoD CELP | 4,8 kbit·s$^{-1}$ |

### 2 Quantification linéaire et semi-logarithmique

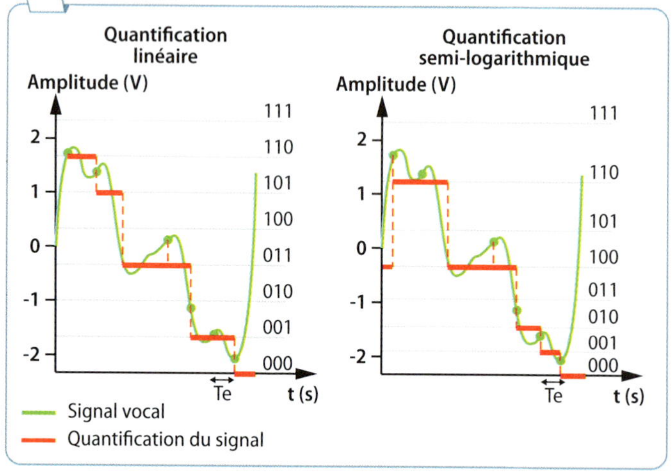


1. **Indiquer** si le choix de la valeur de la fréquence d'échantillonnage de 8 kHz pour la téléphonie est justifié.
2. **Expliquer** si les niveaux sonores faibles ou bien forts sont favorisés avec le codage logarithmique.
3. **Indiquer** si ce codage est adapté à la transmission de la voix par téléphone.
4. **Calculer** le débit qui aurait été nécessaire en norme G.711 pour des échantillons de 14 bits.

## 16 Débit binaire et streaming

Idriss a trouvé sur une plateforme de musique la version remastérisée en qualité HD (96 kHz et 24 bits, stéréo) d'un album qu'il possédait sous forme de CD audio (44,1 kHz et 16 bits, stéréo).

Son réseau WiFi, de mauvaise qualité, possède un débit binaire[1] de 250 Ko·s$^{-1}$.

1. nombre d'octets pouvant circuler sur le réseau par seconde.

**Indiquer** si le son du CD, puis celui du fichier HD pourront être transmis correctement pour une écoute en direct (streaming) sur ce réseau. **Justifier**.

**Donnée**

1 octet = 8 bits

## 17 Les centres de données, source de pollution ?

Science et société

### 1 Les centres de données, sources de pollution ou bons élèves du numérique ?

En 2017, les *data-centers* (DCs), en français centres de données, ont consommé pour leur fonctionnement 3 % de l'énergie électrique mondiale, soit un peu plus que le fonctionnement du réseau dont internet est une partie importante. L'explosion des usages du numérique, l'augmentation du nombre d'objets connectés et la relation entre énergie consommée et gaz à effet de serre libérés posent problème. D'un autre côté, l'augmentation rapide du prix de l'énergie a incité à une efficacité accrue des centres de données, permise par les nouvelles technologies de refroidissement des serveurs et de stockage des données.

### 2 Consommation d'énergie par les centres de données

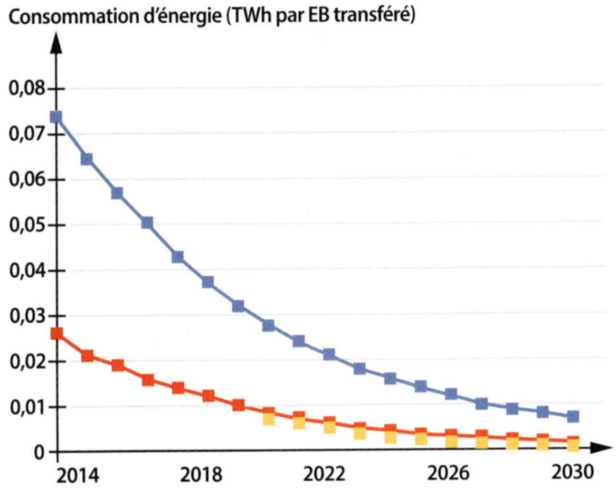


### 3 Trafic réseau des centres de données

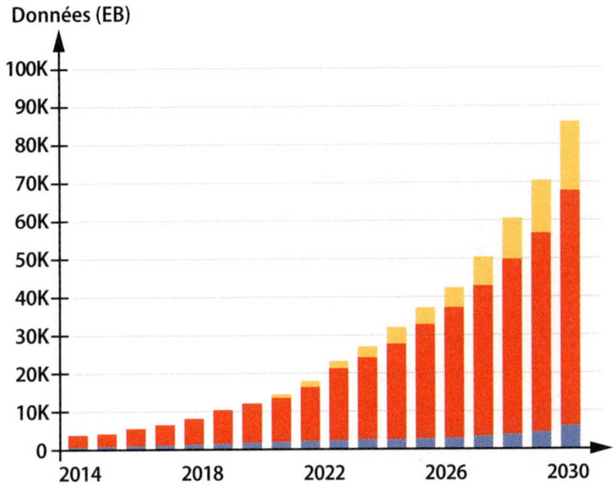


Source : Intelligent Efficiency for Data Centres & Wide Area Networks, Agence Internationale de l'Énergie

■ DC traditionnel : totalité des données stockées sur un seul site
■ DC pour le cloud : les données sont réparties sur plusieurs sites (moins de quantité à stocker par site, mais plus de trafic à prévoir)
■ DCs nouvelle génération

DC : Data Center (centre de données)

1. **Indiquer** quel développement a entraîné une forte augmentation du trafic des données stockées.
2. D'après les projections du document 3, **calculer** par combien serait multiplié l'usage du cloud entre 2014 et 2030.
3. En 2019, pour 1 EB stocké, **indiquer** combien de fois un centre de données traditionnel consomme d'énergie en plus qu'un centre consacré au cloud (doc 2).
4. Les centres de données gèrent de plus en plus de données mais ils ont un meilleur rendement énergétique. **Extrapoler** et **commenter** l'évolution de la consommation d'énergie par cette activité entre 2014 et 2030.
   **Aide :** Vous pourrez calculer la consommation d'énergie en 2014 puis en 2030 en combinant les valeurs issues des deux graphes.

**Données**
- 1 Térawattheure (TWh) correspond à $10^{12}$ wattheure (Wh) ou $10^{9}$ kilowattheure (kWh).
- 1 exabyte (EB) correspond à $10^{18}$ octets.

## 18 Obsolescence des supports numériques

Science et société

La transmission de la musique peut être dématérialisée, mais son stockage nécessite toujours un support physique.
Dans un reportage diffusé en 1983, le disque compact est présenté comme révolutionnaire, inusable et inrayable (défaut qui était souvent reproché aux disques vinyl).
Or, on estime aujourd'hui qu'un CD utilisé régulièrement ne reste dans son état d'origine que 3 ans en moyenne, et 100 ans stocké dans son boîtier si on ne l'utilise pas.
Par ailleurs, en dehors d'un défaut matériel du support, les évolutions logicielles, technologiques ou commerciales rendent parfois introuvables ou inutilisables les machines capables de décoder l'information contenue sur ces supports.

**hachette-clic.fr/24es1227** Vidéo : « Voici le compact-disc »

**Durée de vie estimée de différents supports de stockage**

| Type de disque | Durée de vie estimée (pour un usage moyen) |
|---|---|
| Hard Disk Drives (HDDs) | 4-7 ans |
| Solid-State Drives (SSDs) | 5-10 ans |
| Flash | 10 ans |
| DVD | 70 ans |

**Expliquer** les choix stratégiques qui semblent les plus sûrs pour stocker des données musicales à long terme.

# Déjà VU Déjà SU ?

**Pour chaque question, indiquer la ou les bonne(s) réponse(s).**

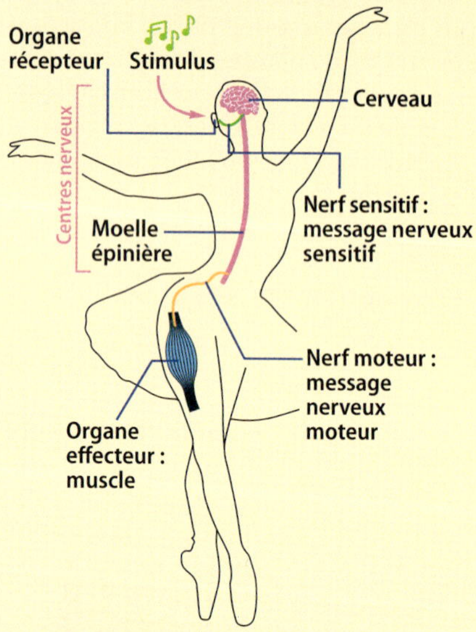


Schéma du trajet d'un message nerveux lors d'un mouvement volontaire

**1 Un stimulus est :**

a. un signal physique ou chimique susceptible d'activer un organe des sens.
b. un signal susceptible d'activer un muscle.
c. une électrode utilisée en physiologie.
d. un message nerveux transmis à un centre nerveux via un nerf.

**2 Un son est perçu d'autant plus aigu que :**

a. sa fréquence est élevée.
b. sa fréquence est basse.
c. le niveau d'intensité sonore est important.
d. le niveau d'intensité sonore est bas.

**3 Un son est perçu d'autant plus fort que :**

a. sa fréquence est élevée.
b. sa fréquence est basse.
c. le niveau d'intensité sonore est élevé.
d. le niveau d'intensité sonore est bas.

**4 Un son de fréquence trop élevée pour être audible par un être humain est :**

a. un son riche.
b. un ultrason.
c. un basson.
d. un infrason.

**5 Le cerveau :**

a. a pour fonction d'élaborer une réponse vers un organe effecteur.
b. réceptionne et intègre les informations sensitives pour élaborer une réponse adaptée.
c. est le seul centre nerveux de l'organisme.

# Comprendre et pratiquer les sciences

## Nature et élaboration du savoir scientifique

Utiliser les techniques d'Imagerie par Résonance Magnétique pour explorer l'anatomie du cerveau et identifier les zones impliquées dans l'audition. > Activité 3

## Des pratiques scientifiques

Mesurer l'effet des bouchons d'oreille sur l'atténuation du volume sonore.
Mesurer les niveaux sonores et évaluer les risques associés. > Activité 1

## Effets de la science sur les sociétés et sur l'environnement

Adopter des comportements permettant de protéger son audition.
Justifier les campagnes de prévention des risques liés aux bruits et les textes législatifs. > Activité 1, exercice 13
Étudier la pollution sonore dans des environnements divers. > Exercices 9, 16
Comprendre l'origine des pertes auditives et connaître les techniques permettant de les compenser. > Activités 2 et 4, exercice 15
Comprendre l'audition dans le règne animal. > Exercices 12 et 14

Chapitre 13

# Entendre et protéger son audition

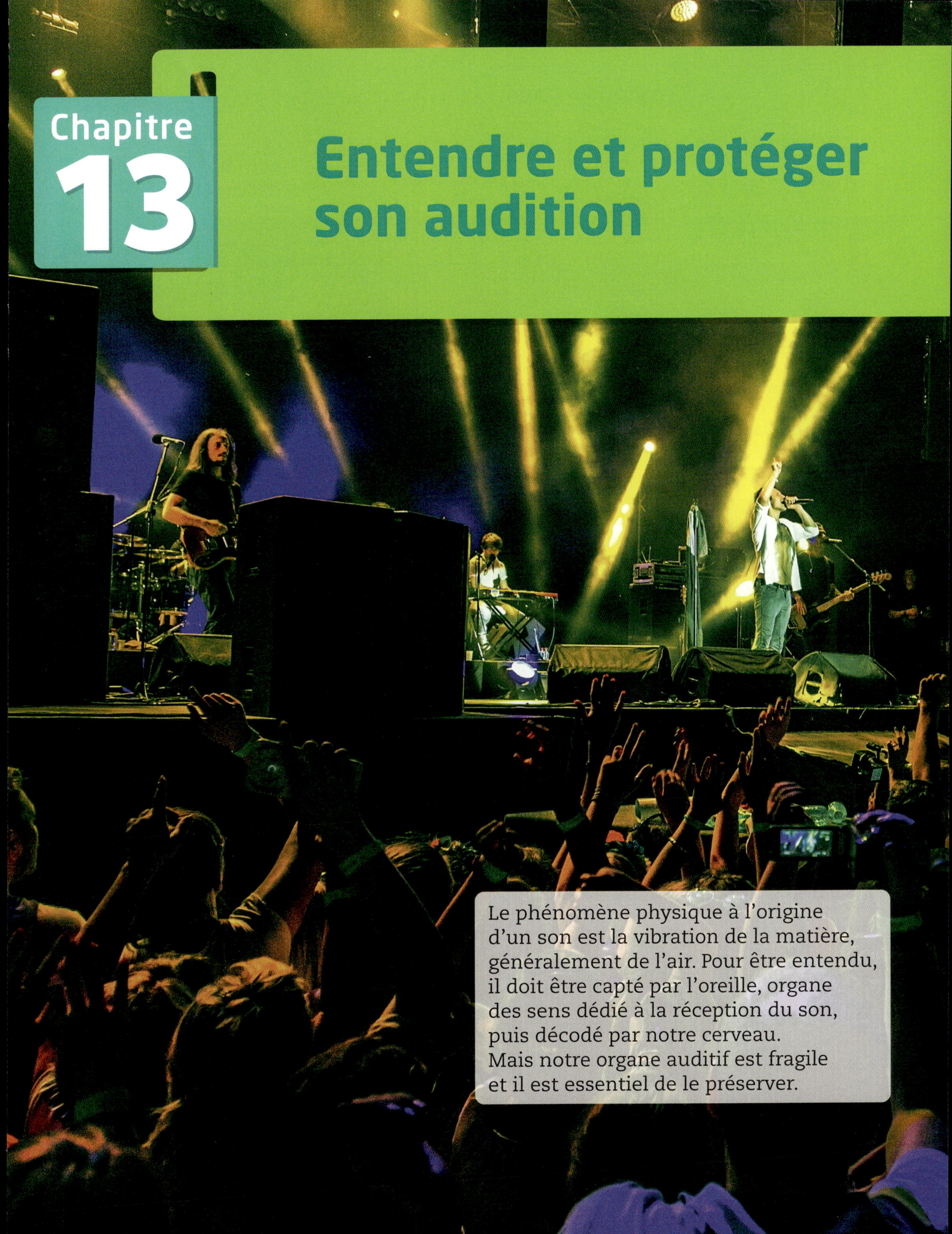

Le phénomène physique à l’origine d’un son est la vibration de la matière, généralement de l’air. Pour être entendu, il doit être capté par l’oreille, organe des sens dédié à la réception du son, puis décodé par notre cerveau. Mais notre organe auditif est fragile et il est essentiel de le préserver.

Sciences et santé

# Activité 1 Protéger son système auditif

Distribution gratuite de bouchons d'oreilles lors de concerts, affiches de prévention autour de l'exposition aux bruits, encadrement législatif du volume sonore dans les lieux publics, mesures de limitation du volume sonore des smartphones sont autant d'actions qui visent à protéger le système auditif, en particulier chez les jeunes.

**SAVOIR-FAIRE**

- Relier l'intensité du son et la durée d'écoute au risque encouru par l'oreille interne.
- Mesurer le niveau d'intensité sonore perçu en fonction de la distance à la source avec ou sans dispositif de protection.

## Pourquoi et comment protéger notre appareil auditif ?

### 1 Campagne de prévention des risques auditifs à destination des jeunes

hachette-clic.fr/24es1230
Nos oreilles on y tient !

### 2 Des risques liés à l'environnement sonore

L'écoute de sons trop intenses et/ou de façon trop durable entraîne des dommages sur le système auditif. 56 % des 15-17 ans ont déjà ressenti des phénomènes de sifflement ou bourdonnement dans les oreilles suite à l'écoute de musique avec casque ou écouteurs, 9 % des 15-17 ans souffrant d'acouphènes déclarent une perte auditive associée.

**Temps d'exposition maximal avant dommages sur le système auditif en fonction du niveau sonore**

| | |
|---|---|
| **80 dB** | 8 heures |
| **83 dB** | 4 heures |
| **86 dB** | 2 heures |
| **89 dB** | 1 heure |
| **92 dB** | 30 min |
| **95 dB** | 15 min |
| **98 dB** | 7 min 30 s |
| **101 dB** | 3 min 45 s |

| | |
|---|---|
| **104 dB** | 1 min 53 s |
| **107 dB** | 56 secondes |
| **110 dB** | 28 secondes |
| **113 dB** | 14 secondes |
| **116 dB** | 7 secondes |
| **119 dB** | 3,5 secondes |
| **122 dB** | 1,7 secondes |

### 3 Échelle d'intensité des sons et dangers pour l'oreille

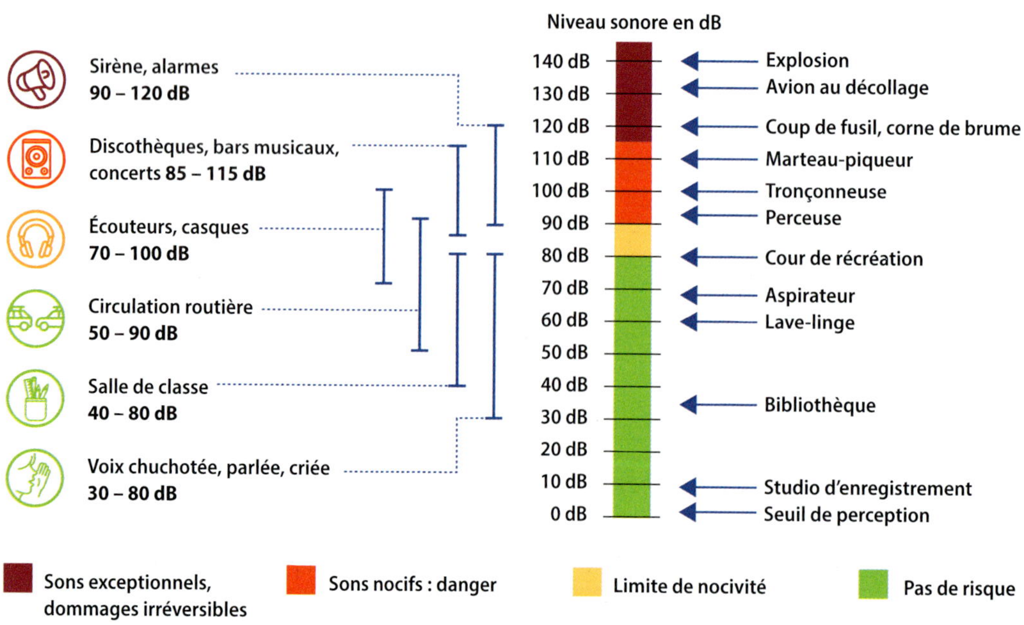

Source : cochlea.org, consulté en 2023

## 4 Effet d'un bouchon d'oreille sur le niveau sonore reçu

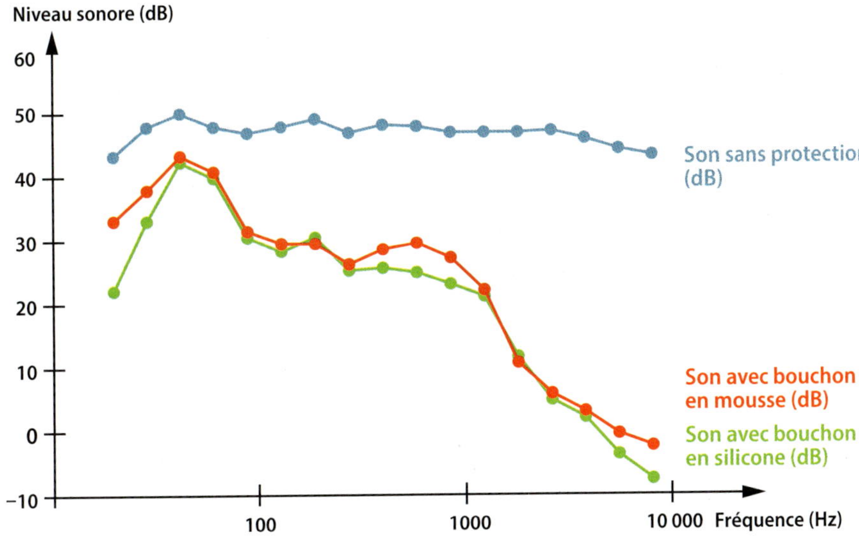


Source : adapté de Wirecutter, *New York Times*, 2020

Dans le milieu de la course automobile, les pilotes sont exposés à des niveaux sonores extrêmement élevés. Pour protéger leur audition, ils portent des bouchons d'oreilles sur mesure qui offrent une excellente réduction du bruit, tout en leur permettant d'entendre les sons importants des pistes.

## 5 Atténuation sonore en fonction de l'éloignement à la source

Lors d'un concert, s'éloigner régulièrement pendant quelques minutes de la scène participe à préserver le système auditif.

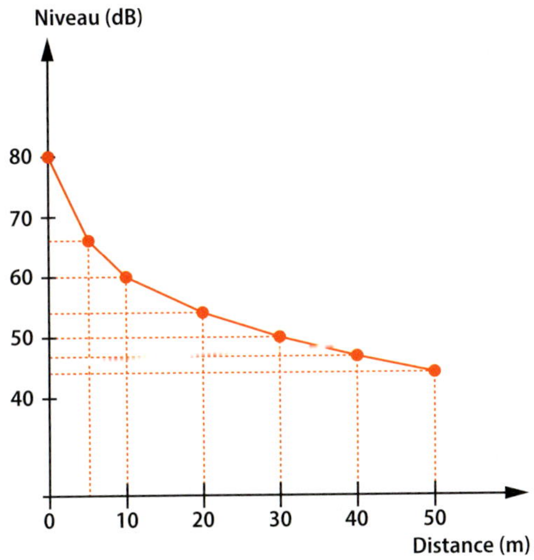


**hachette-clic.fr/24es1231**
Calculateur d'atténuation acoustique

## 6 Une réglementation française pour les lieux recevant du public

Décret du 7 août 2017 au sujet de la prévention des risques liés au bruit (extraits).

- Ne pas dépasser, à aucun moment et à aucun endroit accessible au public, les niveaux de pression acoustique continus équivalents à 102 décibels sur 15 min
- Pour les enfants jusqu'à l'âge de 6 ans révolus, ces niveaux de pression acoustique ne doivent pas dépasser 94 décibels sur 15 minutes.
- Informer le public sur les risques auditifs.
- Mettre à la disposition du public à titre gratuit des protections auditives individuelles.
- Afficher en continu à proximité du système de contrôle de la sonorisation les niveaux sonores en décibels auxquels le public est exposé.

## Consignes À L'ORAL

1. **Décrire** les effets de l'écoute de sons trop durables et/ou trop intenses sur l'audition (docs 2 et 3).
2. **Justifier** que des clips et des affiches de prévention soient diffusés aux jeunes (docs 1, 2 et 3).
3. **Expliquer** l'intérêt de porter des bouchons d'oreille ou de s'éloigner de la scène lors d'un concert respectant la législation sur les niveaux sonores (tous les documents).

Sciences et santé

# Activité 2 Des capacités auditives variables selon les individus

Des sons trop intenses et/ou trop durables, mais aussi des infections peuvent causer des dommages auditifs. Notre oreille, organe des sens spécialisé dans la captation et la transmission des sons de notre environnement, est un organe fragile, et ses performances sont variables selon les individus.

**Comment expliquer des performances auditives différentes selon les individus ?**

**SAVOIR-FAIRE**

- Relier l'organisation de l'oreille externe et de l'oreille moyenne à la réception et la transmission de la vibration sonore.
- Interpréter des données de microscopie pour comprendre le fonctionnement des cellules ciliées et la fragilité du système auditif.
- Analyser des anomalies et pathologies auditives.

## 1 L'oreille, un organe des sens en grande partie invisible

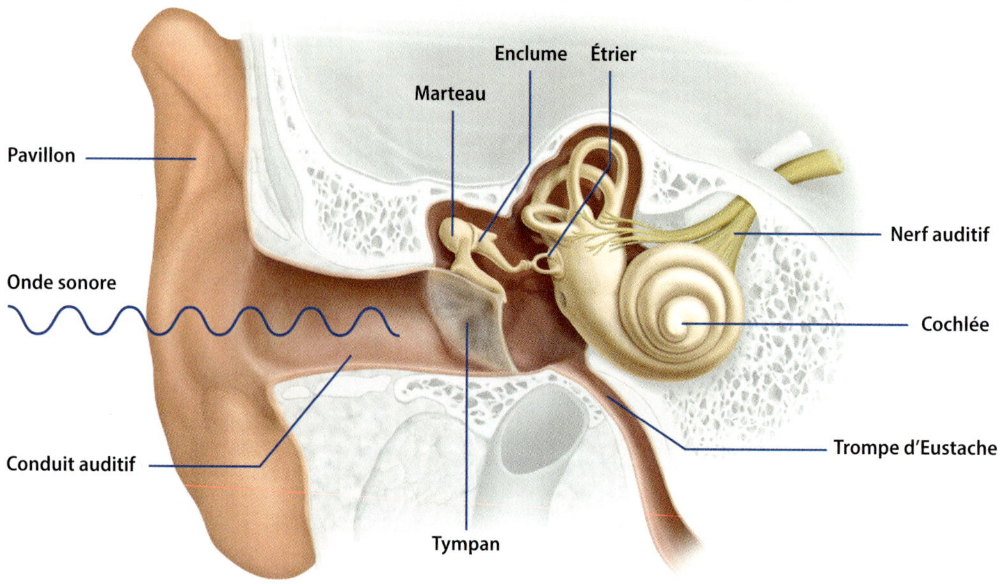


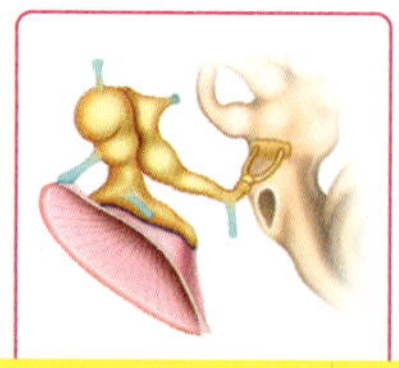

hachette-clic.fr/24es1232
Vidéo « Le fonctionnement de l'oreille : transmission des vibrations par le tympan puis les osselets »

## 2 Les cellules ciliées : de la vibration sonore au message nerveux

La cochlée renferme entre 15 et 20 000 cellules ciliées, ce qui est très peu par rapport aux millions de photorécepteurs de la rétine. De plus, ces cellules ne se renouvellent pas lorsqu'elles sont altérées. Elles captent les vibrations du liquide cochléaire et les convertissent en un message nerveux conduit par le nerf auditif. Chaque cellule ciliée est stimulée par une fréquence de son précise, ce qui permet de distinguer des sons différents.

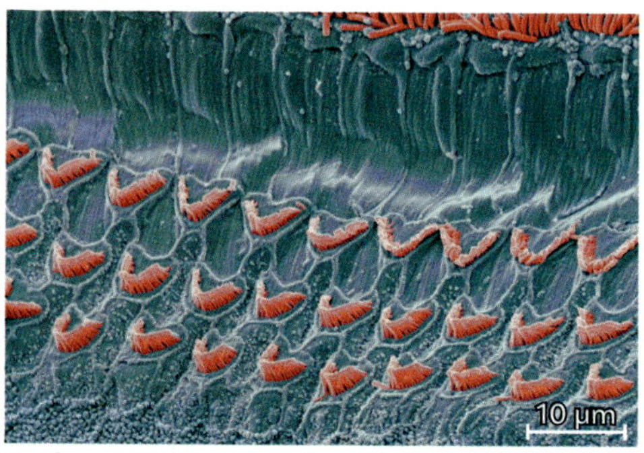


Surface à l'intérieur de la cochlée
MEB, image colorisée

Cellule ciliée isolée
MO à contraste de phase

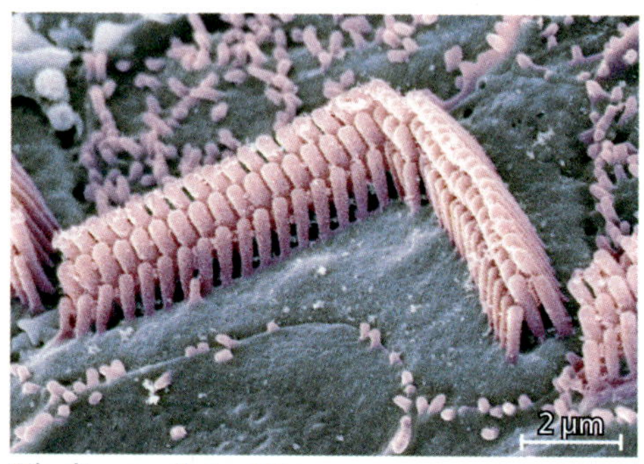


Cils d'une cellule ciliée
MEB, image colorisée

## 3 Perte auditive selon l'âge chez l'être humain

Un audiogramme permet de mesurer l'acuité auditive en fonction des fréquences de la parole humaine. Des moyennes sont présentées ici en fonction de l'âge.

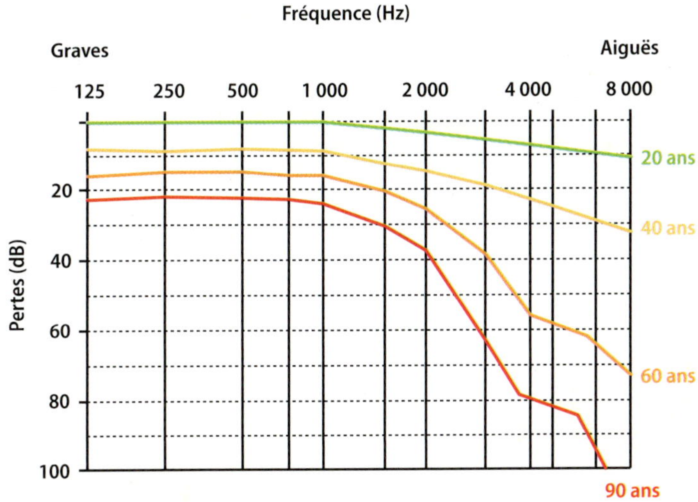


Source : cochlea.eu, consulté en 2023

**hachette-clic.fr/24es1233** Testez vos capacités auditives !

## 4 Le champ auditif humain

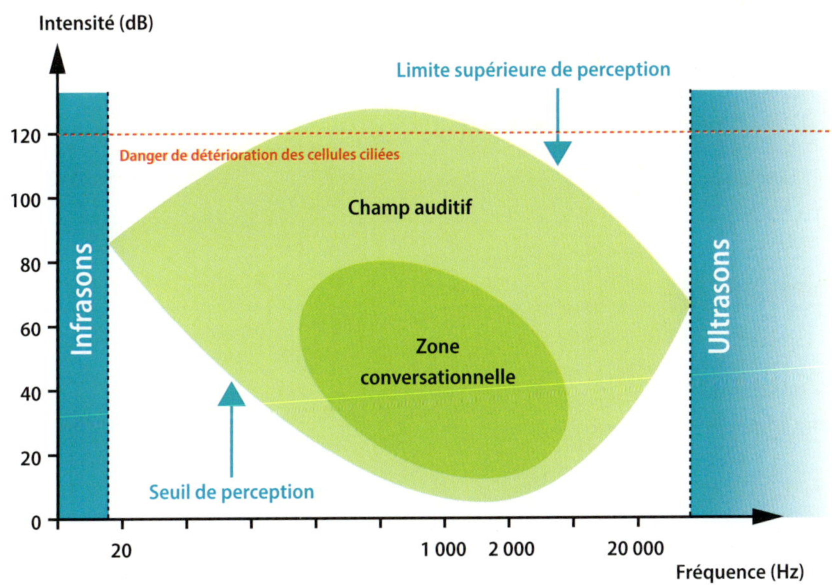


Source : cochlea.eu, consulté en 2023

La zone conversationnelle définit les sons utilisés pour la communication par la voix humaine : ce n'est que lorsque cette zone est affectée que le handicap auditif apparaît vraiment.

## 5 Cellules ciliées et pertes auditives

Que leur cause soit génétique, liée à une maladie infectieuse, à l'exposition à des sons forts ou au vieillissement, certaines pertes auditives s'expliquent par des atteintes des cellules ciliées de la cochlée.

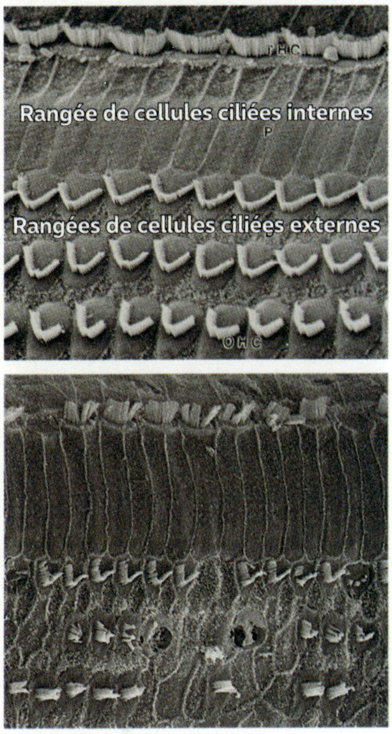


MEB
Source : R.V. Harrison, *International journal of pediatrics*, 2012

Cellules ciliées de cochlée observées au microscope électronique avant un traumatisme sonore (en haut) et quelques semaines après (en bas).

**MÉMO SCIENCES**

**Les individus ne sont pas égaux devant la perception du son.**
Les femmes possèdent une différence morphologique au niveau de la cochlée, ce qui leur confère une meilleure capacité à percevoir les hautes fréquences. De plus, l'éducation de l'oreille permet à chacun d'apprendre à percevoir des sons qui lui étaient auparavant inaudibles.

## Consignes À L'ORAL

1. **Expliquer** comment une oreille fonctionnelle capte l'environnement sonore. **Présenter** sous forme de schéma fonctionnel la succession des phénomènes depuis l'arrivée d'une onde sonore à l'oreille jusqu'à la naissance du message nerveux (docs 1 et 2).
2. **Décrire** les limites du champ auditif humain (doc 4).
3. **Montrer** que les capacités auditives sont inégales selon les individus, et en **identifier** certaines causes (docs 3 et 5).

Numérique

# Activité 3 Le cerveau décode les informations sonores

Le cerveau est un centre nerveux qui reçoit et intègre les informations qui lui parviennent pour élaborer une réponse adaptée.

**Comment le cerveau traite-t-il les informations auditives qui lui parviennent afin d'entendre et de comprendre l'univers sonore ?**

**SAVOIR-FAIRE**

Interpréter des données d'imagerie cérébrale relatives au traitement de l'information sonore.

## 1 Conversion de la vibration sonore en message nerveux par les cellules ciliées

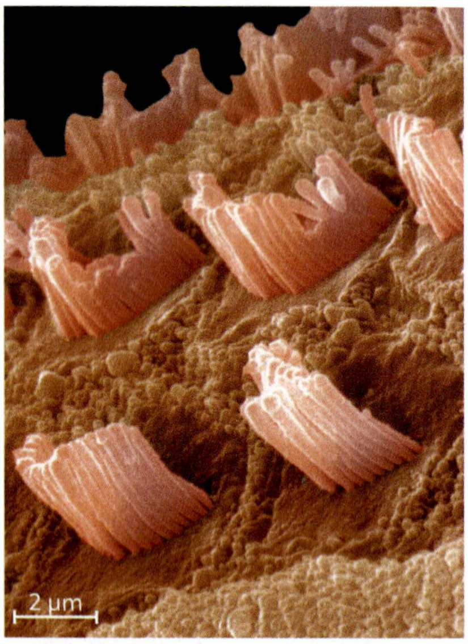


Cils de cellules ciliées de la cochlée
MEB, image colorisée.

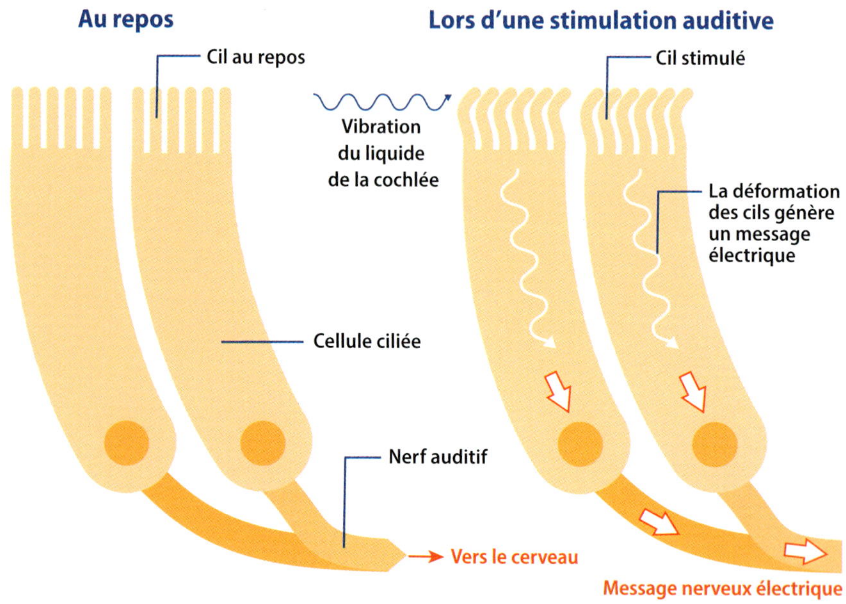


## 2 Des cellules ciliées au cerveau : les voies auditives

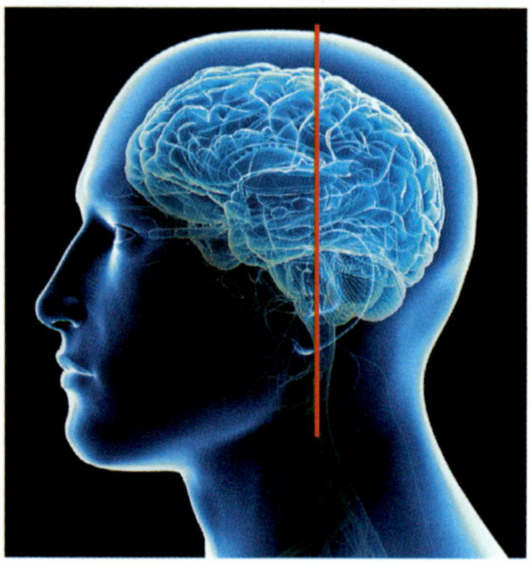

Localisation de la coupe de cerveau correspondant au schéma ci-contre

Le message nerveux sensitif, créé par les cellules ciliées, circule dans le nerf auditif jusqu'au cerveau où se trouvent les aires auditives. C'est à ce niveau que les sons sont traités, interprétés et mémorisés.

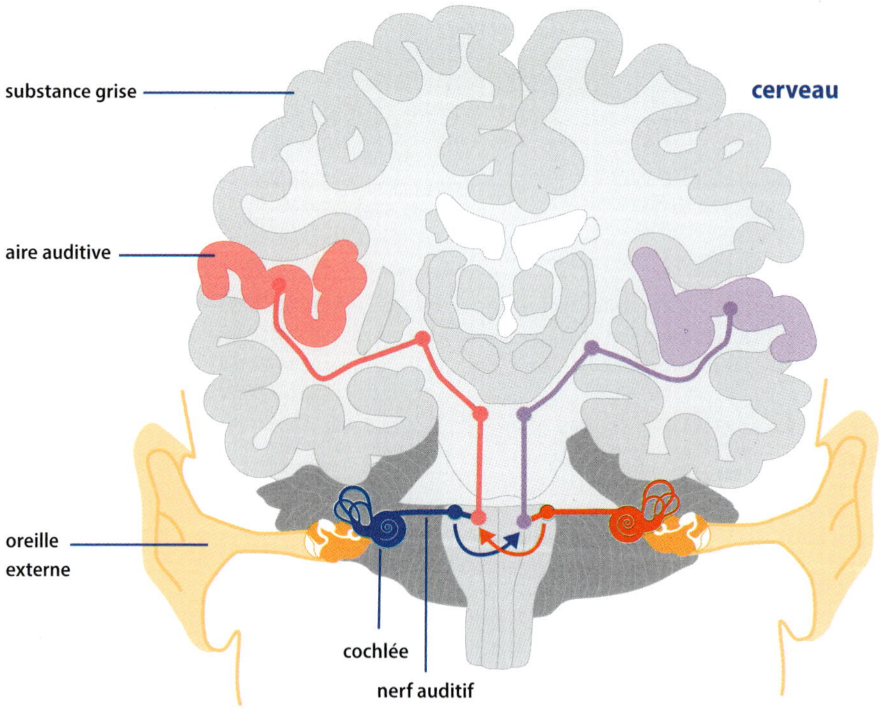


Source : S. Baudin, IFÉ, 2020

MÉMO SCIENCES

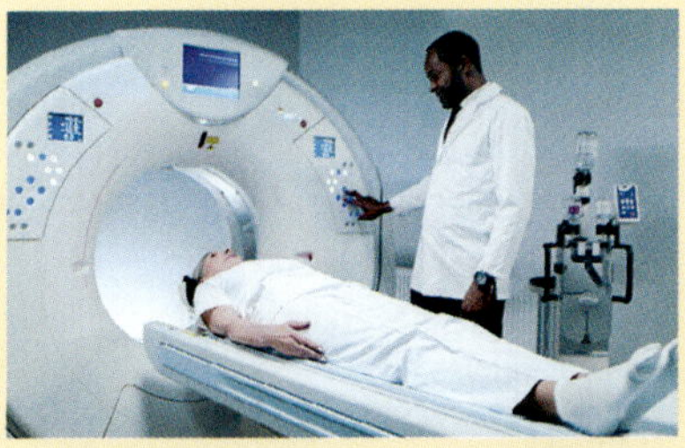

L'**IRM**[1] **anatomique** est une technique qui permet de visualiser l'**anatomie du cerveau**, tranche par tranche. Ses résultats apparaissent en niveaux de gris.

L'**IRM fonctionnelle** permet quant à elle de mesurer l'**activité des zones cérébrales**. En comparant les IRM fonctionnelles de personnes écoutant ou non un son, on identifie les zones cérébrales activées lors de l'écoute : elles apparaissent sous forme de taches colorées.

[1] IRM : Imagerie par Résonance Magnétique

## 3 Des IRM pour identifier les aires cérébrales impliquées dans l'audition

Voici des clichés d'IRM anatomique et fonctionnelle montrant les aires cérébrales activées lorsqu'un individu entend des sons dépourvus de sens (l'enregistrement témoin est celui d'un individu placé dans un environnement silencieux).

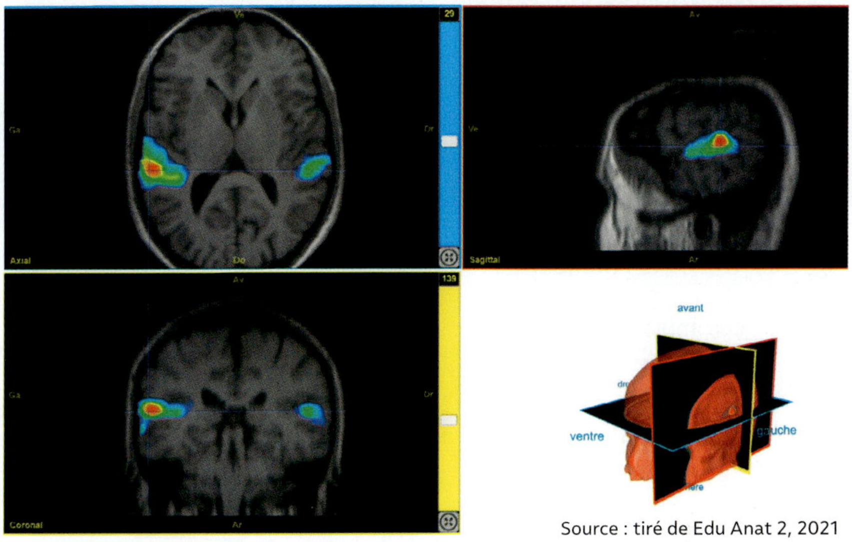


Source : tiré de Edu Anat 2, 2021

Seuil de visualisation : 50

Les couleurs indiquent la différence entre témoin et individu stimulé. Plus on tend vers le rouge, plus la différence d'activité cérébrale entre le témoin et l'individu testé est grande.

**hachette-clic.fr/24es1235** Application interactive : « Étude d'IRM virtuelles »

## 4 Le cerveau et ses zones spécialisées

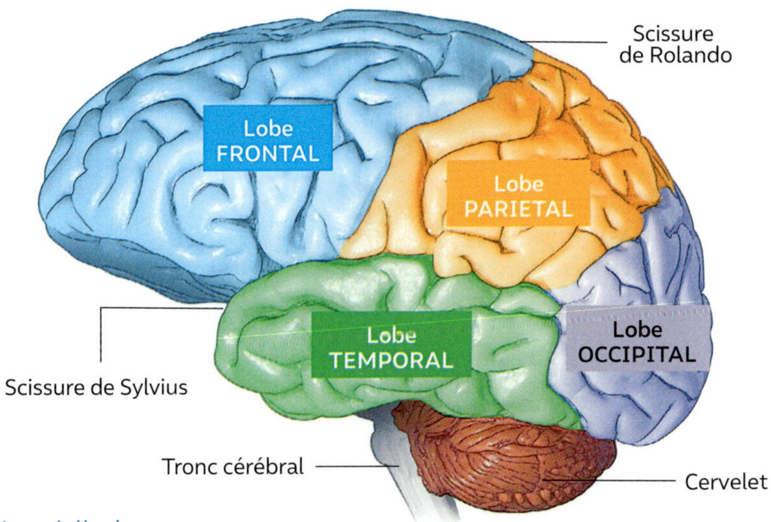


Les aires cérébrales

Diverses aires cérébrales sont impliquées dans l'audition. L'aire auditive primaire reçoit les messages du nerf auditif. Elle permet de décoder le son. Elle communique avec l'aire auditive secondaire qui affine le traitement en permettant par exemple la compréhension des mots.

Les aires auditives primaires et secondaires sont groupées au même endroit.

## Consignes

### Comprendre le processus de l'audition

1. À l'oral **Décrire** le rôle des cellules ciliées dans le processus d'audition (doc 1).
2. **Exploiter** les documents pour indiquer dans quel lobe cérébral se situe l'aire auditive impliquée dans l'écoute d'un son simple dépourvu de sens (docs 2, 3 et 4).

### Étudier des IRM virtuelles

3. **Modéliser** une IRM fonctionnelle avec l'application en lien dans le doc 5 pour repérer les zones du cerveau impliquées dans l'audition d'un son complexe, comme une liste de mots. **Indiquer** dans quel lobe cérébral ces zones se situent.
4. **Réaliser** une nouvelle modélisation d'IRM fonctionnelle d'une personne entendant un son simple (exemple : son de cloche). **Comparer** avec les résultats précédents et **expliquer** les différences constatées.
5. **Comparer** les IRM fonctionnelles obtenues pour une personne écoutant de la musique par rapport à une personne écoutant une chanson. **Indiquer** si cette observation confirme votre hypothèse précédente.

Sciences et santé

# Activité 4 Des techniques pour compenser les pertes auditives

Des traumatismes sonores, l'âge, mais aussi des dysfonctionnements de l'oreille ou du nerf auditif peuvent altérer l'audition, voire mener à une surdité. Depuis leur création, les appareils auditifs n'ont cessé de se développer, du cornet acoustique à l'implant cochléaire.

**SAVOIR-FAIRE**

- Exploiter des données épidémiologiques sur la santé auditive.
- Analyser des anomalies et pathologies auditives.

## Quelles techniques permettent de compenser une audition défaillante ?

### 1 Les implants cochléaires

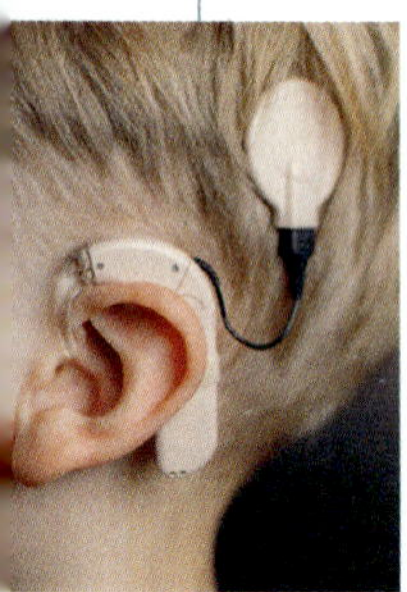

Les implants cochléaires sont indiqués chez les sourds profonds en cas de surdité de perception, quand le processus de transformation des vibrations en activité nerveuse est perturbé. Dans ce cas, des électrodes sont implantées au contact de la cochlée par voie chirurgicale et cela le plus tôt possible chez l'enfant, ce qui lui permettra de percevoir des sons, même approximatifs.

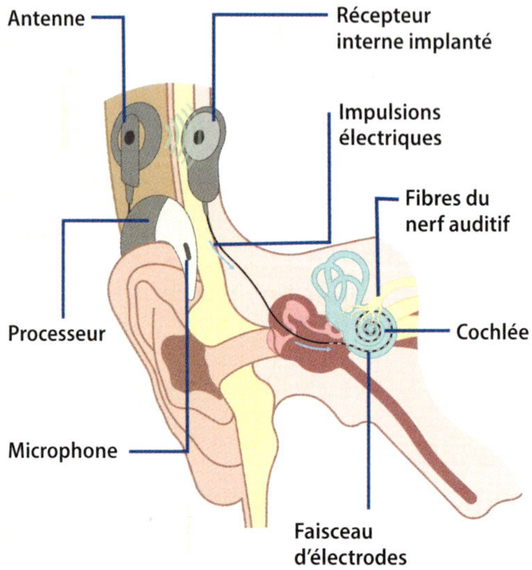

Dispositif d'un implant cochléaire

Un processeur placé derrière l'oreille transforme en signaux électriques les sons de l'environnement captés par un microphone. Une antenne transmet ces signaux électriques vers la partie interne implantée qui stimule les fibres du nerf auditif. L'influx nerveux créé est envoyé vers le cerveau où il est analysé et interprété.

### 2 Les appareils en cas de surdité de transmission

Le fonctionnement d'un appareil auditif

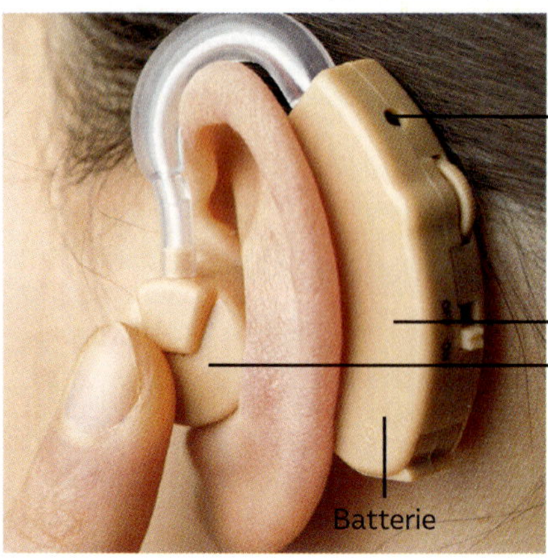


Différents modèles d'appareils auditifs indiqués en cas de surdité de transmission, quand l'oreille externe ou moyenne ne peut pas assurer normalement la conduction des vibrations de l'air.

Des systèmes divers plus ou moins miniaturisés

hachette-clic.fr/24es1236 Fiche-métier : audioprothésiste

**CHIFFRES CLÉS EN FRANCE**

**600 000 malentendants** portent un appareil auditif.
**700 enfants par an** naissent avec une déficience auditive ou sont dépistés avant deux ans.
**6,6 % de la population française** souffrent d'un déficit auditif, dont 88 % sont devenus sourds au cours de leur vie.

## Consignes

1. À l'oral **Imaginer** dans quelle(s) situation(s) une aide auditive devient utile, voire indispensable.
2. **Justifier** le fait que des prothèses auditives sont indiquées en cas de surdité de transmission, alors que les implants cochléaires sont indiqués en cas de surdité de perception (docs 1 et 2).
3. À partir des données de cette activité et du cours, **rédiger** un paragraphe montrant l'effet de la science sur la société.

# Le cours

## 1 Protéger son système auditif

Notre système auditif est fragile et il est essentiel de le préserver. Des campagnes de sensibilisation aux risques liés aux bruits et des textes législatifs sont déployés pour la prévention. En effet, la limite de nocivité du niveau sonore est de 80 dB. Au-delà de ce seuil, une écoute prolongée et/ou des sons trop intenses peuvent causer des dommages au système auditif. Cela se traduit par des acouphènes, des bourdonnements, une hyperacousie voire une surdité qui peuvent être irréversibles.

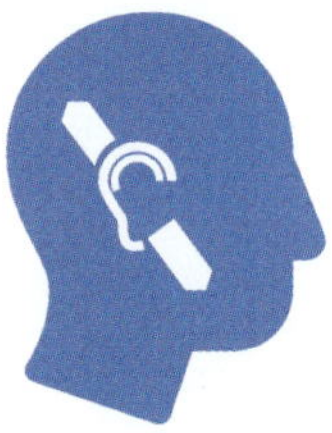

**Une surdité totale ou partielle qui peut apparaître prématurément et définitivement.**

**Des acouphènes, un bourdonnement ou sifflement entendu tous les jours sans interruption.**

**Une hyperacousie qui rend la personne qui en souffre intolérante au moindre bruit.**

Dommages possibles du système auditif suite à une surexposition au bruit

S'éloigner de la source des sons trop intenses, porter des protections auditives, limiter le volume des écouteurs ainsi que la durée journalière d'écoute sont autant de comportements qui permettent de préserver son système auditif.

## 2 Des capacités auditives variables selon les individus

L'être humain ne perçoit qu'une partie des sons de son environnement : ceux supérieurs à une intensité seuil, et ceux compris dans une gamme de fréquences entre 20 et 20 000 Hz. L'oreille est l'organe des sens qui permet de capter, d'amplifier et de transmettre les sons.

Le pavillon et le conduit auditif constituant l'oreille externe captent les vibrations sonores et les canalisent vers le tympan. Cette membrane se met alors à vibrer, et transmet sa vibration aux osselets de l'oreille moyenne, puis au liquide de la cochlée dans l'oreille interne. Les cellules ciliées de la cochlée traduisent alors les vibrations reçues en message nerveux conduit par le nerf auditif.

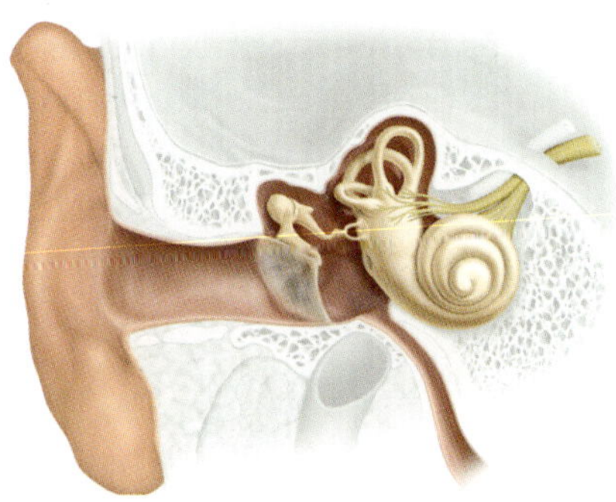

Anatomie de l'oreille humaine

Les performances auditives sont propres à chaque individu et varient en fonction de son âge, mais aussi de l'état de son système auditif. Par exemple, une maladie infectieuse ou un traumatisme sonore peuvent endommager les cellules ciliées. Ces cellules sont fragiles, en nombre limité et ne se renouvellent pas : les pertes d'audition associées sont irrémédiables.

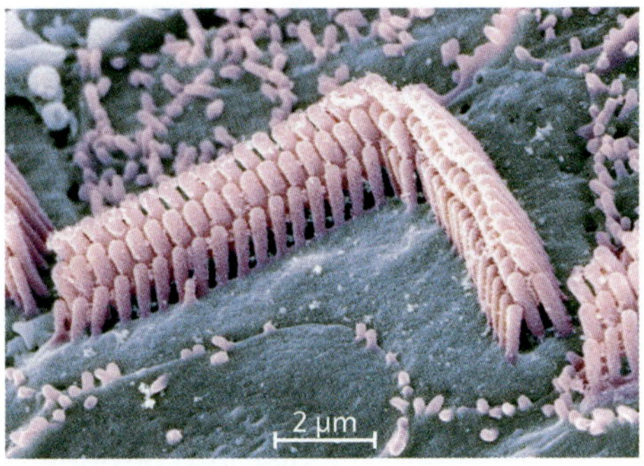


Cils d'une cellule ciliée au microscope électronique à balayage, image colorisée

# Le cours

## 3 Le cerveau traite les informations sonores

Le message nerveux élaboré par les cellules ciliées est conduit par le nerf auditif vers des aires cérébrales spécialisées du cerveau, capables de traiter les informations auditives.

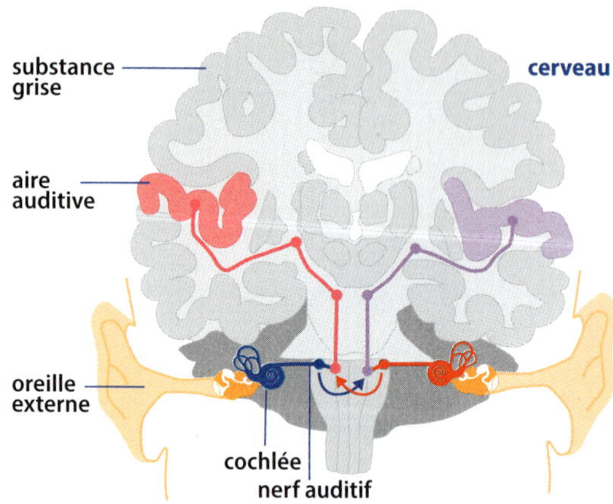


Plusieurs aires cérébrales sont impliquées dans l'audition. L'aire auditive primaire reçoit les messages nerveux du nerf auditif. Elle permet de décoder la durée du son, de distinguer les fréquences et l'intensité. Elle communique avec l'aire auditive secondaire qui affine le traitement en permettant par exemple la compréhension des mots. D'autres aires cérébrales peuvent également être sollicitées : les aires associées à la mémoire ou encore aux émotions, ce qui explique ce que l'on peut ressentir en écoutant un morceau de musique.

La construction des savoirs sur l'interprétation de l'univers sonore a été permise par les progrès dans les techniques d'imageries. Ainsi, l'imagerie cérébrale fonctionnelle est une technique permettant de mettre en évidence la structure du cerveau (IRM anatomique) ainsi que les zones cérébrales impliquées dans l'audition (IRM fonctionnelle).

## 4 Des techniques pour compenser les pertes auditives

Les dysfonctionnements du système auditif peuvent être compensés par des appareils auditifs. Ces derniers ont beaucoup évolué. Les cornets acoustiques du XIXe siècle ont été remplacés par des prothèses auditives, dans un premier temps très volumineuses. Les progrès dans les domaines de l'électronique puis du numérique ont permis une miniaturisation et un gain de performance.

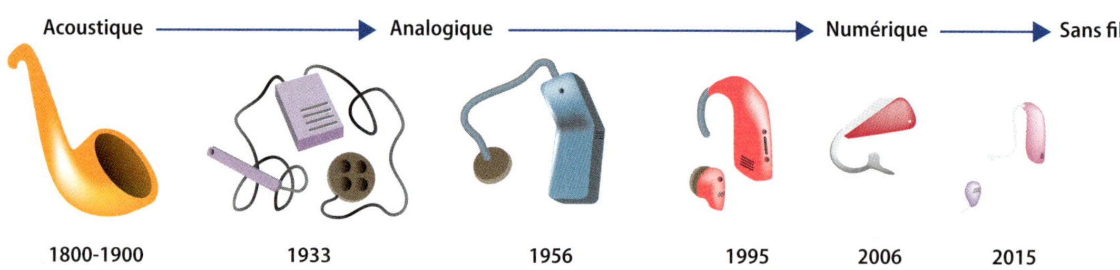


Ces prothèses captent, amplifient et transmettent le signal auditif, ce qui permet de pallier des surdités de transmission. Dans le cas de surdité de perception liée à une atteinte de l'oreille interne, des implants cochléaires permettent de stimuler électriquement le nerf auditif afin de permettre à des enfants sourds profonds de recouvrer une forme d'audition, même si cet appareil ne permet pas pour l'instant d'atteindre les performances d'une oreille saine. L'évolution des appareils auditifs reflète l'innovation continue dans la technologie médicale et la compréhension croissante des mécanismes impliqués dans l'audition.

**LA SANTÉ AUDITIVE EN FRANCE EN CHIFFRES**

**Un enfant sur mille** naît avec une **surdité profonde**.

**10 à 15 % des enfants de moins de six ans** sont sujets aux **otites séreuses**, maladie qui peut provoquer une perte auditive.

**216 000 jeunes scolarisés** âgés de 6 à 25 ans présentaient en 2014 des **limitations auditives fonctionnelles** moyennes ou totales (source DRESS 2014 Handicap et santé).

**6 % des 15-24 ans** présenteraient une **limitation auditive fonctionnelle** (source OMS).

# Carte Mentale

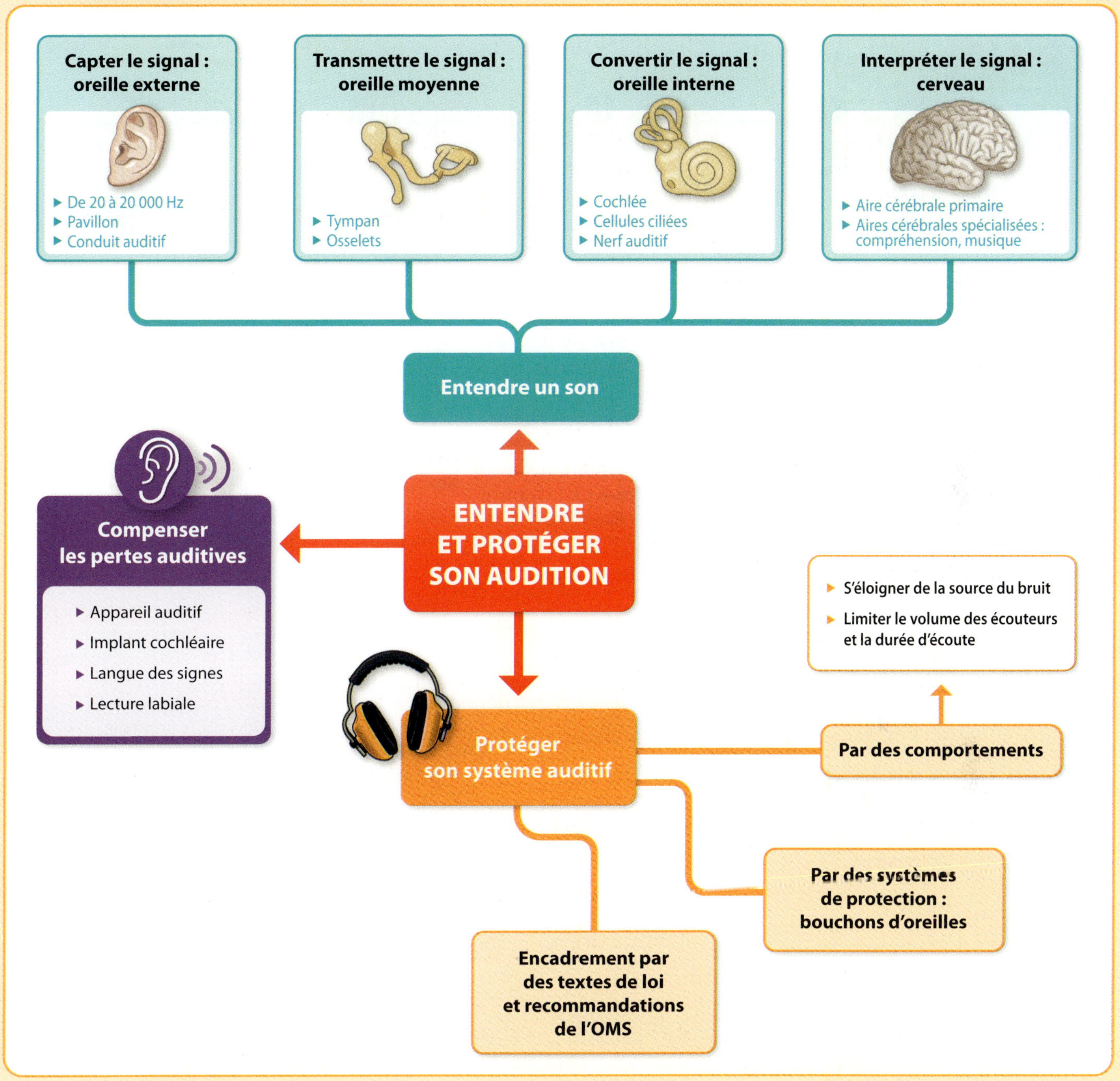


## MOTS-CLÉS

Mémorisez les mots-clés du chapitre grâce aux cartes mémo !

hachette-clic.fr/24es1239

audition | fonction auditive ou système auditif | message nerveux | nerf auditif | oreille externe | oreille moyenne | oreille interne | vibration sonore | cellules ciliées | tympan | cochlée | aires cérébrales spécialisées | dispositif de protection | appareil auditif | IRM

# Exercices Tester ses connaissances

**QCM** CORRIGÉ p. 248

Pour chaque question, indiquer la (ou les) bonne(s) réponse(s).

Version interactive hachette-clic.fr/24es1240

| | a | b | c | d |
|---|---|---|---|---|
| **1 Le tympan est :** | une membrane vibrante. | une surface couverte de cils. | un osselet. | une membrane fixe et rigide. |
| **2 Les osselets sont des os :** | d'environ 1 cm chacun. | d'environ 1 mm chacun. | servant à transmettre les vibrations sonores à l'oreille interne. | servant à convertir les vibrations sonores en signal nerveux. |
| **3 Les cellules ciliées :** | sont régénérées tout au long de la vie de l'individu. | convertissent les vibrations sonores en signal nerveux. | peuvent être détruites définitivement suite à un traumatisme acoustique. | ne sont pas affectées par une exposition à des intensités sonores élevées. |
| **4 Les aires cérébrales auditives :** | ne sont pas spécialisées ; elles traitent toutes les natures de sons. | sont spécialisées avec des zones plus actives dans le traitement de la musique que de la parole par exemple. | sont localisées d'un seul côté du cerveau. | comportent des cellules ciliées. |

## 5 Remettre dans l'ordre

CORRIGÉ p. 248

**Replacer dans l'ordre les étapes de la transmission du son dans une cellule ciliée de l'oreille interne.**

a. Le message nerveux est transféré au cerveau via le nerf auditif.
b. Les cils de la cellule ciliée se déforment avec les vibrations.
c. Les cellules ciliées transforment les vibrations de leurs cils en influx nerveux.
d. Des vibrations sont transmises par les liquides de l'oreille interne.

## 6 Schéma à légender

**Compléter les légendes sur le schéma suivant et lui donner un titre.**

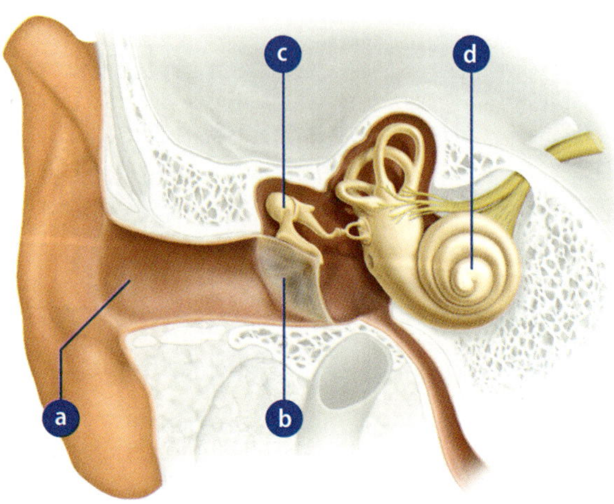


## 7 Définitions inversées

CORRIGÉ p. 248

**Retrouver le terme correspondant à chaque définition.**

a. Se dit des sons que l'oreille peut à la fois percevoir et supporter.
b. Composée du pavillon et du conduit auditif, son rôle est de capter, amplifier et focaliser les sons vers l'oreille moyenne.
c. Technique d'imagerie utilisée pour l'étude du fonctionnement du cerveau.

## 8 Article à commenter

À l'oral !

**Commenter cet extrait d'article de presse au sujet du lancement d'Android 14.**

Dans les faits, Google vous enverra tout d'abord cette notification : « Son fort détecté. Le volume du casque a été plus élevé que recommandé, ce qui peut endommager votre audition. » Ensuite, lorsque le son dépassera un certain seuil, vous recevrez une deuxième notification : « Le volume est abaissé à un niveau plus sûr. Le volume du casque est élevé depuis plus longtemps que recommandé. » Si l'écoute demeure toujours excessive, vous recevrez alors l'alerte suivante : « Volume abaissé à un niveau plus sûr. Le volume du casque a dépassé la limite de sécurité pour cette semaine. »

Clubic, 20 août 2023

# Exercice résolu

## 9 La pollution sonore en Île-de-France

Sciences et société

Du 2 au 24 novembre 2021, un panel représentatif de 3 074 personnes âgées de 15 ans et plus a répondu à une enquête « Qualité de vie et nuisances sonores : opinion et comportement des Franciliens ». Il en ressort que les nuisances sonores ressortent de plus en plus comme un des inconvénients majeurs liés au fait de vivre en Île-de-France.
La pollution sonore est caractérisée par un niveau de bruit élevé au point d'avoir des conséquences physiques, mais aussi psychologiques sur la santé humaine : atteinte de l'oreille, stress, troubles du sommeil, effets sur le système cardio-vasculaire, conséquences sur la santé mentale…
Le cadre législatif européen impose aux États membres l'établissement de cartes d'exposition aux bruits afin d'établir des plans d'actions de réduction des bruits.

### 1 Carte des niveaux sonores générés par les transports sur une journée complète en région parisienne

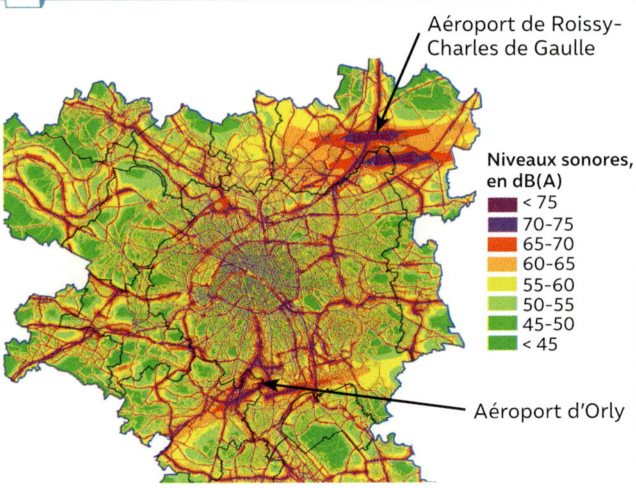


Source : carto.bruitparif.fr

### 2 Échelle d'intensité des sons et dangers pour l'oreille

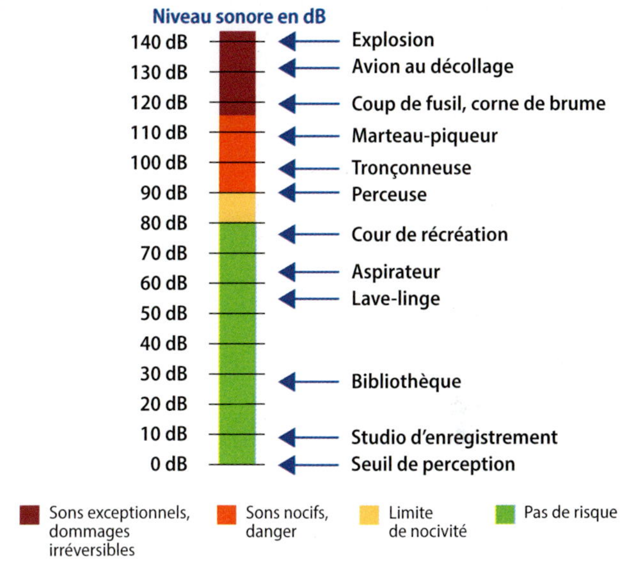


1. **Décrire** la répartition des bruits en journée proches de la limite de nocivité pour l'humain générés par les véhicules, le transport ferroviaire et aérien en région parisienne (https://carto.bruitparif.fr/).
2. **Comparer** les volumes sonores du jour et de la nuit, et **indiquer** dans quel(s) contexte(s) le seuil de nocivité est dépassé la nuit.
3. **Indiquer** si la pollution sonore se résume à un niveau sonore dangereux pour l'humain. **Justifier** votre réponse.

## Conseils

## Solution

**Saisir les informations** des documents

1. La limite de nocivité est fixée à 80 dB. Le bruit généré par les axes routiers les plus fréquentés (le périphérique et les autoroutes) atteint un niveau supérieur à 75 dB. Les axes ferroviaires génèrent sur presque tout leur tracé des bruits supérieurs à 75 dB. Paris centre est épargné du fait des voies souterraines. Les bruits liés au transport aériens sont proches de la limite de nocivité autour des deux grands aéroports parisiens (Orly et Roissy).

**Mettre en relation** les informations des documents

2. Même si on constate une diminution générale du volume sonore lié aux transports la nuit, la limite de nocivité reste presque atteinte au niveau du périphérique, des autoroutes, de certaines voies ferrées et de l'aéroport.

**Conclure** en s'aidant des connaissances du cours

3. L'existence permanente d'une source de bruit, même à un volume inférieur au seuil de nocivité, peut être à l'origine d'un stress nocif pour la santé.

# Exercices Développer ses compétences

## 10 Le mosquitone, une sonnerie de portable réservée aux jeunes ? À l'oral !

Le « Mosquitone » est un son extrêmement aigu, d'une fréquence de 17,5 kilohertz, qui est utilisé comme une sonnerie de téléphone portable « réservée aux jeunes ». En effet, d'après certains sites qui la commercialisent, elle n'est audible que par des jeunes de moins de 25 ans. Mais attention, le succès n'est pas garanti à 100% : certains adultes peuvent percevoir le son.

1. **Expliquer** pourquoi cette sonnerie n'est *a priori* audible que par des personnes jeunes.
2. **Justifier** que certains adultes puissent tout de même l'entendre.
3. **Indiquer** quelle mesure supplémentaire serait nécessaire pour pouvoir conclure de façon rigoureuse.

**Évolution des capacités auditives selon l'âge**

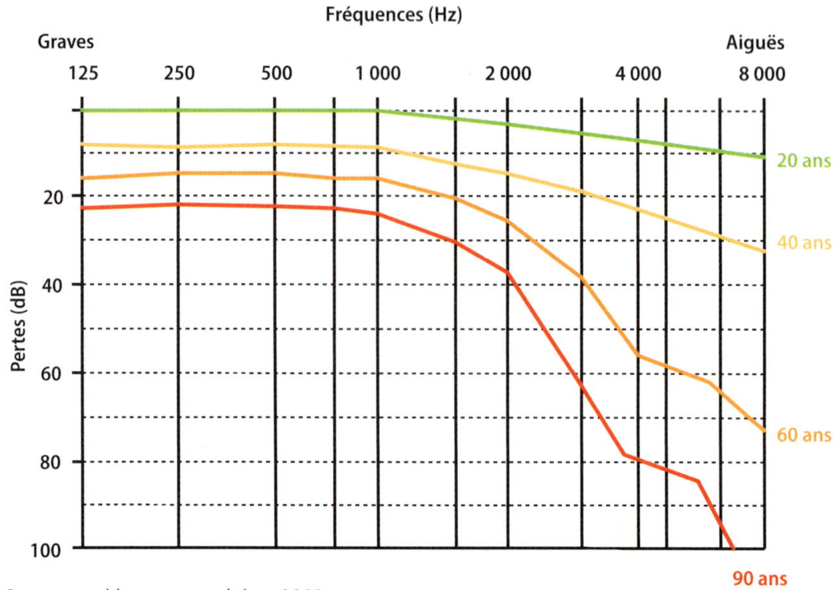


Source : cochlea.eu, consulté en 2023

Chaque courbe représente la moyenne de la perte auditive en fonction de l'âge. Les courbes peuvent être prolongées avec la même allure au-delà de 8 000 Hz.

## 11 Écouter en se bouchant les oreilles !

### 1 Une borne d'écoute par conduction osseuse

Cette borne n'émet pas d'onde sonore, mais des vibrations. En y posant ses coudes, il est possible d'entendre un son tout en se bouchant les oreilles.

### 2 Principe de l'audition par conduction osseuse

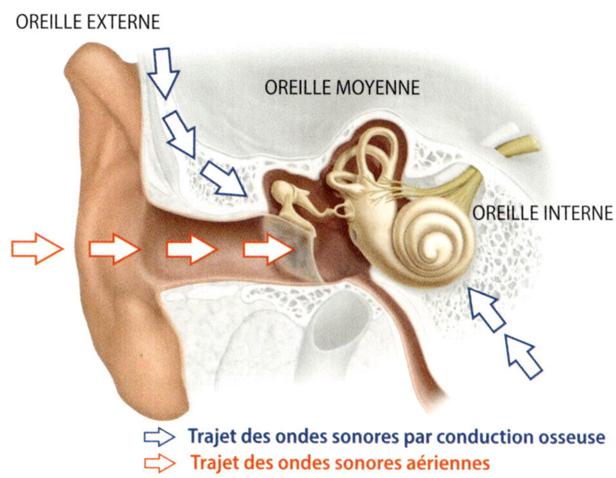


1. À l'aide des documents fournis et de vos connaissances, **expliquer** comment une personne peut entendre un son en se bouchant les oreilles, depuis la vibration de la borne jusqu'à la compréhension des sons entendus.
2. **Justifier** le fait que certains appareils auditifs s'appuient sur la conduction osseuse pour compenser des pertes auditives liées à un dysfonctionnement de l'oreille externe ou moyenne.

## 12 L'organe auditif de la mante religieuse

### 1 Anatomie de la mante religieuse et son oreille thoracique

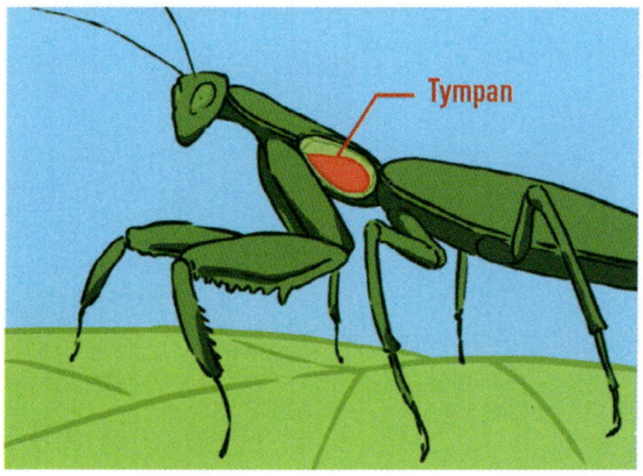


Le tympan de la mante religieuse est une membrane vibrante sensible à des vibrations de fréquences très variées, jusqu'aux ultrasons.

### 2 Le principe de l'écholocation chez la chauve-souris

Lorsque les ondes ultrasoniques émises par la chauve-souris atteignent un insecte ou un autre obstacle, elles se réfléchissent en produisant un écho qui retourne vers l'animal et qu'il capte avec ses oreilles.

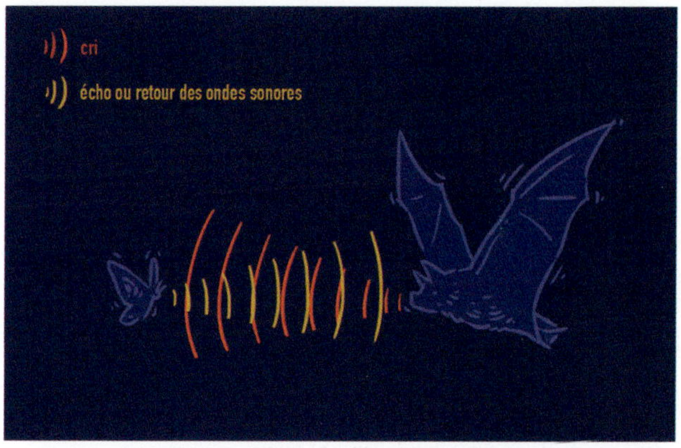


### 3 Expérience de survie de mantes religieuses en présence de chauves-souris

Dans une expérience, 52 mantes religieuses ont subi une altération du système nerveux central qui les a rendues sourdes, tandis que d'autres mantes servaient de témoins (38 individus). L'étude visait à analyser le taux de survie de ces mantes face à des chauves-souris.

| | Nombre de mantes ayant fui |
|---|---|
| Mantes témoin | 28 |
| Mantes rendues sourdes | 18 |

Source : JD Triblehorn *et al.*, *The Journal of Experimental Biology*, 2008

**Décrire** la technique de chasse de la chauve-souris et **expliquer** les résultats de l'expérience du **doc 3**.

## 13 Réglementer le volume des écouteurs

**Sciences et santé**

### 1 Extrait du code de la santé publique

La loi française impose une limite de 100 dB pour les écouteurs fournis avec les baladeurs et les smartphones.

### 2 Recommandations de l'OMS[1] sur le volume sonore des smartphones et lecteurs MP3 (2019)

Cette norme de l'OMS recommande aux appareils de prévoir :
- un suivi du niveau et de la durée de l'exposition de l'utilisateur ;
- un profil d'écoute individualisé basé sur les pratiques d'écoute de l'utilisateur qui lui indique le degré de sécurité avec lequel il a écouté la musique, et lui donne des clés pour agir sur la base de cette information ;
- des options pour limiter le volume sonore avec, par exemple, une réduction automatique de celui-ci ;
- des informations générales sur l'écoute sans risque.

[1] Organisation mondiale pour la santé

### 3 Durée limite d'exposition au son sans protection avant dommages

| | |
|---|---|
| 80 dB | 8 heures / jour |
| 86 dB | 2 heures / jour |
| 92 dB | 30 min / jour |
| 95 dB | 15 min / jour |
| 101 dB | 4 min / jour |
| 107 dB | 1 min / jour |
| 122 dB | Quelques secondes suffisent à provoquer des dégâts irréversibles. |

1. **Indiquer** si la loi française est suffisante pour préserver le système auditif.
2. À l'aide de vos connaissances, **justifier** les recommandations de l'OMS.
3. **Chercher** dans votre smartphone si les options permettant de respecter les recommandations de l'OMS existent. **Effectuer** une capture d'écran de ce réglage.

# 14 Les oreilles des chats

## 1 Les particularités de l'oreille externe des chats

Les pavillons des oreilles du chat comportent 32 muscles qui leur permettent une rotation sur 180°. De plus, chaque oreille bouge indépendamment de l'autre. Le chat peut ainsi percevoir un maximum de sources sonores différentes autour de lui ; fixer chaque oreille sur une source sonore pour en localiser l'origine avec une précision maximale, et bouger les oreilles sans avoir à bouger le reste du corps, afin de contrôler à la fois les sources sonores et le champ de vision sans perdre sa vigilance.
Par ailleurs, le chat possède bien plus de neurones cérébraux dédiés à l'audition que l'humain, ce qui lui permet de mieux analyser les sons qu'il perçoit.
Enfin, l'oreille externe, par sa position et ses mouvements, joue un rôle considérable dans la communication visuelle entre chats par les mimiques faciales.

## 2 Structure de l'oreille de chat

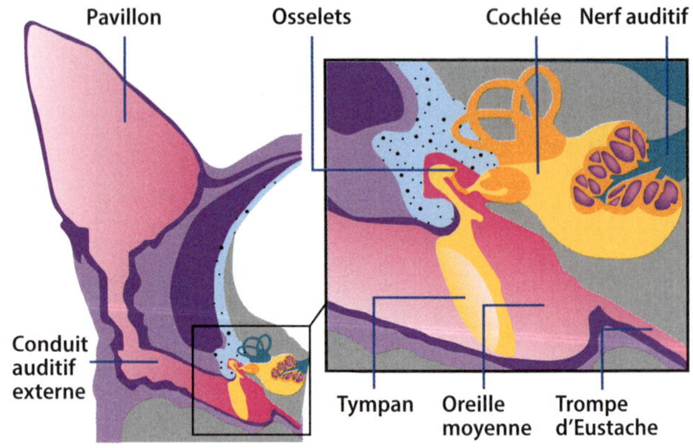


Source : Wright M., Walters S., Septimus éditions, 1980

## 3 Audiogramme comparatif du chat et de l'humain

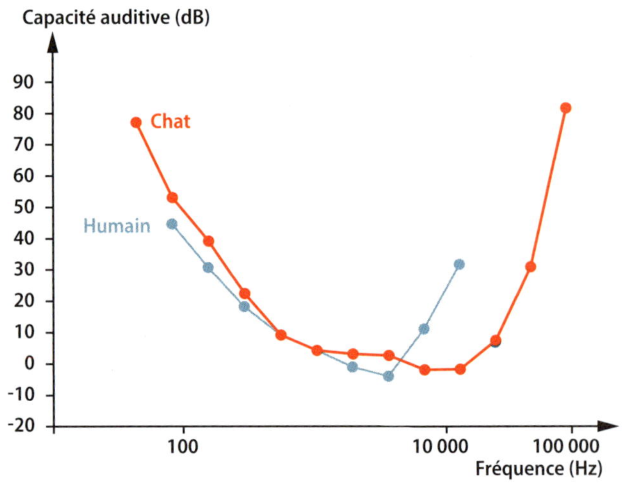


Source : JWS Bradshaw, 1992

1. **Comparer** les systèmes auditifs de l'humain et du chat, et **montrer** que le système auditif du chat est plus performant que celui des humains pour la chasse.
2. **Établir** une relation entre les particularités du système auditif du chat et ses facultés de chasseur.

**Donnée**
Les petits rongeurs, proies habituelles du chat, émettent des sons d'une fréquence d'environ 20 000 Hz.

# 15 Perte auditive avec l'âge

**Sciences et santé**

Ces observations microscopiques de cellules ciliées de patients d'âges différents, sans problème auditif particulier, sont obtenues grâce à une technique d'immunofluorescence. Cette technique utilise des anticorps marqués pour détecter et localiser spécifiquement des tissus.

**Citer** un paramètre expliquant l'évolution avec l'âge de la qualité de l'audition à partir de l'exploitation des documents et de vos connaissances.

### Cellules ciliées observées chez différents individus

Femme de 39 ans

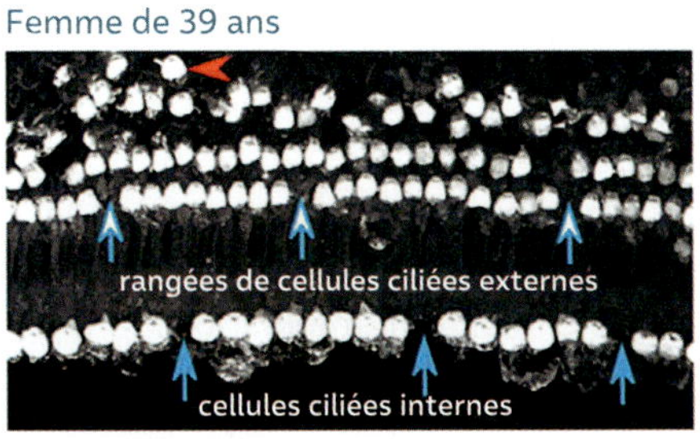


Homme de 68 ans

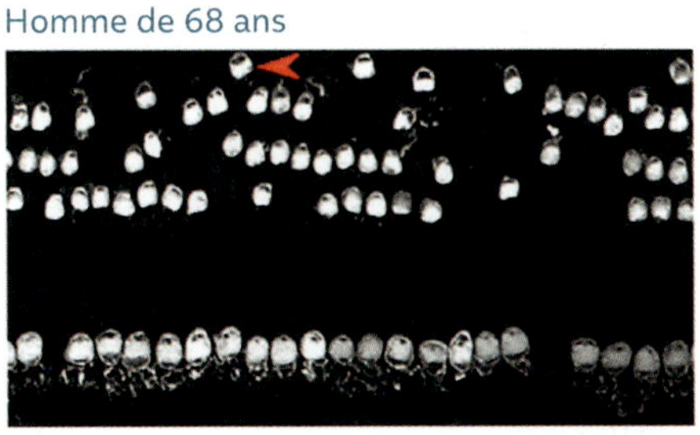

Femme de 86 ans

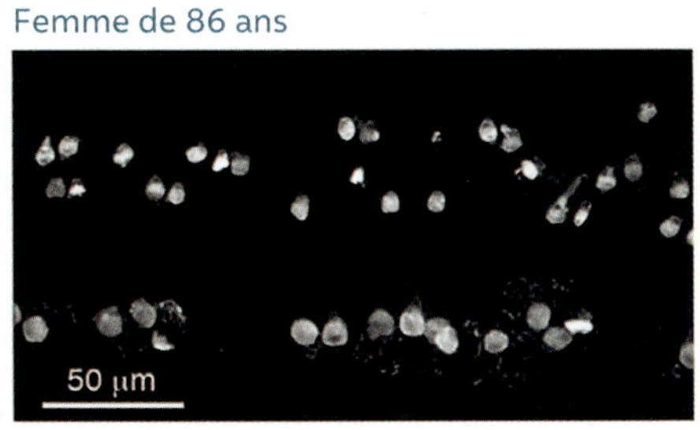


Source : P.Z. Wu *et al*, *Neuroscience*, 2019

## 16 Cétacés et pollution sonore sous-marine

**Sciences et société**

### 1 L'épaulard, animal emblématique au Canada

L'orque ou épaulard (*Orcinus orca*), est une espèce du sous-ordre des cétacés à dents, les odontocètes. Il se nourrit principalement de saumon. Avec une population de 76 individus (en juin 2019), l'épaulard est une espèce considérée en péril au Canada.

### 2 Comparaison des fréquences sonores utilisées par les animaux marins et émises par les humains en zone maritime

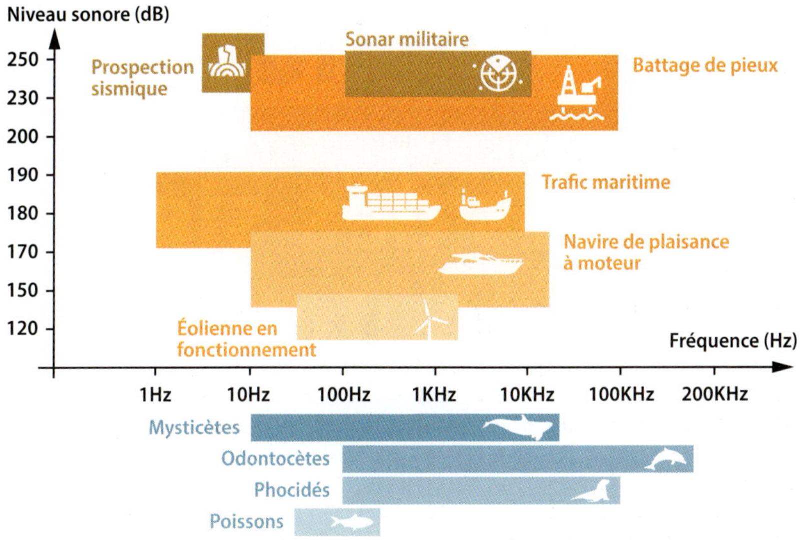


**hachette-clic.fr/24es1245** Écouter le bruit produit lorsqu'un navire croise un groupe d'épaulards

### 3 Mesures de protection des épaulards prises par le gouvernement canadien

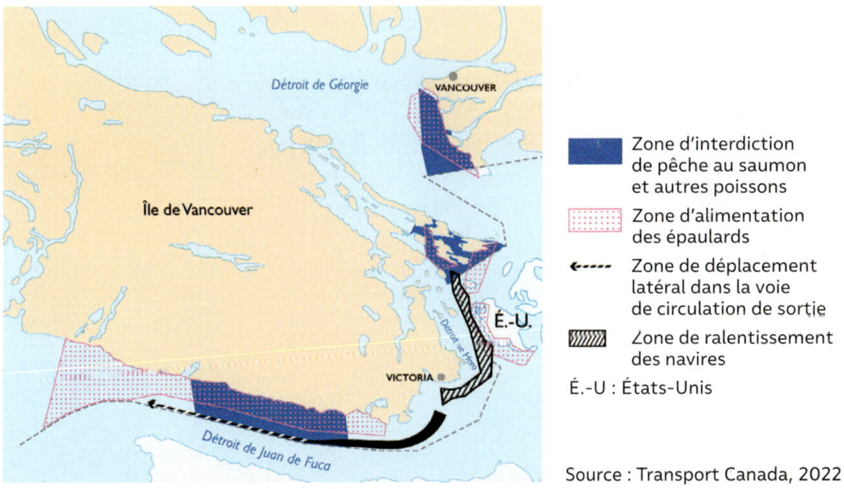


Source : Transport Canada, 2022

À l'aide de l'ensemble des documents, **expliquer** les mesures de protection de l'épaulard prises par le gouvernement canadien.

## 17 Quand les oreilles se bouchent...

**Santé**

Le tympan est une membrane souple et déformable. Lorsqu'il existe une différence de pression de l'air de part et d'autre du tympan, ce dernier se bombe en direction de la zone de plus basse pression, ce qui peut générer une sensation d'inconfort. L'ouverture de la trompe d'Eustache, qui peut être automatique, ou provoquée en mâchant un chewing-gum ou en soufflant par le nez, permet le passage de l'air depuis le nez jusqu'à l'oreille moyenne.

1. Lors du décollage d'un avion, la pression dans la cabine diminue petit à petit. **Schématiser** la position du tympan dans cette situation.
2. **Justifier** la recommandation de mâcher un chewing-gum durant la phase de décollage d'un avion.

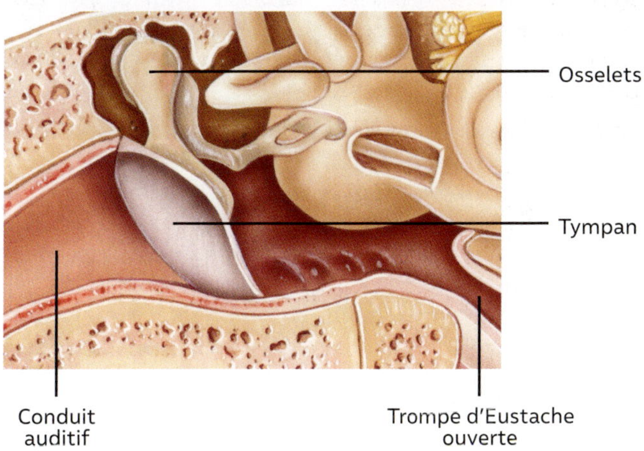

Pour comprendre **Le monde**

# Langues des signes : écouter autrement !

## Histoire de la langue des signes française (LSF)

Dans l'Antiquité, l'intelligence était étroitement liée à la parole. Même Aristote se demandait comment il pouvait être imaginable de penser sans pouvoir parler. Longtemps restés sans éducation, les sourds étaient parfois pris pour des simples d'esprit.

Au XVIIe siècle, en France, un homme passionné : l'Abbé de l'Épée, découvre la langue des signes en observant deux sœurs jumelles sourdes qui communiquent entre elles. Il crée en 1760 à Paris la première école destinée aux jeunes sourds.

La fin du XIXe siècle marque un tournant dramatique pour la LSF. Alors que cette dernière est en plein essor, elle est subitement interdite, pendant 100 ans, et méprisée au profit de l'oralisme[1].

[1] Oralisme : approche pédagogique qui met l'accent sur l'utilisation du langage oral, de la lecture sur les lèvres et d'autres compétences auditives pour enseigner la communication aux personnes sourdes ou malentendantes.

**hachette-clic.fr/24es1246** Des mains et des signes

## Le réveil sourd !

Dans les années 90, les sourds et la LSF commencent à être reconnus par le grand public. En janvier 1991, la loi Fabius est amendée : « Dans l'éducation des jeunes sourds, la liberté de choix entre une communication bilingue – langue des signes et français – et une communication orale est de droit ». La loi du 11 février 2005 reconnaît la LSF comme « langue à part entière ». En 2008, la LSF devient une option pour le baccalauréat, comme n'importe quelle autre langue.

Emmanuelle Laborit, comédienne sourde française, a reçu en 1993 le Molière de la révélation théâtrale.

## De nombreuses langues des signes

La rappeuse Micah Tron signe «Je t'aime» à Oakland, en Californie.

Aujourd'hui, il existe presque autant de langues des signes que de pays. Elles sont pratiquées à une ou deux mains. Des expressions sont spécifiques à certains pays. Des mots assez courants peuvent être exprimés avec un signe différent. Ainsi un Britannique agitant sa main, les doigts tendus vers sa tempe, exprime le mot « maman », alors que pour un Américain, ce geste sera employé pour parler de son « oncle ».

Certains termes universels, comme « manger », « boire », « se laver » sont cependant exprimés par des signes identiques dans les différentes langues. Ainsi lors d'un voyage, les malentendants réussissent à bien se comprendre au bout de quelques heures d'échanges.

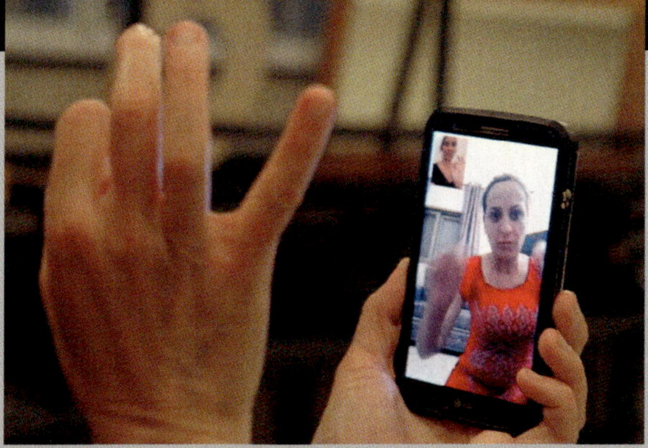

Extrait du film « Signer » de Nurith Aviv

Les expressions du visage sont très importantes dans la grammaire de la LSF. La possibilité de visioconférence sur les smartphones a beaucoup facilité la communication entre les personnes sourdes.

**hachette-clic.fr/24es1247** Vidéo « Mon premier cours de langue des signes »

*« Qu'importe la surdité de l'oreille*
*quand l'esprit entend ?*
*La seule surdité, la vraie surdité,*
*la surdité incurable,*
*c'est celle de l'intelligence »*

*Victor Hugo*

## Les sourds ne parlent pas tous la langue des signes

Bien que régulièrement mise en avant, la langue des signes française n'est pas le seul mode d'expression dont dispose une personne sourde. En effet, certains sourds « oralisent » : ils développent des mécanismes de compensation, comme la lecture labiale, pour communiquer vocalement. D'autres utilisent la langue parlée complétée (LPC) qui mixe communication orale et gestuelle. Les gestes utilisés correspondent alors uniquement à des syllabes.

## Rendre les concerts accessibles aux personnes sourdes

La langue des signes trouve progressivement sa place dans le monde musical. Certains concerts sont aujourd'hui traduits en « chansigne » : les traducteurs s'attachent à traduire le texte, mais aussi toutes les émotions, le rythme musical, les jeux de mots, les instruments. Certains spectateurs sourds peuvent être équipés de gilets retransmettant les fréquences sonores sous la forme de vibrations, permettant ainsi de placer tous les spectateurs sur un même pied d'égalité et de danser en rythme. Ce type d'initiative est importante pour permettre aux personnes sourdes de gagner en visibilité dans la sphère publique.

Un concert traduit en « chansigne »

**EN BREF !!**

On ne sait pas exactement combien de français souffrent de surdité à l'âge adulte, pourtant c'est le handicap le plus fréquent à la naissance : 1 enfant sur 1 000. Le chiffre connu de 3 à 4 millions de malentendants inclut les personnes âgées gênées auditivement. On estime que 100 à 200 000 personnes pratiquent la LSF. En tous cas, les sourds restent étonnamment absents de la sphère publique. Si la surdité est un handicap invisible, les sourds comme minorité linguistique et culturelle le demeurent également. Bien que réhabilitée en 1991 par la loi Fabius, la LSF peine à trouver une place sociale réelle : pas de traduction systématique à la télévision, pas de cours de LSF au lycée, peu d'œuvres artistiques interprétées au cinéma ou au théâtre par des sourds...
Comment un enfant sourd peut-il se développer sans voir dans la société des sourds adultes auxquels s'identifier ?

# Exercices CORRIGÉS

Chapitre 3

## Énoncé détaillé Activité 3

**1. Décrire** l'organisation d'un virus et la comparer à celle d'une cellule eucaryote. **Indiquer** si le virus entre dans le cadre de la théorie cellulaire (docs 1 à 3).
**2. Identifier** les conditions nécessaires à la reproduction d'un virus (doc 5).
**3. Discuter** du statut vivant / non vivant des virus. Pour cela, **donner des arguments** permettant de classer les virus dans le monde vivant, et **justifier** qu'ils sont actuellement classés à la limite du vivant (docs 1 à 6).

## Exercices corrigés

Chapitre 1

### QCM p. 34

**1.** b **2.** b **3.** c et d **4.** a.

**5 a.** Fission : on obtient des noyaux plus légers à partir d'un noyau plus lourd.
**b, c, e.** Fusion : un noyau plus lourd se forme à partir de noyaux plus légers.
**d, f.** Désintégration radioactive.

**10 1.** L'oxygène $^{15}_{5}O$ a une demi-vie de 2 min. Au bout de 2 min, il reste donc la moitié des noyaux radioactifs soit : $N = \frac{6{,}41 \cdot 10^9}{2} = 3{,}205 \cdot 10^9$.
**2.** On cherche le temps $t$ tel que $N_t = \frac{N_0}{1\,000}$. On peut remarquer que $N_{nT} = \frac{N_0}{2^n}$, or $2^9 = 512$ et $2^{10} = 1\,024$, donc au bout de 10 demi-vies, soit 20 minutes, on aura diminué d'un facteur légèrement supérieur à 1 000 la quantité de noyaux radioactifs initialement présents.

Chapitre 2

### QCM p. 50

**1.** c et d **2.** b **3.** a, b et d **4.** b et c.

**8 a.** Le verre est un solide amorphe dans lequel les entités occupent des positions sans ordre géométrique.
**b.** Un cristal est formé par la répétition périodique d'une structure élémentaire, la maille.
**c.** Faire preuve d'esprit critique pour distinguer sciences et pseudo-sciences est essentiel dans la construction des savoirs.
**d.** Une riche volcanique présente souvent à la fois des cristaux et du verre.

**17 1.** Le nom « Atomium » laisse à penser que l'œuvre représente un atome (de fer), mais ce sont en fait neuf atomes de fer qui sont représentés.
**2.** Huit atomes de fer sont disposés aux huit sommets d'un cube; le neuvième atome est situé au centre du cube.
**3.** Arête de l'Atomium :
$\text{rayon}_{\text{atome}} + \text{longueur}_{\text{tube}} + \text{rayon}_{\text{atome}} = 9 + 29 + 9 = 47$ m.
On calcule ensuite le rapport des arêtes (celle de l'atomium et celle de la maille réelle) : $R = \frac{A}{a} = 164$ milliards.
On retrouve (quasiment) la valeur annoncée dans l'énoncé.
**4.** Dans la maille réelle de fer, les atomes des sommets sont en contact avec l'atome central. De plus, chacun des atomes des sommets ne compte que pour 1/8$^e$ dans la maille considérée. L'artiste a sans aucun doute choisi de ne pas mettre les atomes en contact et de les représenter tous entièrement afin de donner une sensation plus aérienne à son œuvre (d'autres réponses sont envisageables).

Chapitre 3

### QCM p. 66

**1.** c **2.** b **3.** d **4.** b.

**6 a.** La théorie cellulaire indique que tout être vivant est composé **d'une ou plusieurs cellules**.
**b.** L'invention du microscope **optique** a permis d'accéder à l'observation de structures à l'échelle cellulaire. **OU** L'invention du microscope électronique a permis d'accéder à l'observation de structures à l'échelle **moléculaire**.
**c.** La théorie cellulaire s'appuie sur des connaissances robustes**, mais qui restent contestables**.
**d.** La membrane plasmique est une barrière **perméable à certaines** molécules toxiques.
**e.** Un virus isolé **ne peut pas** se reproduire seul **: il nécessite une cellule-hôte et il n'est pas doué de métabolisme**.

**13 1.** L'expérience menée par Pasteur consiste à chauffer jusqu'à ébullition deux flacons afin de les stériliser : ils ne contiennent alors plus aucun micro-organisme. Après une semaine, on constate que dans le flacon A, dont le col laisse entrer les micro-organismes de l'air, des micro-organismes se développent. Ce n'est pas le cas dans le flacon B, dont le col de cygne empêche l'entrée des micro-organismes de l'air. Si le développement de micro-organismes se faisait de façon spontanée, il y aurait eu des cellules vivantes de façon similaire dans les deux flacons.
Cette expérience prouve donc que le développement de micro-organismes se fait suite à la contamination par des micro-organismes de l'air ambiant : elle invalide la théorie de la génération spontanée.
**2.** Cette expérience illustre le fait que toute cellule provient d'une autre cellule.

Chapitre 4

### QCM p. 88

**1.** b **2.** a et c **3.** b **4.** b.

**8 a.** $T = \frac{2{,}90 \cdot 10^{-3}}{680 \cdot 10^{-9}} = 4\,264{,}7$ K

$T = 4\,264{,}7 - 273 = 3\,991{,}7$ °C

**b.** $\lambda_{max} = \frac{2{,}90 \cdot 10^{-3}}{8\,000} = 362{,}5$ nm

**9** $m = \frac{5{,}8 + 6{,}2 + 9{,}5 + 12{,}4 + 15{,}9 + 20{,}2 + 22{,}4 + 22{,}4 + 19{,}3 + 15{,}4 + 9{,}7 + 6{,}6}{12}$

$m = 13{,}8$ °C

Chapitre 5

### QCM p. 102

**1.** a **2.** c **3.** a **4.** c.

**5 a.** L'effet de serre est un rayonnement électromagnétique émis par l'atmosphère vers **le sol**.
**b. L'effet de serre** est un phénomène qui participe au réchauffement de la Terre.
**c.** La Terre émet un rayonnement dans **l'infrarouge**.

**10 1.** À la suite de l'éruption du Pinatubo le 15 juin 1991, on remarque une augmentation de l'opacité de l'atmosphère, cantonnée à la zone intertropicale dans le mois suivant l'éruption. Cette augmentation de l'opacité de l'atmosphère s'observe ensuite à l'échelle de la planète entière entre 2

et 4 mois suivant l'éruption. Six mois après l'éruption, si l'augmentation de l'opacité est atténuée, elle n'a toujours pas retrouvé les valeurs de mai 1991.

**2.** Le graphique montre des écarts par rapport à la température moyenne : on constate que les écarts augmentent au fil des années. La moyenne correspondant au « 0 » de variation de température est calculée sur la période allant de 1961 à 1990.
En 1990, on a observé un écart de + 0,4 °C environ, par rapport à la moyenne, puis à partir de 1991, l'écart à la moyenne diminue jusqu'à atteindre la valeur de + 0,2 °C en 1992. À partir de 1993, on mesure une augmentation de cet écart à la moyenne (jusqu'à atteindre + 0,45 °C en 1996).

**3.** Le panache volcanique a projeté des cendres et des microgouttelettes de dioxyde de soufre dans la haute atmosphère, ce qui a eu comme conséquence d'opacifier l'atmosphère. Le rayonnement solaire parvenant à la Terre est ainsi en partie absorbé : la température moyenne diminue donc (−0,2 °C de 1991 à 1993).

## Chapitre 6

### QCM p. 120

**1.** d **2.** d **3.** c.

**5** **a.** Photosynthèse. **b.** Réseau trophique. **c.** Alimentation. **d.** Malnutrition.

**14** **1.** Le phénomène *El Niño* est redouté par les pêcheurs car il arrête le phénomène d'*upwelling*, le phytoplancton devient alors rare car il ne dispose plus des minéraux, azote et phosphore en quantité suffisante pour sa nutrition. Le phytoplancton, grâce à sa capacité photosynthétique, est à la base de la chaîne alimentaire locale et, lorsqu'il n'est plus suffisamment présent, c'est l'effondrement de la chaîne alimentaire, les poissons ne disposent plus de nourriture et c'est la fin provisoire de la pêche.

**2.** En période d'*El Niño*, l'interruption de l'*upwelling* diminue la quantité du phytoplancton réduisant ainsi la production primaire par la photosynthèse et entraînant l'effondrement local des réseaux trophiques. Ceci met en évidence le rôle clé de la photosynthèse.

## Chapitre 7

### QCM p. 134

**1.** a **2.** c **3.** b **4.** c.

**7** **a.** L'énergie solaire met en mouvement l'atmosphère ce qui génère des vents capables d'actionner des éoliennes.
**b.** Le biogaz est issu de la fermentation de biomasse.
**c.** L'enfouissement de matière organique non décomposée peut aboutir à la formation de pétrole.

**10** **1.** Les variations quotidiennes représentent les variations de température entre le jour et la nuit. De jour sur les toits noirs, plus d'énergie solaire est absorbée et réchauffe donc le toit : les températures maximales sont de 20 à 25°C plus élevées que pour les surfaces blanches. Les températures minimales (de nuit) sont cependant similaires.

**2.** En repeignant des toits en blanc, on limite l'échauffement de ces toits, qui réchauffent les étages supérieurs des bâtiments dans lesquels la température peut devenir insupportable pour une activité normale ou bien qu'on climatise en consommant de l'énergie. Il est facile et peu coûteux de repeindre les toits.

**3.** On peut aussi limiter la surchauffe des étages supérieurs en améliorant l'isolation des toits, et récupérer de l'énergie solaire par panneaux thermiques ou photovoltaïques.

## Chapitre 8

### QCM p. 154

**1.** d ; **2.** a ; **3.** b ; **4.** b.

**5** La latitude de l'île est de 20,9° Sud. Or, on sait que le chemin le plus court est sur un cercle perpendiculaire à l'équateur : un cercle méridien. Le périmètre de ce cercle est environ égal à 40 008 km. Ce cercle complet correspond à un angle de 360°. En utilisant la règle de proportionnalité, l'angle correspondant à la latitude 20,9° correspond à une distance de :

$$\frac{20{,}9 \times 40\,008}{360} = 2\,323 \text{ km (en arrondissant au km supérieur).}$$

**8**

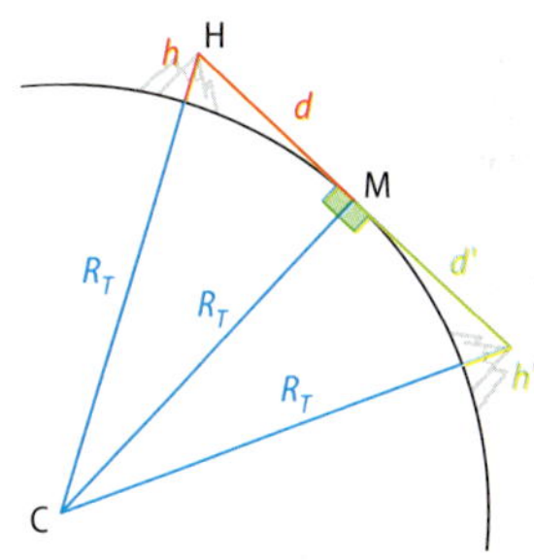


Soit C le centre de la Terre, M le sommet du relief et H, le point le plus éloigné visible à l'horizon. Soit $R_T$ le rayon de la Terre, $h$ l'altitude du relief étudié et $d$ la distance à l'horizon. Le triangle CMH est un triangle rectangle en H. D'après le théorème de Pythagore, on peut alors appliquer l'égalité suivante :

$(R_T + h)^2 + R_T{}^2 + d^2$ donc $d = \sqrt{(R_T + h)^2 - R_T{}^2}$

**1.** Dans le cas du Grand Ballon : $h = 1{,}424$ km, $R_T = 6\,370$ km
$d = 134{,}69$, soit environ 135 km.

**2.** Dans le cas du Mont Blanc : $h' = 4{,}809$ km, $R_T = 6\,370$ km
$d' = 247{,}56$, soit environ 248 km.

**3.** Sur le schéma précédent, $d'$ est la distance à l'horizon depuis le sommet du Mont Blanc. On pourrait voir le sommet du Mont Blanc depuis le Grand Ballon jusqu'à 383 km (135 + 248) de distance. Comme 230 km les sépare, on peut donc voir une bonne partie du sommet du Mont Blanc depuis le Grand Ballon.

## Chapitre 9

### QCM p. 168

**1.** d ; **2.** a et c ; **3.** a ; **4.** b, a et d.

**5** **a.** Les fossiles sont des organismes **dont une trace est restée dans la roche**.

**b.** Une sphère chaude se refroidit en émettant **de la chaleur sous forme de rayonnement infrarouge**.

**c.** Une croyance est **le fait de considérer que quelque chose est vrai ou vraisemblable**.

**d.** Une connaissance scientifique **nécessite d'être argumenté et justifié**.

**14** **1.** D'après l'équation, le noyau radioactif père est le $^{147}$Sm et le noyau fils radiogénique est le $^{143}$Nd.

**2.** La pente est donnée sur le graphique grâce à l'équation de la droite $y = ax + b$ où $a$ est la pente qui vaut 0,0284. La pente équivaut, avec une certaine imprécision, à $\lambda t$. Or $\lambda = 6{,}54 \cdot 10^{-12}$ a$^{-1}$, donc : $t = \frac{a}{\lambda} = \frac{0{,}0284}{6{,}54 \cdot 10^{-12}} = 4{,}34 \cdot 10^{-9}$.
L'âge de la Lune est de 4,34 Ga.

**3.** La Terre a un âge de 4,57 Ga. Si la Lune s'est formée lorsque la Terre était encore très jeune, donc encore liquide, l'âge de la Lune est donc proche de celui de la Terre, mais un peu plus récent. L'âge de 4,34 Ga trouvé ici est plutôt en accord avec ces hypothèses.

## Chapitre 10 — QCM p. 184

**1.** c **2.** a, b et d **3.** b et c **4.** b et d.

**6** **a. Copernic** est le premier à avoir postulé que la Terre tourne autour du Soleil.

**d.** Les nappes d'eau souterraines sont souvent **peu profondes** et **peuvent** être captées.

**10** **1.** Les mesures sont : collecte des eaux usées, utilisation exclusive de lessives sans phosphates, diminution de l'épandage d'engrais contenant des phosphates. Les responsables gouvernementaux ont établi un objectif : moins de 15 µg·L$^{-1}$ de phosphore dans les eaux de surface. Pour y parvenir, les mesures ont été décidées au niveau des instances suisses et françaises. Ces mesures ne sont pas le fait des particuliers, mais des législations qui interdisent l'ajout de phosphates dans les lessives. La diminution des engrais est aussi liée à des volontés de diminuer les doses.

**2.** L'effet des engrais est difficile à analyser car la décroissance des rejets est progressive. Pour l'effet des traitements des eaux usées, le taux continue de monter après la mise en service des sites de collecte et traitement, mais commence à diminuer après 8 à 10 ans. Les teneurs diminuent avant l'interdiction des phosphates dans les lessives donc il y a bien une corrélation entre collecte et traitement des eaux usées et diminution de la pollution phosphatée. Cependant, les effets sont longs avant d'être perceptibles (on parle d'inertie). La diminution se poursuit et s'accentue lors de l'interdiction des phosphates des lessives, le tout avec la baisse progressive des engrais.

Il est donc prudent de dire que c'est un ensemble de mesures qui a un effet bénéfique, sans pour autant savoir lequel est le plus important. Il est également notable de remarquer la lenteur du processus, qui se compte en dizaines d'années.

## Chapitre 11 — QCM p. 206

**1.** a **2.** b **3.** b **4.** c.

**6** **a.** Un son est lié à une **vibration** des couches de l'air en fonction du temps constituant un **signal** périodique.

**b.** Une **gamme** est une suite finie de **notes** réparties dans un **intervalle** d'une **octave**.

**c.** Un **son composé** de **fréquence** $f$ est une somme de sons dont la fréquence **fondamentale** et des fréquences multiples de cette fondamentale, appelées aussi **harmoniques**.

**d.** L'**intensité sonore** est égale à la **puissance** sonore par unité de **surface** (W·m$^{-2}$).

**e.** La **fréquence fondamentale** d'une **corde vibrante** dépend de la **longueur** de cette corde.

**8** **1.** Trois sons purs composent ce spectre car il y a trois pics distincts.

**2.** La fréquence de la note jouée est égale à la fréquence fondamentale, c'est-à-dire celle du premier pic sur le spectre : fréquence la plus basse, $f = 494$ Hz.

**3.** Les harmoniques ont des fréquences qui sont des multiples entiers de la fondamentale. Sur le spectre, les harmoniques de fréquences $2f$ (988 Hz) et $4f$ (1 976 Hz) sont présents. Cependant, les harmoniques de fréquences $3f$ (1 482 Hz) et $5f$ (2 470 Hz) sont absents.

## Chapitre 12 — QCM p. 222

**1.** a et c **2.** b et d **3.** b **4.** a.

**6** **a.** Échantillonnage.

**b.** Quantification.

**c.** Compression.

**d.** Débit binaire.

**7**

| | Fréquence d'échantillonnage | | |
|---|---|---|---|
| | 48 000 Hz | 96 000 Hz | 192 000 Hz |
| Mono 8 bits | 2,88 | 5,76 | 11,52 |
| Stéréo 8 bits | 5,76 | 11,52 | 23,04 |
| Mono 16 bits | 5,76 | 11,52 | 23,04 |
| Stéréo 16 bits | 11,52 | 23,04 | 46,08 |
| Mono 24 bits | 8,64 | 17,28 | 34,56 |
| Stéréo 24 bits | 17,28 | 34,56 | 69,12 |

## Chapitre 13 — QCM p. 240

**1.** a **2.** c **3.** b et c **4.** b.

**5** d – b – c – a

**7** **a.** Audible.

**b.** Oreille externe.

**c.** IRM fonctionnelle.

# Programme d'enseignement scientifique de première générale

## Thème 1 Une longue histoire de la matière

### 1.1 – Un niveau d'organisation : les éléments chimiques

Comment, à partir du seul élément hydrogène, la diversité des éléments chimiques est-elle apparue ? Aborder cette question nécessite de s'intéresser aux noyaux atomiques et à leurs transformations. Cela fournit l'occasion d'introduire un modèle mathématique d'évolution discrète.

| Savoirs | Savoir-faire |
|---|---|
| Les noyaux des atomes de la centaine d'éléments chimiques stables résultent de réactions nucléaires qui se produisent au sein des étoiles à partir de l'hydrogène initial. La matière connue de l'Univers est formée principalement d'hydrogène et d'hélium alors que la Terre est surtout constituée d'oxygène, d'hydrogène, de fer, de silicium, de magnésium et les êtres vivants de carbone, hydrogène, oxygène et azote. | Produire et analyser différentes représentations graphiques de l'abondance des éléments chimiques (proportions) dans l'Univers, la Terre, les êtres vivants.<br>L'équation d'une réaction nucléaire stellaire étant fournie, reconnaître si celle-ci relève d'une fusion ou d'une fission. |
| Certains noyaux sont instables et se désintègrent (radioactivité).<br>L'instant de désintégration d'un noyau radioactif individuel est aléatoire.<br>La demi-vie d'un noyau radioactif est la durée nécessaire pour que la moitié des noyaux initialement présents dans un échantillon macroscopique se soit désintégrée.<br>Cette demi-vie est caractéristique du noyau radioactif considéré. | Calculer le nombre de noyaux restants au bout de *n* demi-vies.<br>Utiliser une représentation graphique pour déterminer une demi-vie.<br>Utiliser une décroissance radioactive pour une datation.<br>Expliquer l'utilisation de noyaux radioactifs dans un contexte médical.<br>Citer quelques précautions inhérentes à l'utilisation de substances radioactives. |

### 1.2 – Des édifices ordonnés : les cristaux

L'organisation moléculaire étant déjà connue, ce thème aborde une autre forme d'organisation de la matière : l'état cristallin qui revêt une importance majeure, tant pour la connaissance de la nature – minéraux et roches, squelettes, etc. – que pour ses applications techniques. La compréhension de cette organisation fournit l'occasion de développer des compétences de représentation dans l'espace.

| Savoirs | Savoir-faire |
|---|---|
| Le chlorure de sodium solide (présent dans les roches, ou issu de l'évaporation de l'eau de mer) est constitué d'un empilement régulier d'ions : c'est l'état cristallin. Plus généralement, la structure microscopique d'un cristal conditionne certaines de ses propriétés macroscopiques, notamment la masse volumique. | Utiliser une représentation en trois dimensions (3D) informatisée du cristal de chlorure de sodium.<br>Relier l'organisation de la maille au niveau microscopique à la structure du cristal au niveau macroscopique. |
| Un composé de formule chimique donnée peut cristalliser sous différents types de structures.<br>Ainsi les minéraux se caractérisent par leur composition chimique et leur organisation cristalline. Une roche est formée de l'association de cristaux d'un même minéral ou de plusieurs minéraux.<br>Des structures cristallines existent aussi dans les organismes biologiques (coquille, squelette, calcul, etc.). | Distinguer, en matière d'échelle et d'organisation spatiale, atome ou molécule, maille, cristal, minéral, roche.<br>Identifier des structures cristallines sur un échantillon ou une image.<br>Identifier des structures cristallines chez les êtres vivants. |
| Dans le cas des solides amorphes, l'empilement d'entités se fait sans ordre géométrique. C'est le cas du verre. Certaines roches volcaniques contiennent du verre, issu de la solidification très rapide d'une lave. | Mettre en relation la structure amorphe ou cristalline d'une roche et les conditions de son refroidissement. |

### 1.3 – Une structure complexe : la cellule vivante

Dans le monde, la matière s'organise en structure d'ordre supérieur à l'échelle moléculaire. Cette partie du programme se fixe comme objectif de montrer les caractéristiques essentielles de la vie par rapport au non-vivant. Un exemple est ici proposé : la cellule, unité fondamentale de la vie.

| Savoirs | Savoir-faire |
|---|---|
| La découverte de l'unité cellulaire est liée à l'invention du microscope.<br>L'observation de structures semblables dans de très nombreux organismes a conduit à énoncer le concept général de cellule et à construire la théorie cellulaire.<br>Plus récemment, l'invention du microscope électronique a permis l'exploration de l'intérieur de la cellule et la compréhension du lien entre échelle moléculaire et cellulaire. | Analyser et interpréter des documents historiques relatifs à la théorie cellulaire.<br>Situer les ordres de grandeur : atome, molécule, organite, cellule, organisme.<br>Relier l'échelle de la cellule, de ses organites et des molécules qui la constituent. |
| La cellule, unité fondamentale du vivant, est un milieu réactionnel aqueux séparé de l'extérieur par la membrane plasmique.<br>Le fonctionnement cellulaire nécessite un apport en énergie, la cellule est donc en interaction permanente avec son environnement avec lequel elle réalise de nombreux échanges. | Mettre en évidence des échanges au travers de la membrane plasmique.<br>Discuter du statut des virus : vivants ou non vivants.<br>Relier la présence de molécules exogènes avec le bon fonctionnement cellulaire, mais également avec des dysfonctionnements. |

## Thème 2 Le Soleil, notre source d'énergie

### 2.1 – Le rayonnement solaire

Le Soleil transmet à la Terre de l'énergie par rayonnement électromagnétique.

| Savoirs | Savoir-faire |
|---|---|
| L'énergie dégagée par les réactions de fusion de l'hydrogène qui se produisent dans les étoiles les maintient à une température très élevée.<br>Du fait de l'équivalence masse-énergie (relation d'Einstein), ces réactions s'accompagnent d'une diminution de la masse solaire au cours du temps.<br>Comme tous les corps matériels, les étoiles et le Soleil émettent des ondes électromagnétiques et donc perdent de l'énergie par rayonnement.<br>Le spectre du rayonnement émis par la surface (modélisé par un spectre de corps noir) dépend seulement de la température de surface de l'étoile.<br>Le spectre d'un corps noir est caractérisé par les propriétés suivantes :<br>– La longueur d'onde d'émission maximale est inversement proportionnelle à la température (loi de Wien).<br>– La puissance émise par unité de surface est proportionnelle à la puissance quatrième de la température (loi de Stefan). | À partir d'une représentation graphique du spectre d'émission du corps noir à une température donnée, déterminer la longueur d'onde d'émission maximale.<br>Appliquer la loi de Wien pour déterminer la température de surface d'un objet assimilé à un corps noir à partir de la longueur d'onde d'émission maximale. |
| La puissance radiative reçue du Soleil par une surface plane est proportionnelle à l'aire de la surface et dépend de l'angle entre la normale à la surface et la direction du Soleil.<br>De ce fait, la puissance solaire reçue par unité de surface terrestre dépend :<br>– de l'heure (variation journalière) ;<br>– du moment de l'année (variation saisonnière) ;<br>– de la latitude (zonation climatique). | Sur un schéma, identifier les configurations pour lesquelles la puissance reçue par une surface est maximale ou minimale.<br>Analyser, interpréter et représenter graphiquement des données de températures. Calculer des moyennes temporelles de températures.<br>Étudier des effets liés à l'exposition des êtres humains au rayonnement solaire. |

### 2.2 – Le bilan radiatif terrestre

La Terre reçoit le rayonnement solaire et émet elle-même un rayonnement. Le bilan radiatif conditionne le milieu de vie. La compréhension de cet équilibre en classe de première permettra d'aborder sa perturbation par l'humanité en classe terminale.

| Savoirs | Savoir-faire |
|---|---|
| La proportion de la puissance totale, émise par le Soleil et atteignant la Terre, est déterminée par son rayon et sa distance au Soleil.<br>Une fraction de cette puissance, quantifiée par l'albédo terrestre moyen, est diffusée par la Terre vers l'espace, le reste est absorbé par l'atmosphère, les continents et les océans. | Calculer la proportion de la puissance émise par le Soleil qui atteint la Terre.<br>L'albédo terrestre étant donné, déterminer la puissance totale reçue par la surface terrestre de la part du Soleil. |
| La surface terrestre émet un rayonnement électromagnétique dans le domaine infrarouge dont la puissance par unité de surface augmente avec la température.<br>Une partie de cette puissance est absorbée par l'atmosphère, qui elle-même émet un rayonnement infrarouge vers l'espace et vers la surface terrestre (effet de serre).<br>La puissance reçue par la surface terrestre en un lieu donné est égale à la somme de la puissance reçue du Soleil et de celle reçue de l'atmosphère. Ces deux dernières sont du même ordre de grandeur.<br>Un équilibre, qualifié de dynamique, est atteint lorsque la surface terrestre reçoit au total une puissance moyenne égale à celle qu'il émet. La température moyenne de la surface terrestre est alors constante. | Commenter la courbe d'absorption de l'atmosphère terrestre en fonction de la longueur d'onde.<br>Représenter sur un schéma les différents rayonnements reçus et émis par le sol.<br>Expliquer qualitativement l'influence des différents facteurs (albédo, effet de serre) sur la température terrestre moyenne. |

### 2.3 – De la conversion biologique de l'énergie solaire par la photosynthèse à l'énergie nécessaire à tous les êtres vivants

L'utilisation par la photosynthèse d'une infime partie de l'énergie solaire reçue par la planète fournit l'énergie nécessaire à l'ensemble des êtres vivants (à l'exception de certains milieux très spécifiques non évoqués dans ce programme).

| Savoirs | Savoir-faire |
|---|---|
| L'utilisation par les organismes chlorophylliens d'une infime partie de l'énergie solaire reçue par la Terre, fournit l'énergie nécessaire à la synthèse de matière organique à partir de matière minérale (eau, ions, dioxyde de carbone) : c'est la photosynthèse.<br>La photosynthèse permet la nutrition de presque toutes les formes de vie de la planète Terre.<br>Les molécules organiques peuvent être transformées pour libérer l'énergie nécessaire au fonctionnement des êtres vivants.<br>L'alimentation apporte ces molécules organiques. L'équilibre alimentaire est un élément essentiel à une bonne santé. | Recenser, extraire et organiser des informations pour prendre conscience de l'importance planétaire de la photosynthèse.<br>Utiliser des données quantitatives sur l'apport énergétique d'aliments dans un bilan d'énergie correspondant à des activités variées.<br>Mettre en évidence des aspects qualitatifs de l'équilibre alimentaire.<br>Relier des déséquilibres alimentaires à la prévalence mondiale de la dénutrition, des maladies cardiovasculaires, des diabètes, ou de l'obésité. |

### 2.4 – Une diversité de sources d'énergie utilisables par l'Humanité

Une partie des sources d'énergie disponibles sur Terre ont pour origine le rayonnement solaire ; elles sont disponibles sous la forme de stocks et de flux, peuvent être, comme les combustibles fossiles, non renouvelables à l'échelle des temps de l'humanité ou, comme la biomasse, renouvelables.

| Savoirs | Savoir-faire |
|---|---|
| De nombreuses sources ou flux d'énergie sont directement ou indirectement issus de l'énergie radiative transférée par le Soleil. La comparaison entre la durée de formation d'une source d'énergie et la durée prévisible d'épuisement de celle-ci en raison de son exploitation permet de distinguer une source d'énergie renouvelable d'une source d'énergie non renouvelable.<br>Les combustibles fossiles se sont formés à partir de la matière organique produite par photosynthèse, il y a plusieurs dizaines à plusieurs centaines de millions d'années.<br>La biomasse est constituée de matière organique utilisable comme source d'énergie. L'énergie résultant de l'utilisation de la biomasse est principalement obtenue par combustion ou par fermentation. | Citer quelques sources d'énergie renouvelables et non renouvelables.<br>Étudier des atouts et des limites liées à l'utilisation de sources d'énergie renouvelables et non renouvelables.<br>À partir de l'étude d'un combustible fossile ou d'une roche, débattre de l'origine (biologique ou non) des matériaux analysés.<br>Comparer différents pouvoirs calorifiques par unité de masse suivant la nature de la biomasse. |

## Thème 3 La Terre, un astre singulier

### 3.1 – La forme de la Terre

L'environnement « plat » à notre échelle de perception cache la forme réelle de la Terre, dont la compréhension résulte d'un long processus. Au-delà de la dimension historique et culturelle, la mise en œuvre de différentes méthodes de calcul de longueurs à la surface de la Terre permet de développer des compétences mathématiques de calcul et de représentation, et invite à exercer un esprit critique sur les différents résultats obtenus, les approximations réalisées et les limites d'un modèle.

| Savoirs | Savoir-faire |
|---|---|
| Dès l'Antiquité, des observations de différentes natures ont permis de conclure que la Terre était sphérique, alors même que, localement, elle apparaît plane dans la plupart des expériences quotidiennes.<br>Historiquement, des méthodes géométriques ont permis de calculer la longueur d'un méridien à partir de mesures d'angles ou de longueurs : méthode d'Ératosthène et principe de triangulation plane de Delambre et Méchain. | Donner des preuves de la rotondité de la Terre de l'Antiquité à nos jours.<br>Calculer la longueur du méridien terrestre par la méthode d'Ératosthène.<br>Expliquer la méthode de triangulation utilisée par Delambre et Méchain.<br>Calculer le rayon de la Terre à partir de la longueur du méridien.<br>Calculer la distance à l'horizon à partir du rayon de la Terre. |
| On repère un point à la surface de la Terre par deux coordonnées angulaires, sa latitude et sa longitude, et par son altitude par rapport à un niveau de référence.<br>Le plus court chemin entre deux points à la surface de la Terre, assimilée à une sphère parfaite, est l'arc du grand cercle qui les relie. | Utiliser un système d'information géographique, pour comparer les longueurs de différents chemins reliant deux points à la surface de la Terre. |

### 3.2 – L'histoire de l'âge de la Terre

L'âge de la Terre est d'un ordre de grandeur sans rapport avec la vie humaine. Sa compréhension progressive met en œuvre des arguments variés.

| Savoirs | Savoir-faire |
|---|---|
| Au cours de l'histoire des sciences, plusieurs arguments ont été utilisés pour aboutir à la connaissance actuelle de l'âge de la Terre : temps de refroidissement, empilements sédimentaires, évolution biologique, radioactivité.<br>Grâce à l'existence de certains noyaux radioactifs contenus dans les minéraux des roches, l'âge de la Terre est aujourd'hui précisément déterminé à $4{,}57 \cdot 10^9$ ans. | Interpréter des documents présentant des arguments historiques utilisés pour comprendre l'âge de la Terre.<br>Identifier diverses théories impliquées dans la controverse scientifique de l'âge de la Terre. |

### 3.3 – La Terre dans l'Univers

Le mouvement de la Terre dans l'Univers a été l'objet de célèbres et violentes controverses. L'étude de quelques aspects de ces débats permet de comprendre la difficulté de la construction du savoir scientifique au sein d'une société.

| Savoirs | Savoir-faire |
|---|---|
| Observée dans un référentiel fixe par rapport aux étoiles, la Terre parcourt une trajectoire quasi circulaire autour du Soleil.<br>Le passage d'une conception géocentrique à une conception héliocentrique constitue l'une des controverses majeures de l'histoire des sciences. | Interpréter des documents présentant des arguments historiques pour discuter la théorie héliocentrique. |
| Observée dans un référentiel géocentrique, la Lune tourne autour de la Terre sur une trajectoire quasi circulaire. Elle présente un aspect qui varie au cours de ce mouvement (phases).<br>La Lune tourne également sur elle-même et présente toujours la même face à la Terre. | Interpréter l'aspect de la Lune dans le ciel en fonction de sa position par rapport à la Terre et au Soleil. |
| La puissance lumineuse émise par le Soleil et la distance au Soleil associée à la gravité de la Terre permettent à la Terre de conserver de l'eau liquide à sa surface.<br>L'eau sur Terre est inégalement répartie dans l'espace, mais aussi dans le temps. Seule une faible partie des réserves hydriques est directement potable. La gestion des ressources hydriques et leur protection sont un enjeu pour l'humanité. | Étudier des données actuelles sur les exoplanètes en lien avec la zone d'habitabilité.<br>Décrire la répartition de l'eau douce dans le monde.<br>Estimer le volume d'une réserve d'eau douce à partir de données fournies. |

## Thème 4 Son, musique et audition

### 4.1 – Son et musique

La banalité du son dans l'environnement cache une réalité physique précise.

| Savoirs | Savoir-faire |
|---|---|
| Un son pur est associé à un signal dépendant du temps de façon sinusoïdale.<br>Un signal périodique de fréquence *f* se décompose en une somme de signaux sinusoïdaux de fréquences multiples entières de *f*. Le son associé à ce signal est un son composé. *f* est appelé fréquence fondamentale, les autres fréquences sont appelées harmoniques.<br>La puissance par unité de surface transportée par une onde sonore est quantifiée par son intensité. Son niveau d'intensité sonore est exprimé en décibels selon une échelle logarithmique. | Utiliser un logiciel permettant de visualiser le spectre d'un son.<br>Utiliser l'échelle logarithmique de niveau d'intensité sonore pour relier l'intensité sonore au niveau d'intensité sonore. |
| La corde tendue d'un instrument à cordes émet en vibrant un son composé dont la fréquence fondamentale ne dépend que de ses caractéristiques (longueur, tension, masse par unité de longueur).<br>Dans les instruments à vent, un phénomène analogue se produit par vibration de l'air dans un tuyau.<br>En musique, un intervalle entre deux sons est défini par le rapport de leurs fréquences fondamentales.<br>Deux sons dont les fréquences sont dans le rapport 2/1 correspondent à une même note, à deux hauteurs différentes. L'intervalle qui les sépare s'appelle une octave.<br>Une gamme est une suite finie de notes réparties sur une octave. | Relier qualitativement la fréquence fondamentale du signal émis aux caractéristiques d'une corde vibrante.<br>Identifier deux notes à l'octave à l'aide de leur spectre. |

### 4.2 – Le son, une information à coder

Le son, vibration de l'air, peut être enregistré sur un support informatique. Les techniques numériques ont mis en évidence un nouveau type de relations entre les sciences et les sons, le processus de numérisation dérivant lui-même de théories mathématiques et informatiques.

| Savoirs | Savoir-faire |
|---|---|
| Pour numériser un son, on procède à la discrétisation du signal analogique sonore (échantillonnage et quantification).<br>Plus la fréquence d'échantillonnage est élevée et la quantification est fine, plus la numérisation est fidèle, mais plus la taille du fichier audio est grande. | Justifier le choix des paramètres de numérisation d'un son<br>Estimer la taille d'un fichier audio. |
| La compression consiste à diminuer la taille d'un fichier afin de faciliter son stockage et sa transmission.<br>Les techniques de compression spécifiques au son, dites « avec perte d'information », éliminent les informations sonores auxquelles l'oreille est peu sensible.<br>Une quantité énorme d'informations audio (et vidéo) est échangée, ce qui entraîne un développement important des capacités de stockage. | Calculer un taux de compression.<br>Comparer des caractéristiques de fichiers audio compressés.<br>Discuter de la problématique des échanges de fichiers numériques audio, mais aussi vidéo d'un point de vue énergétique. |

### 4.3 – Entendre et protéger son audition

L'air qui vibre n'est musique que parce que notre oreille l'entend et que notre cerveau la perçoit comme telle. Mais l'excès de sons, même s'il est musical, peut être à l'origine d'une altération de la fonction auditive. Protéger son audition est un enjeu majeur pour la santé.

| Savoirs | Savoir-faire |
|---|---|
| L'être humain ne perçoit qu'une partie des sons supérieurs à une intensité seuil et dans une gamme de fréquences entre 20 et 20 000 Hz. Cette perception varie selon l'âge et l'état auditif.<br>L'oreille externe canalise les sons du milieu extérieur vers le tympan. Cette membrane vibrante transmet ces vibrations jusqu'à l'oreille interne par l'intermédiaire de l'oreille moyenne.<br>Dans l'oreille interne, des cellules ciliées traduisent les vibrations reçues en un message nerveux qui se propage vers des aires cérébrales spécialisées. Certaines permettent, après apprentissage, l'interprétation de l'univers sonore (parole, voix, musique, etc.). | Relier l'organisation de l'oreille externe et de l'oreille moyenne à la réception et la transmission de la vibration sonore.<br>Analyser des anomalies et pathologies auditives.<br>Interpréter des données de microscopie pour comprendre le fonctionnement des cellules ciliées et la fragilité du système auditif.<br>Interpréter des données d'imagerie cérébrale relatives au traitement de l'information sonore. |
| Au-delà de 80 dB, un son peut devenir nocif selon son intensité et sa durée d'écoute. Il en résulte des effets sur la santé.<br>Les cellules ciliées, en quantité limitée, sont fragiles et facilement endommagées par des sons trop intenses. Les dégâts peuvent alors être irréversibles et causer des problèmes auditifs, voire une surdité.<br>Des mesures d'atténuation du bruit ainsi que des dispositifs individuels de protection existent.<br>Grâce aux innovations technologiques, les appareils auditifs et les dispositifs de protection individuelle ne cessent d'évoluer. | Relier l'intensité du son et la durée d'écoute au risque encouru par l'oreille interne.<br>Mesurer le niveau d'intensité sonore perçu en fonction de la distance à la source avec ou sans dispositif de protection.<br>Exploiter des données épidémiologiques sur la santé auditive. |

## CRÉDITS ICONOGRAPHIQUES

**Couverture (de gauche à droite et de haut en bas) :** Allexxandar* ; Anxo Miján Maroño ; sabinaai* ; LookatSciences/ Sylvain Bonniol ; Tamer A Soliman* ; Getty/Eric Robert ; Photo12/Alamy/Peter Horree ; Roman Mikhailiuk*.

**Rabats (ordre alphabétique) :** JSC/NASA ; Jose Luis Calvo* ; Doug Meek* ; Wildnerdpix* ; Nuamfolio* ; De Mango* ; petrroudny43* ; Djexplo/Wikimedia Commons ; Image Source Trading Ltd* ; RuMax* ; Dr David Furness/Keele University/ SPL/Biosphoto ; Victor667* ; ibreakstock* ; Designua* ; JPL/NASA ; petrroudny43* ; Ami Images/SPL/Biosphoto.

**Intérieur : p6-7 :** Fraser Gray* ; **p6g :** Chones* ; **p6d :** Fedor Selivanov* ; **p10-11 :** NASA/WMAP Science Team ; **p10h :** Divergence/Bruno Levy ; **p10b :** ÉduAnat2, 2021 ; **p12-13 :** Anuradha Marwah* ; **p14 :** 13_Phunkod* ; **p15 :** BSIP/Biodisc ; **p18 :** ScofieldZa* ; **p19 :** Yurchyks* ; **p22-23 :** NASA/JPL ; **p24-25 :** NASA/JPL-Caltech ; **p26 :** NASA/GSFC ; **p27g :** NASA/ESA, The Hubble Key Project Team and The High-Z Supernova Search Team ; **p27d :** NASA/ESA/Johns Hopkins University ; **p29 :** CNRS/Julien Sobilo ; **p30h :** PMCARRENO* ; **p30b :** tunasalmon* ; **p35 :** AFP/The Yomiuri Shimbun/ Koji Ito ; **p36h :** BSIP/CMSP ; **p36b :** paleomania.com ; **p37 :** NASA/JSC ; **p38 :** AKG-Images/Paul M.R. Maeyaert ; **p39 :** John D. London* ; **p40-41 :** Anneka* ; **p42hg (48) :** Collection particulière ; **p42hd (48) :** Mara Fribus* ; **p43hg :** Damien Mollex, ENS Lyon ; **p43hd :** Damien Mollex, ENS Lyon ; **p43m :** Biosphoto/Christian Gautier ; **p43bg :** schankz* ; **p43bm :** © FUNDP ; **p43bd :** Science Photo Library/Gschmeissner, Steve ; **p44g :** Miriam Doerr Martin Frommherz* ; **p44d :** Weeclub* ; **p45hg :** Rea/Stephane Audras ; **p45hm :** Josep Suria* ; **p45hd :** KatMoys* ; **p45bg :** Holly Mazour* ; **p45bd :** ruzanna* ; **p46hg :** Wikimedia Commons/Johann Anton Riedel, engraver, (1733-1816) after Félix Massard (1776-) ; **p46hd :** Getty Images/De Agostini Editorial ; **p46bg :** Science Photo Library/Power and Syred ; **p46bd :** Scienta Omicron ; **p47 :** Jirik V* ; **p48mg et mm :** lenaNoeva* ; **p48md :** Ilona Hetman* ; **p48bg :** goran_safarek* ; **p48bm :** Mercury Green* ; **p48bd :** Only Fabrizio* ; **p50 :** Damien Mollex, ENS Lyon ; **p51g :** remik44992* ; **p51m :** sbellott* ; **p51d :** aipicte* ; **p52h :** Kessmess/CC BY-SA 3.0 Deed ; **p52m :** Marija_Crow* ; **p52b :** vvoe* ; **p53hg :** Damien Mollex, ENS Lyon ; **p53hm :** Damien Mollex, ENS Lyon ; **p53hd :** TR_Studio* ; **p53b :** Vasilius* ; **p54h :** ElenaSorv* ; **p54mg :** Antonio G. Checa, University of Granada, Spain ; **p54md :** Science Photo Library/Ted Kinsman ; **p54b :** Maxal Tamor* ; **p55h :** Inter-Research Science Publisher/Marine Ecology Progress Series 456:279–284 https://doi.org/10.3354/meps09696 ; **p55b :** mouad bethaoui* ; **p56-57, 68hm :** © CNRS Images/CRCA/Audrey Dussutour ; **p56 :** Achiichiii* ; **p58g :** Getty Images/Science & Society Picture Library ; **p58d :** Robert Hooke/Wikimedia Commons ; **p59h :** BSIP/Science Source ; **p59mg, 66bd :** Science Photo Library/Dr David Furness/Keele University ; **p59md :** Reprinted figure with permission from James R. Chelikowsky et al., Physical Review Materials, volume 3, issue 11, 2019, Copyright 2024 by the American Physical Society ; **p59b :** Jynto and Ben Mills/Wikimedia Commons ; **p60hg :** Science Photo Library/Fawcett, Don W. ; **p60hd :** Designua* ; **p60m :** Science Photo Library/CNRI/Roussel-Uclaf/Secchi-Lecaque ; **p60b :** Alfa MD* ; **p61g :** Leyasw* ; **p61hd :** Drazbedel* ; **p61bd :** luchschenF* ; **p62hg :** Science Photo Library/Murti, Dr. Gopal ; **p62hd :** PranStudio* ; **p62b :** Dimitrios Karamitros* ; **p63h :** VectorMine* ; **p63b :** © 2022 by F.K. Fuss, Y. Weizman and A.M. Tan (derived from Nextstrain [https://nextstrain.org/] under a CC-BY-4.0 license), reproduced with kind permission ; **p64 :** Aldona Griskeviciene* ; **p66h, 68bd :** BSIP/Science Source ; **p66bg :** BSIP/Don W. Fawcett ; **p67hd, hg :** Bussakan Punlerdmatee* ; **p67b :** Science Photo Library/Dennis Kunkel Microscopy ; **p68hg :** shablovskyistock* ; **p68hd :** Jose Luis Calvo* ; **p68mg :** PRILL* ; **p68mm :** Image Source Trading Ltd* ; **p68md :** Science Photo Library/Ami Images ; **p68bg :** BioFoto* ; **p70h :** Albert Edelfelt/Wikimedia Commons ; **p70b :** ANONGNAJ PHEWNGERN* ; **p71h :** © 2019 by the authors. Licensee MDPI, Basel, Switzerland. This article is an open access article distributed under the terms and conditions of the Creative Commons Attribution (CC BY) license (http://creativecommons.org/licenses/by/4.0/). ; **p71b :** © 2015 Elsevier Ireland Ltd. All rights reserved. ; **p72-73 :** Microgen* ; **p72h :** Microgen* ; **p72b :** Photononstop/ Picture Alliance/Emoke Bebiak ; **p73 :** BSIP/image Point FR/NIH ; **p74-75 :** TTstudio* ; **p76-77 :** Science Photo Library/ NASA/SDO ; **p76 :** Designua* ; **p78 :** NASA Goddard ; **p79hg :** Photo12/Alamy/Alpha Historica ; **p79hd :** Bridgeman Images/Everett Collection ; **p79bg :** AKG-Images/Science Picture Library ; **p79bd :** Bridgeman Images/Novapix/© CERN ; **p80h :** AKG-Images/SPL/Science History Institute ; **p80m :** American Institute of Physics/the Niels Bohr Library & Archives ; **p80b :** IvanAvd* ; **p81m :** NOIRLab/NSO/NSF/AURA/N.A. Sharp/KPNO ; **p81b :** Science Photo Library/Jeff Dai ; **p83hg :** Science Photo Library/Mark Garlick ; **p83hd :** Fabrice Tavera ; **p84 :** ILIA NEZNAEV* ; **p85 :** © 2011 by National Association of Biology Teachers. ; **p88d :** Babak TafreshiI/Science Photo Library ; **p89g :** Science Photo Library/Sanford, John ; **p89d :** NASA/ESA and G. Bacon (STScI) ; **p90 :** Science Photo Library/Lodriguss, Jerry ; **p91h :** ESA/DLR/FU Berlin (G. Neukum), CC BY-SA 3.0 IGO ; **p91m :** Copyright Calvin J. Hamilton, solarviews.com ; **p91b :** Getty/Andrea Pistolesi ; **p92h :** FotoHelin ; **p92b :** Photo courtesy of Richard Harris, Ozark Hills Observatory ; **p93h :** Syndicat National des Dermatologues-Vénéréologues ; **p93b :** NikitaRoytman Photography* ; **p94-95 :** muratart* ; **p98 :** NASA/Goddard ; **p99 :** Science Photo Library/Claus Lunau ; **p102 :** Juergen Wackenhut* ; **p103 :** K. Schönbauer/Wikimedia Commons ; **p103 :** Wikimedia Commons ; **p104 :** Dave Harlow, United States Geological Survey/ Wikimedia Commons ; **p105hg :** Mikael Damkier* ; **p105bg :** Citation: Senel, C.B., Kaskes, P., Temel, O., Vellekoop, J., Goderis, S., DePalma, R., Prins, M.A., Claeys, P. and Karatekin, Ö., 2023. Chicxulub impact winter sustained by fine silicate dust. Nature Geoscience, 16(11), pp.1033-1040. ; **p105d :** Copyright © 2023, The Author(s), Cem Berk Senel et al ,under exclusive licence to Springer Nature Limited ; **p106 :** Mikkel Juul Jensen/SPL/Cosmos ; **p107 :** NASA/Ames/

JPL-Caltech ; **p108-109 :** Serenko Natalia* ; **p110h :** Fabrice Tavera ; **p110b :** Pasotteo* ; **p111h :** Elif Bayraktar* ; **p111m :** Th. W. Engelmann, 1894 ; **p111bg :** ESA/ATG medialab ; **p111bd :** Reto Stöckli, NASA (MODIS) ; **p112 :** GFDL by Kurt Stueber/Wikimedia Commons ; **p113h :** PNAS, 2013 (110 : 51)/Ifremer ; **p113b :** De gauche à droite et de haut en bas : Picture Partners*, slowmotiongli*, photomaster*, Nikitin Victor*, MP cz*, Rostislav Stefanek*, valda butterworth*, Scisetti Alfio*, Pavaphon Supanantananont*, slowmotiongli*, Dan Olsen*, BCTumSS*, Aastels*, IrinaK*, Picture Partners*, Joan Carles Juarez*, arousa*, Ekky Ilham* ; **p114hg :** hg Stock Design*, hd ECOSY*, mg Kittyfly*, md Luiscar74*, bg 55Ohms*, bm Pixel-Shot* ; **p114hd :** Bridgeman Images/DR ; **p114b :** Olenapolll* ; **p115h :** De gauche à droite : Lopolo*, Olena Yakobchuk*, Master1305*, Daxiao Productions* ; **p115b :** GoodStudio* ; **p117 :** Mangerbouger.fr/Santé publique France ; **p118 :** Randoms* ; **p122h :** Mycteria* ; **p122m :** Smit* ; **p122b :** valda butterworth* ; **p123h :** Hemis/Alamy/Science History Images ; **p123b :** Ekky Ilham* ; **p124 :** wavebreakmedia* ; **p125h :** Copyright (2007) National Academy of Sciences, U.S.A./PNAS is not responsible for the accuracy of this translation ; **p125m :** Roger-Viollet/LAPI ; **p125b :** Marcelo_Krelling* ; **p126-127 :** Roschetzky Photography* ; **p128 :** Guillermo Guerao Serra* ; **p129hg :** mikeledray* ; **p129hd :** Marko25* ; **p129b :** Alice-D* ; **p130g :** inavanhateren* ; **p130d :** Troggt* ; **p134g :** Romain LONGIERAS* ; **p134d :** HelloRF Zcool* ; **p136g :** PARALAXIS* ; **p136d :** balipadma* ; **p137h :** Leitenberger Photography* ; **p137b :** CapturePB* ; **p138h :** Google Earth ; **p138m :** olrat* ; **p138b :** CVancoillie* ; **p139h :** Leitenberger Photography* ; **p139b :** Morphart Creation* ; **p140-141 :** Hemis.fr/Minden ; **p140h :** EreborMountain* et Dennis Cox* ; **p140bg :** Biosphoto/Christoph Gerigk ; **p140bd :** Biosphoto/Christoph Gerigk ; **p141hg :** nabyh* ; **p141hd :** ESA,CC BY-SA 3.0 IGO ; **p141bg :** Science Photo Library/Gschmeissner, Steve ; **p142-143 :** Dima Zel* ; **p144-145 :** Science Photo Library/NASA ; **p146g :** Alice Ergün, 2019 (photo amateur) ; **p146mg :** Alice Ergün, 2019 (photo amateur) ; **p146md :** Jérôme Noellat, 2019 ; **p146d :** Jérôme Noellat, 2019 ; **p147 :** © Jean-François Gout ; **p148m :** Karolis Tiknius* ; **p148bg :** Paolo Gallo* ; **p148bm :** Bridgeman Images/Lebrecht ; **p148bd :** historicair/ CC BY-SA 3.0 ; **p149b :** Collection Kharbine-Tapabor ; **p150g :** Aleksey Korchemkin* ; **p150d :** Geogebra ; **p152 :** Geogebra ; **p154 :** Maples Images ; **p155g :** Trofimenko Nickolai* ; **p155d :** Ruslan Pobuta* ; **p156h :** Photo12/Alamy/Arterra Picture Library ; **p156b :** ICGEM CC BY_SA 4.0 DOI: http://doi.org/10.5194/essd-11-647-2019 ; **p157hg :** Science Photo Library/Bagshaw, Sean ; **p157hd :** AKG-Images ; **p157b :** Bridgeman Images/© National Maritime Museum, Greenwich, London ; **p158h :** Massimiliano Finzi* ; **p158b :** HighDispersion* ; **p159h :** Art fantasy* ; **p159m :** DR ; **p159bg :** Application Smokepoint ; **p159bm :** Application Smokepoint ; **p159bd :** Application Smokepoint ; **p160-161 :** Lukas Jonaitis* ; **p162 :** Bruno M Photographie* ; **p163 :** VectorMine* ; **p164hg :** Charles Darwin by Julia Margaret Cameron ; **p164hd :** Messrs. Dickinson, London, New Bond Street ; **p164b :** ; **p165h :** Paul Nadar/Smithsonian Institution ; **p165b :** John Valley/University Wisconsin, Madison ; **p170 :** Aqeela_Image* ; **p171hg :** Anthony2117* ; **p171hd :** Google Earth ; **p171bg :** Science Photo Library/Science Source/Nano Creative ; **p171bd :** Science Photo Library/Gschmeissner, Steve ; **p172 :** NASA/JSC ; **p173hg :** I. Pilon* ; **p173hd :** Grindstone Media Group* ; **p173b :** abriendomundo* ; **p174-175 (188) :** NASA/JSC ; **p174 :** Merkushev Vasiliy* ; **p176 :** Roman Mikhailiuk* ; **p177hg :** Wikimedia Commons ; **p177hm :** CC BY SA 3.0 ; **p177hd :** Mentzel, Johann Georg/Wikimedia Commons ; **p177m :** Justus Sustermans/Wikimedia Commons ; **p177bg :** August Köhler/Wikimedia Commons ; **p177bd :** James Thronill after Sir Godfrey Kneller/Wikimedia Commons ; **p178 (184) :** NASA/GSFC ; **p179 :** ESA/DLR/FU Berlin (G. Neukum), CC BY-SA 3.0 IGO ; **p186hg :** NASA/Carla Thomas ; **p186hd :** NASA/JSC ; **p187hg :** NASA Goddard ; **p187hd :** NASA/JSC ; **p188g :** NASA/JPL ; **p188d :** NASA/JSC ; **p190-191 :** George Trumpeter* ; **p190h :** D. Hammonds* ; **p190b :** Tina Horne Photo* ; **p191h :** chaossfoto* ; **p191m :** © Science graphique - E. Godet ; **p191b :** Ryan Garrett* ; **p192-193 :** Alvarez del Pino* ; **p194-195 :** Igor Bulgarin* ; **p196 :** StockPhotoDirectors* ; **p197 :** sopf* ; **p198mg :** Andy.Illustrator* ; **p198md :** Sergey Golovunin* ; **p198b :** Allan Gogoll ; **p199hd :** Marina Demidiuk* ; **p199md :** Ingrid Balabanova* ; **p200bg :** MaxPPP/PhotoPQR/Le Parisien/Sébastien Birden ; **p200bm :** Phanie/Voisin ; **p200bd :** Red_Shadow* ; **p202 :** Alamy/Chris Willemsen ; **p206 :** Zhuravlev Andrey* ; **p207h :** © Gilles Tosello, Carole Fritz ; **p207b :** Photononstop/Nicolas Thibaut ; **p208 :** © Lars Borges ; **p209hd :** Nagel Photography* ; **p209md, bg, bd :** Audacity ; **p210hd :** Biosphoto/Fabien Michenet ; **p210m1d, m2d, m3d, bd :** Audacity ; **p210m1g :** divedog* ; **p210m2g :** KatieHM* ; **p210m3g :** Ajit S N* ; **p211hd :** L'Œil du spectacle/Alain Leroy ; **p211md :** Science Photo Library/CNRI ; **p211mg :** SciePro* ; **p211bd :** Yatra4289* ; **p212-213 :** Gorodenkoff* ; **p214 :** fongbeerredhot* ; **p216 :** Photononstop/Sean Prior/Wavebreak Media ; **p218hd :** Look Studio* ; **p218mg :** cybrain* ; **p222 :** Vastram* ; **p223h :** Orfeo/DR ; **p223m :** AKG-Images ; **p224h :** Getty/Kosamtu ; **p224b :** Science Photo Library/Kinsman, Ted ; **p225hg :** Stock Holm* ; **p225hd :** Capture logiciel Audacity ; **p225b :** shinobi* ; **p226hd :** noanyframes* ; **p226bg :** Dean Drobot* ; **p227hg :** Gorodenkoff* ; **p228_229 :** A_Lesik* ; **p230h :** Association Journée Nationale de l'Audition ; **p230b :** Olena Yakobchuk* ; **p231h :** Photo12/Alamy/Avpics ; **p231b :** Dziurek* ; **p232hg (237m, 240g, 242bd) :** Universal Images Group/BSIP ; **p232hd :** ilusmedical* ; **p232bg :** Science Photo Library/Gschmeissner, Steve ; **p232bm :** Copyright (2000) National Academy of Sciences, U.S.A. ; **p232bd, 237b :** Science Photo Library/Furness, Dr. David ; **p233 :** Robert V. Harrison ; **p234hg :** BSIP/Dr Fred Hossler ; **p234bg :** Sebastian Kaulitzki* ; **p235hg :** VesnaArt* ; **p235hd :** http://acces.ens-lyon.fr/acces ; **p235bg :** Science Photo Library/Henning Dalhoff ; **p236hg :** Ivan_Shenets* ; **p236hm :** Pepermpron* ; **p236mg :** Sensay* ; **p236b :** Macrovector* ; **p240bd :** Guas* ; **p241 :** Bruitparif, https://carto.bruitparif.fr ; **p242hg :** Kaspars Grinvalds* ; **p242bg :** Losonnante ; **p243hd :** Rudmer Zwerver* ; **p243bg :** Maridav* ; **p244hg :** Rock.N.Roll.Queen* ; **p244bg, bm, bd :** © 2018 P.Z. Wu, L.D. Liberman, K. Bennett,V. de Gruttola, J.T. O'Malley, M.C. Liberman. Published by Elsevier Ltd on behalf of IBRO ; **p245h :** Wirestock Creators* ; **p245m :** Transports Canada ; **p245b :** Medical Art Inc* ; **p246-247 :** hayaletsek* ; **p246g :** SIPA/AP/Liz Hafalia ; **p246d :** SIPA/Stumpf ; **p247h :** Prod DB © 24 Images - Laila Films - Les films d'ici/DR ; **p247b :** Saif Images/Alain Leroy ; **p256 :** julie deshaies*.

***Shutterstock**

# TABLEAU PÉRIODIQUE DES ÉLÉMENTS CHIMIQUES

NUMÉRO ATOMIQUE → 30
SYMBOLE CHIMIQUE → Zn
NOM DE L'ÉLÉMENT → ZINC

- MÉTALLOÏDES
- MÉTAUX ALCALINS
- MÉTAUX ALCALINO-TERREUX
- MÉTAUX DE TRANSITION
- MÉTAUX PAUVRES
- HALOGÈNES
- GAZ NOBLES
- AUTRES NON-MÉTAUX
- LANTHANIDES
- ACTINIDES
- NON CLASSÉS

| | | | | | | | | | | | | | | | | | |
|---|---|---|---|---|---|---|---|---|---|---|---|---|---|---|---|---|---|
| 1 H HYDROGÈNE | | | | | | | | | | | | | | | | | 2 He HÉLIUM |
| 3 Li LITHIUM | 4 Be BÉRYLLIUM | | | | | | | | | | | 5 B BORE | 6 C CARBONE | 7 N AZOTE | 8 O OXYGÈNE | 9 F FLUOR | 10 Ne NÉON |
| 11 Na SODIUM | 12 Mg MAGNÉSIUM | | | | | | | | | | | 13 Al ALUMINIUM | 14 Si SILICIUM | 15 P PHOSPHORE | 16 S SOUFRE | 17 Cl CHLORE | 18 Ar ARGON |
| 19 K POTASSIUM | 20 Ca CALCIUM | 21 Sc SCANDIUM | 22 Ti TITANE | 23 V VANADIUM | 24 Cr CHROME | 25 Mn MANGANÈSE | 26 Fe FER | 27 Co COBALT | 28 Ni NICKEL | 29 Cu CUIVRE | 30 Zn ZINC | 31 Ga GALLIUM | 32 Ge GERMANIUM | 33 As ARSENIC | 34 Se SÉLÉNIUM | 35 Br BROME | 36 Kr KRYPTON |
| 37 Rb RUBIDIUM | 38 Sr STRONTIUM | 39 Y YTTRIUM | 40 Zr ZIRCONIUM | 41 Nb NIOBIUM | 42 Mo MOLYBDÈNE | 43 Tc TECHNÉTIUM | 44 Ru RUTHÉNIUM | 45 Rh RHODIUM | 46 Pd PALLADIUM | 47 Ag ARGENT | 48 Cd CADMIUM | 49 In INDIUM | 50 Sn ÉTAIN | 51 Sb ANTIMOINE | 52 Te TELLURE | 53 I IODE | 54 Xe XÉNON |
| 55 Cs CÉSIUM | 56 Ba BARYUM | 57-71* | 72 Hf HAFNIUM | 73 Ta TANTALE | 74 W TUNGSTÈNE | 75 Re RHÉNIUM | 76 Os OSMIUM | 77 Ir IRIDIUM | 78 Pt PLATINE | 79 Au OR | 80 Hg MERCURE | 81 Tl THALLIUM | 82 Pb PLOMB | 83 Bi BISMUTH | 84 Po POLONIUM | 85 At ASTATE | 86 Rn RADON |
| 87 Fr FRANCIUM | 88 Ra RADIUM | 89-103** | 104 Rf RUTHERFORDIUM | 105 Db DUBNIUM | 106 Sg SEABORGIUM | 107 Bh BOHRIUM | 108 Hs HASSIUM | 109 Mt MEITNÉRIUM | 110 Ds DARMSTADTIUM | 111 Rg ROENTGENIUM | 112 Cn COPERNICIUM | 113 Nh NIHONIUM | 114 Fl FLÉROVIUM | 115 Mc MOSCOVIUM | 116 Lv LIVERMORIUM | 117 Ts TENNESSE | 118 Og OGANESSON |

| | | | | | | | | | | | | | | | |
|---|---|---|---|---|---|---|---|---|---|---|---|---|---|---|---|
| LANTHANIDES* | 57 La LANTHANE | 58 Ce CÉRIUM | 59 Pr PRASÉODYME | 60 Nd NÉODYME | 61 Pm PROMÉTHIUM | 62 Sm SAMARIUM | 63 Eu EUROPIUM | 64 Gd GADOLINIUM | 65 Tb TERBIUM | 66 Dy DYSPROSIUM | 67 Ho HOLMIUM | 68 Er ERBIUM | 69 Tm THULIUM | 70 Yb YTTERBIUM | 71 Lu LUTÉCIUM |
| ACTINIDES** | 89 Ac ACTINIUM | 90 Th THORIUM | 91 Pa PROTACTINIUM | 92 U URANIUM | 93 Np NEPTUNIUM | 94 Pu PLUTONIUM | 95 Am AMÉRICIUM | 96 Cm CURIUM | 97 Bk BERKÉLIUM | 98 Cf CALIFORNIUM | 99 Es EINSTEINIUM | 100 Fm FERMIUM | 101 Md MENDÉLÉVIUM | 102 No NOBÉLIUM | 103 Lr LAWRENCIUM |

Achevé d'imprimer en Italie par Grafica Veneta en avril 2024
Dépôt légal : Avril 2024 - collection n 48 - édition 01 - 23-0905-7